KALTES
GEHEIMNIS

KALTES
GEHEIMNIS
(COLD SECRETS)

TONI ANDERSON

Übersetzt von
MARTIN WICK

DEUTSCHE BÜCHER VON TONI ANDERSON

Romantische Krimis

Kalte Gerechtigkeit Serie
Ein kalter, dunkler Ort (A Cold Dark Place)
Kalte Jagd (Cold Pursuit)
Kaltes Morgenlicht (Cold Light of Day)
Kalte Angst (Cold Fear)
Kalte Schatten (Cold in the Shadows)
Kaltes Herz (Cold Hearted)
Kalte Geheimnis (Cold Secrets)
Kalte Bosheit (Cold Malice)
Eiskaltes Versprechen (A Cold Dark Promise)
Kaltblütig (Cold Blooded)

Kalte Gerechtigkeit – die Verhandler Serie
Kalt und tödlich (Cold & Deadly)
Kälter als die Sünde (Colder Than Sin)
Kalte böse Lügen (Cold Wicked Lies)
Kalter grausamer Kuss (Cold Cruel Kiss)
Eiskalt (Cold as Ice)

DEMNÄCHST ERHÄLTLICH …
Kalte Stille (Cold Silence)
Tödliches Spiel (The Killing Game)

Andere deutsche Titel
Im Sog Der Gefahr
Wogen Des Zorns

Auf meiner Website findest du alle deutschen Übersetzungen
meiner Bücher:
toniandersonauthor.com/german

Melde dich für meinen deutschsprachigen Newsletter an und
erhalte zwei kostenlose, exklusive „Kalte Gerechtigkeit"-
Kurzgeschichten sowie Informationen darüber, wann meine
nächste deutsche Übersetzung verfügbar ist.

Für Deb,
Von Broseley bis nach Tokio,
Von Tokio bis zu „The Broseley".
Danke für eine lebenslange Freundschaft.

ERSTES KAPITEL

WENN IRGENDJEMAND LUCAS Randall erkannte, war er ein toter Mann. Er klopfte an die unauffällige schwarze Tür und trat von einem Fuß auf den anderen. Der erste Schatten eines Barts bedeckte seine verschmutzten Wangen. Unter seinen Fingernägeln klebte Motoröl, der Gestank waberte in fast unmerklichen Wolken aus seinen Klamotten. Sogar seine abgewetzten, alten Turnschuhe waren fettverschmiert. Er zog die Schultern hoch und stopfte seine Hände tief in die Taschen seiner fleckigen Nylonjacke. Er zitterte vor Kälte.

Die Frau, die ihm die Tür öffnete, musterte ihn von Kopf bis Fuß, mit Augen so mitleidlos wie die eines weißen Hais.

„Was wollen Sie?", fragte sie.

„Pudel." Er wiederholte das Passwort, das ihm gegeben worden war, und kam sich dabei verdammt bescheuert vor.

Mit einem kurzen Kopfnicken bat sie ihn eilig hinein und schloss hinter ihm die Tür. Ihre Finger blieben auf dem Türriegel liegen, scheinbar war sie sich nicht sicher, ob er blieb.

Die Tür hinter ihr stand offen, und er konnte ein Büro erkennen.

„Ausweis?", verlangte sie.

Er zog einen gefälschten Führerschein aus der Tasche. Sie

machte mit ihrem Handy ein Foto davon und gab ihn zurück. Er würde das Haus nicht ohne dieses Handy verlassen. „Wie viel?"

„Zwanzig Minuten. Hundert Dollar." Ihre Stimme klang schrill und scharf wie eine Rasierklinge. Sie hielt ihre Hand auf.

Das alte Weib war vielleicht nicht bewaffnet, aber der Blick in ihren Augen war fraglos gefährlich. Er zögerte. „Ich will eine Stunde, und ich will jemand Junges. So jung wie möglich", murmelte er barsch.

„Fünfhundert Dollar." Der kalte Ausdruck in ihren Augen veränderte sich für keine Sekunde. Ihre Hand blieb weiterhin ausgestreckt.

Er grub ein paar Banknoten aus seiner Hosentasche, zählte fünf Scheine ab und stopfte den Rest zurück. Jetzt wusste sie, dass er einen Haufen Bargeld dabei hatte.

Sie führte ihn durch einen nichtssagenden Korridor, vorbei an vier Türen auf der linken und zwei auf der rechten Seite. Ein weiß gestrichenes Geländer führte an einer Treppe aus honigfarbenem Holz in den ersten Stock, aber sie liefen daran vorbei und bogen rechts um die Ecke. Das Haus war netter als die meisten anderen. Vom Flur ging eine Küche ab, in der zwei asiatisch aussehende Männer an einem riesigen Eichentisch saßen und Tee tranken. Eine verstärkte Stahltür mit eindrucksvollen Schlössern sicherte den Hinterausgang. Die zusätzlichen Schlösser würden die Polizei nicht ewig aufhalten, aber sie würden ihnen ein paar wertvolle Sekunden erkaufen.

Einer der Typen stand auf, als sie an der Tür vorbeikamen – groß, mit einem Gesicht, das aussah, als ob man ihn als Baby hätte fallen lassen. So, wie seine Jacke schief von seinen wuchtigen Schultern hing, hatte er eine Waffe in der rechten Tasche stecken. Er starrte Lucas grimmig an und schlug ihm die Tür vor der Nase zu.

Wut kochte in Lucas Magen langsam vor sich hin, aber er konnte es sich nicht leisten, sie zu zeigen. Die Puffmutter ging auf eine Tür zu, an der eine Plakette mit der Zahl „Elf" festgeschraubt war. Sie zog einen Schlüsselbund hervor, steckte einen der Schlüssel in das Schloss, drehte ihn um und betrat den Raum. Sein Herz hämmerte vor Aufregung. Ein Mädchen von etwa dreizehn Jahren saß auf einem schmalen Bett, das mit einfachem weißem Bettzeug bezogen war. Ein großer Teddy lehnte an den Kissen. Das Mädchen hatte lange blonde Haare und blaue Augen und trug ein einfaches Trägerhemdchen, das die kleinen Hügel ihrer Brüste bedeckte. Als Lucas das Zimmer betrat, zog sie die Knie bis unters Kinn. Das Weiß ihrer Knöchel trat hervor, so fest schlang sie die Arme um ihre dünnen Beine. Sie hatte einen Bluterguss am Hals, einen zweiten am Oberarm.

Die Puffmutter schnauzte sie an, und das Mädchen sprang vom Bett, stand in ihrer Unterwäsche ungelenk vor ihm.

Lucas musterte das Mädchen von oben bis unten, seine Augen wurden schmal. „Zu groß. Zu blond."

„Sie ist jung. Sehr hübsch. Macht den Männern sehr viel Freude, ja?" Die Zähne der Puffmutter blitzten auf, als sie das Mädchen böse anfunkelte. Der Teenager nahm die Arme vor ihren Brüsten weg und legte sie auf die Hüfte. Ein kränkliches Lächeln formte sich auf ihren ungeschminkten, pinken Lippen.

Lucas trat einen Schritt zurück, hatte das Gefühl, als ob seine Lungen voller Schmutz wären.

„Gefällt Ihnen." Die alte Hexe war unerbittlich.

Er zwang sich, die jungen Brüste des Mädchens zu betrachten und trat noch einen halben Schritt zurück. Er hatte nicht erwartet, dass es leicht sein würde, aber das hier fühlte sich an, als ob er sich auf direktem Weg in die Hölle befand.

„Nicht sie. Nicht für fünfhundert Dollar." Er schüttelte den Kopf. „Sie sieht meiner Frau zu ähnlich. Was haben Sie sonst noch?" Als ob er ein Auto kaufen würde, keinen Menschen.

Der Mund der Alten zuckte verärgert, und die Augen des Kindes wurden groß vor Erleichterung und Angst. An jedem anderen Tag hätte er dem Mädchen jetzt sicher eine üble Strafe eingehandelt. Wenn man bedachte, was an jedem anderen Tag in diesem Haus passierte, wollte er gar nicht daran denken, was eine Strafe hier bedeutete.

Die Frau hielt inne und erinnerte sich vermutlich an die fette Rolle von Geldscheinen, die in seiner Hosentasche steckte. „Es gibt noch eine", räumte sie mit einem berechnenden Funkeln in ihren Augen ein. Sie winkte ihn aus dem Zimmer und schloss sorgfältig die Tür hinter sich ab. Sie gingen den Flur hinunter.

Schritte hallten hinter ihnen durch den Korridor, und Lucas schaute sich nervös um, aber das Geräusch wurde leiser und verschwand. Das Haus war ein einziges Labyrinth aus Zimmern und engen Gängen, was vermutlich dafür sorgte, dass sich die Freier nicht begegneten.

Sie hielten vor einer Tür in der nordöstlichen Ecke des Hauses, und Lucas schwirrte vor Aufregung der Kopf.

Die Puffmutter hielt zögernd inne. „Sie ist neu. Jungfrau." Ihre Lippen schwankten zwischen einem Lächeln und einer Grimasse, als ob sie körperlich zwischen der Notwendigkeit der Vorsicht und ihrer Gier nach seinem dreckigen Geld hin- und hergerissen wäre.

Er hielt ihrem Blick stand und nickte.

Gott, er konnte nur hoffen, dass sie noch Jungfrau war.

Das alte Weib hielt ihre Hand auf. „Tausend Dollar. Dreißig Minuten. Wenn Sie sie ruinieren, schneide ich Ihnen die Eier ab. Wenn Sie irgendwem von ihr erzählen, schneide ich Ihnen den Hals durch."

Lucas zwang ein ungläubiges Lachen hervor. „Irgendwem davon erzählen? Wem zur Hölle würde ich das erzählen?" Er schaute die Frau an, als wäre sie dumm, und hob herausfordernd das Kinn. „Ich will sie erst sehen."

Die Puffmutter grummelte etwas vor sich hin, öffnete aber die Tür. Eine winzige Person lag in dem düsteren Zimmer zusammengerollt auf einem Bett. Der Raum hatte keine Fenster, nur ein schmales Bett, das mit dünnen Laken bezogen war, und einen Eimer, der in der Ecke stand.

Vorsichtig ging er zu dem verängstigten kleinen Mädchen, das zitternd unter dem Laken lag und am Daumen lutschte. Eine Schramme lief quer über ihre Wange, ihre Unterlippe war aufgeplatzt und geschwollen. Lange braune Haare kräuselten sich an den Spitzen in eine leichte Welle. Er lächelte. Große Augen starrten ihn an, verängstigt und trotzig.

„Ich werde dir nicht wehtun." Er setzte sich auf die Bettkante und strich ihr die Haare hinter das Ohr. Sie rollte sich noch enger zusammen, offensichtlich clever genug, um zu begreifen, dass alles, was aus seinem Mund kam, vermutlich eine Lüge war. Die Erleichterung darüber, dass sie noch am Leben war, wurde von der Wut über diese Tiere verdrängt, die ihre Unschuld gestohlen hatten und ihren Körper bereitwillig dem erstbesten Perversling verkaufen würden, der durch ihre Tür kam. Zum Glück für das Mädchen war dieser Perversling hier zufällig ein verdeckter FBI-Agent.

„Tausend Dollar fürs Anfassen. Sie zahlen jetzt." Die alte Hexe stand in der Tür und kläffte die Worte mit dem Mitgefühl eines Zahnbohrers hervor.

Langsam stand Lucas auf und wühlte in seiner Tasche, während er auf sie zuging. In ihren Augen loderte die pure Gier, der Gedanke an das Geld ließ sie unvorsichtig werden. Ohne innezuhalten, drückte er ihr die Hand auf den Mund. Ihre Augen wurden groß, und sie versuchte, sich zu befreien, gedämpfte Schreie und Grunzer ließen seine Handfläche vibrieren. Trotz ihres Protests presste er ihren Kiefer zusammen und zwang sie rückwärts gegen die Zimmerwand. Mit seinem Fuß schob er die Tür zu.

Das Quietschen der Bettfedern sagte ihm, dass sich das Mädchen bewegte. Leichte Schritte eilten über den Holzboden auf ihn zu.

„Sind Sie hier, um mich zu retten?", fragte eine piepsende, zu laute Stimme.

Mia Stromberg.

Die große Summe, die als Belohnung für Informationen über Mias Aufenthaltsort ausgeschrieben worden war, hatte zu einem Hinweis von jemandem geführt, der anonym bleiben wollte. Dieser Jemand hatte gesehen, wie ein Mann ein schlafendes Kind in dieses Haus getragen hatte, ein Kind, das auf die Beschreibung des achtjährigen Mädchens passte, das gestern Morgen auf offener Straße entführt worden war.

„Ja", antwortete er ihr. „Aber wir müssen sehr leise sein, Prinzessin, sonst hören uns die bösen Männer."

Die Augen der Puffmutter weiteten sich, als er seine Arme um ihren Hals legte und langsam zusammendrückte, die Halsschlagader abklemmte und die Durchblutung zu ihrem

Gehirn verlangsamte. Ihr Gesicht wurde rot, als er den venösen Blutfluss zum Herzen unterbrach, und sie wurde ohnmächtig. Er hatte keinerlei Gewissensbisse. Diese Frau hätte für tausend Dollar bereitwillig einen Pädophilen mit einem achtjährigen Mädchen allein gelassen, mit dem ausdrücklichen Ziel, Sex zu haben. Dafür gab es seiner Meinung nach keine Strafe, die schwer genug war.

Als die Frau zusammensackte, fing er ihren regungslosen Körper auf und schleifte sie zum Bett. Er zog ihr den Ledergürtel aus, den sie trug, und band ihn ihr als Knebel um den Mund, machte sich keine Gedanken darüber, dass es wehtun würde, wenn sie aufwachte. Ihre Hand- und Fußgelenke band er mit Kabelbindern zusammen, die er an seinem eigenen Gürtel befestigt hatte.

Er wühlte in ihren Taschen und fand den Schlüsselbund, zusammen mit einer kleinen Plastikflasche mit Drogen, vermutlich KO-Tropfen, und einem Handy.

Eine hastige erste Beschattung des Gebäudes hatte ergeben, dass zu jeder Tages- und Nachtzeit unzählige männliche Besucher in das Haus kamen, und man hatte die Besitzerin als die Frau identifiziert, deretwegen Lucas nach Boston gekommen war, und die er ursprünglich befragen wollte. Mae Kwon – die jetzt gefesselt auf dem Bett lag – stand mit einer Ermittlung gegen Menschenhändler in Verbindung, mit der er gerade in North Carolina beschäftigt war. Dieses auffällige Detail hatte für große Aufregung gesorgt und sie die Situation neu beurteilen lassen. Die Behörden waren davon ausgegangen, dass Mia Stromberg wegen einer Lösegeldforderung entführt worden war, da ihre Eltern Dotcom-Multimillionäre waren, aber die Verbindung zu den Menschenhändlern bedeutete, dass sie möglicherweise einzig und allein entführt worden war, um sie zu verkaufen.

Das FBI hatte einen der Freier abgefangen, als er gerade das Haus verließ – einen bekannten Anwalt, der Frau und Kinder hatte –, und im Austausch gegen Immunität und komplette Anonymität hatte er ihnen ein Passwort verraten, von dem er schwor, dass es Lucas Einlass verschaffen würde.

Idealerweise würden sie sich bei einer Ermittlung gegen Menschenhandel Zeit nehmen, um einen wasserdichten Fall aufzubauen, und alle Leute fotografieren, die das Gebäude betraten oder verließen, um die Schlüsselfiguren zu identifizieren. Aber da das Leben dieses kleinen Mädchens auf dem Spiel stand, hatten sie entschieden, nicht länger zu warten. Die Forensik würde ihnen die Beweise liefern müssen, die sie brauchten, und hoffentlich würden die Beteiligten gegeneinander aussagen und die Sache besiegeln.

Lucas versuchte mit dem Handy der Puffmutter eine Verbindung nach außen herzustellen, fand aber kein Signal. Kein Wunder – diese Verbrecher hatten einen Störsender im Gebäude installiert. Er und seine Kollegen vermuteten, dass es die in die Prostitution gezwungenen Frauen davon abhalten sollte, Hilfe zu rufen.

Er steckte das Handy in die Hosentasche und hockte sich neben das Kind. „Wir werden jetzt ganz ruhig und ganz leise hier herausgehen, okay, Mia?"

Sie steckte sich den Daumen in den Mund.

„Du brauchst keine Angst zu haben. Mach einfach das, was ich dir sage. Keine Diskussionen, okay?", flüsterte er.

Sie blickte ihm in die Augen und nickte beteuernd. Dann griff sie nach seiner Hand und drückte seine Finger, dass sich sein Herz zusammenzog.

Leise zog er die Tür hinter ihnen zu und schloss diese

grauenhafte Frau ein. Eine Erinnerung an verängstigte blaue Augen blitze auf, und sein Griff um Mias Hand wurde enger.

Das Durchschnittsalter von Teenagern, die in den USA Opfer von Menschenhandel wurden, lag zwischen zwölf und vierzehn. Viele der Kinder waren bereits zuvor sexuell missbraucht worden und von zu Hause abgehauen. Oftmals wusste keiner, was mit ihnen passiert war, oder es kümmerte niemanden. Viele wurden in die Prostitution gezwungen und fühlten sich gefangen. Dieser Spirale zu entkommen, wurde für Kinder mit begrenzten Möglichkeiten zunehmend schwieriger, wenn sie ohnehin schon glaubten, etwas falsch gemacht zu haben.

Wärmebilder der drei angrenzenden Gebäude in dieser Seitenstraße legten nahe, dass bis zu dreißig Personen in den Häusern gefangen waren. Aber dieses junge blonde Mädchen mit den riesigen blauen Augen konnte er unmöglich zurücklassen, ebenso wenig, wie er Mia Stromberg zurücklassen konnte.

Sie kamen zu der Tür mit der Nummer elf. Es fiel Lucas schwer, nicht ungeduldig zu werden, als er methodisch jeden Schlüssel am Bund der Puffmutter ausprobierte. Endlich ließ sich das Schloss öffnen, und er und Mia schlüpften lautlos ins Zimmer.

Das Mädchen riss die Augen auf und presste sich an die Wand. „Was wollen Sie?"

„Er ist hier, um uns zu retten", flüsterte Mia dem anderen Mädchen aufgeregt zu. „Komm, lass uns hier abhauen."

Lucas versteckte ein Grinsen. Das Mädchen war die Verkörperung einer Disney-Prinzessin.

Er schaute sich nach irgendetwas um, das er als Waffe benutzen konnte, aber es gab nichts, nicht einmal ein Fenster, das er zerschlagen konnte. Er sah in die Schublade des Nachttisches. Kondome und Gleitgel. Die Wangen des älteren Mädchens wurden rot, und Lucas war innerlich etwas überrumpelt. Sie sah etwa so alt aus wie eine seiner Nichten – älter als Payton Rooney bei ihrer Entführung gewesen war, diesem ersten entscheidenden Augenblick ihres Lebens, aber immer noch viel zu jung für so eine Ausbeutung.

„Wie heißt du?", fragte er und schob hastig die Schublade zu.

Das Mädchen blickte sie an, als ob dies eine Falle wäre. „Sie nennen mich Rosie."

„Was ist dein richtiger Name?" Lucas winkte sie eilig zu sich.

„Becca." Das Mädchen lenkte ein und rutschte vom Bett, um zu ihnen zu kommen. „Bringen Sie uns wirklich hier raus?"

„Ja." Er würde es jedenfalls noch mit seinem letzten Atemzug versuchen. Er lauschte angestrengt an der Tür, vernahm aber nur Stille. Leise öffnete er die Tür, und die Mädchen schlüpften auf den Flur, dann schloss er die Tür lautlos hinter sich. Er führte ihre kleine Prozession an. Mias Hand legte sich in seine, als ob sie Angst hätte, er würde sie zurücklassen.

Keine Chance.

Sie kamen im Hauptflur an, der direkt auf die Haustür zuführte, und er spürte einen Anflug von Erleichterung, weil sie es geschafft hatten. In diesem Augenblick ertönte die Türklingel, und sie erstarrten. Schritte hallten aus der Küche herüber. Lucas wollte gerade zur Haustür sprinten, als ein dritter Mann aus dem Büro trat. Der Kerl war jünger als Lucas, gut gekleidet, von schmaler Statur und mit asiatischem

Aussehen. Die Augen des Mannes wurden groß, als er die Mädchen hinter Lucas entdeckte.

„Hoch. Schnell", befahl Lucas und die Mädchen hasteten die Treppe hinauf.

Sein Herz hämmerte in seiner Brust, als der Kerl in seine Jacke griff, aber es ertönten keine Schüsse, während Lucas Mia und Becca die Treppe hinaufschob. Die Zuhälter wollten vermutlich nicht riskieren, die Mädchen zu verletzen – nicht, weil sie sich Sorgen um sie machten, sondern weil sie dann weniger wert wären. Die Typen, die diesen Laden führten, dachten vermutlich, Lucas und die Mädchen säßen nun in der Falle. Er konnte sogar hören, wie sie am Treppenabsatz diskutierten und sich in einer fremden Sprache Anweisungen zuriefen.

Scheiße.

Er begann, an die Türen zu klopfen. „FBI. Dies ist eine Razzia. Kommen Sie sofort mit erhobenen Händen aus den Zimmern." Er schlug mit der Faust an sechs Türen, dann hörte er hinter der letzten endlich Geräusche. Mittwochmorgens schien der Laden nicht besonders gut zu laufen.

Die Tür ging auf, und Lucas zerrte einen erschrocken aussehenden Kerl mittleren Alters aus dem Zimmer, der sich gerade noch die Hose zuknöpfte, dahinter zwei junge Frauen, die nichts außer Spitzen-Bodys trugen. Das Geräusch von Schritten, die die Treppe hoch polterten, ließ ihn die Kinder ins Zimmer schieben, die Tür zuschlagen und dreimal abschließen.

Dieser Raum war das komplette Gegenteil zu den kargen Räumen, die er im Erdgeschoss gesehen hatte. Es gab ein Himmelbett, das auf einem Podest stand, Spiegel an der Decke und an der Wand. Dicke, rote Samtvorhänge. Sexspielzeuge auf dem Nachttisch, der unverkennbare Geruch von Sperma und Latex in der Luft.

Er versuchte, nicht zu würgen.

Und als ob das noch nicht genug wäre, lief auf dem riesigen Fernseher ein Porno. Mia fielen die Augen aus dem Kopf. Lucas stellte sich vor den Bildschirm und schob das Kind zum Fenster, das zur Straße hin lag. Er versuchte, das Fenster zu öffnen, aber es war verschlossen. „Weiß Gott, was bei einem verdammten Feuer passieren würde", murmelte er.

„Mommy sagt, es ist nicht nett, zu fluchen", schalt ihn Mia.

Trotz der Anspannung tauschten Becca und er einen amüsierten Blick aus. Jemand rüttelte am Türknauf. Das Geräusch von Metall, das auf Metall kratzt, als ob jemand versuchte, einen Schlüssel ins Schloss zu schieben. Das Lächeln auf den Lippen des älteren Mädchens begann, sich in ein Zittern zu verwandeln.

Lucas griff nach einem Holzstuhl, der am Frisiertisch stand.

„Geht zur Seite." Es war an der Zeit, Unterstützung anzufordern. Er schlug den Stuhl in das Fenster und die alte Scheibe explodierte in Millionen Scherben.

Das sollte genügen.

Die Männer auf der anderen Seite der Tür verstummten, während sie die Situation neu beurteilten. Sechs nervenzerfetzende Sekunden später hörte Lucas, wie ein Truck vor dem Haus hielt, und Anweisungen gerufen wurden. Dann das unverwechselbare Krachen eines Rammbocks, der die Eingangstür aus dem Rahmen schlug.

Die Kavallerie war da.

„Ich bin FBI-Agent. Hilfe ist auf dem Weg", erklärte er

den beiden Mädchen. Sie klammerten sich aneinander, während er zur Zimmertür ging und lauschte. Er konnte nichts hören, also schloss er die Tür auf und schaute vorsichtig auf den Flur, gerade noch rechtzeitig, um zu sehen, wie einer der Männer, die er in der Küche gesehen hatte, in einem Schlafzimmer am hinteren Ende des Hauses verschwand.

Verdammt. Es musste noch einen anderen Weg nach draußen geben. Er schaute Mia und Becca an. Er konnte sie nicht zurücklassen – aber er sollte sie eigentlich auch nicht mitnehmen.

Keine Wahl. Er würde sie weder aus den Augen lassen, noch würde er diese Arschlöcher entkommen lassen.

„Folgt mir. Wir müssen uns beeilen, aber ganz leise. Verstanden?"

Mia und Becca nickten, beide ganz verzweifelt darauf, aus diesem Höllenloch herauszukommen.

Er rannte den Flur hinunter und kam schlitternd an dem Zimmer zum Stehen, in dem die Männer verschwunden waren. Ausnahmsweise war das Glück auf seiner Seite und die Tür war noch nicht ganz ins Schloss gefallen. Er schaute vorsichtig hinein, aber das Zimmer war leer, bis auf ein paar ungemachte Betten. Wo zur Hölle waren sie hin? Er klemmte einen Stuhl in die Tür, damit seine Kollegen wussten, wohin er verschwunden war. Ein Morgenmantel aus Seide schaukelte in einem begehbaren Kleiderschrank sanft an einem Kleiderbügel hin und her. Er schob den Morgenmantel zur Seite und fuhr mit der Hand über das Holz der Rückwand. Als er gegen die Paneele drückte, sprang eine Geheimtür auf. Bingo.

Die Öffnung auf der anderen Seite der Tür war schwarz wie die Hölle.

„Das ist ja wie in Narnia", flüsterte Mia.

„Nur gruseliger", stimmte Becca zu.

„Bleibt bei mir. Haltet euch an den Händen", wies Lucas sie ruhig an. Er schaltete die Taschenlampe seines Handys ein und tastete sich langsam vorwärts. Er berührte ein Geländer und fühlte mit dem Fuß nach der ersten Stufe, dann begannen sie mit ihrem Abstieg. Sie schlichen immer weiter die Wendeltreppe hinab. Plötzlich hörten sie polternde Schritte, die immer lauter wurden. Dann wurde ihm klar, dass es die Polizei sein musste, die auf der anderen Seite der Wand die Treppen hinaufstürmten.

Becca stolperte und er fing sie auf. „Vorsicht."

„Wo gehen wir hin?", fragte sie, als ob sie sich zu fragen begann, wie schlau es gewesen war, einem fremden Mann in einen dunklen Tunnel zu folgen.

Cleveres Mädchen.

„Ich will wissen, wohin diese Wi...". Er ertappte sich. „Wohin diese Männer verschwunden sind, die euch eingesperrt haben, damit die Polizei sie verhaften kann."

Sie stiegen immer weiter nach unten. Der Gang wurde so schmal, dass er seine Schultern kaum hindurchschieben konnte. Es roch muffig und abgestanden, wie der Dachboden im Sommerhaus seiner Eltern in West Virginia.

Er hatte keine Vorstellung, wie tief sie hinabgestiegen waren, aber die kühle Luft und die Stille ließen ihn vermuten, dass sie sich mindestens auf der Ebene des Kellers befanden, wenn nicht sogar tiefer. Sie erreichten das Ende der Treppe und gingen nun einen Tunnel entlang, der nach Nordwesten führte. Sie wurden schneller und joggten durch den Gang, folgten den undeutlichen Geräuschen der Männer vor ihnen.

Das schabende Geräusch eines rostigen Scharniers ließ ihn noch schneller laufen, aber es war schwer, zu rennen, wenn er so gut wie nichts sehen konnte und zwei Kinder im Schlepptau hatte.

Das plötzliche Anschwellen von Stimmen direkt vor ihnen ließ ihn abrupt abbremsen. Die Mädchen krachten in seine Rücken, beinah lautlos. Ihre Überlebensinstinkte liefen auf vollen Touren. Das war kein Spiel mehr. Er winkte sie vorsichtig hinter sich her und schaute um die Ecke. Drei Männer standen neben einer hölzernen Leiter unter einer offenen Luke. Sie stritten sich um ein Handy, sagten immer wieder etwas, was wie „tscha yo" klang.

Lucas runzelte die Augenbrauen. Was zur Hölle bedeutete „tscha yo"?

Plötzlich vibrierte das Handy der Puffmutter in seiner Tasche und die drei Männer fuhren zu ihm herum. Scheiße- sie mussten sich außerhalb der Reichweite des Störsenders befinden. Er duckte sich hinter die Ecke und sofort begannen Kugeln in die Wand hinter ihm einzuschlagen. Das Klappern von Schritten sagte ihm, dass sie die Leiter hinaufstiegen, aber der Kugelhagel ließ nicht nach.

„FBI. Sie sind verhaftet", brüllte Lucas. Jetzt wäre ein großartiger Zeitpunkt gewesen, um eine Waffe dabeizuhaben, aber sie hatten entschieden, es für diesen Einsatz nicht zu riskieren.

„Fick dich, Hurensohn", kam die Antwort. Offensichtlich hatten sie ihr Englisch aus Bruce Willis-Filmen gelernt.

Mia schlug die Hände vor den Mund, ihre Augen so groß wie Golfbälle. Lucas musste grinsen, obwohl die Anspannung immer größer wurde. Er zog sein eigenes Handy hervor und wählte die Nummer der Einsatzleitung, bevor er es an Becca weiterreichte. „Wenn jemand drangeht, sag ihr, sie soll nicht auflegen."

Die Schüsse verstummten, und die Luke wurde zugeschlagen. In der plötzlichen Dunkelheit lugte er vorsichtig um die Ecke. Die Männer waren verschwunden. Er kletterte die Stufen der Leiter hinauf und stemmte sich gegen die Luke, aber etwas versperrte sie. Autotüren, die zugeschlagen wurden, sagten ihm, dass die Männer in einem Fahrzeug saßen. Er rammte seine Schulter in die hölzerne Luke, immer und immer wieder. Er musste die Marke und das Model des Autos sehen und vielleicht sogar das Nummernschild erkennen.

„Sag ihr, dass die Täter in einem Auto fliehen", sagte er Becca, die es ins Handy weitergab.

Endlich verlagerte sich das Gewicht über seinem Kopf, und er konnte die Tür einen Spaltbreit öffnen. Er erhaschte einen Blick auf einen Fünftürer, der behäbig aus der Garage fuhr. „Silberner BMW." Er rasselte das Nummernschild herunter.

Dann stemmte er sich ein letztes Mal gegen die Luke, und was auch immer sie beschwert hatte, rutschte weit genug zu Seite, um den Ausgang freizugeben.

Lucas kletterte heraus, dann half er Mia und Becca die Leiter hinauf. Die Mädchen blickten sich benommen um. Sie waren durch die Hölle gegangen, aber sie lebten. Er nickte ihnen aufmunternd zu. „Ihr seid in Sicherheit."

Mias tapferes Auftreten fiel in sich zusammen und sie brach in Tränen aus. Im selben Augenblick spürte Lucas ein Beben unter den Sohlen seiner Turnschuhe. Sein Militärtraining schaltete sich automatisch ein und er riss weit den Mund auf, während er gleichzeitig die Mädchen zu Boden riss.

Die Gewalt der Explosion warf ihn in die Luft. Er schlug auf dem Boden auf wie ein Fallschirmjäger, der seine Reißleine dreihundert Meter zu spät gezogen hatte.

Herr im Himmel.

Er lag auf dem Rücken, in einer Welt, die nur aus Schmerzen zu bestehen schien. Seine Ohren klingelten, seine Sicht war verschwommen.

Was zur Hölle war gerade passiert?

Er starrte ein paar Sekunden auf das gewellte Blechdach der Garage, dann begannen in der Ferne Sirenen zu kreischen. Es war schwer, zu atmen, Rauch, Staub und ein Ring aus Feuer schienen seine Rippen zu umgeben. Er hustete und fluchte, hustete und fluchte noch einmal.

Diese Bastarde hatten die Tunnel in die Luft gejagt.

Hurensöhne.

Er rollte sich auf alle Viere und krabbelte zu Becca, die regungslos auf den schmutzigen Steinfliesen lag.

Ein paar Meter entfernt hustete Mia sich die Lunge aus dem Leib, aber immerhin war sie bei Bewusstsein. Innere Verletzungen waren ein sehr reales Risiko – das Tödlichste an jeder Explosion war der Überdruck der Detonation. Luftwellen, die sich mit Überschallgeschwindigkeiten fortbewegten, konnten Lungen, Nieren und Eingeweide zerreißen. Sie mussten alle drei so schnell wie möglich in ein Krankenhaus, aber Beccas Gesicht war schon jetzt blutleer. Er kontrollierte Puls und Atemwege und begann mit der Wiederbelebung. Mia stolperte auf die Füße.

„Nimm mein Handy", sagte er ihr und deutete in die Richtung, in der es auf dem Boden lag.

Tränen malten Streifen in den Staub auf ihrem Gesicht.

„Ruf Special Agent Sloan an." Er erklärte ihr nicht, wie es ging. Kinder heutzutage schienen sowas schon mit der Muttermilch aufzusaugen. „Stell es auf Lautsprecher."

Sie tat, was er ihr sagte, und hielt das Handy in seine

Richtung, während es klingelte. Becca atmete nicht.

„Ist sie okay?", fragte Mia.

„Randall?" Sloan war am Apparat.

„Ja, Ma'am." Er unterbrach die Herzmassage für keine Sekunde.

„Ihr Lagebericht?"

SSA Carly Sloan war Veteranin der Special Forces und eine erfahrene Teamleiterin, aber sie klang angespannt.

„Wir haben drei der Täter durch unterirdische Tunnel bis in eine Garage verfolgt, wo sie eine Explosion ausgelöst haben, weshalb wir ihnen nicht weiter folgen konnten." Er wiederholte die Details des Wagens, mit dem die drei Männer entkommen waren, während er weiterhin Blut durch Beccas Adern pumpte und Sauerstoff in ihre jungen Lungen zwang. So viel zu seinem Versprechen, sie seien jetzt in Sicherheit. Er hörte, wie Sloan einen Fahndungsbefehl anordnete. „Wir brauchen einen Rettungswagen für einen weiblichen Teenager, der in die Explosion geraten ist. Sie atmet nicht. Außerdem ist hier noch ein achtjähriges Mädchen, das auf innere Verletzungen untersucht werden muss." Genauso wie er.

„Mia Stromberg?", fragte Sloan drängend.

„Ja, Ma'am. Sie ist in Sicherheit. Sagen Sie dem Team, dass ich die weibliche Zielperson in einem der Zimmer im Erdgeschoss eingeschlossen habe, in der nordöstlichen Ecke des Hauses. Ich habe noch mindestens zwei weiter Frauen und einen männlichen Kunden im ersten Stock gesehen. Keine Ahnung, wo sie hin sind."

„Wo sind Sie?" Ein seltsamer Ton schwang in Sloans Stimme mit.

Endlich begann sich Beccas Brustkorb von allein zu bewegen und sie atmete rasselnd ein. Randall konnte weitere

Sirenen hören und stand strauchelnd auf. Er musste sich einen Überblick darüber verschaffen, wo sie sich im Verhältnis zum Einsatzbus befanden, um dem Rettungswagen eine Wegbeschreibung zu geben. Er trat vor die Garage und drehte sich einmal im Kreis. Sein Mund fiel auf, als er die Staubsäule sah, die dort in den Himmel stieg, wo gerade noch die Häuser gestanden hatten.

„Heilige Scheiße."

„Allerdings." Special Agent Sloans Stimme war heiser vor Emotionen. „Was Sie nicht sagen."

Diese Arschlöcher hatte einen gesamten Straßenzug dem Erdboden gleichgemacht, zusammen mit allen, die sich in den Häusern befunden hatten – einschließlich der Polizisten, Bundesagenten, der entführten Frauen und ihrer eigenen Geschäftspartnerin. Die Chancen, dass irgendjemand diese Explosion überlebt hatte, waren gering, aber sie mussten zumindest versuchen, jeden potenziellen Überlebenden zu retten.

„Wie viele unserer Leute waren im Haus?"

„Vier Agenten. Acht Beamte der Bostoner Polizeibehörde." Sloans Stimme brach.

Und weiß Gott wie viele mehr in den Zimmern eingeschlossen gewesen waren, einschließlich Mae Kwon, die eine Goldmine an Informationen gewesen wäre, vorausgesetzt, sie hätte ausgepackt.

Trauer verband sich mit Wut und strömte durch seine Adern wie ein viraler Cocktail. Diese Dreckskerle hatten skrupellos gemordet, um ihre eigenen Ärsche zu retten. Es würde Monate dauern, um sich durch die Trümmer zu wühlen. Monate, um Beweise zu sammeln. Monate, um die Toten zu identifizieren.

Was forensische Gegenmaßnahmen anging, war das hier ein Traum.

Er gab Sloan die Wegbeschreibung für die Rettungssanitäter durch und bemerkte, dass Beccas Augen wieder zufielen. „Scheiße. Ich glaube, das Mädchen hat wieder aufgehört, zu atmen. Sehen Sie zu, dass der Rettungswagen so schnell wie möglich hier ist."

„Ich bin auf dem Weg."

„Schicken Sie einfach einen Notarzt." Er rannte zu Becca und verabreichte ihre ein paar schnelle Atemzüge. Sein Handy legte er neben sich auf den Boden. „Koordinieren Sie die Rettung. Ich hab' das hier im Griff."

„Negativ, Agent Randall", presste Sloan hervor. Offensichtlich war sie schon unterwegs. „Es ist gut möglich, dass Sie da die beiden einzigen lebenden Zeugen haben. Wir müssen dafür sorgen, dass sie in Sicherheit sind. Verstanden?"

Lucas presste seinen Finger auf Beccas Halsschlagader, aber die Lebensader war erschreckend still. Gottverdammmt.

„Ich will nach Hause." Mia begann zu weinen. „Ich will zu meiner Mommy und meinem Daddy." Sie wischte sich das Gesicht an ihrem T-Shirt ab.

„Du bist sehr tapfer gewesen, Kleine. Du musst nur ein ganz kleines bisschen länger durchhalten, solange ich versuche, Becca zu helfen."

„Wird sie sterben?"

Beccas Lippen waren dunkelblau, ihre Haut blasser als das beste Porzellan seiner Mutter. Sein eigenes Herz hämmerte so heftig, dass er spüren konnte, wie es gegen seine wunden Rippen schlug. Beccas Herz lag regungslos in ihrer Brust.

„Komm schon, Becca. Komm schon!" Verzweifelt hieb er seine Faust auf ihr Brustbein. Eine Sirene kam näher, war aber immer noch nicht nah genug.

„Sie sind da!", rief Mia aufgeregt und schaute aus dem Garagentor.

Endlich.

Aber Lucas hatte das furchtbare Gefühl, dass sie zu spät kamen, um das Mädchen zu retten, das leblos neben ihm lag. Und es kam ihm schrecklich unfair vor, dass Becca so kurz vor der Freiheit gestanden hatte und ihr das Leben trotzdem gestohlen worden war, als wäre sie egal. Als wäre sie wertlos.

ZWEITES KAPITEL

„WARUM RUFEN SIE mich auf dieser Nummer an?",
fragte sein Insider, Rabbit, mit angestrengtem
Flüstern.

Er hatte seinen Spitznamen von seinem Online-Alias
„Tinyrabbit" übernommen. Er hatte kein besonderes Interesse
daran, herumzuhüpfen, und hatte auch keine großen Ohren.
Er vergrub sich nur verdammt gerne in sehr kleinen Löchern.

Rabbit war nützlich. Sonst wäre er schon längst tot.

„Ich will wissen, was los ist."

„Was, wenn sie diesen Anruf abhören?" Rabbit klang
panisch genug, um sofort wieder aufzulegen. Er war nicht
wirklich so dumm, oder?

„Diese stümperhaften FBI-Agenten? Glauben Sie wirklich,
ich würde ein Handy benutzen, das sie zurückverfolgen
können?", fragte Andrew Britton aalglatt.

„Nein."

Gut. „Werden Sie verdächtigt?"

„Nein." Rabbits Stimme bebte. „Niemand weiß
Bescheid." Er sog hörbar die Luft ein, dann wurde er endlich
ruhiger. „Was wollen Sie wissen?"

„Alles."

„Sie haben nicht viel in der Hand." Ein tonloses Lachen
entfloh ihm. „Den Laden in die Luft zu jagen war ein

Geniestreich."

Kein Bedauern für die verlorenen Menschenleben. Kein Begreifen, dass er selbst so tot wie die anderen wäre, wenn er heute dort gewesen wäre. Einzig und allein der Selbsterhaltungstrieb.

„Konnten sie schon die Personen identifizieren, nach denen sie suchen?", fragte Andrew.

„Nein. Nur, dass drei asiatisch aussehende Männer entkommen sind."

Hervorragend. Kriminelle Machenschaften waren um einiges befriedigender, wenn einem die Bundespolizei nicht auf den Fersen war.

„Zeugen?"

Rabbit räusperte sich. „Ein FBI-Agent namens Lucas Randall – er hat sich als Kunde ausgegeben, um ins Bordell zu kommen. Hat gesagt, Madame Kwon hat ihn zu Mia gebracht, als er genug Geld geboten hatte." Rabbit klang verbittert, aber er war gerissen genug, es nicht nach außen zu kehren. „Er hat sich das Mädchen geschnappt und ist abgehauen. Behauptet, er hätte die Gesichter der Jungs gesehen."

Das waren keine guten Neuigkeiten, allerdings waren die meisten weißen Amerikaner nicht besonders gut darin, Asiaten auseinanderzuhalten. „Die einzige weitere Überlebende ist Mia Stromberg?"

„Ja." Rabbits Stimme schien durchdrungen von Angstschweiß. „Abgesehen von ein paar Polizisten, die verdammt viel Glück hatten, weil sie Randall in den Tunnel gefolgt sind. Sie haben nichts gesehen."

Andrew machte sich nicht die Mühe, Rabbit darauf hinzuweisen, dass nichts von alldem passiert wäre, wenn er nicht gewesen wäre. Jemand anders würde vielleicht behaupten, dass ihre Geschäftsbeziehung so ein Risiko eben mit sich brachte. Aber die Tatsache, dass Rabbit dieses bestimmte Kind gewollt hatte, dass er Andrews Cousin Brandon so lange getriezt hatte, bis dessen Stolz ihn dazu getrieben hatte, beweisen zu wollen, dass er eine so spektakuläre Entführung am helllichten Tag durchführen konnte … das war sein Fehler gewesen. Rabbit würde für sein unbändiges Verlangen zahlen, sobald er entbehrlich wurde.

„Laut den Einsatzberichten hat Mia niemanden zu Gesicht bekommen, außer Madame Kwon", fügte Rabbit eilig hinzu.

Mae Kwon hatte ihr eigenes Schicksal besiegelt, weil sie eine dumme, geldgeile Schlampe gewesen war. „Und Sie sind sicher, dass niemand sonst überlebt hat?"

„Absolut sicher." Rabbit klang großspurig. Hatte die Sache wieder unter Kontrolle.

„Wie lange haben die Bullen das Haus observiert, bevor sie die Razzia gestartet haben?"

„Nicht lange. Maximal zwölf Stunden."

Nicht so lange, wie Andrew befürchtet hatte. Sie hatten Fotos von einigen der Klienten, aber keine von den Mitgliedern der Devils. Nichts, was eine Verbindung zu den Drahtziehern der Organisation herstellte. Nichts, was ein SEAL-Team zu seiner Haustür führen würde.

Noch nicht.

„Ganze zwölf Stunden? Warum haben wir dann nichts davon erfahren?" Sein Tonfall war trügerisch ruhig.

„Ich wusste nicht…"

„Wofür brauchen wir Sie dann?", knurrte er.

Rabbit hielt klugerweise den Mund.

Sobald Andrew von der Explosion gehört hatte, hatte er die Webseite gelöscht und hatte die halbgaren Versuche, seinen Aufenthaltsort ausfindig zu machen, untergraben. Es würde nicht lange dauern, das Geschäft an einem anderen Ort und unter einer neuen Tarnung wieder aufzuziehen. Selbst ohne das Darknet machte das schiere Volumen dieser Art Organisationen in den USA sie praktisch unauffindbar.

„Wie haben sie uns gefunden?", fragte er. „Und wer hat ihnen das Passwort gegeben, um ins Haus zu kommen?"

Das mündliche Passwort wurde nur an diejenigen weitergegeben, die sich online beworben hatten. An Leute, die er persönlich überprüft hatte. Und es wurde wöchentlich geändert.

Sie boten ein exklusives Angebot für Stammkunden an. Saubere, gesunde Mädchen. Eine geschmackvolle Einrichtung und eine angenehme Atmosphäre. Nicht irgendeine fleckige Matratze in einer, mit Kakerlaken verseuchten, Absteige.

„Ich weiß nicht, wie sie an das Passwort gekommen sind. Ich finde es heraus. Sie haben das Bordell gefunden, nachdem ein anonymer Hinweis eingegangen war. Der Anrufer hatte behauptet, beobachtet zu haben, wie am Dienstag ein Mädchen ins Haus getragen wurde." Rabbit versuchte, nützlich zu klingen. Es war eine gute Überlebensstrategie.

Andrews Augen wurden schmal, als er geistesabwesend zusah, wie Codes über seinen Bildschirm liefen. Niemand verriet diese Organisation und kam mit dem Leben davon. Niemand. Und wenn jemand das Haus beobachtet hatte, was hatten sie dann noch gesehen? „Wie anonym?"

„Absolut vertraulich – nur etwa acht Personen wissen Bescheid, und ich gehöre nicht dazu."

„Finden Sie es heraus", blaffte Andrew.

„Ich denke nicht, dass das möglich sein wird." Rabbits Flüstern war schrill genug, um Andrews Nackenhaare aufzurichten. „Die Person hat schon die hunderttausend Dollar Belohnung von der Familie erhalten, und der Name steht in keinem der Berichte. Ich habe es überprüft." Er schluckte. „Ich kann weitersuchen, wenn Sie wollen."

„Nein", sagte Andrew langsam. „Lenken Sie keine Aufmerksamkeit auf sich." Er hatte andere Mittel und Wege, um den Verräter aufzuspüren und dafür zu sorgen, dass er sich wünschte, er hätte seinen dummen Mund gehalten.

„Ich muss auflegen", sage Rabbit nervös.

„Halten Sie mich über alle Entwicklungen auf dem Laufenden." Andrew musste nicht laut werden, ihm drohen oder ihn nötigen. Rabbit wusste, welche Konsequenzen es hatte, seine Familie zu verraten. Der Tod wartete nur auf die, die Glück hatten.

DIE FBI-AGENTIN ASHLEY Chen folgte ihrer Kollegin Mallory Rooney in das FBI-Büro in Boston, verbarg ihre Nervosität hinter einer kühlen Fassade. Anspannung lag in der Luft wie giftiger Rauch und ließ ihre Brust eng werden. Sie gingen durch die Sicherheitsschleusen, zeigten ihre Dienstmarken am Empfangstresen vor und nahmen ihre Besucherausweise entgegen. Dann fuhren sie mit dem Fahrstuhl in die oberen Stockwerke. Ihr Puls beschleunigte sich, so wie jedes Mal, wenn sie eine neue Bundesbehörde betrat – ein vertrautes Kribbeln der Bedrohung, das ihren Rücken hinunterlief. Die Türen öffneten sich zu einem geschäftigen Bienenstock.

Vor weniger als vierundzwanzig Stunden hatte eine Bombenexplosion vier örtliche Bundesbeamte, drei SWAT-Beamte der Bostoner Polizei und eine bisher noch nicht näher bestimmte Anzahl ziviler Opfer, die in die Prostitution gezwungen worden waren, in den Tod gerissen. Die Rettungsmannschaften durchsuchten noch immer die Trümmer, arbeiteten Hand in Hand mit den Forensikern. Ein Wunder hatte es gegeben – fünf Polizisten waren lebend aus Tunneln unter den Gebäuden gerettet worden. Das war mehr, als irgendjemand zu hoffen gewagt hatte.

Was als Routinerazzia in einem illegalen Bordell begonnen hatte, um einen Menschenhändlerring hochzunehmen, hatte sich in einen der tödlichsten Einsätze für die US-Strafverfolgungsbehörden verwandelt – der tödlichste war der 11. September gewesen. Es glich Waco in Hinblick auf die Anzahl umgekommener FBI-Agenten und war aus einer Richtung gekommen, die niemand erwartet hatte.

Dass ihr Boss, Lincoln Frazer, zwei Beamtinnen der Fallanalyseeinheit 4 zur Unterstützung nach Boston geschickt hatte, sprach Bände darüber, wie wichtig die Ermittlungen waren. Bundesbeamten und Polizisten umzubringen, war ein todsicherer Weg, um ganz oben auf der Fahndungsliste des FBI zu landen. Im Augenblick waren sie noch damit beschäftigt, die drei geflüchteten Täter zu identifizieren.

Chen und Rooney gingen durch das Großraumbüro.

„Wo finden wir den Leiter der Sondereinheit?", fragte Ashley einen grimmig dreinschauenden Agenten, der vorbeilief.

Eine Gruppe Leute drängte sich um einen Tisch und eine blonde Frau von etwa fünfzig Jahren schaute auf.

„Das bin ich. SSA Sloan." Ihre Augen musterten sie rasch, als sie auf sie zukam. Ihr Handschlag war warm und fest. „Zu wem gehören Sie?"

„Fallanalyseeinheit 4", antwortete Mallory. „Verbrechen

gegen Erwachsene.“

Als Teil des Nationalen Zentrums für die Analyse von Gewaltverbrechen – NCAVC – war es ihre Hauptaufgabe, die Ermittlungen von diversen Strafverfolgungsbehörden weltweit mit verhaltensanalytischen Profilen zu unterstützen. Einheit 3 beschäftigte sich mit Verbrechen gegen Kinder und hatte ebenfalls einen Berater geschickt. Einheit 1 war für Sprengstoffdelikte zuständig – sie hatten ein komplettes Team geschickt. Das hier war die größte Ermittlung seit dem Anschlag auf den Boston Marathon 2013. Jeder einzelne von ihnen wollte diese Bastarde schnappen.

Aufregung kribbelte Ashleys Wirbelsäule entlang. Dies war ihre Chance, sich zu beweisen.

Mallory deutete auf Ashley. „Agent Chen hat gerade ihre Rotation bei der Fallanalyse 2 beendet. Sie ist außerdem Spezialistin für Internetkriminalität und Technologie, falls Sie das brauchen.“

„Ich helfe, wo ich kann“, bot Ashley an.

„Sprechen Sie Chinesisch?“

Sie hatte gewusst, dass es eine asiatische Komponente in diesem Fall gab. Sie hatte nur nicht gewusst, dass sie es schon auf China beschränkt hatten.

„Ein bisschen Kantonesisch“, gab sie zu. „Aber ich bin besser mit Computern.“

Sloan musterte sie und nickte. Ashley konnte den Zweifel im Blick der Frau erkennen und gab sich Mühe, es ihr nicht übelzunehmen. Sie wusste, dass sie jünger aussah als die dreißig Jahre, die in ihrem Ausweis standen, aber Alter war irrelevant. Es waren Erfahrung und Können, die zählten. Man musste ihr nur ein elektronisches Gerät und genug Zeit geben, und sie würde nicht nur das Programm lesen können, sondern vermutlich sogar herausbekommen, wer es geschrieben hatte. Das war einer der Vorteile davon, einen Vater in der Tech-Industrie zu haben, der seiner Tochter neben dem ABC auch direkt C++ beigebracht hatte.

Special Agent Sloan blinzelte Mallory an. „Einer Ihrer Agenten hat ein Profil für die Agata Maroulis-Ermittlung erstellt, richtig?"

Agata Maroulis war eine zwanzigjährige Frau aus Griechenland, die sich vor zwei Jahren auf ein Jobangebot in der Hotelindustrie beworben hatte. Das Mädchen war in die Staaten geflogen und spurlos verschwunden – bis sie kurz nach Weihnachten in ein Polizeipräsidium in Boston gestiefelt war und behauptet hatte, aus einem Bordell geflohen zu sein, in dem man sie gegen ihren Willen festgehalten hatte. Leider hatte der Beamte, mit dem sie gesprochen hatte, sie nicht ernst genommen. Es hatte Verständigungsschwierigkeiten gegeben, und die junge Frau hatte ausgesehen, als ob sie auf der Straße lebte und drogenabhängig wäre. Der Polizist hatte sie weggeschickt, bevor die Detectives sie befragen konnten. Als die Polizisten sie das nächste Mal sahen, trieb sie kopfüber im Charles River, eine 9 mm Kugel im Kopf.

„Agent Darsh Singh hat das Profil erstellt", bestätigte Ashley. „Er steckt mitten in einer Ermittlung in Portland, sonst wäre er auch hier."

„Eine sehr ausgefeilte Menschenhandelsoperation, die vermutlich mit einer großen organisierten Verbrecherbande in Verbindung steht. Vermutlich asiatisch oder russisch. Gewalttätig. Ausgesprochen umsichtiges Vorgehen ist ratsam." Sloan hatte die wesentlichen Stichpunkte des Profils auswendig gelernt. „Er hat mit seiner Einschätzung absolut richtig gelegen."

„Ja, Ma'am. Aber wir können noch nicht mit Sicherheit sagen, ob diese beiden Fälle zusammenhängen", erinnerte Ashley sie.

Sloans Mund wurde schmal.

Darsh war ein cleverer Kerl in einem Umfeld, in dem es von Überfliegern nur so wimmelte. Ashley wusste genau, was er denken würde, wenn er jetzt hier wäre – es machte keinen Unterschied mehr. Das Profil hatte nicht geholfen, die Täter zu erwischen, bevor sie unzählige Menschen umgebracht hatten.

Von all ihren Kollegen mochte Ashley Darsh am liebsten. Vielleicht lag es daran, dass sie beide Minderheiten angehörten, und er geschmacklose Witze darüber machte. Aber sie vermutete, dass es eher an seinem Moralkompass lag, der ihr sehr zusagte. Darsh war ausgebildeter Scharfschütze, aber er war auch ein guter Mann. Und wirklich gute Männer waren schwer zu finden.

Mallory Rooney war nett, und sie hätten sogar Freundinnen werden können – wenn Ashley jemals töricht genug wäre, sich auf so etwas einzulassen. Aber Mallorys Verlobter, Alex Parker, machte Ashley auf so vielen Ebenen nervös, dass sie auch ihre Kollegin auf sicherer Distanz hielt.

„Agent Singh hatte erwähnt, dass ein Agent Sumner die Ermittlungen im Agata Maroulis-Fall leitet. Könnten wir mit ihm über den Fall sprechen?", fragte Ashley.

„Sumner ist ins Hauptquartier versetzt worden. Sie können ihn anrufen, aber er arbeitet nicht mehr hier. Wir haben die Akten, aber die Ermittlungen sind aufgrund von fehlenden Hinweisen im Sand verlaufen." Die Augenlider der leitenden Agentin schienen schwer wie Blei zu sein, die Haut unter ihren Augen war aufgedunsen und hatte dunkle Ringe.

Die Verbitterung, die um ihre Mundwinkel spielte, verriet die Last der Verantwortung für den Tod ihrer Kollegen und war nicht schön mit anzusehen. Sie schaute auf die Uhr. „Mein Vorgesetzter will in einer Stunde einen aktuellen Lagebericht für den Bürgermeister, also haben wir nicht viel Zeit."

„Wo können wir arbeiten?", fragte Mallory.

„Kommen Sie mit." Sloan führte sie durch den Korridor.

Ein dunkelhaariger Agent kam aus einem Nebenzimmer und schloss die Tür hinter sich. Er trug einen teuren, dunkelblauen Anzug und eine blutrote Krawatte. Ashley ertappte sich dabei, wie ihr Blick auf seine breiten Schultern und sein zerzaustes Haar fiel, und spürte einen unwillkommenen Anflug von Verlockung. Das musste ihre Vorliebe für Designermode und gut gekleidete Männer sein.

„Lucas?", sagte Mallory.

Der Mann drehte sich um.

„Mal?" Sein Lächeln war echt, aber es lag ein Anflug von trostloser Erschöpfung in seinen Augen.

„Ich wusste nicht, dass du auch bei dieser Sondereinheit bist." Mallory stellte ihn Ashley vor. „Agent Randall ist ein alter Freund." Sie stupste seine Schulter an. „Hast du einen neuen Einsatz bekommen, ohne mir davon zu erzählen?"

„Nein." Der Kerl war der Inbegriff eines Ostküsten-Schönlings, dunkle Haare und ein glattrasierter Kiefer. Er hatte sogar ein Grübchen im Kinn. Aber eine frische Schramme auf seiner Wange sprach von jüngsten Abenteuern. „Ich bin vor ein paar Tagen nach Boston gekommen, um eine Verbindung zu einem Fall zu überprüfen, an dem ich gerade in Raleigh arbeite. Ich hatte kaum angefangen, als Mia Stromberg entführt wurde, und sie kurzfristig jemanden brauchten, der verdeckt ermitteln konnte." Er zuckte mit den

Schultern, als ob es keine große Sache wäre, sich eine neue Identität zuzulegen. „Es hat nur Sinn gemacht, dass ich das übernehme."

„Du bist in die Explosion geraten? Geht es dir gut?" Mallorys Augen musterten ihn besorgt.

„Ich habe überlebt." Im Gegensatz zu anderen, war, was er nicht laut aussprach. „Wo ist Alex?" Er blickte sich suchend im Flur um, als ob Parker jeden Augenblick hinter der Holzvertäfelung hervorspringen würde. Ashley hätte es ihm zugetraut.

„Agent Randall, kommen Sie mit, und helfen Sie diesen beiden Agentinnen, sich einzurichten und zurechtzufinden." Sloan fuhr mit ihren Ausführungen fort, während sie den Gang hinunterliefen. „Die Sondereinheit wurde um Kollegen aus dem Nachrichtendienst des Bostoner FBI-Büros, der Ostküsten-Sondereinheit gegen Kinderprostitution, der Bostoner Sondereinheit gegen Gewaltverbrechen, und der North Shore HIDTA erweitert. Das ist die Sondereinheit für Ermittlungen im Rauschgiftmilieu und gegen organisiertes Verbrechen. Aber wir haben noch keine haltbaren Hinweise darauf, wer diese Organisation betreibt, oder welche Organisationen überhaupt beteiligt sind."

Sie schritten in einem so forschen Tempo durch den Flur, dass Ashley froh war, ihre Pumps zu Hause gelassen zu haben.

Sie betraten einen kleinen, leeren Konferenzraum. Ashley baute ihren Laptop auf, während Sloan sie auf den neusten Stand brachte. „Wir haben den ausgebrannten BMW in der Nähe eines Eisenbahndepots gefunden. Er war auf die Puffmutter, Mae Kwon, angemeldet, die in der Explosion umgekommen ist. Wir versuchen derzeit, an mehr

Informationen über ihre Beteiligung zu kommen."

Agent Randall bemerkte, wie Ashley ihn musterte – und wandte den Blick nicht ab. Seine Augen waren von einer satten, tiefbraunen Farbe mit dicken, schwarzen Wimpern. Klugheit lag in seinem Blick.

Sie schaute verunsichert zur Seite.

„Die Gebäude befanden sich im Besitz von Mae Kwon und einem Unternehmen auf den Cayman Inseln, vermutlich eine Briefkastenfirma, aber einer unserer Finanzforensiker versucht, alles über Mae Kwon herauszufinden und darüber, wer diese Konten angelegt hat."

„Hat sie ein Einkommen angegeben?", fragte Mallory.

Sloan nickte. „Hatte ein Gewerbe für eine Pension angemeldet."

Eine Welle des Ekels rollte durch Ashley hindurch, als sie daran dachte, was tatsächlich in diesen Häusern vor sich gegangen war.

Mallory räusperte sich. „Das kleine Mädchen, das entführt worden ist, hat sie überlebt?"

„Wir konnten sie retten, Mal." Agent Randalls Gesichtsausdruck wurde sanft. „Und sie hatten sie nicht angefasst."

Mallory nickte, und alle taten so, als ob sie den Tränenschleier nicht sehen würden, der sich über ihre Augen legte. Ashley war sich nicht sicher, ob es an den Schwangerschaftshormonen lag, oder ob das Thema an sich die andere Agentin so berührte – Mallorys Zwillingsschwester war als kleines Mädchen entführt worden. Jedes Verbrechen gegen Kinder war eine Herausforderung, ganz egal, wie sehr man versuchte, sich davon zu distanzieren, aber es war besonders schwierig für Menschen wie Mallory, die diesen Alptraum selber durchlebt hatten.

Ashley hatte ihre eigenen Alpträume, mit denen sie zurechtkommen musste.

„Hat irgendjemand außer den Polizisten die Explosion überlebt? Irgendeine der Frauen, die dort festgehalten wurden?", fragte sie. Eine lebende Zeugin würde ihnen viel über diese Leute verraten können, darüber, wie sie vorgingen – was vermutlich der Grund dafür war, dass sie alle kaltblütig ermordet worden waren.

„Mia Stromberg ist die einzige Überlebende", sagte Randall nachdrücklich. „Wir haben einen der Freier festgenommen, der uns das Passwort du jour verraten hat, das mir Zutritt in dieses Etablissement verschaffen hat. Sein Deal beinhaltete allerdings auch Immunität vor allen Verhören und vor Strafverfolgung, vorausgesetzt, das Passwort funktioniert."

„Dem haben Sie zugestimmt?", fragte Ashley fassungslos.

Randall zuckte mit den Schultern. „Wir haben versucht, ein kleines Mädchen zu retten, bevor sie missbraucht wurde. Wir hatten das Gefühl, das sei es wert."

„Es war ein Anwalt", bemerkte Sloan. „Aalglattes Arschloch. Wir hatten einfach nicht damit gerechnet, dass sie den verdammten Laden in die Luft jagen und jeden anderen Zeugen umbringen würden."

„Hat er Ihnen irgendwas darüber erzählt, wie er das Bordell überhaupt gefunden hat, oder woher er das Passwort kannte, oder wie er gezahlt hat?", fragte Ashley.

„Er hat uns eine Webseite im Darknet genannt."

„Schicken Sie mir den Link", sagte sie aufgeregt. „Ich sollte herausfinden können…"

„Die Seite ist verschwunden." Randalls Ausdruck spiegelte ihre Enttäuschung wider.

Sie verkniff sich eine Obszönität. Diese Seite hätte ihnen so viel erzählen können.

„Nach allem, was wir bisher mit Sicherheit wissen", fuhr Sloan fort, „wurden die Frauen, wenn sie gerade nicht arbeiteten, in mehreren Schlafsälen untergebracht, die sich in den angrenzenden Gebäuden befanden. Vorläufige Autopsien legen nahe, dass sie mit Beruhigungsmitteln vollgepumpt waren, als sie starben. Viele von ihnen hatten Einstichnarben."

„Einfacher zu kontrollieren, wenn sie unter Drogen stehen", sagte Ashley.

„Wer auch immer die Sprengstoffvorrichtung montiert hat, hat sie direkt an der Decke unter den Schlafzimmern der Frauen befestigt." Randall klang, als müsse er seine Wut zügeln.

Ashley zuckte zusammen. Das war kalt. Körper für Sex zu verkaufen, den Geist der Frauen zu brechen, und dann beim ersten Anzeichen von Schwierigkeiten ihr Leben auszulöschen. Die Frauen waren schlechter behandelt worden als Sklaven im Alten Testament, waren nicht mehr gewesen, als ein Stück warmes Fleisch, das man misshandeln konnte. So viel zum Thema Fortschritt.

Sloan übernahm. „Aufgrund der Aufzeichnungen der Wärmebildkameras vor der Explosion vermuten wir, dass etwa dreißig bis vierzig Frauen dort festgehalten wurden."

„Kann uns das Mädchen, das überlebt hat, irgendwas Nützliches erzählen?", drängte Ashley.

Sloan schüttelte den Kopf. „Sie war allein und wurde isoliert, außerdem war sie nur für einen Tag dort."

„Was ist mit dem Sprengstoff?", fragte Mallory. „Was wissen wir darüber?"

„Die Sprengstoffexperten der Fallanalyse 1 untersuchen es

derzeit. Wir haben auch Proben an TEDAC geschickt, damit sie die Komponenten überprüfen.“

TEDAC war das Terrorist Explosive Device Analytical Center, das Sprengvorrichtungen von Terroranschlägen weltweit untersuchte.

„Sie haben C4 genutzt, weiterhin standardmäßige Zündblättchen, die wir gerade zu identifizieren versuchen. Sie haben den Störsender ausgeschaltet und die Bombe per Handy gezündet, sobald sie entkommen waren“, erklärte Sloan. „Agent Randall hatte Glück, dass er da lebend rausgekommen ist.“

„Ich habe mein erstes chinesisches Wort gelernt.“ Sein Grinsen war voller Selbstironie. „Wenn irgendjemand immer wieder ‚tscha yo‘ sagt, heißt das ‚lauf!‘.“

Ashley betrachtete die Schramme auf seiner Wange mit neuem Interesse. Das Wort „Zhàyào“ bedeutete Sprengstoff. „Lauf“ funktionierte als schnelle, unsaubere Übersetzung.

Dass die Täter sich auf jede Eventualität vorbereitet hatten, machte sie nervös. Der Gebrauch von Sprengstoff bewies extreme Skrupellosigkeit und eine kriegsähnliche Strategie im Umgang mit den Strafverfolgungsbehörden. Hatten sie das schon einmal gemacht? Hatten sie einen Militärhintergrund oder Verbindungen zu Terroristen? Oder waren sie schon einmal erwischt worden und wussten nun, aufgrund welcher Beweise sie verurteilt werden konnten?

„Hatte die Puffmutter irgendwelche Vorstrafen?“ Ashleys Finger tippten ungeduldig auf den Tisch.

„Es lag ein Haftbefehl aus Kanada gegen sie vor, wegen eines Visumsverstoßes. Wir haben die chinesischen und kanadischen Behörden um jede Information gebeten, die sie über sie haben.“

„Und sie war definitiv Chinesin?", fragte Ashley. Denn es kam vor, dass Leute, auch intelligente Leute, aufgrund des Aussehens Mutmaßungen über die Herkunft eines Menschen anstellten.

„Korrekt. Die Nationalitäten der Männer sind noch unbekannt, aber sie sahen asiatisch aus", bestätigte Sloan. „Derzeit schauen wir uns sämtliche asiatischen Verbrecherorganisationen an."

Eine dunkle Vorahnung schlich sich zwischen zwei ihrer Herzschläge – aber es gab 1,4 Milliarden Menschen in China und etwa 36.000 Chinesen oder Amerikaner chinesischer Herkunft in Boston, wenn man die stets wachsende Anzahl an Studenten mitzählte.

Randall wandte sich an Mallory. „Wir könnten Alex' Expertise bei dieser Sache gebrauchen."

Mallory schüttelte den Kopf. „Es gab gestern Abend eine groß angelegte Cyberattacke bei einem seiner Klienten. Er ist damit beschäftigt, die Angreifer zu identifizieren und festzustellen, was sie erbeutet haben."

„Das hier ist wichtiger als jeder Cyberangriff."

„Woher wollen Sie das wissen?", unterbrach Ashley. „Wenn Sie nicht wissen, auf was es die Angreifer abgesehen haben, woher wollen Sie dann wissen, welcher Fall wichtiger ist?"

„Vielleicht der, bei dem gerade fünfzig Menschen umgekommen sind, einschließlich sieben Beamter?" Randalls Stimme knisterte vor Anschuldigungen, und sie ärgerte sich, dass sie ihn vorher attraktiv gefunden hatte. „Ich sage ja nicht, dass es unwichtig ist, woran Alex gerade arbeitet, aber die Cyberkriminellen können warten. Diese hier nicht."

Das machte sie wütend. Polizisten betrachteten

Cyberkriminalität oft als ein Kavaliersdelikt, das niemandem wirklich schadete. Aber Identitätsdiebstahl oder die Zerstörung der Bonität waren keinesfalls Kavaliersdelikte. Es war kein Kavaliersdelikt, die weltweite Stromversorgung zu kontrollieren, sich in Bankensysteme einzuhacken oder die Wirtschaft einer ganzen Nation lahmzulegen. Wenn man die Cybertechnologie kontrollierte, kontrollierte man den Informationsfluss für den Großteil der Weltbevölkerung. Und die Kriegsführung im Cyberspace hatte schon längst begonnen. Man musste nur mal die Iraner nach Stuxnet befragen. Oder die Esten, Ukrainer oder Georgier danach, welche Folgen es hatte, Russland ans Bein zu pissen.

Sie starrten sich wütend an.

„Welche Beweise haben Sie, die uns dabei helfen könnten, diese Kerle zu identifizieren?", fragte Mallory und versuchte, die plötzliche Anspannung zwischen Ashley und Randall zu lindern.

Sloan antwortete. „Mia Stromberg könnte eventuell einen oder mehrere der Täter wiedererkennen – aber sie ist erst acht und hat letzten Endes nicht wirklich viel gesehen. Sie haben sie von hinten gepackt, ihr eine Haube übergestülpt und sie mit einem Beruhigungsmittel ausgeknockt. Ihre Familie befindet sich derzeit im Zeugenschutz. Agent Randall konnte zwei der Täter gut erkennen und hat den dritten flüchtig gesehen. Die örtliche Polizei untersucht den BMW auf Fingerabdrücke und DNA. Die Opfer werden alle obduziert, aber das wird relativ lange dauern, so unterbesetzt wie die Gerichtsmedizin ist. Ein Antrag auf Assistenz ist bereits erfolgt. Der Ort der Explosion wird gründlich nach allen Materialien durchkämmt, die DNA oder Fingerabdrücke liefern könnten. Wir überprüfen außerdem die Aufnahmen von Verkehrskameras, um möglicherweise klare Aufnahmen von den Gesichtern der Männer zu bekommen, während sie in dem BMW saßen. Zusätzlich dazu gibt es Aufnahmen von Überwachungskameras aus den zwölf Stunden vor der Razzia, die wir derzeit sichten. Wir versuchen, Freier zu identifizieren, die wir aufgenommen haben, und hoffen, dass sie uns Aufschluss darüber geben können, wie die Täter ihre Klienten gefunden haben."

„Ich hatte gehofft, Alex könnte sich die Daten der umstehenden Mobilfunkmasten anschauen", fügte Randall hinzu. „Vielleicht lassen sich die Handynummern der Kerle herausfinden, und wir können sie so identifizieren."

„Agent Chen ist ziemlich gut, was Technologie angeht", informierte Mallory den ehemals attraktiven Bundesagenten. „Sie kann vielleicht helfen."

Randalls Augenbrauen zogen sich zusammen. „Nichts für ungut, aber Alex ist der Beste."

Er warf Ashley einen entschuldigenden Blick zu, den sie mit versteinerter Miene erwiderte. Dass er recht hatte, schmerzte. Alex Parker hatte die geradezu unheimliche Gabe, mobile Daten zu betrachten und sogar die Schuhgröße eines Täters zu erkennen. Sie hatte andere Talente.

„Außerdem haben wir noch das Handy der Puffmutter", warf Sloan ein.

„Was für ein Modell?"

„Ein iPhone."

Ashleys Kopf schnellte in die Höhe. „Konnten Sie es knacken?"

Sloan schüttelte den Kopf. „Die Techniker können den PIN-Code nicht knacken. Wir haben dem Anbieter eine richterliche Anordnung für ihre Daten geschickt. Sie sind unverhältnismäßig langsam bei der Zustellung.“

Das Handy konnte nicht das gleiche Modell sein, das von den Terroristen in San Bernardino benutzt worden war, oder aber es lief mit einem neueren Betriebssystem. Gerüchten zufolge hatte das FBI auf dem grauen Markt über eine Million Dollar bezahlt, um Zugang zu der Sicherheitslücke zu bekommen, die ihnen erlaubt hatte, das Handy zu knacken, ohne dabei wesentliche Daten zu kompromittieren.

Zero-Day-Schwachstellen waren ein riesiges Geschäft. Die Gray-Hat Hacker verdienten eine Menge Geld damit, Software-Schwachstellen an Bundesbehörden, Sicherheitsfirmen und manchmal sogar an die Entwickler selbst zu verkaufen. Aber nicht jeder war einverstanden damit, wie Regierungen mit diesen Schwachstellen umgingen. Nicht jeder war einverstanden damit, wenn Regierungen ihre eigenen Staatsbürger ausspionierten. Manche Hersteller würden die Behörden eher vor einen Richter schleifen, als den Anschein zu erwecken, sie würden kooperieren. Ashley für ihren Teil war der Meinung, dass man für niemanden ein Hintertürchen schaffen sollte. Jede potenzielle Schwachstelle konnte und würde von irgendeinem innovativen Hacker aufgespürt und ausgenutzt werden.

Die Strafverfolgungsbehörden mussten besser als die Kriminellen sein, wenn es darum ging, den Cyberspace und Technologien zu navigieren – was einer der Gründe war, weshalb sie zum FBI gegangen war. Sie brauchten Agenten und Verhaltensanalytiker, die die tiefen, trüben Abgründe des Internets verstanden.

„Ich kann versuchen, es zu knacken“, bot sie an.

Randall und Sloan tauschten einen Blick aus.

„Wir kommen auf Sie zurück“, sage Sloan.

„Ich habe einen summa cum laude-Abschluss von der Cornell Universität." Innerhalb von zwei Jahren und im Alter von nur neunzehn, aber das sagte sie nicht.

„Wir werden uns daran erinnern, wenn die Computerfreaks, die extra aus der Zentrale hergekommen sind, feststecken. Die machen das nicht zum ersten Mal." Beim Anblick von Randalls unterdrücktem Schmunzeln hätte sie ihm am liebsten ins Gesicht geschlagen.

Sie war besser als irgendwer in der Zentrale und billiger als jemand vom grauen Markt, aber Aufmerksamkeit auf sich zu lenken, war nicht Teil ihres Plans. Im Hintergrund zu verschwinden, und den Stereotyp der distanzierten, fleißigen Asiatin voll und ganz auszunutzen, war ihre Vorgehensweise.

Randalls Augen glitten über ihr Gesicht, als ob er von der Bewertung ihre Fähigkeiten als Agentin - die er offensichtlich als nicht ausreichend befand – dazu übergegangen war, sie als Frau zu bewerten. Der Anflug von Anziehung, der über ihre Haut strich, irritierte sie. Sie wurde rot, als sie wegschaute, und wünschte sich, es wäre nur vor Ärger.

Im Augenblick wollte sie nur ihre Chefs beeindrucken und dabei helfen, diesen Fall zu lösen. Das bedeutete, keine Männer. Keinen Sex. Kaum ein Verlust, da sich die meisten Männer ohnehin als große Enttäuschung im Bett herausstellten.

„Was sollen wir also tun?", fragte Mallory und brachte Ashleys Gedanken wieder in die Spur.

„Überprüfen Sie, ob sie irgendwelche Ähnlichkeiten mit bekannten Verbrecherorganisationen entdecken können, erstellen Sie eine Analyse der Tätermotivation und einen Einblick in die Art von Persönlichkeit, mit der wir es hier zu tun haben, und was sie womöglich als Nächstes tun werden", sagte Sloan. „Schauen Sie sich noch einmal die Beweise an, überprüfen Sie, ob Sie eine Verbindung zwischen Agata Maroulis und diesem Bordell herstellen können, oder ob es ein weiteres Bordell in der Stadt gibt, von dem wir nichts wissen. Falls ja, will ich, dass es sofort hochgenommen wird."

„Wir brauchen Zugang zu allen Akten." Mallory zog ihren Laptop aus der Tasche.

Sloan nickte und schaute auf die Uhr. „Ich kümmere mich darum. Sie müssen mich jetzt entschuldigen, ich muss zu dieser Besprechung."

Als Sloan gegangen war, um den leitenden Special Agent des Bostoner FBI-Büros auf den neusten Stand zu bringen, trat Randall zu Mallory. Ashley ertappte sich dabei, wie sie ihn heimlich beäugte.

„Zumindest scheint SSA Sloan angenehmer zu sein als Danbridge", bemerkte Mallory mit einem schiefen Grinsen.

"Sloan ist eine gute Agentin und eine hervorragende Teamleiterin", stimmte Randall zu.

Mallory lachte bitter auf. „Wohingegen Danbridge eine sadistische Tyrannin mit einem Minderwertigkeitskomplex ist."

Randall grunzte und verschränkte die Arme vor der Brust. Zu ihrem Verdruss bemerkte Ashley, dass sie bewundernd beobachtete, wie der Stoff seines Jacketts sich über seine breiten Schultern spannte. Sie hatte offensichtlich einen furchtbaren Geschmack bei Männern.

„Und sie ist noch verbitterter, seit du den Job in Quantico bekommen hast. Ich glaube, sogar der SAC bekommt langsam Zweifel, was ihre Professionalität angeht."

„Lucas war mein Mentor in Charlotte", erklärte Mallory, als sie Ashleys Blick bemerkte.

„Ganz abgesehen davon, dass wir zusammen in West Virginia aufgewachsen sind." Randalls Lächeln erlosch, und Ashley zählte eins und eins zusammen. Sie waren Kindheitsfreunde gewesen, als Mallorys Zwillingsschwester entführt worden war. Das erklärte vermutlich, warum sie ein so enges Verhältnis hatten, und warum sie beide zum FBI gegangen waren.

Er räusperte sich und richtete sich zu seiner vollen Größe auf. „Ich muss zurück an die Arbeit." Er hielt inne. „Frag Alex, ob er sich die Daten von den Mobilfunkmasten anschauen kann, wenn er Zeit dazu hat, ja? Wenn wir diese Typen identifizieren können, schaffen sie es vielleicht nicht über die Grenze."

„Er ist auch dein Freund, Lucas", erwiderte Mallory entnervt.

„Aber auf dich hört er."

„Vorausgesetzt, sie haben das Land nicht schon längst verlassen", murmelte Ashley. Wenn sie doch nur die Webseite hätte sehen können, bevor sie gelöscht wurde.

Randalls Blick verfinsterte sich.

Eine Grimasse huschte über Mallorys Lippen. „Sie hat recht."

„Ich weiß, dass sie recht hat." Randalls Ausdruck wandelte sich von Ärger zu Bedauern und wieder fiel sein Blick mit widerstrebendem Interesse auf Ashley. „Muss aber noch lange nicht heißen, dass es mir auch gefällt."

DRITTES KAPITEL

ANSCHEINEND LIEßEN SIE mittlerweile sogar Teenager zum FBI. Ashley Chen sah aus, als ob sie kaum alt genug wäre, um Alkohol zu trinken, ganz zu schweigen von allem anderen. Dass Lucas nur vierundzwanzig Stunden nach dem schlimmsten Tag seiner gesamten FBI-Karriere an „alles andere" dachte, machte ihn wütend.

Sie kam ihm vage bekannt vor, auch wenn er sich sicher war, sie nie zuvor getroffen zu haben. Er rieb sich das Gesicht und zwang die kratzbürstige Agentin aus seinen Gedanken. Es gab wichtigere Dinge, an die er denken musste.

Jemand hatte einen Strauß Blumen auf den Schreibtisch eines Agenten gestellt, der gestern Vormittag umgekommen war. Ein junger Kerl mit Familie, soweit er gehört hatte. Der Duft der Blumen erwischte ihn unvorbereitet und drehte ihm den Magen um. Er hätte am liebsten gewürgt.

Er wandte sich ab. Gott, fühlte er sich alt. Jahrzehnte älter als damals, als er mit dieser Ermittlung begonnen hatte. All der Tod und die Zerstörung und das Wissen darüber, dass er versagt hatte. Wenn er nicht angehalten hätte, um Becca zu befreien, hätte er Mia möglicherweise da rausholen können, ohne dass die Typen mitbekommen hätten, dass die Polizei hinter ihnen her war.

Und diese Bastarde hätten das Haus selbst dann noch in

die Luft gejagt, sobald die Polizei das Gebäude stürmte.

Theoretisch wusste er, dass kein einziger Agent Becca zurückgelassen hätte – aber er wusste auch, dass die örtlichen Beamten ihm die Schuld für alles gaben, was schiefgelaufen war. Zum Teufel, er gab sich ja selbst die Schuld.

Er war dank des aufmerksamen Blickes eines Polizisten in Boston, der vermutet hatte, dass ein Menschenhändlerring in Raleigh operierte. Das FBI hatte eine Anordnung für die Telefondaten der Bewohner des besagten Hauses eingereicht und festgestellt, dass eine von ihnen jede Woche eine Nummer in Boston anrief. Das Handy von Mae Kwon.

Nach der Explosion in Bostons Chinatown hatte das FBI-Büro in Charlotte eine Razzia in dem Gebäude in Raleigh durchgeführt. Sie hatten jeden Funkmast im Umkreis von fünf Meilen blockiert und das Bombenentschärfungskommando vorangeschickt. Es war kein Sprengstoff gefunden worden, was nahelegte, dass das Bordell in Boston die Zentrale der Operation war, und sich dort viele wertvolle Beweise befanden.

Oder befunden hatten, bis sie in Schutt und Asche gelegt worden waren.

Im Augenblick kannten sie die Namen der Täter nicht, und die Puffmutter in Raleigh weigerte sich, auszusagen. Ebenso die Frauen, die sie befreit hatten – sie waren zu verängstigt und zu traumatisiert.

Er ging zu Sloans Büro, wo sie im Türrahmen stand, auf die Uhr schaute und mit einer anderen Agentin sprach – Brianna Mayfield. Mayfield hatte aufgrund einer privaten Verbindung zur Familie den Entführungsfall zum FBI gebracht. Und sie hatte vor Wut nur so gekocht, seit er statt ihr ausgewählt wurde, um verdeckt zu ermitteln, hauptsächlich dank der Tatsache, dass er einen Penis hatte und sie nicht. Die Agentin warf ihm einen finsteren Blick zu und ging davon.

Gott bewahre ihn vor verstimmten Frauen.

Sloan schenkte ihm ein schiefes, reumütiges Lächeln. Sie hatten den Großteil der letzten vierundzwanzig Stunden Seite an Seite verbracht und herauszufinden versucht, wie sie Becca verschwinden lassen und gleichzeitig diese riesige Ermittlung leiten konnten. Die Tatsache, dass Becca den Transport ins Krankenhaus überlebt hatte, war ein Geheimnis, in das nur eine Handvoll Ausgewählte eingeweiht worden waren.

Sloan bedeutete ihm, ins Büro zu kommen, und schloss die Tür. „Unsere kleine Freundin fragt nach Ihnen. Sie weigert sich, mit irgendjemand anderem zu sprechen."

Lucas Stimmung verschlechterte sich. „Sie muss mit einer Frau sprechen. Mit jemandem vom Opferschutz, der was von Kinderpsychologie versteht."

Sloan schüttelte den Kopf. „Im Augenblick ist es unsere oberste Priorität, ihr Überleben zu sichern, und das bedeutet absolute Verschwiegenheit. Sie ist der einzige Vorteil, den wir haben, und das müssen wir ausnutzen, und zwar schnell."

Sein Widerstreben war wie ein Anker, der ihn hinab zog. Er wollte Becca für gar nichts „ausnutzen".

Aber Sloan betrachtete es als abgemacht Sache. „Gehen Sie heute Vormittag bei ihr vorbei." Sie öffnete die Bürotür und sagte laut, „Die Polizei hat gerade ein paar Typen der örtlichen chinesischen Gang reingebracht. Sie wollen, dass Sie einen Blick auf die Männer werfen, überprüfen, ob es die drei sind, die Sie gestern gesehen haben." Sloan klang entschlossen, sich für die andere Behörde ein Bein auszureißen. Wenn man bedachte, dass die Bostoner Polizeibehörde drei Männer verloren hatte, war es das Mindeste, was sie tun konnten.

„Fuentes", rief sie einem Agenten zu, der an einem Schreibtisch saß. „Begleiten Sie Randall. Ich bin schon zu spät für mein Treffen mit Salinger."

Agent Diego Fuentes griff sich seine Jacke, und sie gingen wortlos zum Aufzug. Fuentes war kleiner als Lucas, mit einer Statur wie ein Humvee. Bevor die Bombe explodiert war, hatten sie Witze gerissen und sich unterhalten. Das war jetzt vorbei. Keiner der beiden sprach. Sie kamen in der Tiefgarage an und stiegen in Fuentes' Dienstwagen. Zwanzig Minuten später standen sie hinter einer Spiegelwand und beobachteten drei Männer, die jeder in einem eigenen Verhörraum saßen.

„Ist irgendeiner von denen einer unserer Männer?", fragte Fuentes und trat ungeduldig von einem Fuß auf den anderen.

Lucas betrachtete jeden der drei Männer genau, dann schüttelte er den Kopf. „Zu klein für den einen, nicht gedrungen genug für den anderen. Den dritten konnte ich nicht richtig erkennen, aber ich glaube, er hatte ein runderes Gesicht. Schüttere Haare, dünner, strähniger Schnurrbart." Der womöglich längst abrasiert war.

„Für mich sehen die alle gleich aus", murmelte der Polizist an der Tür zornig. Sein flacher Boston-Dialekt ließ Randalls leichten Südstaateneinschlag stärker erscheinen.

Mit dem Beamten über politische Korrektheit zu diskutieren, würde ihm in einem Präsidium, das um drei Kollegen trauerte, nichts bringen. Die Polizisten waren stinksauer, und die drei Männer, die sie verhaftet hatten, waren bekannte Kriminelle, die die Identitäten der Männer in der Menschenhandelsorganisation entweder kannten oder zumindest Vermutungen hatten. Aber sie redeten nicht. Niemand redete.

Asiatische Gangs waren berüchtigt für ihre Verschwiegenheit und dafür, nicht zu kooperieren. Sie nannten sich nicht einmal „Gangs", sondern „Geheimgesellschaften" – und das sagte schon alles.

„Mein Neffe ist in der Explosion gestern umgekommen. Kam aus der Armee und ist mir zur Polizei gefolgt." Der Ausdruck des Beamten schwankte zwischen Zorn und Trauer. „Hat erst vor ein paar Monaten einen Platz beim SWAT-Team bekommen. War begeistert, es geschafft zu haben. Und jetzt ist er tot."

„Das tut mir sehr leid, Kumpel", sagte Fuentes und klopfte ihm auf die Schulter. „Mein Beileid."

Lucas biss die Zähne zusammen, um den Knoten von Reue hinunterzuschlucken, der in ihm aufstieg. Der gestrige Tag war ein Desaster gewesen, und vor lauter Schuldgefühlen wäre er am liebsten in die nächste Bar gelaufen und hätte sich eine Flasche Whiskey gekauft. Aber damit wäre niemandem geholfen, bis auf die flüchtigen Täter. Er konnte sich in seinen Schuldgefühlen suhlen, wenn das alles hier vorbei war.

„Lassen Sie mich mit ihnen reden." Fuentes deutete auf die Männer in den Verhörzimmern.

„Sprechen Sie Chinesisch?", fragte Lucas verschmitzt.

„Erzählen Sie mir nicht, dass diese Typen kein Englisch können. Das ist doch Quatsch", gab Fuentes zurück.

Die Tür zu ihrem Zimmer ging auf, und Lucas schaute erwartungsvoll auf. Kurt Stromberg kam mit seiner Tochter an der Hand herein, gefolgt von seinem Assistenten, der außerdem Agent Brianna Mayfields Verlobter war. Mia ließ die Hand ihres Vaters los und rannte mit ausgestreckten Armen auf Lucas zu. Er hob sie hoch und drückte sie.

„Wie geht's dir, Prinzessin?" Er strich ihr über die Haare

und drückte sie fester an sich.

Mias Vater kam auf ihn zu und schüttelte ihm die Hand. „Agent Randall, noch mal meinen tiefsten Dank."

Sie waren sich gestern schon begegnet, aber der arme Mann hatte so sehr geweint, dass Lucas überrascht war, als Kurt Stromberg ihn überhaupt wiedererkannte. Er blickte ihm in die Augen und nickte, erkannte die aufrichtige Erleichterung und Dankbarkeit in seinem Blick. Der Assistent stand in der Ecke, hielt sich an seinem iPad fest und versuchte, nicht im Weg zu sein. Fuentes nickte ihm zu.

Mia wollte Lucas nicht loslassen. Er hielt sie so, dass sie sicher in seinen Armen saß, er aber immer noch an seine Waffe kommen konnte. Sie beäugte Fuentes und den anderen Polizisten misstrauisch. Das hatten die Entführer in ihr hervorgerufen. Lucas war sich nicht sicher, ob es unbedingt etwas Schlechtes war. Heutzutage zahlte es sich aus, sich ein bisschen Wachsamkeit zu bewahren.

Er flüsterte in ihr Ohr, damit nur sie es hören konnte. „Vergiss unser Geheimnis nicht, Kleine – davon hängen Menschenleben ab." Sie lehnte sich in seinen Armen zurück, traf seinen Blick und nickte ernst.

Lucas drückte ihre Hand, dann reichte er sie an ihren Dad zurück, denn der Kerl sah aus, als ob er seine Tochter dringend in den Armen halten müsste.

Fuentes und er wollten gerade gehen, als die Tür erneut aufging, und eine kleine Gruppe von mehreren Männern und einer Frau den Raum betrat. Lucas erkannte Bürgermeister Jeremy Everett und Polizeipräsidenten Pete Goodman von der Pressekonferenz im Fernsehen wieder.

„Hey, Kurt. Schön, Sie zu sehen. Freut mich, dass die Geschichte gestern ein gutes Ende genommen hat." Der

Bürgermeister klopfte Stromberg auf die Schulter. „Wie geht's der kleinen Mia?" Er streckte die Hand aus, um dem Mädchen über den Rücken zu streicheln.

Mia klammerte sich an ihren Vater und vergrub ihr Gesicht in seinem Jackett.

„Sie ist gerade ein bisschen schüchtern, Jeremy", erklärte Stromberg und bewegte Mia aus der Reichweite des anderen Mannes.

„Natürlich. Natürlich." Der Bürgermeister nickte heftig und trat einen Schritt zurück.

Lucas verkniff sich einen Kommentar. Er hatte die gesellschaftlichen Erwartungen an Kinder, höflich Fremden gegenüber zu sein, immer als Gegensatz dazu empfunden, für ihre Sicherheit zu sorgen. Er fand freche Blagen so nervig wie jeder andere, aber seiner Meinung nach sollten Kindern ihre Instinkte entwickeln dürfen, ohne dafür gescholten zu werden.

Bürgermeister Everetts lebhafte blaue Augen richteten sich auf ihn. „Und wer sind Sie?"

„Special Agent Randall, Sir." Er stellte auch Fuentes vor.

„Sie kennen meinen Pressesprecher?", fragte der Bürgermeister mit einem Grinsen.

Fuentes lachte leise. „Allerdings, ja."

„Nein, Sir." Lucas streckte den Arm aus und schüttelte die Hand eines stämmigen Mannes mit silbernen, kurzen Haaren.

„Brian Templeton", stellte sich der Mann vor. „Ich glaube, Sie kennen meine Frau, Carly Sloan?"

Lucas nickte.

„Der Bürgermeister denkt, ich weiß über alles Bescheid, was im FBI vor sich geht, und weigere mich einfach nur, es ihm zu erzählen." Seine Lippen wurden schmal. „Leider ist meine Frau viel zu misstrauisch, um mir irgendetwas mitzuteilen, von dem sie nicht will, dass es der Bürgermeister erfährt. Ganz abgesehen davon, dass ich sie seit ihrer Beförderung kaum noch zu Gesicht bekomme."

„Sie müssen an ihrer Technik arbeiten." Der Bürgermeister versetzte Brian einen Stups zwischen die Rippen und grinste ihn hämisch an, nicht gerade angemessen unter den Umständen.

„Ich wette, er hält Sie ordentlich auf Trab", murmelte Lucas, als der Bürgermeister sich abwandte.

Templeton warf ihm einen Blick zu. „Wie ein gottverdammtes Rennpferd."

Lucas wechselte das Thema. „Special Agent Sloan ist ein toller Boss."

„Ja." Aber der Kerl sah nicht gerade glücklich aus. „Sie ist wunderbar."

Die anderen Mitarbeiter des Bürgermeisters starrten Lucas an wie Zebras einen Löwen. Die dritte im Bunde, die Frau, betrachtete ihn mit weiblicher Neugier. Unglücklicherweise schlichen sich just in diesem Augenblick ein paar mandelförmige schwarze Augen und honigfarbene Haut in seine Gedanken.

Masochist.

Sein Blick fiel auf den Polizeipräsidenten, der die ganze Zeit über noch kein Wort gesagt hatte.

Goodman war ein großer Kerl mit schlohweißem Haar, weißen Augenbrauen und brauner Haut. Sein Ruf war der eines intelligenten, zähen Mannes, was eine willkommene Abwechslung zu diesem Idioten von Bürgermeister war.

Lucas war sich allerdings nicht sicher, was der Gesichtsausdruck des Polizeipräsidenten ihm verriet – Zorn, Trauer, womöglich noch etwas anderes.

Bürgermeister Everetts Schnurrbart zuckte, als er sich den Verhörräumen zuwandte. „Das sind also unsere Verbrecher?"

„Nein, Sir", antwortete Lucas.

„Mia?", forderte der Bürgermeister sie auf.

Mia schüttelte den Kopf. Sie hatte auch niemanden gesehen. Lucas verzog das Gesicht. Warum zur Hölle hatten sie Mia aufs Revier gebracht, wenn sie genau wussten, dass sie die Gesichter ihrer Entführer nicht gesehen hatte? Um sie zu Tode zu erschrecken? Um den Eltern so viel Angst zu machen, dass sie Mia nie wieder aus den Augen ließen?

Eine nervös aussehende Frau Mitte vierzig und ein Detective in einem billigen Anzug und mit einer Kette um den Hals, an dem seine Dienstmarke baumelte, waren nun in einem der Verhörräume dabei, Fragen zu stellen. Ein weiterer Mann saß mit im Zimmer. Ein Anwalt. Der Mann, der befragt wurde, weigerte sich, auch nur ein Wort zu sagen. Der Detective zeigte ihm ein Foto von Mae Kwon.

War sie wach gewesen, als die Bombe explodiert war?

Hatte sie gewusst, dass sie sterben würde?

Lucas versuchte, sich etwas Mitgefühl abzuringen, schaffte es aber nicht.

Der Anwalt informierte den Detective darüber, dass sein Klient nichts zu sagen hätte, und lieferte ihm ein Alibi für den Zeitpunkt der Explosion. Dann warf er den Polizisten ethnisches Profiling vor und sie begannen mit der Befragung des zweiten Mannes.

Die Luft im Beobachtungsraum war zum Schneiden dick. Der Raum war so voll wie ein Waggon der Tokioter U-Bahn zur Rushhour. Bürgermeister Everett zog ein Taschentuch hervor und wischte sich den Schweiß von der Stirn.

„Ich will nach Hause, Daddy", klagte Mia.

Ich auch.

„Okay." Stromberg nickte Lucas zu, dann bahnte er sich den Weg durch die anderen Zuschauer. Der Polizeipräsident strich Mia über das Haar und schüttelte die Hand ihres Vaters, als sie an der Tür ankamen. Dankte ihnen für ihr Kommen.

Als sie weg waren, meldete Lucas sich ungeduldig zu Wort. „Das sind nicht die Typen, nach denen Sie suchen, und sie werden uns nichts erzählen, es sei denn, Sie haben irgendein Druckmittel gegen sie in der Hand. Sie sollten sie laufen lassen."

„Angst vor ein bisschen schlechter Presse, Agent Randall?", fragte Polizeipräsident Goodman.

Lucas machte die Schultern gerade. „Ich verstehe nicht, warum wir kostbare Zeit verschwenden und die Unterstützung der asiatischen Gemeinschaft verspielen sollten, wenn wir absolut keine Hinweise haben."

„Diese Kerle wissen ganz genau, wer gestern Morgen meine Männer umgebracht hat." Das Funkeln in Goodmans Augen war tödlich. „Wenn wir sie nicht dafür belangen können, Mitglieder dieser kriminellen Vereinigung zu sein, können wir sie zumindest für Justizbehinderung drankriegen."

„Was uns den wirklichen Tätern immer noch keinen Schritt näher bringt." Lucas deutete auf den schmierigen Anwalt, der sich in den dritten Raum begab, den Detective und die Dolmetscherin im Schlepptau. „Nie im Leben werden die uns etwas verraten, solange dieser Piranha Wache schiebt."

Der Bürgermeister überraschte ihn. „Er hat recht, Pete. Sie sollten sie gehen lassen. Sie beschatten. Sehen Sie zu, ob sie jemanden einschleusen können."

Keine Chance. Aber sie könnten immerhin versuchen, eine Überwachungseinheit aufzuziehen oder jemanden dazu zu bringen, überzulaufen, wenn sie nur genug Druck anwandten.

„Na schön. Lassen Sie sie gehen." Der Polizeipräsident presste die Lippen zusammen. „Aber ich will, das diese Kerle geschnappt werden." Er blickte Lucas mahnend an. „Bevor noch jemand stirbt."

Die Entourage verließ das Zimmer, und Fuentes schaute auf sein Handy. Er grunzte. „Sloan erwartet Sie zurück im Büro." Er schaute auf. „Hey, wer war denn dieser heiße Feger von der Fallanalyse?"

Lucas schüttelte entnervt den Kopf. „Ashley Chen."

„Nicht die asiatische Tussi. Die hübsche mit den kurzen Haaren."

„Asiatische Tussi?" Die Wut, die durch ihn hindurch schoss, überraschte ihn.

Fuentes grunzte. „Erzählen Sie mir nicht, dass Sie einer dieser politisch korrekten Deppen sind."

Lucas schluckte seinen Ärger hinunter, denn er würde noch länger mit diesem Kerl zusammenarbeiten müssen, auch wenn er nichts lieber wollte, als ihm eine zu verpassen. „Die andere Agentin war Mallory Rooney."

„Die Tochter der Senatorin?" Fuentes klang neugierig.

„Ich würde davon abraten, ausgerechnet diese Agentin anzumachen", sagte Lucas. „Sie ist wie eine Schwester für mich." Er schaute den Kerl streng an. „Außerdem ist sie verlobt." Und schwanger, davon ganz abgesehen, aber das war ihre Sache.

Fuentes kräuselte die Lippen. „Ist immer noch ihre Entscheidung, oder?"

Lucas schnaubte. „Klar ist es das." Mallory brauche seinen Schutz nicht. In Charlotte war sie ständig von Typen angesprochen worden, und sie hatte sie immer abserviert. Die Frau konnte auf sich selber aufpassen – ganz zu schweigen davon, dass Alex Parker ein mächtiger Stimmungskiller war.

Lucas lächelte. „Wissen Sie was, Sie haben recht. Tun Sie, was Sie nicht lassen können, aber sagen Sie hinterher nicht, ich hätte Sie nicht gewarnt."

„Sollen wir zurückfahren?" Der Kerl sah enttäuscht aus, dass er ihn nicht mehr hatte aufziehen können.

Lucas blickte noch ein letztes Mal in die Gesichter der Männer in den Verhörzimmern, fing an, an sich selbst zu zweifeln. Verdammt, war er müde. Er hatte weder letzte Nacht noch die davor geschlafen. Er schaute auf seine Uhr. „Ich bleibe noch. Ich will noch mit den Kollegen vom Verkehrsdezernat sprechen. Ich lasse mich nachher mitnehmen, wenn ich hier fertig bin. Danke."

Er schaute Fuentes nach, wie er davonging, dann holte er sein Handy hervor. Es klingelte dreimal, bevor Alex abnahm.

„Lucas? Kann ich dich zurückrufen?", fragte Alex knapp.

„Ich ermittle in Boston in der Explosion von diesem Chinatown-Bordell."

„Hast du Mal gesehen? Geht es ihr gut?"

Lucas hörte die Panik, die in seiner Stimme mitschwang. Er wusste, was es Alex kostete, Mallory die Freiheit zu geben, die sie brauchte, um ihren Job zu machen.

„Ihr geht's gut. Ich muss dich um einen Gefallen bitten." Er konnte Stimmen und Rufe im Hintergrund hören, dann wurde es leiser, als Alex in ein anderes Zimmer ging.

„Worum geht's?"

„Wir haben Schwierigkeiten, diese Typen zu identifizieren", gab Lucas zu. „Wir haben das Handy der Puffmutter, aber die Freaks aus der IT können es nicht knacken. Agent

Chen hat angeboten, zu helfen…"

Alex murmelte etwas Unverständliches.

„Ich habe mich gefragt, ob du nicht deine Tricks mit den Mobilfunkdaten anwenden und die Nummern der drei flüchtigen Männer herausfinden kannst. Im Bordell selbst haben sie einen Störsender benutzt. Du kannst diese Informationen vielleicht nutzen, um sie zu identifizieren."

Am anderen Ende der Leitung herrschte für ein paar Sekunden Stille, dann hörte er ein frustriertes Stöhnen. „Ich stecke hier bis zum Hals in einer Sache. Wir haben es unter Kontrolle, aber wir versuchen noch, den Ausgangspunkt des Angriffs zu lokalisieren."

Lucas antwortete nicht. Er wusste, dass sein Freund es nie übers Herz bringen würde, ein Hilfsgesuch abzuschlagen. Wenn Alex einen Fehler hatte, dann diesen.

„Schön. Schick mir die Informationen und ich schaue, was ich in den paar Sekunden Zeit, die mir hier bleiben, tun kann. Aber ich will, dass du mir im Gegenzug auch einen Gefallen tust."

„Alles", bot Lucas an.

„Hab ein Auge auf Ashley Chen."

Lucas blinzelte überrascht. „Traust du ihr nicht?"

Alex antwortete nicht.

„Liegt es daran, dass sie Asiatin ist?", drängte Lucas. Wenn sie Familie in China hatte, wäre sie anfällig für Erpressung, falls die Gang die Familie bedrohten.

„Damit hat es nichts zu tun."

Aber Lucas wusste von ihrer früheren Zusammenarbeit, dass Alex großes Misstrauen gegenüber staatlicher Spionage aus China oder Nordkorea hegte – ganz zu schweigen von den Russen.

„Hast du etwas Verdächtiges in ihrer Biografie entdeckt?",
fragte er.

„Ich habe überhaupt nichts Verdächtiges in ihrer Biografie
entdeckt. Das ist es, was mich stört."

„Das ergibt keinen Sinn, Kumpel."

Alex atmete langsam aus. „Jedes Detail ihres Lebens ist
dokumentiert, alles passt perfekt zusammen. Es sieht aus, als
ob das ganze Ding am Reißbrett entworfen worden wäre."

Lucas brummelte. „Glaubst du nicht, dass das FBI das alles
überprüft, bevor es Leute einstellt?"

„Natürlich überprüfen sie das. Ich habe es auch überprüft
und konnte keinen einzigen Fehler finden, aber…" Frustration
und Erschöpfung waren klar und deutlich in Alex Stimme zu
vernehmen. Lucas wusste, wie der Kerl sich fühlte.

„Es liegt daran, dass sie mit deiner einzig wahren Liebe
zusammenarbeitet."

Sekunden verstrichen, bevor Alex wieder etwas sagte, und
seine Stimme war leise und nachdrücklich. „Alles, was ich
liebe, ist gerade in Boston, Lucas. Die Tatsache, dass ich nicht
da sein kann, um sie und das Baby zu beschützen, macht mich
wahnsinnig, aber ich weiß auch, dass ich Mal ihren Job
machen lassen muss. Da ist etwas an Ashley Chen, dem ich
nicht traue. Vielleicht liegt es nur an meiner Paranoia." Ein
Aufenthalt in einem marokkanischen Gefängnis konnte das
schon mal zur Folge haben. „Vielleicht liegt es daran, dass sie
so verdammt gut mit Computern umgehen kann. Was auch
immer es ist, ich bin froh, dass du da oben bist und Mal den
Rücken freihältst." Das klang eher wie der Alex Parker, den
Lucas noch von früher kannte.

„Ich habe ein Auge auf sie." Lucas war sich nicht sicher,
von welcher der beiden Agentinnen er sprach. Er legte auf.

Er musste einen Fall lösen, die Leben von drei skrupellosen Bastarden zerstören und ein Netzwerk von Menschenhändlern zerschlagen. Alles andere verblasste im Vergleich dazu. Aber die Tatsache, dass er trotzdem froh war, eine Ausrede gefunden zu haben, um „ein Auge auf Ashley Chen zu haben", sagte ihm mehr über seine eigenen Fehler und Schwächen, als er wissen wollte.

VIERTES KAPITEL

E IN PAAR STUNDEN später klopfte Lucas an die Tür eines privaten Krankenhauszimmers und trat ein. Es war spät am Nachmittag, die Sonne stand schon tief und tauchte das Zimmer in ein dunkles Licht. Auf dem Bett lag eine zierliche Person still unter den Decken.

Er und Sloan hatten entschieden, dass das Geheimnis von Beccas Überleben zu entscheidend war, um es irgendwem anzuvertrauen, bis auf diejenigen, die definitiv Bescheid wissen mussten. Da die Personaldecke des FBI äußerst dünn gespannt war, und die Polizei von Boston nicht bekannt dafür war, besonders verschwiegen zu sein, hatte Lucas angeboten, einen privaten Sicherheitsdienst über Alex Parkers Firma zu mieten. Er hatte sogar angeboten, aus eigener Tasche dafür zu bezahlen. Sloan hatte sich gegen jeden Plan ausgesprochen, der Zivilisten mit einschloss. Stattdessen hatte sie mit einem Bekannten aus dem Sprengstoffdezernat gesprochen, und zwei seiner Agenten bewachten das Mädchen nun rund um die Uhr. Becca war in ein kleineres Krankenhaus verlegt worden, damit niemand sie mit der Explosion in Verbindung brachte. Die Ärzte und Pfleger hatten ihre Verschwiegenheit beschwören müssen.

Das Quietschen eines Stuhls verriet ihm, dass die Agentin der Sprengstoffeinheit, Teresa Curtis, noch an ihrem Platz war. Lucas nickte der Frau zu und murmelte, „Wenn Sie für eine halbe Stunde Pause machen wollen, ich bin hier."

„Gerne", stimmte sie zu, streckte sich, als sie aufstand. „Ich hole mir bei Starbucks einen Kaffee und rufe meinen Mann an. Der Kaffee hier ist zwar umsonst, aber auch ungenießbar. Soll ich Ihnen etwas mitbringen?"

Lucas schüttelte den Kopf.

Er brachte Curtis zur Tür, sprach leise, um das schlafende Mädchen nicht zu wecken. „Wie geht es ihr?"

„Weigert sich, mit irgendjemandem über das zu sprechen, was passiert ist, oder woher sie kommt, aber sie sagt, sie spricht mit Ihnen." Die Agentin sah ihn an. „Aber sie hält sich verdammt noch mal viel besser, als ich es tun würde, wenn ich da läge."

„Sie ist ein starkes Mädchen"

„Das musste sie auch sein. Schauen Sie…", sie berührte seinen Arm, „… ich weiß, dass Sie von einigen Ihrer Kollegen scharf kritisiert wurden, aber Sie haben das Richtige getan." Ihre Augen blickten ernst. „Sie wäre jetzt tot, wenn Sie nicht gewesen wären. Denken Sie immer daran, wenn diese Idioten Ihnen das Leben schwermachen."

Er zog eine Grimasse. „Es sind so viele Agenten umgekommen – Freunde und Kollegen – ganz zu schweigen von den Polizisten und den Frauen im Haus. Ich kann ihre Wut verstehen."

„Sie empfinden die Schuldgefühle eines Überlebenden. Das ist verständlich. Aber niemand hatte erwartet, dass sie die Gebäude in die Luft jagen." Sie lachte leise. „Dass Sie da reingegangen sind, hat zwei Mädchen das Leben gerettet und uns wissen lassen, dass die Täter entkommen sind. Jetzt sind sie auf der Flucht, und wir haben Leute, die sie identifizieren können. Das ist Ihr Verdienst."

Okay. Vielleicht hatte sie recht. Das FBI-Büro in Boston und die örtliche Polizei hatten ebenfalls das ein oder andere an dieser Ermittlung versemmelt, aber das Wissen, dass er es nicht geschafft hatte, all diese Menschenleben zu retten, fraß ihn innerlich auf.

Nachdem Curtis gegangen war, trat er an das Bett, in dem Becca eingerollt zwischen den Laken lag. Ihre beiden Lungenflügel waren bei der Explosion beschädigt worden, und sie bekam über einen schmalen Schlauch in der Nase Sauerstoff verabreicht. Ihre anderen Organe schien unverletzt zu sein, was eine gute Nachricht war. Die Ärzte hatten ihr Antibiotika gegen eine Harnwegsinfektion verabreicht und Tests für diverse sexuell übertragbare Krankheiten angeordnet.

Es würde Lucas absolut nichts ausmachen, wenn er die Ergebnisse dieser Tests nie erfahren würde.

Beccas Augen öffneten sich langsam, und ihr Gesicht erstrahlte mit einem Lächeln. „Hey." Ihre Stimme war heiser.

Ihre Haare glänzten im Licht der Lampe wie polierter Flachs, und sollte ihr Gesicht jemals an die Sonne kommen, wäre es über und über mit Sommersprossen bedeckt. Sie war wirklich reizend, aber selbst, wenn sie es nicht gewesen wäre, musste irgendjemand irgendwo sie unfassbar vermissen.

„Selber hey. Fühlst du dich besser?" Er achtete darauf, ihr nicht zu nahe zu kommen. Er wusste nicht, ob er womöglich etwas tun würde, was einen Flashback der Misshandlungen, die sie erlitten hatte, bei ihr auslösen würde. Bisher hatte sie sich als ausgesprochen belastbar erwiesen.

Eines Tages würde sie alles, was ihr passiert war, vermutlich mit voller Gewalt treffen, und sie würde sich damit auseinandersetzen müssen. Aber im Augenblick ging es nur darum, zu überleben.

„Mir tut alles noch ein bisschen weh." Die Platzwunde an ihrer Schläfe war genäht worden und begann zu heilen. Sie rieb sich über die Brust. Einer der Pfleger hatte ihr einen Iron Man-Pyjama vermacht, der ihr etwas zu groß war. Er war nicht besonders mädchenhaft, aber Becca schien ihn zu lieben. „Wie geht es Mia?"

„Ihr geht's gut. Sie ist bei ihrer Mum und ihrem Dad." Innerlich zuckte er zusammen. Mia hatte kaum einen Kratzer abbekommen. Er selbst hatte fast genauso viel Glück gehabt, hatte nur ein paar blaue Flecke davongetragen, als er mit dem unnachgiebigen Steinboden in der Garage auf Tuchfühlung gegangen war.

Becca hatte weniger Glück gehabt, und das erschien ihm nicht fair in Anbetracht all der anderen Dinge, die sie erlitten hatte. Ihre Finger krallten sich nervös in die Bettdecke. Lucas glaubte nicht, dass sie Angst hatte, er könne ihr etwas antun, aber es würde noch lange dauern, bevor sie irgendjemandem wieder vertrauen konnte – vor allem Männern.

Sloan hatte recht. Bis sie diese Mistkerle erwischt hatten, war Beccas Leben in Gefahr. Er musste so viele Informationen wie möglich aus ihr herausbekommen, um dafür zu sorgen, dass sie die Kerle schnappten. Obwohl er diverse Interviewtechniken erlernt hatte, war er sich nicht sicher, wie er ein junges Mädchen über ihre Erfahrungen in der Zwangsprostitution befragen sollte. Er räusperte sich. „Ich hatte gedacht, es wäre vielleicht eine gute Idee, einen Psychologen vorbeizuschicken, mit dem du reden kannst. Das FBI hat…"

Sie zog die Knie bis unters Kinn und blickte ihn rebellisch an. „Ich will mit niemandem reden."

„Du bist in Sicherheit, Becca, aber damit das so bleibt, müssen wir diese Kerle und ihre Kumpane schnappen und ins Gefängnis stecken, wo sie hingehören."

Ihre Augen wurden groß und ängstlich, aber ihr Mund blieb fest verschlossen.

„Du musst mit jemandem sprechen", insistierte er. „Wir müssen wissen, was passiert ist. Wir brauchen jeden kleinsten Fetzen an Informationen, der uns dabei helfen kann, diese Kerle zu erwischen. Ein Psychologe könnte…"

„Ich rede mit keinem Seelenklempner."

„Was ist mit deiner Familie?"

Der Griff um ihre Knie wurde enger.

„Oder Agent Curtis?"

„Sie. Ich spreche mit Ihnen." Ihre blauen Augen waren so voller Vertrauen, dass er den Blick nicht abwenden konnte.

„Okay", sagte er bedächtig. „Aber es sind schwierige Fragen, die ich dir stellen muss. Fragen, bei denen selbst ich Probleme hätte, sie zu beantworten. Lass mich Agent Curtis dazu rufen, falls du Angst bekommst."

Sie griff nach seinem Ärmel. „Nein. Nur Sie. Ich will nicht, dass irgendjemand anderes das hört. Nur Sie." Sie wurde so rot, dass ihre Ohren zu glühen schienen. Dann wurde ihr bewusst, dass sie ihn anfasste, und sie schreckte zurück. Ihm brach ein wenig das Herz.

„Okay. Wir machen es so, wie du willst, aber ich muss das Gespräch aufnehmen." Er holte sein Handy hervor und schaltete das Aufnahmegerät ein, legte das Handy auf den Nachttisch, wo sie es nicht sehen konnte. „Die Leute müssen wissen, dass ich dich nicht dazu gezwungen oder dir vorgegeben habe, was du sagen sollst. Wir brauchen nur die Wahrheit, okay? Nur die Wahrheit ist wichtig."

Sie nickte. Ihre Finger hörten auf, sich ineinander zu krallen. „Was wollen Sie wissen?" Ihre Augen schienen tausend Jahre alt zu sein.

Es gab so viel, was er wissen wollte, und es war alles hässlich. Er würde mit einfachen Fragen beginnen.

„Hast du eine Erklärung, warum sie manche Frauen in den Zimmern im Erdgeschoss eingesperrt haben und andere in den Schlafsälen?"

Sie rutschte nervös hin und her und biss sich auf die Lippe.

„Hey", sagte er sanft. „Sie können dir nichts mehr tun, Becca."

Ihr düsterer Blick ließ ihn wissen, dass sie nicht überzeugt war. Und wen wunderte das, denn das letzte Mal, als er ihr das versprochen hatte, war sie beinahe in die Luft gesprengt worden.

„Waren die Frauen, die in den Zimmern eingesperrt waren, auf irgendeine Art besonders?" Er konnte nur raten, aber er wollte seine Fragen nicht zu suggestiv gestalten.

Ihre Lippen waren blutleer, als sie sie zusammenpresste. „Sie haben bestimmte Mädchen für bestimmte Männer gehabt. Das waren die, die im Erdgeschoss eingesperrt waren."

Er beugte sich ein wenig näher zu ihr. „Also gab es auch bestimmte Männer, die zu dir gekommen sind?"

Sie nickte. „Sie haben mir gesagt, dass ich genau das tun muss, was sie wollen, und lächeln muss und höflich sein und ‚Danke' sagen muss."

Er wollte würgen.

„Madame hat mir gesagt, je mehr die Männer sagen, dass ich ein gutes Mädchen bin, umso mehr Sachen kriege ich für mein Zimmer – eine Decke oder einen Fernseher." Ihr Gesicht flammte vor Scham auf.

Lucas fühlte sich, als würde jemand einen Flammenwerfer auf seine Fassung richten. Sie brauchten mehr Leute, um die Freier aufzuspüren, die das Bordell besucht hatten. Er wollte jeden einzelnen von ihnen hinter Gittern sehen und sie öffentlich für ihr Verhalten anprangern.

„Glaubst du, du könntest mit einem Beamten zusammen Phantombilder erstellen, wenn es dir etwas besser geht? Bilder von den Männern, die zu dir gekommen sind?", fragte er heiser.

Sie zuckte mit den Schultern, und ihr Blick schweifte durch den Raum. „Klar."

„Wie viele Männer gab es?"

Ihre Augen fixierten sich auf ihre Zehen, die unter der Decke wackelten. „Ganz lange war es nur einer."

Interessant. „Hat er je seinen Namen genannt?"

Sie wich etwas zurück. „Er hat gesagt, ich soll ihn ‚Daddy' nennen."

Oh, Mann. Sollte er diesen Typen je finden, würde er den Hurensohn bis zur Unkenntlichkeit verprügeln.

„Vor sechs Monaten sind dann auch andere gekommen."

„Wie viele?"

„Vier verschiedene, mit dem ersten." Sie knabberte an ihren Fingerknöcheln und wich seinem Blick aus. Ihre Stimme klang jetzt höher. „Manche von ihnen haben mir wehgetan."

Er biss die Zähne so fest zusammen, dass er sie knirschen hören konnte.

Ihre Lippen bebten, aber sie riss sich zusammen. „Manchmal wollten sie mit mir im Bett schlafen und die ganze Nacht dableiben. Das habe ich gehasst. In den letzten Wochen waren dann mehr Männer da. Leute wie Sie, die ich nie vorher gesehen habe." Sie schluckte angestrengt, aber dann brachen die Gefühle aus ihr hervor. „Ich glaube, deshalb haben sie Mia geschnappt, weil ich nicht mehr gut genug war…ich glaube, es war meine Schuld." Sie schluchzte, verbarg ihr Gesicht in der Decke, die über ihren Knien lag.

Lucas konnte nicht sprechen. Wenn er es versuchen sollte, würde er vermutlich brüllen. Er stand auf und holte ein Glas Wasser aus dem Badezimmer, vermied es, sein Spiegelbild zu betrachten, erinnerte sich daran, dass er Bundesagent und ein ehemaliger Soldat war. Er hatte jede Menge Tod und Zerstörung gesehen, aber diese anhaltende Misshandlung eines Kindes, das hätte beschützt werden sollen…

Gott im Himmel.

Was für Menschen taten so etwas? Perverse, die sich als normale Bürger ausgaben, aber innerlich nur erbärmliche Ausreden für einen Menschen waren. Er spritzte sich Wasser ins Gesicht, trocknete sich mit einem Papierhandtuch ab und ging zurück zu Becca.

„Ich muss dir etwas sagen, okay?" Er blickte sie eindringlich an. Sie presste nervös die Lippen zusammen. „Du hast überhaupt nichts falsch gemacht. Nie."

„Sie verstehen es nicht." Scham huschte über ihr Gesicht.

„Erkläre es mir."

Sie schaute ihn nervös an, als ob er sauer auf sie wäre. „Ich habe es gehasst, was sie mit mir gemacht haben, aber…bei manchen von ihnen hat es sich okay angefühlt." Ihre Wangen waren noch immer leuchtend rot und sie versuchte, ihr Gesicht zu verstecken. „Ich wollte es nicht mögen, aber sie haben irgendwas mit mir gemacht, oder vielleicht stimmt ja irgendwas nicht mit mir…"

Sein Herz brach für sie. Er war so unglaublich

unqualifiziert für diese Situation, aber sie wollte mit niemand anderem sprechen. Sie brauchte einen Kinderrechtsbeistand, einen Anwalt, ihre gottverdammten Eltern.

Er schluckte den Kloß in seinem Hals hinunter. „Becca, du musst dich für nichts schämen. Sex sollte sich gut anfühlen, aber er ist nichts für Kinder. Sex ist was für Erwachsene, die beide eingewilligt haben. Es hat mit Vertrauen und Intimität zu tun, mit körperlichen Erfahrungen und Gefühlen von Erwachsenen, die man keinem Kind zumuten sollte. Du hast eine schreckliche Situation aushalten müssen, und du hast getan, was du konntest, um zu überleben. Diese Männer wussten, dass es falsch war, dich anzufassen, aber sie haben es trotzdem getan. Das ist die schlimmste Art von Verbrecher."

Wie zur Hölle beriet irgendjemand ein dreizehnjähriges Mädchen zum Thema Sex?

„Du brauchst nie wieder zuzulassen, dass dich jemand so anfasst. Dein Körper gehört dir." Zorn rauschte durch seine Adern und ließ seine Stimme beben. „Wenn du älter wirst, entscheidest du selbst, ob du mit einem anderen Erwachsenen, der auch einverstanden ist, Sex haben willst oder nicht. Und Sex kann etwas Schönes sein. Aber es ist nichts für Kinder. Und niemand sollte zu Sex gezwungen oder genötigt werden. Das ist Vergewaltigung. Alles, was dir passiert ist, war Vergewaltigung. Lass dir von niemandem etwas anderes erzählen."

Ihren aufgerissenen Augen nach zu urteilen war er ein bisschen zu vehement geworden.

Sie atmete zitternd ein, und ein wenig der Anspannung fiel von ihr ab. Er entschied, die Unterhaltung wieder auf die Männer zu lenken, nach denen sie suchten, anstatt auf die, die sie missbraucht hatten. Er hätte diese Arschlöcher am liebsten mit eigenen Händen erwürgt, aber noch dringender wollte er die Zuhälter schnappen.

„Wie viele Männer haben Mae Kwon geholfen? Der Puffmutter, die den Laden geschmissen hat.“

„Ist sie wirklich tot?“, fragte Becca mit leiser Stimme.

„Oh ja.“ Er nickte. Er war in der Gerichtsmedizin gewesen und hatte ihre Leiche gesehen.

Erleichterung legte sich in ihre blauen Augen. „Zwei Männer haben in dem Haus gewohnt, aber vor ein paar Wochen ist noch ein anderer dazugekommen.“ Sie blickte zum anderen Ende des Zimmers und ihre Finger krallten sich in die Decke.

„Sind sie jemals in dein Zimmer gekommen, Becca?“, fragte er vorsichtig.

Ihre schmalen Schultern rollten sich zusammen. „Einer von ihnen. Er hat mir befohlen, es den anderen nicht zu sagen, sonst würde es mir leidtun.“

„Der große, jüngere?“

Sie schüttelte den Kopf.

„Der ältere, stämmige?“

Sie nickte. „Sein Name war Cho.“

Das war der erste Hinweis, den sie zu den Identitäten der Männer hatten. Er machte sich eine mentale Notiz, dem Kerl eine Kugel durch den Schwanz zu jagen, sollten ihre Wege sich jemals wieder kreuzen.

Becca sah fix und fertig aus, und er wollte sie nicht noch weiter erschöpfen. Oder vielleicht schützte er auch nur sich selbst davor, noch mehr von ihren Torturen zu erfahren.

„Wir sollten vermutlich deine Eltern kontaktieren und ihnen sagen, dass es dir gut geht“, sagte er sanft.

Bei dieser Bemerkung zog sie wieder einmal die Knie bis

unters Kinn und presste ihr Gesicht in die Decke.

Bisher hatte sie sich geweigert, die Namen ihrer Eltern oder ihren Nachnamen zu verraten. Es gab eine überraschend große Anzahl an „Rebeccas" in der Datenbank für vermisste Personen, und keine von ihnen passte auf dieses Mädchen.

„Sie werden dir keine Schuld an dem geben, was passiert ist."

Sie schwieg hartnäckig. Sie würde nichts verraten.

„Bist du von zu Hause weggelaufen?" Etwas in ihm wollte ihr sagen, dass ihre Eltern sie sicher vermissten und sie zurückhaben wollten, aber er hatte zu viele Fälle erlebt, bei denen das schlicht und einfach nicht stimmte.

Warum bekam man überhaupt Kinder, wenn man sich nicht die Mühe geben wollte, sich um sie zu kümmern?

Sie schüttelte den Kopf und betrachtete den Lichtkegel, den die Straßenlaterne auf den Fußboden warf.

„Willst du nicht zurück nach Hause?", fragte er leise.

Ihr Blick fiel auf ihn, Augen, die zu viel gesehen hatten. „Kann ich nicht einfach bei Ihnen wohnen?"

„So funktioniert das nicht, Becca." Seine Stimme klang härter, als er es gewollt hatte, und ihre Unterlippe zitterte. Er zwang sich, sanfter weiterzusprechen. „Ich darf dich nicht mit nach Hause nehmen. Du brauchst jemanden, der immer da ist und sich richtig um dich kümmern kann." Er wollte gar nicht davon anfangen, dass er ein alleinstehender Mann war und sie sich von ihrem Trauma erholen musste, Hilfe brauchte, zur Schule gehen musste. „Aber ich sorge dafür, dass du an einen sicheren Ort kommst und man sich von jetzt an gut um dich kümmern wird."

Er blickte sich in dem sterilen Zimmer um und stellte die Aufnahme ab. „Und ich mache einen Ausflug mit dir, was immer du machen willst. Wasserpark, Disneyland. Kino? Was immer du willst. Und sobald du hier rauskommst, machen wir das."

Ihre Augen leuchteten auf, und er hoffte, dass er nichts versprach, was er nicht halten konnte. Agent Curtis klopfte an die Tür und schlüpfte zurück ins Zimmer.

„Bis bald, Kleine." Lucas zwang sich, Beccas flehenden Gesichtsausdruck zu ignorieren. Er durfte nicht zulassen, dass sie sich emotional zu sehr an ihn band. Er nickte Curtis zu und verließ das Zimmer, wünschte sich, er hätte nicht jedes Mal das Bedürfnis, sich zu übergeben, sobald er daran dachte, was die Leute diesem Mädchen angetan hatten.

Die ganze Macht des FBI war gegen diese Organisation gerichtet. Sie würden der Justiz nicht mehr lange entkommen können. Lucas würde dafür sorgen, dass sie ihre dreckigen Geschäfte nie wieder in diesem Land betreiben würden. Vielleicht wäre es dann sicher genug für Becca, um nach Hause zu gehen.

„DAS MOTIV DER Täter ist relativ offensichtlich", bemerkte Ashley und betrachtet die Fotos der rauchenden Trümmer. „So viele Zeugen wie möglich umzubringen, und so viele Beweise wie möglich zu vernichten."

„Sie haben ganze Arbeit geleistet", stimmte Mallory zu.

„Und da, wo sie die Beweise nicht zerstört haben", fügte Ashley hinzu, „haben sie das Erfassen und die Auswertung um mindestens ein Jahr zurückgeworfen."

Mallory fuhr sich mit der Hand durch die kurzen Haare und ließ sie zu Berge stehen. „Bis dahin sind sie so tief untergetaucht, dass wir sie nie finden werden."

„Hey, hat Lucas Randall erzählt, worum es in seinem Fall in North Carolina geht, der hiermit in Verbindung steht?" Ashley juckte es in den Fingern, die Ermittlungen aus einer Richtung zu betrachten, die noch niemand in Erwägung gezogen hatte.

„Nein. Ich werde ihn nach mehr Einzelheiten fragen. Im Augenblick haben wir viele potenzielle Hinweise, aber nichts Handfestes." Mallory verzog den Mund. „Normalerweise sind asiatische Verbrecherorganisationen schwerer zu infiltrieren als andere. Zunächst einmal ist da die Sprachbarriere. Sie haben gesagt, Sie sprechen etwas Chinesisch?"

„Ein bisschen Kantonesisch", gab Ashley zu und zertrat alle Schuldgefühle, die aufsteigen wollten.

„Was ein Vorteil ist, weil meine Sprachkenntnisse nämlich ziemlich lausig sind." Mallory tippte mit ihrem Kugelschreiber auf einen Notizblock. „Der Menschenhandel ist in den letzten Jahren immer weiter angestiegen. Es ist lukrativer und gilt bei den Kriminellen gemeinhin als weniger riskant als Drogenhandel. Diese spezielle Organisation scheint mir ein bisschen zu durchdacht für die derzeit bekannten Gruppen, die in den USA operieren." Sie gähnte mit weit aufgerissenem Mund und Ashley blickte sie schräg an.

Mallory hatte am Silvesterabend beinah eine Fehlgeburt erlitten und ihr Boss, ASAC Lincoln Frazer, hatte seitdem mit nahezu tyrannischer Genauigkeit darauf geachtet, dass sie sich nicht überanstrengte. Ashley hatte ihre Befehle erhalten und wollte gar nicht an die Folgen für ihre FBI-Karriere denken, wenn Rooney oder dem Baby unter ihrer Aufsicht etwas zustoßen sollte.

„Ich habe in den Datenbanken Suchmasken für ähnlich

operierende Organisationen in den Staaten eingerichtet – geheime Bordelle, Prostitutionsringe, Menschenschmuggel, asiatische Täter, Sprengstoffe." Ashley schaute auf die Uhr. „Sollen wir ins Hotel zurück und zu Abend essen?"

„Gerne." Mallory streckte ihren Rücken durch und präsentierte ihren kleinen Bauch.

Man konnte nicht sehen, dass sie schwanger war, es sei denn, man wusste es.

„Ich habe das Gefühl, Lucas verschweigt uns etwas", ließ Mallory plötzlich verlauten, als sie ihren Mantel anzog.

„Wie kommen Sie darauf?"

„Ich kenne ihn, seit wir Kinder waren, und er hat ein ziemlich gutes Pokergesicht, aber daran kann ich auch immer erkennen, wenn er etwas zu verbergen hat. Die Anstrengung, so auszusehen hätte er nichts zu verbergen, ist ein riesiges Alarmsignal für mich." Mallorys Augen wurden schmal, als sie grübelte. „Vielleicht haben sie einen Zeugen. Vielleicht hat jemand die Explosion überlebt?"

„Wenn das stimmt," sagte Ashley und packte ihren Laptop ein, „dann ist es vermutlich besser, wenn alle glauben, er oder sie ist tot."

Mallory schüttelte irritiert den Kopf. „Sie haben recht. Mein Gehirn ist schon ganz matschig. Ich hätte nichts sagen sollen."

„Haben Sie und Randall ein enges Verhältnis?"

Mallory nickte langsam. „Wir waren nie ein Paar, wenn Sie das meinen. Unsere Eltern waren befreundet, also sind wir praktisch zusammen aufgewachsen. Im Büro in Charlotte war er mein Mentor und hat mir beigebracht, wie der Laden läuft, aber ich habe ihn nicht mehr oft gesehen, seit ich nach Quantico gegangen bin."

Ashley spürte einen plötzlichen Anflug von Einsamkeit. Sie hatte keine engen Freunde. Es war einfacher, die Distanz zu wahren, wenn man nicht wusste, was man verpasste.

„Er ist Single." Mallory warf ihr einen vielsagenden Blick zu. „Falls Sie Interesse haben."

„Er denkt, ich bin ein Idiot", sagte Ashley verstimmt, als sie den Raum verließen.

Mallory grunzte amüsiert. „Er denkt, Sie sind heiß."

Das Großraumbüro war seltsam still.

„Wo sind alle?" Ashley war froh, das Thema wechseln zu können. Das hier war die Art Ermittlung, auf die sie seit Ewigkeiten gewartet hatte. Sie würde sich nicht von einem hübschen Gesicht ablenken lassen.

Eine einsame Agentin saß über ihren Computer gebeugt an einem Schreibtisch. Als sie auf die Frau zukamen, um sich vorzustellen, rieb sie sich die Schläfen, als ob sie schreckliche Kopfschmerzen hätte. Der Diamant an ihrem Verlobungsring blinkte ihnen im gedimmten Licht entgegen.

„Was ist hier los?", fragte Mallory, nachdem sie sich vorgestellt hatten.

Agent Brianna Mayfield sah genervt und verärgert über diese Störung aus. „Vor einer Stunde ist ein anonymer Anruf reingekommen, dass die drei Flüchtigen gesehen wurden, als sie das Conley Terminal betreten haben – das ist der Containerhafen. Der Anrufer hat ein Foto geschickt, und es sieht so aus, als ob es unsere Typen sein könnten. Der Hafenmeister hat alle Frachter dazu verdonnert, im Hafen zu bleiben, bis jedes einzelne Schiff durchsucht ist. Teams aus unserem Büro, der Massachusetts State Police, der Polizei von Boston, vom Zoll und von den Marines durchkämmen gerade die gesamte Gegend." Sie lehnte sich in ihrem Stuhl zurück.

„Es ist ein riesiger Einsatz und ein verdammter Alptraum, was die Sicherheitsvorkehrungen angeht."

„Brauchen sie mehr Leute?" Ashleys Füße vibrierten geradezu vor Verlagen, zum Hafen zu eilen.

„Negativ. Sloan hat ein Rotationssystem eingerichtet, damit alle bei Kräften bleiben. Niemand ist scharf auf Unfälle. Und sie will, dass alle, die Beweise oder Daten analysieren, auch damit weitermachen, falls dieser Hinweis sich nicht erhärtet."

„Aber…"

„Schauen Sie", unterbrach Mayfield. „Glauben Sie nicht, ich wäre viel lieber da draußen, um diesen Abschaum zu jagen, anstatt hier zu sitzen und mich durch ein Gesichtserkennungsprogramm zu klicken?" Die tiefe Trauer in ihren Augen verriet Ashley, dass sie einen oder mehrere der umgekommenen FBI-Agenten gekannt hatte.

„Natürlich, Sie haben recht. Tut mir leid." Ashley wich zurück. „Ich stehe zur Verfügung, falls sich etwas ändern sollte."

Mayfield nickte und wandte sich wieder ihrem Computer zu.

Draußen vor dem Gebäude bogen sie nach rechts auf die Cambridge Street ein. Ihr Atem formte Wolken von gefrorenem Dampf, als die feuchte, eisige Luft sie umfing. Ashley vergrub sich in ihrer Jacke und wünschte, sie würde den penetranten Geruch des Meeres im Wind nicht so sehr riechen.

„Es gibt ja eine ganze Menge anonymer Hinweise in diesem Fall." Eis hatte den Bürgersteig in eine Schlitterbahn verwandelt, und sie mussten beide höllisch aufpassen, um nicht auszurutschen.

„Ich weiß, wer wegen Mia Stromberg angerufen hat", gab Mallory zu.

„Ich dachte, das wäre vertraulich?" An einer Ampel überquerten sie die Straße. Die Menschen eilten mit gesenkten Köpfen vorbei, mit mürrischen Gesichtern, mürrischer Laune. Die Einwohner von Boston waren außer sich über das, was in ihrer Stadt geschehen war.

„Ja, es ist vertraulich. Eine Frau im Rollstuhl, die in einem Apartmenthaus gegenüber der Rückseite des Bordells wohnt, hat angerufen."

„Es war eine Belohnung ausgeschrieben, richtig?"

Mallory nickte. „Hunderttausend Dollar, wenn der Hinweis zu Mias Rettung führt."

„Das ist ein ziemlicher Anreiz, um ein vorbildlicher Bürger zu sein", bemerkte Ashley.

„Irgendwas sagt mir, dass die Anruferin genau wusste, was in dem Gebäude vor sich ging, aber vermutlich zu viel Angst hatte, es zu melden."

„Das Geld könnte ihr Leben verändern."

Mallory stimmte ihr zu. „Nach meiner Erfahrung haben neugierige Nachbarn oft bessere Informationen als die NSA. Sie hat womöglich sogar ein paar Fotos gemacht."

Ein Schauder der Aufregung durchzuckte Ashley. „Haben die Beamten sie befragt?"

Mallory schüttelte den Kopf. „Teil der Auflagen für die Belohnung war es, dass keine Fragen gestellt werden, und komplette Anonymität garantiert wird – genau, wie bei dem Anwalt, der ihnen das Passwort verraten hat." Mallory spitzte die Lippen. „Uns sind die Hände gebunden, es sei denn, sie rückt freiwillig mit mehr Informationen raus."

„Oder wir bringen sie mit einem Verbrechen in Verbindung." Aber der Staatsanwalt würde so einem

Vorschlag nicht zustimmen. „Wie haben Sie sie gefunden?"

„Ich könnte es Ihnen verraten, aber dann müsste ich Sie umbringen." Mallory warf ihr ein Lächeln zu.

Ashleys Mund wurde schmal, und sie wandte den Blick ab. Alle kniffen beide Augen zu, wenn es um Alex Parkers Hacken ging. Seine Firma wurde oft angeheuert, um die Online-Sicherheit von Firmen oder Geschäften zu überprüfen, und er versteckte seine eher zwielichtigen Aktivitäten hinter Pentests und Sicherheitslücken-Scanning. Er mochte in seiner Branche der White-Hat-Held sein, aber sie wusste, dass er die Regeln nach Belieben umging – weit umging.

Mallory musterte sie unsicher. „Ich weiß, dass Sie ihn nicht mögen."

„Er mag mich nicht", blaffte Ashley zurück. „Und das ist sein Problem, nicht meins." Mist, sie klang wie ein Erstklässler. Sie zwang sich, cool zu bleiben. Sie war kein Teenager, der versuchte, sich im Highschool-Zoo zu behaupten, sie war eine Bundesagentin mit einwandfreien Leistungen.

Mallorys Mund wurde schmal. „Er ist überfürsorglich…"

„Hey, schauen Sie." Ashley hielt beschwichtigend die Hand hoch, versuchte, die Situation zu entschärfen. „Es ist okay. Ich bin professionell genug. Es ist mir wirklich nicht wichtig, ob Ihr Freund mich mag oder nicht."

Mallory sah aus, als ob sie diskutieren wollte, aber es gab nichts mehr zu sagen.

Die Luft schien kälter zu werden, während sie den Rest des Weges zum Hotel schweigend zurücklegten. Traurigkeit und ein vertrautes Gefühl von Isolation wogen schwer auf Ashleys Schultern. Gerade, als sie anfing, sich mit ihren Kollegen wohl zu fühlen, wurde sie an all die Gründe erinnert, weshalb sie genau das nicht tun sollte.

FÜNFTES KAPITEL

IHR SCHWEIGEN HIELT an, bis sie die Hotellobby betraten. Es war ein Mittelklassehotel mit großen Pflanzen in riesigen Blumentöpfen und einem kleinen Wasserfall im Eingangsbereich, der in Ashley das dringende Bedürfnis hervorrief, pinkeln zu gehen. Überall hingen herzförmige Luftballons, eine Übelkeit erregende Erinnerung daran, dass bald Valentinstag war.

Am Wichtigsten allerdings waren die einigermaßen guten Sicherheitsvorkehrungen und die Abwesenheit von Bettwanzen. Mit allem anderen kam sie klar.

„Sollen wir was essen, bevor wir aufs Zimmer gehen?", fragte Mallory.

Ashley nickte, dankbar dafür, dass ihre Kollegen offensichtlich keinen Groll hegten. Ganz egal, wie die Situation mit Alex Parker aussah, sie mussten immer noch zusammenarbeiten.

Sie gingen direkt in die Lounge und schauten sich nach einem freien Tisch um. Der Saal war überfüllt. Laut einer Kellnerin fand in der Stadt gerade eine Messe für Schwermaschinen statt.

„Da ist Lucas." Mallory deutete in die Richtung, in der er allein in einem Separee in der Nähe der Bar saß.

Widerwillig folgte Ashley ihr. Sie wollte nur etwas essen

und dann für den Rest des Abends arbeiten, nicht herumsitzen und sich unterhalten, vor allem nicht, da die beiden anderen Agenten vermutlich viel aufzuholen hatten. Sie lief Mallory zögernd hinterher, die sich durch die Gruppen weißer Männer mittleren Alters schlängelte. Eine Hand, die sich schwer auf Ashleys Hintern legte, jagte ihr für den Bruchteil einer Sekunde einen Schrecken ein. Als die Hand zugriff und sie zwickte, schoss blinder Zorn durch sie hindurch. Noch bevor der Kerl mit der Wimper zucken konnte, hatte sie ihm den Arm auf den Rücken gedreht und ihn mit dem Gesicht voran in einen Tisch voller Biergläser gestoßen.

„Was zum Teufel!", rief er und quietschte wie ein Schwein, als ihr Griff fester wurde.

„Das nächste Mal, wenn Sie glauben, es sei in Ordnung, sich einfach an jemandem zu bedienen", sie balancierte ihre Laptoptasche mit einer Hand, während sie ihre Dienstmarke aus der Tasche kramte und sie ihm unter die Nase hielt, „machen Sie sich vielleicht besser Gedanken über die Konsequenzen, die es haben kann, einen Bundesbeamten anzugreifen."

„Lassen Sie mich los. Ich hab's nicht böse gemeint."

„Nicht böse gemeint? Wie fänden Sie es, wenn jemand Ihre Frau oder Ihre Tochter begrapscht?"

„Es war ein Versehen", stotterte er. „Ich dachte, Sie wären eine Nutte."

Ihr Magen drehte sich um. Und dann wäre es in Ordnung gewesen?

„Was ist hier los?", fragte eine strenge, männliche Stimme hinter ihrem Rücken. Lucas Randall.

„Haben Sie hier das Sagen?" Ein Schnurrbart in einer Sportjacke trat einen Schritt zurück, als ein Bierglas auf den dicken Teppich rollte.

„Von hier sieht es so aus, als ob Agent Chen das Sagen hat. Brauchen Sie Hilfe, Agent Chen?", fragte Randall und ignorierte das Publikum.

Sie warf ihm einen Blick zu, dankbar, dass er nicht versuchte, zu übernehmen oder ihr vorschrieb, was sie tun sollte. „Kann mich nur nicht entscheiden, ob ich diesen Widerling anzeigen soll oder nicht."

Der ganze Tisch hielt den Atem an. Randall gab keine Meinung zum Besten, was gut war. Endlich ließ sie den feuchtkalten Arm des Mannes los und trat einen Schritt zurück. „Ich glaube, ich esse lieber zu Abend."

Randall musterte den Kerl. „Ihr Glückstag. Sehen Sie zu, dass das nicht noch einmal vorkommt."

Ashley stopfte ihre Dienstmarke zurück in die Tasche und ging davon. Es dauerte nicht lange, bis die Beleidigungen durch den Raum flogen, auch wenn sie nur leise gemurmelt wurden.

Eine warme Hand berührte ihren Rücken, beruhigte sie. „Sie brauchen einen Drink, Agent Chen. Kommen Sie, ich gebe eine Runde aus."

Sie atmete tief ein, ging zum Separee und wurde zwischen Mallory und Lucas in der Mitte platziert.

„Was war da los?", fragte Mallory.

„Irgendein Arschloch hat versucht, der falschen Person an den Hintern zu fassen", erklärte Lucas. Er schaute sie amüsiert und forschend an.

„Blödmann." Mallory warf der Gruppe einen bösen Blick zu.

Ashley stieß einen Seufzer aus. „Ich sollte daran gewöhnt sein..."

„Was?", knurrte Lucas. „Warum?"

Sie blinzelte. Jetzt war er plötzlich Lucas für sie, als wäre er ein lebenslanger Freund.

„Wo ich herkomme, Agent Chen, begrapschen Männer nicht einfach wildfremde Frauen und machen die Sache auch nicht noch schlimmer, indem sie sie beschimpfen."

„Man muss die Südstaatler einfach lieben", unkte Mallory und griff sich dramatisch ans Herz.

Lucas warf ihr einen Blick zu.

Etwas von der Anspannung in Ashleys Kiefer löste sich. „Normalerweise kann ich mit solcher Aufmerksamkeit besser umgehen."

„Hey, Sie sind hervorragend damit umgegangen." Seine Augen schauten sie aufmunternd an. „Ich hätte ihm den Arsch versohlt, aber Ihnen zuzuschauen, war noch besser."

Sie rutschte auf der Bank hin und her, sein Lob machte sie befangen. Dann griff sie nach der Speisekarte und blätterte darin herum, versteckte ihr Gesicht. „Irgendwas zu empfehlen?"

„Steak. Die Rindfleischpastete. Der Lachs. Die Rippchen." Randall musste erst gar nicht auf die Karte schauen.

„Sie sind wohl schon länger hier?", fragte sie.

Sein Lächeln verwandelte sein Gesicht von gutaussehend in absolut umwerfend. „Lange genug, um mich durch sämtliche Hauptgerichte zu arbeiten. Aber normalerweise esse ich allein."

Die Kellnerin kam an ihren Tisch und nahm die Bestellung auf. Pasta und Bier für Ashley. Steak und Wasser für Mallory. Lucas war mit seinem Essen bereits fertig.

Er hielt eine Flasche Old Thumper in der Hand. Schöne

Hände. Starke Hände. Sie konnte spüren, wie der Puls in ihrem Hals flatterte wie ein eingeschlossener Schmetterling. Dieses verschärfte Bewusstsein gegenüber Lucas Randall warf sie aus der Bahn. Sie war es nicht gewohnt, dass Kollegen so eine Wirkung auf sie hatten. Sie war zu gut darin, sie wegzustoßen.

„Können Sie uns etwas über den verwandten Fall erzählen, in dem Sie in North Carolina ermitteln?", fragte sie. Lieber beim Geschäftlichen bleiben.

Er knibbelte am Etikett seiner Bierflasche. „Ein örtlicher Polizist hat in Raleigh etwas bemerkt, was ihm wie ein illegales Bordell vorkam. Er hat uns kontaktiert, und wir haben mit der Überwachung begonnen. Wir hatten genug Indizienbeweise, um einen Durchsuchungsbefehl für die Telefonverbindungen einer Frau zu bekommen, die in dem Haus ein und aus ging. Wie sich herausstellte, hat sie regelmäßig mit Mae Kwon in Boston telefoniert."

„Der Puffmutter, die umgekommen ist?", fragte Mallory.

Er nickte. „Ich bin nach Boston gekommen, um sie zu befragen."

„Und es ist ihr Handy, das wir als Beweismittel haben, richtig?" Ashley wünschte, sie könnte das Handy in die Finger bekommen, auch wenn es ein Vollzeitjob wäre, es zu knacken.

Lucas nickte, und sein Griff um die Bierflasche wurde fester. „In dem Moment, in dem ich gestern das Bordell betreten habe, hat sie damit ein Foto von meinem Ausweis gemacht."

„Glauben Sie, sie hat die Ausweise aller Freier damit fotografiert?", fragte Ashley.

Er zuckte mit den Schultern. „Ich würde darauf wetten."

Das Handy konnte sich als eine Goldgrube an

Informationen über sämtliche Geschäfte dieser Organisation erweisen. Sie trank einen großen Schluck ihres kalten Biers. „Wenn Sie Mae Kwons Nummer von Raleigh aus ausfindig gemacht haben, und Sie vermuten, dass das Bordell hier in Boston die Zentrale der Operation war, dann besteht eine sehr realistische Chance, dass auch die Kontakte für andere Bordelle auf diesem Handy sind."

„Ich habe mit Alex Parker gesprochen, ob er sich die Telefondaten anschauen kann." Er wandte den Blick ab.

Hatte Alex Parker ihm geraten, ihr nicht zu vertrauen? Sie konnte es in seinem bedeckten Blick erkennen.

Sie knirschte vor Wut mit den Zähnen. „Sagen Sie ihm, dass er nach einem zweiten Standort suchen soll. Es ist möglich, dass sie sich dort verstecken." Ashley schob ihren Ärger fort. Sie mochte Parker nicht mögen, aber das bedeutete nicht, dass sie seine Ressourcen nicht nutzen würde.

„Zweiter Standort?", fragten Lucas und Mallory unisono.

Ashley schaute sie erstaunt an. „Sie haben gesagt, die Frau hat jede Woche einen Anruf getätigt?"

Die Furchen zwischen Lucas Augenbrauen verliehen ihm eine hübsche Dosis Reife. „Ja. Und?"

„Also haben sie jede Woche zu einer bestimmten Zeit den Störsender abgestellt, oder Mae Kwon ist irgendwo anders hingegangen, um ihre Geschäftstelefonate zu führen. Vielleicht zu einem anderen Gebäude in der Stadt?"

Sein Ausdruck änderte sich. „Weil sie den Anruf nicht im Bordell entgegennehmen konnte, wenn der Störsender an war. Warum habe ich daran nicht gedacht?" Er sah aus, als ob er wütend auf sich selbst und beeindruckt von ihr war. Darauf zu kommen, war nicht gerade höhere Mathematik, aber solche Details konnten in einer so großen Ermittlung schon mal unter den Tisch fallen.

„Gab es einen bestimmten Zeitpunkt, zu dem sie telefoniert haben?"

„Die Puffmutter aus Raleigh hat jeden Sonntag pünktlich um elf Uhr morgens angerufen", sagte Lucas.

„Keine Ruhe für die Gottlosen", sagte Mallory sarkastisch.

„Die Mobilfunkfirma lässt sich ordentlich Zeit dabei, die Daten zu schicken, aber wenn wir andere Nummern zurückverfolgen könnten, die Mae Kwon angerufen haben, könnten wir ein ganzes Netzwerk ausheben." Er verschickte eine Nachricht, vermutlich an Parker.

Ihr Essen kam und Ashleys Magen knurrte. Sie wartete, bis die Kellnerin Pfeffer und Parmesan über ihre Nudeln gerieben hatte, dann schob sie sich eine Gabel voll Pasta in den Mund, die auf ihrer Zunge fast zu schmelzen schien und sie daran erinnerte, dass sie das Mittagessen wegen der Arbeit hatte sausen lassen.

Als sie aufschaute, ertappte sie Lucas dabei, wie er sie wieder beobachtete. Aus irgendeinem Grund machte sie das nervös.

„Der Sprengstoff lässt mich vermuten, dass sie irgendwo anders hin sind, um ihre Anrufe zu tätigen", sagte sie, und es war ebenso sehr ein Versuch, ihn abzulenken, wie alles andere. „Wer würde riskieren, dass irgendein zufälliges Handysignal das C4 detonieren lässt? Und ich persönlich hätte noch diverse andere Störsender installiert, nur zur Sicherheit."

„Was Sie nicht sagen", murmelte Mallory mit einem Mund voller Steak.

Ashley konzentrierte sich auf den Fall, während sie aß. „Wenn Parker herausfinden kann, über welchen Mobilfunkmast Mae Kwon sonntags ihre Anrufe getätigt hat, dann kann er vielleicht auch die Handys der anderen Gangmitglieder lokalisieren, indem er überprüft, welche Handys in der Nähe des Bordells aktiv waren. Vielleicht können wir eine Triangulation durchführen und so den Suchradius einschränken. Der Anbieter muss endlich mit den Daten rausrücken. Diese Leute entkommen uns, während wir hier reden."

Lucas warf ihr einen Blick zu, den sie nicht deuten konnte, dann schaute er Mallory mit hochgezogenen Augenbrauen an. Sie alle wussten, dass Alex ihnen auch ohne richterliche Anordnung einen Vorsprung verschaffen konnte, auch wenn es streng genommen nicht ganz legal war.

Mallory schaute sie beide an. „Meinetwegen", murmelte sie, nachdem sie ihren Bissen hinuntergeschluckt hatte. „Ich frage ihn. Aber der Angriff, an dem er derzeit arbeitet, betrifft nicht gerade eine private Durchschnittsfirma."

Was nur bedeuten konnte, dass es um eine der Bundesbehörden ging.

„Manche der anderen Handynummern könnten den Freiern gehören. Wir wissen nicht, wie sie kommuniziert oder bezahlt haben. Wenn ich eine Liste der Namen kriegen kann, können wir damit beginnen, sie abzuarbeiten." Seine Augen wurden schmal. „Ich will diese Bastarde festnageln."

„Allerdings. Ich auch", stimmte Ashley zu.

„Und ich." Mallory stieß mit ihrem Wasserglas an ihren Bierflaschen an. Sie hatte bereits eine ordentliche Schneise in ihr Steak geschlagen.

„Wenn Sie die Handydaten haben, schicken Sie mir die Liste auch", sagte Ashley. „Wenn ich Zeit habe, starte ich damit, Namen und Nummern für die Ermittlungen zu sortieren."

Seine Augen waren unlesbar, als er sie anschaute. „Okay. Danke."

Mallorys Mund öffnete sich zu einem Gähnen. „Pardon. Ich bin froh, wenn ich bis zum Ende des Essens durchhalte."

„Geht's dir gut?" Sorge lag in Lucas Tonfall. „Und dem Baby?"

„Wir waren gerade bei der Vorsorgeuntersuchung, und uns geht's beiden prima." Mallorys Lächeln sah an den Rändern ein wenig müde aus. „Aber wie es aussieht, leiden wir neuerdings unter Narkolepsie." Sie grinste. „Nichts, was acht Stunden Schlaf nicht kurieren könnten. Die bösen Jungs müssen sich bis morgen früh gedulden."

Lucas schüttelte den Kopf. „Du hast schon immer härter gearbeitet als alle, die ich kenne."

„Das war persönlich", bemerkte Mallory leise.

„Es ist immer persönlich." Sein Blick fiel auf Ashley. „Haben Sie gehört, dass die drei Verdächtigen angeblich am Hafen gesehen wurden?"

„Haben wir." Sie bemerkte die leichte Anspannung, die sich um seine Augen legte. „Sie glauben nicht, dass sie dort sind, oder?"

„Ich glaube, sie sind intelligent genug, um zu wissen, dass der Hafen groß genug ist, um hunderte Beamten noch über Tage hinweg zu beschäftigen, was ihnen die Chance gibt, in einem Privatjet oder über die Grenze nach Kanada abzuhauen. Und in der Zwischenzeit stehen weniger Agenten zur Verfügung, die anderen Spuren nachgehen könnten. Diese Arschlöcher haben vermutlich schon einen Großteil ihrer Operation verlagert. Warten wir noch ein paar Tage, und das Einzige, was noch übrigbleibt, sind Kakerlaken."

Mallory zog eine Grimasse und schob ihren Teller von

sich fort. „Das ist mein Stichwort. Ich rufe Alex an und gehe ins Bett." Sie blickte Lucas vielsagend an. „Und ja, ich werde ihm sagen, wie dringend es ist, dass wir so viele Informationen wie möglich aus Mae Kwons Handydaten bekommen."

„Ich komme sofort nach", sagte Ashley und versuchte, schneller zu essen. Sie teilten sich ein Zimmer.

„Keine Eile." Das spekulative Funkeln in Mallorys Augen, als sie zwischen Ashley und Lucas hin und her schaute, verriet, dass sie Kupplerin spielen wollte. Die Frau hatte bessere Chancen, im Schlaf Latein zu lernen, als Ashley, einen Freund zu finden.

„Ich gebe mir Mühe, Sie nicht zu wecken", sagte sie mit einem schiefen Blick. Mallory wünschte Gute Nacht und Ashley schaute ihr hinterher, als sie durch die Bar voller Männer zum Fahrstuhl lief, und nicht ein einziger Kerl versuchte, sie zu begrapschen.

Vielleicht hatten sie ihre Lektion gelernt.

Oder vielleicht sah Ashley tatsächlich aus wie eine Nutte.

Ihr Blick fiel auf ihre Seidenbluse mit dem tiefen V-Ausschnitt, die sie mit einem schwarzen Bleistiftrock gepaart hatte. Das war nicht das Outfit, in dem sie sich ein Callgirl vorstellte, aber vielleicht hatten diese Typen ja Sekretärinnen-Fetische.

„Hören Sie auf damit."

Sie schaute überrascht auf. „Womit?"

„Den Fehler bei sich zu suchen, weil irgendein Typ glaubt, er könnte damit durchkommen, sich nur wegen ihres Aussehens unangebracht zu verhalten." Lucas nahm einen Schluck von seinem Bier.

„Sie finden, ich sehe aus, als wäre ich leicht zu haben?"

„Das habe ich nicht gemeint." Sein Ausdruck wurde

zynisch. „Er hat asiatische Züge gesehen und automatisch ‚lammfromm‘ und ‚unterwürfig‘ gedacht. Sie haben ihm einen Crashkurs darin gegeben, nichts auf Stereotype zu geben.“

Sie lachte grunzend. „Ich habe nur den Ninja-Mythos bestärkt.“

Eines dieser faszinierenden, schiefen Lächeln legte sich auf seine Lippen. „Sie haben ihm den Schreck seines Lebens verpasst.“

„Gut.“

Er lehnte sich zurück, betrachtete nachdenklich sein Bier. „Es war jedenfalls verdammt sexy.“

„Uff.“ Sie verzog das Gesicht. „Nicht gut.“

Seine Augen verdunkelten sich, als er die Bierflasche zwischen seinen Fingern drehte. „Eine Frau sexy zu finden, ist keine Sünde, solange man die Finger und Gedanken bei sich lässt. Wenigstens so lange, bis man weiß, ob die Gedanken erwidert werden.“ Er hob seinen Blick.

Ashleys Herz machte einen Sprung. Die Luft schien dichter zu werden und ihr Puls raste. Oh, die Gedanken wurden erwidert, und wie.

Bei den Blicken, die sie austauschten, bestand kein Zweifel, dass sie sich voneinander angezogen fühlten. Es war lange her, seit sie mit irgendjemandem zusammen gewesen war, und etwas in ihr verzehrte sich nach dieser Verbindung. Aber jetzt war nicht der richtige Zeitpunkt. Sie wollte sich in dieser Ermittlung beweisen. Nicht beweisen, wie töricht sie war. Zeit, zu gehen. Sie schob ihren Teller fort und holte ihr Portemonnaie hervor.

Lucas winkte ihr Geld fort. „Ich übernehme das.“

„Aber es ist ein Geschäftsessen.“

Sein Lächeln wurde breiter. „Das hatte mehr von einem Date, als alles, was ich seit Monaten hatte."

Obwohl er einen Witz machte, wurde ihr ganz heiß.

Er presste die Lippen zusammen, „Das hätte ich besser nicht sagen sollen, vor allem nach dem, was dieser Blödmann vorhin abgezogen hat." Lärmendes Gelächter zerriss die Luft, und der Moment verflog. Er legte eine Handvoll Geldscheine auf den Tisch.

„Danke." Sie wusste nicht, was sie sonst noch sagen sollte, also hielt sie den Mund.

„Kommen Sie, ich begleite Sie nach draußen."

Sie rutschte aus dem Separee und sammelte ihre Sachen zusammen. „Glauben Sie, ich kann mich nicht wehren?"

„Ich weiß, dass Sie sich wehren können. Ich beschütze nur diese Idioten."

Sie lächelte, dann ging sie mit erhobenem Kinn voran, am Tisch der Männer vorbei. Die Kerle verstummten und schauten ihr hinterher. Sie tat ihnen nicht den Gefallen, sich umzudrehen.

Dankenswerterweise ertönten keine Obszönitäten mehr, aber das hatte vermutlich mit ihrem Beschützer zu tun, der ihr wie ein Schatten folgte. Sie gingen zu den Aufzügen.

„Welche Etage?", fragte er.

„Acht." Sie schaute ihn an.

Er nickte. „Ich auch."

Die Türen glitten auseinander, und sie betraten den leeren Lift. Ihre Haut fühlte sich plötzlich ganz heiß an, und es fiel ihr schwer, zu atmen, während sie zusah, wie die Nummern der Stockwerke eine nach der anderen aufleuchteten. Sie traten aus dem Aufzug und wandten sich beide nach links. Sie kamen am Zimmer 815 an, aber es fiel kein Licht unter der Tür durch.

Mist. Es sah so aus, als ob Mallory schon schlief. Ashley zögerte. Vielleicht sollte sie in der Lounge arbeiten … aber da waren überall diese verfluchten Traktor-Typen.

„Gibt's ein Problem?", fragte Lucas.

„Nein", sagte sie leise. Dann gab sie klein bei, als er sie weiterhin fragend anstarrte. „Ich wollte noch die Aufnahmen der Überwachungskameras sichten, bevor ich ins Bett gehe, aber ich will Mallory nicht aufwecken. Sie braucht ihren Schlaf."

„Sie können in meinem Sitzbereich arbeiten, wenn Sie wollen."

„Sie haben eine Suite?"

„Ich wusste, dass ich länger hier sein würde." Er zuckte mit den Schultern. „Ich werde mir sowieso einen Drink machen und noch ein bisschen arbeiten. Sie können mir gerne Gesellschaft leisten."

Sie zögerte.

„Kein Begrapschen." Sein Mund verzog sich zu einem reumütigen Grinsen. „Versprochen."

LUCAS HÄTTE NACH zwei schlaflosen Nächten eigentlich erschlagen sein müssen, aber er war wie aufgedreht. Eine wunderschöne Frau in sein Hotelzimmer einzuladen, war vielleicht nicht die beste Idee, die er jemals gehabt hatte. Und wenn schon. Er war ein Gentleman und professionell genug, und er würde sich nicht an eine Kollegin heranmachen, wenn sie einen Fall zu lösen hatten. Vor allem nicht diesen Fall. Vor allem nicht diese Kollegin.

Er nahm das „Bitte nicht stören"-Schild vom Türknauf

und winkte sie ins Zimmer. „Entschuldigen Sie das Chaos. Ich lasse die Zimmermädchen nur rein, wenn ich auch da bin."

Die Schlafzimmertür stand offen, und das Bett war noch ungemacht von der letzten Nacht, in der er darin geschlafen hatte. Er ging zur Tür und schloss sie. Das hier war geschäftlich. Nicht privat.

„Setzen Sie sich. Neben der Lampe ist eine Steckdose." Er deutete auf einen Sessel neben dem Kamin, abseits der verlockenden Couch. „Wollen Sie etwas trinken?"

„Ich finde, ich habe mir einen Bourbon verdient, falls Sie einen dahaben. Was ist das hier?" Ashley Chen ging quer durch das Zimmer und betrachtete die Tafel, an die er Bilder derjenigen Personen geheftet hatte, von denen er wusste, dass sie in den Fall involviert waren. Er mochte es, alles visuell vor sich zu sehen. Drei große Fragezeichen kennzeichneten die Männer, die aus dem Bordell entkommen waren.

Sie zeigte auf eins der Bilder. „Sind das Mia Stromberg und ihre Eltern?"

Er nickte. „Sie befinden sich derzeit im Zeugenschutz. Bisher kooperieren sie."

Sie schaute ihn kritisch an. „Glauben Sie, das ändert sich noch?"

Er holte eine Flasche Jack Daniels und zwei Gläser aus der Minibar. „Sie wollen nach Hause und sie sind reich genug, um sich einen ordentlichen Sicherheitsdienst zu leisten."

„Was ist dann das Problem?"

„Vielleicht gar nichts." Er zeigte auf das Foto von den zerstörten Häusern, die früher einmal einen Teil der Innenstadt gebildet hatten. „Vielleicht alles." Er hielt inne. „Ich kann nicht aufhören, mich zu fragen, ob Mia gezielt ausgewählt wurde. Ich meine, wie viel einfacher wäre es gewesen, ein Kind zu entführen, das auf der Straße lebt? Stattdessen entführen sie ein Kind, dessen Eltern Multimillionäre sind?"

„Lassen die Eltern sie allein zur Schule gehen?"

Er schüttelte den Kopf. „Normalerweise bringt das Kindermädchen sie, aber sie hat nach der Entführung zugegeben, dass Mia oft allein vorgelaufen ist. Das Kindermädchen hat ausgesagt, dass sie immer bis zur Schule mit läuft, und als sie Mia nicht gesehen hatte, war sie davon ausgegangen, dass sie schon im Gebäude war."

„Sie glauben, die Typen haben Mia beschattet. Haben herausgefunden, wann sie angreifbar ist?"

„Vielleicht war es nur Pech. Oder vielleicht hatten sie vor, Lösegeld zu erpressen und haben dann entschieden, sich ein bisschen was dazuzuverdienen, indem sie in der Zwischenzeit ihren Körper verkaufen." Lucas drehte sich der Magen um, als er sich daran erinnerte, wie Mae Kwon ihre Hand nach seinem Geld ausgestreckt hatte, während ein kleines Mädchen zitternd unter der Decke gelegen hatte.

Es tat ihm nicht leid, dass diese Frau tot war. Aber er bedauerte, dass sie eine wertvolle Informationsquelle verloren hatten.

„Es ist auffällig", stimmte Ashley zu. „Aber es ist auch möglich, dass sie die Gelegenheit beim Schopfe ergriffen haben, als sie Mia allein auf der Straße gesehen haben." Sie presste die Lippen zusammen.

Lucas wandte den Blick von ihren Lippen ab. Früher am Tag hatte sie roten Lippenstift getragen, aber das meiste davon war abgerieben. Jetzt sah sie jünger aus, als sie aussehen sollte, wenn man bedachte, dass sie bei der Fallanalyse war.

Dank solcher Fernsehserien wie Criminal Minds

bewarben sich viele Leute beim FBI in der Hoffnung, zur Fallanalyseeinheit zu kommen, aber nur ein paar Glückliche hatten Erfolg. Diejenigen, die ausgewählt wurden, hatten einen messerscharfen Verstand, waren unfassbar engagiert und wurden von dem Verlangen angetrieben, die Bösen davon abzuhalten, böse Dinge zu tun. Er zog es vor, als Agent im Außendienst zu arbeiten, weil es abwechslungsreicher war. Außerdem mochte er nicht ständig von einem nicht enden wollenden Strom an Leichen umgeben sein. Er mochte es, gewöhnlichen Leuten dabei zu helfen, Gerechtigkeit zu erlangen, und er mochte es, Kriminelle hinter Gitter zu bringen.

Er hielt ihr ein Glas mit Bourbon hin und trank einen Schluck aus seinem eigenen Glas. Das Brennen in seinem Hals löste etwas von der Anspannung, die dort festgesessen und ihm langsam die Luft abgedrückt hatte. Es waren ein paar heftige Tage gewesen. Nicht nur deshalb, weil er selbst umgekommen wäre, wenn er den Zuhälter nicht in die Tunnel gefolgt wäre. Genauso wie Mia und Becca. Er war noch nicht dazu gekommen, seine eigene Nahtoderfahrung zu verarbeiten, aber nachdem er im Krieg gewesen war, hatte er angefangen, jeden einzelnen Tag als Geschenk zu begreifen. Er kippte das ganze Glas Whiskey hinunter und goss sich ein zweites ein.

„Was haben die Eltern über das Kindermädchen gesagt?"

Lucas schraubte die Flasche zu. „Sie haben viel Zeit darauf verwendet, der Frau zu versichern, dass es nicht ihre Schuld gewesen ist."

Ihre Augenbrauen schnellten in die Höhe. „Haben Sie sie überprüft?"

„Sie und alle anderen Angestellten." Er nickte. „Sobald das

Kind als vermisst gemeldet worden war, haben wir die Kommunikation und die Finanzen der Frau überprüft. Nichts Ungewöhnliches."

„Vielleicht wurde ihre Familie bedroht." Ashleys Blick fiel auf das Foto des Kindermädchens. „Wo kommt sie her?"

„Ohio."

Ihr Grinsen ließ ihr Gesicht erstrahlen, und er ertappte sich dabei, wie er zurücklächelte. Sie hatte weiche, schmale Augen und Haar, das aussah wie rohe Seide. Er wollte mit dem Finger hindurchfahren und herausfinden, ob es sich so gut anfühlte, wie es aussah. Sie war groß und schmal, sah nicht stark genug aus, um das Selbstverteidigungstraining an der Akademie zu überstehen, hatte es aber ganz offensichtlich getan.

Es überraschte ihn nicht, dass sie in der Bar die Aufmerksamkeit auf sich gezogen hatte, es machte ihn nur wütend, dass es die falsche Art von Aufmerksamkeit gewesen war. Aber sie hatte es im Griff gehabt.

Er hatte vorhin nicht gelogen. Er war so beschäftigt mit seiner Arbeit gewesen, dass er seit Monaten keine Verabredung mehr gehabt hatte. Seit sich herausgestellt hatte, dass der Serienmörder Edward Meacher in der Nähe von Lucas Wohnort sein Unwesen trieb, hatte er ununterbrochen gearbeitet. Diese Ermittlung steckte fest – es gab keinerlei Hinweise darauf, wer diesen Sadisten umgebracht hatte, und niemandem tat es leid, dass er tot war. Über Neujahr hatte Lucas in einem Fall auf den Outer Banks in North Carolina ermittelt, danach in einem Banküberfall, bei dem die Schalterbeamtin erschossen worden war, nachdem sie den stillen Alarm ausgelöst hatte. Und jetzt das hier. Es war erst Februar und schon ein verdammt volles Jahr.

„Wer sind diese drei?" Agent Chen deutete auf die drei Polizeifotos, die er heute Nachmittag bei der Bostoner Polizei hatte mitgehen lassen.

„Mitglieder einer Gang, die sie heute reingebracht haben, damit ich sie mir anschaue."

„Ich gehe davon aus, dass das nicht unsere Typen sind?" Sie schwenkte ihren Whiskey im Glas und trank einen Schluck.

Er zwang sich, einen Schritt zurückzutreten. Die Tatsache, dass Alex Parker ihn gebeten hatte, ein Auge auf sie zu haben, machte ihn nervös. Aber er kannte Alex seit Jahren, und der Kerl hatte einen untrüglichen Instinkt.

„Sie waren nicht die Richtigen." Er zeigte auf den Anwalt. „Dieser Kerl ist aufgetaucht, um sie zu vertreten. Ein echter Hai."

Ashley deutet auf ein anderes Foto. „Wer ist das?"

„Die Dolmetscherin."

Ashley starrte ihn einen Augenblick lang seltsam an. „Arbeitet sie nicht für die Polizei?"

Er nickte.

Sie neigte den Kopf zur Seite. „Sie trauen niemandem, oder?"

Das kam der Wahrheit ein bisschen zu nahe. „Es ist nicht mein Job, Leuten zu vertrauen. Es ist mein Job, Verbrecher zu fangen."

Eine Furche erschien zwischen ihren Augenbrauen. „Haben Sie mit einem Phantombildzeichner zusammen Bilder der drei Männer erstellt, die Sie gesehen haben?"

„Natürlich. Aber die Ergebnisse waren nicht gerade überzeugend. Anscheinend bin ich nicht sehr gut mit Gesichtern."

Ihre Schultern versteiften sich. „Weil alle Asiaten gleich

aussehen?“

„Für ein ungeübtes Auge? Vielleicht. Ja.“ Er beobachtete, wie sie herausfordernd das Kinn hob. „Ich persönlich kann nicht zwischen koreanischen, japanischen und chinesischen Gesichtern unterscheiden. Ich wusste nicht mal, dass es verschiedene Arten von Augenlidern gibt, bis mich der Zeichner vorhin danach gefragt hat. Und die Unterschiede zwischen zwei Menschen sind noch subtiler.“ Er zuckte mit den Schultern, versuchte, seine Enttäuschung in Schach zu halten. „Ich fand es schwierig, meine Erinnerung dem Zeichner zu vermitteln. Das war meine Schuld.“

„Sind Sie sicher, dass Sie sie wiedererkennen, wenn Sie sie sehen?“

Er warf ihr einen schneidenden Blick zu. „Ich würde sie überall wiedererkennen.“

Das Licht der Lampe ließ das blauschwarz ihrer Haare glänzen. Die Seidenbluse, die sie trug, war konservativ, aber der Ausschnitt ging tief, und der Stoff fiel auf eine Art und Weise über ihre Brüste und ihre schmale Taille, die wenig der Fantasie überließ. Er richtete seine Augen wieder auf ihre Augen, und wieder blitzte ein Funken der Ahnung zwischen ihnen auf. Unsichtbare Energie, die nur sie beide spüren konnten.

„Ich sollte besser gehen“, sagte sie plötzlich

Er traute seiner Stimme nicht mehr, also antwortete er nichts.

Sie ging auf ihn zu, und er zwang sich, sich nicht von der Stelle zu rühren. Sie war nur ein paar Zentimeter kleiner als er, was eine Abwechslung zu den Frauen war, mit denen er sonst ausging. Ihre Hände lagen auf seiner Brust, als sie sich auf die Zehenspitzen stellte und ihn küsste. Ihr Mund war weich und süß und schmeckte nach Bourbon.

Er wollte ihr diese verdammte Bluse vom Leib reißen und sie ins Bett tragen. Aber egal, wie lange es her war, das war eine ganz schlechte Idee.

Als sie sich von ihm lösen wollte, nahm er ihr Gesicht in die Hände und vertiefte den Kuss, spürte ihre Überraschung, gefolgt von der sengenden Glut ihrer Erwiderung. Ihr Atem ging schneller, als sich ihre Zungen berührten. Er presste seinen Mund fester auf ihren, seine rauen Finger fühlten sich auf der glatten Seide ihrer Bluse kratzig an. Ihre Arme schlangen sich um seinen Hals und ihre Hände vergruben sich in seinen Haaren. Sie war heiß – Körper, Gesicht, Mund. Sein Körper flehte ihn an, sich nicht zu lösen, nicht aufzuhören, aber er tat es dennoch und starrte in ihre hübschen Augen.

„Wofür war das denn?", fragte er heiser.

„Neugier." Ihre Lippen waren von dem Kuss gerötet. Ihre honigfarbene Haut verriet einen leichten roten Schimmer. „Ich wollte sehen, ob Sie genauso gut schmecken, wie Sie aussehen."

Sein Hals wurde eng. „Was ist das Urteil?"

Sie löste sich von ihm und ging zum Tisch, wo sie ihren Laptop und ihre Jacke abgelegt hatte. Sie hob sie hoch.

Er blieb regungslos stehen, als sie davonging, zwang sich, zu akzeptieren, dass der Kuss genug gewesen war.

Sie öffnete die Tür, dann drehte sie sich zu ihm um. „Besser."

Sie ließ die Tür sanft hinter sich ins Schloss fallen, durchtrennte die Verbindung. Und er wusste, dass ein Kuss niemals genug sein würde.

SECHSTES KAPITEL

ASHLEY HATTE NICHT erwartet, dass Lucas so gut schmecken würde. Sie hatte auch nicht erwartet, dass unter dem konservativen Äußeren von Anzug und Krawatte heiße Lava brodelte.

Der Kuss war ein Fall seltener Spontanität ihrerseits gewesen, ein Weg, um ihre Neugier zu befriedigen. Ein Weg, um sich die Faszination für diesen Mann auszutreiben und die Flammen auszulöschen, die zwischen ihnen zu lodern begonnen hatten. Die Wirklichkeit konnte es nie mit der Fantasie aufnehmen. Das Gefühl der Enttäuschung, das darauf folgte, war beruhigend in seiner Vertrautheit.

Aber nichts an Lucas Randalls Kuss war enttäuschend oder beruhigend gewesen.

Stattdessen hatte er ihr Verlangen nur noch verstärkt, bis sie ihre guten Vorsätze vollkommen über Bord geworfen hatte. Wenn es etwas gab, was sie zu schätzen wusste, dann war das ein Mann, der wusste, wie man eine Frau befriedigte, und der Kuss hatte ihr mehr als genug darüber verraten, wie gut Lucas Randall im Bett sein würde.

Zum Glück war einer von ihnen beiden vernünftig genug gewesen, die Sache zu beenden, bevor sie sich vergaßen. Es irritierte sie, dass er das gewesen war. Aber ihre leiden- schaftliche Natur hatte sie schon mehr als einmal in

Schwierigkeiten gebracht – ein weiterer Grund dafür, die Leute auf Distanz zu halten.

Sie ging zurück zu ihrem Zimmer und schlüpfte lautlos durch die Tür. Mallory schlief tief und fest. Ashley schlich ins Badezimmer und schaltete ihren Laptop ein. Ihr E-Mail-Programm pingte auf, als eine neue Nachricht ankam, und sie stellte den Ton aus. Ihr Herz schlug schneller, als sie sah, dass die E-Mail von Lucas kam.

Agent Chen, Danke für Ihre Unterstützung vorhin. Falls Sie weitere Fragen zu der Sache haben, die wir zuletzt besprochen haben, melden Sie sich gerne jederzeit bei mir. Agent Randall.

Sie lachte, dann erhaschte sie einen Blick auf ihr Spiegelbild. Verdammt. Sie sah glücklich aus. Ihr Lächeln erlosch. Auch wenn er heiß und gutaussehend war, war Lucas Randall doch genau der Typ Mann, dem sie aus dem Weg gehen musste. Er war zu nett. Zu hartnäckig. Zu korrekt. Alternativ konnte sie ihm auch einfach das Hirn rausvögeln, damit sie beide endlich diese Energie aus ihren Systemen verbannen konnten

Kein Zweifel, der Kerl machte sie heiß. Ihre Erregung war unübersehbar, so wie ihre harten Nippel unter dem dünnen Material ihrer Bluse hervorstanden, und ihre riesigen Pupillen sie aus dem Badezimmerspiegel heraus anstarrten.

Sie spürte das Verlangen in sich.

Sehnte sich danach, berührt zu werden.

Sehnte sich danach, zu jemandem zu gehören.

Sie fuhr mit der Hand über ihre Brüste und verspürte augenblicklich das Echo ihrer Lust zwischen ihren Schenkeln pulsieren. Aber sie verschaffte sich keine Erleichterung. Statt befreiend und erlösend, kam ihr diese Vorstellung heute nur armselig und einsam vor.

Lust war heute Abend nicht das Problem.

Das Problem war ihre Einsamkeit.

Ashley verdrängte die Gedanken an selbstsüchtiges Verlangen und Bedürfnisse. Liebhaber waren nicht von Dauer. Ihr Ruf schon. Sie beendete das E-Mail-Programm, ohne Lucas zu antworten. Sie hatte heute nur ein Ziel, und das war nicht, flachgelegt zu werden. Sie wollte wissen, ob der Agata Maroulis-Fall in Zusammenhang mit dem Bordell in Chinatown stand.

Ashley schaute auf die Uhr. Halb elf. Wie die meisten Computerfreaks war sie eher ein Nachtmensch, auch wenn sie ihre natürlichen Neigungen der Effektivität im Job zuliebe etwas eingeschränkt hatte. Wie es schien, hatte sie viele ihrer natürlichen Neigungen eingeschränkt.

Sie öffnete den Link zu den Aufnahmen der Überwachungskameras im Terminal E des Logan International Flughafens, von dem Tag, an dem Agata aus Griechenland angekommen war. Ashley fand den passenden Zeitcode und sah, wie das Mädchen ihren Koffer abholte und sich dann zur Passkontrolle begab. Sie hatte dem Zollbeamten nichts von einem Job erzählt. Agatas Abenteuerlust und ihr Reisefieber hatten ihren gesunden Menschenverstand übertrumpft. Ashley machte ihr keine Vorwürfe. Sie hatte auf ihrem Weg in die Freiheit weitaus Schlimmeres getan.

Agata hatte das Terminal E verlassen und war in den Bus 33 der Bostoner Verkehrsbetriebe gestiegen. Laut der Fallakte war sie erst zwei Jahre später wieder aufgetaucht, an dem Tag, als sie das Polizeirevier betreten hatte.

Die Polizisten hätten sie retten müssen. Es schmerzte, dass sie es nicht getan hatten.

Vermutlich sollte Ashley besser bis morgen warten und eine offizielle Anfrage für die Überwachungsaufzeichnungen bei der Verkehrsbehörde einreichen – was sie auch tun würde –, aber es gab nichts, was sie davon abhielt, sich einen Vorsprung zu verschaffen und selber nachzuschauen.

Sie benutzte das Licht ihres Handydisplays, um im Schlafzimmer ihren Rollkoffer zu finden, den sie zurück ins Badezimmer trug. Sie zog ihren Schlafanzug an, putzte sich die Zähne und wusch sich die letzten Reste von Make-up aus dem Gesicht. Dann holte sie so lautlos wie möglich ganz unten aus ihrem Koffer einen zweiten Laptop hervor und schaltete ihn ein.

Es war ein nicht registrierter Rechner, der viele ihre Hacking-Werkzeuge enthielt. Das Passwort hatte eine Verschlüsselung, die sogar über Militärstandards hinausreichte und praktisch unmöglich zu knacken war. Es würde einfacher sein, das Passwort aus ihr herauszufoltern oder einen Keylogger zu installieren, der alles erfasste, was sie tippte.

Sie nahm den Laptop mit ins Schlafzimmer und setzte sich auf ihr Bett. Mallorys Atem ging ruhig und gleichmäßig.

In den Server der Bostoner Verkehrsbetriebe hineinzukommen, war ein Kinderspiel. Sie nutzte eine bekannte Sicherheitslücke in der Hintertür des Betriebssystems aus. Die richtige Überwachungskamera zu finden, geschweige denn das richtige Datum und die richtige Uhrzeit, dauerte länger. Es war schon Mitternacht, als sie die Stelle entdeckte, an der Agata aus dem Bus ausstieg und die U-Bahn-Station betrat. Ihr Herz brach für die Griechin. Jung und voller Lebensfreude, hatte Agata nur so vor Abenteuerlust gesprudelt. Wie niederschmetternd hatte es für sie sein müssen, mit einem miesen Trick in die Prostitution gezwungen zu werden. Jeden Tag vergewaltigt und misshandelt zu werden, unter Drogeneinfluss zu stehen, damit andere Leute mit ihrem Körper, ihrem Schmerz, ihrer Demütigung Geld verdienen konnten.

Wut brodelte wie Schwefelsäure in Ashleys Innerem. Sie konnte das Grauen förmlich schmecken, den verzweifelten Wunsch, sich zu wehren, die Enttäuschung der Niederlage, das Sterben der Hoffnung.

Die Tatsache, dass die Polizei dieses Mädchen im Stich gelassen hatte, machte sie rasend, aber es war zu spät. Agata war verzweifelt und allein in den Straßen des Landes gestorben, das sie hatte entdecken wollen. Alles, was Ashley jetzt noch tun konnte, war es, die Verantwortlichen zu finden und sie für das zur Rechenschaft zu ziehen, was sie Agata angetan hatten, damit andere diesem aussichtslosen Schicksal entkommen konnten.

Ashley betrachtete die Aufzeichnungen aufmerksam und entdeckte Agata wieder, als sie die blaue Linie der U-Bahn nahm und am Government Center ausstieg. Sie verspürte einen Anflug von Erleichterung, als sie sah, wie das griechische Mädchen in die grüne Linie wechselte und Richtung Innenstadt fuhr. Ein gewaltiges Gähnen ließ sie wissen, dass es Zeit war, Feierabend zu machen. Sie konnte kaum noch die Augen offenhalten. Sie schrieb sich eine Notiz mit den Nummern der Kameras und den Zeitpunkten, die Agata bisher gezeigt hatten.

Von ihrem offiziellen Laptop aus schrieb sie eine E-Mail, in der sie um Zugriff auf die Datenbank der Bostoner Verkehrsbetriebe bat. Jedes Beweismittel musste auf legale

Weise bezogen werden, um vor Gericht zugelassen zu werden. Wieder gähnte sie und loggte sich aus den anderen Servern aus, stellte sicher, dass es keine unerwarteten Nachrichten ihrer IT-Abteilungen über eine Sicherheitslücke geben würde. Alles sah gut aus, also stellte sie den Laptop aus und vergrub ihn wieder unter ihren Kleidern im Koffer.

Sie schloss die Hotelzimmertür ab und dachte an all die Dinge, die sie jetzt mit Lucas Randall machen könnte. Sie kroch unter die Decke und entschied, dass es so besser war. Sich einen Mann wie Lucas Randall zu verwehren, war die Art Buße, die sie tagtäglich tat. Wie auch immer. Das FBI war voll von heißen Alpha-Männchen. Noch während sie darüber nachdachte, wusste sie, dass sie sich selbst belog – nur so konnte sie sicherstellen, ihren Verstand nicht zu verlieren.

Ehrlichkeit war auch nicht so großartig, wie alle immer behaupteten.

LUCAS SCHLIEF WIE ein Stein.

Ab jetzt sollte er Bier, Jack Daniels und feuerheiße Küsse von wunderschönen Frauen in seine abendliche Routine integrieren. Er grinste. Schön wär's.

Er verließ das Hotel und widerstand der Versuchung, ein paar Straßenblocks weiter Richtung Norden zu gehen, um nach Becca zu sehen. Es war einfacher, ein Geheimnis zu bewahren, wenn man keine Aufmerksamkeit darauf zog.

Es war noch früh, aber es waren schon viele Leute unterwegs, während er die fünfzehn Minuten vom Hotel zum Büro lief. Boston trauerte, aber es stellte sich seinen Problemen mit dem ihm üblichen sturen Stolz. Diese Gefühle lagen deutlich in den Gesichtern der Menschen, die ihm begegneten.

Er holte sich einen Kaffee, dann betrat er das Gebäude, stellte sich in der Schlange für die Sicherheitskontrolle an.

Oben in den Büroräumen herrschte Stille. Ein Großteil der Beamten aus der Sondereinheit waren noch am Hafen. Diejenigen, die nicht dort waren, holten vermutlich ein paar Stunden Schlaf nach. Aus dem Augenwinkel entdeckte er eine große, schwarzhaarige Person, die den Flur entlangging.

Special Agent Ashley Chen.

Er hätte mehr Kaffee mitbringen sollen, wollte aber auch nicht, dass sie dachte, er würde zu viel in den Kuss von gestern Abend hineininterpretieren. Sie waren beide müde gewesen, hatten getrunken, und er war vor Erschöpfung vollkommen überdreht gewesen.

Und wenn das die einzigen Gründe dafür gewesen wären, dass sie sich geküsst hatten, wären sie auch nackt im Bett gelandet.

Im Konferenzzimmer saßen Mallory und Ashley beide über ihre Computer gebeugt da. Ashley trug einen grauen Hosenanzug und eine purpurrote Bluse. Schmale, silberne Kreolen steckten in ihren Ohren, und ihre Haare glänzten wie poliertes Ebenholz. Alles an ihrer Erscheinung schrie geradezu *engagierte Bundesagentin* und er fing an, sich zu fragen, ob er es sich nur einbildete, dass sie ihn letzte Nacht geküsst hatte.

„Hey." Mallory schaute auf und lächelte. „Irgendwelche Neuigkeiten vom Hafen?"

Lucas schüttelte den Kopf. Ashley schaute nicht auf, aber das Versteifen ihrer Schultern sagte ihm, dass sie ihn durchaus wahrnahm.

Er wollte nicht, dass die Situation irgendwie unangenehm wurde. Sie hatten sich nur geküsst. Deshalb hatte er ihr gestern

Nacht noch die E-Mail geschickt, aber vielleicht hatte sie mehr hineingelesen … Er hatte versucht, die Dinge nicht zu ernst zu nehmen, aber diese Anziehung zwischen ihnen machte die Situation komplizierter, und er hasste kompliziert. Er mochte es einfach. Er war für Ehrlichkeit und Direktheit.

„Agent Chen." Er sprach sie direkt an, entschlossen, alle Peinlichkeit direkt zu zerschlagen. „Ich habe die Handydaten von Mae Kwons Anbieter erhalten, über die wir gestern gesprochen haben …"

Sie hielt ihre Hand hoch. „Nicht jetzt."

Er zuckte zurück, als hätte sie ihn gebissen. Gestern war sie noch unnachgiebig darin gewesen, unbedingt helfen zu wollen. Hatte sie es sich wegen eines einfachen Kusses anders überlegt?

Nicht, dass der Kuss auch nur annähernd einfach gewesen wäre.

Sie schaute auf. „Ich verfolge gerade die Ankunft der jungen griechischen Frau in Boston, und ich glaube, ich habe etwas gefunden."

Interessiert ging er zu ihr und schaute auf den Bildschirm ihres Laptops, deutete auf die blonde Person im Bild. „Ist das Agata Maroulis?"

Ashley nickte, ohne den Blick von der Aufnahme abzuwenden.

Er zog sich einen Stuhl heran, und sie zuckte zusammen, als sich ihre Knie versehentlich berührten. So viel zur Indifferenz, die sie wie einen ihrer teuren Hosenanzüge trug.

„Ich habe ihren Weg vom Flughafen bis in die Innenstadt verfolgt. Hier sollte sie jetzt den Parkplatz betreten."

Ashley wählte eine andere Kamera aus, und das Mädchen erschien auf dem Bild, wie sie mit einem großen Rucksack die

U-Bahn-Station verließ und sich umschaute, ein sonniges Lächeln auf den Lippen. Agata hatte den Körperbau einer Läuferin und kurze blonde, lockige Haare. Sie trug enge Jeans und eine grün karierte Bluse. Sie war die Frische und Unschuld in Person.

Opfer wie Agata waren der Grund, weshalb Lucas zum FBI gegangen war – um Leute davon abzuhalten, andere Menschen auszunutzen. Um diejenigen zu retten, die in Schwierigkeiten waren. Leider endete das selten wie im Märchen. Unschuldige Menschen starben. Verbrecher kamen davon. Aber nicht dieses Mal. Dieses Mal würden sie diese Männer finden und sie zur Rechenschaft ziehen.

Als Agatas Leiche gefunden worden war, hatte das FBI einen Aufruf gestartet, um an Informationen über sie zu kommen. Es hatte sich niemand gemeldet. Nicht eine einzige Person hatte zugegeben, sie jemals gesehen zu haben. Aber irgendjemand musste etwas wissen. Die Leute, die diese Organisation leiteten. Die Männer, die ihren Körper benutzt hatten. Die Freier mussten wissen, dass diese Frauen nicht freiwillig mitmachten. Lucas wollte wissen, wer diese Perversen waren. Er wollte wissen, wie sie von dem illegalen Bordell erfahren hatten. Und er wollte, dass sie für das Leid, für das sie mitverantwortlich waren, zahlten.

Auf dem Bildschirm stand Agata am Bordstein, wippte aufgeregt auf ihren Zehen auf und nieder. Ein Minivan hielt an.

„Können Sie es anhalten?", fragte er Ashley.

Sie stoppte das Video, und er beugte sich näher zum Bildschirm. „Lassen Sie es langsam weiterlaufen." Lucas spürte, wie sich sein Puls beschleunigte, als Mae Kwon aus der Beifahrertür des Wagens ausstieg. Sie trug einen schlecht sitzenden, dunkelblauen Hosenanzug, der als Uniform einer Hotelkette durchgehen konnte. „Das ist die Puffmutter aus dem Bordell."

„Also haben wir eine direkte Verbindung zwischen Agata Maroulis Ermordung und dem Bordell in Chinatown, das zerstört wurde." Sie nickte zufrieden. „Jetzt haben wir mehr Spuren, denen wir nachgehen können."

„Sehr gute Arbeit." Es deutete auf hervorragende investigative Fähigkeiten hin, trotz ihrer jugendlichen Erscheinung. Er wusste nicht, was Alex' Problem mit Ashley war, aber sie hatte gerade bewiesen, dass sie verdammt gut in ihrem Job war.

Mallory kam zu ihnen und schaute ihnen über die Schultern. Sie trug ihren riesigen Klunker von Verlobungsring, und ihr Babybauch wurde durch das enge T-Shirt unter ihrem Blazer hübsch betont. Sie sah zufrieden und gesund aus, und Lucas freute sich für sie. Wenn irgendjemand die Chance auf ein gutes Leben verdient hatte, dann waren es Mallory Rooney und Alex Parker.

Auf der Aufnahme schüttelte Mae Kwon Agatas Hand und bedeutete ihr, ihr Gepäck hinten im Van zu verstauen. Dann griff sie nach Agatas Reisepass und schien ihr mitzuteilen, dass sie ihn mit dem Namen auf dem Klemmbrett, mit dem sie herumfuchtelte, abgleichen müsse. Sie winkte ihr Opfer mit einem Lächeln in den Van.

Agata schien aufgeregt zu sein, als sie in den Van stieg. Ihre Lippen bewegten sich lebhaft, als ob sie sich angeregt unterhielten. Keine Spur einer Ahnung, dass sie hintergangen worden war.

Mae Kwon stieg ein, und der Minivan fuhr los. Wie lang hatte es wohl gedauert, bis Agata erkannt hatte, dass ihre

Träume zu Staub zerfallen waren?

Er zwang seine Gedanken an die junge Frau fort. Agata war tot, und er musste bei klarem Verstand bleiben, um die anderen zu retten, die noch immer in diesem Alptraum gefangen waren. Und um die zu schnappen, die für ihren Tod verantwortlich waren.

„Die Methoden, die sie bei Agata angewendet haben, sind eher typisch für die russische Mafia, nicht so sehr für asiatische Gangs." Mallory meldete sich zu Wort. „Asiatische Gangs tendieren eher dazu, illegale Immigranten über Seehäfen ins Land zu schmuggeln und ihre Pässe einzubehalten, bis die Leute ihre Schulden durch Zwangsarbeit oder Prostitution abgezahlt haben. Die Opfer sind ihnen aufgrund ihres illegalen Status ausgeliefert und durch die Sprachbarrieren und die Tatsache, dass sie nicht wissen, wie das System funktioniert, isoliert. Außerdem werden ihre Familien in der Heimat bedroht, sollten sie die Schulden nicht zahlen. Die Masche mit dem Jobangebot in Übersee ist normalerweise ein Trick der Russen oder Osteuropäer." Sie berührte seine Schulter. „Alex hat gesagt, dass sie die Situation mit dem Sicherheitsleck langsam unter Kontrolle bekommen. Er findet vielleicht Zeit, uns ein paar Namen und Adressen aus den Daten zu ziehen, die du ihm heute Morgen geschickt hast. Diese Dreckskerle werden sich nicht mehr lange verstecken können."

Er nickte, und Mallory ging zurück an ihren Rechner. Ashley spulte die Aufnahme zurück.

„Besteht die Chance, dass wir ein Bild vom Fahrer oder vom Nummernschild des Minivans finden?", fragte er.

Ashleys kniff die Lippen zusammen. „Ich kann schauen, ob es an dieser U-Bahn-Station noch weitere Überwachungskameras gibt, aber machen Sie sich nicht zu viele Hoffnungen." Ihre Blicke trafen sich, und plötzlich flammte die Erinnerung an den Kuss wieder zwischen ihnen auf. Sie mochte vielleicht eine kühle, distanzierte Fassade wahren, aber ihre Augen verrieten sie.

Und es war verdammt noch mal nichts, dem sie nachgeben konnten.

Von seinem Handy aus rief er Sloan an. „Agent Chen hat eine Überwachungsaufnahme gefunden, auf der Agata Maroulis zu Mae Kwon in einen Minivan steigt, direkt an dem Tag, als sie in der Stadt angekommen ist. Die Fälle hängen definitiv zusammen."

Sloan fluchte. Ihre Leute hätten das längst herausfinden müssen, und das wusste sie. Es war vor der Explosion noch keine Priorität gewesen, nun aber schon.

„Gute Arbeit", sagte sie. „Schauen Sie, ob Chen noch mehr zu dem Maroulis-Fall finden kann, was uns einen Vorsprung verschafft."

„Haben Sie am Hafen irgendjemanden entdeckt?", fragte Lucas.

„Keinen verdammten Schwanz. Halten Sie mich auf dem Laufenden." Sie legte auf.

Ashleys Finger flogen über die Tastatur, bis sie eine andere Kamera fand. Die Rückseite des Vans erschien deutlich im Bild, aber das Nummernschild war zu verdreckt, um es zu erkennen.

„Mist." Ihre Lippen pressten sich zusammen, als ob sie sauer auf sich selbst wäre. „Tut mir leid."

„Das ist nicht Ihre Schuld", sagte er leise.

Ihre Augen waren dunkel wie ein Nachthimmel, als sie seinen Blick erwiderte. „Es gibt einfach so viele Hinweise, die übersehen wurden. Und auch, wenn alle immer sagen, sobald etwas online ist, ist es für immer im Netz, stimmt das einfach nicht. Spuren können verwischt werden. Digitale Beweise sind ebenso flüchtig wie Fingerabdrücke, wenn man weiß, was man tut." Sie starrte auf den Bildschirm und beugte sich weiter vor, dann begann sie, das Video zurück zu spulen.

„Was machen Sie jetzt?", fragte er.

„Dort darf man nur kurz zum Abholen halten, oder? Es ist möglich, dass sie mehr als einmal vorbeigefahren sind." Sie spulte die Aufnahme mit hohem Tempo zurück, dann wurde sie langsamer. Sie deutete auf den Bildschirm und dort war der Van, der aus der anderen Richtung angefahren kam. Der Fahrer hatte das Fenster hinunter gekurbelt, den Ellenbogen auf den Fensterrahmen gelegt, das Gesicht im Profil.

Dann erregte irgendwas seine Aufmerksamkeit und für einen Augenblick schaute er direkt in die Kamera. Ashley ließ das Bild einfrieren und vergrößerte es. Dann drückte sie auf eine Taste und ein Drucker sprang an.

„Und das nennt man einen Jackpot." Randall hielt seine Hand hoch und sie schlug ein. „Das ist keiner der drei Männer, die ich im Bordell gesehen habe." Er kniff die Augen zusammen, denn die Tatsache, dass sie einen weiteren Verdächtigen hatten, bedeutete, dass sie es mit einer gut organisierten, etablierten Gruppierung zu tun hatten, die in kompletter Verborgenheit operierte.

Er ging zum Drucker und holte das Bild heraus. „Wollen wir doch mal sehen, ob wir diesen Hurensohn identifizieren können."

DREIßIG MINUTEN SPÄTER schlüpfte Lucas lautlos in Beccas Krankenzimmer. Er nickte Agent Curtis zu, die aufstand und die Arme über dem Kopf ausstreckte. Im Fernsehen liefen die Nachrichten, berichteten über die Fahndung am Hafen.

Beccas Augen waren weit aufgerissen, als sie ihn anschaute. „Sie haben sie immer noch nicht erwischt?"

„Noch nicht, aber wir werden sie finden." Er legte eine Zuversicht in seine Stimme, die er nicht empfand. Ashley ließ das Bild des Fahrers gerade durch ein Gesichtserkennungsprogramm laufen. Dann würden sie und Mallory herausfinden, ob es noch weitere Überwachungskameras in der Nähe des Bordells gab, und ob sie weitere Aufnahmen auftreiben konnten. Die Polizei hatte die Gegend schon durchkämmt, aber es schadete nicht, es noch einmal zu überprüfen.

Wenn sie eine deutliche Aufnahme der flüchtigen Täter fanden, konnte das FBI diese Aufnahme an Interpol weiterleiten und die Suche international ausweiten.

„In der Zwischenzeit müssen wir vorsichtig sein. Sie wissen nicht, dass du die Explosion überlebt hast, also werden sie nicht einmal auf die Idee kommen, dich zu suchen."

Ihre Finger krallten sich in die Decke. „Ich will nicht, dass sie mich finden. Ich will nicht, dass sie mir wieder wehtun."

„Deshalb bin ich hier, Kleine", unterbrach Curtis und stemmte die Hände so in die Hüften, dass ihre Waffe zu sehen war. „Niemand kommt an Agent Bueller oder mir vorbei."

Bueller war der andere Agent des Sprengstoffdezernats, der Becca bewachte.

„Und sobald es dir besser geht, kommst du hier raus, und wir bringen dich in einem Safe House unter." Irgendwann würde das Gesetz zum Schutz von Opfern des

Menschenhandels greifen und ihnen ermöglichen, Becca zu schützen, aber dafür mussten sie enthüllen, dass sie überlebt hatte. Bisher hatte Sloan dafür sorgen können, dass nur er, ihr SAC und die Agenten des Sprengstoffdezernats davon wussten. Wenn diese Sache vor Gericht kam, standen die Chancen nicht schlecht, dass Becca ins Zeugenschutzprogramm musste. Es wäre gut, wenn sie wieder mit ihrer Familie zusammengebracht werden konnte, bevor sie für immer verschwinden musste. Sie würden vielleicht mit ihr gehen wollen.

„Hast du schon entschieden, was du machen willst, wenn das hier vorbei ist?" Er drehte sich zu Curtis um. „Ich habe ihr einen Ausflug versprochen." Sie tauschten einen Blick aus. Sie wussten beide, dass es noch eine Weile dauern würde, bis das hier vorbei war.

Curtis grinste. „Das ist eine tolle Idee."

Becca schüttelte stumm den Kopf und schaute zur Seite.

„Es gibt keine Bedingungen, Becs."

Sie schaute auf, und sein Herz brach ein wenig, als er die Unsicherheit in ihren Augen sah.

„Du musst dir nie wieder Sorgen über diese Dinge machen", sagte er entschieden und fragte sich, ob er das Falsche gesagt hatte. „Wenn ich dir einen Ausflug anbiete, dann liegt das daran, weil ich einem starken Mädchen etwas Schönes ermöglichen möchte, nachdem sie sehr tapfer gewesen ist. Es hat nichts damit zu tun, dass ich eine Gegenleistung von dir erwarte. Niemand wird dir je wieder so wehtun, hörst du?" Gott, er hoffte, er machte ihr keine Versprechungen, die er nicht halten konnte.

Sie zupfte an einem Faden im Bettlaken herum, dann nickte sie.

Es würde eine Weilte dauern, bis sie ihm vollkommen vertraute. Das war ihm klar, aber im Augenblick war nur wichtig, dass sie sich sicher fühlte. „Komm schon, es muss etwas geben, was du schon immer mal machen wolltest."

„Ich würde vielleicht ganz gerne ins Einkaufszentrum gehen", murmelte sie.

Sein Herz zog sich zusammen. „Ins Einkaufszentrum? Shoppen?" Normalerweise würde er einen Witz darüber machen, dass das seine Vorstellung der Hölle war, aber sie kannte die Hölle besser als jeder andere.

„Ich habe keine eigenen Anziehsachen mehr." Sie presste die Lippen zusammen, als ob es ihr peinlich wäre.

Sein Hals wurde eng. „Ich kann mit dir einkaufen gehen."

Er hatte keine Ahnung, wie man ein junges Mädchen ausstattete. Vielleicht konnte er Mallory oder Ashley überreden, mitzukommen. Agent Chen sah so aus, als würde sie sich in Kleidungsgeschäften auskennen.

„Sie können auch gerne jederzeit mit mir einkaufen gehen, Agent Randall." Curtis zwinkerte ihm zu und nahm ihre Tasche. „Ich besorge mir was zum Frühstück. Soll ich etwas mitbringen?"

Sie schüttelten beide den Kopf und schauten ihr nach, bis sie die Tür hinter sich schloss.

Lucas ging zum Fenster und öffnete die Jalousie einen Spaltbreit, damit etwas mehr Licht ins Zimmer kam, aber weiterhin niemand hineinschauen konnte. Er drehte sich zum Bett um, kramte in seiner Jackentasche und holte das Bild vom Fahrer des Minivans hervor, das Ashley gefunden hatte. Er hielt es Becca hin. „Erkennst du diesen Mann?"

Ihre blauen Augen starrten auf das Bild. Ihr Mund fiel auf und ihre blasse Haut wurde noch weißer. Sie nickte langsam.

„Ist das der Mann, der dich mitgenommen hat?"

Wieder nickte sie und sein Puls beschleunigte sich.

„Wann war das?"

Sie starrte auf ihre Decke. „Ich weiß nicht."

„Vor ein paar Wochen? Einem Monat?"

Ihr Blick schien sich zu nach innen zu richten. „Länger."

„Wie viel länger? Kannst du schätzen?", fragte er. Es gab in den Datenbanken keinerlei Hinweise auf dieses Kind.

„Ich erinnere mich nicht, aber…" Die Laken raschelten, als sie sich hinkniete. „Ich musste jeden Tag eine Tablette nehmen, und am Anfang habe ich sie gezählt."

Betäubungsmittel? Nein, sie brauchten keine Drogen, um ein Kid wie Becca zu kontrollieren. Die Pille? Eine Methode, um die Periode zu stoppen und eine Schwangerschaft zu verhindern, sobald das Mädchen in die Pubertät kam? Gott bewahre, dass etwas so Grundlegendes wie Biologie ihrem Geschäft mit den Sexsklavinnen in den Weg kam.

Das war eine Spur, die sie womöglich zurückverfolgen konnten.

„Wie viele Tabletten haben sie dir gegeben, Becca?"

Sie wich seinem Blick aus. „Ich habe den Überblick verloren, als ich bei fünfhundert angekommen bin."

Galle stieg in seinem Hals auf. Er zwang sich, seinen Kiefer zu entspannen und zu schlucken. Sie war mindestens achtzehn Monate in diesem Höllenloch gefangen gehalten worden? Gott, sie dufte kaum älter als zehn oder elf gewesen sein, als sie entführt worden war. „Also, der Mann auf dem Foto … hat er, ähm, hat er in demselben Haus gewohnt?"

„Nein. Aber ich habe ihn ein paarmal in der Küche gesehen."

„Sie haben dich in die Küche gelassen?", fragte er überrascht.

„Ja. Manchmal habe ich beim Kochen geholfen oder beim Abwasch."

„Kochst du gerne?"

„Lieber, als in meinem Zimmer eingesperrt zu sein."

Die Ehrlichkeit ihrer Worte traf ihn. Er konnte einen Kloß in seinem Hals spüren. Er musste so viele Informationen wie möglich aus ihr herausbekommen, aber er hatte Angst, dass er etwas Falsches sagen würde, das sie dazu veranlasste, dicht zu machen. Oder es sie zu sehr mitnehmen würde. Oder ihn.

„Hast du auch andere Mädchen gesehen?"

Sie nickte, als ob das eine wirklich dumme Frage wäre.

Er zog das Foto von Agata Maroulis hervor. „Hast du dieses Mädchen je gesehen?" Warum hatte er gestern nicht daran gedacht, sie zu fragen? Vermutlich, weil sie Todesangst gehabt hatte. Ganz zu schweigen davon, dass sie um Haaresbreite eine Bombenexplosion überlebt hatte.

Ihre Augen wurden groß und sie nickte heftig. „Ja, aber schon lange nicht mehr." Das Bettzeug raschelte, als sie ihre Position änderte. „Ich erinnere mich, dass sie lustig gesprochen hat, aber ich glaube, es ging ihr nicht gut. Ihre Hände haben immer gezittert, wenn sie Suppe in die Schüsseln geschöpft hat. Madame hat sie geschlagen und sie nie die Tabletts tragen lassen, weil sie die Suppe immer verschüttet hat." Wieder blickte sie zur Seite. „Sie wurde bestraft."

Er fragte sich, was eine Strafe bedeutete, wenn man ohnehin schon in der Hölle lebte. „Hast du noch andere Mädchen kennengelernt?"

Sie betrachtete hochkonzentriert eine eingerissene Hautstelle an ihrem Daumennagel. „Ja, aber wir kannten uns nur mit den Namen, die sie uns gegeben hatten." Sie nickte in

Richtung des Fotos von Agata. „Sie wurde Greta genannt. Dann habe ich noch Mary, Sam, Diana und Julia getroffen."

„Ihre echten Namen hast du nie erfahren?"

„Nein. Sie haben uns nie allein gelassen und haben uns nicht erlaubt, Fragen zu stellen. Manche von ihnen haben in den Schlafsälen bestimmt miteinander gesprochen, aber niemand von uns im Erdgeschoss." Ihre Augenbrauen zogen sich zusammen. „Ein Mädchen hat mir erzählt, dass es in den Schlafsälen Überwachungskameras gibt, und wer sich nicht benahm, wurde bestraft. Eins der Mädchen hat immer nach ihrer Mutter gerufen, bis Cho sie zum Schweigen gebracht hat."

Ihre Augen schweiften für einen Augenblick in die Ferne. Hatte sie auch nach ihrer Mutter gerufen? Oder erinnerte sie sich an etwas anderes Schreckliches, das Cho ihr angetan hatte?

„Sag mir, wer deine Eltern sind, Becs, damit wir ihnen erzählen können, dass du in Sicherheit bist. Und wenn du nicht bei deiner Mom und deinem Dad leben willst, finden wir vielleicht einen anderen Verwandten..."

„Mom. Es gibt nur Mom." Sie starrte in die Luft.

Okay.

Das war immerhin etwas.

Er setzte sich in einen der Stühle neben dem Bett. „Hast du deinen Dad nie kennengelernt?"

Sie schüttelte den Kopf.

„Deine Großeltern?"

Eine gerunzelte Augenbraue, dann ein weiteres Kopfschütteln.

„Geschwister?"

Sie zuckte zusammen.

„Einen Bruder?"

Sie nickte langsam.

„Älter als du?" War das der Grund, weshalb sie von zu Hause weggerannt war? Hatte ihr älterer Bruder sie missbraucht?"

Sie biss sich auf die Lippe. „Er war bloß ein Baby, als ich weg bin."

Das war eine Erleichterung. „Wie hieß er?"

„Jackson. Ich habe ihn Baby Jax genannt." Ihre Augen blickten ihn prüfend an. Leider kam er aus dieser Nummer jetzt nicht mehr heraus, nachdem sie endlich zu reden begonnen hatte. Er schaltete den Sprachrekorder seines Handys an und legte es auf den Nachttisch.

„Kannst du mir sagen, wo du gewohnt hast? Irgendwo, wo es warm war? Kalt?"

Ihre Augen schnellten von ihm zu seinem Handy. „Wenn ich Ihnen das erzähle, schicken Sie mich zu ihr zurück." Ein feindseliger Ton mischte sich in ihre Stimme. Erfahrungen und Verbitterung und das sehr reale Wissen, wie es sich anfühlte, keine Kontrolle über sein Leben zu haben.

„Ich werde dich nicht zurück in ein gefährliches Umfeld schicken, Becca", sagte er und blickte ihr fest in die Augen. „Das verspreche ich dir."

„Doch, werden Sie. Sie wollen wissen, wie meine Mama heißt, damit Sie mich zu ihr zurückschicken können!"

„Ich will nur, dass du in Sicherheit bist…"

„Es ist nicht sicher!", rief sie. „Sie hat mich doch weggegeben." Sie schlug die Hände vor den Mund, doch es war zu spät.

Lucas sprach so ruhig er konnte. Er nahm ihre Hand und drückte sie. „Willst du damit sagen, dass deine Mutter dich an die Leute im Bordell verkauft hat?"

Beim Wort „Bordell" zuckte sie zusammen, aber er wusste nicht, wie er es sonst nennen sollte.

Tränen schwammen in ihren blauen Augen. „Sie hat ihnen Geld geschuldet. Viel Geld." Sie schien ihn um Verständnis anzuflehen. „Wir hatten schon unser Haus verloren, und wir hatten auch nicht immer was zu essen, aber sie konnte einfach nicht mit dem Glücksspiel aufhören." Beccas Stimme verwandelte sich in ein Schluchzen, und er setzte sich auf die Bettkante und zog sie in seine Arme, achtete darauf, die Schläuche und Kabel nicht abzureißen, die noch immer an ihrem Körper hingen. Er wiegte sie sacht hin und her.

„Als Baby Jax geboren wurde, hat sie gesagt, sie würde nicht mehr ins Casino gehen, aber sie ist trotzdem wieder hingegangen. Und dann kam der Mann und wollte sein Geld. Er hat ihr wehgetan."

„Der Mann auf dem Foto?"

Sie nickte.

Also war er eine Art Vollstrecker. „Weißt du, wie er heißt?"

„Nein", flüsterte sie. „Aber er hatte die schrecklichsten Augen, die ich je gesehen habe. Er hat sie geschlagen, und ich dachte, er bringt sie um. Dann hat sie ihn angeschrien, dass er mich statt dem Geld mitnehmen kann. Dass ich mehr wert bin." Sie hatte Schluckauf, so sehr weinte sie. „Er hat sie weiter geschlagen, bis sie blutend in einer Ecke lag und Baby Jax in seinem Bettchen geweint hat. Dann hat er sich umgedreht und mich hochgehoben und mitgenommen." Ihre blauen Augen blickten ihn an, als sie sich in seinem Schoß zusammenrollte. „Irgendwie habe ich gedacht, dass es vielleicht besser ist, bei ihm zu leben als bei ihr, aber ich wollte Baby Jax nicht alleine lassen. Ich war mir nicht sicher, ob Mama sich daran erinnert, sich um ihn zu kümmern." Tränen strömten über ihr Gesicht und sie schluchzte. „Mama wusste, was sie mir antun würden, als er mich mitgenommen hat, aber sie hat es einfach zugelassen."

Lucas schloss die Augen und wiegte sie in seinen Armen hin und her, bis ihre Schluchzer verstummten. Eine halbe Stunde später betrat Agent Curtis leise das Zimmer und sah Lucas, wie er Becca noch immer im Arm hielt. Sie war eingeschlafen, und er brachte es nicht übers Herz, sie zu wecken und ihr weitere Fragen zu stellen. Er nickte der Agentin zu, dann legte er Becca sanft auf dem Bett ab, aber sie wachte noch immer nicht auf.

Curtis musste die Betroffenheit in seinen Augen gesehen haben. Er schüttelte nur den Kopf und ging aus dem Zimmer, als sie ihn fragte, ob alles in Ordnung wäre. Nichts war in Ordnung. Und er war sich nicht sicher, ob es das jemals wieder sein würde.

SIEBTES KAPITEL

ASHLEY BETRACHTETE DIE Straße, in der das Bordell einmal eine wertvolle Immobilie in Bostons belebter Chinatown gewesen war. Der Gestank von verschmortem Gummi lag noch immer in der kalten Februarluft. Beamte der Kriminaltechnik der Bostoner Polizei und Agenten der Beweismitteleinheit des FBI durchsuchten ununterbrochen die Trümmer, aber mittlerweile war es reine Aufräumarbeit. Seit der Explosion waren keine weiteren Überlebenden mehr gefunden worden.

Es gab überraschend wenig Schäden an den umliegenden Gebäuden. Wer auch immer den Sprengstoff gelegt hatte, hatte gewusst, was er tat. Das Bordell war implodiert und hatte die Fenster einiger Häuser zum Bersten gebracht, aber die meisten von ihnen waren intakt geblieben. Wer auch immer die Bombe gelegt hatte, hatte militärisches Training erhalten oder war ein Experte für Detonationen.

„Sie haben nichts Brauchbares gefunden, bis auf ein Lager von Kondomen und Antibabypillen und ein paar weitere Leichen", Mallory kam eilig auf Ashley zu. Der Explosionsort wurde durch riesige Planen vor dem Blick der Gaffer abgeschottet und war mit Polizeisperrband abgetrennt, das von Streifenpolizisten bewacht wurde. Der Luftraum über der Chinatown war gesperrt worden, aber das hatte die Medien nicht davon abgehalten, sich mit Bestechungsgeldern Zutritt zu diversen Beobachtungspunkten auf den Hochhäusern der Gegend zu verschaffen. In der Nähe hielten sich zwei Übertragungswagen auf, aber der Großteil der Presse befand sich derzeit am Containerhafen und berichtete über die Suche nach den Flüchtigen. „Die Agenten des Schnelleinsatzteams haben die Pillen für eine Analyse ans Labor geschickt. Vielleicht kann uns der Hersteller eine Spur liefern."

Ashley nickte.

Streng genommen waren Mallory und sie keine Agentinnen im Außendienst, aber in dieser Situation musste jeder mithelfen. Ihr Boss, ASAC Lincoln Frazer, hatte ihnen die Erlaubnis erteilt, nach Überwachungskameras zu suchen, die bisher noch nicht in der Beweismittelsuche erfasst worden waren. Seine Befugnis war die einzige, die sie brauchte.

Ashley blickte zur anderen Straßenseite. Ein Minimarkt, ein Tabakladen und ein Pizza-Lieferservice hatten direkte Sicht auf das Bordell gehabt. Ihre Schaufenster waren durch die Explosion zersplittert und durch Pressspanplatten ersetzt worden, aber alle drei Geschäfte hatten geöffnet, und an der Pizzeria waren Glaser dabei, neue Scheiben einzusetzen.

Mallory folgte ihrem Blick. „Haben Sie was entdeckt?"
Sie schüttelte den Kopf.

„Zu schade, dass es keine Bank oder eine Tankstelle gibt", murmelte Mallory. „Dann hätten wir definitiv Überwachungsaufnahmen."

„Vielleicht ist das einer der Gründe, weshalb sie diesen Standort ausgewählt haben", sagte Ashley leise.

Wie vorsichtig waren diese Leute? Wie erfahren?
Das störte sie.

Unter dem unschuldigen Bimmeln eines Glöckchens

betraten sie den Minimarkt an der Ecke. Es war einer dieser Läden, in denen sich kaum eine einzelne Person durch die Gänge schlängeln konnte, mit Regalen bis unter die Decke, vollgestopft mit allem, was man nur brauchen konnte, vom Wein bis zur Mausefalle. Billige Grußkarten und blutrote Herzen verkündeten, dass der Valentinstag vor der Tür stand.

Ashley hasste den Valentinstag. Er war falsch und gekünstelt und kam wahrer Liebe in etwa so nahe, wie sie ihr jemals kommen würde. Außerdem war es ihr Geburtstag. Eine doppelte Erinnerung an ihre Einsamkeit und Isolation.

Sie schaute sich um. Es gab keine offensichtlichen Kameras, aber über der Tür hing ein Schild, das auf eine Überwachung hinwies.

Der Mann hinter dem Tresen sah sie kommen und beäugte sie misstrauisch. Er war etwa vierzig Jahre alt, mit mediterranem Aussehen und dichtem, schwarzem Haar. Ashley ließ ihre Dienstmarke aufblitzen. Seine Augenbrauen hoben sich.

Sie deutete auf das Schild über der Tür. „Haben Sie Überwachungskameras in Ihrem Laden?"

Er schüttelte den Kopf. „Das ist nur zur Abschreckung. Damit die Halbstarken hier keinen Blödsinn anstellen."

„Sie haben keine tatsächliche Absicherung gegen Diebstahl?" Ashley versteckte ihre Skepsis nicht.

Er streckte seine muskulöse Brust raus und verschränkte die Arme. „Ich habe einen Baseballschläger unter dem Tresen, aber wir haben hier auch nie wirklich Ärger."

„Abgesehen von Kindesentführung, Menschenhandel, Vergewaltigung und Massenmord?" Ashley warf ihm ein gekünsteltes Lächeln zu.

„Hey, ich hatte keine Ahnung, was da drüben vor sich

ging.“

„Wie lange sind die dort gewesen?“

Er zuckte mit den Schultern.

„Sie wollen mir weismachen, dass ein Mann wie Sie nicht ein Auge darauf hat, was in seiner eigenen Nachbarschaft vor sich geht?“

Er verzog das Gesicht, wollte ihre Frage aber offensichtlich nicht beantworten.

„Haben Sie sich nie über den endlosen Strom an männlichen Besuchern in dem Gebäude gewundert?“

„Falls Sie es nicht bemerkt haben sollten, die Sicht aus meinen Fenstern ist nicht gerade gut.“ Er blickte sie mit versteinerter Miene an, war ihr in etwa so freundlich gesonnen, wie ein verwundeter Bär.

Derzeit war die Sicht von einer Spanplatte verdeckt, die den leeren Fensterrahmen ausfüllte, also war es schwer einzuschätzen, was der Kerl normalerweise sehen konnte. Einer der Gänge in seinem Laden war freigeräumt worden, um die Glasscherben zu beseitigen, und die unbeschädigten Waren standen am gegenüberliegenden Regal aufgetürmt, was den Durchgang zu einem winzigen Schlauch verengte.

„Haben die Männer aus dem Bordell Sie jemals angesprochen oder bedroht?“ Mallory trat zu Ashley, warf ein paar Schokoriegel auf den Tresen und reichte ihm einen Zwanzigdollarschein.

„Mich bedroht?“ Er sah beleidigt aus. „Diese miesen kleinen Schlitzau…“ Er warf Ashley einen Blick zu und hielt zurück, was er an Beleidigungen hatte ausspucken wollen. Als ob sie noch eine Erinnerung daran brauchte, dass ihre Haut nicht so alabastern war wie die von Mallory. Er spitzte die Lippen und ließ Mallorys Wechselgeld Münze für Münze in ihre offene Hand fallen. „Nein.“

„Sie haben wirklich nicht gewusst, was dort drüben vor sich gegangen ist?“ Ashley war in dieser Befragung der böse Bulle, aber das machte ihr nichts aus. Man musste kein Experte in menschlichem Verhalten sein um zu erkennen, dass der Kerl ihnen nicht alles erzählte. Nach vier Jahren beim FBI war sie daran gewöhnt, dass die Leute sie anlogen. Das schien das Risiko bei dem Job zu sein.

Sein Mund wurde schmal, und ein Teil seiner Großmäuligkeit schien aus ihm zu entweichen. Er beugte sich vor, und sie vermutete, dass er in etwa so reinen Tisch wie in einem Fast-Food-Restaurant machen würde. „Schauen Sie, ich halte mich in meinem Geschäft an die Regel der drei weisen Affen. Ich stelle keine Fragen. Ich verpfeife niemanden. Schön, vielleicht war mir klar, dass das keine gewöhnliche Pension war, aber ich hätte nie im Traum daran gedacht, dass die da Kinder eingesperrt hatten. Ich meine, ich habe selber Kinder – Mädchen. Wenn die meine Mädchen je angefasst hätten, hätte ich sie mit bloßen Händen umgebracht.“ Seine Nasenlöcher bebten.

Aber nicht, wenn es um die Mädchen anderer Leute ging.

„Denken Sie, dass Sie die Leute identifizieren könnten, die den Laden geschmissen haben, wenn Sie sie sehen würden?“

Ein bösartiges Funkeln blitzte in seinen Augen auf, als er antwortete. „Bin nicht sicher, ob ich ein Schlitzauge von dem anderen unterscheiden könnte. Für mich sehen die alle gleich aus.“

Die Ränder von Ashleys Lächeln wurden messerscharf, als sie diese sehr absichtliche Beleidigung hörte. „Hm, ich habe gehört, dass Leute mit kleinem Gehirn oft Probleme mit visueller Wahrnehmung haben.“

Sein Ausdruck versauerte zusehends.

Freunde gewinnen und Menschen beeinflussen, Ashley.

Mallory reichte ihm ihre Visitenkarte. „Falls Ihnen noch irgendwas einfällt, das uns helfen könnte, diese Kerle zu schnappen und die Nachbarschaft wieder sicher für Ihre Kinder zu machen, lassen Sie es uns wissen."

„Na klar, Püppchen." Er tippte mit der Karte auf den Tresen. „Sie werden die Erste sein, die davon erfährt."

Sie verließen den Laden, und Mallory hielt Ashley ein Mars hin. „Dem haben wir's aber richtig gezeigt."

Ashley griff nach dem Schokoriegel, und etwas von ihrem Ärger verpuffte. „Allerdings, Püppchen."

„Für Sie immer noch Special Agent Püppchen." Sie mussten beide kichern und verdrückten ihre Schokoriegel, während sie zum Tabakladen gingen.

„Glauben Sie, hier wird es besser laufen?", fragte Mallory mit einem Mundvoll Schokolade.

„Nein."

„Ich auch nicht. Junge, wie ich meinen Job liebe." Mallory knüllte die Verpackung zusammen und warf sie in eine Mülltonne.

„Ich auch." Ashleys Handy vibrierte, und sie schaute auf das Display. „Lucas Randall." Sie spürte, wie ihr Gesicht heiß wurde, und hoffte, Mallory würde es nicht bemerken. „Er hat herausgefunden, dass einer der Flüchtigen ‚Cho' heißt." Sie hob den Kopf. „Ich frage mich, woher er das weiß."

Mallory verschloss ihre Lippen mit einer Geste und warf den imaginären Schlüssel fort.

Bewaffnet mit dieser neuen Information betrat Ashley mit erhobener Dienstmarke den Tabakladen. Der süße Geruch von Pfeifentabak empfing sie. Die verrammelten Scheiben hüllten den Laden in Schatten. Ein einsamer Lichtstreifen aus einer Neonröhre erhellte den Tresen, beleuchtete den lächelnden Ladeninhaber und einen lebensgroßen, geschnitzten, Pfeife rauchenden Indianer, der hinter ihm Wache hielt.

Der Mann hinter dem Tresen war spindeldürr, hatte eingefallene Wangen, die Ashley an ihre Großmutter väterlicherseits erinnerten, in der Woche, bevor sie an Krebs gestorben war. Die Glasvitrinen waren auf Hochglanz poliert und enthielten sehr teure Zigarren und fein geschnitzte Pfeifen. Sie hatte dieses Laster nie verstanden. Warum würde irgendwer Geld für eine Sache ausgeben, bei der eine relativ große Chance bestand, dass sie zum Tod führte?

Sie stellte sich und Mallory vor. Der Name des Inhabers war Victor Drover. Ja, er hatte eine Überwachungskamera, aber nur im Laden, und nach vierundzwanzig Stunden überspielte sie automatisch die alten Aufnahmen.

„Sie haben es nicht für nötig gehalten, die Aufnahmen vom Tag der Explosion zu sichern?", fragte Ashley und gab sich keine Mühe, ihre Fassungslosigkeit zu verbergen.

Er faltete affektiert die Hände vor seinem Körper. „Das habe ich für nötig gehalten. Deshalb habe ich auch schon eine Kopie an die Polizei weitergegeben."

Ashley versteckte ihre Überraschung. „Wem haben Sie die Kopie gegeben?"

„Ich kann mich nicht an seinen Namen erinnern. Er trug eine Uniform, hat mich herumkommandiert und hatte überhaupt schlechte Manieren, aber das scheint ja ein generelles Problem der Strafverfolgungsbehörden zu sein." Drover musterte sie abschätzig. „Wie dem auch sei, es befindet sich nichts Belastendes auf der Aufnahme, wie Sie sicher schon selbst herausgefunden haben. Ich habe eine weitere Kopie an die Leute vom Fernsehen verkauft. Sie spielen die Aufnahme gerade in einer Dauerschleife ab."

„Sie haben die Kopie verkauft, nachdem Sie herausgefunden hatten, dass sich nichts Belastendes darauf befindet?", fragte Ashley.

„Das habe ich nicht gesagt." Er sah nervös aus. „Sie verdrehen meine Worte."

Er wirkte weniger selbstsicher.

Das konnte sie ausnutzen. „Was können Sie mir über Mr. Cho erzählen?"

„Was gibt es da zu erzählen?"

„Ist er in den vierundzwanzig Stunden vor der Explosion in Ihren Laden gekommen?"

Er richtete sich auf. „Ich glaube nicht."

„Aber Sie haben ihn gekannt?", hakte Ashley nach. Das waren gute Informationen. „Warum haben Sie sich nicht bei der Polizei gemeldet?"

Drover sah ungeduldig aus. „Ich habe nicht gesagt, dass ich ihn gekannt habe..."

„Aber Sie kennen seinen Namen", drängte Ashley. „Sie haben sein Gesicht gesehen."

„Wir waren keine Freunde." Seine Stimme wurde höher.

„Sie können ihn identifizieren. Was ist mit den anderen Männern, die dort gewohnt haben?"

Er blieb stumm, nur seine Augen huschten nervös zwischen ihr und Mallory hin und her, als ob sie versuchen wollten, ihn zu überlisten.

„Haben Sie jemals von der Einrichtung gegenüber Gebrauch gemacht, weigern Sie sich deshalb, zu reden?", fragte Mallory. „Wir könnten zusehen, ob wir einen Deal herausschlagen könnten…"

Er stemmte die Hände auf den Tresen, seine Finger waren ganz fleckig vom Nikotin. „Ich habe nie ‚von der Einrichtung Gebrauch gemacht'."

„Aber Sie wussten, was dort vor sich ging?", fragte Mallory.

„Ich wusste nicht, was dort vor sich ging. Ich verkaufe Zigaretten und Zigarren und kümmere ich mich um meine eigenen Angelegenheiten."

Während tagtäglich Frauen benutzt und missbraucht wurden.

„Haben sie bar oder mit Karte gezahlt?", fragte Ashley.

„Bar." Er schaute sie an, als wäre sie schwachsinnig.

„Woher wissen Sie dann, wie er heißt?"

„Keine Ahnung", erwiderte Drover aufgebracht. „Ich nehme an, ich habe es irgendwann aufgeschnappt, als ihn jemand anderes so angeredet hat."

„Wie heißen die anderen Männer, die den Laden geleitet haben?", verlangte Ashley zu wissen.

Victor Drovers Adamsapfel hüpfte in seinem sehnigen Hals auf und ab. „Ich habe keine Ahnung."

„Aber Sie kannten Cho?", wiederholte sie.

Er verzog das Gesicht und sah aus, als ob er davonlaufen wollte.

„Beschreiben Sie sie."

Obwohl er kleiner war als sie beide, schien er abfällig auf sie hinabzublicken. „Niemand hier wird Ihnen irgendwas erzählen." Seine Augen sahen gehetzt aus. „Sie haben zu viel Angst."

„Das ist nicht das, was der Kerl im Minimarkt behauptet."

Er lachte müde auf. „Gino hat Freunde in den übelsten

Kreisen. Nicht jeder hat so viel Glück."

Ashley hob das Kinn. „Mindestens dreißig junge Frauen wurden verschleppt und jeden Tag für Sex verkauft, und zwar weniger als hundert Meter von Ihrer Haustür entfernt – und dann wurden sie brutal ermordet, zusammen mit sieben Beamten von Polizei und FBI, aber Sie sind ein zu großer Feigling, um uns auch nur eine Personenbeschreibung abzugeben?"

„Die haben alle ausgesehen wie Sie", blaffte er sie an.

Mallory verdrehte die Augen. „Sie sind ja eine große Hilfe."

„Nichts, was ich tue, wird die ermordeten Leute wieder zurückbringen, aber wenn ich rede…"

Ashleys Blick wurde messerscharf. „Sie glauben, die Kerle sind noch irgendwo hier in der Gegend? Oder zumindest ihre Freunde? Kennen Sie den Namen der Organisation?"

„Das habe ich nicht gesagt." Seine Stimme wurde leiser. „Aber ich weiß, dass sie es herausfinden werden, wenn ich mit der Polizei spreche, und sie werden mich umbringen."

„Wir können Sie beschützen."

Er grunzte auf. „Nicht vor diesen Leuten."

„Wissen Sie, wer ihre Geschäftspartner sind?"

„Ich weiß gar nichts." Der Ausdruck in seinen Augen wurden kälter als der Bostoner Winter. „Ich dachte, das hätten wir schon geklärt."

Er kam hinter dem Tresen hervor und ging eilig zur Eingangstür, die er weit aufriss. Er schaute sie erwartungsvoll an. Mallory musterte Drover eindringlich, bevor sie den Laden verließ. Ashley folgte ihr, und im selben Augenblick raste ein Motorrad mit einem Sozius so schnell an ihnen vorbei, dass Ashleys Haare im Fahrtwind tanzten. Sie blickte dem

Motorrad hinterher, wie es sich durch den Verkehr schlängelte. Es würde nicht lange dauern, bis es zu einer weiteren Statistik würde.

Als sie sich wieder zu Victor Drover umdrehte, schloss er gerade die Ladentür und drehte das Schild auf die „Geschlossen"-Seite.

Sie befanden sich auf direktem Wege nirgendwohin. Ashley hob ihr Gesicht zum Himmel. Über ihnen glitt ein Flugzeug durch die Wolken, sein Spiegelbild wurde von den Fenstern eines Wohnblocks südlich des Explosionsortes zurückgeworfen.

In einem der oberen Fenster bewegte sich eine Gestalt. Ashley kniff die Augen zusammen. Vielleicht gingen sie die Sache komplett falsch an.

„Sie haben gesagt, Sie wissen, wer die Polizei wegen Mia Stromberg angerufen hat?"

Mallory nickte.

Ashley schaute sie an. „Wie wär's, wenn wir der Person einen kleinen Besuch abstatten?"

Mallory starrte auf das Haus. „Wir dürfen eigentlich nicht wissen, wer es ist."

„Hey, wir führen Befragungen in der Nachbarschaft durch. Es wäre verdächtiger, wenn wir sie auslassen würden."

Mallory sah sie zweifelnd an.

„Es kann doch nicht schaden", drängte Ashley.

Mallory warf einen Blick auf die Glaser, die sie vom Schaufenster der Pizzeria aus angafften. Dann folgten die Pfiffe.

„Niemand wird uns irgendwas Nützliches verraten, wenn es so viele Zeugen gibt", bemerkte Ashley.

Mallory zog ihre Jacke zu. „Die ganze Gegend hat riesige

Angst vor den Leuten aus dem Bordell und trotzdem ist die Gang nie auf dem Radar der Polizei aufgetaucht." Sie spitzte die Lippen. „Auf geht's."

SIE SCHLÜPFTEN IN den Eingangsflur des Mietshauses, als eine hilfsbereite Seele ihnen die Tür aufhielt. Ashley verkniff es sich, über diese Naivität die Augen zu verdrehen. Die Leute waren darauf programmiert, höflich zu sein, und es brachte sie jeden Tag in Gefahr.

Sie klopften an die Tür des Hausmeisters und zeigten ihre Dienstmarken vor. Als sie ihm sagten, dass sie eine Tür-zu-Tür-Befragung durchführen wollten, winkte er sie mit einer uninteressierten Geste weiter. Dann lief er ihnen hinterher und begann, sich über die zusätzlichen Reinigungsarbeiten aufgrund der Explosion zu beschweren, darüber, dass die Täter noch nicht geschnappt waren, und dass die Polizei doch schon jeden in diesem Gebäude befragt hätte. Sie ließen ihn stehen, bevor er ihnen auch noch die Schuld für das lausige Wetter oder die vernichtende Niederlage der Boston Bruins letzte Woche in die Schuhe schieben konnte.

Es war nicht ungewöhnlich, wiederholt Befragungen durchzuführen, vor allem nicht nach einem Vorfall dieser Größenordnung. Mit Leuten zu sprechen, war ein integraler Teil ihrer Arbeit.

Sie begannen im siebten Stock und arbeiteten sich bis in den sechsten Stock vor. Die Wände im Hausflur waren farngrün gestrichen, und der Teppichboden schien relativ neu zu sein, hätte aber eindeutig eine Dampfreinigung gebrauchen können. Der starke Geruch nach indischem Essen waberte durch die Luft, und sie konnten Geräusche aus einigen der Wohnungen vernehmen – Fernseher und hin und wieder laute Stimmen einer Unterhaltung. Sie starteten mit den Wohnungen im östlichen Flügel des Hauses und klopften zuerst an die Türen der Wohnungen, die Sicht auf das Bordell gehabt hatten. Sie arbeiteten sich langsam vorwärts, fragten die Bewohner, ob ihnen etwas Ungewöhnliches an dem Gebäude nebenan aufgefallen war. Manchen war etwas aufgefallen. Den meisten nicht. Ashley machte sich Notizen, während Mallory die Gespräche führte. Indem sie jeden in den beiden Stockwerken befragten, schützten sie sich gegen mögliche Verdächtigungen und konnten plausible Gründe für die Befragung ihrer eigentlichen Zielperson, Susan Thomas, vorbringen. Ashley suchte Mallorys Blick, als sie an der Tür der Frau ankamen. Ashley klopfte energisch an, aber niemand antwortete.

Sie fluchte leise und klopfte erneut.

Die Tür des Fahrstuhls ging auf und eine Frau in Yogahosen und einem Kapuzenpulli kam auf sie zu.

„Hi", sagte sie gut gelaunt.

„Wohnen Sie hier?", fragte Mallory und zeigte ihre Dienstmarke.

Die Frau schüttelte den Kopf und lächelte sie munter an. „Nein. Ich bin Trinity Taylor."

Verdammt.

„Aber Susan sollte eigentlich zu Hause sein." Trinitys Stimme wurde leiser. „Sie verlässt ihre Wohnung nie. Deshalb hat sie mich angestellt, damit ich mit ihrem Hund rausgehe."

„Sie sind die Hundesitterin?", fragte Ashley überrascht. Die Frau sah eher wie ein Laufstegmodel aus.

Trinity lächelte. „Ich verdiene mir während des Colleges

was dazu, es hält mich fit, und ich liebe Hunde." Sie zog ein Schlüsselband mit einer Handvoll Schlüsseln daran von ihrem Hals.

„Susan ist wahrscheinlich im Bad, aber", sie runzelte die Stirn, „Rex bellt für gewöhnlich, wenn jemand an der Tür ist. Ich frage mich, was los ist."

Ihre Worte ließen Ashley einen heimlichen Blick mit Mallory austauschen, und sie legten die Hände an ihre Waffen. Trinity steckte den Schlüssel ins Schloss und drehte den Türknauf. Die Tür öffnete sich ein paar Zentimeter, dann versperrte etwas ihren Weg. Etwas winselte. Der Hund.

Ashley schob Trinity zur Seite. „Gehen Sie bitte zur Seite."

Sie zog ihre Waffe, steckte den Kopf durch den Türspalt und schaute nach unten. Ein Golden Retriever lag auf dem Boden, aus einer Wunde in seiner Flanke sickerte Blut in den Teppich.

„Bleiben Sie hier", befahl sie der jungen Frau. So behutsam wie möglich schob sie die Tür weiter auf, bis sie durch den Spalt in die Wohnung schlüpfen konnte. Der schwere, widerlich süßliche Geruch von Blut erfüllte die Luft. Mallory forderte bei der Zentrale Unterstützung an.

„Rufen Sie einen Tierarzt für den Hund. Sieht so aus, als ob er angeschossen worden wäre", drängte Ashley.

Die Hundesitterin schrie auf und versuchte, sich durch die Tür zu zwängen. Ashley versperrte ihr den Weg.

„Ich studiere Tiermedizin", ließ sie Ashley verärgert wissen.

„Bleiben Sie, wo Sie sind, bis ich die Wohnung gesichert habe, oder ich werde Sie verhaften." Ashley schob das verletzte Tier vorsichtig von der Tür weg, damit Mallory die Wohnung betreten konnte. Sie trugen beide schusssichere Westen, aber

Ashley war ganz und gar nicht begeistert davon, mit einer schwangeren Frau einen Tatort zu sichern. Frazer würde sie dafür vermutlich rausschmeißen. Alex Parker würde sie im Schlaf ersticken, und niemand würde je Verdacht schöpfen.

Aber sie mussten die Wohnung sichern und nachsehen, ob es Verletzte gab.

Die Wohnung war ordentlich, aber vollgestopft mit Krimskrams. Das Schlafzimmer war leer, ebenso das Badezimmer. Das Bett war gemacht, und im Bad gab es eine dieser ebenerdigen Duschen für Menschen mit Bewegungseinschränkungen.

Ein noch stärkerer Blutgeruch schlug ihnen entgegen, als sie in die offene Küche und das Wohnzimmer traten. Eine Frau saß vornübergebeugt in einem Rollstuhl am Fenster. Ashleys Magen rebellierte.

Susan Thomas' Hand- und Fußgelenke waren an den Rollstuhl gefesselt. Blut tränkte jeden Zentimeter ihres Torsos. Ihre Augen waren herausgerissen.

Ashley suchte nach Susans Puls, aber es war offensichtlich, dass die Frau tot war. Dann suchten sie nach einem möglichen Versteck. Die Wohnung war leer.

Sie steckten ihre Waffen zurück in die Holster und gingen zur Eingangstür. Ashley hockte sich hin und schob ihre Arme unter das seidige Fell des verletzten Tieres. Der Hund winselte erbärmlich, aber er machte keine Anstalten, sich zu wehren, und sie hob ihn hoch, während sie ihm beruhigende Worte ins Ohr murmelte.

Vor der Wohnungstür legte sie den Hund auf dem Teppichboden ab, und Trinity versuchte, die Blutung zu stillen.

Mallory zog Ashley zur Seite. „Wie zur Hölle haben sie sie

gefunden?" Ihre Hand lag noch immer auf ihrer Waffe, und sie beobachte den Flur.

„Vielleicht auf die gleiche Weise, wie Alex. Oder sie hat sich jemandem anvertraut, dem sie nahestand, und wurde hintergangen."

Der Aufzug pingte, und Ashley und Mallory erstarrten. Sie atmeten erleichtert aus, als uniformierte Polizisten in den Flur traten, und hielten ihre Dienstmarken hoch.

„Rufen Sie Alex an. Bitten Sie ihn, nach Spuren zu suchen, ob jemand anderes dort rumgeschnüffelt hat, wo auch er die Informationen gefunden hat", bat sie Mallory. Normalerweise hätte sie sich selbst darum gekümmert, aber sie würde für die nächste Zeit hier beschäftigt sein. Ashley ging auf die Beamten zu und blockierte ihnen den Weg in die Wohnung. Sie mussten die Kriminaltechnik anrufen. Das Letzte, was diese Ermittlung brauchte, war ein Haufen Polizisten, die durch einen Tatort latschten. Sie beschimpften sie, aber Ashley wich nicht von der Stelle und bestand darauf, zuerst die Detectives dazu zu holen.

„Der Tatort ist gesichert", versicherte sie ihnen. „Positionieren Sie Leute an allen Ein- und Ausgängen, und fangen Sie an, Zeugenaussagen aufzunehmen. Finden Sie heraus, ob es auf dem Gelände irgendwelche Überwachungskameras gibt."

Der massige Beamte sah aus, als ob er sie zur Seite schieben wollte, aber sie starrte ihn nur herausfordernd an. Endlich gab er fluchend nach und funkte die Zentrale um Detectives an.

Ashley atmete hörbar aus. Wie gut, dass sie sich nie darum geschert hatte, beliebt zu sein.

LUCAS RANDALL ZOG sich Latexhandschuhe über und betrat mit Plastiküberzügen an den Stiefeln die kleine Wohnung. Der Gestank von Blut war so dicht wie in einem Schlachthaus und schien Nägel in seinen Hals zu rammen.

Herr im Himmel.

Nachdem er Becca besucht hatte, war er bei Mia und ihren Eltern vorbeigefahren und hatte das Mädchen gefragt, ob sie den Fahrer des Minivans erkannte – sie hatte ihn nie gesehen. Mit Mia zu sprechen, ihr Lachen über seine albernen Witze zu hören, besänftigte die Wut, die er für Beccas Mutter empfand. Er konnte es kaum erwarten, diese traurige Ausrede von Mensch zu finden. Nicht nur, dass sie eine mögliche Spur zu den Glücksspielaktivitäten der Organisation war, es gab auch noch ein weiteres Kind, das in Gefahr war.

Nach dem Besuch bei Mia hatte er sich wieder mit einem Phantombildzeichner der Polizei zusammengesetzt und versucht, ein ungefähres Bild des großen, dünnen Kerls zu erstellen, den er an der Eingangstür des Bordells gesehen hatte. Das Ergebnis war nicht gerade überzeugend gewesen und hatte in Wirklichkeit mehr Ähnlichkeiten mit Ashley Chen gehabt, als er zugeben wollte.

Er trat zu der besagten Frau, die mit einem erschöpft aussehenden Gerichtsmediziner sprach. Das Leichenschauhaus war schon jetzt bis auf den letzten Platz mit Opfern belegt. Lucas bezweifelte, dass irgendjemand dort seit dem Bombenanschlag auch nur ein Auge zugetan hatte. „Wer ist das Opfer?"

„Susan Thomas. Fünfundvierzig Jahre alt. Hatte MS. Laut ihrer Hundesitterin war sie nicht ans Bett gefesselt, aber sie hat ihre Wohnung nicht gerne verlassen."

Lucas betrachtete die Fesseln, die das Opfer an den Rollstuhl banden. „Warum sind wir hier?"

Ashley bedeutete ihm, ihr in die Küche zu folgen, während sich die Assistenten des Rechtsmediziners daran machten, den Körper auf eine Trage zu heben.

„Mallory und ich haben keine brauchbaren Überwachungsaufnahmen finden können, also haben wir mit der Befragung in der Nachbarschaft begonnen, um zu sehen, ob wir weitere Informationen über die Inhaber des Bordells auftreiben können. Wir haben mit den Läden auf der anderen Straßenseite angefangen, konnten aber nichts erreichen. Also habe ich mir gedacht, wir könnten es in den Häusern versuchen, die Einsicht auf den Eingang hatten, und so haben wir das Opfer gefunden."

Er verschränkte die Arme. „Okay. Aber warum sind wir immer noch hier?" Das FBI untersuchte keine Morde mit nur einem Opfer, solange es keinen triftigen Grund gab.

Ashley presste die Lippen zusammen und Lucas wusste, dass ihm nicht gefallen würde, was sie zu sagen hatte. Sie ging zu den Jalousien und hielt sie einen Spaltbreit für ihn geöffnet. Von hier hatte man ungehinderte Sicht auf das Bordell. Ihre Stimme wurde zu einem leisen Murmeln, und er musste sich zu ihr beugen, um sie zu verstehen.

„Susan Thomas hat den Hinweis zu Mia Stromberg geliefert. Sie ist die Person, die die hunderttausend Dollar Belohnung erhalten hat."

Lucas atmete heftig aus. „Wissen wir mit Sicherheit, dass es die Leute aus dem Bordell waren, die sie umgebracht haben?"

„Ihre Augen wurden herausgerissen, ihre Zunge abgeschnitten. Die Frau ist vermutlich an ihrem eigenen Blut erstickt." Ashley hielt sich die Faust vor den Mund. „Der Rechtsmediziner hat noch nicht eindeutig sagen können, ob ihr die Augen vor oder nach dem Todeszeitpunkt entfernt wurden, aber ich glaube, wir können davon ausgehen, dass das kein gewöhnlicher Mord ist, was unter diesen Umständen ein verdammt großer Zufall wäre."

Lucas' Magen drehte sich um. Er hatte über die Jahre schon viel gesehen – Edward Meachers widerlichen Keller, in dem er Fotografien und Videoaufnahmen von brutalen Vergewaltigungen und Morden aufbewahrt hatte – genug Blut, Grauen und Übel, dass es für den Rest seines Lebens reichte. Aber die klinische Präzision dieses Mordes ließ ihm das Blut in den Adern gefrieren. Das hier war nicht zur persönlichen Befriedigung begangen worden. Das hier war eine Botschaft: Sprich mit der Polizei, und du stirbst.

„Also ist es eine Warnung." Er schüttelte den Kopf. „Kein Wunder, dass niemand redet."

Die tote Frau wurde in einen Leichensack gelegt, und man konnte die Erleichterung im Raum förmlich spüren, als sie davongerollt wurde.

Lucas beugte sich zu Ashley und versuchte, den eleganten Bogen ihres Nackens nicht zu beachten. Das gehörte sich nicht an einem Tatort, aber es war trotzdem tausendmal besser, als an den verstümmelten Menschen zu denken, der gerade abtransportiert worden war. „Woher wissen Sie, dass sie den Hinweis gegeben hat?"

„Alex Parker."

„Das hat er Ihnen erzählt?", fragte er überrascht.

Das Zucken ihres Munds und ihre schmalen Augen ließen ihn wissen, dass Alex' Misstrauen ihr gegenüber auf

Gegenseitigkeit beruhte. „Mallory.“

„Und woher wussten die Täter, dass sie die anonyme Quelle war?“

Eine schmale Linie erschien zwischen ihren Brauen. Ihre Haut war glatt und makellos, was vermutlich der Grund dafür war, dass sie so jung aussah. Laut ihrer Personalakte war sie am 26. Dezember dreißig geworden. Nicht viel jünger als er.

Er verbarg seine Gedanken. Er befand sich inmitten des Tatorts eines grauenhaften Mordes, aber der leichte Geruch von Orangen auf Ashleys Haut und eine wundersame chemische Reaktion auf sie ließen seinen Puls dennoch schneller schlagen.

Offensichtlich hatte er schon in zu vielen Mordfällen ermittelt.

„Sie haben entweder dieselben Methoden wie Parker genutzt, oder sie haben einen Insider bei der Polizei.“

„Der Name der Informantin wurde an die meisten der Beamten in dem Fall gar nicht herausgegeben. Mir war er nicht bekannt.“

„Dann sollte es relativ einfach sein, diejenigen herauszufiltern, die ihn kannten.“ Ashley zuckte mit den Schultern.

„Was ist mit Susan Thomas? Hat sie es vielleicht jemandem erzählt?“

Ihre Finger bewegten sich ruhelos. „Vielleicht, aber ich habe den Eindruck, sie hatte nicht besonders viele Freunde. Die Hundesitterin hat erzählt, dass sie keine Verwandten hatte. Sie war verheiratet gewesen, aber der Mann hat sie verlassen, nachdem sie die Diagnose erhalten hatte.“

Soviel zu „*in Gesundheit und Krankheit*“.

Die Hundesitterin war vermutlich die gut aussehende Blondine gewesen, die er im Flur gesehen hatte, und die von einem uniformierten Beamten getröstet worden war, der aussah, als hätte er im Lotto gewonnen.

„Wo ist Mallory?"

„Beim Beweis."

Lucas hob fragend eine Augenbraue.

„Diese Bastarde haben dem Golden Retriever der Frau eine Kugel verpasst. Rex wird gerade operiert. Mallory stellt sicher, dass die Kugel nicht verloren geht."

„Die Mistkerle haben auf einen Hund geschossen?" Er schüttelte den Kopf. Wenn man bedachte, was sie sonst noch alles getan hatten, mochte das eine Kleinigkeit sein, aber es deutete auf ein soziopathisches Verhalten hin, auf eine abartige Gleichgültigkeit gegenüber allem und jedem, das ihnen in den Weg kam.

„Ich hatte gehofft, die Frau hätte Fotos gemacht." Ashleys Gesichtsausdruck war angespannt. „Aber wir haben weder einen Computer noch ein Tablet gefunden. Ihr Handy ist auch verschwunden."

„Glauben Sie, die haben die Geräte mitgenommen?"

„Sie etwa nicht?"

„Vermutlich."

Ashley biss die Zähne zusammen. „Vielleicht hat sie irgendwo eine Sicherheitskopie. Wir haben in der Wohnung nichts gefunden, aber möglicherweise hatte sie eine Cloud oder Dropbox. Irgendjemand muss das so schnell wie möglich überprüfen."

Lucas schrieb sich eine Notiz in sein Handy. „Werden Sie Sloan erzählen, warum Sie hier waren?"

Sie hob eine schmale Augenbraue. Gott, war sie hübsch. „Wir haben eine Befragung in der Nachbarschaft durchgeführt."

„Glauben Sie, das wird sie Ihnen abnehmen?"

„Ist mir egal". Sie streckte den Rücken durch. „Die Bostoner Polizei ist für diese Ermittlung zuständig, auch wenn der Mord eindeutig mit dem Bordell-Fall in Verbindung steht. Sie haben Susan Thomas direkt nach der Explosion befragt, aber sie hat nie erwähnt, ein Kind gesehen, geschweige denn die Belohnung erhalten zu haben. Ich habe dem leitenden Detective schon alles erzählt, was ich weiß."

„Alles?"

„Alles, was ich erzählen kann." Wieder zuckte sie mit den Schultern. Ihr Handy brummte. Sie antwortete, dann schaute sie ihn an. „Es ist Mallory. Sie hat die Kugel."

„Wie geht es dem Hund?"

Ein Anflug von einem Lächeln legte sich auf ihre Lippen. „Erholt sich. Er hat viel Blut verloren, aber sie gehen davon aus, dass er durchkommt."

„Das sind gute Neuigkeiten." Lucas entdeckte den leitenden Detective und ging zu ihm, um herauszufinden, ob der Kerl irgendwelche Hinweise hatte oder zusätzliche Ressourcen gebrauchen konnte. Ashley folgte ihm. Als ihr Handy, im selben Moment wie sein eigenes erneut brummte, wusste er, dass es Ärger bedeutet.

ACHTES KAPITEL

LUCAS FOLGTE ASHLEY durch das Großraumbüro zu Sloans Büro. Er klopfte vorsichtig an.

„Herein", brüllte sie.

Diego Fuentes saß zusammengesunken in einem der Stühle und trug dieselben Anziehsachen wie gestern. Sloans Augen waren blutunterlaufen, ihre Haut blass. Mayfield hatte ein hämisches Grinsen auf den Lippen, dass von Ärger für jemanden kündete.

„Irgendwas Neues vom Hafen?", fragte Lucas.

„Bisher noch nicht, aber die Container sind auch dreifach tief gestapelt. Die Küstenwache hat die Durchsuchung von einigen Schiffen übernommen." Sloan klang defensiv.

Lucas hielt es für ein vergebliches Unterfangen, aber was, wenn es das doch nicht war? Was, wenn die flüchtigen Täter sich im allerletzten Schiff verkrochen hatten, und die Polizisten genau dann aufgaben und abzogen?

Aufzugeben war keine Option.

Sloan wandte ihre Aufmerksamkeit Ashley zu, die direkt hinter Lucas stand. Der Blick, den Sloan ihr zuwarf, hätte Erde versengen können.

„Sie haben die Person befragt, die den Hinweis über Mia Stromberg gegeben hat? Obwohl Sie darüber in Kenntnis gesetzt worden waren, dass die Bedingungen für die

Belohnung unter anderem absolute Geheimhaltung garantierten? Und jetzt ist diese Person tot?" Die Fragen waren eindeutig rhetorisch und Ashley hielt klugerweise ihren Mund. „Nennen Sie mir einen guten Grund, weshalb ich Sie nicht mit einer Abmahnung hinsichtlich Ihrer Unfähigkeit, Befehlen Folge zu leisten, zurück nach Quantico schicken sollte."

Ashley streckte den Rücken durch und reckte ihr Kinn. „Wir haben die Gegend durchkämmt und die Nachbarn befragt, die eine ungehinderte Sicht auf den Eingang des Bordells hatten, in der Hoffnung, dass jemand Aufnahmen oder Überwachungsvideos hat, die er noch nicht mit den Strafverfolgungsbehörden geteilt hatte." Ihr Gesicht verriet nichts.

Wenn sie ihm die Wahrheit nicht schon erzählt hätte, hätte er nicht erkannt, dass sie log. Diese Erkenntnis öffnete ihm die Augen.

Fuentes lachte hämisch. „Sie haben jede Chance darauf zunichtegemacht, dass sich jetzt noch irgendjemand mit weiteren Informationen über diese Typen bei uns meldet."

„Falls Sie es nicht mitbekommen haben, Agent Fuentes, es meldet sich sowieso niemand mit irgendwelchen Informationen. Niemand. Punkt. Das ist einer der Gründe, weshalb wir diese Leute nicht erwischen. Die Frau war schon tot, bevor wir überhaupt dort ankamen. Sie verstehen schon, dass das somit unmöglich mein Fehler sein kann, richtig?" Ashley wich keinen Millimeter zurück und das gefiel Lucas sehr an ihr. „Ich hatte nichts mit ihrer Ermordung zu tun."

„Die Strombergs haben sich schon bei mir gemeldet und nach Antworten verlangt", meldete sich Mayfield zu Wort.

„So sehr ich ihre Situation auch nachvollziehen kann, das

FBI muss den Strombergs mitnichten Rede und Antwort stehen." Sloan starrte Mayfield an. Ihr Handy klingelte und sie warf einen Blick auf die Nummer. „Noch dem Bürgermeister, wenn wir schon dabei sind." Sie ließ die Mailbox den Anruf entgegennehmen. „Haben Sie irgendwelche Überwachungsvideos gefunden?" Ihr unerbittlicher Tonfall ließ deutlich wissen, dass sie nicht an die Zufälligkeit der Befragung glaubte, dass sie es aber für dieses Mal fallen ließ. Ashley und Mallory hatten einen Mord entdeckt, der weniger als eine Stunde alt war. Das war gute Arbeit, auch wenn sie das so nie zugeben würde.

Ashley schüttelte den Kopf. „Und keiner der Nachbarn hat irgendwas gesehen oder gehört."

„Das wundert mich nicht, wenn man bedenkt, dass Susan Thomas Augen und Zunge herausgeschnitten wurden, weil sie gesungen hat", bemerkte Lucas trocken.

„Vielleicht sind sie rein und raus, ohne Aufmerksamkeit zu erregen? Das klingt nach professionellen Killern." Fuentes beugte sich vor.

„Und wir sind professionelle Strafverfolgungsbeamte", blaffte Sloan. Sie atmete heftig. „Wie haben die ihre Identität herausgefunden?"

„Entweder haben sie ihren ursprünglichen Anruf zurückverfolgt, oder jemand hat die Informationen durchsickern lassen", schlug Lucas vor.

„Jemand von unseren Leuten?" Sloan verzog bei der Andeutung das Gesicht.

„Wer sonst hat es gewusst? Susan Thomas mag es einem engen Vertrauten erzählt haben, aber da sie am meisten zu verlieren hatte, bezweifle ich das." Lucas stieß sich von der Tür ab, aber es war kein Platz, um sich woanders hinzubewegen.

Sloan schaute nachdenklich vor sich hin. „Weniger als ein Dutzend Leute aus dem FBI, dem Büro des Bürgermeisters und der Polizeibehörde kannten Susan Thomas' Namen."

„Vielleicht hat sich jemand verplappert", beharrte Lucas.

„Geben Sie mir eine Liste mit den Namen, ich überprüfe das", bot Fuentes an.

Sloan schüttelte den Kopf. „Nein. Ich brauche Sie so schnell wie möglich wieder am Hafen."

Sein Mund wurde zu einer schmalen Linie.

„Ich mache das", meldete sich Mayfield.

Sloan nickte ihr zu.

„Vielleicht haben sie das Geld verfolgt", sagte Ashley. „So hätte ich es an ihrer Stelle gemacht. Sie kennen die beiden möglichen Quellen für die Auszahlung – die Strombergs oder die Polizei. Sie kennen den Betrag, der geboten wurde. Es ist möglich, dass jemand es verfolgt hat, wenn es jemand war, der weiß, was er tut."

Lucas' Augenbrauen schossen in die Höhe. „Das wäre verdammt kompliziertes Hacking."

Sloan war ungewöhnlich still.

Ashley warf Lucas einen Blick zu. „Meine Theorie ist, dass sie einen extrem fähigen Hacker in ihrem Team haben – jemand, der sich kompetent und souverän im Deep Web bewegt. Er kontrolliert das Geld, akquiriert Kunden und verwischt ihre Spuren."

„Ist das ein offizielles Profil?", fragte Mayfield abfällig.

Lucas beobachtete, wie Ashley eine Hand zur Faust ballte. „Wir wissen, dass sie extreme Gewalt anwenden, um die Kontrolle zu behalten. Nachdem Agata Maroulis entkommen war, haben sie sie mit einer öffentlichen Exekution bestraft – möglicherweise hatten sie befürchtet, dass die Ermittlungen in ihrem Tod uns zu ihnen führen würden", was sie verdammt noch mal auch hätten tun sollen, „also haben sie den Sprengstoff in dem Haus verlegt? Die nächste Person, die sie an die Behörden verraten hatte, wird auf absolut grauenhafte Art und Weise ermordet. Jetzt wird sich niemand mehr mit Hinweisen melden – weder die Freier, noch irgendwelche Zeugen, noch wer auch immer sie mit Antibabypillen oder anderen Medikamenten versorgt hat." Ashley sah wild entschlossen aus. „Diese Gang ist noch viel skrupelloser, viel besser organisiert und etabliert, als das FBI bisher vermutet hat, und dabei auch noch deutlich besser darin, ihre Verbrechen und ihre Machenschaften zu verdecken, als die meisten anderen Organisationen dieser Größenordnung. Demzufolge haben sie, abgesehen davon, dass sie extrem verschwiegen und skrupellos sind, auch einen top ausgebildeten Hacker in ihrer Organisation. Das könnten wir gegen sie verwenden. Konnten Sie Mae Kwons Handy schon knacken?"

Sloan schüttelte den Kopf.

„Sie müssen das zu Ihrer Priorität machen und ein ganzes Team darauf ansetzen", Ashleys Augen wanderten zu Fuentes, „während Sie weiter den Hafen durchsuchen."

Sloan starrte Ashley an wie einen Armeegeneral auf dem Schlachtfeld. Nach einer langen Pause sagte sie schließlich, „Sie haben die direkte Verbindung zu dem Maroulis-Fall hergestellt und das Bild des Fahrers gefunden, korrekt?"

Ashley richtete sich gerade auf. „Ja, Ma'am."

„Okay, Chen." Sloan schaute auf ihre Uhr. „Unsere Leute aus der Einheit für Cyberkriminalität schauen sich das Handy schon an und glauben, dass sie kurz davor sind, es zu knacken. Wir haben von einem Berater gehört, der mit Lincoln Frazer zusammenarbeitet – Alex Parker, den Sie, glaube ich, kennen?"

Ashley nickte.

„Er hat vier weitere mögliche Standorte von Bordellen über die Daten aus Mae Kwons Handy orten können. Die Gebäude wurden gestürmt. Sämtliche Häuser waren leer, keine Mädchen, keine Freier, alle so gründlich geschrubbt wie ein OP-Raum."

Verdammt. Sie waren einfach zu langsam. Diese Leute hatten ihre gesamte Organisation in Einzelteile zerlegt, aber sie bezweifelte, dass sie sie komplett stilllegen würden. Sie verschoben sie vermutlich nur – neue Standorte, neue Webseiten, neue Handys.

„Wollen Sie sich beweisen?" Sloan lehnte sich der jüngeren Agentin über ihren Schreibtisch hinweg entgegen. „Finden Sie heraus, wie diese Leute den Namen und die Adresse von Susan Thomas herausgefunden haben. Sollten Sie das nicht schaffen", warnte sie, „erhalten Sie die Abmahnung in Ihren Akten. Haben Sie verstanden?"

Ashley blickte sie unverwandt an. „Ja, Ma'am."

Lucas konnte nicht sagen, ob sie verärgert oder erfreut war. Vielleicht beides. Sie hatte hart gearbeitete und Ergebnisse erzielt, hatte aber immer noch am meisten von allen zu verlieren.

Sloans Handy klingelte. „Okay, Jungs und Mädels. Zeit für ein weiteres unangenehmes Treffen mit Special Agent Salinger, bei dem ich ihm beibringen muss, dass wir nicht weiter sind als vor vierundzwanzig Stunden. Dann kann ich noch meinen Mann anrufen und so tun, als ob er mich nicht angerufen hätte, um einen Lagebericht für diesen Schwachkopf Everett von mir zu bekommen." Sie fuhr sich mit der Hand durch ihr grau-blondes Haar. „Hauen Sie ab und finden Sie mir ein paar Hinweise auf das Versteck dieser Mistkerle." Bevor er auch nur einen Schritt tun konnte, schnauzte sie ihn an. „Agent Randall, begleiten Sie mich nach draußen."

„Ja, Ma'am."

Ashley verließ eilig das Büro und Lucas schaute ihr hinterher. Warum traute Alex ihr nicht? War es das Hacking? Wusste er mehr, als er verriet? Oder war der Kerl einfach nervös, weil ihr Können verdammt nah an seins herankam?

Lucas folgte Sloan aus ihrem Büro. Sie sprach sehr leise.

„Wie geht's dem Mädchen?", fragte sie.

„Fängt an, sich ein bisschen zu öffnen. Sie hat bestätigt, dass der Fahrer von Agata Maroulis Minivan derselbe Mann war, der sie von zu Hause mitgenommen hat." Er räusperte sich. „Sie sagt, ihre Mutter hätte sie ihm als Gegenleistung dafür überlassen, dass er ihr die Spielschulden erlässt." Sie gingen durch das Großraumbüro, in dem nur eine Handvoll Agenten an ihren Schreibtischen beschäftigt saßen. Weitere Berater und Analytiker arbeiteten an unterschiedlichen Aspekten des Falls und schickten die Ergebnisse dann an die LEEP-Datenbank – die gemeinsame Datenbank aller Strafverfolgungsbehörden – was es der Sondereinheit ermöglichte, Informationen schneller zu teilen und zu koordinieren.

„Ich habe herausfinden können, weshalb sie allein in dem Zimmer festgehalten wurde", murmelte er.

Sloan schaute ihn an. „Ausgewählte Kunden?"

Er nickte. „Und ich habe ein paar wenige Details über ihre Familie aus ihr herausbekommen, die ich ins System eingeben werde. Ich brauche die Erlaubnis, Agent Chen oder Agent Rooney darum zu bitten, mir bei der Suche nach der Mutter zu helfen. Sie ist möglicherweise ein Weg, um an weitere Informationen bezüglich der Glücksspieloperation der Organisation zu kommen – vor allem, wenn ihr eine Anklage wegen Aussetzung des Kindes und Kinderprostitution droht."

„Die Erlaubnis kann ich ihnen nicht erteilen, wir können keine weiteren Personen involvieren." Sloans Augen waren scharf, als sie sich im Büro umschaute, bevor sie das Treppenhaus betraten. „Mir gefällt es nicht, dass die Informantin umgekommen ist. Es gefällt mir ganz und gar nicht. Diese Information, die Sie und ich teilen, bleibt vertraulich. Niemand sonst darf davon wissen."

Mist. Lucas war kein kompletter Vollidiot, was Computer anging, aber er kannte seine Grenzen. Er hätte in der Highschool mehr Zeit mit den Freaks und Nerds verbringen sollen, statt mit den Sportskanonen.

Sloan sah aus, als ob sie noch etwas sagen wollte, aber nicht wusste, wie sie es formulieren sollte. Wenn man bedachte, wie direkt die Frau für gewöhnlich war, war Lucas sich nicht sicher, was das zu bedeuten hatte.

„Was?", forderte er sie auf.

„Ich habe ein schlechtes Gefühl bei der Sache, Lucas." Ihr Mund verzog sich. „Die Vorstellung, dass sie dieses Mädchen erwischen könnten…"

„Sie werden sie nicht in die Hände kriegen."

Sloan hielt auf einer Treppenstufe inne. „Was halten Sie von Agent Chen?"

Oh-oh. „Sie hat in der Ermittlung großartige Arbeit geleistet. Sie hat einen scharfen Verstand, ist engagiert, ambitioniert." Alex Parker traut ihr nicht. Und sie kann küssen wir die Sünde.

„Sie ist sehr attraktiv", sagte Sloan vorsichtig.

Er blickte sie ausdruckslos an und erwiderte nichts.

Ihr Blick hielt seinem stand. „Denken Sie daran, was ich über das Mädchen gesagt habe."

Er zwang sich, nicht darauf zu reagieren, dass seine Integrität beleidigt worden war. „Niemandem vertrauen. Ich hab's verstanden."

„Nicht mal hübschen Agentinnen, die unbedingt helfen wollen."

„Noch Leuten, für die wir seit Jahren arbeiten", fügte er hinzu.

Sloans Ausdruck wurde angespannter. „Noch Ehemännern, die ihre Frau vermutlich bald für jemanden verlassen, der hin und wieder auch mal zum Abendessen auftaucht."

Scheiße. „Wie gesagt. Ich hab's verstanden."

UM MITTERNACHT WAREN Ashleys Augen wund, so lange hatte sie auf ihren Bildschirm gestarrt.

Mallory hatte nach dem verletzten Hund geschaut, bevor sie gemäß der strengen Order ihres Bosses, es ruhig anzugehen, zurück ins Hotel gegangen war. Frazer fing an, davon zu reden, dass er sie beide von dem Fall abziehen würde, aber Ashley hatte ihn darauf hingewiesen, dass die Täter nicht nur noch immer flüchtig waren, sondern dass sie noch nicht einmal identifiziert waren.

Frazer hatte für den Moment klein beigegeben, aber Ashley glaubte nicht, dass das noch lange anhalten würde. Die Fallanalyseeinheit 4 hatte weiß Gott genug eigene Monster, die sie jagen musste.

Sie hatte ihm nichts von Sloans Androhung einer Abmahnung erzählt. Sie wollte sich beweisen, ohne dass ihr Boss Stunk machte – und er würde Stunk machen. Nur wenige Leute legten sich mit Lincoln Frazer oder seiner Einheit an und kamen ungeschoren davon.

Ashley war überzeugt davon, dass diese Typen so gut organisiert waren, dass sie einen eigenen Computer-Analysten hatten. Und wenn das der Fall war, dann wollte sie wissen, mit welchem Kaliber von Hacker sie es zu tun hatten. Sie fuhr sich mit den Fingern durch die Haare und schlürfte an ihrem achten Kaffee des Tages.

Der Vorteil, für eine Bundesagentur zu arbeiten, war es, sehr schnell an einen richterlichen Durchsuchungsbefehl zu bekommen, und die Bank hatte sich extrem willig gezeigt, zu kooperieren, für den Fall, dass jemand in ihr System eingedrungen war. Sie hatte die Überweisung schnell genug gefunden – hunderttausend Dollar waren gestern auf Susan Thomas' Konto überwiesen worden. Das System der Bank war zweifach verschlüsselt, also bezweifelte Ashley, dass die Täter direkt auf diese Daten hatten zugreifen können. Wenn sie das hinbekamen, warum sollten sie sich dann die Mühe machen, Sexsklavinnen zu verschleppen, wenn sie einfach nach Lust und Laune die Konten der Bankkunden leerräumen konnten?

Aber jede Überweisung über zehntausend Dollar generierte automatisch einen Transaktionsbericht, der an das Netzwerk gegen Finanzkriminalität, FinCEN, gesendet wurde. In dieser Datei wurden Steuernummern und andere Informationen über die Kunden gespeichert, die genutzt werden konnten, um sowohl den Empfänger als auch den Sender des Geldes zu identifizieren. Sie vermutete, dass die asiatische Gang entweder einen Informanten bei FinCEN hatte, oder die Daten abgefangen hatte, die zwischen der Bank und FinCEN ausgetauscht worden waren. Oder aber sie hatten einen Weg gefunden, um FinCEN selbst zu hacken und so Zugang zu diesen Dateien zu bekommen.

Die Auswirkungen wären enorm.

Der Graue Markt für Zeros – oder Sicherheitslücken in Softwareprogrammen – war immer noch ein kontroverses Geschäft. Viele argumentierten, dass der Preis, um Software-fehler aufzuspüren, dadurch in die Höhe getrieben worden war, dass Regierungen mittlerweile für Zugänge zu Zeros bezahlten. Andere wiederum waren der Meinung, dass der Ankauf von Sicherheitslücken durch „offizielle" Organi-sationen und Regierungen nicht automatisch bedeutete, dass diese Fehler nicht mehr für ruchlose Zwecke ausgenutzt wurden. Letzten Endes lief es darauf hinaus, dass, sollten Regierungen die Software nicht kaufen, es eben die Black-Hat-Hacker tun würden. Das Geschäft war längst etabliert und würde so schnell nicht mehr verschwinden.

Ashley hatte diverse Foren und Webseiten auf der Suche nach Hinweisen auf Softwarefehler im Betriebssystem von FinCEN durchforstet, hatte aber nichts finden können. Sie hatte weder Zeit noch Mittel, um nach einer Schwachstelle im Code selbst zu suchen, aber sie kannte jemanden, der das schaffen konnte. Sie wollte ihn nicht anrufen. Sie schaute auf die Uhr und wählte die Nummer trotzdem. Parker arbeitete rund um die Uhr, um die Sicherheitslecks seines Klienten zu stopfen.

„Parker", antwortete er, noch bevor das erste Klingeln verstummt war.

„Hier spricht Agent Ch…Chen." Sie fluchte innerlich über ihren Stolperer. Er wusste, wer sie war. „Ich hoffe, es ist in

Ordnung, dass ich so spät noch anrufe. Agent Rooney hat gesagt, Sie arbeiten…"

„Was kann ich für Sie tun, Agent Chen?" Sein Tonfall war so eisig wie flüssiger Stickstoff.

„Eine Frau wurde heute umgebracht. Sie war die Person, die den Hinweis dazu geliefert hat, dass Mia Stromberg in dem Bordell in Chinatown festgehalten wird…"

„Mal hat mir davon erzählt. Wie es scheint, sind wir nun die stolzen Besitzer eines Golden Retrievers namens Rex."

„Sie werden ihn adoptieren?" Ein Anflug von Eifersucht schoss durch sie hindurch – was albern war. Was sollte sie mit einem Hund anfangen?

„Vorausgesetzt, es melden sich keine Angehörigen, die ihn haben wollen", sagte Parker. „Was brauchen Sie?"

Ashley konnte Stimmen im Hintergrund hören. Jemand fluchte lauthals. „Wir versuchen herauszufinden, wie diese Typen Susan Thomas finden konnten." Sie schaute sich in dem leeren Konferenzzimmer um. Es war ein sehr einsames „wir".

„Das Sicherheitssystem der Bank scheint von außen sehr solide zu sein", sagte sie, „und es ist natürlich möglich, dass jemand aus der Ermittlungseinheit die Informationen absichtlich oder versehentlich verraten hat." Die erfolgreichsten Hacks beinhalteten auch immer ein gewisses Maß an Manipulation von Kontaktpersonen. „Aber alle Beamten, die direkt involviert sind, wurden befragt und haben geschworen, keinerlei Informationen an Personen weiter gegeben zu haben, die sie nicht persönlich kennen."

„Menschen lügen." Seine Worte waren rasiermesserscharf. Er vertraute ihr nicht. Sie vertraute ihm auch nicht. Aber sie brauchte ihn.

Kleine Schweißperlen liefen ihr den Rücken hinunter und ließen ihre Seidenbluse an ihrer Haut kleben. „Es gibt noch eine andere mögliche Quelle für die Informationen."

„Die Telefongesellschaft?"

Hatte er es so herausgefunden?

„Möglich, aber es gab über zehntausend Anrufe bei dieser Hotline, also bin ich mir nicht sicher, wie sie bei diesen ganzen Daten den richtigen Anrufer herausfiltern konnten." Sie hasste, wie nervös dieser Mann sie machte. „Hören Sie, ich habe keine Beweise, aber ich habe diesen nagenden Verdacht, dass sie einen Hacker in ihrem Team haben. Einen guten." Sie räusperte sich. „Also habe ich mich gefragt, wie es mit der Sicherheit von FinCEN aussieht."

Die Stille war so dicht, dass sie im ersten Augenblick dachte, die Verbindung wäre abgebrochen. Sie schaute auf ihr Handydisplay, aber das Signal war gut. „Haben Sie jemals von Zeros gehört, die das Transaktionsdaten-System betreffen?"

„Ich rufe Sie zurück", sagte er und legte auf.

Ashley starrte auf ihr Handy. Gott, war der Typ unhöflich und misstrauisch. Nervig. Geheimniskrämerisch. Sie wusste, was Parker dachte. Eine Sicherheitslücke wie diese wäre auf dem Schwarzmarkt Millionen wert, und da er nicht überzeugt davon war, dass sie keine von den Kommunisten von langer Hand eingeschleuste Spionin war, würde er ihr diese Art von Informationen nicht anvertrauen. Sie ließ die Schultern hängen und starrte auf ihren Bildschirm. Sie steckte fest, und sie war völlig erledigt. Sie packte den Laptop in die Tasche, dann griff sie nach ihrer Jacke. Parker hatte vermutlich gerade sein halbes Team darauf angesetzt, das FinCEN-System zu durchleuchten. Er hatte Verträge mit vielen der Regierungsbehörden, und ein Fehler in einem der Programme war ein potenzieller Fehler in allen Programmen.

Schön. Sie würde ihn die Nacht über daran arbeiten lassen, Sie musste ohnehin dringend schlafen.

Sie schlüpfte in ihren Mantel. Entspannte bewusst ihren Kiefer und rollte ihren Nacken nach links und rechts. Am Morgen würde er ihr hoffentlich sagen können, ob es für einen Hacker möglich war, über FinCEN an Namen und Adressen zu kommen. Deshalb verdiente er das dicke Geld, und sie gab sich mit dem Gehalt im öffentlichen Dienst zufrieden.

Sie verließ das Konferenzzimmer. Die Deckenlampen im Großraumbüro waren ausgeschaltet, und der Raum war leer. Sie hängte sich die Laptoptasche über die Schulter und vergewisserte sich, dass sie mit ihrer rechten Hand einfach nach ihrer Waffe greifen konnte. Vor dem Gebäude brachte die eisige Luft ihren Atem zum Dampfen, und sie zitterte. Sie ging zurück zum Hotel, beobachtete mit Adleraugen die Umgebung. Ein Stück vor ihr sah sie, wie ein Mann rechts in eine Straße bog. Der Mann sah verdammt nach Lucas Randall aus.

Ihr Puls beschleunigte sich. Was tat er da?

Sie wechselte auf die Straßenseite, von der er abgebogen war, und spähte in die schmale Seitenstraße. Er blickte sich um, als ob er sicherstellen wollte, dass ihm niemand folgte. Es war Lucas. Er entdeckte sie nicht, und sie rief ihm auch nicht nach.

Es gab absolut plausible Gründe, weshalb ein FBI-Agent nachts durch die Straßen von Boston schlich, und die meisten davon gingen sie nichts an. Aber ein schrecklicher Gedanke schlich sich ein, etwas, was sie nicht einmal denken wollte, doch jetzt, wo der Gedanke einmal formuliert war, konnten sie ihn nicht mehr abschütteln. Was, wenn Lucas die flüchtigen

Täter mit Informationen versorgte?

Mallory und Alex vertrauten dem Kerl – mehr als sie ihr vertrauten. Aber Mallory hatte auch gesagt, dass er ihnen etwas verheimlichte, und sie sollte es wissen, so lange, wie sie ihn kannte. Wie durch ein Wunder hatte er die Explosion überlebt, die einen ganzen Straßenblock in Schutt und Asche gelegt hatte. SSA Sloan ließ ihn selbst an den vertraulichsten Details der Ermittlung teilhaben. Er hatte bestritten, Susan Thomas' Namen zu kennen, aber das bedeutete nicht, dass er die Wahrheit sagte. Wurde er bedroht? War seine Identität kompromittiert? Wurde er bestochen?

Ashley wartete, bis er um die Ecke gebogen war, zögerte einen Augenblick, dann folgte sie ihm vorsichtig.

Die Anziehung, die er auf sie ausübte, kam ungelegen und lenkte sie ab, aber sollte er das FBI für diese Monster hintergehen, wäre jede Leidenschaft augenblicklich gestorben. Sie wollte nicht recht haben. Sie wollte nicht eine so lausige Menschenkenntnis beweisen, dass sie sich in einen Kerl verguckt hatte, der bis ins Innerste verdorben war. Sie wollte nicht von einem Mann angezogen sein, der Profit aus dem Handel mit unschuldigen Menschen schlug.

Ihr Mund wurde trocken, während sie sich vorsichtig in die Schatten duckte. Sie musste mit Sicherheit wissen, dass er kein Verräter war; sie musste mit Sicherheit wissen, dass seine Vorstellung von Dienen in Idealismus und Pflichtbewusstsein verwurzelt war, nicht in Korruption und Lügen. Sie musste es wissen.

LUCAS' FÄHIGKEITEN, UNTERZUTAUCHEN, waren in den üblen

Straßen von Afghanistan trainiert worden, als er an einem Schauplatz gekämpft hatte, an dem Freund und Feind sich zum Verwechseln ähnlich sahen. Es waren nicht einmal die leisen Schritte gewesen, die das Gefühl der Gefahr in ihm ausgelöst hatten, es war ein sechster Sinn gewesen, der ihm gesagt hatte, dass er verfolgt wurde. Er bog zügig in die nächste Gasse ein, holte seine SIG aus dem Holster, während er lief. Seit der Explosion hatte er die ständige Befürchtung, jemanden unabsichtlich zu Becca zu führen. Er bewegte sich schnell und lautlos, durchquerte eine weitere Gasse und kam an der nächsten Straße an. Und tatsächlich, die Schritte folgten seinen Bewegungen immer noch.

Er ging auf das Hotel zu, dann machte er kehrt, rannte zurück und näherte sich von hinten der einsamen Person, die ihn verfolgte.

Eine Frau. Eins achtundsiebzig. Achtundsechzig Kilo.

Er erwischte ein Handgelenk und drehte ihr den Arm auf den Rücken, drückte sie gegen die Backsteinwand. Sie schrie in einer Stimme auf, die er augenblicklich erkannte, und konterte mit einem kräftigen Tritt, der, wenn er getroffen hätte, seine Kronjuwelen zerstört hätte.

Er wich aus, und sie streifte seinen Oberschenkel.

„Ashley?" Er lockerte seinen Griff und drehte sie um.

„Lucas! Was zum Teufel? Sie haben mich zu Tode erschreckt." Sie schluckte, wich seinem Blick allerdings aus. Ein entferntes Straßenlicht badete ihr Gesicht in einen goldenen Glanz. Alex' Warnung blitze in seiner Erinnerung auf.

Er steckte die SIG weg, ihren Arm hielt er hoch über ihren Kopf gegen die Wand gedrückt. Er nahm ihr zweites Handgelenk und hob es ebenfalls über ihren Kopf, hielt beide

Handgelenke mit seiner viel größeren Hand fest. Ihm war durchaus bewusst, dass sie ihm als Bundesagentin jede Menge Schmerzen zufügen konnte. Das Verteidigungstraining in Quantico war mit einer Gladiatorenschule zu vergleichen, die nur die Stärksten und Brutalsten überlebten.

„Was machen Sie hier?", fragte er.

„Wenn das Ihre Vorstellung davon ist, wie man Frauen anspricht, ist es kein Wunder, dass sie nicht viele Verabredungen haben." Sie versuchte, einen Witz zu machen, aber er kaufte es ihr nicht ab. Der Puls in ihrem Hals schlug schneller als eine selbst gebaute Tätowierungsnadel. Die Anspannung in ihrer Stimme zeugte von Angst.

„Warum verfolgen Sie mich?", drängte er.

Ihr Kiefer verkrampfte sich, und ihr Gesichtsausdruck wurde aufsässig. „Ich bin aus dem Büro gekommen und habe gesehen, wie Sie sich verdächtig verhalten haben, also wollte ich sehen, was Sie im Schilde führen."

„Was ich im Schilde führe?" Er blickte sie mit zusammengezogenen Augenbrauen an. Er würde nicht verraten, dass der Agent des Sprengstoffdezernats, der auf Becca aufpasste, ihm mitgeteilt hatte, dass das Mädchen nach ihm gefragt hatte. Er würde jetzt nicht einmal daran denken, zum Krankenhaus zu gehen.

„Warum?" Er ließ seinen Griff enger werden und versuchte zu ignorieren, wie ihr Körper seinen streifte.

„Um zu sehen, wo Sie hinwollen", presste sie hervor. „Um zu sehen, ob Sie jemanden treffen."

„Was geht Sie das an?" Dann wurde ihm klar, was sie meinte. „Sie denken, ich liefere jemandem Informationen über diese Ermittlungen? Verrate die Leute, mit denen ich arbeite, breche den Eid, den ich geschworen habe?"

Sie wehrte sich gegen seinen Griff, sandte Wellen der Lust durch seinen Körper. Er ignorierte sie.

„Na schön. Ja", blaffte sie. „Jemand gibt womöglich wesentliche Informationen der Ermittlungen weiter, ermöglicht es diesen Dreckskerlen, uns immer einen Schritt voraus zu sein. Sie haben diese Explosion überlebt, diese Typen haben die Explosion überlebt. Sie haben ihre Gesichter gesehen, können sie aber nicht identifizieren. Sie sind in einer Position, dass Sie den Namen der Informantin herausbekommen könnten, die Mia Stromberg gesehen hat. Sie verschwinden andauernd…"

Er starrte sie ungläubig an. „Warum sollte ich das denn tun?"

Sie versuchte, mit den Schultern zu zucken, was nur dazu führte, dass sich ihre Brüste gegen seinen Oberkörper hoben und in seinem Verstand für einen Kurzschluss sorgten. Die Tatsache, dass sie ihm gegenüber misstrauisch war, ließ ihn wiederum sein Misstrauen ihr gegenüber überdenken.

„Vielleicht bedrohen die Ihre Familie?"

„Meine Familie kennt die Risiken, die mein Job mit sich bringt, auch für sie. Sie treffen die nötigen Sicherheitsvorkehrungen für sich selbst."

„Geld?", bemerkte sie, sah aber nicht mehr sehr überzeugt aus.

„Ich habe Geld."

„Viel Geld", wiederholte sie.

Er beugte sich zu ihr hinunter, sodass er in ihr Ohr flüstern konnte. „Mein Großvater war ein Kohlebaron in West Virginia. Ich habe mehr Geld, als ich in drei Lebzeiten ausgeben könnte. Aber selbst, wenn ich keinen einzigen Cent hätte, würde ich meine Kollegen nicht verraten. Niemals." Er schaute sie angewidert an.

Unsicherheit blitzte in ihren Augen auf. Dann schimmerten sie wieder in ihrer üblichen Hartnäckigkeit. „Warum verhalten Sie sich dann so verdächtig?"

„Sie meinen, weil ich sichergestellt habe, dass mir niemand zu meinem Hotel folgt? Mir, dem einzigen Beamten diesem riesigen Fiasko, der die Gesichter der Täter gesehen hat?"

Ihre Entschlossenheit kam ins Wanken und ihre Augen wurden groß. „Scheiße. Sie haben recht. Tut mir leid, dass ich so voreilige Schlüsse gezogen habe."

Sie erschauderte unter seinem Körper. War ihr kalt? Sie sah nicht aus, als ob ihr kalt wäre. Und nach der warmen Haut ihrer Handgelenke und dem schnellen Rhythmus ihres Pulses zu urteilen, war ihr auch nicht kalt.

„Sie hätten mich nicht so anspringen müssen", flüsterte sie.

Sein Blut wurde heiß. Ihren Körper so nah an seinem zu spüren, bedeute leider Gottes, dass er sie nur zu gern anspringen wollte, obwohl sie sich in einer schmuddeligen Gasse befanden. „Ich habe gehört, wie mir jemand gefolgt ist, und wollte sehen, wer es ist."

„Ich muss an meinen Beschattungsfähigkeiten arbeiten, aber ich bedaure nicht, dass ich Ihnen gefolgt bin." Dieser verfluchte Funken der Anziehung blitze wieder zwischen ihnen auf. Diese Anziehung, die sie beide so sehr zu ignorieren versuchten. „Etwas in mir hatte gehofft, dass Sie korrupt wären, damit ich nicht immer an diesen Kuss denken müsste."

Er blickte in diese dunklen Augen und bemerkte, dass er Ashley Chens Arme noch immer ausgestreckt über ihrem Kopf festhielt, und sein Körper fest gegen ihren gedrückt war.

Der Kontrast zwischen der Hitze ihres Blicks und der Kälte der Steinwand hinter ihr ließ den Wunsch in ihm aufsteigen, sich noch viel enger an sie zu drücken.

Ihr Atem kam stockend. Wut und Misstrauen hatten sich in körperliches Empfinden und leidenschaftliches Verlangen gewandelt.

Gestern hatte sie ihn geküsst. Es war nur fair, wenn er sich nun revanchieren würde.

Er neigte den Kopf, umschloss ihre Lippen, und sie öffnete mit einem Seufzer ihren Mund. Es war, als würde er in Sünde und Verführung eintauchen. Feuer und Lust flammten zwischen ihnen auf und lösten die Kälte der Nacht, den Schmutz der Gasse, die grausame Realität ihrer Ermittlungen in Luft auf.

Ihr Körper hob sich ihm entgegen, und er vertiefte den Kuss, ihre Zungen schlangen sich ineinander, und er spürte die Glut ihrer Erwiderung. Er ließ ihre Handgelenke nicht los, aber mit seiner anderen Hand zog er ihre Seidenbluse aus der Hose, damit er ihre perfekten Brüste umfassen konnte.

Spitze kratzte an seiner Handfläche, und er wurde augenblicklich steinhart. Durch das dünne Material hindurch fand er ihren Nippel, rieb die samtene Erhebung gegen die raue Spitze und fing sie auf, als ihre Knie nachgaben. Er schob ein Bein zwischen ihre Oberschenkel, dann ließ er von ihrem Mund ab und knöpfte mit einer Hand ihre Bluse auf, schaute sie unentwegt an, ließ noch immer nicht ihre Handgelenke los. Es hatte etwas Verbotenes. Etwas Gewaltiges, diese Frau in seiner Hand zu haben.

Sie schauderte, als die Nachtluft ihre Haut streifte, aber sie protestierte nicht. Ihre Augen funkelten voller Verlangen. Als er die Bluse aufgeknöpft hatte, öffnete er den Stoff weit und sein Mund wurde trocken. Schwarze Spitzenwäsche bot ihm ihre Brüste dar. Er zog den Rand eines Spitzenkörbchens hinunter und befreite die rosafarbene Knospe.

„Habe bei Brüsten nicht viel zu bieten, fürchte ich." In ihrer Stimme schwang der Anflug einer Entschuldigung mit.

Wie konnte eine Frau, die so aussah, auch nur einen Funken von Unsicherheit über ihre eigene Schönheit verspüren?

Er schaute sie an. „Das ist ein Witz, oder?" Er beugte sich hinunter und nahm den Nippel zwischen seine Lippen, spürte, wie ihre Knie wieder nachgaben. Er ließ ihre Handgelenke los und hob sie hoch.

Sie schlang ihre langen Beine um seine Hüfte.

„Festhalten", befahl er.

Er schwelgte in ihren wunderschönen Brüsten, ließ sie genau wissen, was sie mit ihm anstellte. Ihre Finger vergruben sich in seinem Haar und zogen ihn von den Nippeln fort. Ihre Lippen fanden seinen Mund, nass und wild. Er drückte sie gegen die Wand, presste seine Erektion gegen ihre Mitte. Sie stöhnte auf, das Geräusch vibrierte zwischen ihnen wie eine Liebkosung.

Das war absoluter Wahnsinn. Sie sollten das nicht tun, aber nach der Hölle der letzten Tage wollte er endlich etwas erleben, das nichts mit Tod oder Verdorbenheit zu tun hatte.

Er ließ sie sanft zu Boden gleiten, dann öffnete er den Knopf ihrer Hose. Zog den Reißverschluss hinunter. Die ganze Zeit über schaute er ihr unentwegt in die Augen, aber er sah keinerlei Einwände. Sie befanden sich an einem öffentlichen Ort, und wenn sie erwischt werden sollten, würden sie beide gefeuert werden. Er ließ einen Finger in sie hineingleiten und sie zog sich um ihn zusammen, schnappte vor Lust nach Luft.

Er nahm einen zweiten Finger dazu und seine Finger glitten in sie hinein und wieder hinaus, fanden die Stelle, die sie ihre Augen schließen und sich mit zitternden Armen an ihm festkrallen ließ.

„Ich möchte so verdammt dringend in dir sein, Ash."

Sie stieß ein Geräusch aus, das eine Mischung zwischen Stöhnen und Betteln war.

„Aber ich habe kein Kondom dabei."

„Ich auch nicht." Frustration durchzog ihre Stimme.

Er hätte alles dafür gegeben, entgegen aller Vernunft einfach in sie hineinzugleiten, aber er ließ sich nicht von seiner Lust beherrschen. Er nahm ihre Hand und hielt sie wieder über ihren Kopf, dann ihre zweite Hand, damit sie erneut an die Wand gepresst war, mit aufgeknöpfter Bluse, halb ausgezogen. Sie zitterte, als sie ihn anblickte, ihre Augen riesig und glänzend, während er sehr langsam, sehr bedacht mit seiner Fingerspitze über ihre Lippen fuhr, über ihren Hals, ihre Schlüsselbeine. Über die steifen Spitzen ihrer Nippel, dann hinunter zu ihrem schlanken Brustkorb. Er umkreiste ihren weichen Nabel, bevor er der weichen Haut bis ganz hinunter zum schwarzen Spitzenslip folgte. Sie schnappte nach Luft, als er zwei Finger in sie hineingleiten ließ.

Er küsste die Seite ihres Mundes, wollte ihr Gesicht sehen, wenn sie die Schwelle übertrat. Er legte seine Handfläche auf ihren Venushügel und schob seine Finger mit seinem Bein noch tiefer in sie hinein.

„Oh Gott. Ich sollte dich warnen." Ihr Atem ging schnell und abgehackt, ihre Stimme bebte. „Ich bin laut."

„Laut?" Er fuhr mit seinen Zähnen über ihr Ohrläppchen.

„Wenn ich komme. Ich bin wirklich lau…"

Er verschluckte ihren Schrei, zog ihren Orgasmus immer

weiter in die Länge, bis sie schlaff unter ihm zusammensackte. Und er musste absolut regungslos dastehen, seinen Atem kontrollieren, während sein Herzschlag langsamer wurde und sein Blut auch in andere Körperteile transportierte.

Dann zog er sie sanft wieder an, zog ihren Reißverschluss hoch, knöpfte ihre Hose zu, ihre Bluse. Er versuchte nicht, die Bluse wieder in die Hose zu stecken, aber er zupfte ihren Blazer und ihren Mantel zurecht, zog sie zu, um der plötzlichen Kälte in der Luft etwas entgegenzusetzen. Seine Augen waren die ganze Zeit fest auf sie gerichtet. Dann trat er einen Schritt zurück.

Sie runzelte die Stirn. „Aber du bist nicht…"

„Das macht nichts." Das Verlangen, zu kommen, pulsierte noch immer durch seine Adern, aber sein Gehirn hatte wieder die Kontrolle übernommen.

Sie sah ihn lange an, versuchte, in der Dunkelheit den Ausdruck in seinem Gesicht zu lesen. „Wir hätten das nicht tun sollen. Das war ein Fehler."

„Wir haben es beide gebraucht." Er berührte ihre Wange. „Ich werde es niemandem erzählen. Und ich würde es ehrlich gesagt eines Tages gerne wiederholen. Vielleicht ordentlich, in einem Bett und ohne Eile."

Ihre Augen wurden riesig, und er musste über ihr Erstaunen lachen.

„Ich mag dich, Ashley Chen, oder hast du das noch nicht begriffen?"

Angst schlich sich in ihren Blick, und sie zog ihre Wange von seiner Berührung zurück. „Bitte tu das nicht."

„Bitte tu was nicht?", fragte er. „Dich mögen? Glaubst du, ich küsse jede Frau, die mir auf der Straße über den Weg läuft?"

Ashley warf ihm einen verächtlichen Blick zu. „Wenn einer von uns ein Kondom dabeigehabt hätte, hättest du dir die Belohnung für den Kuss abholen können, und das weißt du."

Er war so nah, dass er noch immer einen Hauch ihrer Erregung riechen konnte, und es stellte seine Vernunft auf den Kopf. „Ich habe meine Belohnung bekommen, Süße. Dich beim Kommen zu beobachten ist nichts, was ich so schnell vergessen werde."

Ihre Wangen schienen zu glühen, aber ihr Blick blieb eiskalt.

„Vielleicht liegt es an deiner warmen, kuscheligen Persönlichkeit, weshalb ich dich so mag." Er hoffte auf ein Lächeln, aber ihr Gesichtsausdruck war verschlossen.

„Sei doch nicht naiv, Lucas. Man muss jemanden nicht mögen, um ihn zu vögeln", schleuderte sie ihm entgegen.

Ihr Versuch, ihn fortzustoßen, überraschte ihn nicht, aber es machte ihn dennoch wütend. „Du hast recht. Ich muss dich nicht mögen, um dich ficken zu wollen, aber bei Gott, das tue ich." Er beugte sich zu ihr. „Und nachdem ich gespürt habe, wie du auf meinen Fingern gekommen bist, will ich dich erst recht richtig ficken. Vergiss das nicht, wenn du mir das nächste Mal mitten in der Nacht in eine dunkle Gasse folgst."

Sie sah ein wenig erschüttert über seine Warnung aus, und er hatte sich auch wahrlich weniger gentlemanlike verhalten, als er es üblicherweise tat. Sie befreite sich aus seinem Griff und stieß sich von der Wand ab, als ob ihr gerade erst bewusst wurde, wo sie sich befanden.

„Ich bring dich zum Hotel zurück."

Sie schüttelte ablehnend den Kopf. „Vergiss es. Ich kann selbst auf mich aufpassen." Dann ging sie davon, ohne sich noch einmal umzusehen. Er folgte ihr in diskreter Entfernung und fragte sich, warum zur Hölle er sich ausgerechnet von einer so komplizierten Frau angezogen fühlte. Er folgte ihren forschen, zornigen Schritten und lächelte grimmig. Was auch immer der Grund sein mochte, er würde es noch mit weitaus mehr aufnehmen, nur, um noch einmal diese Lippen zu schmecken.

NEUNTES KAPITEL

ASHLEYS STIMMUNG WAR seit gestern Abend miserabel, als sie bereitwillig zugelassen hatte, dass Lucas Randall es mit ihr an einer Backsteinwand trieb. Trotz dieser peinlichen Begegnung wurde ihr Verlangen nach diesem Mann immer nur noch größer, anstatt nachzulassen. Er war so verflucht ehrenwert mit dieser ganzen Sache umgegangen. Die Tatsache, dass sie beide ihre Karrieren für diesen flüchtigen Moment der Leidenschaft aufs Spiel gesetzt hatten, entsetzte sie.

Und erregte sie.

Was sie empörte.

Ihr Leben war so gesetzt. So autark. So langweilig.

Das musste es auch sein.

Diese unerwartete Verbindung mit Lucas Randall hatte sie völlig aus der Bahn geworfen, und ihr war ihre üblicherweise so unumstößliche Besonnenheit abhandengekommen. Ihr Leben war kein Spiel. Sie hatte ihrem egoistischen Verlangen schon einmal nachgegeben, und Menschen waren umgekommen. Sie konnte das nicht noch einmal durchmachen. Ein zweites Mal würde sie es nicht überleben.

Sie tippte mit ihrem Kugelschreiber auf ihrem Notizblock herum und zwang sich, tief einzuatmen. Es gab keinen Grund zur Befürchtung, dass ihre Feinde noch immer nach ihr suchten. Sie glaubten, sie wäre vor Jahren gestorben. Es war nur diese Ermittlung, die sie unruhig machte.

Sie unterdrückte ein Gähnen, als ihre schlaflosen Nächte sie einholten. Alex Parker rief nicht zurück, um sie darüber in Kenntnis zu setzen, ob jemand in das System der FinCEN eingedrungen war. Special Agent Frazer machte Anstalten, sie und Mallory von dem Fall abzuziehen, und die Zeit wurde langsam knapp. Das Letzte, was sie brauchte, nachdem sie so hart gearbeitet hatte, war eine Abmahnung in ihrer Akte. Sie hatte noch nicht einmal ihre Probezeit bei der Fallanalyseeinheit bestanden.

Am anderen Ende des Tisches stieß Mallory ein Geräusch aus.

„Was?", fragte Ashley, dankbar für die Ablenkung von ihren eigenen, kreisenden Gedanken. Sosehr sie auch versuchte, die andere Frau nicht zu sehr zu mögen, es erwies sich zunehmend als unmöglich.

Mallory schaute von ihrem Laptop auf. „Ich habe Alex gebeten, dem Hinweis nachzugehen, dass die Täter am Hafen gesehen wurden."

Die Behörden hatte gerade die Durchsuchung des Conley Terminals beendet. Es sah nicht besonders vielversprechend aus. „Und…?"

„Der Anruf kam von einem Prepaidhandy in Chinatown."

Ashley dachte über die Implikationen nach. „Das ist nicht völlig unplausibel. Jemand hat womöglich etwas Privatsphäre gebraucht, um den Anruf zu tätigen, und wollte nicht, dass seine Identität bekannt wird, aus Angst vor Vergeltung – ich meine, schauen Sie sich an, was mit Susan Thomas passiert ist." Das Bild des geschundenen Körpers der Frau blitzte in ihrer Erinnerung auf. Ashley hatte schon vor ihrem siebzehnten Geburtstag mehr gewaltsame Todesfälle gesehen, als die meisten Menschen in hundert Leben zu Gesicht bekommen würden, aber dieser Mord war besonders perfide gewesen. Sie wusste aus eigener Erfahrung, dass das Einzige, was diesen Horror abklingen lassen würde, Zeit war.

„Stimmt, aber die einzigen Leute, die ich kenne, die Prepaidhandys mit sich herumschleppen, haben in der Regel etwas zu verbergen." Mallory schob ihren Stuhl zurück und stand auf. „Und der Besitzer dieses Prepaidhandys hat es gerade wieder eingeschaltet. Alex hat seinen Standort. Das Sun Garden Restaurant in Chinatown."

Ashley griff nach ihrer Jacke. „Lust auf Chinesisch?"

„Bin am Verhungern." Mallory steckte ihr Handy ein und kontrollierte ihre Pistole, dann ihre zweite Waffe sowie den Taser, den sie für gewöhnlich immer bei sich trug.

Sie gingen zur Tür, öffneten sie und mussten abrupt haltmachen, als Lucas Randall direkt vor ihnen stand.

Das Blut schoss Ashley in die Wangen.

„Wo wollt ihr zwei hin?" Er beäugte Ashley misstrauisch, als ob sie ihn gleich beißen würde. Sie hätte beinah laut aufgestöhnt, als sie sich daran erinnerte, wie sie ihm gesagt hatte, es wäre in Ordnung, wenn er sie ficken würde, dass er sie aber nicht mögen durfte. Das ließ sie wie irgendeine moralisch verkommene Nymphomanin klingen, obwohl sie ihn einfach nur schützen wollte.

„Chinatown." Mallory antwortete, weil Ashley plötzlich keinen Ton mehr herausbrachte.

„Gibt es eine Spur?" Sein Blick wurde durchdringend.

„Ja. Das Handy, von dem aus der anonyme Anruf reinkam, dass die Täter am Containerhafen gesehen wurden, wurde gerade in einem Restaurant eingeschaltet. Wir über-prüfen das. Mal sehen, ob wir den Anrufer entdecken können."

Lucas verschränkte die Arme vor der Brust und starrte Mallory an. „Und dein Plan ist was genau? Da rein zu marschieren, und jeden, der ein Handy hat, zu verhaften? Dafür, dass er seiner Bürgerpflicht nachgekommen ist? Sloan wird ausrasten."

Mallory verzog das Gesicht. „Ich lasse Alex die Nummer anrufen, wenn wir da sind. Ausschau halten, ob irgendjemand rangeht. Zumindest können wir die Person fotografieren. Wenn es ein ehrlich gemeinter Hinweis war, wird er nie erfahren, dass wir ihn überprüft haben. Wenn er einer von den bösen Jungs ist, kann er uns bestenfalls direkt zu den flüchtigen Tätern führen."

„Weiß Alex, was du vorhast? Oder Frazer?"

„Ich muss meinen Job machen, Lucas." Mallory stemmte die Hände in die Hüften, als Lucas mit seinem Arm die Tür versperrte.

„Das letzte Mal, das ich nachgeschaut habe, hattest du Schreibtischdienst."

„Na und?", fragte Mallory. „Soll ich hier rumsitzen und Datenbanken durchforsten, anstatt Hinweisen nachzugehen, die uns jeden Moment wieder durch die Lappen gehen können, wenn wir nicht schnell genug reagieren, und das, obwohl das Büro so dünn besetzt ist? Soll ich Ashley allein losschicken? Das wird nicht passieren."

Lucas schien völlig unbeeindruckt von ihrer kleinen Rede zu sein.

Mallory ließ die Schultern sacken. „Hast du zufällig eine zweite Nagelfeile dabei, damit ich mir die Nägel machen kann, wenn ich fertig getippt habe?"

Er lächelte sie an. „Ich kenne dich schon viel zu lange, als dass du mich mit dieser Mitleidstour erweichen könntest."

Sie zog eine Grimasse. „Was ist denn dein Vorschlag? Die Bostoner Polizei zu schicken?"

„Agent Chen." Er wandte sich zu ihr und blickte sie unbeirrt an. Ashleys Mund fühlte sich so trocken an, als ob sie Sand geschluckt hätte. „Ich habe gehört, es gibt ein sehr gutes chinesisches Restaurant in der Nähe, und ich bin am Verhungern. Würden Sie mich zum Mittagessen begleiten?"

Ashley zwang sich, ihre Stimme ruhig zu halten. „Die werden Sie schon aus meilenweiter Entfernung als FBI-Agenten erkennen."

„Wir gehen im Hotel vorbei und ziehen uns um."

„Du siehst trotzdem noch wie ein Agent aus", murmelte Mallory, aber das Gleiche galt auch für sie. Nicht viele Agenten konnten sich in diese Nachbarschaft einfügen. Es war ein Vorteil, den Ashley nur zu gern ausnutzen würde.

„Ich werde so tun, als wäre ich Agent Chens Freund, der sie zum Mittagessen ausführt." Das Funkeln in seinen Augen verkündete Ärger.

Mallory rollte mit den Augen. „Dann solltest du besser anfangen, dich wie ein verknallter Idiot zu benehmen und sie mit ihrem Vornamen anreden."

Ein Grübchen erschien neben seinem Mund. Ashley erinnerte sich, wie dieser Mund ihre Brüste liebkost hatte und verspürte das zugehörige Kribbeln zwischen ihren Beinen. Obwohl sie am Arbeiten waren, wollte sie ihn. Und aus dem Funkeln in seinen Augen zu urteilen, wusste er das.

„Das kann ich gern tun, Ashley." Seine Stimme wurde heiser, sandte einen sinnlichen Schauer durch sie hindurch.

Das war eine ganz dumme Idee.

Er drehte sich wieder zu Mallory. „Wir rufen an, wenn wir

da sind, dann kann Alex das Handy anrufen."

„Meinetwegen." Mallory zog ihre Jacke aus und warf sie zurück auf ihren Stuhl. Sie war offensichtlich nicht sehr begeistert, aber Lucas hatte recht damit, dass sie offiziell nur am Schreibtisch arbeiten durfte. Frazer war nicht glücklich darüber gewesen, dass sie gestern beinah einem Mörder in die Arme gelaufen wären. Ashley hätte Mallory sagen müssen, dass sie zu der Befragung nicht mitkommen durfte, aber es war nicht einfach, eine andere Frau zurückzuhalten, vor allem nicht bei einem so emotional aufwühlenden Fall wie diesem.

Mallory fuhr sich mit den Fingern durch die Haare und setzte sich wieder an den Tisch. „Könnt ihr mir einen Gefallen tun?"

„Alles." Lucas lächelte und Ashley spürte ein „Ping" in ihrem Brustkorb explodieren und wie ein gut gelaunter Pinball hin- und herschießen.

„Glaube ja nicht, dass du dich so leicht wieder gut mit mir stellen kannst." Mallory blickte ihn finster an. „Aber bringst du mir etwas zu Essen mit?"

„Na klar." Er stieß sich vom Türrahmen ab und ließ Ashley passieren.

„Irgendeinen Treffer bei der Identifizierung des Minivanfahrers?", fragte er sie, ganz Arbeit.

Ihr Herz raste, aber Lucas schien völlig unbeeindruckt von ihrem mitternächtlichen Stelldichein zu sein. Und sie musste auch darüber hinwegkommen. Sie musste vergessen, dass sie beinah Sex gehabt hatten.

„Ich habe das Bild durch die Datenbanken des Justizministeriums, des FBI, des Verteidigungsministeriums und des Ministeriums für Innere Sicherheit gejagt. Nichts. Als Nächstes kontaktiere ich Interpol." Sie war froh, sich auf den

Fall konzentrieren zu können. „Ich versuche immer noch, herauszufinden, wie sie Susan Thomas gefunden haben, aber Alex Parker ruft mich nicht zurück. Fall du es noch nicht bemerkt haben solltest, er ist nicht gerade mein größter Fan."

Lucas grunzte und wechselte das Thema. „Hat irgendjemand etwas Nützliches über die Opfer herausfinden können, die wir bisher identifiziert haben?"

„Mallory beschäftigt sich damit, aber bisher hat sie noch keine Zusammenhänge gefunden. Ich vermute, die meisten von ihnen waren junge Mädchen, die von zu Hause abgehauen sind, oder aus fremden Ländern hergelockt wurden, und die Chance, dass sich ihre DNA im System befindet, ist minimal."

Er sah wütend aus. „Falls du irgendeine Verbindung zu Casinos findest, lass es mich wissen."

„Okay." Sie ließ das Wort sehr langsam über ihre Zunge rollen. „Wir haben ein paar der Freier identifizieren können, die in den Stunden vor der Razzia das Bordell besucht haben. Agent Mayfield stellt eine Liste zusammen, und heute Nachmittag soll eine Teamsitzung stattfinden, um die Vorgehensweise zu besprechen, wie wir uns ihnen am besten nähern, und wie wir sie befragen sollten. Mallory hat sich bereit erklärt, bei der Sitzung dabei zu sein und dabei zu helfen, eine Taktik zu erstellen." Sie schaute auf ihre Uhr. „Was hast du heute Vormittag gemacht?"

„Nicht viel."

„Du verhältst dich schon wieder verdächtig", bemerkte sie trocken.

„Es gibt nichts zu erzählen." Lucas drückte auf den Knopf für den Aufzug, und sie traten in die verspiegelte Kabine. Sie standen sich gegenüber und starrten einander an. Sie wussten beide, was passiert war, als sie das letzte Mal geglaubt hatte, er würde sich verdächtig verhalten.

Ashley entschloss sich, es darauf ankommen zu lassen. Sie wollte, dass er ihr vertraute. „Mallory hat gesagt, du hast ein lausiges Pokergesicht."

Er zog eine Augenbraue in die Höhe und bedeutete ihr, voranzugehen, als sich die Türen des Aufzugs im Erdgeschoss öffneten.

„Sie denkt, es hat noch jemand die Explosion überlebt." Sie sprach so leise, die Worte verließen kaum ihren Mund.

„Mallory irrt sich." Er neigte den Kopf zur Seite und starrte sie so kühl an, dass die Haare in ihrem Nacken flirrten.

Verdammt. „Jetzt wünschte ich mir, ich hätte nichts gesagt."

Er hielt ihr die Eingangstür des Gebäudes auf und winkte ein Taxi heran. Sie stieg ein und schlug die Beine übereinander, konnte ihr Bewusstsein für seinen markanten Kiefer und den harten Blick in seinen Augen nicht abschütteln. Er sagte nichts. Innerhalb von zwei Minuten waren sie zurück am Hotel und fuhren in den achten Stock. Aus irgendeinem Grund konnte sie nicht aufhören, daran zu denken, dass das letzte Mal, dass sie diesen Weg zusammen genommen hatten, die Reise mit einem feuerheißen Kuss geendet hatte. Diesmal war Lucas distanziert und unnahbar.

Was genau das war, was sie gewollt hatte, erinnerte sie sich.

„Wenn du eine schusssichere Weste hast, zieh sie an", warf er ihr noch über die Schulter zu, als sie aus dem Fahrstuhl stiegen. Er blieb nicht stehen, und sie blickte ihm hinterher, wie er davonging, während ein vertrautes Gefühl der Einsamkeit sie umfing.

Seit wann machte ihr das etwas aus?

Genervt von sich selbst ging sie in ihr Zimmer, zog ihre Hose aus und hängte sie über einen Stuhl. Sie zog eine Skinny Jeans an und steckt ihre Bluse in den Bund. Dann fiel ihr Blick auf die schusssichere Weste. Sie war sperrig und nervig, aber Ashley hatte keine Ahnung, was sie erwarten würde. Sie seufzte, legte ihre Schulterholster ab und zog die Weste über, dann legte sie ein Gürtelholster an. Darüber zog sie einen weiten, weißen Rollkragenpullover, der ihr bis auf den Oberschenkel reichte, dann griff sie nach einer Lederjacke, die lang genug war, um die Ausbeulung ihrer Waffe unter dem Pulli zu verbergen. Ihre Dienstmarke steckte sie in die Innentasche der Jacke, schlüpfte in ein Paar hohe Stiefel und warf sich eine Handtasche über die Schulter. Sie trat genau in dem Moment auf den Flur, als Lucas aus seinem Zimmer kam, in Jeans, Turnschuhen, einem dunkelblauen T-Shirt und einem grauen Kapuzenpulli.

Sein T-Shirt klebte an seinen Brustmuskeln und verriet ein Sixpack.

„Wo ist deine Weste?", fragte sie und tat so, als ob ihre Stimme nicht quietschen würde.

„Ich habe nichts, worunter ich sie verstecken könnte, bis auf meine Kampfjacke. Bin nicht sicher, ob die für einen verdeckten Einsatz taugt."

Ashley drückte auf den Fahrstuhlknopf. Sie wusste nicht, ob er ein blöder Sexist war, weil er ihr befohlen hatte, ihre Weste anzuziehen, oder nur ein guter Agent, der sich um seine Kollegin sorgte.

Die Weste drückte in ihre Taille. „Kann man sehen, dass ich eine trage?", fragte sie nervös.

Er musterte sie langsam und gründlich. Glühende braune

Augen schauten sie an. „Nein."

Die Erinnerung an letzte Nacht hing zwischen ihnen in der Luft. Sie versuchte, einen nichtssagenden Gesichtsausdruck aufzulegen, um ihre Erregung zu verstecken. Sie konnte sich nicht erinnern, wann ein Mann sie das letzte Mal so aus dem Konzept gebracht hatte. Vielleicht im College? Als sie angefangen hatte, sich zu verlieben, und sich aus dem Staub gemacht hatte, bevor noch jemand verletzt wurde.

„Wo hast du deine Ausbildung absolviert?", fragte er. Der Fahrstuhl bewegte sich mit gletscherartiger Geschwindigkeit.

Seine Neugier über ihr Leben verunsicherte sie. „Denver, Minneapolis und dann ein kurzer Aufenthalt in New York." Letzterer hatte ihre Shopping-Sucht angefeuert, hatte aber nichts gegen ihre Angst vor dem Meer ausrichten können.

„Hat es dir da gefallen?"

Konzentriere dich auf die Arbeit und es wird nichts passieren. „Gute Computerleute sind beim FBI Mangelware, also hatte ich immer viel zu tun. Das gefällt mir."

„Deshalb muss ich immer Alex Parker um Hilfe bitten. Was ist das Problem mit dem FBI? Warum schaffen wir es nicht, mehr Computer-Freaks für uns zu gewinnen?"

Endlich kamen sie in der Lobby an und schlängelten sich durch Massen von Menschen, die alle anstanden, um auszuchecken. Sah aus, als ob die Traktor-Messe den Abflug machte.

Sie liefen an einer Gruppe Frauen mit Koffern vorbei. „Die wirklich guten Leute werden schon in der Highschool angeworben. Viele der wirklich brillanten Köpfe machen sich nicht mal die Mühe, aufs College zu gehen oder einen Abschluss zu machen, was bedeutet, dass sie sich nicht bei FBI bewerben können.“

Er hob fragend die Augenbrauen.

„Diese Leute wissen schon in der Schule besser über bestimmte Aspekte der IT Bescheid als die meisten Professoren.“

„Hacking.“ Verachtung schwang in seiner Stimme mit.

„Nicht nur Hacking.“ Es war einfach, herablassend zu sein, wenn man diese Mentalität nicht verstand. „Und nicht alle Hacker sind kriminell.“ Sie zuckte mit den Schultern. „Es ist am Anfang nicht viel anders, als mit Legos zu spielen, obwohl ‚Hacker‘ oft mehr Interesse daran haben, Fehler in einem System aufzudecken, als etwas von Grund auf aufzubauen.“ Sie verließen das Hotel in südlicher Richtung. „Es fängt oft an, wenn sie noch Kinder sind und etwas herausfinden wollen. Es ist ein Spiel. Ein Puzzle. Sogar die, die so verrückte Dinge machen, wie die NSA zu hacken – sie glauben für gewöhnlich selbst nicht, dass sie in das System hineinkommen können.“

Er schaute sie skeptisch an. „Warst du ein Hacker?“

Sie hielt einer Familie die Tür auf. „Ich habe ein bisschen im Internet rumgespielt.“

„Das ist keine richtige Antwort.“

„Komisch“, sagte sie scharf. „Ich dachte, ich hätte meine Hintergrundüberprüfung und den Lügendetektortest schon bei meiner Einstellung bestanden.“

Ihr Hintergrund war makellos gefertigt und sie kannte ihn so gut, dass er sich mehr wie die Wahrheit anfühlte als ihre komplizierte, vertrackte Realität. Hypnose und stundenlanges Üben hatten sie dazu gebracht, diese Tests mit fliegenden Fahnen zu bestehen. Das, und die Tatsache, dass sie an sich glaubte und an die Gründe, weshalb sie zum FBI gegangen war.

Die Tatsache, dass sie gelogen hatte, wäre nur dann ein Problem, wenn sie jemals auffliegen sollte.

„Du bist aufs College gegangen – heißt das, dass du nicht gut mit Computern umgehen kannst?", fragte er verschmitzt.

„Ich vermute, die Spitze hätte ich kommen sehen müssen." Sie lächelte ihn widerstrebend an, als sie den Bürgersteig erreichten. Die eisige Brise ließ das Haar um ihr Gesicht tanzen, und Ashley wünschte, sie hätte Handschuhe und Mütze eingepackt. „Mein Dad war in der Tech-Industrie und hat immer versucht, mir die Wichtigkeit von Bildung und Qualifikationen klarzumachen. Er hat mir codieren beigebracht, sobald ich schreiben konnte. Programmieren ist mir in Fleisch und Blut übergegangen."

„War? Lebt er nicht mehr?"

„Meine Eltern sind bei einem Autounfall ums Leben gekommen, als ich fünfzehn war." Ashley schluckte den Kloß der Trauer hinunter, der jede Erinnerung an ihre Mom und ihren Dad begleitete. Je genauer sie sich ihren Tod anschaute, umso weniger glaubte sie daran, dass es ein Unfall gewesen war.

Lucas Blick veränderte sich, wurde bedrückt. „Tut mir leid."

Sie nickte abrupt und wandte den Kopf zur Seite. Sie mochte es nicht, zu lügen, was einer der Gründe war, weshalb sie nicht gerne über sich selbst sprach. Aber die Wahrheit war zu gefährlich, auf so vielen Ebenen – eine gute Erinnerung daran, weshalb sie es sich nicht leisten konnte, jemals irgendjemandem wieder nahezukommen. Einsam zu sein war nichts im Vergleich dazu, die Verantwortung für den Tod einer anderen Person zu tragen.

„Also hättest du dir einen Namen in der Cybersicherheit machen können. Stattdessen bist du zum FBI gegangen. Warum?"

„Darf ich auch Zwanzig Fragen spielen, wenn du durch bist?"

Sein Lächeln bestand aus nichts als aus purem, männlichem Selbstbewusstsein. „Mein Leben ist ein offenes Buch. Erzähl mir, warum du zum FBI gegangen bist, und du darfst mich alles fragen."

„Ich wollte in meinem Land etwas verändern. Für Gerechtigkeit kämpfen." Sie zuckte mit den Schultern. „Ich wollte Gesetzmäßigkeit."

Er schaute sie einen Augenblick lang an, als ob er ihre Antwort abwägen würde.

Vielleicht war sie zu ehrlich. Vielleicht fand er ihre Gründe naiv, aber sie war nicht der Typ Mensch, der in den Krieg zog, und sie wollte auch nicht auf Streife gehen. Zum FBI zu gehen, hatte ihr die beste Chance geboten, ihr Können auf eine nützliche Art einzusetzen.

„Wie willst du an diese Sache rangehen?", fragte sie, als sie sich der Chinatown näherten.

Er legte ihr den Arm um die Schultern und sie erstarrte, als er sie an sich zog. Er flüsterte in ihre Haare. „Einfach wie ein Mann, der seine Freundin zum Mittagessen ausführt. Wir können was essen und das Lokal beobachten. Ein paar Fotos machen und Alex das Handy anklingeln lassen. Wenn das Signal in der Nähe ist, versuchen wir, es zu verfolgen. Wenn nicht, können wir den Fall besprechen."

Es klang wie ein vernünftiger Plan, aber sein Körper fühlte sich einfach viel zu gut an, so eng an sie gepresst.

„Hey." Er drückte sie. „Entspann dich und tu so, als ob du

mich mögen würdest."

Sie blickte ihn schräg an, weil er freiheraus über ihr Aufeinandertreffen gestern Abend sprach, während sie versuchte, so zu tun, als ob es nie passiert wäre. „Ich mag dich durchaus, Lucas. Ich will dich nur nicht mögen."

Sein Mund verzog sich. „Über diese Bemerkung will ich lieber nicht nachdenken. Gut, dass ich ein gesundes Ego habe."

„Mit deinem Ego ist definitiv alles in Ordnung", murmelte sie.

Sein Grinsen war eindeutig unanständig. Warum sie das so verdammt reizend fand, wusste sie nicht. „Ich sollte eine Beschwerde wegen sexueller Belästigung einreichen."

„Hey, du hast recht." Er klang ernst. „Ich habe gestern Abend eine Grenze überschritten. Wenn dir das hier unangenehm ist..."

„Wir", sagte sie nachdrücklich. „Wir haben eine Grenze überschritten. Ich war definitiv eine sehr willige Teilnehmerin. Wenn ich das nicht gewesen wäre, hättest du jetzt Blutergüsse in einigen nicht unwesentlichen Körperregionen." Es gab schon zu viel Täuschungen in ihrem Leben, als dass sie jetzt noch das Gegenteil würde behaupten wollen. Sie hatte ohnehin mehr von der Sache gehabt als er, vor allem, da sie anschließend so giftig gewesen war.

Entschlossen, ihren Part beizutragen, strich sie über seine Finger, die auf ihrem Arm lagen. „Es ist kein schlechter Plan, auch wenn die Stammkunden vermutlich misstrauisch werden, wenn ein Fremder im Restaurant sitzt."

Ihre Augen trafen sich und sie mussten beide schlucken und schauten zur Seite. In dem Versuch, die Spannung zu vertreiben, schaute sie sich um „Wenigstens verfolgt uns niemand."

Lucas zog sie wieder fest an sich, dann ließ er den Arm von ihrer Schulter gleiten und nahm ihre Hand. „Ich bin nur extra vorsichtig. Ich vermute, das ist normal, nachdem jemand versucht hat, einen in die Luft zu jagen."

„Paranoia kann auch was Gutes haben", sagte sie vorsichtig. So lebte sie ihr Leben.

Sie gingen weiter, schlängelten sich durch die Massen von Menschen in ihrer Mittagspause. Seine Hand zu halten, fühlte sich seltsam und ungewohnt an. Viel zu romantisch für eine Frau wie sie. Sie hatte die Romantik in ihrem Leben auf den gelegentlichen hitzigen One-Night-Stand und ein kühles Sayonara am Morgen reduziert. Wenn sie Lust auf Abendessen und Kino hatte, ging sie eben allein, wenn sie Blumen wollte, kaufte sie sich welche.

Vielleicht waren heiße Küsse in einer kalten, feuchten Gasse gar nicht mal so untypisch.

„Und wo bist du aufgewachsen, Ash? Darf ich dich Ash nennen?"

Niemand, außer ihrer engsten Familie, hatte ihr je einen Spitznamen gegeben, aber ihr Tonfall blieb trocken. „Naja, wenn wir schon ein Paar sind…" Sie schaute auf und blickte ihm in die Augen. Er hatte intensive, dunkelbraune Augen. Ihre waren schwarz wie Kohle, seine ein tiefes, lebendiges Walnussbraun. Sie räusperte sich und versuchte, ihre Gedanken zu ordnen. „Nachdem meine Eltern gestorben waren, habe ich bei meiner Patentante auf Long Island gelebt. Sie ist vor ein paar Jahren gestorben."

„Tut mir leid." Seine Finger drückten ihre Hand.

Es lag etwas so Anziehendes in guten Manieren und echter Anteilnahme, vor allem, wenn die in der Verpackung eines großen, sexy Alphatypen daher kam. Ihr war nicht klar gewesen, dass sie für so etwas anfällig war.

„Sonst hast du niemanden mehr? Keine Geschwister?", fragte er.

„Sie sind alle tot." Der Wind wurde stärker, eine gute Entschuldigung für ihre tränenden Augen. „Was ist mit dir?"

„Drei ältere Schwestern, aller verheiratet und mit Kindern." Seine Augen registrierten jedes Gesicht, das ihnen entgegenkam. „Das Gute daran ist, dass meine Eltern mir nicht im Nacken sitzen, wann ich endlich heirate und eine Familie gründe."

„Und was ist das Schlechte daran?"

Er grinste sie an. „Meine Schwestern hält es nicht davon ab."

Ihr Herz hämmerte gegen ihre Rippen. Zeit, das Thema zu wechseln und über etwas weniger persönliches zu sprechen. „Da ist das Restaurant." Sie deutete auf ein Schild vor ihnen, auf dem in englischen und kantonesischen Buchstaben The Sun Garden stand. Sie hielten vor dem Schaufenster an und studierten die Speisekarte. Ashley nutzte den Anruf bei Mallory, um seine Hand loszulassen.

„Wir sind jetzt am Restaurant", ließ sie ihre Kollegin gutgelaunt wissen. „Sollen wir etwas Bestimmtes mitbringen?" Sie lächelte, für den Fall, dass sie beobachtet wurden. Lucas hatte sie mit seiner Paranoia angesteckt.

„Alex hat das Signal des Handys vor zwei Minuten geortet und es ist immer noch im Restaurant oder zumindest ganz in der Nähe", sagte Mallory. „Und Hühnchen Kung Pao, bitte."

Ashley suchte Lucas' Blick und nickte.

„Kein Problem." Sie legte auf und folgte Lucas ins Restaurant. Es roch himmlisch und der Raum war vollgepackt mit Asiaten – immer ein gutes Zeichen. Sie mussten auf einen

Tisch warten, also stellten sie sich an eine Wand, die mit Flyern voll gehängt war, und warteten geduldig darauf, dass die Bedienung sie abholte.

Lucas strich über ihren Arm und griff nach ihrer Hand. „Ich nehme an, das waren gute Neuigkeiten?" Er hob ihre Hand zu seinen Lippen und sie spürte, wie ihre Augen so groß wie Untertassen wurden, als er ihre Finger küsste. Er beugte sich zu ihr und streifte ihre Wange mit seiner. „Ich bin nicht der Einzige, der an seinem Pokergesicht arbeiten muss."

Sie blinzelte, um zu sich zu kommen. Er hatte es geschafft, sie völlig aus dem Gleichgewicht zu bringen, was ihr nicht gefiel. Also griff sie nach oben und zog ihn zu sich hin, nutzte seinen Kapuzenpulli, um ihn näher an sich heranzuziehen, zerrte fest genug daran, dass er kurz zusammenzuckte, bevor er seinen Mund für sie öffnete. Dann überraschte er sie erneut, als seine Hände nach unten glitten, ihre Hüften fassten und sie fest an sich zog, während er sie innig küsste. Ungezähmter, elementarer Hunger schoss durch sie hindurch, brachte ihr Herz zum Rasen und ihren Verstand ins Taumeln. Er hob ihr Kinn, um noch mehr von ihrem Mund aufnehmen zu können, und zerstörte auch den letzten Widerstand in ihr.

Ein missbilligendes Räuspern ließ sie auseinanderfahren wie zwei Teenager, die beim Knutschen erwischt worden waren. Sie starrten sich einen Augenblick lang an und seine Augen ließen sie wissen, dass sie noch nicht fertig waren – noch lange nicht.

Ihre Wangen glühten. Sie hatte ihn geküsst, um ihm zu beweisen, dass sie die Kontrolle hatte, aber er hatte ihr sie wieder abgerungen. Ihre Haut flirrte, ihre Nerven vibrierten. Das gefiel ihr nicht. Gefiel ihr überhaupt nicht. Der schnellste Weg, diese Anziehung zwischen ihnen zu beenden, wäre es sicherlich, ihn um den Verstand zu vögeln und sich diesen Mann auf diese Weise auszutreiben. Aber er hatte ihr gesagt, dass er sie mochte, und sie wusste nicht, was sie damit anfangen sollte.

Er nahm ihre Hand und zog sie hinter der verstimmten Bedienung her zum Tisch. Die Frau presste mürrisch die Lippen aufeinander und brachte ihnen Wasser und die Speisekarte.

„Hast du Hunger?" Er zog seinen Kapuzenpulli aus und legte ihn neben sich auf die Bank. Er zog sein T-Shirt über die Waffe, die er am Gürtel trug, und es spannte sich über seine Brustmuskeln. Wie sich herausstellte, musste der Kerl keinen Anzug zu tragen, um zum Anbeißen auszusehen.

„Bin am Verhungern."

Seine Nasenlöcher weiteten sich und ein Muskel in seinem Kiefer spannte sich an. Er nickte der Kellnerin dankend zu, als sie Tee und Essstäbchen brachte. „Was hat Mal gesagt?"

„Er ist hier."

Sie sah niemanden, der am Handy war, also warf sie einen Blick in die Speisekarte. Als die Bedienung zurückkkam, bestellte sie Rindfleisch mit schwarzer Bohnensoße und Lucas entschied sich für Chow Mein und Hühnchen Kung Pao für Mallory. Ashley orderte noch eine Portion gebratenen Reis.

Als sie wieder allein waren, streckte Lucas den Arm über den Tisch und nahm ihre Hand.

Sie blickte ihn misstrauisch an. „Ich glaube, dir gefällt das hier ein bisschen zu sehr."

„Sagt die Frau, die mich gerade ungestüm geküsst hat." Seine dunklen Augen funkelten mit etwas, das wie Selbstgefälligkeit aussah.

Sie zog ihre Hand zurück und goss den Tee ein, ein Ritual,

dass sie gerne mochte, dankbar für die Entschuldigung, ihn nicht anfassen zu müssen. „Ich wollte etwas beweisen."

„Tu dir keinen Zwang an, das jederzeit wieder zu beweisen." Einer seiner Mundwinkel verzog sich in ein einnehmendes Grinsen. Er sah so gut aus, dass sich Leute nach ihm umdrehten. Vor allem hier, wo er allein wegen seiner Größe auffiel.

Sie zwang Kälte, die sie nicht spürte, in ihre Stimme. „Du weißt, was passiert, wenn man mit Feuer spielt", warnte sie.

Man verbrannte sich.

Seine Augen verrieten ihr, dass er sie verstanden hatte, blickten sie aber alles andere als zerknirscht an. Er sah interessiert aus und sie wollte verdammt sein, wenn das nicht etwas in ihr schürte, das Ärger versprach. Ihr Handy klingelte. Mallory. Gott sei Dank.

„Alex ruft jetzt die Nummer an, er gibt vor, ihm was verkaufen zu wollen." Ashley lehnte sich näher zu Lucas und wiederholte leise, was Mallory ihr erzählte. „Es klingelt."

Ashley bewegte ihren Kopf nicht, aber ihre Augen flogen durch den Raum. Lucas tat das gleiche in der anderen Richtung.

„Hab ihn", sagte er. Er spielte mit seinem Handy, als ob er ein Foto von ihr machte, in Wirklichkeit lichtete er jemanden hinter ihr ab. Sie zog Grimassen und lächelte, bis er das Handy wieder sinken ließ, dann sah sie, dass er das Foto an Mallory und jemand anderen schickte – vermutlich an Parker.

Ashleys Magen begann, zu knurren, als ihr Essen gebracht wurde. Sie war davon ausgegangen, dass sie zu angespannt wäre, um zu essen, aber sobald sie das Essen roch, lief ihr das Wasser im Mund zusammen. Ihr Handy klingelte. Es war noch einmal Mallory.

„Sein Name ist Charlie Lee. Gegen ihn liegt ein Haftbefehl vor, weil er in einem Fall von Körperverletzung die Kaution hat verfallen lassen." Ashley gab es an Lucas weiter, der seine Vorspeise schon so gut wie leer geputzt hatte.

„Ach, verdammt", murmelte Lucas zwischen zwei Bissen von seiner Frühlingsrolle. „Er bewegt sich."

„So viel zum Mittagessen." Sie nahm einen schnellen Schluck von ihrem Tee.

Statt zum Haupteingang ging Lee auf die Küche zu. Sobald er verschwunden war, gingen Lucas und Ashley entschlossen in die gleiche Richtung, in der er verschwunden war. Dann erschien der Kerl plötzlich wieder lächelnd in der Küchentür und blieb abrupt stehen, als er sie kommen sah. Ashley und Lucas trugen zwar normale Anziehsachen, aber jeder mit auch nur einem Funken Verstand konnte erkennen, dass sie offensichtlich in offizieller Sache unterwegs waren.

Lee drehte sich auf den Fersen um und verschwand in der Küche. Lucas rannte um einen Tisch herum und drückte sich an einem Paar vorbei, das gerade gehen wollte. Sie protestierten lauthals, aber Ashley drängte sich ebenfalls an ihnen vorbei und warf ihnen auf Kantonesisch ein „Entschuldigung" zu, als ihr Schimpfen immer lauter wurde. Sie folgte Lucas, der in die Küche sprintete.

Ihr Blick schnellte zwischen den Köchen hin und her, während sie ihre Zielperson verfolgten, die nun auf den Hinterausgang zu rannte. Der Kerl huschte mit der Behändigkeit einer Cartoonfigur durch die Tür.

Lucas kam vor ihr am Ausgang an, preschte durch die Tür in eine Gasse. Sie war nur einen Bruchteil einer Sekunde langsamer. Sie rannten über den Asphalt, ihr Schritte hallten auf der Straße, verzweifelt darauf aus, die Entfernung zu dem

Kerl zu verringern.

„FBI, bleiben Sie stehen!", brüllte Lucas.

Ashleys Herz hämmerte und ihre Lungen brannten, aber sie wurde nicht langsamer. Lucas schloss zu dem Kerl auf, zunächst langsam, dann immer schneller. Charlie Lee blickte sich um, rutschte auf einem etwas Müll aus und stürzte zu Boden, wo er sich zweimal überschlug. Hastig stand er wieder auf, aber ein Müllwagen rumpelte vor ihnen quer über die Einfahrt der schmalen Gasse und versperrte ihm den Weg. Lee versuchte, an dem Wagen vorbeizukommen, aber es war einfach nicht genug Platz, um sich zwischen Mauer und Auto hindurch zu quetschen. Lucas stürzte sich auf ihn, sie flogen durch die Luft und die beiden Männer stürzten zu Boden, während im selben Augenblick der Müllwagen anhielt.

Ashley zog ihre Waffe und hielt dem erschrockenen Fahrer ihre Dienstmarke hin. Sie starrte ihn an, bis er den Leerlauf einlegte.

Lucas hatte Lee innerhalb von fünf Sekunden die Plastikhandschellen angelegt. Ashley rief einen Streifenwagen, der sie vor dem Restaurant treffen sollte, dann zerrte Lucas den Kerl auf die Füße. Sie konnten die Tatsache nutzen, dass er die Kaution hatte verfallen lassen, um ihn dazu zu bringen, ihnen alles zu erzählen, was er über die Gang wusste, die das Bordell betrieb – vorausgesetzt, er wusste überhaupt etwas. Vielleicht hatte ihn auch irgendwer dafür bezahlt, den falschen Hinweis zu geben. Vielleicht hatte er sich einen Spaß erlaubt, weil er die Polizei hasste.

Aber im Augenblick war Charlie Lee das Beste, was sie an Spuren hatten.

War er Teil dieser kriminellen Vereinigung? Waren sie schon länger in den Staaten etabliert, oder bauten Sie ihr

Geschäft gerade erst auf? Alles an diesen Kerlen deutete auf eine komplexe Organisation hin, und das gefiel Ashley nicht.

„Ich muss meine Jacke holen", sagte Lucas, als sie ihr Handy in die Tasche steckte. Sie marschierten den Verdächtigen zurück zum Restaurant, um auf die Kavallerie zu warten.

„Warum sind Sie davongerannt, Mr. Lee?", fragte Lucas und hielt seinen Arm mit eisernem Griff fest.

Der Kerl zuckte mit den Schultern und warf ihr einen scheelen Blick zu. „Warum arbeiten Sie für die Bullen?"

Sie und Lucas wechselten einen Blick, aber sie antwortete nicht.

„Sie sind die schlimmste Art von Chinese", spöttelte Lee.

Ihr Mund verzog sich. „Entschuldigen Sie, wenn ich nicht allzu beeindruckt davon bin, von einem flüchtigen Kriminellen in Handschellen beleidigt zu werden."

Lee begann, sich zu sträuben, als sie auf die Hintertür des Restaurants zukamen, aber Lucas versetzte ihm einen beherzten Stoß.

Sie betraten die Küche. Die Köche waren noch immer am Kochen, beäugten sie aber nervös, als sie hereinkamen. Eine Seitentür, die Ashley vorher nicht aufgefallen war, ging auf, und ein Mann kam mit einem Bier in der Hand heraus. Der Raum hinter ihm war vollgestellt mit Kartentischen, an denen unter einer riesigen Wolke aus Zigarettenrauch Gruppen von Männern saßen. Ashley zog ihre Waffe und hielt sie mit beiden Händen auf den Mann im Türrahmen gerichtet.

„Bundespolizei! Hände hoch, da, wo ich sie sehen kann." Sie wiederholte die Anweisungen auf Kantonesisch.

Ashley griff den Mann in der Tür bei den Schultern, drehte ihn herum und presste ihn gegen die Wand. Dann steckte sie seine Handgelenke in ein Paar Handschellen. Dieser Typ würde ihr nicht entkommen.

„Was ist los, Chen?", murmelte Lucas, während der Lärm in der Küche zu einer intensiven Stille wurde.

Das willkommene Geräusch von Funkgeräten knisterte ihnen aus dem Speisesaal entgegen. Sie holte ihre Dienstmarke hervor. „Bewaffnete Bundesagenten hinten in der Küche!"

Die Beamten kamen vorsichtig durch die Tür, ihre Waffen gezogen. Sie musterten Ashleys Dienstmarke. Einen der Polizisten erkannte sie vom Tatort bei Susan Thomas wieder.

„Was ist los?", fragte er.

„Illegale Spielhölle…"

Und wie aufs Stichwort war der Bann gebrochen. Die Männer in dem Hinterzimmer stoben wie die Kakerlaken auseinander, eilten auf einen weiteren Ausgang am hinteren Ende des Zimmers zu.

Der Polizist drängte sich an ihr vorbei und griff sich den erstbesten Kerl, den er fassen konnte, drückte ihn gegen die Wand, während er Verstärkung anforderte.

Lucas' Augen waren voller Fragen, denn Ashley hätte das eindeutig besser handhaben können. Dann zog sie den Kopf des Mannes in die Höhe, dem sie die Handschellen angelegt hatte, und Lucas' Pupillen wurden groß vor Hass, als er ihn erkannte.

Es war der Mann, der den Minivan gefahren hatte, als Mae Kwon Agata Maroulis aufgegriffen hatte. Sie hatten endlich einen Treffer gegen diese Bastarde erzielt.

ZEHNTES KAPITEL

„DAS WAR VERDAMMT gute Arbeit, Agents Randall und Chen", sagte Sloan, als sie in ihr Büro stürmte. Eisige Tropfen Schneeregens spritzten von ihrem FBI-Anorak, den sie über die Lehne ihres Stuhls warf. Sie fuhr sich mit den Fingern durch die nassen Haare und wischte sich ein paar lose Strähnen aus dem Gesicht. Ihre Wangen waren gerötet vor Kälte, ihre Augen scharf wie ein Laser.

Insgesamt sechzehn Personen waren für Befragungen aufs Dezernat gebracht worden, einschließlich der Belegschaft des Sun Garden. Sie waren nicht gerade erfreut darüber gewesen, das Restaurant schließen zu müssen, aber das hatte man davon, wenn man eine illegale Spielhölle in seinen Hinterzimmern betrieb. Die Häftlinge saßen in U-Haft-Zellen und in Verhörzimmern und waren am Schwitzen, während das FBI zu entscheiden versuchte, wie genau sie mit ihnen verfahren sollten.

„Agent Rooney hat das Handy lokalisiert, und Agent Chen hat den Fahrer des Minivans von den Überwachungsaufnahmen erkannt", erklärte Lucas und wollte nicht das Lob für etwas einstreichen, was er nicht geleistet hatte.

Die Tatsache, dass der Mann, der Agata Maroulis aufgesammelt hatte, derselbe Mann war, der auch Becca von ihrer Mutter fortgeholt hatte, um deren Spielschulden zu tilgen, war sein und Sloans kleines Geheimnis. Sie konnten diese Information nicht öffentlich machen, ohne gleichzeitig ihre Quelle preiszugeben, und dazu waren sie noch nicht bereit. In Anbetracht der Gewaltbereitschaft der Organisation, wären sie möglicherweise nie bereit, der Welt von Beccas Überleben zu erzählen.

Der Name des Minivanfahrers war Ray Tan, und einzig aufgrund der Tatsache, dass Becca versichert hatte, er hätte sie niemals angefasst, hatte Lucas ihm nicht die Faust ins Gesicht geschlagen.

Ashley hatte Mordsarbeit geleistet, indem sie ihn erkannt hatte, wenn man bedachte, wie körnig das zwei Jahre alte Bild war, das sie von dem Video erstellt hatten. Sie saß in einem der Stühle vor Sloans Schreibtisch. Fuentes kam durch die Tür, blickte sich um und ließ sich in den Stuhl neben ihr fallen. Lucas lehnte an der Wand, er war zu aufgekratzt, um stillzusitzen. Mayfield kam hinter Fuentes ins Büro. Verschränkte die Arme.

Ashley trug noch immer die Jeans und den Pulli, hatte allerdings die schusssichere Weste abgelegt. Die legeren Sachen machten ihre harten Kanten weicher und ließen sie weniger Respekt einflößend erscheinen. Er wollte beide Versionen von ihr liebend gerne nackt und sich unter seiner Zunge windend spüren.

„Nichts Neues vom Hafen?", fragte er Sloan und tat so, als ob er nicht gerade darüber fantasierte, Sex mit einer seiner Kolleginnen zu haben.

„Nichts." Sloan atmete schwer aus.

Er zwang sich, Ashley nicht anzustarren. Verflucht noch mal. Es war durchaus schon vorgekommen, dass er Kolleginnen anziehend gefunden hatte – aber er hatte nie zugelassen, dass es seinen Fokus untergrub. Er war kein Mönch, aber er war auch kein Typ von der Sorte, der die Frauen benutzte und dann sofort fallen ließ. Er hatte gerne ehrliche Beziehungen mit interessanten Frauen. Die Tatsache, dass keine dieser Beziehungen länger als ein halbes Jahr gehalten hatte, bedeutete einfach, dass er die richtige Frau noch nicht gefunden hatte. Er tat sein Bestes, die Trennungen so schmerzlos wie möglich zu vollziehen, aber sein Job stand nun mal an erster Stelle, und wenn eine Frau damit nicht klarkam, zog er eben weiter. Nichts für ungut. Keine Zeit, die verschwendet worden war, während die biologische Uhr weiter tickte, von der seine Schwestern immer behaupteten, dass sie für Frauen über dreißig unaufhörlich tickte.

Aber er konnte sich nicht daran erinnern, wann jemand das letzte Mal so eine Wirkung auf ihn gehabt hatte wie Ashley Chen.

„Der reguläre Schifffahrtsbetrieb wird um Mitternacht wiederaufgenommen. Wenn man bedenkt, dass Sie den Kerl, der uns den Hinweis über die flüchtigen Täter am Hafen gegeben hat, am gleichen Ort wie einen bekannten Geschäftspartner des Menschenhändlerrings aufgegriffen haben, besteht die sehr realistische Chance, dass der Hinweis ein Ablenkungsmanöver war." Sloans erschöpfte Augen ließen ihn genau wissen, was sie davon hielt.

„Oder er wollte wirklich, dass sie geschnappt werden, damit er die Konkurrenz loswird", bemerkte Ashley leise.

„Was auch immer seine Gründe waren, die Flüchtigen waren nicht am Hafen, und wir haben wirklich jeden letzten Zentimeter abgesucht." Sloan knurrte vor Frust. „Der Kerl lügt die Strafverfolgungsbehörden an, verschwendet tausende von Dollar an Polizeiressourcen und kostet den Hafen ein

Vermögen. Dafür wird er zahlen. So. Was ist die beste Strategie, um diese Leute zu befragen?"

Sloan schaute Ashley an.

„Da wir Charlie Lee ursprünglich unter dem Vorwand der verfallenen Kaution festgenommen haben, ist sein Prepaidhandy jetzt als Beweismittel klassifiziert. Wir können es als das Handy identifizieren, von dem aus der anonyme Hinweis eingegangen ist. Vielleicht können wir ihn dazu bringen, zuzugeben, dass der Hinweis falsch war, und er die Justiz behindert hat", schlug Ashley vor.

„Er wird uns nichts erzählen", widersprach Lucas.

Sloan lehnte sich zurück. „Ihm droht eine Verhaftung für das Verfallenlassen der Kaution wegen Körperverletzung. Daraus, und aus der Tatsache, dass er die Zeit der Polizei verschwendet hat, können wir vielleicht eine solide Anklage bauen, und ihm droht womöglich eine ernsthafte Haftstrafe."

„Wir könnten ihm Zeugenschutz anbieten", sagte Ashley. „Das ist die einzige Möglichkeit, ihn zu irgendeiner Art von Deal zu bewegen, aber wenn er Familie hat und die Gang sie bedrohen könnte, können wir das vergessen. Der Kerl wird nicht reden."

Sloan presste die Lippen zusammen. „Ich spreche mit dem Staatsanwalt über Zeugenschutz. Was ist mit dem Fahrer? Ray Tan?"

„Er ist vor zweieinhalb Jahren aus Macau hierhergezogen. Wir warten auf Hintergrundchecks von Interpol. Bisher wissen wir, dass er als Fahrer für Mae Kwon gearbeitet hat, aber abgesehen davon haben wir nichts, außer der Anklage wegen illegalem Glücksspiel." Ashley strich ihre Handflächen nervös über ihre Oberschenkel.

Lucas und Sloan tauschten einen heimlichen Blick aus und

Lucas bemerkte, wie Fuentes sie spekulierend beobachtete.

„Mein Vorschlag wäre es, alle zu befragen, und jedem von ihnen den gleichen Deal vorzuschlagen, nämlich, dass wir die Anklage wegen illegalem Glücksspiel fallen lassen, wenn sie uns alles erzählen, was sie wissen", sagte Ashley.

„Charlie Lee muss zurück in U-Haft, denn das ist der Grund, weshalb Sie ihn überhaupt aufgegriffen haben", bemerkte Sloan spitz.

„Niemand wird wegen einer Anklage auspacken, die sich für Ersttäter vermutlich nur auf eine Ordnungswidrigkeit belaufen wird", höhnte Fuentes.

Ashley rutsche bis an die Stuhlkante. „Das ist ja mein Punkt. Aber sie werden davon ausgehen, dass wir händeringend nach Informationen suchen und keinerlei Hinweise haben. Dann lassen wir sie laufen…"

„Was? Wir haben diese Dreckskerle doch gerade erst geschnappt", beschwerte sich Fuentes, als ob er derjenige gewesen wäre, der sie verhaftet hatte.

Lucas stieß sich von der Wand ab. Er hatte begriffen, was Ashley vorschlug. „Sie hat recht. Wir erwähnen nicht, dass wir Ray Tan auf dem Überwachungsvideo mit Agata Maroulis gesehen haben – noch nicht. Wir lassen ihn laufen. Dann folgen wir jedem seiner Schritte. Installieren Überwachungssysteme in jedem Gebäude, das er regelmäßig aufsucht, zapfen sein Handy an, hängen ein Ortungsgerät an sein Auto, an alles, was wir finden können."

Seine Augen trafen Ashleys. Es war ein guter Plan. Ein sehr guter Plan.

„Sie glauben, er führt uns zu den flüchtigen Tätern?", fragte Sloan skeptisch.

Lucas nickte. „Er ist ein bekannter Geschäftspartner der

Bordellbetreiber. Er wird ihnen vielleicht mitteilen wollen, wie verzweifelt und ahnungslos wir sind – selbst, wenn er sie nur anruft."

Sloan starrte auf ihren Schreibtisch, während sie über die Alternativen nachdachte. Endlich nickte sie. „Ich leite die Überwachung in die Wege, sobald ich das Okay von Salinger habe."

„Der Polizeipräsident und der Bürgermeister haben angerufen", ließ Mayfield verlauten. „Sie wollen auf dem Laufenden gehalten werden."

„Glauben Sie, das ist eine gute Idee?", fragte Lucas Sloan.

Sie stützte die Ellenbogen auf dem Tisch ab und fuhr sich mit beiden Händen durch die feuchten Haare. „Nein." Sie blickte ihn an. „Aber es ist auch ihre Stadt. Sagen Sie Dana, er soll sie so lange wie möglich hinhalten."

Dana war der PR-Beamte des FBI. Lucas konnte sich nicht vorstellen, unter welchem Druck Sloans Ehe stehen musste, weil ihr Ehemann für Bürgermeister Everett arbeitete.

Ihre Blicke trafen sich. Es war nur eine Frage der Zeit, bevor auch andere von der Tatsache erfuhren, dass sie eine lebende Zeugin hatten. Er nickte, sie verstanden sich wortlos. Sie mussten diese Bastarde schnappen, bevor ihr Geheimnis aufflog.

„Also, wer befragt die Verdächtigen?", fragte Fuentes.

„Sie und Mayfield nehmen Charlie Lee und die Hälfte der anderen. Sprechen Sie mit dem Staatsanwalt wegen Lee, bevor sie ihn befragen, damit wir wissen, welche Strafe ihm droht. Randall und Chen sprechen mit Ray Tan und den übrigen. Stellen Sie sicher, dass die Beamten Bescheid wissen, dass niemand freigelassen wird, bevor ich es nicht persönlich angeordnet habe, und das wird nicht vor morgen früh sein.

Keine Fehler mehr." Sloan blickte ihm direkt in die Augen, und er nickte.

Beccas Leben hing davon ab.

ANDREW STARRTE AUF den Bildschirm. Die Hintertür zu FinCEN und diversen anderen Bundesdatenbanken war gerade mit Sprengsätzen versehen worden, und jeder seiner Versuche, sich einzuhacken, würde eine komplexe Falle in Gang setzen, die vermutlich seine IP-Adresse und seinen Standort verraten würde. Seine Hände zitterten.

Er konnte von Glück sagen, dass er die Veränderung im Code entdeckt hatte, bevor er in die Falle getappt war. Er war müde und hatte nicht richtig aufgepasst. Er wurde faul und arrogant, aber es war schon lange her gewesen, dass jemand seine Fähigkeiten auf die Probe gestellt hatte.

Hatte Rabbit ihn verraten?

Nein. Andrew hatte die Kommunikation und die Aktivitäten des Kerls seit der Explosion strengstens überwacht. Rabbit hatte mehr zu verlieren als alle anderen und wusste genau, was passieren würde, falls er reden sollte.

Andrew legte den Pfad still, der ihn zu FinCEN geführt hatte, und löschte sämtliche Protokolle in seinem System. Das Ausnutzen dieser bestimmten Sicherheitslücke hatte ihn knapp eine Viertelmillion Dollar gekostet. Wenigstens hatte er darauf geachtet, keine Spuren zu hinterlassen, über die man ihn zu seinen anderen Verstecken im Netz verfolgen konnte.

Er trank einen Schluck Kaffee. Es war tatsächlich beeindruckend, dass jemand herausgefunden hatte, wie er die Frau aufgespürt hatte, die sich bei der Polizei gemeldet hatte.

Er bedauerte, dass sie so brutal hatte sterben müssen, aber es war besser, eine klare Botschaft mit einem Opfer zu schicken, als einen weiteren Verrat zu riskieren. Niemand verriet seine Organisation und lebte.

Die niederen Impulse seines Cousins zu kontrollieren, war nahezu unmöglich. Stattdessen leitete Andrew sie in eine Richtung, die dem Geschäft half, anstatt es zu zerstören. Und auch wenn Andrew keinen Geschmack für Gewalt hatte, hatte er dennoch keinerlei Intentionen, die nächsten dreißig Jahre hinter Gittern zu verbringen oder, schlimmer noch, auf seine Hinrichtung zu warten.

Das Leben war ein ewiger Kampf, und nur die Stärksten überlebten – diese Lektion hatte er vor mehr als zehn Jahren gelernt, als sie ein Desaster erlitten hatten, dass sie beinah vollkommen zerstört hätte. Die Tatsache, dass sie noch am Leben waren, war ein Wunder, das er nicht unterschätzen würde.

Die Familie war das Einzige, was wirklich zählte. Sein Onkel hatte ihn aufgenommen, nachdem Andrew alles verloren hatte. Er mochte seinen Cousin nicht verstehen, aber er liebte ihn wie einen Bruder. Loyalität war alles gewesen, was sie im Gegenzug verlangt hatten, und Andrew würde sein eigenes Herz herausschneiden, bevor er sie hinterging.

Die Trauer um sein altes Leben war mit den Jahren weniger geworden, und anstelle des spitzen Schmerzes, den er so lange mit sich getragen hatte, war es nun ein vertrautes Gefühl von Traurigkeit, das hin und wieder unerwartet in ihm aufwallte. Er zwang die Erinnerungen beiseite.

Er hatte keine Zeit, sich in altem Bedauern zu suhlen. Dieses ganze Chaos hatte seine Organisation Millionen gekostet, und das nur, weil irgendein Perverser ein Kind ficken wollte. Dieser Idiot sollte sich einfach in ein Flugzeug nach Thailand oder Indonesien setzen, irgendwohin, wo das Leben billig war, und es einen Überschuss an jungen Mädchen gab. Er ignorierte den Teil von sich, der vor diesem Gedanken zurückschreckte. Damit verdienten sie ihr Geld, und es war besser, als mit Drogen zu handeln, was früher die Spezialität seines Onkels gewesen war.

Sein E-Mail-Programm pingte auf. Noch mehr schlechte Neuigkeiten. Das FBI hatte eine ihrer Spielhöllen in Boston gestürmt und mehrere Leute verhaftet, einschließlich Charlie Lee und Ray Tan.

Er fluchte.

Anders als die meisten Leute in den USA kannten Ray und Charlie die richtigen Namen der Männer, die die Operation in den Staaten leiteten. Und die richtigen Namen konnten die Behörden zum Dragon-Devils-Clan führen.

In den letzten zehn Jahren hatten die Devils heimlich ihre Operationen ausgeweitet, bis es die größte Organisation ihrer Art weltweit war. Und jetzt wurde ihre gesamte Organisation bedroht, dank der Entführung eines kleinen Mädchens.

Bullen und Bundesagenten umzubringen, war ein Fehler gewesen, und das hatte er seinem Cousin direkt nach der Explosion lautstark mitgeteilt. Wenn das FBI jemals herausfinden sollte, wer dafür verantwortlich war, würden sie sie mit der gleichen Unnachgiebigkeit verfolgen wie die Drogenkartelle in Kolumbien oder Bin Laden. Er wollte auf keinen Fall auf der Fahndungsliste des FBI landen.

Vielleicht war es an der Zeit, sich für eine Weile von ihren Geschäften zurückzuziehen. Die Bullen kamen ihnen zu nah.

Er verließ sein Büro mit den hochmodernen Rechnern und ging den Flur hinunter zum Schlafzimmer seines Onkels.

Es war früh am Morgen, aber der alte Mann schlief so gut wie nie.

In der Zimmertür verneigte er sich kurz. Der Bodyguard seines Onkels richtete sich auf.

„Sind sie wieder draußen?", fragte sein Onkel mit seiner tiefen, rauen Stimme.

Andrew hob den Kopf. „Nein, Onkel, aber sie sind in Sicherheit. Fürs erste." Sie hatten sich in einer Doppelhaushälfte verkrochen, die der Familie gehörte, und die eine angrenzende Garage hatte. Die Polizeipräsenz und das Interesse der Presse waren so enorm, dass sie entschlossen hatten, zu warten, bevor sie die Grenze überquerten. Andrew arbeitete an einem Weg, sie außer Landes zu bringen, ohne dass jemand ihre Papiere oder biometrischen Daten kontrollierte.

„Aber wir haben ein weiteres Problem." Er berichtete ihm, dass die Behörden herausgefunden hatten, wie er in ihre Systeme gekommen war, und von der Razzia in dem illegalen Casino. „Zwei unserer Leute wurden verhaftet. Das FBI ist kurz davor, herauszubekommen, wer hinter der Sache steckt. Ich denke, wir sollten zu einem anderen Standort aufbrechen, für den Fall, dass sie einen Durchbruch haben. Wir müssen die Füße stillhalten, bis sie andere Sachen finden, mit denen sie sich die Zeit vertreiben können."

Der alte Mann starrte ihn mit seinen beunruhigenden schwarzen Augen an. Andrew wusste es besser, als dem Blick auszuweichen oder Schwäche zu zeigen. Sein Onkel verabscheute Schwäche.

„Die anderen Niederlassungen sind alle verlegt?"

„Sobald wir von der Explosion gehört hatten, Onkel."

Die Explosion war Mae Kwons Idee gewesen, nachdem

das griechische Mädchen entkommen war. Ein absolut schonungsloser Geniestreich, von dem er bezweifelte, dass sie je damit gerechnet hatte, ihm selbst zum Opfer zu fallen. Wenn es seine Entscheidung gewesen wäre, hätte er die Frauen leben lassen und wäre abgehauen. Nichts befeuerte amerikanische Inbrunst so effektiv, wie ein Angriff auf ihr Militär oder ihre Strafverfolgungsbehörden auf eigenem Boden.

Sein Onkel nickte. „Ich will, dass dieses Chaos aufgeräumt wird. Ich will, dass mein Sohn nach Hause kommt. Kümmere dich um alle losen Enden."

Andrews Augen weiteten sich, aber wagte es nicht, dem Mann zu widersprechen.

„Und ja, es ist an der Zeit, umzuziehen. Wir waren schon zu lange hier. Leite alles in die Wege. Wir sollten es uns nie zu bequem machen."

Andrew verneigte sich, versteckte ein Lächeln.

Sie besaßen mehrere Inseln und viele große Anwesen. Sie hatten eine ganze Armee an Wachen, auch wenn er sie nicht einem Test gegen die Special Forces unterziehen wollte. Zu viele Leute könnten in dem Kreuzfeuer umkommen, und Andrew hatte nicht vor, einer davon zu sein. Er war kein Feigling, aber er hatte furchtbare Angst davor, zu sterben. Albern, eigentlich. Es war ja nicht so, dass er es für immer vermeiden konnte.

„Ja, Onkel."

„Du bist ein sehr guter Neffe, Andrew."

„Ich bin dein treuer Diener, Onkel." Andrew wand sich zum Gehen, als Yu Changs nächsten Worte ihn erstarren ließen.

„Schick mir das Mädchen."

Andrew zwang ein eiskaltes Lächeln auf die Lippen. „Mädchen, Onkel?"

Der Mann lachte in sich hinein, es klang wie eine Rassel, die in seinem Brustkorb steckte.

„Das Mädchen, das dir das Bett wärmt. Ich glaube, sie muss sehr gut sein, wenn sie so oft zu dir kommt." Sein Onkel blickte ihn prüfend an – als ob Andrew seine Loyalität zu dem Mann nicht schon tausend Male bewiesen hätte. Er versteckte seine Verzweiflung hinter einer noch tieferen Verneigung. Er hatte so sehr darauf geachtet, seine Zuneigung zu Lily zu verstecken, aber sein Onkel wusste über alles Bescheid, was in ihrer Welt vor sich ging. Andrew verließ das Schlafzimmer und eilte an seinem Büro vorbei und durch die Wohnräume hindurch bis zur Küche. Die Frauen erstarrten, als sie ihn sahen, alle, bis auf Lily, die ihn zurückhaltend anlächelte, ihre Augen weich mit etwas, das Liebe sein mochte.

Er zwang sich, im Türrahmen stehenzubleiben, und sagte scharf: „Lily. Mein Onkel will dich sehen."

„Mich?" Sie hatte eine wunderschöne Stimme. Weich und sanft wie ein Flüstern auf warmer Haut. Nun zersplitterte sie vor Angst.

Die anderen Frauen in der Küche warfen sich mit großen Augen aufgeregte Blicke zu. Niemand verweigerte Yu Chang den Gehorsam. Nicht einmal sein geliebter Neffe. Andrews Augen fuhren über ihren zierlichen Körper, und was noch von seinem Herzen übrig war, zerbrach in tausend Stücke. Wenn der Mann herausfinden sollte, wieviel sie Andrew bedeutete, würde er sie umbringen.

„Lass ihn nicht warten", blaffte er, als die Stille länger andauerte, als er ertragen konnte.

Er ignorierte ihren tränenverhangenen Blick und begann,

die Befehle zu erteilen, alles für den Umzug vorzubereiten. Lily lebte auf der Insel, sie würde also nicht mitkommen. Je schneller sie abreisten, umso sicherer wäre sie.

Stunden später drang ihr Schluchzen an sein Ohr, als sie im Flur an seinem Zimmer vorüberging. Er setzte seine Kopfhörer auf und drehte die Musik lauter. Er hätte es besser wissen sollen, als sein Herz an etwas so verletzbares zu verlieren, wie an eine Frau.

ALS LUCAS ENDLICH mit Ashley das FBI-Büro verließ, war es fast Mitternacht, und keiner von beiden hatte seit Stunden mehr als einen Müsliriegel gegessen. Sie hatten jeden aus dem illegalen Casino befragt und sie zum Schwitzen zurück in die Zellen geschickt. Lucas hatte den stahlharten Agenten gegeben, aber es war scheinbar vor allem Ashleys Gegenwart gewesen, die sie aus dem Konzept gebracht hatte. Vielleicht war es die Tatsache, dass sie ihre Sprache sprach, die sie so abschreckend gefunden hatten. Ein paar von ihnen hatten sie beleidigt, aber sie hatte zurückgeblafft, und was auch immer sie ihnen gesagt hatte, hatte sie zum Schweigen gebracht. Sogar die Dolmetscherin war ein bisschen blass geworden.

Ashley Chen war eine ganz eigene Marke von Einschüchterung, und es gefiel ihm, dass sie sich von niemandem herumkommandieren ließ.

Ray Tan hatte kein Wort gesagt. Er hatte Lucas angestarrt, als ob er ein toter Mann wäre. Er hatte ihm den Gefallen zurückgezahlt, sich aber Mühe gegeben, Mr. Tan nicht anders als die anderen Verdächtigen zu behandeln, auch wenn er wusste, dass dieser Typ ein lügendes Stück Scheiße war.

Lucas' Magen knurrte, als sie auf den Bürgersteig traten. Der Schneematsch hatte sich schon vor Stunden in Eis verwandelt und machte die Straße zu einer tückischen Schlitterbahn. Februar war definitiv der Monat, den er am wenigsten mochte.

„Hast du Hunger?", fragte er.

Ashley blinzelte ihn an, offensichtlich ganz in Gedanken versunken. „Ja." Sie klang überrascht.

„Es gibt ein Diner, nicht weit entfernt, es sei denn, du willst dir einfach was vom Zimmerservice kommen lassen, wenn du im Hotel bist?" Er persönlich konnte den Hotelfraß nicht mehr sehen, und er wollte etwas Zeit haben, um runterzukommen.

„Diner klingt gut."

Sie liefen zwei Straßenblocks nach Süden. Die Bürgersteige waren gestreut worden, waren aber immer noch glatt. Ashley rutschte aus, und er griff nach ihrem Arm, versuchte, ihr nicht zu nahezukommen, obwohl sie zu berühren nur den Wunsch in ihm schürte, sie noch fester zu halten.

Aus dem kleinen, familienbetriebenen Diner fiel warmes Licht auf die Straße. Er hielt ihr die Tür auf, und sie fanden ein Separee in der Ecke. Ein Gast saß am Tresen, ein weiteres Pärchen hielt am anderen Ende des Raums Händchen. Lucas bestellte Wasser und wünschte sich eigentlich ein Bier. Ashley bestellte eine Cola light. Die Gerüche, die aus der Küche kamen, waren keine Haute Cuisine, aber sie ließen ihm das Wasser im Mund zusammenlaufen. Es war schon zu lange her, seit sie ihr Mittagessen hatten ausfallen lassen müssen.

Nachdem sie bestellt hatten, rutsche Ashley auf der Bank in seine Richtung, bis sie neben ihm saß. Sie beugte sich zu ihm, damit niemand sie hören konnte. „Was passiert morgen?“

Die Wärme ihrer Beine so nah bei ihm ließ ihn wünschen, sie würden nicht an einem Fall arbeiten.

„Fuentes und ich werden den ganzen Tag in einem Überwachungswagen zubringen und Mr. Tan beschatten. Es gibt noch vier weitere Überwachungsteams an verschiedenen Standorten.“

Sie zog die Mundwinkel nach unten. „Warum bin ich nicht in dem Wagen?“

Die Vorstellung, so lange auf so engem Raum mit Ashley zusammenzusitzen, ließ allerhand erfreuliche Gedanken in ihm aufkeimen, und kein einziger davon hatte mit der Verfolgung von Straftätern zu tun. „Sloan hat entschieden, dass du der Ermittlung mehr helfen kannst, wenn du ein bisschen in der Elektronik herumschnüffelst.“ Er wünschte, er könnte sie darum bitten, Beccas Mutter ausfindig zu machen, aber Sloan hatte ihm strengstens befohlen, niemand anderen einzuweihen. Er hatte noch nicht einmal die Zeit gehabt, überhaupt damit anzufangen, nach dieser Frau zu suchen.

„Sprich mit den Freaks aus der Zentrale, ob sie das Handy von Mae Kwon schon knacken konnten.“ Er war überzeugt, dass dieses Gerät eine Goldgrube an Informationen bereithalten würde, wenn sie dieses Scheißteil nur knacken konnten.

Sie nickte knapp. „Mache ich.“

„Und wenn sie kein Interesse daran haben, ihre Funde zu teilen, schau nach, ob du herausfinden kannst, wie die Gang ihre Klienten gefunden hat oder wie sie bezahlt haben.“

„Die erste Regel in jeder Ermittlung – folge dem Geld. Ich spreche mit dem Finanzforensiker und finde heraus, wie weit er ist.“

Ihr Essen kam, zweimal das komplette Frühstück. Keiner von ihnen sprach, bis sie ihre Teller leergeputzt hatten.

Schließlich wischte er sich den Mund mit seiner Serviette ab. „Hat Alex schon was Neues herausgefunden?"

Etwas in ihren Augen veränderte sich. Die Antipathie zwischen den beiden war greifbar.

„Ich habe nicht mit ihm gesprochen, aber Mal sagt, er hat fünf weitere mögliche Standorte aufspüren können und die Informationen jeweils an die örtlichen Polizeibehörden geschickt. Ersten Hinweisen nach sind die Typen schon über alle Berge. Er schaut sich die Handydaten an, aber er kann die Handynummern unserer drei flüchtigen Täter nicht isolieren, weil die Bevölkerungsdichte in dem Teil der Stadt einfach irre hoch ist. Er erstellt eine Liste mit möglichen Freiern, indem er die Nummern nutzt, die sich wiederholt in der Nähe des Bordells eingewählt haben. Er meint allerdings, dass er nicht ausschließen kann, dass Leute, die dort in der Nähe leben oder arbeiten, ebenfalls den gleichen Mobilfunkturm nutzen und auf der Liste landen, genau wie die, die möglicherweise in öffentlichen Verkehrsmitteln saßen, die die Gegend nur durchquert haben. Aber er meint, dass gewisse Regelmäßigkeiten dabei helfen könnten, Leute auszuschließen, und uns eine kleinere Liste ausspucken, mit der wir arbeiten können."

Lucas nickte beeindruckt. „Das ist immerhin besser, als die gesamte männliche Bevölkerung von Boston und aus den angrenzenden Gebieten, was momentan unser Pool an Verdächtigen ist." Sie hatten eine kleine, aber stetig wachsende Liste an Freiern, die sie anhand der Überwachungsaufnahmen identifizieren konnten. Irgendjemand musste anfangen, zu reden. Sie mussten diese Wichser finden.

Die weiche Haut an ihrem Hals kräuselte sich, als sie schluckte. „Ich habe schon damit angefangen, auf den Darknet-Märkten danach zu suchen, wie sie ihre Ware angepriesen haben", gab sie zu.

„Ich dachte, das wäre unauffindbar?", fragte er erstaunt.

Sie warf ihm einen Blick zu. „Nichts ist unauffindbar, vor allem, wenn dafür bezahlt wurde, aber das heißt nicht, dass es einfach ist. VPN und Cloaking werden immer häufiger, selbst, wenn man keinen Onion-Server benutzt."

Es war, als ob sie eine andere Sprache sprach. Er verstand Menschen und soziale Manipulation, und er verstand die Gefahren der Cyberkriminalität, nicht aber die Mechanismen, die dahintersteckten.

Er bedeutete der Kellnerin, dass sie zahlen wollten. „Wo hast du Chinesisch gelernt?"

Ashley wischte sich gründlich den Mund ab. „Meine Mutter kam aus Hongkong und hat Kantonesisch mit mir gesprochen, als ich klein war." Sie zuckte mit den Schultern. „Ich spreche es ein bisschen, aber das meiste habe ich vergessen."

„Du sprichst genug, um einigen der Idioten heute einen riesigen Schrecken einzujagen."

„Ich habe ihnen nur gesagt, dass sie mir besser nicht das Leben schwermachen, oder ich hetzte ihre Ahnen auf sie." Ihre Augen funkelten amüsiert, aber sie waren müde. „Warum bist du FBI-Agent geworden?", fragte sie ihn.

Er schob seinen leeren Teller zur Seite. „Als Mallorys Schwester, Payton, entführt wurde, hat das unser aller Leben vollkommen auf den Kopf gestellt. Jeder war ein Verdächtiger, und alle hatten Angst, ihre Kinder aus den Augen zu lassen. Ich erinnere mich, wie das FBI zu uns kam und meine Eltern zu den Rooneys befragte. Sie haben nach Paytons Eltern gefragt, und ob meine Eltern ihnen zutrauen würden, ihr etwas angetan zu haben. Ich dachte, sie müssten bescheuert sein, die Eltern überhaupt zu verdächtigen." Seine Lippen verzogen sich in ein breites Grinsen. „Was beweist, wie wenig ich damals wusste." Im Großteil der Fälle waren Mordopfer und Mörder entweder miteinander verwandt oder in einer Beziehung.

„Sie haben sie nie gefunden", bemerkte Ashley.

Alter Zorn flammte in ihm auf und ließ seine Stimme hart werden. „Aber sie haben nie aufgehört, nach ihr zu suchen." Er hob den Kopf. „Wusstest du, dass der Payton-Rooney-Fall einer von Frazers ersten Ermittlungen war?"

Ihre Augen wurden groß, und sie schüttelte den Kopf. „Das erklärt, warum er so auf Mallory aufpasst."

Lucas fragte sich das oft selbst. Frazer, Mallory und Alex kannten sich noch nicht so lange, aber sie waren wie Pech und Schwefel. „Ich glaube, es hat damit zu tun, dass Mallory den Mörder ihrer Schwester konfrontiert hat."

„Sie ist dabei fast umgekommen", sagte Ashley ernst.

Die Tatsache, dass Mallory rücksichtslos einen Serienmörder verfolgt hatte, den kranken Bastard so lange angestachelt hatte, bis er auf sie Jagd gemacht hatte, hatte jedem, der Mallory kannte, eine Heidenangst eingejagt. Aber Lucas verstand, was es für sie bedeutet hatte, und wie lange und unablässig sie nach Antworten gesucht hatte. Manchmal konnten Menschen nicht nach vorne schauen, bis sie sich ihrer Vergangenheit gestellt hatten. Und sie hatte die Unterstützung von Alex und Frazer gehabt. Er würde fraglos jederzeit auf diese beiden Kerle wetten, statt auf einen Perversen, der kleine Mädchen angriff.

„Also bist du zum FBI gegangen, um Payton Rooney zu finden?"

Als sie es so sagte, klang es albern.

„Und weil FBI-Agenten eine Waffe tragen dürfen, ohne so eine dämliche Uniform anziehen zu müssen." Er zuckte mit den Schultern. Es war ihm unangenehm, über seine Gefühle zu sprechen. „Nachdem ich die Armee verlassen habe, wollte ich weiterhin meinem Land dienen. Das erschien mir als gute Möglichkeit."

„Danke für deine Dienste." Ihre kohlschwarzen Augen schauten ihn einen Augenblick lang an, und sein Hals zog sich zusammen.

Für gewöhnlich nickte er einfach und versicherte der Person, dass es gern geschehen sei, aber das hier schien bedeutsamer. Ihre Worte vermittelten Gehalt und Aufrichtigkeit.

„Danke für deine Dienste."

Sie zuckte mit den Achseln. „Ich bin nur ein Computer-Freak."

„Du bist FBI-Agentin."

Sie schüttelte den Kopf. „Was ich mache, ist nicht damit zu vergleichen, in den Krieg zu ziehen. Es hat vor allem damit zu tun, die eigene Haut zu retten, was das absolute Gegenteil von Dienen ist."

Sie wandte den Kopf ab, und der Moment war verflogen. Er war sich nicht sicher, ob er sie verstand, aber sie schien plötzlich ganz zerbrechlich, und er wollte sie nicht drängen. Ihre kleine Pause hatte seine Gedanken ruhiger gemacht, seinen Kopf runterkommen lassen. Sein Körper war ein anderes Thema.

„Ich mache mich auf zum Hotel." Sie zog ihren Mantel an,

ihre Bewegungen erschöpft und ruckartig.

Lucas kramte in seiner Tasche nach Geld, aber sie war schneller.

Sie lächelte, auch wenn sie offensichtlich erledigt war. „Ich zahle."

„War das auch für dich seit langem wieder sowas wie ein Date?" Auch wenn er einen Witz machte, erfüllte die Erinnerung an ihr Aufstöhnen in der Dunkelheit seine Gedanken.

„Nicht ganz." Ihre Wangen wurden rot.

Sie liefen zum Hotel zurück, passten auf, sich nicht versehentlich zu berühren, und fuhren schweigend im Fahrstuhl in den achten Stock. Keiner von beiden sprach, als sie auf ihr Zimmer zugingen, aber die Spannung zwischen ihnen war unglaublich aufgeladen.

Er hielt an, als sie vor ihrer Tür stoppte, und sie schaute ihn mit prüfenden Augen an, die ihn gleichzeitig zu locken und zu warnen schienen.

Sie waren endlich zu einer Übereinkunft gekommen. Sosehr er sie auch küssen wollte, sosehr er noch so, so viel mehr mit ihr machen wollte, er konnte es nicht riskieren, die produktive Arbeitsbeziehung zu ruinieren, die sie mittlerweile aufgebaut hatten. Und auch sie würde es nicht riskieren.

Er fuhr mit seinen Fingern über ihre Wange. „Gute Nacht, Ash."

Er zwang sich, seine Hand fallen zu lassen, auch wenn er nichts lieber wollte, als sie in ihren Haaren zu vergraben und sie an sich zu ziehen.

„Nacht, Lucas." Sie öffnete die Tür und schlüpfte lautlos hinein.

Lucas starrte auf die geschlossene Tür, verfluchte sich

dafür, sie gehen gelassen zu haben, wusste aber andererseits nur zu gut, dass es einfach nicht der richtige Zeitpunkt war. Ihre glutheiße Begegnung gestern Nacht hatte in ihm die Lust nach mehr geweckt. Trotz Alex' Warnung faszinierte Ashley Chen ihn, sowohl auf körperlicher als auch auf intellektueller Ebene. Es war vielleicht nicht der richtige Zeitpunkt, um über eine Beziehung nachzudenken, aber die Vorstellung, sie davonziehen zu lassen, ohne sie richtig kennenzulernen, fühlte sich verkehrt an.

Aber vielleicht machte er sein sexuelles Verlangen auch nur zu einer größeren Sache, als es war. Er wollte sie, und sie schien ihn auch zu wollen.

Und keiner von beiden würde dem Verlangen verdammt noch mal nachgeben, denn ihr Job stand an erster Stelle. Er drehte sich um und ging zu seiner Suite, wusste, dass ihn eine eiskalte Dusche erwartete.

ELFTES KAPITEL

UM NEUN UHR am nächsten Morgen stolperte Ashley aus dem Bett, fluchend wie ein Droschkenkutscher, dem seine wohlverdiente Pause zwei Stunden später wieder weggenommen wurde, als er sich schon mitten in einem dringend benötigten Besäufnis befunden hatte. Der Wecker auf ihrem Handy hatte nicht geklingelt, und Mallory hatte sie nicht geweckt. Ashley riss sich das Nachthemd herunter und sprang unter die Dusche, schnappte nach Luft, als das kalte Wasser auf ihre warme Haut prasselte. Sie korrigierte die Temperatur und schrubbte sich die schlaflose Nacht aus dem Körper.

Das war das Problem daran, ein Computerfreak zu sein. Vier Uhr morgens mochte der perfekte Zeitpunkt dafür sein, im Darknet herumzuschleichen und nach Spuren zu suchen, aber es machte es leider etwas schwierig, pünktlich um neun zur Arbeit zu erscheinen.

Sie putzte sich die Zähne, während sie in ihre Hose schlüpfte, und spuckte ins Waschbecken aus. Sie hatte gestern Nacht nichts erreichen können. Hatte nur eine deprimierend große Anzahl an Seiten durchforstet, die Sex verkauften. Allein in den USA gab es eine erschütternde Anzahl davon.

Ironischerweise lebte und gedieh das Darknet im Tor-Browser. Tor war von Bundesbehörden als ein sicheres

Netzwerk für Regierungen und Dissidenten weltweit entwickelt und finanziert worden. Der Browser ermöglichte es, die eigene Identität und den Standort des Servers zu maskieren. Was alles schön und gut sein mochte, wenn man versuchte, einen Stalker abzuhängen oder einen regierungskritischen Blog veröffentlichen wollte, der einen in dem jeweiligen Land schnell den Kopf kosten konnte. Allerdings war es nicht mehr so großartig, wenn der Spieß umgedreht wurde, und das FBI seinerseits versuchte, jemanden zu schnappen, der – beispielsweise – Sex mit Kindern an Pädophile verkaufte.

Sie kontrollierte ihre Glock 27 und ihre Ersatzwaffe, dann zog sie ihren Blazer an. Illegaler Sexhandel war ein riesiges Geschäft, mit geschätzten 600.000 bis 800.000 Opfern jährlich, die über die Grenzen geschmuggelt wurden. Es war die am schnellsten wachsende Branche in der kriminellen Welt, mit geschätzten Profiten von über einer Milliarde Dollar. Aber die Tatsache, dass es ein so weitverbreitetes Geschäft war, bedeutete nur, dass es noch schwerer war, einzelne Organisationen aufzuspüren. Ashley hatte eine Suchmaschine benutzt, die vom Verteidigungsministerium in seiner Abteilung für Forschungsprojekte zu Verteidigungszwecken entwickelt worden war, um sich durch die versteckten Seiten zu bewegen und sie später zu sichern, aber es würde Zeit brauchen, um diese Leute zu finden, vor allem, da sie ihre ursprünglichen Geschäftsseiten gelöscht hatten.

Lucas, Fuentes und die anderen Beamten des Überwachungsteams hatten bessere Chancen, die Täter durch gute alte Polizeiarbeit zu finden, als sie damit, den Cyberspace zu durchkämmen.

Sie war froh, dass sie nicht bei der Überwachung dabei

sein musste. Zum einen erwies sich Lucas Randall als ausgesprochen nachteilig für ihre guten Vorsätze, und das konnte sie sich einfach nicht erlauben. Zum anderen begann die Verbindung des Falls zu den Chinesen sie ernsthaft zu beunruhigen. Es mochte vielleicht 1,4 Milliarden Chinesen auf der Welt geben, und es mochten auch hunderte von Tong und Triaden-Gruppierungen existieren, aber die Komplexität des Netzwerkes, die unglaubliche Angst, die die Täter schürten ...

Nein.

Es konnte einfach nicht sein.

Es hatte im letzten Jahrzehnt keinen einzigen belegbaren Hinweis auf sie gegeben.

Für ihren eigenen Seelenfrieden musste sie sich weiter im Schatten bewegen und keine Aufmerksamkeit auf sich ziehen – ein weiterer Grund dafür, weshalb sie Lucas Randall meiden sollte. Er hatte keine Witze gemacht, als er ihr erzählt hatte, er wäre stinkreich. Sie hatte sich im Internet über ihn informiert, und der Kerl war vermögend in der Art, dass er beim Kentucky Derby mit der Hautevolee abhing. Seine Eltern besaßen sogar Rennpferde, zum Geier noch mal. Eine seiner Schwestern war mit einem verdammten Senator verheiratet.

Ashley wollte einfach nur ihre Arbeit machen. Sex wäre hin und wieder natürlich schön, aber nicht entscheidend. Es war ein biologisches Bedürfnis, das gestillt werden wollte. Eine Schwäche, der sie im Augenblick nicht nachgeben konnte. Vielleicht würde sie sich einen heißen Typen aus der Geiselbefreiungstruppe suchen, wenn sie wieder zurück in Quantico war, und ihn abschleppen.

Sie nickte ihrem blassen Spiegelbild ernst zu und ignorierte die Tatsache, dass sie todtraurig aussah.

Sie würde als einsame alte Schachtel enden, aber das war

besser, als rücksichtslos und letztlich tot zu sein, oder schlimmer noch – den Tod anderer Menschen zu verschulden. Sie griff nach ihrem Laptop und ihrem Mantel, denn obwohl die Sonne schien, sah es draußen eisig kalt aus. Der Februar in Boston war brutal.

Ashley nahm die Treppe zur Lobby hinunter, um wenigstens ein bisschen Bewegung zu bekommen. Auf der Straße blickte sie sich um. Es war immer ratsam, vorsichtig zu sein, aber Lucas hatte sie übermäßig misstrauisch gemacht. Auf der Straße stieg ihr der Geruch von Kaffee in die Nase, der sie einen Umweg machen und einen Kaffee Latte mit extra Espresso und eine Banane, die schon bessere Tage gesehen hatte, holen ließ.

Sie hatte gerade die Bananenschale in einen Mülleimer geworfen, als sie Ärger erblickte. Ray Tan – der Fahrer von Mae Kwons Minivan und ein rundherum ekelhafter Typ – kam auf sie zu geschlendert. Sie hielt den Kopf gesenkt und beobachtete ihn durch ihre Wimpern hindurch, aber er hatte sie entdeckt.

Verdammt.

Sie wagte nicht, sich nach den Überwachungsteams umzuschauen oder nach Verstärkung zu rufen. Es war ihre Idee gewesen, den Kerl wieder auf freien Fuß zu setzen, und sie würde es nicht ruinieren, indem sie den Idioten direkt wieder verhaftete.

Er kam direkt auf sie zu, und sie sah sich gezwungen, stehenzubleiben, um nicht mit ihm zusammenzustoßen.

„Entschuldigen Sie." Sie hob ihr Kinn und sprach so eisern sie nur konnte.

„Warum arbeiten Sie fürs FBI?" Als sie versuchte, an ihm vorbeizukommen, trat ihr in den Weg.

Sie legte ein kühles Lächeln auf, weigerte sich, ihm auch nur einen Hauch ihrer Angst zu zeigen. „Wie ich sehe, hat man Sie gehenlassen, Mr. Tan. Ich schlage vor, Sie machen mir jetzt Platz, wenn Sie weiterhin auf freiem Fuß bleiben wollen. Ansonsten eskortiere ich Sie natürlich sehr gerne zurück auf die Wache und verhafte Sie dafür, eine FBI-Agentin bei der Ausübung ihrer Pflicht behindert zu haben."

Er neigte den Kopf, und seine nächsten Worte ließen ihr das Blut in den Adern gefrieren. „Lustig, Agent Chen, aber Sie sehen einem Freund von mir zum Verwechseln ähnlich."

„Sie können uns also auch nicht auseinanderhalten?", warf sie ihm verächtlich vor, obwohl ihr Herz sich so sehr zusammenzog, dass es schmerzte.

„Im Gegenteil." Seine Augen verweilten auf ihren Gesichtszügen, dann musterte er langsam ihren Körper. Widerling. „Ich kann mir Gesichter sehr gut merken."

„Und trotzdem hatten Sie uns während des Verhörs gestern Abend erstaunlich wenig zu erzählen. Jetzt sind sie plötzlich viel gesprächiger. Wollen Sie mit reinkommen und eine Aussage machen?"

Seine Augen wurden schmal und sie sah die Brutalität, die er zurückhielt – das fehlende Mitgefühl für andere Menschen. Er war kein guter Mann. Er war ein Krimineller, der keine Skrupel hätte, sie zu entführen, zu vergewaltigen, zu verkaufen oder sie umzubringen, wenn er nur glaubte, damit durchzukommen. Ihr Lächeln war auf ihrem Gesicht eingefroren und ihre Hand lag auf ihrer Waffe. Sein Blick folgte ihrer Bewegung, und diesmal ließ er sie passieren.

„Wir werden uns wiedersehen, Agent Ashley Chen", rief er ihr hinterher.

Sie ging rückwärts weiter, um ihm nicht den Rücken

zuwenden zu müssen. „Oh, darauf können Sie sich verlassen, Mr. Tan." Sie wollte eine weitere schneidende Bemerkung hinterher schleudern, aber ein sportliches Motorrad mit einem Beifahrer im Sozius hielt neben dem Bürgersteig an und lenkte ihre Aufmerksamkeit auf sich. Die beiden Biker trugen Helme mit getönten Visieren. Plötzlich erinnerte sie sich an ein ähnliches Motorrad, das gestern in der Straße neben dem zerstörten Bordell an ihr vorbeigefahren war.

Der Mann im Beiwagen zog eine Pistole aus seiner Jacke.

„Schusswaffe!", schrie sie und zog ihre eigene Pistole. Das massive Schaufenster hinter ihr zersplitterte in tausend Scherben, die auf den Bürgersteig regneten. Die Passanten schrien und rannten davon. Eine Frau mit einem Buggy stand zwischen ihr und dem Motorrad.

„Auf den Boden!", rief Ashley. Ray Tan lag auf dem Gehweg, Blut quoll aus einem Loch in seiner Brust.

Das Motorrad fuhr an. Ashley zielte und nahm es ins Visier. Sie feuerte einen Schuss ab und die Kugel streifte den Beifahrer am Arm. Er erwiderte das Feuer nicht. Stattdessen presste er die Hand auf seinen verletzten Arm und starrte sie über seine Schulter hinweg an, während der Fahrer sich durch den Verkehr schlängelte und davonraste. Es gab zu viele umstehende Personen, die ins Kreuzfeuer geraten würden, und sie wagte nicht, noch einen Schuss abzugeben.

Zitternd kniete sie sich hin und krabbelte zu dem Mann, der verblutend auf dem Boden lag. Sie hörte Schreie und Rufen, während die Menschen um sie herum panisch umherliefen und vermutlich glaubten, es handele sich um einen Terroranschlag, statt um ein Attentat.

Sie zog ihren Mantel aus, dann ihren Blazer, den sie zusammenknüllte und fest auf die klaffende Wunde im

Brustkorb des Mannes drückte. Ashley wusste, dass die anderen Agenten schon reagiert und einen Rettungswagen und Verstärkung angefordert haben würden.

Ray Tan öffnete die Augen und röchelte. Seine Augen schienen in weite Ferne zu blicken, als er sie anschaute. Ein amüsiertes Funkeln legte sich in seinen Blick, und er flüsterte mit lautloser Stimme, die über den Verkehr kaum zu hören war. „Sie suchen nach den Dragon Devils und sehen doch genau wie einer von ihnen aus", sagte er auf Kantonesisch.

Das Blut stürzte Ashley aus dem Gesicht. „Wer?", drängte sie ihn. „Was haben Sie gesagt?"

Aber er antwortete nicht mehr. Seine Augen rollten zurück in seinen Kopf, und sein ganzer Körper wurde schlaff. Jemand griff nach ihr und zerrte sie davon, während andere Agenten angestürzt kamen und mit der Wiederbelebung begannen, aber Ray Tans Blut war schon fast vollkommen im Bostoner Beton versickert, und Ashley war in ihrem Leben schon oft genug dem Tod begegnet, um seinen unbarmherzigen Griff zu erkennen. Ihr Innerstes fühlte sich an, als ob es zusammenzubrechen würde. Ihre Knie gaben nach, und sie spürte, wie sie von starken Armen aufgefangen wurde.

Lucas.

Er trug sie fort von dem Chaos der Schießerei, lehnte sie an ein anderes Schaufenster, suchte sie nach Verletzungen ab. Glassplitter klebten an ihren Knien und Handflächen und die kleinen Schnitte bluteten unaufhörlich. Aber sie war nicht angeschossen worden.

„Ashley, komm zu dir. Bist du angeschossen worden?", fragte Lucas drängend.

Sie schüttelte sich aus ihrer Benommenheit und bemerkte,

dass er die ganze Zeit mit ihr gesprochen hatte.

„Ich bin okay." Sie blinzelte den Schock fort und besann sich auf ihr Training. Sie klopfte die Glasscherben von ihren Anziehsachen und zupfte eine Scherbe aus ihrem Daumen. „Wirklich, Lucas, es geht mir gut." Ihre Stimme klang heiser, atemlos, als ob sie gerannt wäre. „Als das Motorrad ankam, fiel mir ein, dass ich es schon einmal gesehen habe – in der Nähe des Bordells, kurz bevor wir in den Wohnblock gegangen sind und Susan Thomas' Leiche gefunden haben."

Lucas' Augen waren fast schwarz, als er sie anschaute. Ashley blickte sich um und sah, wie die Rettungssanitäter sich um Ray Tan bemühten. Falls sie nicht wussten, wie man Tote zum Leben erweckte, verschwendeten sie hier ihre Zeit.

„Was hat er dir gesagt?"

„Wer?" Sie blinzelte ihn an, Furcht krallte sich mit eiserner Hand an ihr Herz. Die Dragon Devils waren die bösartigste, gnadenloseste und am schwersten greifbare aller chinesischen Gangs. Sie hatte gedacht, dass sie ihre Operationen vor mehr als einem Jahrzehnt eingestellt hatten. Sie hatte geglaubt, sie wären alle tot.

„Ray Tan. Es sah aus, als hätte er etwas zu dir gesagt, bevor er das Bewusstsein verloren hat."

Er hatte nicht das Bewusstsein verloren. Er war gestorben, aber niemand war bereit, das zu akzeptieren. Ashley befreite sich aus Lucas' Griff und bemühte sich, auf ihren eigenen zwei Beinen zu stehen. Sie konnte nicht fassen, dass sich ihr Leben gerade unwiderruflich auf den Kopf gestellt hatte, und dennoch alles so aussah, wie immer. Derselbe Himmel, dieselbe Straße, derselbe attraktive FBI-Agent, der in ihr das Verlangen nach mehr emporsteigen ließ, als sie geben konnte. Sie musste weg hier, aber schreiend die Straße hinunter zu rennen, würde vermutlich zu viel Aufmerksamkeit auf sie ziehen.

„Was hat er dir gesagt, Ash?"

Sie kam zu sich. „Er hat gesagt, ich bin eine Hure, weil ich für das FBI arbeite und ihn umgebracht habe." Sie schaute zur Seite, unfähig, Lucas' Blick zu erwidern, während sich ihre Augen mit Tränen füllten. Nicht, weil ein Mann umgekommen war, und sie sich auch dafür hassen würde. Sie hatte ihr Mitgefühl für Gangster und Kriminelle schon vor Jahren verloren, an diesem Strand in Thailand. Sondern, weil zum ersten Mal, seit sie zum FBI gegangen war, ihre Herkunft eine Ermittlung behinderte. Sie hatte gelogen, um ihre eigenen ruinösen Geheimnisse zu bewahren.

Jetzt musste sie einen Weg finden, damit klarzukommen, dass ihre schlimmsten Alpträume wahr geworden waren. Ihre Familie, die sie seit Jahren für tot gehalten hatte, war es, die hinter dem Menschenhändlerring steckte, und Ashley sah sich zu einer Wahl gezwungen. Würde sie ihren Job machen, einen Job, für den sie jahrelang trainiert und hart gearbeitet hatte und den sie mit jeder Faser ihres Herzens liebte, und dabei helfen, diese Bastarde ins Gefängnis zu bringen, wo sie hingehörten? Oder würde sie davonrennen und sich verstecken, wie die rückgratlose Sechzehnjährige, die sie einmal gewesen war?

Ihr Kopf schrie *lauf*, aber der warme Arm um ihre Hüfte verleitete sie zum Bleiben.

Blut tröpfelte ihre Hände und Knie hinunter, während sie zusah, wie die Sanitäter Ray Tan auf eine Trage hoben und ihn davonrollten. Alles, was ihr wichtig war, alles, wofür sie so hart gearbeitet hatte, stürzte gerade in sich zusammen. Eine weitere katastrophale Explosion. Ein weiteres zerstörtes Leben. Aber sie war die Einzige, die es sehen konnte. Sie war die Einzige, die davon wusste.

ALLE VORBEREITUNGEN, UM ihr Hauptquartier auf eine andere Insel zu verlegen, waren im Gange. Andrew hatte sein Computersystem zusammengepackt, um es mit dem nächsten Flug zu verschicken, bis auf seine Laptops, die er nicht aus der Hand gab, nie. Die Tatsache, dass Lily noch immer nicht bei ihm vorbeigekommen war, schmerzte. Sie musste doch sicherlich gewusst haben, dass er keine Wahl gehabt hatte? Alles, was er getan hatte, hatte er zu ihrem Schutz getan.

War sie wieder gezwungen worden, seinen Onkel zu besuchen? Oder hatte sie es womöglich genossen, mit einem der mächtigsten Gangsterbosse der Welt zusammen zu sein?

Sein Onkel war kein attraktiver Mann, aber Macht war ein gewaltiges Aphrodisiakum. Andrew hatte erlebt, wie die schönsten Frauen der Welt ihn und Brandon links liegen gelassen hatten, als ob sie kleine Jungs wären, um sich seinem Onkel zu Füßen zu werfen.

Galle stieg in ihm auf, und er musste schlucken, wusch den Geschmack mit einem Schluck Wasser hinunter. Man konnte Frauen nicht vertrauen. Sie betrogen und logen und taten so, als ob sie einen lieben würden, und dann trieben sie es mit dem halben Footballteam.

Aber Lily war anders.

Schweiß trat ihm auf die Stirn. Lily war still. Reizend. Unschuldig, bis er in ihr Leben getreten war. Sie lebte zusammen mit ihrer Mutter auf der Insel und hatte sein offensichtliches Interesse monatelang ignoriert, bevor sie überhaupt mit ihm gesprochen hatte.

Hasste sie ihn dafür, dass er sich nicht für sie eingesetzt hatte? Keinen Anspruch auf sie erhoben hatte? Wusste sie denn nicht, dass das den sicheren Tod bedeuten würde? Er musste so tun, als ob er sie nur für Sex benutzte, damit sein Onkel sie nicht als Bedrohung empfand.

Hatte er sie verloren?

Natürlich hatte er sie verloren.

Er stützte den Kopf in die Hände. Sie hatte gesagt, dass sie ihn liebte, aber er hatte es nicht erwidert. Er sagte es nie. Nicht mehr.

Als er herausgefunden hatte, wer sein Onkel wirklich war, war es ihm leichter gefallen, das Verhalten des Mannes nachzuvollziehen. Yu Chang hatte Stärke bewiesen. Er musste der unantastbare Herrscher der Organisation sein, vor allem jetzt. Andrew verstand das alles. Aber wie oft musste Andrew sich noch beweisen? Wie viele Frauen würde der alte Mann noch für sich einfordern? Und was würde geschehen, wenn Andrew jemals heiraten wollte? Würde sein Onkel darauf bestehen, auch mit ihr ins Bett zu gehen? Oder würde der alte Mann Andrews Braut selbst auswählen, um ihn zu kontrollieren?

Der Gedanke widerte ihn an. Er hatte vor langer Zeit gelernt, dass sein Überleben von seiner Loyalität für Yu Chang abhing, und er hatte sie ihm bedingungslos geschenkt. Aber die Vorstellung, jemanden zu heiraten, der ihm nichts bedeutete, nur weil sein Onkel es ihm befahl?

Bei dieser Vorstellung zog sich sein Magen zusammen.

Sie hatten ihn als Waisen aufgenommen, ihn geliebt, ihm unglaubliche Macht und Verantwortung übertragen. Nachdem er seine Eltern verloren hatte und nur wenig später

Jenny, hatte er die Geborgenheit gebraucht, irgendwo hinzugehören. Er hatte seine Großfamilie gebraucht, ganz egal, als wie illegal sich deren Geschäfte erwiesen hatten. Und mit den Jahren hatten auch sie begonnen, ihn zu brauchen. Ohne ihn könnten sie nicht existieren. Sie würden überhaupt nicht wissen, wo sie das gottverdammte Geld herkriegen sollten. Er hieb mit der Faust auf den Tisch und gab sich dem Schmerz hin, der von seiner Hand bis in den Ellenbogen schoss.

Sein Handy klingelte.

Brandon. Es war völlig egal, wie oft Andrew Brandon schon gesagt hatte, dass er sich zu unüberlegt verhielt, der Idiot machte einfach immer das, was ihm gerade einfiel. Und dennoch würde Andrew der Erste sein, dem die Schuld dafür gegeben würde, sollte Brandon erwischt werden, weil das FBI sein verfluchtes Handy überwacht hatte.

„Du solltest mich nicht anrufen", zischte er.

„Es ist wichtig. Ich glaube, ich habe was gesehen, als wir uns … um die losen Enden gekümmert haben." Brandon sagte das einfach so daher, als ob sie nicht davon sprachen, Menschen aus Fleisch und Blut umzubringen. Menschen, die treue Komplizen gewesen waren, bis die Umstände ihre Loyalität in Frage gestellte hatten.

Andrew hatte sich schon vor Jahren mit der Tatsache abgefunden, dass sein Cousin unmoralisch und abartig war. Die größere Überraschung war eigentlich, dass Andrew selbst halbwegs normal geblieben war.

„Bist du noch da, Andy?", fragte Brandon.

„Ja", fauchte er. Was zur Hölle wollte Brandon? Andrew tat alles nur Menschenmögliche, um Brandon und die anderen da rauszuholen, aber es war nicht einfach, war ihnen doch jeder Bulle und jeder Bundesagent auf den Fersen. Niemand wollte in die Probleme der Dragon Devils verwickelt werden. Und die Devils würden niemals preisgeben, wie dringend sie auf Hilfe angewiesen waren, aus Angst, dass andere Gangs ihre Schwachstellen entdecken und versuchen könnten, die Operationen an sich zu reißen.

„Du musst dich setzen", sagte sein Cousin ruhig.

Was zur Hölle hatte er denn jetzt wieder angestellt? „Spuck es einfach aus."

Er war vermutlich die einzige Person auf der Welt, die so mit Brandon sprechen konnte, aber sie waren schon mehr wie Brüder, als Cousins. Er hatte während einer der schlimmsten Naturkatastrophen der Weltgeschichte Brandons Leben gerettet. Dass sie das überlebt hatten, war ein Wunder gewesen. Tausend andere hatte nicht so viel Glück gehabt.

„Es gibt eine FBI-Agentin in Boston namens Chen. Sie war eine von den Leuten, die gestern das Casino hochgenommen haben, und hat sich heute Morgen in der Nähe von Ray Tan befunden, als die Schießerei stattgefunden hat. Sie hat mir einen Streifschuss verpasst, aber mir geht's gut."

„Sag mir nicht, dass du schon wieder einen verdammten Bundesagenten umgebracht hast?" Und dann auch noch eine Frau. Das ganze Land würde sich in Aufruhr befinden.

„Das meine ich nicht." Etwas wie Angst schwang in Brandons Stimme mit. Nichts, was Andrew für gewöhnlich mit diesem dreisten Hitzkopf verbunden hätte, nicht einmal, wenn der sich auf der Flucht befand.

„Ich hab' keine Zeit für Ratespielchen…"

„Die FBI-Agentin sah genauso aus wie deine kleine Schwester."

Andrew hatte das Gefühl, als ob ihm jemand in den Hals

geboxt hätte. Zorn wallte in ihm auf, Zorn, dass ihn jemand so zu Narren halten würde. „Jenny ist tot."

„Ich weiß, Bruder, ich weiß. Aber… sie sah dir so unglaublich ähnlich. Ich konnte sie mir nicht schnappen, weil alles voller Bullen war. Du solltest das überprüfen. Vermutlich ist es nur ein komischer Zufall, aber es hat dieser Schlampe heute das Leben gerettet."

Für gewöhnlich hätte Andrew die Augen verdreht oder seinen Cousin angeblafft, weil er so idiotisch gewesen war, auf FBI-Agenten zu schießen, aber es hatte ihm die Sprache verschlagen. Seine Schwester war tot. Sie war nur wenige Augenblicke nach einem furchtbaren Streit mit ihm umgekommen, und dafür hatte er sich nie vergeben können.

„Ich muss Schluss machen. Ich kann nicht glauben, dass ich immer noch hier feststecke. Fuck, Andy, hol mich verdammt noch mal aus diesem Drecksloch raus!"

„Ich arbeite dran", knurrte Andrew, als ob Brandon ihn nicht gerade in einen Alptraum von Wut und Trauer katapultiert hätte.

„Nutze einfach deine verrückten Computer-Ninja-Tricks, um diese Frau zu überprüfen. Vielleicht habe ich es mir ja auch nur eingebildet, oder sie sieht ihr einfach ähnlich. Wie auch immer. Aber es war gruselig, Bruder. Verflucht gruselig."

Andrew stieß einen heiseren Atem aus. „Okay. Schön. Leg auf und werde das verdammte Handy los, oder die Bullen werden dich aufspüren."

Er nahm einen weiteren Schluck aus seinem Wasserglas, konnte es aber kaum an seine Lippen heben, so sehr zitterten seine Hände.

Das war albern. Jenny war tot. Er stellte das Glas ab, dann startete er seinen Laptop und machte sich einen Plan, wie er diese Frau namens Chen am besten aufspüren konnte, ohne dass jemand mitbekam, dass er im System war. Er brauchte einen Beweis, dass diese FBI-Schlampe nicht seine geliebte Schwester war. Es war nicht Jenny. Es konnte einfach nicht Jenny sein.

ZWÖLFTES KAPITEL

„WAS ZUR HÖLLE ist da gerade passiert?" Sloan stand in der Tür zum Pausenraum und sah aus wie der Racheengel höchstpersönlich.

Lucas schüttelte nur den Kopf und trank einen großen Schluck Kaffee. Heute Morgen war er noch davon ausgegangen, den ganzen Tag mit Diego Fuentes zusammengepfercht in einem Überwachungswagen zu verbringen, aber das war eben das FBI – kein Moment Langweile, solange man den Papierkram nicht dazuzählte.

Es war ein Wunder, dass niemand sonst umgekommen war. Die Gefühle, die in ihm gewütet hatten, als der Schütze seine Waffe auf Ashley gerichtet hatte, hatten sich wie eine Schlinge um seinen Hals gelegt. In diesem Augenblick war er vollkommen hilflos gewesen. Er zwang diese, die Kehle abschnürenden Gedanken zur Seite. Er musste professionell bleiben. Er hatte Dinge zu erledigen.

Lucas goss Sloan und sich neuen Kaffee ein und folgte ihr in ihr Büro.

„Diese Leute haben alle potenziellen Bedrohungen für ihre Organisation ausgeschaltet, bevor sie zum Problem werden konnten", bemerkte Lucas grimmig. „Und sie haben uns wie einen Haufen Amateure aussehen lassen."

„Diese Typen führen uns an der Nase herum, und wir sind

noch immer keinen Millimeter weiter, die verantwortliche Gruppe zu identifizieren, ganz zu schweigen von den Männern, die aus dem Bordell entkommen sind. Bisher haben sie jede unserer Handlungen untergraben, die wir uns haben einfallen lassen.“ Sloan rieb sich die Augen und setzte sich an ihren Schreibtisch.

Lucas stellte ihr den Becher Kaffee hin.

„Danke.“ Sie trank einen Schluck und verzog das Gesicht.

Der Kaffee war dick wie Teer, eignete sich aber ganz gut dafür, träge Hirnzellen auf Trab zu bringen.

„Morgen finden die ersten Beerdigungen statt.“ Die Traurigkeit in ihren Augen spiegelte das schwere Gefühl in seiner Brust wider. Noch immer lagen so viele nicht identifizierte Opfer im Leichenschauhaus. Der Fall war ein einziges Desaster aus kaltblütigem Tod und Zerstörung.

Sloan biss die Zähne zusammen. „Ich habe seit sechs Tagen mein Bett nicht mehr gesehen, von meinem Mann ganz zu schweigen. Ich glaube, Brian wird mich für jemanden verlassen, der ihn, im Gegensatz zu mir, nicht wie einen feindlichen Spion behandelt und auch hin und wieder abends zu Hause ist. Verdammt noch mal, im Moment leistet ihm die Katze bessere Gesellschaft als ich.“

Randall schloss die Bürotür und setzte sich, stützte die Ellenbogen auf die Knie und beugte sich vor. „Wir müssen die sehr reale Möglichkeit in Betracht ziehen, dass wir einen Maulwurf in der Einheit haben. Jemand, den die Organisation bestochen oder erpresst hat, damit er für sie arbeitet.“

Sloans Mund öffnete sich zu einem riesigen Gähnen, aber sie sah nicht gerade geschockt aus. „Ich habe das gesamte Büro auf Wanzen absuchen lassen, am Tag von Susan Thomas’ Ermordung“, eröffnete sie ihm. „Ist alles sauber. Wenn es also ein Leck gibt, dann ist es ein menschliches." Sie griff nach ihrem Kaffee. „Schmeckt, als ob jemand eine Handvoll Dreck aufgekocht hätte." Sie wischte sich mit dem Handrücken den Mund ab. „Also. Wie schlagen Sie vor, dass wir die undichte Stelle finden?"

„Indem wir kleine Krumen an Informationen an unterschiedliche Gruppen streuen und beobachten, was an den falschen Stellen wieder auftaucht?", schlug er vor.

Ihr Mund verzog sich. „Das ist einfacher gesagt als getan, solange wir keine wirklichen Hinweise über diese Typen haben."

„Wir haben Hinweise. Deshalb verfallen sie langsam in Panik." Und ihre Panik bedeutete noch mehr Blutvergießen in den Straßen von Boston.

Es klopfte an der Tür, und Ashley steckte ihren Kopf herein. Mallory hatte ihr frische Anziehsachen aus dem Hotel vorbeigebracht, und Ashley hatte geduscht und sich umgezogen. Ihre Haare waren noch feucht. Ihre Haut blass. Die Lippen zusammengekniffen. Ein Schusswechsel konnte so etwas zur Folge haben. Sie war ganz in Schwarz gekleidet, was passend war, in Anbetracht der trostlosen Stimmung. Er wollte sie berühren, sie in den Arm nehmen, sich vergewissern, dass es ihr gut ging, aber das hier war Arbeit, und sie war eine FBI-Agentin, keine Zivilistin, und ganz sicher nicht seine Freundin.

„Agent Chen. Kommen Sie rein. Setzen Sie sich. Freut mich sehr, dass sie noch unter uns weilen", sagte Sloan mit einem angespannten Lächeln.

Sein Magen zog sich zusammen, als er sich daran erinnerte, wie nahe sie heute dem Tod gekommen war. Blutflecken hatten an den Knien ihre Hose durchtränkt, und ihre Handflächen waren mit kleinen Schnitten übersät, und doch war sie verhältnismäßig ungeschoren davongekommen. Die Sanitäter hatten noch auf der Straße ihre Wunden gereinigt, nachdem sie sich geweigert hatte, in ein Krankenhaus zu fahren.

„Was ist da draußen passiert?", fragte Sloan.

„Ich habe meinen Bericht geschrieben und eingereicht", sagte Ashley. Das FBI liebte Papierkram, vor allem, wenn ein Agent in der Öffentlichkeit von seiner Schusswaffe Gebrauch machte.

Falls sie geglaubt hatte, damit wäre sie aus dem Schneider, belehrte Sloans geduldiger aber standhafter Blick sie nun eines Besseren. „Ich bin lange wach gewesen und habe mich bis vier Uhr morgens im Tor-Browser rumgetrieben, deshalb habe ich heute früh verschlafen. Tut mir sehr leid." Sie starrte Sloan an, wartete offensichtlich auf eine Rüge.

Sloan musterte sie. „Agent Chen, mir ist bewusst, dass unsere Jobs nicht immer mit einem gewöhnlichen Büroalltag kompatibel sind. Ich bin schlau genug, um die unterschiedlichen Fähigkeiten meiner Agenten zu schätzen."

Etwas der Anspannung wich aus Ashleys Schultern, aber ihr Mund blieb weiterhin schmal. „Ich bin gegen halb zehn zum Büro gelaufen. Ich habe mir noch einen Kaffee geholt, und als ich wieder aus dem Laden kam, sah ich, wie Ray Tan auf mich zukam. Mir war natürlich klar, dass er beschattet wird, also wollte ich das nicht verraten. Er hat mich beschimpft, weil ich für das FBI arbeite. Ich habe ihm versichert, dass ich ihn direkt wieder verhafte, wenn er mich weiter beleidigt und mich davon abhält, meinen Pflichten nachzukommen." Eine Furche formte sich zwischen ihren Augenbrauen. „Er hat mich schließlich in Ruhe gelassen, und das war der Moment, in dem ich das Motorrad gehört habe, wie es neben uns zum Stehen kam. Und ich habe mich erinnert."

„Woran?" Sloan beugte sich vor.

„Dasselbe Motorrad ist schon gestern an Agent Rooney und mir vorbeigefahren, als wir den Besitzer des Tabakladens gegenüber dem Bordell befragt haben. Ich erinnere mich, weil es so irre schnell durch den Verkehr gerast ist."

„Sie glauben, dieselben Typen haben auch Susan Thomas umgebracht?", fragte Lucas.

Ashley nickte. „Ich hätte es mit dem Mord gestern in Verbindung bringen sollen."

„Können wir dafür sorgen, dass so schnell wie möglich ein ballistischer Vergleich von der Kugel, die wir aus dem Hund geholt haben, und der von heute früh erfolgt?", schlug Lucas vor.

„Ich kümmere mich darum." Sloan notierte es sich. Sie wandte sich an Lucas. „Diese Typen auf dem Motorrad – konnten Sie erkennen, ob es dieselben waren wie diejenigen, die Sie im Bordell gesehen haben?"

Lucas schüttelte den Kopf. „Sie trugen Helme mit verdunkelten Visieren und saßen vornübergebeugt auf einem Motorrad. Ihre Größe und ihre Statur waren kaum zu erkennen, aber es kann natürlich sein, dass sie es gewesen sind."

Als Ray Tan Ashley konfrontiert hatte, war Lucas hin- und hergerissen gewesen, ob er ihr zu Hilfe eilen und den Kerl aufgrund der Hinweise verhaften sollte, die sie bereits hatten, oder ob er sich ruhig verhalten und darauf vertrauen sollte, dass sie allein klarkam. Nur seine Sorge um Beccas Sicherheit hatte ihn im Überwachungswagen festgehalten. Sie mussten die Hauptakteure hinter Schloss und Riegel bringen, wenn das Mädchen auch nur den Hauch einer Chance auf ein normales Leben haben sollte – aber jede Sekunde, in der er Ashley ohne Verstärkung auf der Straße hatte stehen sehen, hatte ihn innerlich aufschreien lassen.

Und dann waren die Schüsse gefallen.

„Also, was ist der Plan?" Ashleys Stimme bebte, und ihre Hände zitterten. Sie mied seinen Blick. Vermutlich stand sie noch immer unter Schock und sollte sich den Tag eigentlich freinehmen.

„ASAC Frazer hat unmissverständlich klargemacht, dass er Sie und Rooney zurück in Quantico sehen will, damit Sie von dort aus die Ermittlungen unterstützen. Er ist stinksauer, dass Sie in eine Schießerei verwickelt wurden und am Tag zuvor eine noch warme Leiche entdeckt haben. Er hat sich verdammt ins Zeug gelegt, mir darzulegen, was die Aufgaben der Fallanalyse bei einer Ermittlung sind." Sloan kräuselte die Lippen. „Jedenfalls sind unsere Leute davon überzeugt, dass sie innerhalb der nächsten vierundzwanzig Stunden das Handy von Mae Kwon geknackt bekommen und uns alle darauf enthaltenen Informationen zukommen lassen können." Ihr Ausdruck war säuerlich. „Aber genau das haben sie gestern auch schon gesagt."

Sloan starrte für einen Augenblick auf ihren Schreibtisch. „Ich habe gehört, Sie haben herausbekommen, wie die Typen Susan Thomas aufgespürt haben."

„Habe ich das?", murmelte Ashley matt.

„Frazer hat mir erzählt, Sie hätten einem Berater für Cybersicherheit, mit dem er arbeitet, eine Vermutung mitgeteilt. Dem sind sie nachgegangen und haben Hinweise darauf gefunden, dass sich jemand in das FinCEN-System gehackt und auf diesem Wege Informationen über die Transaktion zwischen den Strombergs und Susan Thomas abgegriffen hat." Alex.

„Sie haben eine Falle eingerichtet, die Sicherheitslücke repariert und andere Systeme auf Bundesebene geflickt. Alles dank Ihnen."

Lucas setze sich. Wünschte, er könnte Ashleys blasse Hand in seine nehmen.

Vertraute Alex dieser Frau noch immer nicht? Sie hatte ihren Wert mehr als bewiesen.

Ashley warf Sloan ein kämpferisches Grinsen zu. „Wir haben diese Leute gerade richtig viel Geld gekostet. Das wird sie stinksauer machen."

„Ganz zu schweigen davon, dass wir die Sicherheit der Bundesregierung der Vereinigten Staaten verbessert haben", fügte Lucas hinzu.

Endlich schaute Ashley ihn an, aber ihre Augen waren trübe vor innerem Aufruhr. Dann wurden sie wieder hart und wandten sich Sloan zu. „Ich würde gerne etwas Zeit damit verbringen, herauszufinden, ob sie schon ein neues Geschäft im Darknet aufgezogen haben. Denn das wird auf jeden Fall passieren, es ist nur eine Frage der Zeit." Ihre Augen flogen aufgewühlt zwischen ihnen hin und her. „Ich brauche nur einen guten Ausgangspunkt. Wenn wir einen der Freier erwischen und herausfinden könnten, wie er gezahlt hat..."

„Erinnern Sie sich an den Anwalt, den wir aufgegriffen haben, bevor sie am Mittwoch da rein sind?", fragte Sloan Lucas.

„Der uns das Passwort gegeben hat, damit ich reinkomme?"

Sloan nickte knapp. „Theo Giovanni."

„Er ist einer der wenigen Ausgangspunkte, die wir haben“, stimmte Lucas zu. „Aber wir können ihn aufgrund des Deals, den er gemacht hat, nicht anrühren.“ Die Privatsphäre und die Grundrechte von Menschen zu schützen, war Lucas wichtig, ebenso wichtig, wie sein Wort zu halten, aber Theo Giovanni war purer Abschaum.

„Ich weiß. Es ist eine Schande, dass wir keinen Zugriff auf die Konten des Bastards oder seine Internet- und Handydaten kriegen können, um da womöglich was Hilfreiches zu finden.“ Sloan seufzte dramatisch auf. „Leider können wir ihn *offiziell* in keiner Weise benutzen.“

Ashley starrte sie an, als ob sie den Verstand verloren hätten. Lucas begann zu befürchten, dass das womöglich auch der Fall war.

„Ich mache mich los, um das Darknet zu durchkämmen. Sie wissen ja, wo Sie mich finden, falls Sie mich brauchen sollten“, sagte sie.

„Besprechen Sie sich mit Agent Randall, bevor Sie Feierabend machen“, ordnete Sloan sie an. „Und wenn Sie eine Pause brauchen, nehmen Sie sich frei.“

„Ja, Ma'am.“ Ashley schaute ihn nicht an, als sie ging und die Tür hinter sich schloss.

Lucas musterte Sloan skeptisch. „Ich nehme an, das ist Ihr erster Test?“

Sloan lächelte grimmig. „Die meisten aus der Einheit, einschließlich Ihnen, kannten seinen Namen aufgrund der ursprünglichen Überwachung und dem Deal, den er mit uns gemacht hat, aber der Perversling ist noch immer quicklebendig. Wäre er nicht längst tot, wenn einer von uns der Maulwurf wäre?“

Lucas zuckte mit den Schultern. Vielleicht hatten sie ihn

nur noch nicht erwischt. Die Verbrecher waren ziemlich beschäftigt damit gewesen, sich um die ganzen losen Enden zu kümmern. „Hoffen wir mal, dass Theo Giovanni am Leben bleibt. Um Agent Chens Willen."

Sloans Handy piepte und sie schaute auf das Display. Ihre Augenbrauen schossen in die Höhe. „Na, das ist mal was Neues. Die Chinesen schicken uns einen ihrer Leute, um uns in den Ermittlungen zu unterstützen."

„Sie haben Hinweise?"

„Ich vermute, das müssen wir Detective Nelson Shaw von der Hongkonger Polizeibehörde morgen früh selber fragen. Er arbeitet für deren polizeilichen Nachrichtendienst."

Ein Funke von Antizipation schoss durch ihn hindurch. „Wann kommt er an?"

„Um neun."

„Ich wäre gerne bei der Besprechung dabei." Die Kriminellen, mit denen sie zu tun hatten, waren keine Anfänger. Sie waren zu gut organisiert und zu diszipliniert, um ihr Können nicht irgendwo verfeinert zu haben. Und womöglich war dieses Irgendwo Hongkong.

„Besuchen Sie heute unsere kleine Freundin?", fragte Sloan.

Sie meinte Becca. Lucas nickte.

„Haben Sie Agent Chen von ihr erzählt?" Trotz all ihrer Erschöpfung war Sloans Blick scharf und durchdringend.

Er schüttelte den Kopf, zu müde, um sie trotzig anzustarren. Sloan lehnte sich zurück, scheinbar zufrieden mit ihrer Antwort.

„Wir müssen langsam darüber nachdenken, sie in ein Safe House zu bringen." Lucas rieb sich die Stirn und versuchte, die aufsteigenden Kopfschmerzen abzuwenden.

„Haben Sie ihre Mutter schon gefunden?"

Er hielt sein ungläubiges Schnauben nicht zurück. „Ich habe noch nicht einmal Zeit gehabt, um mit der Suche nach dieser Frau überhaupt anzufangen."

Sloan presste nachdenklich die Lippen zusammen. „Wenn Chen meinen kleinen Test besteht, und Theo Giovanni innerhalb der nächsten vierundzwanzig Stunden nicht tragischerweise zu Tode kommt, weihen Sie sie ein und lassen Sie sie nach der Familie des Mädchens suchen. Irgendjemandem da draußen muss dieses Kind doch etwas bedeuten."

„Und wenn nicht?" Er stellte die Frage, die ihn am meisten umtrieb. Was, wenn nach dieser ganzen Tortur nichts auf Becca wartete als Pflegefamilien und Jugendämter? Das wäre beinah so furchtbar wie das Versagen des Systems gegenüber Agata Maroulis.

„Ein Desaster nach dem anderen, Agent Randall."

Aus irgendeinem Grund erinnerte ihn das an die Antibabypillen, die diese Arschlöcher das kleine Mädchen zu schlucken gezwungen hatten. Mehr als fünfhundert, bevor sie es aufgegeben hatte, sie zu zählen. Er stand auf, nickte Sloan zu und trat hinaus in die klare Bostoner Luft, hoffte, die Kälte würde ausreichen, um seinen Zorn abzukühlen, der ihn völlig verschlingen wollte. Nie im Leben würde er zulassen, dass das Mädchen im System verloren ging. Und nie im Leben würden diese Bastarde sie jemals wieder in die Finger bekommen.

DREIZEHNTES KAPITEL

ASHLEY SAß ALLEIN im Konferenzzimmer, das ihr und Mallory als Arbeitszimmer diente. Sie hatte den endlosen Strom an Papierkram erledigt, den der Schusswechsel heute früh mit sich gebracht hatte, und hatte sich den Rest des Tages hier verkrochen. Die Presse war völlig verrückt geworden, hetzte die guten Bürger von Boston in eine angsterfüllte Raserei, bis viele von ihnen sich kaum noch trauten, ihre Häuser zu verlassen. Zum Glück hatte niemand diesen Zwischenfall mit dem Handy gefilmt oder fotografiert, ihr Gesicht erschienen also nicht überall in den Medien.

Es machte keinen Unterschied, wie viele Trainingsstunden sie absolviert hatte, oder wie erfahren sie als Agentin war, in einen Schusswechsel involviert zu sein, hatte sie mitgenommen. Die Versuchung, davonzurennen, war beinahe überwältigend gewesen. Nachdem sie ihr Leben nun schon zweimal ganz von Neuem begonnen hatte, war Ashley nicht bereit, eine Karriere wegzuwerfen, die ihr die Kraft gab, sich zu wehren, vor allem nicht wegen etwas, was ein zweitrangiger Gangster ihr an den Kopf geworfen hatte.

Als Zivilistin war sie ein Niemand, aber als Bundesagentin konnte sie dabei helfen, diese Bastarde festzunehmen. Und da sie für die Fallanalyse arbeitete, würden sie mit ein bisschen Glück nicht einmal herausfinden, dass sie existierte.

Die Dragon Devils waren schon immer die bei Weitem verschwiegenste der asiatischen Geheimgesellschaften gewesen, aber die Devils von heute hatten womöglich mit denen von 2004 nichts mehr gemein. Die derzeitige Führung wusste vielleicht noch nicht einmal, wer sie überhaupt war. Ihr widerwärtiger Onkel war nicht mehr gesehen worden, seit das Sumatra-Andamanen-Erdbeben die Welt entzweigerissen hatte. Die gigantische Welle, die das Erdbeben erzeugt hatte, hatte mehr als 230.000 Menschen in mehr als vierzehn Ländern das Leben gekostet – warum also nicht auch ihn? Diese Tragödie hatte eine ganze Generation traumatisiert und hatte ihr die Gelegenheit geboten, ihren eigenen Tod vorzutäuschen.

Sie weigerte sich, darüber nachzudenken, ob ihr Bruder überlebt hatte, oder ihr verhasster Cousin, auch wenn Ray Tans Worte nahelegten, dass zumindest einer von ihnen noch lebte.

Also konnte sie entweder wegrennen, oder sie konnte einen kühlen Kopf behalten und diese Bastarde wegsperren.

Wenn das FBI jemals die Lügen aufdecken würde, die sie erzählt hatte, um in das Trainingsprogramm aufgenommen zu werden, würde sie hochkant rausfliegen und müsste sich vermutlich wegen Betrugs verantworten. Dann wäre es egal, dass ihre einzige und alleinige Intention stets gewesen war, ihrem Land zu dienen und anderen Menschen zu Gerechtigkeit zu verhelfen. Die Autoritäten würden das eindeutig anders sehen.

Was auch immer sie tun würde, kämpfen oder fliehen, sie würde wahrscheinlich so oder so ihre Karriere verlieren, aber zumindest hatte sie jetzt die Möglichkeit, etwas von dem Bösen wiedergutzumachen, das ihre Familie begangen hatte.

Es war spät, und Ashley gähnte wie ein Löwe. Mallory war als Beraterin in das Team berufen worden, das demnächst damit beginnen würde, die Männer zu verhaften, die vermutlich als zahlende Kunden in dem Bordell gewesen waren. Das Team versuchte, die bestmögliche Strategie aufzustellen, wie sie sich diesen Männern nähern und sie anschließend befragen sollten. Sie wollten in keinem Fall eine Reihe toter Zeugen zu verantworten haben – gleichzeitig mussten sie diese Sache zu Ende bringen und die verantwortlichen Täter bestrafen.

Der Hafen, die Grenze sowie sämtliche Flughäfen waren weiterhin in höchster Alarmbereitschaft, aber Ashley hatte das Gefühl, dass die flüchtigen Täter noch immer genau hier in Boston hockten. Wie sonst konnten sie so schnell auf mögliche Bedrohungen reagieren? Und so, wie der Beifahrer auf dem Motorrad sie angestarrt hatte ... Das Labor hatte seine DNA von seiner Blutspur erheben können, nachdem sie ihn angeschossen hatte. Vielleicht erzielten sie einen Treffer.

Der ballistische Bericht landete in ihrem E-Mail-Eingang. Er bestätigte, dass dieselbe Waffe, mit der Susan Thomas' Hund angeschossen worden war, auch Ray Tan getötet hatte. Es war zudem die gleiche Waffe, mit der auch Agata Maroulis nach ihrer Flucht aus dem Bordell kaltblütig hingerichtet worden war.

Ashley schauderte. Ihre Familie waren Monster. Sie mussten hinter Gitter gebracht werden.

Ihr Laptop pingte mit den Ergebnissen einer anderen Suche, die sie über den Anwalt gestartet hatte, der ihnen das Passwort zum Bordell gegeben hatte. Theo Giovanni.

Was für ein Mistkerl. Der Partner in einer kleinen Bostoner Anwaltskanzlei war so widerwärtig wie eine

Vogelspinne. Er war verheiratet, hatte drei kleine Kinder und verprasste jede Menge Geld in Clubs und Restaurants.

In Anbetracht seiner Arbeit mochte das auch legitim sein, aber er besuchte zudem auch Pornoseiten, so regelmäßig, wie andere Menschen Facebook. Sie setzte eine gefälschte E-Mail auf und schickte ihm einen Link zu einer expliziten Seite, die sich auf jung aussehende Teenager spezialisiert hatte. Sobald er auf den Link klickte, würde sie jede seiner Eingaben am PC nachverfolgen und sein Mikrofon abhören können.

Das FBI würde diese Vorgehensweise nicht gutheißen.

Trotz der schlechten Presse und der allgemeinen öffentlichen Paranoia versuchte das FBI durchaus, die Rechte der US-Bürger zu respektieren, ganz abgesehen davon, dass die Agenten viel zu beschäftigt waren, um willkürlich irgendwen zu beschatten. Mit Giovanni war es etwas anderes. Er hatte in dieser Ermittlung schon seinen Freifahrtschein erhalten und war definitiv schuldig. Nichts, was sie herausfinden würde, wäre von einem Durchsuchungsbefehl betroffen oder vor Gericht zulässig, und sie würde auch nie im Leben zugeben, so etwas getan zu haben. Aber wenn es ihr einen ersten Hinweis gab, dem sie folgen konnte, einen einzigen Brotkrumen, der sie zu den Gangstern führte…sie würde ihn mit Kusshand nehmen.

Es war fast elf Uhr abends, als sich Giovanni mit dem Namen eines seiner Juniorpartner in ein Online-Bankkonto einloggte.

Erwischt.

Ashley fragte sich, ob der arme Juniorpartner irgendwas ahnte.

Giovanni überwies mehrere tausend Dollar an einen anderen Onlineservice und kaufte Bitcoins, die virtuelle

Währung. Dann tätigte er eine Zahlung an eine Webseite auf dem Tor-Server, die harmlos genug aussah, aber Ashley bezweifelte, dass irgendjemand tausend Dollar für ein Pfund Karotten bezahlte.

Sie überprüfte seinen Transaktionsverlauf und entdeckte, dass er immer wieder Lieferungen zu einem Postfach in der Nähe seines Büros erhielt. Vermutlich Kokain. Es würde sich vermutlich lohnen, die Bundespost über diesen Lieferanten zu informieren.

Giovanni loggte sich aus, schaltete den Computer aus und alles wurde still. Ashley schaltete ihre Überwachungsprogramme aus und lehnte sich frustriert zurück. Sie hatte weder die Möglichkeiten noch die Befugnis, sich diesem Typen an die Fersen zu heften. Besser, sie machte hier Feierabend und ging zurück ins Hotel.

Vor dem Gebäude war die Abwesenheit der Reporter richtiggehend auffällig. Das Bostoner FBI hatte eine Pressemeldung mit einer Beschreibung der flüchtigen Täter veröffentlicht und die Bevölkerung darum gebeten, sich mit hilfreichen Hinweisen zu melden. Die Presse wusste, dass sie darüber hinaus nichts bekommen würde.

Ashley behielt ihre Hand in der Nähe ihrer Waffe und blickte sich suchend um. Es waren nur etwa fünfzehn Minuten Fußweg bis zum Hotel, aber sie hätte schwören können, dass sie sich die ganze Zeit über beobachtet fühlte. Als sie die Lobby des Hotels betrat, klingelte ihr Handy.

Es war ihr Boss, Lincoln Frazer. „Ich will Sie so schnell wie möglich zurück im Büro sehen", sagte er ohne Einleitung.

„Warum?" Es war das erste Mal, dass sie ihn wegen irgendwas in Frage stellte.

„Mallory hat mich davon unterrichtet, was für Hinweisen

Sie da oben folgen. Das können Sie auch von hier aus machen.“

„Von Virginia aus hätte ich nie den Mann identifizieren und verhaften können, der den Minivan gefahren hat, mit dem Agata Maroulis abgeholt wurde“, widersprach sie.

„In dieser Ermittlung gibt es mehr als genug Agenten, Agent Chen.“ Frazer klang, als ob er langsam die Geduld verlieren würde. „Sie sind keine Agentin im Außendienst.“

Hatte sich irgendjemand über ihre Leistungen beschwert?

Sie streckte den Rücken durch. „Ich war drei Jahre lang Agentin im Außendienst. Ich weiß, wie man Beschattungen und Verhaftungen durchführt.“

Die Leitung knisterte geradezu vor Missbilligung. „Wenn Sie lieber als Agentin im Außendienst arbeiten wollen, Chen, sagen Sie gern Bescheid.“

„Nein, Sir.“ Verdammt. Schweiß trat auf ihre Stirn. Warum diskutierte sie mit ihm? In Virginia war die Gefahr weitaus geringer, dass sie aufflog, und sie wollte auch nicht aus der Fallanalyseeinheit 4 fliegen. Vorausgesetzt, sie würde nicht gefeuert werden, war das hier ihre letzte Pflichtstation, bevor sie sich endlich auf ihre Spezialität konzentrieren konnte – Cyberkriminalität, was seit Jahren ihr Traum gewesen war. Sie war ein Idiot. Ihre Entschlossenheit bröckelte. „Ich fliege gleich morgen früh zurück.“

Sie legte auf und starrte auf ihr Handy, wütend auf sich selbst, weil sie eingeknickt war, auch wenn es die vernünftige Entscheidung gewesen war. Aber niemand sonst im FBI war so gut darin, sich in den zwielichtigeren Gefilden der digitalen Welt herumzutreiben, wie sie. Und diese Tiere hatten vier ihrer Kollegen, drei Polizisten und mehr als dreißig Frauen umgebracht, hatten Ray Tan hingerichtet, während er sich mitten zwischen mehreren Agenten befunden hatte.

Die Dragon Devils waren dreist. Sie wären weniger dreist, wenn ihre Namen in jeder Schlagzeile weltweit prangen würden. Vielleicht konnte sie einen anonymen Tipp über die Organisation einfädeln? Die Idee hatte ihren Reiz, aber für die letzten beiden anonymen Informanten war die Sache nicht gut ausgegangen. Sie brauchte zuerst einen Plan.

„Ashley." Lucas Randalls Stimme so nah an ihrem Ohr war tief und voll, und sie hatte das Gefühl, ihre Haut und ihr Körper würden mit einem Mal getrennte Wege gehen.

Sie drehte sich um, verriet nichts darüber, dass er sie erschreckt hatte. „Ich wollte dir gerade meinen Bericht mailen."

„Sprich es mit mir durch."

Sie öffnete ihren Mund, aber er griff nach ihrem Arm. „Nicht hier."

Er lenkte sie in Richtung der Fahrstühle.

Als die Stahltüren aufglitten, kamen drei Frauen angelaufen, und Lucas hielt ihnen die Tür auf. Die Frauen sahen aus, als ob sie ein paar Drinks intus hätten. Sie musterten Lucas mit unverhohlener Bewunderung, und er warf ihnen ein Lächeln zu, als sie im dritten Stock ausstiegen.

Wieder allein im Fahrstuhl drehte er sich zu Ashley um und betrachtete sie mit seinen kaffeebraunen Augen. Die Luft wurde dicht und heiß, es fiel ihr schwer, zu atmen.

Sie hatte schon immer eine Schwäche für gutaussehende Kerle in feinen Anzügen gehabt, aber Lucas hatte sich für die Überwachung heute leger angezogen. So, wie sein T-Shirt an seinem Körper klebte, war sie sich ziemlich sicher, dass sie eine Schwäche für ihn hätte, ganz egal, was er trug. Oder nicht trug.

Tu das nicht.

Die Worte dröhnten den ganzen Weg bis in den achten Stock in ihren Ohren.

Er mochte sie.

Die Türen glitten auf, und Ashley trat aus dem Fahrstuhl, versuchte, nicht an all die Arten zu denken, auf die sie ihn auch mochte. Die Tatsache, dass er sich ihre Vorschläge anhörte und ihre Leistungen anerkannte, dass er sie geküsst hatte, als ob sie das Wichtigste auf der ganzen Welt wäre, und sie zum Höhepunkt gebracht hatte, ohne sie überhaupt auszuziehen. Er hatte nichts im Gegenzug verlangt. Er hatte sie nicht dazu gedrängt, mehr zu geben als sie zu geben bereit war.

Er war sündhaft genug, um sie heiß zu machen, sinnlich genug, sie kommen zu lassen, und das alles an einem öffentlichen Ort. Weiß der Himmel, was er mit ihr anstellen würde, wenn sie ein bisschen Zeit und Privatsphäre hätten.

Das Pulsieren der Lust erfüllte sie von Kopf bis Fuß. All die Gründe dafür, Lucas Randall nicht einfach zu schnappen und ihn zu küssen, als ob er ihre letzte Mahlzeit wäre, schienen sich in Luft aufgelöst zu haben. Sie würde morgen früh abreisen. Sie waren nicht mehr länger in derselben Einheit, und dass sie am gleichen Fall arbeiteten, war eine Formalität. Dem FBI würde es egal sein, wenn sie im Bett landeten. Tatsächlich würde es niemand je erfahren.

Es war vermutlich das letzte Mal, dass sie Lucas Randall sah. Diese Vorstellung deprimierte sie mehr, als es der Fall sein sollte.

Nichts zu verlieren – bis auf das nervöse, sehnsüchtige, unbefriedigende Gefühl, dass sie ganz kribbelig und wuschig machte und sie ablenkte, wenn sie sich eigentlich konzentrieren musste.

Sie kamen an ihrer Tür an und sie räusperte sich. „Ich leg schnell meine Sachen ab."

Er wollte etwas erwidern, aber sein Handy klingelte.

„Sloan. Da muss ich rangehen." Er deutete in Richtung seiner Suite. „Komm einfach rein."

Ashley schlüpfte leise in ihr Zimmer, um Mallory nicht zu wecken, aber das Licht, das aus dem Flur hereinfiel, zeigte ihr, dass das Zimmer leer war. Mallory musste wohl noch arbeiten.

Ashley versteckte ihren privaten Laptop unten in ihrem Koffer, den sie abschloss, dann griff sie nach ihrer Handtasche. Ihr Ärger mit Frazer, ihre Frustration mit dem Fall und mit ihrem Leben generell, ließen sie in Aktion treten. Sie drehte sich auf dem Absatz um und trat in den Hotelflur. Auch wenn er ihr gesagt hatte, sie solle einfach reinkommen, klopfte sie sacht an die Tür von Lucas' Zimmer und hörte seine Schritte näherkommen. Als er die Tür öffnete, war er nicht mehr länger am Telefonieren. Er hatte seine Jacke ausgezogen und seine Haare waren zerzaust, als ob er zu oft mit seiner Hand hindurchgefahren wäre. Er schloss die Tür und öffnete den Mund, aber sie ließ ihn nicht zu Wort kommen.

Sie legte ihre Hände um seinen Nacken und zog ihn für einen Kuss an sich. Seine Haare waren seidig und weich zwischen ihren Fingern, und sie stellte sich auf die Zehenspitzen, um ihn inniger zu küssen. Er ließ sich nicht bitten. Er zog sie an sich, bis ihre Brüste flach an seinen Brustkorb gepresst waren und sie seine Erektion an ihrem Bauch mit eindrucksvoller Geschwindigkeit anwachsen spüren konnte.

Er drehte sie etwas zur Seite, küsste ihren Nacken, ihren Kiefer. Der Geruch eines starken, sauberen Mannes überwältigte ihre Sinne mit einem wahnsinnigen Ansturm von Verlangen. Sie strich mit ihren Zähnen über die gespannte Haut an seinem Hals, und er seufzte auf. Seine Hand schlüpfte unter die Lagen ihrer Kleidung, und er zerrte die Bluse aus ihrer Hose. Er berührte das Spitzenkörbchen ihres BHs und fand ihren Nippel. Ihre Zehen krümmten sich lustvoll, ihre Finger krallten sich in seine Haare, während sie den Kopf in den Nacken fallen ließ.

„Bist du dir sicher?", murmelte er gegen ihre Haut.

„Absolut."

„Jemand hat heute auf dich geschossen."

„Ist mir bewusst." Sie schnappte nach Luft, als er ihren Nippel sanft zusammenkniff. „Aber ich bin lieber hier mit dir, als darüber nachzudenken."

Als er sie mit Sorge in den Augen ansah, nahm sie seine Hand und zog ihn ins Schlafzimmer. Das Licht war aus, aber die Lampen aus dem Wohnbereich schienen durch die offene Tür. Sie ließ seine Hand los und zog die Vorhänge zu. Als sie sich umdrehte, hatte er sich in den Türrahmen gelehnt und schaute sie mit hungrigen Augen an.

Er ließ sie das Tempo bestimmen.

Sie warf ihren Mantel über die Lehne eines Stuhls und legte ihre Glock auf den Nachttischschrank. Dann zog sie ihre Stiefel aus und wand sich aus ihrem Blazer. Lucas stand absolut regungslos da, schaute ihr einfach dabei zu, wie sie sich auszog. Wären da nicht seine heißen, funkelnden Augen und die Ausbuchtung vorne in seiner Jeans gewesen, hätte sie sich gefragt, ob er überhaupt Interesse hatte. Aber seine Augen verzehrten sich nach ihr, also verlangsamte sie das Tempo, sobald sie ihre Socken abgestreift hatte, und verwandelte das Ausziehen in einen Striptease für ihn.

Langsam öffnete sie die Knöpfe ihrer schwarzen Bluse und zog sie vorsichtig von ihren Schultern, bevor sie sie über die Stuhllehne hängte. Erinnerungen an ihren ruinierten Hosenanzug von heute Morgen blitzten auf. Ray Tans Blut hatte ihre Finger bedeckt, und sie hatte sie so lange und so heftig geschrubbt, dass sich ihre Haut ganz wund anfühlte. Sie schob diese Bilder zur Seite. Der Tod war nichts Neues für sie, und Männer wie Ray Tan wussten, welche Risiken ihre gewählte Profession mit sich brachte.

Genau wie sie.

Sie würde keinen Schlaf darüber verlieren, den Tod eines Gangsters zu beweinen. Es gab keine Garantie auf ein Morgen. Noch ein Grund mehr, die Nacht in Lucas Randalls Armen zu verbringen.

Ihre Unterwäsche war aus dunkelblauer Seide, und ihr BH bot ihren kleinen Brüsten die durchaus benötigte Unterstützung. Ihre Hände glitten zu ihrer Hose, und sie öffnete den Knopf und ließ den Stoff gemächlich zu Boden sinken. In nichts als ihrem BH und ihrem kaum vorhandenen Slip kam sie auf ihn zu. Ohne ihre Schuhe hatte er ihr gegenüber noch einmal zwei Zentimeter an Größe gewonnen, und das gefiel ihr. Er fuhr mit seinen Händen über ihre Hüften und zog sie an sich.

„Du siehst bezaubernd aus." Seine Finger glitten an der Rüsche ihrer Unterhose entlang. „Aber…"

Sie erstarrte. „Was?"

„Bist du sicher, dass das akzeptable Arbeitskleidung ist?"

Ashley musste lachen, und etwas von ihrer Anspannung wich. Sie war so nervös, was ihr gar nicht bewusst gewesen war. Die Art, wie er sie berührte, zog ihr den Boden unter den Füßen weg. „Hoover hätte vielleicht was dagegen gehabt, wenn man so im Büro aufgekreuzt wäre, aber am Wochenende hätte er es sicher gutgeheißen."

Er grinste. Dann nahm er ihren Mund mit seinem, als ob er sein Eigentum wäre.

Ein Schauder der Lust durchfuhr sie. Sie zog das T-Shirt aus seiner Jeans und strich mit ihren Händen über seine breite, flache Brust. Seine Muskeln waren hart und definiert, aber seine Haut war warm und weich. Sie machte so etwas nur selten, also würde sie jeden Augenblick genießen.

Ihre Finger fuhren tiefer, legten sich über dem Stoff seiner Jeans auf seine Erregung, und er drängte sich gegen ihre Handfläche, als ob er das Verlangen, ihr näherzukommen, nicht mehr kontrollieren konnte.

Er zog einen ihrer BH-Träger über ihren Arm und küsste ihre Schulter, arbeitete sich hinunter zu ihrer Brust, dann zu der anderen. Er hob sie hoch und sie schlang ihre Beine um seine Hüfte, dann stieß sie ein erschrockenes Quietschen aus, als er sie auf dem kühlen Holz einer Kommode absetzte. Lucas bewegte sich weiter nach unten und saugte durch die Spitze ihres BHs an ihrem Nippel, das Kratzen seiner Zunge über den rauen Stoff ließ ihre Nervenenden vor Erregung vibrieren. Langsam schob er sich zwischen ihre Knie, die Hände auf ihren Oberschenkeln, seine Daumen sanft auf die samtweiche, dünne Haut zwischen ihren Beinen und ihrer Hüfte gepresst. Er hatte sie kaum berührt, und sie war schon kurz davor, zu explodieren.

„Alles in Ordnung?" Seine Augen schauten sie unentwegt an.

Sie konnte den Blick nicht abwenden. Seine Sorge ließ Gefühle in ihr aufsteigen, auf die sie nicht vorbereitet war. Sie nickte und biss sich auf die Lippe, legte ihre Hand auf seine und bewegte sie zu ihrer Mitte.

Das Gefühl seiner Zähne auf ihren Nippeln und seiner Finger, die über ihre Haut fuhren und widerstandslos in ihren Schlitz glitten, brachte sie zum Stöhnen, und sie wand sich unter ihm. Sie war so erregt, so bereit für ihn, dass sie augenblicklich in Millionen Teile zerbarst und zerschellte.

Sie kam langsam und mit einem Wimmern wieder auf der Erde an, aber er ließ ihr keine Zeit, sich zu erholen.

„Hattest du nicht gesagt, du wärst laut?"

Sie lachte, obwohl ihr Herz nur so raste. „Diesmal kam es überraschend."

Lucas grinste sie an, als wäre das eine Herausforderung. Er machte ihren BH auf und küsste sich seinen Weg bis zu ihrem Bauch hinunter, schob ihre Beine mit seinen weiten Schultern auseinander. Sanft schob er ihren Oberkörper zurück und sie lehnte sich zurück, bis sie die Wand im Rücken spürte. Sein raues Kinn streifte die Innenseite ihrer Schenkel, und sie zuckte zusammen.

„Ruhig", besänftigte er sie.

Er fuhr mit seiner Zunge über den Saum, wo ihre Oberschenkel in ihren Oberkörper übergingen, und seine Berührung war so erotisch, so sinnlich, sie wollte noch mehr. Sie öffnete ihre Beine weiter. Und noch weiter, als er sich noch immer nicht dorthin bewegte, wo sie ihn haben wollte. Er wandte sich ihrem anderen Oberschenkel zu, und sie war kurz davor, zu betteln, als sie seinen heißen Atem an ihrem Slip spüren konnte. Sie krallte ihre Finger in seine Haare und seine Zunge schlüpfte unter den spitzenbesetzten Bund, bevor sie ihre Klitoris umkreiste. Sie versuchte, sich zu bewegen, aber Lucas hielt ihre Hüften fest und sie hatte das Gefühl, vor Verlangen wahnsinnig zu werden.

Er zog ihr den Schlüpfer hinunter und warf ihn zur Seite. Sie war nun vollkommen nackt und entblößt, und er war so auf sie konzentriert, es war bezaubernd. Er beugte sich hinunter, leckte sie heftig zwischen ihren Beinen, und sie zuckte zusammen, als ob jemand tausend Watt durch ihr Nervensystem gefeuert hätte. Sein rauer Kiefer und seine tastende Zunge ließen sie beben, bis sie völlig in der Wand versank.

Die Lust trieb sie stürmisch an, und sie konnte spüren, wie sich ihr Hunger zu den gleichen verzweifelten Höhen aufbäumte wie noch vor ein paar Minuten. Seine Hände und sein Mund arbeiteten sich mit einer Fertigkeit über ihren Körper, die sie nicht erwartet hatte. Das war ein Mann, dem der Körper einer Frau keineswegs unbekannt war, und der keine Gebrauchsanweisung benötigte, um das Begehren einer Frau zu stillen.

Sie wollte nicht darüber nachdenken, wo er das gelernt hatte. Die Vorstellung, wie er mit anderen Frauen zusammen war, sollte ihr eigentlich nichts ausmachen, wenn das hier eine einmalige Sache war.

Er leckte sie, behielt den gleichen Rhythmus und denselben Druck bei, und sie spürte, wie sich langsam wieder ein Höhenpunkt ihr zusammenbraute, aber sie wollte ihn so dringend berühren.

Sie musste es laut ausgesprochen haben.

„Bald."

Seine Hände lagen wieder auf ihren Brüsten, drehten ihre Nippel zwischen seinem Daumen und Zeigefinger. Jede ihrer erogenen Zonen pulsierte, und sie schrie auf, als sie in einem bebenden Schauder kam. Heilige Scheiße. Diese Art Sex konnte abhängig machen. Sie öffnete die Augen und entdeckte

Lucas, wie er auf sie herabschaute, komplett angezogen und grinsend wie ein Honigkuchenpferd.

Mist. Er war zu sexy für sein eigenes Wohl.

Sie zog ihn an sich. Hob das T-Shirt über seinen Kopf und warf es zur Seite. Er war muskulös, aber schlank, mit ein paar vereinzelten Haaren auf der Brust und zwei flachen, braunen Nippeln. Eine schmale Linie aus Haaren führte seinen Bauch hinunter. Sie folgte der Spur mit ihren Fingern, schob seine Jeans zur Seite und nahm ihn in die Hand, dass seine Augen glühten.

„Wie wär's, wenn wir uns in die Horizontale begeben", sagte sie heiser.

Er hob sie hoch, als wäre sie federleicht, was eine Illusion war, der sie sich gerne hingab. Er drehte sie um, und sie kamen zusammen auf dem Bett zu liegen, sein Gewicht beruhigend schwer auf ihrer Hüfte.

Sie liebkoste die weiche Haut seiner Schultern, die Sehnen in seinem Hals, sank ihre Finger in die seidigen Haare in seinem Nacken.

Er küsste sie, übernahm wieder die Führung, hielt sie fest, während er sich über ihren Mund hermachte. Dann beugte er sich zurück und küsste sich ihren Körper entlang. Er schien ganz besessen von ihren Brüsten zu sein, was ironisch war, wenn man bedachte, dass sie kaum einen BH brauchte.

Schon bald schnappte sie wieder nach Luft, ihr Puls raste unkontrolliert, als ob sie am Rand einer steilen Klippe stünde. Ihre Fingernägel gruben sich in die Muskeln seiner Schultern, sie krallte sich fest, versuchte, sich an der greifbaren Realität seines warmen, harten Körpers festzuhalten, der so eng an sie gepresst war. Ein Gefühl der Leere stieg in ihr auf, und obwohl seine heißen Küsse so umwerfend waren, er ihren Körper anbetete, wollte sie vor allem spüren, wie er sie ganz und gar erfüllte. Wie er die Leere in ihr auslöschte.

Sie stemmte sich gegen seine Schultern und er verstand, was sie wollte, und rollte auf seinen Rücken. Er lag da und beobachtete sie mit Heiterkeit in seinen Augen.

„Du bist wunderschön", sagte er leise.

Ashley blinzelte, überrumpelt von dem unerwarteten Kompliment.

Sie wusste nicht, wie sie mit der Ehrlichkeit in seiner Stimme umgehen sollte, also tat sie, was sie immer tat, wenn sie unsicher war. Sie ignorierte es. Lenkte ihn ab. Sie kniete sich hin und öffnete den Reißverschluss seiner Hose, legte mit einem anerkennenden Seufzer ihre Hand auf die heiße Länge seiner Erektion. Sie kletterte vom Bett und zog ihm die Hose aus. Socken und Boxershorts folgten kurzerhand, und sie ließ sie zu Boden fallen. Lucas stützte sich auf die Ellenbogen, betrachtete ihre Nacktheit mit offensichtlichem Vergnügen.

War es das erste Mal, dass er mit einer Asiatin zusammen war? War es das, was sie in seinem Blick sah? Die Wertschätzung von etwas Neuem, etwas Anderem, von etwas, was ein wenig exotisch war? Der Gedanke ließ sie zögern, aber was machte es schon? Sie würden ja nicht heiraten. Sie würden sich nur gegenseitig um den Verstand vögeln. Die Trostlosigkeit dieser Erkenntnis drohte, sie zu überwältigen, und sie erinnerte sich an all die Gründe, weshalb sie ihr Leben so lebte.

Es machte keinen Unterschied, warum Lucas sie attraktiv fand. Er hatte sich schon jetzt als ein besserer Liebhaber herausgestellt, als jeder andere Mann, mit dem sie in ihrem armseligen, zerrissenen Leben je zusammen gewesen war.

Sie setzte sich auf einen seiner Oberschenkel und musterte

ihn anerkennend. Dann küsste sie sich seinen Körper hinauf und ließ ihn nun selbst ein bisschen betteln. Sie hörte das Knistern einer Verpackung, dann den dumpfen Schlag eines Portemonnaies, das auf dem Nachttisch landete.

Sie hob den Kopf und sah zu, wie er sich das Kondom überrollte. Ihr Innerstes zog sich vor Vorfreude zusammen. Sie stütze die Hände auf seiner Brust ab, als sie sich rittlings auf ihn setzte, sich hinunterbeugte und ihn auf den Mund küsste. Er knabberte an ihrer Lippe, küsste sie zärtlich. Dann immer inniger, bis ihr fast schwindelig vor Lust war.

Genussvoll nahm sie ihn in sich auf, bis er sie ganz und gar ausfüllte. Sie bewegte sich über ihm, langsam zuerst, um sich an seine Größe zu gewöhnen und daran, wie es sich anfühlte, so eng und intim mit ihm verbunden zu sein. Sie bewegte sich heftiger, und er drang noch tiefer in sie hinein, und sie schauderte vor Erregung. Seine Hände krallten sich in ihre Hüften, die Haare klebten ihm auf der Stirn.

Sein Griff trieb sie an, härter, schneller. Und obwohl es keinen Raum mehr zu füllen gab, wollte sie noch mehr von ihm, wollte sie ihn vollkommen verschlingen. Er vergrub seine Finger in ihren langen Haaren, richtete sich auf, bis er ihren Hals mit seinen starken, weißen Zähnen streifen konnte. Und immer noch wollte er mehr, zwang sie, auf den Abgrund zu zu jagen, doch diesmal mit ihm gemeinsam. Er drückte ihre Knie auseinander, sodass sie noch tiefer auf seine Erektion sank und aufschrie. Er legte sich auf das Bett zurück, seine Finger fanden ihren Nippel und ihren Kitzler, kniffen beide in genau demselben Augenblick und ließen sie zerschellen. Ihr Schrei hallte von den Wänden des Schlafzimmers wider.

Sie hatte keine Zeit, zu sich zu kommen. Immer noch fest an sie gedrückt, drehte sich Lucas zusammen mit ihr um und trieb sich noch tiefer in sie. Seine Haut unter ihren klammernden Fingern war feucht und verschwitzt. Er stieß in sie hinein, köstlich heftig, befriedigend hart, fand den perfekten Rhythmus, bei dem sie sich um ihn zusammenzog, und sich das ganze Zimmer zu drehen begann, während sie aufstöhnte. Er stieß ein wildes Stöhnen aus, und ihre Zehen gruben sich in das Bett, als er in ihr kam und sie augenblicklich wieder mit sich in den Abgrund unfassbarer Ekstase riss.

Das Zimmer drehte sich wie ein Karussell, bevor es langsam wieder zum Stehen kam.

Er lag auf ihr, schwer, echt. Sexy, verschwitzt, ein Mann, der sie verausgabt hatte, bis sie sich nicht mehr an ihren Namen erinnern konnte.

Ihr Herz hämmerte, und ihr Atem ging viel zu schnell. Deshalb hätten sie das nicht tun sollen. Deshalb war es so gefährlich. Als sie schlapp und aufgerieben von so einer intimen Verbindung dalag, war kein Raum mehr für Verstellung. Sie hatte ihr Herz offenbart.

Er schob sich von ihr hinunter und verschwand im Badezimmer.

Oh Gott, sie musste weg hier. Sie musste verschwinden, bevor sie eine Dummheit beging, wie etwa, sich dem Kerl anzuvertrauen. Sie zwang sich, aufzustehen und ihre Sachen zusammenzusammeln.

„Wo willst du denn hin?" Das tiefe Murmeln wurde von seinen Händen begleitet, die sich um ihren Körper schlangen, eine oben, eine, die in ihrem Schoß verschwand. Ihre Knie knickten ein, und er hielt sie fest an seinen köstlich nackten Körper gedrückt.

„Ich dachte, wir wären fertig." Ihre Stimme klang erstickt.

Sie war sich nicht sicher, wie viel mehr Verlangen sie noch ertragen konnte.

Er fuhr mit seinen Zähnen über ihre Schulter und schob ihre Füße weiter auseinander. Gott im Himmel, ihre Lust war geradezu absurd heftig. Er war wieder hart, und alles an dieser Position war anders als das, was sie gerade gemacht hatten.

Lucas hob sie hoch, bis ihre Füße den Boden nicht mehr berührten und sie ihm vollkommen ausgeliefert war – es machte ihr Angst, aber es machte sie auch an. Sie war so daran gewöhnt, immer die Kontrolle zu haben, dass es furchteinflößend und berauschend war, jemand anderem die Führung zu überlassen.

Und es ging hier nur um ein paar Stunden.

Morgen wäre sie zurück in Virginia, und die Chancen, dass sie diesem gutaussehenden, virilen Agent Randall je wieder über den Weg laufen würde, waren verschwindend gering.

Während sich seine Hände geschickt über ihren Körper bewegten, entschied sie, sich darauf einzulassen. Ihren Mund zu halten, die Lust zuzulassen und die Konsequenzen für heute zu vergessen. Sie nahmen sich beide, was sie brauchten, und morgen würden sie wieder ihrer Wege gehen, ohne sich ständig fragen zu müssen, wie es zwischen ihnen beiden wohl gewesen wäre.

Sie wusste es jetzt schon.

Es wäre herrlich gewesen.

VIERZEHNTES KAPITEL

Ashley schlüpfte aus dem Zimmer, als es noch dunkel war. Lucas rührte sich nicht.

Sie hatte kurz gedöst, aber das ungewohnte Gefühl, sich das Bett mit einer anderen Person zu teilen, hatte sie aufgeweckt. Die Neuartigkeit, ihren Schutzschild fallen zu lassen, wenn auch nur im Augenblick der Leidenschaft, brachte sie aus der Fassung. Sie konnte nicht schlafen. Für ein paar Minuten beobachtete sie Lucas beim Schlafen, dann zwang sie sich, aus seinem Bett und aus seinem Leben zu verschwinden.

Ihre Glieder zitterten, als sie ihre Hose und ihre Bluse anzog und sich mit den Fingern durch die Haare fuhr. Wenn irgendjemand sie sehen sollte, wäre es mehr als offensichtlich, was sie die ganze Nacht über getrieben hatte. Sie vergewisserte sich, dass sie nichts vergessen hatte, und stopfte ihre Unterwäsche in ihre Jackentasche, raufte ihre Haare in einen Pferdeschwanz zusammen und schlich zurück in ihr eigenes Zimmer.

Auf dem Waschbecken entdeckte sie eine Notiz von Mallory. Die andere Agentin war unterwegs, um nach Rex zu schauen, der sich gut von seiner Schusswunde erholte. Mallory war sich nicht sicher, wann sie wieder zurück sein würde.

Hatte sie gewusst, dass Ashley die letzte Nacht mit Lucas

verbracht hatte? Sie musste etwas geahnt haben, nicht, dass das relevant war. Es war eine einmalige Sache, kein „und wenn sie nicht gestorben sind".

Ashley sprang kurz unter die Dusche, dann packte sie ihre wenigen Sachen zusammen und rief ein Taxi. Je schneller sie zum Flughafen kam, umso schneller konnte sie diesen Agenten mit seinem verfluchten Lächeln vergessen, das sich einen Weg in ihr Herz gebahnt hatte.

Dummes Herz.

Dumme Frau.

Ashley klaubte ihre FBI-Persönlichkeit vom Fußboden zusammen und streifte sie sich über. Sie musste aufhören, bei dieser Karriere unkluge Risiken einzugehen, einer Karriere, die ihr alles bedeutete. Sie musste aufhören, das Leben von Menschen zu riskieren, die ihr etwas bedeuteten, indem sie sich ihnen auch nur im Geringsten öffnete. Ihr Leben war kein Spiel. Ihre Täuschung war keine Laune. Es war ein Kampf ums Überleben, genauso, als blickte sie direkt in den Lauf einer Waffe.

Sie hatte ihre zweite Chance schon erhalten. Sie wollte sich nicht darauf verlassen, dass sie noch eine dritte bekam.

ANDREW STARRTE AUF das Foto von Special Agent Ashley Chen. Es war ausgesprochen schwer gewesen, es aufzutreiben, ganz so, als ob sie nicht gefunden werden wollte. Er fühlte sich, als ob seine Brust mit rasender Geschwindigkeit in einer Zentrifuge herumgeschleudert würde. Er konnte nicht atmen. Konnte nicht aufstehen. Er schaute auf ihr Geburtsdatum. 26. Dezember 1984.

Der 26. Dezember – der Tag, an dem die Welt untergegangen war. Der Tag, an dem Jenny Britton gestorben war.

Es war ein zu großer Zufall, um nicht wahr zu sein.

Er starrte in das ernste Gesicht der Frau, das nüchterner war, als das letzte Mal, als er sie mit sechzehn gesehen hatte. Aber die unglaubliche Ähnlichkeit mit ihrer Mutter ließ in ihm eine schmerzende Sehnsucht nach der sanftmütigen Frau aufsteigen, die ihn aufgezogen hatte.

Was würde seine Mutter jetzt von ihm denken?

Er schob den Gedanken zur Seite. Seine Mutter würde es nie erfahren.

Jenny hatte sich auf dem Papier vier Jahre älter gemacht. Ein kluger Trick, der ihn auf die falsche Fährte gebracht hätte, hätte er jemals nach ihr gesucht.

Dieser Dezembermorgen 2004 hatte sein Schicksal besiegelt. Er war von dem Wasser durch die offenen Türen in die Villa getrieben worden und hatte Brandon an seinem T-Shirt bis an die Treppenmitgezogen. Sie waren nach oben gestolpert und hatten es bis in das oberste Stockwerk geschafft, wo sie über ein Fenster aufs Dach klettern konnten, dagehockt waren und gebetet hatten, dass das Wasser nicht noch weiter stieg. Die Zeit auf dem Dach, als er hilflos dabei hatte zusehen müssen, wie Menschen aufs offene Meer hinausgetrieben wurden, sich unbändige Sorgen gemacht hatte, dass es eine zweite Welle geben könnte, eine noch größere Welle, war ihm wie eine Unendlichkeit vorgekommen. Sobald das Wasser zurückgegangen war, waren er und Brandon nach unten geklettert und hatten begonnen, nach ihrer Familie zu suchen.

Sein Onkel war schwer verletzt worden, der Bodyguard umgekommen. Sie hatten einen ihrer vielen Helikopter gerufen, und der alte Mann war zur Behandlung ausgeflogen worden. Andrew und Brandon hatten die folgenden Tage damit verbracht, die Gegend nach Jenny abzusuchen, unter den Verletzten, den Sterbenden und schließlich unter den Toten, die ihn mit kaum noch als menschlich zu erkennenden Gesichtern angestarrt hatten. Selbst heute noch wachte er an manchen Tagen mit dem Gestank von verwesenden Leichen in der Nase auf.

Sie war mehrere Tage lang nicht auffindbar gewesen, und er hatte sich damit abgefunden, dass seine geliebte Schwester ins Meer getrieben worden war, ihr Körper für immer verloren. Dann war ihm von einer Frau erzählt worden, die in der gleichen Kleidung, wie Jenny sie getragen hatte, gefunden worden war – ein rotes Mickey Mouse T-Shirt und blaue Jeans. Das Gesicht des Mädchens war grauenhaft entstellt gewesen, und er hatte nicht mit Sicherheit sagen können, ob sie es war, bis er die Diamantenstecker, die sein Onkel ihr zu Weihnachten geschenkt hatte, in ihren schwarz verwesten Ohrläppchen hatte funkeln sehen.

Vor dem Tsunami war er so wütend über die Richtung gewesen, die sein Leben nahm, dass er kaum mitbekommen hatte, wie es seiner Schwester ging. Der Verlust ihrer Eltern, seine Freundin in der Highschool, die sich als eine absolute Schlampe herausgestellt hatte, die es mit dem halben Footballteam trieb. Für ihn war die ganze Welt düster und deprimierend gewesen. Egozentrisch und mit seinen Gedanken ganz woanders, hatte ihn sein Selbstmitleid blind für die Wahrheit über die Welt gemacht, in die er hinein-geworfen worden war.

Er hatte die wahre Art der Geschäfte seines Onkels nicht verstanden, bis er zugesehen hatte, wie der Mann Jennys Freund kaltblütig ermordete. Er hatte nicht verstanden, welche perversen Gefühle sein Onkel für seine Schwester hegte, bis sie es ihm an diesem verhängnisvollen Morgen ins Gesicht geschrien hatte.

Er hatte ihr nicht geglaubt. Nicht wirklich. Und nur wenige Augenblicke später war es zu spät gewesen.

Jenny war immer die Rebellin gewesen. Eine Rächerin. Sie war aufsässig und so gottverdammt stur gewesen. Nachdem sie in Kalifornien aufgewachsen waren, hatte sie sich nur schwer an das Leben in Asien gewöhnt. Sie hatte sich geweigert, im Streit nachzugeben. Hatte sich geweigert, gefällig zu sein. Hatte sich nie gefügt.

Sie hätte in der abartigen und lasterhaften Welt ihres Onkels nie überlebt. Auch wenn die Trauer ihn fast zerstört hätte, war Andrew froh gewesen, dass sie tot war – wenigstens hatte sie so nie erfahren müssen, was aus ihm geworden war.

Aber sie lebte. Er berührte das Foto. Sie war sehr, sehr lebendig.

Und eine FBI-Agentin. Jenny war eine FBI-Agentin, die die Männer zu finden versuchte, die das Bordell in Boston geführt hatten.

Er musste fast lachen. Aber er hätte am liebsten geschrien. Sie lebte! Wie ironisch, dass gerade der Sexhandel seines Onkels sie zurück in ihr Leben gebracht hatte. Die Vor-stellung, dass sie herausfinden könnte, dass er sich in all dem mitschuldig gemacht hatte, dass er so viel mit aufgebaut hatte und nun verantwortlich für alle ihre Geschäfte im Cyberspace war, ließ Scham in ihm aufwallen. Er konnte nicht mehr behaupten, von nichts zu wissen. Er konnte nicht behaupten, dass es jemand anderes gewesen war. Wenn sie herausfand, dass die Dragon Devils dahintersteckten, dann wusste sie auch, dass er es war. Sie würde es wissen und ihn für seine

Rückgratlosigkeit verachten.

Er rief Rabbit an.

„Hallo." Der Schärfe in der Stimme des Manns nach zu urteilen, war es ein schlechter Zeitpunkt. Das war Andrew egal.

„Es gibt eine FBI-Agentin namens Ashley Chen. Ich muss wissen, in welchem Hotel sie wohnt."

„Ich bin nicht sicher…"

„Sie haben zwanzig Minuten, um es herauszufinden." Er legte auf. Vielleicht war es gar nicht so dumm gewesen, den Mann leben zu lassen. Sogar Perverslinge hatten ihren Nutzen.

Er stählte sich für die nächste Begegnung und stand auf. Er wollte Yu Chang die Wahrheit über Jenny nicht erzählen, aber wenn er es nicht tat, würde Brandon es tun, und dann würde Andrews Loyalität in Frage gestellt werden.

Er wollte nicht sterben.

Die Vorbereitungen für ihren Umzug waren fast abgeschlossen. Männer trugen Kisten mit ihren Besitztümern zu einem Schiff in der Nähe. Andrew konnte es nicht erwarten, abzureisen. Es bestand die sehr reale Möglichkeit, dass die Amerikaner mittlerweile auf der Jagd nach ihnen waren. Vielleicht hatte Jenny selbst ihnen alles erzählt, was sie über ihren sonderlichen Bruder und ihren dubiosen Cousin wusste.

Die Anlage, zu der sie sich aufmachten, hatte Jenny nie gesehen oder überhaupt davon gehört. Es sollte dort sicher genug sein.

Er lief durch den Flur, klopfte leise an die Tür.

„Wer ist da?" Der alte Mann klang verärgert.

Andrew betrat das Zimmer. Lily kniete nackt am Ende des Bettes. Etwas in ihm fiel in sich zusammen und starb. Er hatte nicht erwartet, dass sie noch immer hier sein würde. Das Blut presste sich schmerzend durch seine Adern.

Lily schaute auf, dann wandte sie den Blick ab, als er durch das Zimmer zu seinem Onkel ging, der in einem lose zugeknoteten, seidenen Morgenmantel an seinem Schreibtisch saß.

„Ich kann verstehen, was du an dem Mädchen magst, Andrew. Ich weiß es zu schätzen, dass du sie mit mir teilst." Der alte Mann sagte das daher, als ob Lily eine Flasche Whiskey oder irgendeine Süßigkeit war, oder nur eine weitere Hure. Das war es, was der alte Mann geschafft hatte. Eine Sache, die Andrew etwas hätte bedeuten können, in eine unpersönliche Dienstleistung zu verwandeln, die sich zwei Männer teilten.

Andrew verneigte sich. „Alles, was mir gehört, gehört auch dir, Onkel."

Im Augenwinkel sah er, wie Lily zusammenzuckte, und sein Magen drehte sich um. Der alte Mann hatte sie absichtlich hierbehalten, bis Andrew vorbeikam. Deshalb war sie noch hier, damit es keine Missverständnisse geben konnte. Kein Schönreden der Realität.

Andrew drehte sich um und sprach mit ihr, als ob sie ein Dienstmädchen wäre. „Zieh dich an und geh zurück in die Küche. Sie brauchen Hilfe beim Packen." Er und Yu Chang würden in ein paar Stunden verschwunden sein und sie musste ihn nie wiedersehen. Dann wäre sie vor ihnen beiden sicher.

Tränen traten ihr in die Augen, aber ihr Blick blieb auf seinen Onkel gerichtet. Der alte Mann hatte ihr schon beigebracht, wer das Sagen hatte.

Andrew wurde übel. Er versuchte, sie zu beschützen, aber das konnte er nicht verraten. Sein Onkel war nicht vollkommen zurechnungsfähig, vor allem dann nicht, wenn es um Andrews Schwester Jenny oder seine Mutter Jun ging. Man konnte nicht wissen, was der Mann tun würde, wenn er von Jenny erfuhr, und sich jemand, der entbehrlich war, in seiner Reichweite befand.

Sein Onkel schaute Lily an und schien Andrews Aufforderung zu bedenken. Andrew schaute aus dem Fenster, bis sein Onkel nachgab. „Du kannst gehen. Aber warte auf meinen Neffen in seinem Bett und tue alles für ihn, was du auch für mich getan hast. Er sieht müde aus – hilf ihm, sich zu entspannen. Er hat es verdient."

Sein Onkel lächelte breit, während Andrew innerlich zusammenschrumpfte. Und doch wusste er, dass er daliegen und sich von ihr berühren und nehmen lassen musste, selbst, wenn er so schlaff wie ein Oktopus sein sollte. Sein Onkel wusste über alles Bescheid, was in Andrews Welt vor sich ging. Über alles.

Bis auf die Sache mit Jenny. Über Jenny hatte er nicht Bescheid gewusst.

Sobald Yu Chang von Jenny erfahren hatte, würden die kleinen Machtspiele um Lily nicht mehr wichtig sein. Andrew wartete geduldig, während die junge Frau ihre Anziehsachen holte, die auf einem Stuhl neben der Tür lagen. Sie zog sich ihr Kleid über den Kopf, verneigte sich und verschwand so schnell sie konnte. Ihre Wangen glühten vor Demütigung.

Es war seine Demütigung.

Er hätte es besser wissen sollen, als sich an etwas zu binden. Sie wegzustoßen war der einzige Weg, sie vor diesem Alptraum zu retten. Er war ein verdammter Narr gewesen, zu glauben, dass sie so etwas wie eine normale Beziehung haben könnten.

Als sich die Tür hinter ihr geschlossen hatte, hob Andrew das Kinn. „Du musst dich auf schlechte Neuigkeiten gefasst machen, Onkel."

Der Ausdruck seines Onkels sackte ein wenig in sich zusammen, aber Andrew blieb stumm. Der alte Mann glaubte, sein Sohn wäre gefangen genommen worden oder umgekommen. Für den Bruchteil einer Sekunde genoss Andrew Yu Changs Trauer, bevor ihm klar wurde, wie tief er gesunken war. Sich an der Trauer anderer zu erfreuen, machte ihn keinen Deut besser als den Mann, dem er gegenüber stand.

Andrew kam auf seinen Onkel zu und hielt ihm das Foto hin.

Sein Onkel stützte sich auf den Gehstock, den er brauchte, seit sein Bein während des Tsunamis an drei Stellen gebrochen worden war. Die Hände des Mannes zitterten, und Andrew erschrak, als er Tränen in seinen Augen schimmern sah.

„Jun?", fragte er mit bebender Stimme. Sein Onkel wich zurück und schien zu taumeln.

Andrew schüttelte den Kopf. „Nicht Jun." Seine Mutter würde sich so schämen, wenn sie ihn jetzt sehen könnte, vor allem, weil er das kleine Mädchen verriet, das ihm einmal alles bedeutet hatte. „Jenny. Jenny lebt."

LUCAS LIEß SICH auf den Stuhl in Sloans Büro fallen und schaute zum dritten Mal innerhalb der letzten Minute auf seine Uhr. „Wo bleibt dieser Kerl?"

Detective Nelson Shaw von der Hongkonger Polizei hatte sich verspätet.

„Wenn ich das nur wüsste." Sloan musterte ihn mit

schmalen Augen, scheinbar war seine nicht gerade heitere Stimmung offensichtlich.

Nach einer Nacht voller großartigem Sex hätte Lucas sich eigentlich wie der König der Welt fühlen sollen. Aber um fünf Uhr morgens in einem leeren Bett aufzuwachen, hatte ihn sauer und unbefriedigt zurückgelassen. Die letzte Nacht hatte für ihn offenbar etwas komplett anderes bedeutet, als für Ashley. Die Frau war ohne ein Wort aus seinem Zimmer geschlichen. Als er auf dem Weg zur Arbeit an ihre Zimmertür geklopft hatte, hatte niemand geantwortet. Und als er im Büro angekommen war, hatte Sloan ihn darüber informiert, dass die beiden Agentinnen der Fallanalyseeinheit 4 gestern Abend zurück nach Virginia beordert worden waren – eine Tatsache, die Ashley zu erwähnen versäumt hatte. Er sollte nicht so wütend sein, aber Teufel noch eins, wenn es ihn nicht unfassbar aufregte, wie eine belanglose Bettgeschichte behandelt zu werden.

So funktionierte er nicht. Das war nicht er. Er konnte sich nicht erinnern, wann er das letzte Mal von einer Frau sitzen gelassen worden war ... ehrlich gesagt war er sich ziemlich sicher, dass Ashley Chen in dieser Hinsicht die erste war.

„Hat Chen gestern noch irgendwas Interessantes über Theo Giovanni herausbekommen?" Sloans Worte waren scharf wie ein Messer, dass in seine offene Wunde stach.

„Nein, aber ich bin mir sicher, sie hätte es erwähnt, wenn es wesentliche Entwicklungen gegeben hätte." Vielleicht irgendwann zwischen dem Blowjob in der Dusche und dem Moment, als er sie über die Lehne der Couch gebeugt hatte. Er war stinkwütend auf sich, dass er den Fokus auf die Ermittlungen aus den Augen verloren hatte. Er war kein notgeiler Teenager, aber bei ihr war er sich so vorgekommen.

„Die Tatsache, dass Giovanni noch lebt, ist ein gutes Zeichen", murmelte Sloan.

Wenigstens sah es so aus, als ob sie letzte Nacht etwas Schlaf abbekommen hätte, aber es gab Gerüchte, dass sie als Einsatzleiterin ersetzt werden sollte. Nach all der Arbeit, die sie in die Ermittlungen gesteckt hatte, wäre das in keiner Weise fair, aber wenn man wusste, wie die Politik innerhalb des FBI funktionierte, war es so gut wie eine ausgemachte Sache.

„Wenn der Detective aus Hongkong wieder abgereist ist, will ich, dass Sie sich darauf konzentrieren, die Mutter des Mädchens zu finden." Sie waren allein im Büro, aber dennoch erwähnte keiner von ihnen Beccas Namen. „Holen Sie sich Unterstützung, wenn Sie sie brauchen – solange Sie ihnen uneingeschränkt vertrauen können." Sie schaute ihn vielsagend an. „Ich werde denjenigen, der mich ersetzt, umfassend auf den Stand der Ermittlungen bringen müssen."

Scheiße. „Ja, Ma'am."

Die Zeit lief ihnen davon, und er war hin- und hergerissen. Wenn sie Beccas Überleben nicht mehr länger geheim halten würden, konnten sie die Opferhilfe einschalten und dem Mädchen umfassende Hilfe besorgen. Aber im Zusammenhang mit dem Chinatown-Bordell waren schon zu viele Leute umgekommen, als dass er sich hundertprozentig sicher sein konnte, dass sie ihr Überleben garantieren konnten, sobald die Täter erfuhren, dass die Behörden eine lebende Zeugin hatten.

Sie mussten diese Sache zu Ende bringen.

Sie mussten diese Leute aufhalten.

Sie mussten herausfinden, wer dieses Mädchen war, und ob sie Angehörige hatte, denen sie nicht egal war. Beccas

Mutter konnte ihnen vielleicht Informationen über die Glücksspielgeschäfte der Organisation geben, aber nie im Leben würde diese Frau ihr Kind zurückbekommen. Vielleicht gab es Großeltern oder eine Tante, die Becca aufnehmen konnten.

Die Vorstellung, dass jemand sein Kind gegen Geld eintauschte, machte ihn wütend bis ins Mark. Er war in einer guten Familie aufgewachsen – nicht nur privilegiert, wirklich gut. Arbeitsam. Engagiert. Ehrbar. Er war stolz auf seine Familie und tat sein bestes, damit auch sie stolz auf ihn sein konnten.

Lucas stand auf und schritt in dem kleinen Zimmer auf und ab. Er musste diese Verbrecher fassen. Er musste sich sicher sein können, dass diesem kleinen Mädchen nichts passieren würde.

Sloan beantwortete eine E-Mail, während die Zeit weiter verstrich.

Sobald sie mit diesem Detective gesprochen hatten, würde er Ashley um Hilfe bitten, Beccas Familie zu finden. Das hatte er gestern Abend schon tun wollen, und er wollte verdammt sein, wenn er sich in seiner Arbeit davon beeinflussen lassen würde, dass sie miteinander geschlafen hatten.

Die Fallanalyseeinheit unterstütze sie noch immer, nur jetzt eben von Virginia aus. Und was noch wichtiger war, er vertraute ihr. Ashley Chen war vielleicht nicht besonders gut im Umgang mit anderen Menschen, aber sie war eine gute Agentin. Arbeitsam. Engagiert. Heiß.

Genau – heiß war genau das Problem.

Theoretisch musste er das FBI darüber in Kenntnis setzen, dass sie etwas miteinander hatten, nur, dass das schon nicht mehr der Fall war. Sie war ohne ein verdammtes Wort abgehauen.

„Wenigstens haben wir die Ergebnisse der ballistischen Untersuchung, die Susan Thomas' Ermordung mit Ray Tans Hinrichtung und dem Mord an Agata Maroulis verbinden." Es zeugte von einem hervorragend organisierten kriminellen Netzwerk. Einem Netzwerk, das langsam auseinanderzubrechen drohte. Lucas konnte die Panik in ihren Handlungen förmlich spüren, aber er wollte nicht, dass noch jemand umkam.

„Wo zur Hölle ist dieser Kerl?" Sloans Frustration kam durch ihren schneidenden Tonfall zum Vorschein.

Es klopfte an der Tür. Lucas öffnete und stand einem Asiaten in einem schwarzen Anzug gegenüber, der mit Diego Fuentes zusammen auf dem Flur wartete.

„Das ist Detective Nelson Shaw, Hongkonger Polizeibehörde, Abteilung des polizeilichen Nachrichtendienstes", stellte Fuentes ihn vor. „Er sagt, er hätte womöglich Informationen über die Täter." Fuentes lehnte sich in den Türrahmen und kaute hektisch auf seinem Kaugummi herum.

Nelson Shaw verneigte sich förmlich. Er hatte kurzes, pechschwarzes Haar und intelligente Augen, die zu vermitteln schienen, dass ihm bewusst war, dass er als Feind betrachtet wurde. Er schüttelte ihnen mit souveränem Griff die Hände. „Danke, dass Sie sich mit mir treffen. Ich hoffe, wir können uns gegenseitig dienlich sein." Seine Worte waren formal, sein Akzent eher britisch als chinesisch, und Lucas fragte sich, wo der Kerl ausgebildet worden war.

Sie setzten sich in das Konferenzzimmer, das Mallory und Ashley gerade erst geräumt hatten. Lucas hätte schwören können, dass er noch immer die süße Note von Ashleys

Hautcreme riechen konnte. Er glaubte nicht, dass er diesen verfluchten Geruch jemals wieder aus der Nase bekommen würde.

Sie hatte keine Notiz hinterlassen oder ihm eine Nachricht geschickt.

Mit einem lauten Schlag stellte er seinen Kaffeebecher auf dem Tisch ab. Finde dich damit ab. Er verhielt sich wie ein liebeskranker Idiot. Es war ein One-Night-Stand gewesen. Das hatte sie mehr als klargemacht, so, wie sie am Morgen verschwunden war, und es sollte ihm nur recht sein. Sie war niemand für eine Beziehung. Sie war stachelig und launisch, dickköpfig, unbesonnen, eigensinnig. Wild entschlossen, unabhängig zu sein. Und sie lebte in Virginia, verdammt noch mal.

Er suchte nach jemandem, mit der er Zeit verbringen konnten. Mit der er normale Dinge unternehmen konnte, wie ins Restaurant oder ins Kino zu gehen, seine Familie zu besuchen, zu wandern, vielleicht, sich körperlich zu betätigen.

Sich nackt körperlich zu betätigen…

Er rieb sich mit den Händen über das Gesicht und trank einen großen Schluck Kaffee.

Koffein war sein Freund.

Nelson Shaw zog eine Akte aus seiner Ledertasche, die er über der Schulter trug. Legte den Ordner auf den Tisch und holte eine Handvoll kleiner Fotos in schlechter Qualität hervor. Die Fotografien zeigten eine Reihe von asiatischen Männern im Alter zwischen zwanzig und achtzig.

Lucas hatte genug Zeit mit Alex Parker in irgendwelchen Treffen über Cybersicherheit verbracht, um allem Chinesischen gegenüber argwöhnisch zu sein, und das schloss den Kerl selbst und alles in seiner Akte mit ein. Ganz oben auf

Lucas' Liste standen Abhörvorrichtungen, dicht gefolgt von USB-Sticks, die zufällig irgendwo vergessen wurden. Es lag in der menschlichen Natur, diese Dinger in einen Rechner zu stecken, um nachzuschauen, was sich darauf befand, und dadurch einen Trojaner in ein bis dahin sicheres Netzwerk einzuschleusen.

Menschen waren immer das schwächste Glied. Sicherheit und Schutz befanden sich in einem ständigen Kampf mit menschlicher Neugier und Einfallsreichtum. Man musste sich ja nur anschauen, woher der Begriff „Trojaner" ursprünglich kam.

Er musterte Nelson Shaw eindringlich und nickte in Richtung der Fotos. „Wer sind diese Typen?"

„Ich gehe davon aus, dass das die Leute sind, die hinter dem Anschlag auf ihre Agenten und Polizeibeamte stecken." Der Detective aus Hongkong ordnete die Fotos, aber Lucas erkannte keinen einzigen der Männer.

„Woher wollen Sie das wissen?" Er klang sogar in seinen eigenen Ohren unwirsch.

Sloan schaute ihn überrascht an.

Nelson Shaws Ausdruck schien belustigt. „Kennen Sie das alte Sprichwort, der Feind meines Feindes ist mein Freund?"

„Diese Leute sind ihre Feinde?", fragte Lucas.

Nelson nickte. „Die Dragon Devils waren jahrelang die größte Plage auf dem chinesischen Festland, bis sie ihren Horizont erweitert haben."

„Dragon Devils? Von denen habe ich noch nie gehört", erwiderte Lucas.

Nelson neigte den Kopf zur Seite. „Nur wenige Leute haben von ihnen gehört. Noch weniger haben ihren Namen je der Polizei genannt."

„Sie scheinen offensichtlich zu wissen, wer sie sind, aber Sie konnten sie bisher nicht schnappen oder aufhalten?", fragte Lucas.

Nelsons Lächeln erlosch. „Wir waren ein paarmal nah dran."

„Aber nicht nah genug", sagte Lucas kalt.

Nelsons ursprüngliches Wohlwollen verdampfte. „Eine Erfahrung, Agent Randall, die Sie teilen, nicht wahr?"

Der Kerl hatte recht und Lucas musste auflachen. „Haben Sie irgendwelche Namen?" Bisher waren diese Täter ihnen auf der Nase herumgetanzt, und er wollte endlich einen Weg finden, die Typen allesamt zu verhaften und ins Gefängnis zu stecken, wo sie hingehörten. Und wenn die chinesischen Behörden dabei helfen wollten, war ihm das nur recht. Solange sie nichts im Gegenzug verlangten.

„Die Devils sind in den Siebzigern vom Festland nach Hongkong gezogen und haben dort ihre Geschäfte betrieben. Als das Territorium 1997 wieder an Beijing ging, sind sie weiter nach Taiwan gezogen, aber sie operierten überall in Asien, handelten mit Heroin und anderen Drogen. Sie haben Spielhöllen eröffnet, Erpressungs- und Prostitutionsringe aufgezogen, Menschenhandel betrieben." Nelson sah angemessen ernüchtert aus. Er deutete auf ein Foto mit einem Mann im mittleren Alter. „Das ist das letzte Bild, das wir von dem mutmaßlichen Anführer der Gang haben, Yu Chang. Chang war 2003 geschäftlich in Macau. Wir hatten einen Mann eingeschleust, der es geschafft hat, uns dieses Bild zukommen zu lassen. Am nächsten Tag wurde unser verdeckter Ermittler in sechs Teile zerteilt aufgefunden. Er war an den Strand gelegt worden, als ob er sich sonnen würde. Seine Augen und seine Zunge waren ihm noch bei lebendigem

Leibe herausgerissen worden – das ist eins ihrer Markenzeichen." Nelsons Stimme war ausdruckslos.

Lucas Blick schnellte zu Sloan. Sie hatten dieses Detail von Susan Thomas' Mord nicht veröffentlicht, aber es war ein ungewöhnlich brutales Vorgehen für einen Mord in diesem Teil der Welt.

„Ist Yu Chang noch immer der Anführer?" Lucas starrte auf das Foto des Mannes. Er müsste mittlerweile Ende sechzig sein, vielleicht sogar Anfang siebzig.

„Wir wissen es nicht. Wir wissen, dass die Organisation ihrem Anführer gegenüber absolut loyal ist, aber wir sind uns nicht sicher, wer der Anführer ist. Sie sind berüchtigt für ihre Verschwiegenheit – weitaus mehr, als die meisten anderen Geheimgesellschaften."

„Weshalb glauben Sie, dass die Dragon Devils hinter dem Bombenanschlag auf das Bordell in Chinatown stecken?", fragte Lucas.

Nelsons Mund wurde schmal. „Wir haben keine Beweise, wir haben nur Indizien."

Sloan stieß den Atem aus, und ihr ganzer Körper schien in sich zusammenzusacken. Sie hatten auf einen haltbaren Hinweis gehofft.

Nelson zog ein altes Foto von Ray Tan hervor. „Dieser Mann, der umgebracht wurde, war 2003 als Mitglied der Dragon Devils bekannt. Er war der Vollstrecker für ihre Glücksspielgeschäfte in Macau, aber wir hatten seine Spur verloren. Als er dann gestern auf offener Straße hingerichtet wurde, wussten wir, wo er gewesen war."

Die Puzzleteile fügten sich nach und nach zusammen. „Und deshalb haben sie ihn umgebracht", sagte Lucas. „Weil sie wussten, dass er wertvolle Informationen hatte, die er nutzen konnte, um seine Freiheit zu verhandeln.“

„Ray Tan hätte die Dragon Devils niemals verraten. Niemand würde das tun. Sie haben ja gesehen, was mit denjenigen passiert, die das wagen.“ Nelson blickte Lucas ernst an.

Lucas wandte den Blick ab. Ja, er hatte allerdings gesehen, was mit denen passierte, die sich mit diesen Leuten anlegten. Mit einer Reihe von brutalen Morden hatten diese Verbrecher eine Atmosphäre der Furcht und des angsterfüllten Schweigens geschaffen. Je länger sie auf der Flucht waren, umso mehr Angst würden sie in der Bevölkerung schüren, und umso inkompetenter würde das FBI aussehen.

Sloans Handy vibrierte. Sie schaute auf die eingegangene Nachricht und fluchte. „Bürgermeister Everett ist im Büro meines Vorgesetzten und erwartet einen Lagebericht. Fuentes, Sie begleiten mich. Randall, Sie besprechen sich weiterhin mit Detective Shaw. Finden Sie so viel über diese Organisation heraus wie möglich.“

„Wir unterstützen Sie gerne, so gut wir können“, sagte der Detective förmlich.

„Vielen Dank. Wenn wir die Dragon Devils eindeutig mit dem Bordell in Verbindung bringen können, können wir endlich damit beginnen, weitere Informationen aus anderen Quellen zu beschaffen. Wir wissen Ihre Hilfe sehr zu schätzen.“ Sie schüttelte Shaws Hand und verließ mit Fuentes im Schlepptau das Konferenzzimmer.

Lucas und Nelson musterten sich, als die Tür ins Schloss gefallen war.

„Ich bin der führende Experte über die Dragon Devils“, sagte Nelson leise.

„Warum haben wir noch nie zuvor von dieser

Organisation gehört?" Lucas gab sich keine Mühe, seine Skepsis zu verschleiern.

Nelson lachte kurz auf, klang aber alles andere als amüsiert. „Die chinesische Regierung will nicht, dass die Leute Wind davon bekommen, dass jemand seit mehr als fünfzig Jahren jeden Versuch der Regierung, sie zu stellen, zunichtegemacht hat."

Lucas runzelte die Stirn. „Wie konnten sie so lange entkommen?"

Nelson zuckte mit den Schultern. „Sie sind sehr reich und sehr vorsichtig. Sie ziehen keine Aufmerksamkeit auf sich. Die Mitglieder der Gang haben mehr Angst vor ihrem Anführer, als vor den Behörden. Wann immer es uns gelang, Informationen über sie in die Hände zu bekommen, haben sie die Zelte abgebrochen und sind weitergezogen. Verschwunden. Sie sind clever. Sie gehen keine Risiken ein. Und sie scheinen immer mehr über unser Vorgehen zu wissen, als sie sollten."

„Sie glauben, sie haben Leute in Ihren Polizeibehörden?"

„Auch in Ihren", sagte Nelson. „Sie wissen über alles Bescheid, was meine Abteilung tut. Vermutlich kennen sie sogar meine Sitzplatznummer für den Rückflug."

„Sie haben hier in Boston eine Menge Agenten und Polizisten umgebracht. Das ist das absolute Gegenteil davon, keine Aufmerksamkeit auf sich zu ziehen."

Nelson neigte seinen Kopf zur Seite. „Vielleicht liege ich falsch, was ihre Beteiligung angeht. Ich weiß nur, dass ich dieser Gang seit vielen Jahren auf den Fersen bin."

Lucas hob verwundert die Augenbrauen. Der Kerl war kaum älter als dreißig.

Nelson bemerkte seine Skepsis. „Der Mann, der das letzte

Foto von Yu Chang gemacht hat?"

Lucas nickte.

„Mein Vater." Nelsons Gesichtsausdruck blieb unverändert, aber der Ton seiner Stimme wurde anders. „Er war verdeckter Ermittler der Hongkonger Polizei. Ich war sechzehn."

„Tut mir sehr leid", sagte Lucas vorsichtig.

„Es war eine schwere Zeit." Nelsons lächelte stoisch. „Ich habe ihn geliebt, und ich habe alles dafür getan, dass sein Tod nicht das ist, was ihn definiert. Aber ich will, dass seine Mörder verurteilt werden."

Das überzeugte Lucas mehr als alles andere, was der Mann bisher gesagt hatte. Er beugte sich über die Fotografien. "Erzählen Sie mir alles, was sie wissen."

Nelsons Haltung sank etwas in sich zusammen. „Das Problem ist, dass wir selbst nach all den Jahren, die wir sie schon jagen, nur sehr wenig über diese Leute wissen", gab er zu. Er verteilte die Fotos auf dem Tisch. „Das hier sind die Männer, von denen wir glauben, dass sie 2003 zusammen mit Ray Tan die Glücksspielgeschäfte der Organisation in Macau betrieben haben."

Lucas starrte konzentriert auf die Fotos, dann deutete er auf eines der Bilder. „Fünfzehn Kilo mehr auf den Rippen, und das könnte einer der Männer sein, die ich im Bordell gesehen habe." Der Mann, der heimlich in Beccas Zimmer geschlichen war.

Nelson nickte aufgeregt. „Xiang Cho. Sie haben ihn gesehen?"

„Ja. Er ist dicker und hat deutlich weniger Haare als auf dem Foto."

„Er ist ein sehr gefährliches Individuum. War lange beim

Militär. Gemein wie eine Schlange, nur nicht so schlau.“

„Hat er Erfahrung mit Sprengstoffen?“, fragte Lucas.

Nelson nickte.

Lucas würde seinen letzten Penny dafür hergeben, um mit diesem Dreckskerl zehn Minuten allein in einem Raum zu sein. Er starrte auf die anderen Fotos, erkannte aber niemanden sonst. „Wenn dieser Typ, Yu Chang, nicht länger die Zügel in der Hand hat, wer wäre dann höchstwahrscheinlich sein Nachfolger?“

„Die Devils wurden in den Fünfzigern von Yu Changs Großvater gegründet. Die Führung wurde seitdem ausschließlich innerhalb der Familie weitergegeben.“

„Ihre eigene kleine Dynastie? Also gehe ich richtig in der Annahme, dass Yu Chang einen Sohn hat?“

Nelson zog ein weiteres Foto aus seiner Akte. Ein Teenager mit einem arroganten Grinsen auf dem Gesicht, der womöglich einer der zwei weiteren Männer gewesen sein könnte, die Lucas im Bordell gesehen hatte. „Ja, aber laut einem Gerücht war die gesamte Familie in den Tsunami von 2004 verwickelt. Seitdem haben wir kein einziges Familienmitglied mehr nachweislich zu Gesicht bekommen – es gab nur noch Gerüchte. Sie sind noch tiefer abgetaucht und haben mittlerweile einen fast mythischen Charakter. Aber irgendjemand muss überlebt haben. Das ganze Imperium scheint in den letzten Jahren dramatisch expandiert zu haben und ist mit dem Einzug des Internets noch mächtiger geworden.“

Also hatten sie wahrscheinlich einen sehr fähigen Computerexperten, der für sie arbeitete, genau, wie Ashley vermutet hatte.

„Das hier ist interessant.“ Wieder zog Nelson ein Foto aus

der Akte. „Yu Chang hatte eine Schwester, Jun, die bei einem Flugzeugabsturz Ende 2003 umgekommen ist."

Lucas fiel auf einen Stuhl und bemühte sich, es nach Absicht aussehen zu lassen. Es war das Hochzeitsfoto einer großen chinesischen Frau und eines blonden weißen Mannes mit dem Lächeln und der Sonnenbräune eines kalifornischen Surfers.

„Jun und James Britton. Sie hatten zwei Kinder, Andrew und Jenny."

Ein weiteres Foto, und Lucas spürte, wie ein Vorschlaghammer auf seiner Brust einschlug. Die Kinder lachten ihn von zwei Schulfotos aus an. Der Junge war wohl der ältere der beiden und hatte eine dicke Brille auf der Nase. Seine Schwester hatte ebenholzschwarzes Haar, das fast lang genug war, um darauf zu sitzen.

Er kannte diese Augen, die Silhouette des zierlichen Nackens, die feine Nase. Wenn das nicht Ashley Chen war, dann hatte sie eine Zwillingsschwester.

„Was war Juns Mann von Beruf?" Galle stieg in ihm auf.

„James Britton hatte eine Computerfirma im Silicon Valley."

Er hat mir codieren beigebracht, sobald ich schreiben konnte.

„Die Polizeiberichte legen nahe, dass der Flugzeugabsturz kein Unfall war", erzählte ihm Nelson, aber seine Worte verhallten in einem langen Tunnel der Verleugnung.

Lucas brauchte einen Moment, um diese Informationen zu verarbeiten. „Was wurde aus den Kindern?"

„Sie sind zu ihrem Onkel gekommen."

„Ihrem Onkel, dem mutmaßlichen Anführer eines kriminellen chinesischen Familienclans? Wie ist das möglich?"

„Yu Chang hat vermutlich jemanden in den Staaten bestochen und es so möglich gemacht."

Lucas starrte den Mann mit zornerfülltem Herzen an. „Ich brauche einen Namen."

Nelson neigte langsam den Kopf. „Man munkelt, dass das Mädchen, Jenny, im Tsunami umgekommen ist. Es gab Berichte, laut denen ihr Bruder und ihr Cousin in den Tagen danach nach ihr gesucht haben."

Hab ein Auge auf Ashley Chen.

Jedes Detail ihres Lebens ist dokumentiert, alles passt perfekt zusammen. Es sieht aus, als ob das ganze Ding am Reißbrett entworfen worden wäre.

Lucas kam sich vor wie der größte Idiot. Er hatte die Bedenken eines Kerls, mit dem er im Krieg gewesen war, vorschnell abgetan – ein Kerl, dessen Instinkte rasiermesserscharf waren, und die er ein Leben lang geschliffen hatte.

War es möglich, dass Special Agentin Ashley Chen die Nichte von Yu Chang war? Arbeitete sie für die andere Seite? Ließ sie ihnen Informationen zukommen? Die Erkenntnis, dass er unmittelbar davor gewesen war, ihr von Becca zu erzählen, drehte ihm den Magen um. Die Erinnerung, wie sie gestern auf der Straße mit Ray Tan gesprochen hatte, blitzte in ihm auf – und er erinnerte sich, wie der Schütze das Feuer eingestellt hatte, obwohl sie genau vor ihm gestanden hatte.

Er war ein verdammter Narr gewesen.

Hatte sie ihn absichtlich verführt? Um einen direkten Draht ins Zentrum der Ermittlungen zu haben? Oder vielleicht, weil Mallory den Verdacht geäußert hatte, dass jemand die Explosion überlebt haben könnte? Hatte sie sein Hotelzimmer durchsucht? Er dachte angestrengt nach, aber ihm fiel nichts ein, was er dort herumliegen hatte, von dem sie nicht ohnehin schon wusste.

Lucas wollte sich am liebsten entschuldigen, aber er konnte den Kollegen aus Hongkong schlecht allein lassen. Er musste Sloan seinen Verdacht mitteilen. Aber er zögerte. Ashley hatte die Ermittlungen extrem vorangetrieben, und wenn er sich irrte, würde er ihre Karriere für nichts und wieder nichts ruinieren, nur, weil sie einer toten Frau ähnlich sah.

Aber was, wenn er recht hatte?

Er musste herausfinden, wo Ashley war, wer sie war, und was genau sie tat.

Er machte mit seinem Handy Fotos von mehreren der Bilder und schickte eine kurze Nachricht an dem einzigen Menschen auf der Welt, von dem er wusste, dass er keine unnötigen Fragen stellen würde. Alex Parker.

Nelson betrachtete ihn fragend. Wusste er schon über Ashley Bescheid? Hatte er erwartet, sie hier zu treffen? Hatte er vor, Lucas oder das FBI mit diesen Fotos zu erpressen? Arbeitete sie in Wahrheit für die chinesische Regierung?

„Was wollen Sie im Austausch für diese Informationen?", fragte Lucas schroff und ballte in seinen Jackentaschen die Fäuste.

„Meine Regierung will, dass die Dragon Devils zur Rechenschaft gezogen werden, und sie ihre Geschäfte einstellen, und wir helfen, wo wir können." Nelson hatte jeglichen Anflug von Umgänglichkeit verloren, als er Lucas starr anblickte. „Ich will Rache für den Tod meines Vaters."

Lucas stieß die Luft aus, von der er nicht bemerkt hatte, dass er sie angehalten hatte. „Rache?"

Nelson zuckte mit den Schultern „Vergeltung."

Wenn man Lucas fragte, machte das keinen großen Unterschied.

„Ich werde Sie wissen lassen, was wir herausfinden."

„Ich will dabei sein, wenn Sie sie verhaften", bemerkte Nelson entschieden.

„Ich spreche mit meinem Boss." Lucas machte keine Versprechen, die er womöglich nicht halten konnte. Er wollte den Detective zur Tür bringen. Er hatte verdammt viel zu tun, und zuallererst musste er die Agentin aufspüren, die in der letzten Nacht seine Welt auf den Kopf gestellt hatte.

Im Türrahmen hielt der Detective inne, ein finsterer Blick in seinen Augen. „Nachdem mein Vater umgebracht worden war, hat meine Mutter ein ganzes Jahr lang jeden Abend geweint. Sie hat wieder geweint, als ich zur Polizei gegangen bin, aber ich habe ihr und mir selbst versprochen, dass ich seine Mörder finde und sicherstelle, dass sein Opfer nicht umsonst gewesen ist." Er blickte Lucas unverwandt an. „Ich weiß, dass Sie mir nicht vertrauen, aber vergessen Sie nicht, dass ich Ihnen den ersten wirklich nützlichen Hinweis geliefert habe, den Sie überhaupt haben." Er hielt Lucas seine Visitenkarte hin. „Ich bin noch für ein paar Tage in Boston, falls es irgendwelche neuen Entwicklungen gibt. Melden Sie sich, wenn ich helfen kann."

Lucas steckte die Visitenkarte ein und brachte den Kerl bis auf die Straße, schaute ihm nach, als er davonging. Dann rief er Parker an.

FÜNFZEHNTES KAPITEL

B RANDON KONNTE NICHT glauben, dass Jenny lebte. Und nicht nur, dass diese egoistische, nervige Schlampe lebte, sie hatte auch noch ihren eigenen Tod vorgetäuscht, ihre Identität geändert und war zum gottverdammten FBI gegangen. Das war ein verflucht dreister Zug für eine verwöhnte Prinzessin, aber seine kleine Cousine hatte schon immer Schneid gehabt. Sie hatte ihren Bruder immer wie einen Waschlappen aussehen lassen.

Andrew war ein Waschlappen, aber er war auch der einzige Mensch auf diesem Planeten, abgesehen von seinem Vater, der Brandon etwas bedeutete. Und das machte die ganze Situation so kompliziert.

Andrew war am Boden zerstört gewesen, nachdem er endlich akzeptiert hatte, dass seine Schwester tot war. Brandon hatte ihn aus dem Leichenschauhaus wegzerren müssen, als die Gefahr einer Seuche zu groß geworden war, und der Gestank der menschlichen Verwesung die Luft erfüllt hatte.

Er ging durch die geschäftige Küche des Hotels, in dem Ashley wohnte, als ob er hierher gehören würde. Ein weißes Hemd und schwarze Hosen machten es einfacher, sich unter die Leute zu mischen. Im Flur hinter der Hauptküche war eine Reihe von Servierwagen für den Zimmerservice aufgereiht.

„Du." Ein Koch mit hochrotem Kopf trug ein großes

Tablett mit Essen durch die Schwingtüren und stellte es vorsichtig auf einem der Wagen ab. „Zimmer 441. Wo ist deine Uniform?"

Brandon grinste ihn bübisch an. „Ich bin neu. Die Zimmermädchen haben mir gesagt, ich soll hier auf Anweisungen warten."

Der Koch verdrehte über die Zimmermädchen die Augen. Er ging zurück in die Küche und kam einen Moment später mit einer roten Pagenjacke zurück, die er Brandon in den Arm drückte. „Beeil dich. Zimmer 441. Bevor es kalt wird."

„Ja, Sir." Brandon knöpfte die Jacke zu, während der Mann zurück in die Küche ging. Der Kerl hätte sich eingepisst, wenn er wüsste, mit wem er sprach. Brandon schob den Wagen in Richtung der Aufzüge am Ende des Flurs. Es war beinah zu einfach. Er begann, vor sich hinzupfeifen, als er auf den Fahrstuhlknopf drückte, und genoss den Geruch des frisch gekochten Essens. Er hatte in der vergangenen Woche von nichts als Instantnudeln gelebt und konnte sie nicht mehr sehen. Auf der Flucht zu sein und sich in einem ranzigen Loch von Wohnung in Cambridge zu verstecken, war nicht gerade seine Vorstellung von Spaß. Er sah zu, wie die Nummern der Stockwerke aufleuchteten und der Fahrstuhl immer höher kletterte. Jenny, Jenny, Jenny – er konnte es kaum erwarten, ihr Gesicht zu sehen, wenn er ihr gegenüberstand.

Sie sollten die Tatsache, dass sie lebte, zu ihrem Vorteil nutzen. Wenn es nach ihm ginge, würde er sie entweder erpressen, damit sie für sie arbeitete, oder sie einfach in Ruhe lassen, damit sie glaubte, sie wäre in Sicherheit. Dann würde er sie zu einem passenderen Zeitpunkt umbringen können – beispielsweise dann, wenn nicht gerade sämtliche Strafverfolgungsbehörden der Vereinigten Staaten hinter ihm her waren. Er würde sich gerne die Zeit nehmen, ihr unmissverständlich klarzumachen, wie verärgert er über ihren Verrat war. Darüber, dass sie weder seinen Vater respektiert hatte, noch ihren Bruder oder ihn, und ein intrigantes kleines Miststück gewesen war. Er wünschte, sie wäre in diesem verfickten Desaster in Thailand umgekommen. Er hatte noch immer Alpträume von dieser Welle, auch wenn er das niemandem je gestehen würde. Und dann war er auch noch gezwungen worden, die Leichenberge zu durchwühlen, als ob es Müllhalden gewesen wären. Er schauderte.

Ja. Wenn er das Sagen hätte, würde Jenny für ihren Verrat mit ihrem Blut zahlen. Aber er hatte nicht das Sagen. Noch nicht.

Sein Vater war besessen. Er war vor Trauer fast umgekommen, als er sie verloren hatte.

Und jetzt wollte der alte Mann Jenny wiederhaben. Er wollte sie bestrafen. Aber vor allem wollte er sie haben.

Brandon hatte Geschichten darüber gehört, wie sein Vater ausgerastet war, als Jun im College einen jungen Amerikaner kennengelernt und ihn schon sehr bald geheiratet hatte. Yu Chang hatte jedes Möbelstück in seinem Haus zertrümmert. Brandon vermutete, dass sein alter Herr James Britton nur deshalb nicht umgebracht hatte, weil die Mutter seines Vaters es ihm verboten hatte.

Die Eltern zu ehren bedeutete in der chinesischen Kultur alles, selbst für Männer wie Yu Chang.

Brandon glaubte nicht, dass es ein Zufall war, dass der Amerikaner kein halbes Jahr nach dem Tod seiner Großmutter ebenfalls gestorben war. Aber Yu Changs Trauer über Juns Tod war aufrichtig gewesen.

Allein die Tatsache, dass Jenny ihrer Mutter so

unglaublich ähnlich sah, hatte seinen Vater davor bewahrt, komplett den Verstand zu verlieren. Sobald er das Foto des Mädchens gesehen hatte, hatte er riesige Summen ausgegeben, um Anwälte und Beamte zu bestechen und Juns Kinder zu sich zu holen, und er hatte wirklich erfreut gewirkt, als sie angekommen waren. Dass der alte Mann Jenny ficken wollte, war krank, aber Brandon war das scheißegal. Es war kein Leiden, das er teilte. Die dickköpfige Art seiner Cousine und ihr aufsässiges Benehmen waren absolut unattraktiv. Er wünschte sich einfach, sie wäre tot geblieben.

Die Köstlichkeit dessen, was Yu Chang mit Jenny anstellen würde, ließ Brandon erschaudern, aber er war weniger begeistert davon, was sein Vater mit ihm anstellen würde, wenn er sie nicht nach Hause zurückbringen würde. Sein Vater war dreiundsiebzig, aber er herrschte noch immer mit eiserner Hand.

Brandon schob den Servierwagen durch den Korridor, bis er zum Zimmer mit der Nummer 815 kam, und klopfte an.

„Wer ist da?", erklang eine Stimme hinter der Tür.

„Zimmerservice."

Eine Frau mit kurzen dunklen Haaren öffnete. Nicht Jenny. Die andere Agentin? „Ich habe nichts bestellt. Sie müssen das falsche Zimmer haben." Ihre Augen wurden groß, als sie den Lauf der Waffe entdeckte, die er unter einer Serviette über seinem Arm versteckt hatte.

„Treten Sie einen Schritt zurück, und es wird niemandem etwas passieren", sagte er sanft. „Ich suche nach Ihrer Freundin."

Der Mund der Frau fiel auf, aber sie trat eilig ein paar Schritte zurück, weg von der Waffe. Er schob den Wagen ins Zimmer und schloss die Tür.

„Setzen Sie sich", befahl er.

Sie fiel auf den nächstbesten Stuhl, dann griff sie hektisch nach dem Telefon. Er zerrte ihre Hand vom Hörer und versetzte ihr einen leichten Schlag mit dem Kolben seiner Pistole.

Sie fiel seitwärts gegen die Lehne des Stuhls. Er zog den Gürtel aus einem Bademantel, der im Schrank hing, und band ihr die Hände auf den Rücken.

„Was wollen Sie?" Ihre Augen waren voller Angst.

Er berührte ihre Wange. „Ich will wissen, wo Ashley Chen ist."

Feine Falten erschienen zwischen den Augenbrauen der Frau. „Ich habe keine Ahnung, wer das ist. Ich habe Geld…"

Er schlug ihr quer über das Gesicht und sie stieß ein hohes Quietschen aus, als ob sie Angst hätte, zu laut zu schreien.

„Ich brauche Ihr Geld nicht", spuckte er aus. „Ich will wissen, wo die FBI-Agentin Ashley Chen ist und wann sie zurückkommt."

„F… FBI?" Blut tropfte aus ihrer Nase. Sein Handabdruck prangte auf ihrer Haut. „Ich kenne keine FBI-Agenten. Ich bin heute erst angekommen. Sie müssen das falsche Zimmer haben."

Ihre Augen waren riesig. Unter normalen Umständen hätte er sie attraktiv gefunden. Er ließ sie reden, ließ sie weiter ihre dämlichen Lügen erfinden. Er hatte eine Beschreibung von Ashley Chens Zimmernachbarin, und sie passte auf diese Frau. Noch so eine Bundesschlampe.

Er zog eine Rolle Panzertape aus seiner Hintertasche und legte sie auf die Kommode.

„Bitte tun Sie mir nicht weh. Ich mache alles, was Sie sagen. Ich werde niemandem erzählen, dass Sie hier waren. Ich bin schwanger." Sie schluckte, und er konnte hören, wie die Muskeln in ihrem Hals sich abmühten, während sie versuchte, nicht zu hyperventilieren. Er riss ein Stück vom Klebeband ab und klatschte es ihr auf den Mund. Dann fesselte er ihre Beine an den Stuhl. Sie erwies sich als erstaunlich folgsam für eine Bundesagentin, aber Frauen waren nun mal schwach. Dieser ganze feministische Mist, und sie waren trotzdem unterlegen. Er hatte Hunde, die er mehr respektierte. Er hielt ihr die Nase zu, bis ihre Augen hervortraten und sie versuchte, aufzustehen und zu entkommen, obwohl sie gefesselt war. Fünf Minuten zu spät.

Sie verlor das Bewusstsein und er ließ ihre Nase los, damit sie wieder zu sich kam.

Als sie die Augen öffnete, zog er ein Messer aus einer Hülle, die er hinten an seinem Gürtel befestigt hatte. „Ich will Ihnen nicht wehtun, ich will nur mit Ihrer Freundin sprechen."

Ihre Augen zuckten nervös, als die Klinge näherkam.

Sie schüttelte panisch den Kopf und begann, mit dem Stuhl hin- und herzuwippen. Er fiel um und schlug krachend auf dem Boden auf. Das Gewicht des Stuhls und ihr eigenes Körpergewicht brachen ihr den Arm.

Ihr Schrei hinter dem Panzertape sandte ein Schaudern von etwas Erregendem seinen Rücken hinunter. Als sie sich genug erholt hatte, um sich wieder auf ihn zu konzentrieren, verzog er mokierend mitleidig das Gesicht und entfernte die Fesseln, die sie an den Stuhl banden. Dann drehte er sie auf den Rücken und stellte seinen Fuß auf ihren gebrochenen Arm.

Schweiß trat ihr auf die Stirn aus und Tränen strömten über ihr Gesicht.

Er beugte sich zu ihr. „Wenn Sie wollen, kann ich das den ganzen Tag lang machen."

Sie schüttelte den Kopf.

Er riss das Klebeband von ihren geschwollenen Lippen. „Wo ist sie?"

Sie schluckte angestrengt und starrte ihn mit angsterfüllten Augen an. „Ich weiß es nicht."

Er seufzte. Nachdem er ein neues Stück Panzertape über ihren Mund geklebt hatte, zog er sie an ihrem gebrochenen Arm durch das Zimmer. Sie wurde vor Schmerzen ohnmächtig, aber sie würde sich wieder erholen. Er warf sie aufs Bett. Er hatte den ganzen Tag Zeit. Beim Geruch des Essens knurrte sein Magen, und er schnappte sich einen Teller vom Wagen und begann zu essen, wartete geduldig darauf, dass die Schlampe wieder aufwachte. Je eher sie ihm verriet, wo Jenny war, umso eher wäre ihr Leiden vorbei.

Das war keine höhere Mathematik. Er begriff nicht, warum manche Leute so lange brauchten, um diesen Mist zu verstehen.

ASHLEY WAR VOM Flughafen aus direkt in die Fallanalyse gefahren und hatte sich den ganzen Tag über an ihrem Arbeitsplatz verkrochen und so viele Menschen wie nur möglich gemieden. Ihr Gewissen hielt sie an, auf ihre Karriere zu pfeifen – sie musste ihrem Boss erzählen, dass Ray Tan die Dragon Devils als Täter genannt hatte. Diese Leute mussten geschnappt und zur Rechenschaft gezogen werden. Und wenn sie sie dabei mit sich in den Abgrund rissen, dann sollte es eben so sein.

Sie beobachtete Frazers Tür mit Argusaugen, aber er war noch nicht im Büro erschienen, und diese Sache war nichts, was sie per Telefon besprechen wollte. Sie hatte die neue Freundin ihres Chefs noch nicht kennengelernt, aber sie hatte gehört, dass die Frau gerade ihr Haus auf den Outer Banks verkauft hatte und mit ihrer Schwester im Teenageralter und ihrem Hund im Schlepptau hierhergezogen war. Ashley hoffte, sie wussten, worauf sie sich einließen. Frazer war der distanzierteste, schwierigste, störrischste Mensch, dem sie je begegnet war, und das wollte etwas heißen, wenn man bedachte, wie distanziert, schwierig und störrisch sie selbst war.

Ihr Handy hatte sie den ganzen Tag lang trotzig angeschwiegen. Lucas Randalls nicht vorhandene Kommunikation hätte sie eigentlich nicht stören sollen, aber sie kam nicht umhin, sich zu fragen, was er wohl gedacht hatte, als sie ohne ein Wort verschwunden war. War er wütend? Oder war es ihm womöglich egal, und er ging einfach seinem Tagesgeschäft nach?

Es war egal, was er fühlte – es würde keinen Unterschied machen –, aber sie konnte nicht aufhören, an ihn zu denken. Am Ende hatte sie ihr Handy ausgestellt und es in ihre Schreibtischschublade gesteckt, um die permanente Ablenkung durch das schwarze Display loszuwerden. Das Bedürfnis, ihn anzurufen, zu erklären, ihm zu gestehen, wie viel ihr die letzte Nacht bedeutet hatte … war gefährlich. Sie wollte keinen Mann in Gefahr bringen, der ihr so viel bedeuten könnte, wenn sie es nur zulassen würde.

Stattdessen zwang sie ihre Aufmerksamkeit auf den Computerbildschirm. Sie hatte ihre Zeit heute damit verbracht, Theo Giovanni, den ekelhaften Anwalt, zu beschatten, der sich den Großteil des Tages im Gerichtsgebäude herumgetrieben hatte, und damit, die Antibabypillen zurückzuverfolgen, die sie im Bordell gefunden hatten. Die Laborergebnisse hatten eine Übereinstimmung ergeben, und die Pillen waren einfach, wenn auch nicht legal, online zu erhalten. Sie hatte ein paar davon mit einer falschen Identität des FBI bestellt. Nun musste sie herausfinden, wo sie hergestellt wurden und wie die pharmazeutischen Fälscher ihre Geldgeschäfte abwickelten. Dann würde sie, mit ein wenig Hilfe der Bundesregierung und dem Justizsystem, ihr Vermögen einfrieren.

Die gute Nachricht war, dass die Pillen selbst Generika der Pharmakonzerne waren, statt ein giftiger Mischmasch, der aus den Resten auf dem Fabrikfußboden zusammengemischt worden war. Sie vermutete, dass die Hersteller also wahrscheinlich auf lange Sicht im Geschäft bleiben wollten, was ihr nur recht war, da es dem FBI mehr Zeit für die Verhaftungen verschaffte.

Und die Hersteller verschickten womöglich noch immer Pillen an die Sexhändler, was einen weiteren Hinweis und eine weitere Möglichkeit bedeutete, herauszufinden, wohin die Bordelle umgezogen waren.

Sie hatte bei der Bundespost angerufen und um ihre Mithilfe gebeten, und wartetet nun darauf, dass deren Mitarbeiter sich bei ihr meldeten.

Kopfschmerzen brauten sich zusammen und drückten gegen ihre Schläfen, und Ashley fühlte sich ein wenig benommen. Sie trank einen Schluck aus ihrer Wasserflasche und suchte in ihrer Schublade nach Schmerztabletten. Kein Erfolg. Sie nahm ihr Handy in die Hand und schaute reflexartig auf das Display. Es war noch immer bedrückend schwarz, als sie das Handy in ihre Tasche fallen ließ.

Ashley schaute auf und bemerkte, dass es Nacht geworden war. Sie war die letzte Person im Büro. Sie ließ die Wirbel in ihrem Nacken knacken.

Sie konnte auf keinen Fall mehr länger warten, und die Idee, die Informationen anonym weiterzugeben, hatte seinen Reiz verloren. Sie musste zu Frazers Haus fahren. Er würde nicht begeistert sein, sie zu sehen, aber er würde es verstehen, wenn sie ihm alles erzählt hatte.

Er würde sie womöglich verhaften…

Bei diesem Gedanken schien die Säure in ihrem Magen zu kochen, aber die Ermittlungseinheit musste wissen, hinter wem sie her waren, wenn sie auch nur den Hauch einer Chance haben wollten, sie zu erwischen.

Als sie aufstand, um zu gehen, kam Matt Lazlo ins Büro geschlendert.

Er hob fragend die Augenbrauen. „Hey. Wie war Boston?"

„Übel", gab sie zu.

„Geht's Ihnen gut? Sie sehen blass aus."

„Ich glaube, ich hab' mir was eingefangen." Einen verspäteten Fall von Reue. Sie trank noch einen Schluck Wasser, um die Galle in ihrem Hals hinunterzuspülen. „Haben Sie was vergessen?"

„Nee." Der ehemalige Navy-SEAL schüttelte den Kopf. „Ich habe meine Mutter besucht", die in einer Einrichtung in der Nähe im Koma lag, „und Frazer hat angerufen, ob ich ihm auf dem Heimweg eine Akte vorbeibringen kann."

Ashley verzog das Gesicht. Warum hatte Frazer nicht sie gefragt, ob sie die Akte vorbeibringen konnte? Er wusste, dass sie zurück war. Hatte Alex Parker seinen Verdacht gegen sie auch Frazer gegenüber geäußert? Trotz allem, was sie geopfert hatte, um ihrem Land zu dienen?

Er weiß, dass du eine Lügnerin bist, er kann es nur nicht beweisen.

Die Realität bohrte ein kleines Loch in ihre Aufgebrachtheit. Parker hatte recht. Sie hatte gelogen, um beim FBI aufgenommen zu werden. Sie hatte ihre Biografie gefälscht und Monate damit verbracht, für den Lügendetektortest zu trainieren, um in das Programm zu kommen. Auf Alex Parker wütend zu sein, war in etwa so, wie auf einen Polizisten wütend zu sein, der einen wegen zu schnellem Fahrens angehalten hatte. Man musste Verantwortung für das eigene Verhalten übernehmen. Das gehörte zum Erwachsensein dazu.

„Wie geht's Scarlett?", fragte sie und versuchte, ihre verbleibende Zeit als Teammitglied in die Länge zu ziehen.

Scarlett Stone war eine geniale, etwas zerstreute Physikerin, Matts Verlobte und zudem die Tochter des berüchtigtsten Spions in der Geschichte des FBI. Zumindest war er das gewesen, bis Scarlett und Matt die Unschuld ihres Vaters bewiesen und den wahren Verräter entlarvt hatten.

Ashleys Stimmung trübte sich, als ihr klar wurde, dass sie, zumindest auf dem Papier, auch eine Verräterin war.

„Ist sehr beschäftigt. Sie verbringt viel Zeit mit ihrem Dad, und wir ziehen gerade auch in unser neues Haus." Matt warf eine Akte auf seinen Schreibtisch und ging zu Frazers Büro. Sie folgte ihm.

„Ich hätte nie gedacht, dass ich mal mit einer Frau zusammenkomme, die die Armaturen danach auswählt, ob man sie abgehacken kann, und die Solarplatten auf dem Dach installieren will." Er grinste und sah wie eine etwas zerzauste Version von Captain America aus. „Hey, wir machen in ein paar Wochen ein Einweihung-Barbecue."

„Barbecue? Im Februar?"

„Das war die Idee von Scarletts Dad. Er hat Lust auf ein Barbecue und macht sich Sorgen, dass er es nicht mehr bis zum Sommer schafft."

Gott. Bei der Vorstellung, ins Gefängnis zu müssen, hätte sie sich am liebsten übergeben. Was hatte sie sich nur dabei gedacht? „Wie geht es ihm?"

Matt zuckte mit den Schultern. „Er bekommt die beste Krebstherapie, die man für Geld überhaupt nur kriegen kann, aber er ist sehr krank. Aber sie sind alle einfach nur verdammt glücklich, sich wiederzuhaben. Ich komme mir vor wie in einer Folge der Waltons." Seine Lippen verzogen sich in die Art Lächeln, das Frauen in die Knie zwang. Aber alles, woran Ashley denken konnte, waren dunkle Haare, espressobraune Augen und die Sorte Küsse, die mit einer Warnung vor gebrochenen Herzen versehen sein sollten.

„Sie sollten vorbeikommen."

Seine Einladung riss sie zurück in den Moment. „Sehr gerne." Aber die Chancen standen nicht schlecht, dass sie bis dahin hier verschwunden sein würde. Persona non grata. Hochkant rausgeschmissen. Als Verräterin abgestempelt. Zugang verwehrt.

Ein Ausdruck eines Fotos lag auf dem Boden neben Frazers Drucker. „Brauchen Sie das?", fragte sie und ging hinüber, um es aufzuheben.

Matt warf einen Blick auf das Bild, während er durch die Akten blätterte, die auf Frazers Schreibtisch aufgestapelt waren.

„Glaube nicht."

Ashley betrachtete das Bild, das sie in der Hand hielt. Es

war ein altes, körniges Foto von Yu Chang. Ihr Mund wurde staubtrocken.

„Sie haben einen Hinweis auf die Verdächtigen in Boston." Sein Mund wurde schmal. „Haben Sie das nicht gehört?"

Sie schüttelte den Kopf. „Ich hatte mein Handy ausgeschaltet und keine E-Mails gelesen, damit ich ein bisschen was erledigt bekomme."

„Hätte ich mir denken können." Er lächelte, und Ashley wünschte sich fast verzweifelt, dass er Single wäre, und sie sich in diesen Mann verlieben könnte, anstatt in einen Mann, den sie nie wiedersehen würde.

Und Matt hatte Scarlett ihre Täuschung vergeben, auch wenn diese im Vergleich zu Ashleys vollkommen verblasste. Ashley öffnete den Mund, um ihm die Wahrheit zu erzählen, jetzt sofort, bevor sie die Nerven verlor.

„Eine Organisation namens Dragon Devils", sagte Matt und beugte sich konzentriert über den Aktenstapel, übersah ihre vor Erstaunen aufgerissenen Augen. „Ein Detective aus Hongkong ist nach Boston gekommen und hat ihnen ein paar Hinweise verschafft. Parker hat außerdem den vermeintlichen Aufenthaltsort der Täter auf einen Radius von einem halben Straßenblock eingrenzen können. Die Polizisten beschatten die gesamte Gegend. Ich kann nicht glauben, dass Ihnen niemand Bescheid gesagt hat. Parker hat erzählt, es sei Ihre Idee gewesen."

„Alex Parker mag mich nicht besonders", sagte Ashley bedrückt, während ihre Gedanken um die Implikationen von Matts Bericht kreisten.

„Hey." Matt klopfte ihr aufmunternd auf die Schulter. „Es war eine gute Idee, und er hat Ihnen das hoch angerechnet. Ich schätze, Sie haben schon Glückwunschbekundungen in Ihrem Posteingang. Das Apartment der Täter ist in Cambridge. Wird nicht mehr lange dauern, bis sie die Typen geschnappt haben."

Ashley blinzelte ihn mit einer plötzlichen Erkenntnis an. Sie musste sich Frazer nicht offenbaren. Sie musste ihre Sünden nicht gestehen. Ihr Herz flatterte in ihrem Brustkorb mit einem neuen Gefühl der Hoffnung.

„Ich komme gerne zu Ihrem Barbecue."

„Bringen Sie noch jemanden mit?" Seine blauen Augen neckten sie.

Sie atmete tief ein, und die Schlinge um ihren Hals schien sich zu lockern. „Vielleicht."

Sie sagte gute Nacht, holte ihre Sachen und verließ das Gebäude. Sie hatte das dringende Bedürfnis, für ein paar Minuten allein zu sein, um nachdenken zu können. Der Winter fuhr mit seinen eisigen Klauen über ihre Haut, und der kalte Wind dämpfte ihre Stimmung. Oder vielleicht war es auch nur einfacher, ihre Depression auf das Wetter zu schieben, anstatt die Wurzeln ihrer Traurigkeit ehrlich zu betrachten. Sie hatte kein Leben außerhalb ihrer Arbeit. Wann immer ihr jemand etwas bedeutete, musste sie sich weit von ihnen entfernen, um sie nicht zu gefährden.

Würde sich das ändern, wenn die Devils verhaftet würden?

Sie lief über den Parkplatz zu ihrem Auto. Eine Gruppe NATs – Neue Agenten im Training – passierten sie auf ihrem Weg zur Kantine.

Sie konnte sich an jede Minute dieses sechzehn Wochen langen Trainingskurses erinnern. Das brutale körperliche Training, die intensiven Schießübungen, die Härte des Verteidigungstrainings. Aber die strapaziöse Ausbildung nicht zu bestehen, war nicht ihre größte Sorge gewesen. Jedes Mal, wenn ihr Name aufgerufen wurde, jedes Mal, wenn sie für Lob oder Tadel ausgesondert wurde, hatte sie damit gerechnet, dass sie ihr befehlen würden, ihre Sachen zu packen und zu verschwinden. Aber das war nie passiert.

Stattdessen hatte sie überragende Leistungen erzielt, hatte alles nur so in sich aufgesogen, hatte Bundesstatuten und Gesetze auswendig gelernt, defensives Fahren, Lageeinschätzung. Jede Lektion war eine weitere Waffe für ihr Arsenal im Kampf gegen die Leute gewesen, die ihr Böses wollten.

Ein Ast knackte im nahen Wald, und Ashley fuhr zusammen, ihr Herz raste in ihrer Brust. Sie zwang sich, sich zu entspannen und ihre Hand nicht sofort an ihre Waffe zu legen. Das Letzte, was sie jetzt brauchte, war es, irgendeinen Spaßvogel oder einen dämlichen Marine zu erschießen.

Sie stieg in ihr Auto, kontrollierte reflexartig den Rücksitz. Sie warf ihre Tasche und ihren Laptop auf den Beifahrersitz. Ihr Gepäck von der Reise nach Boston lag noch im Kofferraum.

Sie fuhr von der Anlage, an den Wachen der Marines vorbei. Sie hielt an einer Pizzeria, die Pizza in Stücken verkauften, und machte sich auf den Weg zu ihrer Zwei-Zimmer-Wohnung, fünfzehn Kilometer südlich von hier. Die Pizza aß sie, während sie fuhr.

Als sie vor ihrem Haus anhielt, das sie seit einer Woche nicht mehr gesehen hatte, löste sich jeder Gedanke in ihr in Luft auf.

Lucas Randall stand an einen weißen Van gelehnt in der Parklücke neben ihr.

Adrenalin flutete ihr gesamtes System, und sie musste sich

zurückhalten, nicht die Arme um ihn zu schlingen und ihn festzuhalten.

„Was machst du hier?", fragte sie, als sie ausstieg. Sie hasste, wie atemlos sie klang. Wie hoffnungslos angefixt.

Er starrte sie eindringlich an. „Ich musste dich sehen."

„Wegen dem Fall?"

Wen kümmerte denn der Fall?

„Wir haben noch ein paar Rechnungen offen." Sein Tonfall warnte sie, dass er wütend war, ganz, wie sie es erwartet hatte. Sie hatte nur nicht erwartet, dass er ihr bis nach Virginia folgen würde.

Ganz egal, wie verdammt gerne sie diesen Kerl küssen wollte, sie musste ihn von sich fortschieben. Ihr Onkel würde alles vernichten, was ihr wichtig war.

„Tut mir leid, dass du eine unnötige Fahrt auf dich genommen hast, Lucas. Ich dachte, du hättest verstanden, dass gestern Nacht eine einmalige Sache war. Eine Möglichkeit, während einer schwierigen Ermittlung Dampf abzulassen." Sie blickte kurz zu ihm auf. Der Blick in seinen Augen war beinah barbarisch.

„Tja, Dampf haben wir durchaus abgelassen." Sein Lächeln war bösartig. Sie wollte sich an ihm vorbeidrücken, aber er zog sie an sich. Und sie hasste sich dafür, wie bereitwillig sie es zuließ.

Hatte sie vergessen, was mit Martel passiert war? War sie so sehr darauf aus, noch jemanden wegen eines flüchtigen Augenblicks der Lust zu opfern?

Lucas drehte sie so, dass er sich gegen ihre Autotür lehnte, sie weiterhin festhielt. Sie krallte sich an ihn, um die Balance nicht zu verlieren, aber auch, weil sie noch nicht bereit war, ihn loszulassen. Dann küsste er sie.

Es war ein harter Kuss, ein strafender Kuss, und sie ließ ihm die Kontrolle darüber, weil sie ein wenig Härte verdient hatte, nach allem, was sie ihm angetan hatte. Ashley wünschte sich diesen leichten Hauch der Strafe, weil sie ihn angelogen hatte. Die Tür des Vans hinter ihnen glitt auf und sie versuchte, sich zur Seite zu drehen, um die Person hinter ihnen durchzulassen.

Lucas hob den Kopf, und Ashley erwartete, dass er zur Seite gehen würde, aber stattdessen hielt er sie in seinen Armen gefangen, während jemand einen Knebel in ihren Mund steckte und eine Haube über ihren Kopf stülpte.

Panik erfüllte sie. Sie begann, sich zu wehren, aber es war zu spät. Sie konnte nicht atmen. Jemand griff nach ihren Handgelenken und drehte sie auf ihren Rücken, dann rasteten die Handschellen mit einem metallischen Klacken ein.

Sie ließ ihr Knie nach oben schnellen, aber es traf nur einen weniger empfindlichen Teil seines Körpers. Sie wurde hochgehoben und in den Wagen geschoben, ihre Beine wurden ebenfalls gefesselt, und sie lag auf dem harten Metallboden, schnappte durch die Nase verzweifelt nach Luft, versuchte, nicht zu hyperventilieren. Jemand tastete sie ab und holte ihr Handy aus ihrer Tasche, ihre Waffe, ihre Ersatzpistole.

Lucas?

Oh Gott.

Was passierte hier? Hatte sie mit ihrem anfänglichen Verdacht doch recht behalten? Arbeitete Lucas für die Dragon Devils?

Jeder war käuflich – sogar reiche Leute.

Sie versuchte, um Hilfe zu rufen, aber die Tür des Vans schlug zu und dämpfte ihre Schreie. Der Motor startete.

Tränen traten in ihre Augen, aber sie weigerte sich, sie fallen zu lassen. Sie hatte nicht mehr geweint, seit sie sechzehn Jahre alt gewesen war und dabei hatte zusehen müssen, wie ihr Onkel einen jungen Mann umbrachte, den sie zu lieben geglaubt hatte.

Eine kräftige Hand drückte sie zu Boden und hielt sie fest. „Ruhig."

Lucas.

Ein Schluchzen stieg in ihr auf.

Sie war entführt worden, und Lucas Randall hatte dabei geholfen. Panik schoss durch sie hindurch, und sie bäumte sich mit aller Kraft auf. Sie konnte nicht zurück zu ihrem Onkel. Sie würde nicht zu diesem Monster zurückgehen. Sie riss sich von der Person los, die sie festhielt, und schlug mit dem Kopf gegen die Seite des Vans.

Gottverdammt!

Ihr Blick zerschellte wie Glas. Sterne flackerten vor ihren Augen auf, und sie erlaubte sich, in die Bewusstlosigkeit hinab zu sinken, während sie die ganze Zeit befürchtete, diejenige zu sein, die verraten worden war.

SECHZEHNTES KAPITEL

Lucas Randall war in ein Leben voller Reichtum und Privilegien hineingeboren worden. Er war in den Krieg gezogen und hatte sechs Jahre als FBI-Agent in einigen der härtesten, schlimmsten Fällen der Vereinigten Staaten ermittelt. Aber das war das erste Mal, dass er seine Werte kompromittierte.

Sie waren die ganze Nacht lang durchgefahren. Ashley war die meiste Zeit bewusstlos gewesen. Lucas hatte ihren Knebel entfernt, weil er nicht wollte, dass sie erstickte, und die Fesseln an ihren Beinen gelöst. Sie konnte ja nirgendwo hinrennen.

Die Tatsache, dass er sie hatte festhalten müssen, als sie sich mit ganzer Kraft gewehrt hatte, bereitete ihm Magenschmerzen. Wenn er sie nicht schon festgehalten hätte, bevor sie bemerkt hatte, dass sie in Schwierigkeiten steckte, hätten sie sie nicht überwältigen können, ohne, dass jemand ernsthaft verletzt worden wäre – vermutlich sie.

Das ging gegen jede Faser in Lucas' Körper.

Alex hatte angeboten, sie allein aufzusammeln, aber so sehr er dem Kerl auch mit seinem eigenen Leben vertraute, mit Ashley Chens Leben traute er niemandem. Sie bedeutete ihm zu viel.

Detective Nelson Shaw hatte eine Bombe platzen lassen, aber Lucas und Alex waren die einzigen beiden, die davon wussten. Lucas hätte mit dem Foto von Jenny Britton direkt zu seinem Boss gehen müssen; er wusste nicht, warum er das nicht getan hatte, außer, dass es zu viele Dinge gab, die keinen Sinn ergaben. Er trat die Rechte seiner Kollegin im Augenblick mit Füßen – und was, wenn er falsch lag? Was, wenn es ein Zufall war, dass Ashley Chen genauso aussah wie die tote Nichte des Hauptverdächtigen?

Unzählige Fragen brannten ihm auf der Zunge, und er brauchte Antworten.

Alex bog auf eine schmale Seitenstraße ein, und der Kies knirschte unter den Rädern. Sie waren beinahe da.

Lucas betrachtete Ashleys regungslosen Körper und ermahnte sich, nicht auf irgendwelche Unschuldsbeteuerungen oder vermeintliche Ahnungslosigkeit hereinzufallen. Sie war eine Lügnerin. Sie hatte ihn vermutlich von Anfang an hintergangen. Sie hatte den ersten Kuss initiiert. Sie hatte mit dem Sex begonnen. Klar, er war es gewesen, der sie in der Gasse gegen die Backsteinwand gedrängt und sie gefingert hatte, aber sie hatte es zugelassen.

Herrgott nochmal.

Ihm war übel. Vielleicht hatte sie alles nur vorgetäuscht – die intensive Anziehung, die glühenden Orgasmen. Er fühlte sich schmutzig und verdammt wütend, aber nichts davon war so wichtig, wie das Leben anderer.

Er hätte ihr fast von Becca erzählt. Diese Erkenntnis ließ ihn beinahe um sich schlagen. Er musste seine Wut kontrollieren, ebenso wie seinen Schmerz.

Alex hielt an und streckte sich, bevor er ausstieg. Lucas öffnete die Seitentür des Wagens und sprang heraus, dankbar für die kühle Morgenluft, die ihn mit ihrer eisigen Kälte augenblicklich wachrüttelte.

„Bringen wir sie ins Haus, bevor es hell wird." Alex ging davon.

Die Sonne erschien langsam am Horizont der Küste von Massachusetts. In den dämmrigen Schatten und den ersten Lichtstrahlen konnte Lucas einen einsamen Außenposten mit einer Hütte erkennen, die von verwilderten Büschen und niedrigen Bäumen umgeben war.

Er drehte sich zum Van um. Das Unumgängliche ließ sich nicht länger aufschieben. Er schob die Hände unter Ashleys Körper und hob sie hoch, versuchte aus irgendeinem dämlichen Grund, sie nicht aufzuwecken. Ihr Kopf fiel zurück, und dann verpasste sie ihm eine so heftige Kopfnuss, dass seine Nase brach, und er sie fallen ließ. Fuck. Er fiel auf die Knie, hielt sich das Gesicht.

Leck mich am Arsch!

Er sah, wie sie blind davonrannte, durch die graue Dämmerung in Richtung des Strands stolperte.

Lucas ignorierte das Blut, das über sein Gesicht lief, und rannte ihr hinterher. Er konnte hören, wie sie sich durch die Büsche schlug. Sie konnte nichts sehen und würde sich nicht auffangen können, wenn sie fiel. Diese Frau würde sich noch das verdammte Genick brechen. Sie hatte keine Ahnung, wo sie war. Sie hätte auch auf einen Abgrund zu rennen können.

War es ihr egal, ob sie lebte oder starb?

Vielleicht konnte sie auch etwas sehen, denn sie fand den Pfad, der zum Strand führte. Für ein paar Sekunden rannte sie weiter, so schnell sie konnte, obwohl sie eine Haube über dem Kopf hatte, und ihre Arme hinter ihrem Rücken gefesselt waren. Dann blieb sie urplötzlich stehen, jede Faser ihres Körpers verkrampfte sich.

Er berührte ihre Schulter, aber sie riss sich fort.

„Was ist das? Was ist das für ein Geräusch?", verlangte sie wütend.

Lucas runzelte die Stirn. Was zur Hölle meinte sie? Er neigte den Kopf zur Seite und lauschte angestrengt. „Eine Möwe."

„Und Wellen? Sind das Wellen? Sind wir am Meer?" Ihre Stimme wurde schrill.

Das war eine verdammt seltsame Unterhaltung, die sie da gerade in so einem Augenblick führten. Er löste die Schnur der Haube und zog sie ihr vom Kopf. Ihr Make-up war verschmiert, ihre Haare zerzaust, ihr rechtes Auge zugeschwollen.

Sein Mund wurde trocken. Das war seine Schuld, weil er sie nicht ordentlich gefesselt hatte.

Aber sie schaute ihn nicht an. Ihr Blick war auf den kilometerlangen Sandstrand gerichtet und auf die Wellen, die in ihrem äonenalten Rhythmus ans Ufer krachten.

Sie begann zu zittern. Dann wich sie zurück. „Nein. Nein. Nein! Bring mich hier weg."

Was zur Hölle? Er wollte sie berühren, aber sie riss sich von ihm los, als ob er derjenige wäre, der sie verraten hatte. Sie drehte sich um und sprintete den Pfad hinauf, aber sobald sie die einsame Hütte am Rand des Strands entdeckte, blieb sie stehen und schaute ihn an. „Ich kann hier nicht bleiben. Bring mich irgendwo anders hin." Ihr Gesicht war verzerrt. „Aber nicht hier. Nicht am Meer."

„Du hast hier keine Forderungen zu stellen, Jenny."

Ihre Unterlippe bebte, und sie wandte den Blick ab. Dann rannte sie weiter, schnell, diesmal in Richtung der Straße.

Lucas holte sie innerhalb von Sekunden ein, hob sie in seine Arme. Sie schrie, aber der Wind trug jedes Geräusch sofort davon und verschluckte es in seinem gespenstischen Gesang.

Sie vergrub ihre Zähne in seinem Fleisch, und er schüttelte sie fluchend ab. Er warf sie über die Schulter und marschierte an Alex vorbei in die Hütte, der feixend in der Tür stand.

Ashley versteifte sich in seinen Armen, als sie den anderen Mann entdeckte.

Lucas ließ sie auf ein bezogenes Bett fallen. Die Vorhänge waren zugezogen, und die Fenster hatten Schlösser.

Es würde sie nicht davon abhalten, sie einzuschlagen, wenn sie die Gelegenheit dazu bekam.

Zwei Paar Handschellen waren am Metallrahmen des Bettes befestigt.

„Ich kann hier nicht bleiben", schluchzte sie. „Wenn eine Welle kommt, sind wir alle tot."

Die Frau hatte sich von einer eiskalten Bundesagentin in eine Wahnsinnige verwandelt, was in etwa dem entsprach, wie er sich fühlte.

„Verstehst du nicht, wie gefährlich das ist? Nur eine Welle, und alle, die an dieser Küste leben, sind tot!" Sie war kurz davor, hysterisch zu werden.

Er wischte sich das Blut vom Gesicht und schaute sie ungläubig an. „Ernsthaft? Nach allem, was du abgezogen hast, hast du Angst vor einem Tsunami? Weißt du eigentlich, wie krank sich das anhört?" Seine Worte und sein Tonfall schienen sie aus ihrer Panik zu katapultieren. Oder vielleicht merkte sie auch nur, dass er nicht auf diesen Mist hereinfallen würde.

Sie schluchzte, hörte aber auf, ihn anzuflehen. Es war vermutlich ohnehin alles nur ein Akt.

Er schob sie zum Bett, aber sie wehrte sich gegen seinen Griff, jeder Zentimeter ihres Körpers stemmte sich gegen ihn, versuchte, zu entkommen, und ließ Erinnerungen in ihm aufsteigen, die ihn davonrennen lassen wollten. Er wollte Ashley Chen oder Jenny Britton oder wie zur Hölle sie auch heißen mochte, einfach sitzen lassen. Wollte durch die Tür gehen und vergessen, dass sie jemals existiert hatte. Vergessen, dass sie ihn angelogen und ihn wie einen Hornochsen an der Nase herumgeführt hatte.

„Ich muss auf die Toilette." Sie wurde lauter, und ihm war klar, dass sie es ernst meinte. Großartig. Er hatte gewusst, dass das Teil der Sache sein würde, aber es gefiel ihm nicht.

Aber er würde das ganz sicher nicht Alex übernehmen lassen.

Dass sie nicht einmal gefragt hatte, warum sie sie entführt hatten oder warum er sie „Jenny" genannt hatte, sprach Bände über ihre Schuld. Sie hatte gelogen, um ins FBI zu kommen. Entweder war sie eine Spionin für die Leute, die sie jagten, oder von einer fremden Regierung eingeschleust. Er entfernte die Handschellen von ihren Handgelenken und stand ungerührt da, als sie ihre Hände ausschüttelte, das Gesicht verzog, als das Blut plötzlich wieder in ihre Finger rauschte. Er öffnete die Tür zum Badezimmer. „Beeil dich."

Der metallische Geschmack des Bluts auf seinen Lippen erinnerte ihn daran, sie nicht zu unterschätzen.

Sie warf ihm einen hasserfüllten Blick zu und wollte die Badezimmertür schließen.

Er schüttelte den Kopf. „Nur über deine Leiche."

Tränen schimmerten in ihren Augen, aber er zwang sich, sie nicht zu beachten und stattdessen an all das zu denken, was Becca in den letzten Jahren hatte erleiden müssen. Sie war das wahre Opfer in dieser ganzen Geschichte.

„Ich hasse dich", sagte Ashley langsam, aber mit

Nachdruck. „Du bildest dir ein, ehrenwert zu sein und nobel, aber du bist nichts weiter als ein scheinheiliger, selbstgerechter Bastard. Ich dachte, du wärst anders, Lucas."

Er ließ ihren Vorwurf an sich abprallen. „Es ist nicht mein Charakter, der hier in Frage steht."

„Ah ja? Vielleicht sollte er das aber sein", erwiderte sie verbittert. „Diese Typen laufen da draußen rum, suchen nach mir, bringen vermutlich jeden um, der sich ihnen in den Weg stellt. Und anstatt dabei zu helfen, sie zu fangen, schnappst du mich einfach von der Straße weg und hältst mich illegaler Weise fest. Du bist genauso schlimm, wie die."

Die Verletzung, die in ihren Augen aufblitzte, machte seiner Entschlossenheit zu schaffen, aber er hatte sich entschieden, und das bedeutete, dass er diese Sache bis zum bitteren Ende durchziehen musste. Er schaute auf seine Uhr. „Du hast sechzig Sekunden, bevor ich deinen lügenden Arsch an das Bett fessle. Ich schlage vor, du legst einen Zahn zu."

Ihr Mund wurde hart, aber sie hob aufmüpfig das Kinn. „Genau, stimmt. Handschellen waren das Einzige, was wir neulich Nacht nicht ausprobiert haben."

Er hielt ihrem Blick stand. „Wenn ich die Wahrheit gewusst hätte, hätte ich dich nie im Leben angerührt."

Sie zuckte zusammen, und er ermahnte sich, sich von diesem seltenen Ausdruck ihrer Verletzlichkeit nicht hinters Licht führen zu lassen.

Sie drehte ihm den Rücken zu und verrichtete ihr Geschäft. Er wandte den Blick ab. Als sie fertig war und sich die Hände gewaschen hatte, fesselte er sie mit den Handschellen ans Bett und band einen Knebel zwischen ihre hübschen weißen Zähne, damit sie sich den Weg in die Freiheit nicht freischreien konnte.

Und die ganze Zeit über blickte sie ihn mit Augen voller Enttäuschung an, als ob er es wäre, der das FBI angelogen hatte.

***

„WO IST ASHLEY Chen?", fragte Andrew mit trügerisch ruhiger Stimme.

„Fuck. Wollen Sie unbedingt erwischt werden, oder was?" Seine Worte klangen leise und hart durch die Leitung. Rabbit hatte endlich seine Nerven wiedergefunden. „Sie können doch nicht so auf eine FBI-Agentin Jagd machen! Sie haben eine unschuldige Frau umgebracht, die im vierten Monat schwanger war."

Andrew hieß Brandons Taten nicht gut, aber es war nun einmal geschehen.

„Warum machen Sie das überhaupt? Sie sollten mittlerweile meilenweit entfernt sein. Im verfickten Kanada", sagte Rabbit.

„So, wie Sie mich in Frage stellen, habe ich das Gefühl, es ist Ihnen nicht mehr wichtig. Haben Sie genug? Denken Sie darüber nach, uns zu verraten? Glauben Sie, Sie werden jemals in Sicherheit sein, wenn Sie das tun?" Andrew ließ durchsickern, wie unglaublich amüsant er diese Vorstellung fand. „Was glauben Sie, wie Ihre Familie reagieren wird, wenn sie herausfinden, dass Sie ein Kind vergewaltigt haben? Wird die Frau, die sie lieben, dann noch zu Ihnen stehen?"

„Ich habe sie nicht vergewaltigt", presste Rabbit durch zusammengebissene Zähne hervor.

„Sie ist dreizehn und wurde gegen ihren Willen festgehalten. Wissen Sie, was im Gefängnis mit Pädophilen passiert?"

„Es gibt keine Beweise", bestand Rabbit.

Andrew lachte. Der garstige, verbitterte Klang verriet, wie er sich fühlte. „Wie wäre es mit einem Video, auf dem Sie das Mädchen über das Bett beugen und sie von hinten nehmen? Wäre das ein angemessener Beweis? Oder wenn Sie ihr befehlen, Sie ‚Daddy' zu nennen? Sie kranker Arsch. Was ist mit der Aufnahme, auf der sie Mae Kwon bitten, die süße kleine Mia Stromberg in ihren Stall voller minderjähriger Mädchen aufzunehmen? Denken Sie, das werden die Leute glauben?"

Rabbit schluckte mühsam. „Das haben Sie aufgenommen?"

„Ich habe alles aufgenommen." Er ließ diese Aussage für einen Augenblick sacken. Sie waren an einem neuen Standort, und Andrew war sich sicher, dass niemand sie hierher verfolgen konnte. Bei der ganzen Aufregung um Jenny hatte er Lily solange aus dem Weg gehen können, bis er gestern abgereist war. Gott sei Dank. Er könnte es nicht ertragen, die Abscheu in ihren Augen zu sehen, die sie für ihn empfinden musste. Sie war jetzt in Sicherheit. Für ihn war es besser, dass er allein war. „Ich muss wissen, wo Ashley Chen ist."

„Ich weiß nicht, wie ich das herausfinden soll. Sie ist abgereist", insistierte er.

„Finden Sie es heraus. Ansonsten statten wir Ihnen als nächstes einen Besuch ab." Er legte auf und es klopfte an der Tür. „Nicht jetzt."

Es klopfte erneut und er ging herüber und riss die Tür auf, bereit, den Idioten auf der anderen Seite, der offensichtlich kein Englisch verstand, in den Boden zu rammen.

Lily stand mit gesenktem Kopf vor ihm, ein Tablett mit

einem Glas und einer Flasche Wasser darauf in der Hand.

„Was machst du denn hier?“, blaffte er sie an. Nach allem, was er getan hatte, um sie zu schützen.

„Der Dai Lo hat befohlen, dass ich den Haushalt begleite.“ Ihr Tonfall war teilnahmslos wie ihr Ausdruck.

Er schrie innerlich auf. Er wollte nicht, dass sie dieser Welt länger ausgesetzt war. Er wollte nicht, dass sein Onkel ihr nahe kam. Es war ein Fehler gewesen, nicht um sie zu kämpfen. Sie hielt den Kopf gesenkt, während sie das Tablett auf einem Tisch abstellte. Ihre Hände zitterten. „Der Dai Lo sagt, wenn du mich nicht mehr in deinem Bett willst, soll ich seins wärmen.“

Das Grauen der Situation stürzte auf ihn ein.

„Willst du bei ihm sein?“, fragte Andrew vorsichtig.

Ihre braunen Augen blitzten so entrüstet auf, sie schien ihn für einen Augenblick wieder wie früher anzuschauen. Bevor er es versaut hatte. Sie hatte dunkle Ringe unter den Augen, die gehetzt schienen und voller Angst, die vorher nicht da gewesen war.

„Ich befolge nur meine Befehle, Sir.“ Sie verneigte sich und wollte gehen, aber er erwischte ihr Handgelenk.

„Ich will nicht, dass du gehst“, flüsterte er leidenschaftlich. Sie wiederzusehen. Sie zu berühren…aber zu wissen, dass sein Onkel sie auch angefasst hatte, ließ etwas in seiner Brust aufbrechen und bluten.

Ihre Augen schauten zu ihm auf, aber statt Liebe sah er nur Abscheu. Sein Griff wurde enger. Der sicherste Ort für sie war sein Bett. Es musste ihr nicht gefallen. „Warte in meinem Schlafzimmer auf mich. Verschwinde unter keinen Umständen.“

Er wartete darauf, dass ihre Augen seinen Blick

erwiderten, aber sie weigerte sich. Sie verneigte sich nur und wich vor ihm zurück. Als er die Tür hinter ihr schloss, umfing ihn die Einsamkeit. Er hasste, was aus ihm geworden war.

Sein Handy klingelte. Rabbit.

„Schauen Sie, ich weiß nicht, wie ich herausfinden soll, wo Ashley Chen ist." Der Mann sprach leise, als ob er Angst hatte, dass jemand mithörte. „Aber ich kenne jemanden, der es wissen könnte." Er nannte Andrew einen Namen und eine Adresse und legte auf.

Andrew starrte lange auf den Zettel. Er wusste, dass er das Todesurteil für diese Person unterschrieb, wenn er den Namen an Brandon weitergab. So ein Mann war aus ihm geworden. Das war es, was er jetzt war. Er nahm das Wasserglas in die Hand und schleuderte es gegen die Wand. Es zersprang in tausend Stücke, die in rasiermesserscharfen Scherben durch den Raum spritzen.

Warum hatte seine Schwester nicht einfach tot bleiben können.

SIEBZEHNTES KAPITEL

„H IER." ALEX DRÜCKTE Lucas einen dampfenden Becher Kaffee in die Hand. „Gib ihr das. Damit macht sie uns keinen Ärger, während ich heute Vormittag ihre Rechner durchleuchte."

Lucas wich vor dem dampfenden Gebräu zurück und stellte es auf der Arbeitsfläche ab. „Ich werde sie nicht unter Drogen setzen."

Alex lächelte ihn reumütig an. „Es gibt Schlimmeres."

Die Narbe, die seine Augenbraue durchschnitt, zuckte. Er hatte sie sich während ihrer Zeit in der Armee in Afghanistan zugezogen, ein Souvenir einer Schlägerei mit ein paar Air Force Piloten, die einen großspurigen Korporal zusammengeschlagen hatten, weil seine Musik zu laut gewesen war. Alex hatte die Piloten wie begossene Pudel abziehen lassen und dem jungen Kerl eine Abfuhr erteilt, weil er eine lärmende Nervensäge gewesen war. Der junge Soldat war später in einem Hinterhalt umgekommen, bei dem Alex sich seine Medaille für besondere Tapferkeit verdient hatte. Mit den Nachwirkungen dieses Hinterhalts zu leben, hatte eine Finsternis in Alex' Augen einziehen lassen, die noch immer zu erkennen war.

Manchmal fühlte es sich so an, als wären diese Hundstage des Kriegs erst gestern gewesen. An anderen Tagen kam es ihm wie das Leben eines anderen vor.

Es war gut, einen Mann wie Alex auf seiner Seite zu haben. Und dem resignierten Ausdruck auf seinem Gesicht nach zu urteilen, war er ebenso wenig erfreut wie Lucas, sich in dieser Situation zu befinden, auch wenn sich sein Verdacht gegenüber Ashley endlich bestätigt hatte.

„Lucas, wir haben eine Bundesagentin entführt. Wenn das irgendjemand herausfindet, sitzen wir richtig in der Scheiße. Sie unter Drogen zu setzen und ruhigzustellen, macht es nicht schlimmer, aber es verschafft uns möglicherweise genug Zeit, um herausfinden zu können, was für ein Spiel sie genau spielt."

Lucas rollte mit den Schultern und wich Alex' Blick aus. Die Hütte gehörte einem Freund von Alex. Jemandem, der keine Fragen stellen würde. Aber sie hatten ohnehin nicht vor, lange zu bleiben.

Die Tatsache, dass Alex und er das Gesetz gebrochen hatten, machte ihn stinksauer. Warum riskierte er seine Karriere für eine Frau, die ihn und die Organisation, der er sein Leben verschrieben hatte, angelogen hatte? Warum tat Alex das? Sollten ihre Taten auffliegen, würde das ihre Karrieren beenden. Schlimmer noch, sie könnten im Gefängnis landen.

„Wir müssen herausfinden, ob sie für die Dragon Devils arbeitet oder für die chinesische Regierung, und dann entscheiden, wie sich das auf den Fall auswirkt."

„Und wenn es so einfach wäre, hättest du die SSA in Boston informiert und eine Überwachung angeordnet." Alex' Gesichtsausdruck wurde weicher. Er hatte die Unterhaltung zwischen Lucas und Ashley mitbekommen. Er wusste, dass ihre Beziehung auch persönlich war. Schlimm genug, dass

Lucas mit dieser Frau geschlafen hatte, aber nun begannen seine Emotionen, ihn auch zu beeinflussen, und seine Gefühle für sie beeinträchtigten sein Urteilsvermögen. Im Gegensatz zu manchen anderen, musste er jemanden mögen, um sie zu vögeln.

Was die Dinge komplizierter machte.

„Ich kann nicht glauben, dass sie ein Maulwurf ist und für die Gegenseite arbeitet. Sie hat uns ein paar fantastische Hinweise geliefert", gab er schließlich zu.

„Man infiltriert die oberen Ränge einer Organisation nicht, indem man schlechte Arbeit leistet", gab Alex zu bedenken.

Lucas atmete heftig aus. Seine Nase pochte von der Kopfnuss, die Ashley ihm versetzt hatte.

Sie war eine gute Agentin, aber Alex hatte recht.

„Sobald wir ein paar Fakten bestätigen können, sprechen wir mit Frazer und Sloan. Außerdem gibt es da noch etwas Wichtiges, was du wissen solltest..." Er erzählte Alex von Becca, sprach in einem leisen Murmeln, das nicht mitgehört werden konnte. „Wenn Sloan ersetzt wird, und Beccas Überleben dem Team mitgeteilt wird, können wir uns einen Informanten der Devils unter keinen Umständen leisten."

Die Vorstellung, dass Ashley bei der Ermordung eines kleinen Mädchens behilflich sein könnte, machte die Tatsache, dass sie miteinander geschlafen hatten, absolut abstoßend.

Alex nickte. „Wir müssen diese Leute schnappen, bevor sie herausfinden, dass das Mädchen lebt. Du hast recht. Wir müssen wissen, ob Chen sie mit Informationen versorgt hat."

Lucas nahm zögernd den Kaffeebecher von der Anrichte. Das Bild von Agata Maroulis, wie sie aufgeregt auf dem Bürgersteig hin- und herwippte, kurz bevor sie in Mae Kwons

Minivan stieg, blitzte in seiner Erinnerung auf. All diese Opfer waren mit Drogen vollgepumpt worden, damit sie leichter zu kontrollieren waren, wenn die Freier kamen. Sein Magen rebellierte.

Er kippte den mit Beruhigungsmitteln versetzen Kaffee in die Spüle und sah zu, wie er im Abguss verschwand.

„Ihre Freiheit zu rauben, ist eine Sache. Ihren Verstand zu rauben, etwas ganz anderes." Er lehnte sich an die Anrichte und schaute aus dem Fenster auf die zitternden Blätter der windgepeitschten Bäume. „Ich muss sie befragen."

Aber er wollte nicht.

Alex schüttelte den Kopf. „Lass uns sehen, was ich aus ihren Laptops herauskriege, bevor wir sie konfrontieren. Ihre Onlineaktivitäten habe ich schon zurückverfolgt. Was?", fragte er, als er Lucas' erstaunten Ausdruck bemerkte. „Ich habe dir doch gesagt, dass ihr Hintergrund suspekt wirkt – ich konnte nur nie herausfinden, warum." Er schaute auf seine Uhr. „Gib mir noch eine Stunde, und wenn sich irgendwas Verdächtiges auf ihren Rechnern befindet, werde ich es finden. Dann können wir entscheiden, was wir als Nächstes tun."

„Weiß Mallory über Ashley Bescheid?", fragte Lucas plötzlich.

Alex vergrub die Hände in seinen Hosentaschen. „Noch nicht."

Mallory würde nicht gutheißen, was sie getan hatten.

„Rex, der Retriever, hatte irgendwelche Komplikationen mit seinem Blutbild, und sie wollten ihn noch für eine Nacht in der Tierklinik behalten, bevor er fliegen darf. Ich habe gerade versucht, sie anzurufen, aber sie geht nicht ans Telefon." Er runzelte die Stirn. „Mit etwas Glück wird sie überhaupt nicht bemerken, dass ich nicht in D.C. war. Ich könnte zum Abendessen zurück sein."

Mallory würde sauer sein, wenn sie es herausfand. Sie hatte Ashley gern. Scheiße. Er mochte Ashley mehr als nur gern. Aber die Karriere der Frau war vorbei, und sobald es herauskam, würde sie eine Ausgestoßene sein. Es ging jetzt nur noch darum, festzustellen, in welchem Maße sie das FBI und ihr Land betrogen hatte, und was genau sie über diesen Fall herausgefunden hatte. Sie hatte Glück, wenn sie aus dieser Nummer herauskam, ohne ins Gefängnis zu wandern.

Alex schnappte sich Ashleys Laptops und baute sie auf dem Küchentisch auf. Dann holte er seinen eigenen Laptop hervor, ein schlankes Ding, das wie aus einem Science-Fiction-Film aussah.

„Du solltest dich ausruhen, solange du kannst", sagte Alex zu ihm.

Lucas war müde und frustriert, aber die Wahrscheinlichkeit, dass er schlafen konnte, war ungefähr so groß wie die Wahrscheinlichkeit, dass Alex und er den Friedensnobelpreis gewinnen würden.

Stattdessen griff er sich den Schlüssel zum Van. „Ich hole uns was zum Mittagessen."

Er ging nach draußen, aber anstatt zum Wagen, lief er zum Strand. Der Geruch des Ozeans wusch in einer eisigen, salzigen Brise über ihn hinweg. Der Sand bedeckte seine Stiefel, während er den Pfad hinunter zur Brandung lief. Die Wellen krachten nur wenige Meter von ihm entfernt ans Ufer, und er starrte auf den silbergrauen Horizont und wünschte sich verdammt noch mal, er wäre Ashley Chen nie begegnet. Beccas blaue Augen tauchten in seiner Erinnerung auf und verstärkten das Gefühl der Schuld und des Versagens. Etwas in ihm wollte so tun, als ob er Ashley auf den Fotos nie erkannt hätte, ein anderer Teil von ihm wollte ihren Betrug an die nationalen Nachrichten melden.

Er hob einen Kieselstein auf, rieb den rauen Sand mit seinem Daumen ab. Dann ließ er den Stein über die Wellen springen, sah zu, wie er in immer kürzer werdenden Abständen über die Wasseroberfläche hüpfte, bis er schließlich unterging und auf den Grund sank.

Eine sehr passende Metapher für seine Karriere, aber seine Karriere war in dieser ganzen Kacke der geringste Verlust.

WENIG SPÄTER ERREGTE ein Rufen aus Richtung des Hauses Lucas' Aufmerksamkeit. Alex kam auf ihn zu gerannt. Sein Freund war kalkweiß, Schweißtropfen standen auf seiner Stirn und verklebten seine kurzen Haare. Scheiße. Was hatte er entdeckt? War Ashley entkommen?

„Diese Bastarde haben einen Auftragskiller zum Hotel geschickt." Alex atmete heftig ein und aus, aber nicht, weil er gerannt war. „Sie haben eine tote Frau in einem der Zimmer gefunden, und ich kann Mallory nicht erreichen." Seine Stimme zitterte. „Ich habe es in den Nachrichten gehört. Frazer weiß von nichts."

Sie rannten den Strand hinauf.

„Was ist Sloans Nummer?" Alex' Stimme bebte vor Emotionen.

„Das ist sie nicht." Mallory wäre niemals so unachtsam.

„Was, wenn doch?"

„Sie ist es nicht." Lucas wählte Mallorys Handynummer, während er durch die Haustür stürmte. Er kontrollierte das Schlafzimmer, um sicherzustellen, dass Ashley noch da war.

Die Tür knallte gegen die Wand, riss sie erschrocken aus dem Schlaf. Sie starrte ihn an, sah aus, wie ein Entführungsopfer. Ihr noch immer geschwollenes Auge, als ob sie geschlagen worden wäre, Handschellen, die sie an das Bett fesselten wie eine Geisel.

Herrgott nochmal.

Der Gedanke, dass er sich auf das Level eines Entführers herabgelassen hatte, machte ihn fast wahnsinnig.

Vielleicht hatte Ashley recht. Das war es nicht, was er tat. Das war nicht, wie er sich verhielt. Aber er wusste nicht, wie er Becca sonst beschützen sollte, und wenn er ganz ehrlich war, musste er Ashleys Geschichte hören. Sie bedeutete ihm etwas – sonst würde ihm diese Situation nicht so zusetzen.

Aber als auf Mallorys Handy die Mailbox ansprang, fühlte er sich nicht mehr besonders mitfühlend.

Sein Puls schoss in die Höhe.

Alex folgte ihm ins Schlafzimmer, blieb aber in der Tür stehen, als ob er Angst davor hätte, was er ihrer Gefangenen antun würde, wenn er weiter ins Zimmer trat. Lucas' Hände waren feucht – wenn Mallory irgendetwas zustoßen würde, könnte er Alex, Mallorys Eltern oder sich selbst nie wieder in die Augen schauen.

Lucas konnte sich nicht einmal vorstellen, wie er sich fühlen würde, wenn die Frau, die er von ganzem Herzen liebte, die Frau, die mit seinem Baby schwanger war, ermordet werden würde. Es war schlimm genug, sich um eine seiner besten Freundinnen zu sorgen. Er wählte Sloans Nummer.

„Wo zur Hölle sind Sie?", blaffte sie ihn an.

„Ich verfolge einen Hinweis über die Mutter." Anscheinend fiel es ihm leicht, zu lügen.

„Ich brauche Sie so schnell wie möglich wieder hier.

SWAT-Einheiten haben das Haus in Cambridge gestürmt – die Typen sind abgehauen.“

Sein Herz zog sich schmerzhaft zusammen, als er die nächsten Worte herauspresste. „Ich habe gehört, es gab einen weiteren Mord…“

„Sie haben sie abgeschlachtet.“ Sloans Stimme zitterte. „Das ungeborene Kind ist auch gestorben. Die Täter müssen herausgefunden haben, dass Agenten von uns in dem Hotel wohnen, und einen Attentäter geschickt haben.“

Seine Knie knickten ein und er sank auf das Bett. Bitte nicht Mallory. Bitte nicht Mallory. Bitte nicht Mallory…

„Eine Beraterin einer Kosmetikfirma, Catriona Malcolm. Diese Bastarde haben sie auf brutale Weise gefoltert.“

Der eiserne Griff um sein Herz wurde lockerer und er konnte wieder atmen, auch wenn sich die furchtbare Erkenntnis breitmachte, dass eine weitere Frau umgekommen war. Er hielt seine Hand über das Handy. Drehte sich zu Alex um, der aussah wie der Tod. „Es ist nicht Mallory.“

Alex Kopf schoss in die Höhe, seine Augen suchten angestrengt nach einem Hoffnungsschimmer.

Sloan fuhr fort. „Sie müssen herausgefunden haben, in welchem Zimmer Rooney und Chen gewohnt haben, und sie gezielt angegriffen haben…“

„Aber Rooney geht es gut? Sind Sie sicher?“

„Als ich heute früh mit ihr gesprochen habe, ging es ihr gut. Sie hatte Glück. Catriona Malcolm nicht. Eine Mary-Kay-Messe war in der Stadt, und das Hotel war gestern Abend komplett ausgebucht. Rooney hatte gestern schon ausgecheckt, um nach Virginia zurückzufliegen, musste aber doch länger hierbleiben. Sie musste sich für die eine Nacht ein anderes Hotel suchen. Ich habe versucht, sie anzurufen, als ich von dem Mord gehört habe, aber ich konnte sie nicht erreichen. Ich vermute, sie sitzt gerade im Flugzeug. Ich habe Frazer angerufen und ihn gebeten, Personenschutz zum Flughafen zu schicken, für den Fall, dass sie es konkret auf sie abgesehen haben.“

War das Vergeltung dafür, dass sie Ashley geschnappt hatten? Gott, wenn er durch sein Handeln den Tod einer Frau verschuldet hatte …

Er deckte wieder das Mikrofon des Handys ab. „Sie hat gestern das Hotel gewechselt. Sie sitzt vermutlich gerade im Flieger, deshalb kannst du sie nicht erreichen.“

Alex sank zu Boden und vergrub das Gesicht in den Händen.

Sloan sprach noch immer. „Frazer hat versucht, Agent Chen zu erreichen. Er klang ziemlich sauer.“

Lucas warf einen Blick auf Ashley, die mit Handschellen ans Bett gefesselt dalag und jede seiner Bewegungen genau beobachtete. „Chen ist bei mir.“

„Sagen Sie ihr, dass sie Frazer so schnell wie möglich zurückrufen soll, wenn sie ihren Job behalten will. Und Sie brauche ich hier.“

„Ich habe einen Hinweis aufgetan, dem wir nachgehen müssen.“ Das war keine Lüge.

„Die Chancen stehen nicht schlecht, dass meine verbleibende Zeit als Leiterin der Sondereinheit in Stunden, wenn nicht sogar in Minuten gezählt werden kann – es sei denn, wir schnappen diese Bastarde.“ Sloan klang angespannt. „Ich habe keine Zeit für ihre Vater-Mutter-Kind-Spiele.“

Lucas bebte vor Wut. Vater-Mutter-Kind? Ein verdammtes Vater-Mutter-Kind-Spiel?

Er hatte sich kaum unter Kontrolle. Er war verschwunden

und versteckte sich zusammen mit einer Agentin, mit der er kürzlich im Bett gewesen war, aber Vater-Mutter-Kind-Spielen passte wohl kaum auf ihre Situation. Er konnte Sloan schlecht die Wahrheit erzählen. Alle ihre Karrieren standen auf dem Spiel.

Er schluckte die Empörung hinunter. „Dann sehen wir zu, dass wir diese Arschlöcher erwischen."

„Verdammt richtig. Sie fragt nach Ihnen."

Becca. „Ich fahre heute Abend bei ihr vorbei."

„Früher", murmelte Sloan verärgert. „Rufen Sie mich an, sobald sie wieder im Büro sind, auch wenn ich bis dahin nicht mehr zuständig bin, verstanden? Ich will mehr Sicherheits-vorkehrungen für unsere kleine Freundin, und die Sprengstoffeinheit kann keine Agenten mehr entbehren."

„Verstanden." Er legte auf und atmete tief ein. „Mallory weiß vermutlich noch nicht einmal, dass im Hotel ein Opfer gefunden wurde." Er rieb mit dem Daumen über seine Uhr. „Sie wird bald landen."

Alex hob den Kopf. „Ich hätte den Ortungssender in ihrem Laptop niemals abstellen dürfen. Ich hätte sie nie allein lassen dürfen." Seine Hände zitterten noch immer.

„Na ja, ich bin mir ziemlich sicher, dass Frauen bei potenziellen Ehemännern nicht gerade nach paranoiden Stalkern suchen – zumindest nicht die Frauen, die ich kenne."

Alex lachte. „Als ob ich das nicht wüsste." Er schaute auf. „Ich muss zu ihr nach Hause."

„Wir müssen zuerst diese Sache hier zu Ende bringen", erwiderter Lucas scharf. Sosehr er Mallory auch liebte, sie war nicht die Einzige, die in Gefahr schwebte. „Frazer schickt ein paar Agenten als zusätzlichen Personenschutz zum Flughafen. Sorge dafür, dass einer deiner Firmenjets am Flughafen in

Boston wartet, damit wir sofort los können, sobald wir hier fertig sind, aber lass uns den Fokus nicht verlieren."

Hinter ihm machte Ashley ein Geräusch. Dann rammte sie ihm ihr Knie in den Rücken. Er knurrte und stand auf, ging um das Bett herum, damit er ihr den Knebel entfernen konnte, ohne einen Stiefel ins Gesicht zu bekommen.

„Was ist passiert?" Ihre Stimme war heiser, und ihr Klang schnitt durch seine Nerven wie ein Violinenbogen. Ebenso wie ihr blaues Auge.

„Deine Kumpels haben die nächste Bewohnerin deines Hotelzimmers in Boston abgeschlachtet. Ich vermute, sie haben geglaubt, das Opfer sei vom FBI, und wollten deinen Aufenthaltsort aus ihr herausbekommen." Er gab sich keine Mühe, seine Abscheu zu verbergen. „Die Frau war ebenfalls schwanger."

Alex fluchte.

„Glaubst du, damit habe ich irgendwas zu tun?" Ihr Blick heftete sich auf ihn. „Sie suchen doch nach mir."

„Ganz genau. Als sie mitbekommen haben, dass wir dich durchschaut hatten, haben sie jemanden geschickt, um dir dabei zu helfen, zu entkommen."

„Mir dabei zu helfen, zu entkommen?" Sie starrte ihn selbst mit nur einem Auge fassungslos an. „Mein Gott, mir war bis zu diesem Moment nicht klar, dass du wirklich ein Idiot bist."

Er ignorierte die Beleidigung. „Wo sind sie?"

„Wenn ich das wüsste, hätten wir sie schon verhaftet." Ihre Verbitterung klang echt, aber diesmal würde er sich nicht verarschen lassen.

„Ich dachte, es gäbe einen Hinweis auf ihr Versteck? Warum sind sie nicht im Gefängnis?"

„Davon wusstest du?", fragte Lucas überrascht.

„Matt Lazlo hat es gestern Abend erwähnt, bevor ich das Büro verlassen habe."

Alex neigte den Kopf zur Seite und bemerkte ausdruckslos, „Sie haben das Haus gestürmt, aber es war niemand mehr da. Die Täter sind offensichtlich gewarnt worden."

Das war ein weiterer Nagel in ihrem Sarg, und sie wusste es. „Das hatte nichts mit mir zu tun. Kontrolliert mein Handy."

„Schon passiert. Sie hätten ein Festnetztelefon im Büro benutzen können", argumentierte Alex.

„Habe ich aber nicht." Sie atmete frustriert aus, ihre Augen schienen in die Ferne zu schweifen. „Ich bin so dumm. Sie müssen herausgefunden haben, dass ich noch lebe. Ihr müsst mich gehen lassen. Sie werden sich durch nichts aufhalten lassen, um mich zurückzubekommen."

„Deine Drohungen sind mir egal…"

„Das sind keine Drohungen! Verstehst du nicht, dass ich versuche, dich zu retten?" Ihr Ausdruck war voller selbstgerechter Empörung und Abscheu, was seine Gefühle haargenau widerspiegelte.

„Sie werden nicht aufhören, nach mir zu suchen, bis sie mich gefunden haben, und sie werden jeden umbringen, der sich ihnen in den Weg stellt. Ich will nicht, dass du stirbst." Ihre Stimme brach. Ihre Augen waren feucht. „Ich will nicht, dass noch jemand sterben muss."

Lucas hatte noch nie gut mit Tränen umgehen können. Für einen Augenblick wollte er am liebsten die Hand ausstrecken und sie in seine Arme ziehen. Sie trösten.

Wer zweimal auf den gleichen Trick hereinfällt…

„Erspar' mir das Theater." Er stählte sein Herz. „Du hast deinen eigenen Tod vorgetäuscht, deine Biografie erfunden und bist unter falscher Identität zum FBI gegangen. Das sind nicht die Taten einer Unschuldigen."

Ihr Blick wich ihm aus.

Er hielt eine Kopie des Schulfotos hoch, das Nelson Shaw ihnen dankenswerterweise zur Verfügung gestellt hatte. „Sag die Wahrheit, Jenny. Hilf uns, diese Leute zu schnappen und sie hinter Gitter zu bringen. Wir werden dem Staatsanwalt mitteilen, dass du kooperiert hast."

„Pft. Glaubst du, der Staatsanwalt kann mich vor diesen Leuten beschützen?" Sie schaute ihn abschätzig an. „Und wirst du ihm auch von deiner kleinen Entführungs- und Verhöreskapade hier berichten, wenn du ihn schon auf den neusten Stand bringst?"

„Natürlich."

„Wie auch immer. Mach dir keine Mühe", sagte sie bitter. „Mir wird ohnehin niemand glauben."

Das ignorierte er. „Die richtige Entscheidung wäre es, uns dabei zu helfen, diese Leute zu schnappen."

„Was zur Hölle glaubst du denn, habe ich die ganze Zeit versucht?", schnauzte sie ihn an.

Sicher.

„Und warum hast du uns dann nicht erzählt, dass du Ray Tan kennst?"

Furchen erschienen zwischen ihren Augenbrauen. „Ich kenne ihn nicht…"

„Dafür hast du dich aber verdammt noch mal sehr gut mit ihm unterhalten, kurz bevor er auf offener Straße erschossen wurde und du auf wundersame Weise unverletzt davongekommen bist!" Die Wände wackelten förmlich, so vehement waren seine Worte, und sie zuckte zusammen. Scheiße. Er zügelte seine Wut.

„Ich kannte ihn nicht. Ich habe ihn nie zuvor gesehen." Sie wandte den Kopf ab und starrte aus dem kleinen Fenster. „Aber du hast recht, er hat mich erkannt. Hat gesagt, ich sähe wie einer der Dragon Devils aus, nach denen das FBI sucht."

„Wenn er dich nie getroffen hat, wie hat er dich dann erkannt?"

Ashley zerrte unruhig an ihren Fesseln hin und her.

Lucas zwang seine Augen fort von ihrem sich windenden Körper. Selbst während einem Verhör zu Verrat und Mord spürte er die Wirkung, die sie auf ihn hatte.

„Ich vermute, er kannte entweder meine Mutter oder meinen Bruder. Wir sehen uns alle sehr ähnlich. Oder vielleicht hat er ein Kinderfoto von mir gesehen, so wie du. Mein Onkel hat meine Mutter vergöttert." Etwas Verbittertes schwang in ihrer Stimme mit. „Er hatte in fast allen seinen Häusern ein großes Porträt von ihr hängen, und ich sehe fast genauso aus wie sie, nur dass ich ‚weißer' bin."

„Laut deiner eigenen Aussage wusstest du also, dass es die Dragon Devils waren, die Ray Tan umgebracht haben, hast es aber nicht für nötig gehalten, dem FBI zu mitzuteilen, nach wem sie fahnden?" Lucas hatte überhaupt kein gutes Gefühl dabei, eine Frau zu verhören, die an ein Bett gefesselt war.

„Ich wollte es Frazer gestern erzählen, aber er war nicht im Büro. Dann hätte ich es beinah Matt Lazlo erzählt, aber er hat mir gesagt, dass das Bostoner FBI den Namen der kriminellen Organisation hinter der Explosion schon kannte, und ihr den Aufenthaltsort der Täter lokalisiert hättet", was sogar ihre Idee gewesen war, wie er zu spät erkannte, „und ich dachte, ich müsste nicht mehr alles aufgeben."

„Deine Deckung, meinst du?“

„Mein Leben!“ Sie starrte ihn zornig an und er vergewisserte sich, dass sie ihn nicht erwischen konnte. Seine Nase tat noch immer höllisch weh.

„Für wen arbeiten Sie?“ Diese Frage kam von Alex, der im Türrahmen lehnte.

„Für Uncle Sam, genau wie Sie…“

„Die Chinesen? Die Koreaner?“

Sie schüttelte den Kopf und spuckte eine Haarsträhne aus ihrem Mund. Ein hartes Lachen platze aus ihr heraus. „Hören Sie eigentlich, wie vorurteilsvoll Sie klingen?“

„Vorurteilsvoll?“ Alex’ Ausdruck sagte alles. „Ich?“

„Sie haben doch seit dem Moment, als wir uns das erste Mal begegnet sind, nach einem Vorwand gesucht, mich den Wölfen zum Fraß vorzuwerfen. Was zur Hölle sind Sie überhaupt? Ein Berater? Was für ein Haufen Blödsinn.“

Alex öffnete den Mund, um etwas zu erwidern, aber Ashley ließ ihn nicht zu Wort kommen.

„Sie haben den totalen Durchblick, oder? Ich bin nur irgendeine schlitzäugige Schlampe, die ihre Sexualität und Weiblichkeit benutzt, um beeinflussbaren Männern ihre Geheimnisse zu entlocken.“

Lucas hatte sich nie für beeinflussbar gehalten, aber ganz offensichtlich war er es doch, wenn es um eine Frau wie Ashley Chen ging.

„Sie glauben, ich warte nur auf den richtigen Augenblick, sammle währenddessen so viele Informationen wie möglich, bevor ich wieder zurück nach Hause nach … wohin, nach Beijing renne? Nur, dass ich noch nie in meinem Leben in Beijing war und mich als Amerikanerin sehe, nicht als Asiatin, nicht mal als asiatisch-amerikanisch, auch wenn die Leute scheinbar nicht anders können, als uns irgendwelche verfickten Label zu verpassen und jeden sauber und ordentlich in eine Schublade zu stecken.“

Es entstand eine lange Pause, bevor Alex sehr langsam und vorsichtig antwortete. „Es ist nicht Ihre Ethnizität, die mich stört, Ashley. Ist es nie gewesen. Es ist Ihr Doppelspiel.“ Seine Worte schnitten bis ins Mark.

„Also überprüfen Sie jeden, der für die Fallanalyse arbeitet…“

„Ja.“ Alex verschränkte die Arme vor der Brust. „Tue ich.“

Ashley blinzelte, scheinbar überrumpelt.

„Bestreitest du, dass alles, was du in deiner Bewerbung beim FBI angegeben hast, eine Lüge war?“, fragte Lucas.

Ihr Blick schnellte zwischen den beiden hin und her. Ihre Stimme wurde klein. „Nicht alles.“

Alex’ Mund verzog sich.

„Dann erzähl uns die Wahrheit. Alles.“ Lucas tat so, als ob sie nicht jemand war, mit der er geschlafen hatte. Sie war nur eine weitere Kriminelle, die verhört wurde. „Das ist deine Chance. Erzähl uns, warum du – die Nichte eines der mächtigsten Gangsterbosse der Welt – eine neue Identität angenommen und das FBI infiltriert hast.“

„Infiltriert? Ich habe überhaupt nichts infiltriert.“ Sie atmete heftig ein und stieß den Atem dann zusammen mit etwas ihrer Wut wieder aus. „Schön. Nimm mir diese verdammten Handschellen ab, und ich erzähle alles. Aber ich muss so weit wie möglich fort von den Menschen, die ich lie…“ Sie ertappte sich und starrte ihn an. „Stelle sicher, dass alle, mit denen ich arbeite – Nachbarn, alle, die irgendeine Verbindung zu mir haben – in Sicherheit sind. Ich weiß, dass das nicht einfach sein wird, aber den Devils ist es egal, wem sie

Schaden zufügen oder wen sie umbringen, solange sie an die Informationen kommen, die sie haben wollen. Sag Matt, dass er auf Scarlett aufpassen soll, und Jed, dass er Vivi und Michael warnt." Sie schaute ihn an. „Und stell sicher, dass deine Familie besondere Vorkehrungen trifft. Frazer und Darsh auch."

„Okay." Er konnte nichts dafür, wie skeptisch er klang.

„Ich meine es ernst. Ihr habt keine Ahnung, mit wem ihr es da zu tun habt."

„Und wessen Schuld ist das?", fragte er leise.

Sie wandte ihren Blick ab.

Er griff nach den Handschellen und befreite erst ihr eines, dann ihr anderes Handgelenk. Ihre Hände fielen auf die Kissen, als ob sie zu erschöpft wären, um sich zu bewegen.

„Fangen Sie an, zu reden", warf ihr Alex von der Tür aus kühl zu.

Ashley starrte ihn an, dann zwang sie ihre Arme vor ihren Oberkörper, damit sie sie ausschütteln konnte. Lucas berührte sie nicht. Versuchte nicht, ihr zu helfen. Er war sich ziemlich sicher, dass er alles, was er für sie empfand, verraten würde, sollte er sie berühren. Er konnte es sich nicht leisten, ihr diese Schwäche zu offenbaren.

Sie setzte sich mit einer Anmut auf, die nichts von ihrer Tortur verriet. „Ich muss auf die Toilette, und dann würde ich es sehr zu schätzen wissen, wenn ich etwas Warmes zu trinken bekommen könnte. Vorzugsweise Tee." Trotz allem, was sie durchgemacht hatte, schaffte sie es noch immer, sich in eisigen Hochmut zu hüllen.

Alex zog die Augenbrauen hoch. Offensichtlich hatte er etwas von seinem Humor wiedergefunden, denn er lächelte kurz und machte einen Bückling, dann ging er in die Küche.

Lucas blieb im Schlafzimmer, während Ashley auf die Toilette ging und sich das Gesicht wusch. Sie ließ die Tür einen Spaltbreit offenstehen und Lucas stieß sie auch nicht weiter auf. Die Situation zwischen ihnen war schon angespannt genug.

Ein paar nasse Haarsträhnen klebten ihr auf der Stirn, als sie ins Schlafzimmer zurückkam. Die Haut um ihr rechtes Auge war fast schwarz.

Wieder verspürte er ein übles Gefühl in seiner Magengegend. „Lass uns ein etwas Eis für dein Auge suchen.“

„Ernsthaft?“ Ihre Verachtung ließ ihn zusammenzucken.

Sie hatte sich verletzt, als sie versucht hatte, ihm zu entkommen, und die Scham, die er deswegen empfand, war sehr echt. Aber er war in diesem Szenario nicht der Böse.

„Was zur Hölle hattest du denn erwartet?“

Die Wut schien aus ihr zu entweichen, und ihre Unterlippe zitterte. „Das. Genau das habe ich erwartet.“ Sie warf einen Blick auf das Bett. „Abgesehen von der peinlichen Tatsache, dass ich mit der Person geschlafen habe, die es herausgefunden hat.“ Sie hob neugierig ihr Kinn. „Wie hast du das eigentlich angestellt? Es herauszufinden?“

Er hatte überhaupt nichts herausgefunden. „Detective Nelson Shaw von der Hongkonger Polizei ist nach Boston geflogen, um uns seinen Verdacht über die Dragon Devils mitzuteilen. Du hattest Glück. Fuentes und Sloan waren nicht mehr im Zimmer, als er mir die traurige Geschichte von Yu Changs armer, toter Nichte erzählt hat.“

Ashley schloss für einen Moment die Augen. „Nelson Shaws Vater war ein Opfer der Dragon Devils.“

„Du kennst Shaw?“

„Nicht persönlich.“ Sie rieb sich die roten Abdrücke an

ihren Handgelenken. „Ich habe über die Jahre viel Recherche über die Organisation betrieben ...“

„Um ihnen dabei zu helfen, dem Gesetz immer einen Schritt voraus zu sein?“

„Nein.“ Sie starrte auf den Fußboden, aber ihr Tonfall war alles andere als kleinlaut. „Um sicherzugehen, dass ich ihnen immer einen Schritt voraus war.“

ACHTZEHNTES KAPITEL

I HRE ZEIT WAR abgelaufen. Fünf Minuten, nachdem sie vom Tatort ins Hotel zurückgekommen war, wurde Sloan in das Büro des SACs gerufen.

Sie warf einen Blick auf die Uhr über dem Schreibtisch der Sekretärin. Punkt zwölf. In Anbetracht der Tatsache, dass sie gleich gefeuert werden würde, schien das sehr passend. Sie klopfte an die Tür ihres Bosses, vielleicht ein bisschen vehementer als nötig, aber immerhin trat sie die Tür nicht ein.

„Herein."

SAC Don Salinger war kein fieser Kerl, aber er wusste, dass Ergebnisse – oder das Ausbleiben von Ergebnissen – ein schlechtes Licht auf seine Bewertung warfen. Die Explosion war mittlerweile eine Woche her, eine Ewigkeit für so eine Ermittlung. Die Öffentlichkeit erwartete mehr und verdiente Besseres. Sie wollte sich wieder sicher fühlen.

„Carly, das ist SSA Greg Trainer." Salinger stellte sie vor. „Er wird ab jetzt die Leitung der Sondereinheit übernehmen."

Trainer war ein großer, schmaler Mann mit hängenden Schultern. Sie hatte schon von ihm gehört. Er hatte den Ruf, ganz verbissen zu sein, wenn es darum ging, Kriminelle zu schnappen, und ein Pedant, wenn es um Büropolitik ging.

„Sie haben gute Arbeit geleistet, Sloan", sagte Trainer und reichte ihr die Hand.

Sie versuchte, sich davon zu überzeugen, dass er nicht herablassend klang. „Ich habe ein gutes Team, aber diese Täter schienen uns immer einen Schritt voraus zu sein. Ich glaube, dass es irgendwo eine undichte Stelle gibt."

„Das ist eine ziemlich schwere Anschuldigung." Trainers blasse, blaue Augen musterten sie ruhig.

Vielleicht zeigte sich langsam ihr Wahnsinn. Ein Anschlag dieser Größenordnung, bei dem man drei Polizisten und vier der eigenen Männer verlor, gefolgt von einer Reihe grauenhafter Morde, konnte das schon mal zur Folge haben.

„Ja, nun gut, es war eine verdammt miese Woche."

Ihr Boss schien verstimmt über ihre Einstellung, aber das war ihr egal. Diese Ermittlung würde ein Schandfleck in ihrer Personalakte sein, ganz egal, wie sehr sie ihnen jetzt den Arsch küssen würde. Ehrlich gesagt hatte sie dafür einfach keine Energie mehr. Seit dem Tag, an dem Mia Stromberg entführt worden war, hatte sie vielleicht insgesamt acht Stunden Schlaf bekommen.

„Ist das der Grund dafür, weshalb Sie darauf bestanden haben, selbst Ihrem eigenen Team zu verheimlichen, dass wir eine Zeugin haben, die die Explosion überlebt hat?", fragte Trainer beiläufig.

Unbehagen tröpfelte ihr den Rücken hinunter. „Ich hielt es für eine Information, die nicht an die große Glocke gehängt werden sollte." Ihr Blick fiel auf Salinger. Sie hatte ihm erst von Becca erzählt, nachdem sie den Personenschutz durch die Kollegen der Sprengstoffeinheit in die Wege geleitet hatte.

Salinger stärkte ihr den Rücken. „Wenn man bedenkt, was jedem unserer anderen Zeugen oder potenziellen Zeugen zugestoßen ist, war es eine vernünftige Entscheidung."

„Weiß Ihr Mann Bescheid?", fragte Trainer.

„Nein." Sie streckte die Schultern durch, und ihre Augen wurden schmal. „Er weiß nichts."

Trainer lehnte sich an Salingers Schreibtisch. Vielleicht machte er sich für seine nächste Beförderung schon mal damit vertraut. „Dafür, dass das Mädchen angeblich eine Kronzeugin ist, hat sie uns bisher sehr wenig verraten." Er schaffte es, sogar diese Tatsache wie Sloans Schuld klingen zu lassen.

„Sie ist ein sexuell missbrauchtes, dreizehnjähriges Mädchen, das zwei Jahre lang eingesperrt war und eine massive Bombenexplosion überlebt hat", informierte Sloan ihn barsch. „Sie braucht Zeit, um sich wieder zu fassen, und sie wird vor allem dann als Zeugin interessant sein, wenn wir tatsächlich jemanden verhaftet haben, gegen den sie aussagen kann. Derzeit arbeiten unsere Agenten daran, die Mutter aufzuspüren."

Trainer zog die Brauen über seinen blassen Augen in die Höhe. „Wie viele Agenten suchen nach der Mutter und ermitteln in der Glücksspielsache?"

„Zwei." Sie hatte Salinger nicht um Erlaubnis gefragt, um Chen einzuspannen, aber sie brauchten jemanden mit überdurchschnittlichen Computerkenntnissen, und zudem arbeiteten FBI-Agenten im Außendienst immer mit einem Partner.

Den zusammengepressten Lippen ihres Chefs nach, war er nicht erfreut darüber, aber er sagte nichts.

„Wie weit sind sie?", fragte Trainer.

„Sie gehen genau in diesem Augenblick einem Hinweis nach." Sie widerstand der Versuchung, auf ihre Uhr zu schauen. Warum zur Hölle Lucas Randall es für angebracht hielt, genau zu diesem Zeitpunkt der Ermittlungen einfach zu verschwinden, war ihr völlig schleierhaft. Sie hatte mehr von ihm erwartet.

„Sie sollten mehr Agenten darauf ansetzen, anstatt ihre Zeit damit zu verschwenden, den Hafen zu durchsuchen", sagte Trainer.

Wenn man bedachte, wie viele Stunden sie damit zugebracht hatte, klamme, düstere Container zu durchsuchen, konnte er sich seine Meinung sonst wo hinstecken. „Wir hatten einen glaubhaften Hinweis bekommen, dass sie am Hafen waren."

„Der, wie wir wissen, von einem ihrer Partner kam. Es war ein Ablenkungsmanöver, und wir sind darauf reingefallen", erwiderte Trainer bissig.

Sloan stemmte die Hände in die Hüften. „Das hier ist eine dynamische, sich permanent überschlagende Ermittlung. Wir können es uns nicht leisten, solche Hinweise zu ignorieren. Hätten Sie denn zugelassen, dass alle Frachter ablegen, ohne durchsucht zu werden?"

Trainer spitzte die Lippen, und Sloan wünschte sich, sie hätte die Energie, sich ernsthaft mit ihm anzulegen. Arschloch.

Salinger mischte sich ein. „Ich weise Sie der Anti-Terror-Einheit zu. Seit der Explosion wird mehr und mehr getuschelt, dass bestimmte Fraktionen unsere scheinbaren Schwachstellen ausnutzen wollen, während wir nach der Gang suchen."

Das war nicht direkt eine Degradierung, aber ersetzt zu werden, weil man keine Ergebnisse erzielte, war trotzdem mies. Sie hielt dem Blick ihres Bosses stand. „Vielen Dank, Sir. Soll ich noch bleiben und SSA Trainer auf den neusten Stand bringen?"

Salinger schüttelte den Kopf. „Ich habe ihn schon auf den neusten Stand gebracht, und ich werde die Agenten Mayfield und Fuentes seinem Team zuweisen – ich weiß, dass Sie eng mit ihnen zusammengearbeitet haben. Nehmen Sie sich den Rest des Tages frei. Ruhen Sie sich aus." Er klang furchtbar wohlwollend und mitfühlend und so, als wolle er sie am liebsten so schnell wie möglich loswerden.

Sie nickte Trainer zu und machte auf dem Absatz kehrt. Der Fahrstuhl war voller Leute, die ihr nicht in die Augen schauen konnten. Sie biss die Zähne zusammen und hob ihr Kinn. Für den Großteil der letzten zwanzig Jahre war sie entweder im Militär oder beim FBI gewesen. Sie wusste, wie das System funktionierte. Noch getreten zu werden, wenn man schon am Boden lag, war Teil des Prozesses.

Neben dem Kopierer schnappte sie sich einen alten Karton und ging in ihr Büro. Fuentes und Mayfield kamen wie zwei überdimensionale Welpen eilig auf sie zu gehastet.

„Was ist passiert?", fragte Fuentes.

„Stimmt es? Dass Sie die Ermittlungen nicht mehr leiten?" Mayfields Finger krallten sich so fest um eine Akte, dass ihre Knöchel weiß hervortraten.

Sloan öffnete die oberste Schublade ihres Schreibtisches. „Ja, ich bin nicht länger in den Fall involviert, aber das kommt ja nicht gerade überraschend. Sie beide sind dem neuen Leiter der Sondereinheit zugewiesen worden, SSA Greg Trainer. Er kommt vom Büro in New York."

Sie packte ein paar Dinge zusammen, aber sie hatte nie viel Zeug herumliegen gehabt. Sie sammelte ein paar Stifte und Notizblöcke ein, ein paar Bücher über Ermittlungsverfahren. Das gerahmte Foto ihres Mannes kam zuletzt dran und sie legte es vorsichtig in den Karton. Sie hoffte, er würde nach all dem noch mit ihr sprechen. Er wusste, dass ihre Karriere wichtig war, aber vermutlich hätte er auch gern eine Frau, die er zumindest hin und wieder zu Gesicht bekam.

Mayfield war empört. „Ich werde eine Beschwerde einreichen…"

„Und dem Boss erzählen, dass er die falsche Entscheidung getroffen hat?" Sloan zog eine Grimasse. „Das ist eine dumme Idee." Andererseits wurden aggressive Frauen in diesem Umfeld tendenziell eher wahrgenommen, also war es vielleicht doch keine so schlechte Idee. Diejenigen, die ruhig und bescheiden waren, wurden übergangen, dann auf die Ersatzbank verdonnert und vergessen. Sie grinste. Niemand hatte sie je als ruhig oder bescheiden beschrieben.

Fuentes kratzte sich am Kopf. „Wir haben jede Menge DNA aus dem Haus in Cambridge, die gerade durch das System läuft. Das Haus war auf eine weitere Firma auf den Caymans angemeldet. Der Finanzforensiker sagt, es ist eine Briefkastenfirma."

„Ich habe mit den Ermittlungen nichts mehr zu tun." Sloan hielt entschuldigend die Hände hoch. „Erzählen Sie das Special Agent Trainer."

Sie steckte ihren Laptop ein, wickelte das Stromkabel auf und stopfte es zu dem Rechner in die Tasche. „Es gibt eine Sache, die Sie wissen müssen." Es war besser, wenn sie es ihnen erzählte. „Und ich würde es begrüßen, wenn Sie diese Information nicht weiterverbreiten oder Trainer verraten, dass ich es Ihnen bereits mitgeteilt habe."

Die beiden schauten sie erwartungsvoll an.

„Das zweite Mädchen, das Randall aus dem Bordell gerettet hat?"

„Was ist mit ihr?", fragte Fuentes misstrauisch.

„Das Mädchen, das gestorben ist?", fragte Mayfield.

„Sie ist nicht gestorben. Randall und ich haben sie heimlich in ein Krankenhaus gebracht, wo sie unter falschem

Namen eingeliefert wurde. Die Sprengstoffabteilung bewacht sie."

„Sprengstoffabteilung?" Fuentes klang, als ob sie ihm einen Dolch in den Rücken gestoßen hätte.

„Ein persönlicher Freund von mir, aus meiner Armeezeit."

„Sie haben uns nicht vertraut, aber Randall schon?"

„Das war nichts Persönliches, Diego. Er war vor Ort, und wir haben zusammen entschieden, dass wir das Überleben des Mädchens unter Verschluss halten würden." Es würde nicht mehr lange ein Geheimnis bleiben, und sie musste Lucas darüber informieren, was verdammt viel einfacher wäre, wenn der Kerl im Büro wäre. „Sobald diese Information nach außen dringt, kann sie niemand mehr kontrollieren. Wenn ich sehe, was mit Susan Thomas, Ray Tan und Agata Maroulis passiert ist, bedauere ich es in absolut nicht. Es war die richtige Entscheidung."

Fuentes und Mayfield schienen von den neuen Entwicklungen ein wenig überrumpelt zu sein.

„Ist das, wo Pretty Boy ist?", fragte Fuentes.

Sloan lachte. „Pretty Boy?"

„Er sieht gut aus", stimmte Mayfield zu. „Wenn ich nicht schon verlobt wäre..."

„Mit einem Arschloch", grummelte Fuentes.

„Derek ist kein Arschloch", verteidigte Mayfield den Mann, mit dem sie seit etwas über einem Jahr zusammen war, obwohl auch Sloan nie mit ihm warm geworden war. Er war der persönliche Assistent von Karl Stromberg. Aufgrund dieser Verbindung war das FBI so schnell in den Fall eingeschaltet worden.

„Totales Arschloch", murmelte Fuentes mit einem Grinsen.

Mayfield boxte ihn in den Arm, dann schien sie sich daran zu erinnern, dass die Situation nicht einmal im Entferntesten amüsant war. Sie wandte sich mit einem traurigen Blick an Sloan. „Wo gehen Sie als Nächstes hin?"

„Nach Hause." Sloan verstand die Frage absichtlich falsch. Sie zog ihren Wintermantel an, holte den Regenschirm hinter der Tür hervor, warf sich die Laptoptasche über die Schulter und hing sich ihre schusssichere Weste über den Arm. Sie hob den Karton mit ihren Besitztümern hoch. Fuentes wollte ihr zu Hilfe eilen, aber sie zog die Kiste weg. Sie brauchte keine Hilfe, von niemandem.

Die beiden Agenten folgten ihr aus dem Büro und liefen ihr bis zum Treppenhaus hinterher. Andere Teammitglieder beobachteten sie schweigend. Die Türen des Fahrstuhls glitten auf und Salinger und Trainer traten heraus.

„Gehen Sie schon", drängte Sloan Fuentes und Mayfield. „Schnappen Sie diese Bastarde." Sie stupste Mayfield sacht an der Schulter an. Dieser Fall war wichtiger als ihr Ego.

Sloan ging die Treppe zur Tiefgarage hinunter und warf ihre Sachen in den Kofferraum ihres Wagens. Sie wartete, bis sie im Auto saß, bevor sie Brian anrief. Seine Mailbox sprang an, und sie schloss die Augen.

Ihre Hände zitterten. Es war möglich, dass das Büro des Bürgermeisters schon darüber informiert worden war, dass sie ersetzt worden war, was eine schmerzvolle Vorstellung war.

Vielleicht hatte er sie abgeschrieben. Verflucht noch mal, vielleicht war er mit irgendeiner langbeinigen Blondine auf Aruba und sie wusste von nichts.

Ihre Ehe war schon lange immer mehr in die Brüche gegangen, aber sie hatte sich immer damit getröstet, dass sie wenigstens noch ihre Arbeit hatte. Aber plötzlich erschien ihr ihre Ehe so viel wichtiger, als ihr klar gewesen war. Etwas, für das es sich zu kämpfen lohnte. Tränen wollten ihr in die Augen steigen, aber sie ließ es nicht zu. Sie hoffte nur, dass dieser Fall ihre Ehe nicht komplett ruiniert hatte. Sie wählte Randalls Nummer, aber auch dort antwortete nur die Mailbox. Sloan hinterließ ihm die Nachricht, dass sie versetzt worden war, und dass er sie im Krankenhaus treffen sollte. Sie warf ihr Handy auf den Beifahrersitz. Ihr war völlig unverständlich, warum sich Leute überhaupt noch mit Telefonen herumschlugen. Es ging doch sowieso nie jemand dran.

Hoffentlich konnten Randall und Chen Beccas Mutter aufspüren. Hoffentlich wären sie schneller als Trainers Team, auch wenn er als Leiter der Sondereinheit natürlich die Lorbeeren einheimsen würde.

Sie vermutete außerdem, dass Randall und Chen sich gegenseitig den Verstand rausvögelten. Ihnen war der Dampf förmlich zu den Ohren rausgekommen, sobald sie sich nur angeschaut hatten.

Es war Monate her, seit sie und ihr Mann Sex gehabt hatten, und der Mangel an Intimität hatte nur dazu beigetragen, einen Keil zwischen sie zu treiben.

Sie erhaschte einen Blick auf ihr Spiegelbild im Rückspiegel.

Heilige Scheiße. Niemand, der halbwegs bei Verstand war, würde mit ihr Sex haben wollen. Sie hatte schon Leichen mit mehr Farbe im Gesicht gesehen. Sie zog ihre Handtasche herüber und legte etwas Grundierung und Lippenstift auf.

Frazer hatte ihr in seiner letzten Sprachnachricht den Arsch aufgerissen. Chen steckte richtig in der Scheiße, wenn sie sich nicht bald meldete. Aber Sloan war froh, dass Chen noch immer an dem Fall arbeitete. Die Agentin war intelligent und hartnäckig – so, wie sie sich selbst einmal gesehen hatte.

Sloan presste ihre Lippen aufeinander, dann kontrollierte sie ihre Zähne. Zufrieden klappte sie die Sonnenblende hoch und startete den Motor.

Ihre Karriere war vielleicht im Eimer, aber zumindest hatte sie es geschafft, zwei der wichtigsten Dinge dieser Operation zu retten. Mia Stromberg war unverletzt aus der Gewalt ihrer Entführer befreit worden, was die ursprüngliche Aufgabe der Sondereinheit gewesen war. Und sie hatten Becca aus einem Leben als Sexsklavin gerettet.

Beccas Freiheit war ohne Frage besser als jedes Empfehlungsschreiben. Sloan blickte in den Rückspielgel, dann fuhr sie schwungvoll aus der Parklücke. Sie wusste genau, wo sie gebraucht wurde.

———

„BRINGEN WIR ES hinter uns." Es kümmerte Ashley nicht, dass sie in ihren Anziehsachen geschlafen hatte, oder dass ihr rechtes Auge höllisch pochte, oder dass sie damit nicht mehr viel sehen konnte. Alles, was passiert war, war ihre eigene Schuld, die Strafe für ihren törichten Wunsch, für das FBI zu arbeiten. Dafür, eine Lügnerin und eine Betrügerin zu sein. Dafür, versucht zu haben, einen Unterschied zu machen, wenn sie einfach im Verborgenen hätte bleiben sollen.

Früher hatte sie sich nie als naiv betrachtet, aber wenn sie jetzt auf ihre Karriereentscheidungen zurückschaute, trieften diese förmlich vor törichtem Idealismus und blindem Optimismus.

Lucas bedeutete ihr, vorauszugehen, und sie lief durch den schmalen Flur der heimeligen Hütte. Es war ein hübscher Ort, wenn man die Nähe zum Meer außer Acht ließ. Sie zwang ihre Angst aus ihren Gedanken. Es war egal, wie irrational diese Angst war, sie hatte den schlimmsten Tsunami der Geschichte überlebt und würde sich nicht dafür entschuldigen, Angst vor der Macht des Ozeans zu haben.

Ihr Blick fiel auf Lucas. Dunkle Stoppeln ließen sein Kinn rau wirken. Müdigkeit hatte sich in schmalen Falten um seine Augen eingegraben. Scham erfüllte seinen Ausdruck, sobald er sie anschaute.

Dass er bereute, was sie getan hatten, fühlte sich an wie ein Messer, das sich in ihren Magen grub. Sie hätte ihn nie anfassen sollen, aber sie war ihm in dem Augenblick, als sie ihn das erste Mal gesehen hatte, verfallen.

Ich werde es niemandem erzählen.

Seinetwillen hoffte sie, dass das stimmte. Sie wusste es eigentlich besser, als ihren Impulsen nachzugeben. Das war keine Lektion, die sie je vergessen würde, aber aus irgendeinem Grund hatte sie sich bei Lucas die Illusion gestattet, alles unter Kontrolle zu haben. Sie hatte die falschen Entscheidungen getroffen.

Im kleinen Wohnzimmer stand eine Couch, die viel zu weich aussah, und es gab einen Kamin, in dem die Holzspäne schon aufgeschichtet waren. Ihre Schritte wurden langsamer. Ihre Zeit mit diesem Mann kam zu ihrem Ende. So schmerzhaft die Situation auch war, sie wollte diese letzten gemeinsamen Momente so sehr es ging auskosten.

Ihre Fingerspitzen glitten über das Foto eines lächelnden Paares und eines kleinen Kindes, dann ging sie weiter. Was jetzt wichtig war, war, diese beiden angeblich intelligenten Menschen davon zu überzeugen, dass sie sie laufen lassen mussten. Sie war keine Verbrecherin. Sie hatte niemanden verraten. Sie hatte versucht, zu helfen. Vielleicht verdiente sie es, verhaftet zu werden, aber zuerst musste das FBI die Dragon Devils schnappen. Ihre Anwesenheit bedeutete nur eine größere Gefahr für die beiden Männer und für alle, die sie liebte. Ashley konnte den Gedanken nicht ertragen, für den Tod einer weiteren Person verantwortlich zu sein.

Die Situation wäre weitaus weniger gravierend, wenn sie Lucas nicht verführt hätte, während sie über ihre Identität gelogen hatte – nur, dass sie nicht gelogen hatte. Sie war FBI-Agentin Ashley Chen. Sie war nur nicht als Ashley Chen auf die Welt gekommen. Gott weiß, wer oder was sie sein würde, wenn das alles hier vorüber sein würde.

In der Tür zur Küche hielt sie inne, aber Lucas stieß sie sanft vorwärts und sie sank Alex gegenüber auf einen Stuhl, der ihre beiden Laptops laufen hatte.

Diese Invasion ihrer Privatsphäre tat weh. Nicht, dass sie ihnen Vorwürfe machte, weil sie sie für eine Verräterin hielten. Sie wusste, wie es aussah. Sobald man in Ungnade gefallen war, gab es keinen Platz mehr für Stolz.

„Ich gebe Ihnen das Passwort…"

„Brauche ich nicht." Am liebsten hätte sie Parker für seine Arroganz geohrfeigt. Sie hatte versucht, ihn zu überprüfen, nachdem sie sich das erste Mal begegnet waren, und hatte bei jedem Schritt Fallen und Alarmsysteme losgetreten. Das war der Moment gewesen, ab dem er ihr gegenüber misstrauisch geworden war.

Parker drehte den Laptop zu ihr, und tatsächlich, er hatte Zugang zu ihrem System.

Ihr Lachen verriet keine Spur von Freundlichkeit. „Weiß Mallory, dass Sie bei ihr einen Keylogger installiert haben? Oder hat sie sogar mitgemacht?"

Jede Zelle ihres Körpers ballte sich zu einem Bollwerk des Selbstschutzes zusammen. Das war der Grund, weshalb sie keine Freundschaften aufbaute. Es tat zu sehr weh, wenn man verraten wurde. Sie schaute Lucas an und wusste, dass er hinter seinen ausdruckslosen Augen genau das Gleiche dachte.

Parker drehte den Rechner wieder zu sich. „Zufallstreffer."

„Lügner. Das hätten Sie niemals so ohne weiteres knacken können. Sie haben rausgefunden, dass wir uns ein Zimmer teilen, und haben diesen Umstand ausgenutzt, um ein bisschen herumzuschnüffeln."

Parker zuckte mit einer Schulter, als ob es nicht ihr komplettes Leben wäre, um das es hier ging. „Wenn es keine Auffälligkeiten in Ihren Aktivitäten gegeben hätte, hätten Sie es doch nie bemerkt, oder?"

„Gut zu wissen, dass Sie meine Grundrechte wahren."

Er schien amüsiert, was sie zur Weißglut brachte.

„Oh, glauben Sie mir, ich verstehe es nur zu gut. Das ist alles meine eigene Schuld und ich kriege, was ich verdient habe."

Lucas setzte Kaffee auf. Er sah müde aus. Etwas mitgenommen, zerzauster als gewöhnlich, aber verdammt attraktiv. Ihr Herz überschlug sich kurz in ihrer Brust. Sie musste zusehen, dass er sich so weit wie möglich von ihr entfernte. Sie würde es nicht aushalten, wenn ihm etwas zustoßen sollte.

„Ich nehme an, niemand weiß, dass ich hier bin?", fragte sie vorsichtig.

„Nur wir", antwortete Lucas.

„Ich werde es niemandem erzählen." Das letzte Mal, dass diese Worte zwischen ihnen gefallen waren, hatten sie von Sex gesprochen. Ein Funke des Erkennens blitzte in Lucas' dunklen Augen auf. „Lasst mich gehen und ich werde verschwinden. Niemand wird je erfahren, dass ihr mich entführt habt.“

„Du verzeihst uns also?“ Der zynische Humor in Lucas Stimme befremdete sie.

„Ich dachte, du würdest für meinen Onkel arbeiten, als du mich geschnappt hast, und diese Angst ist etwas, was ich so schnell nicht vergessen werde.“ Seine braunen Augen wurden groß und ein Ausdruck des Bedauerns huschte über sein Gesicht. Genau. Leider zu spät. „Also nein. Ich werde euch nicht verzeihen – noch lange nicht. Aber ich verstehe es.“

Parker ignorierte sie, tippte wild vor sich hin. „Keine elektrischen Ortungsdienste auf diesem Gerät.“

Ashley rollte mit den Augen. „Na, Gott sei Dank.“

„Anstatt ihn anzupampen, erzähl uns doch lieber deine Version der Geschichte?“ Lucas stand am anderen Ende des Zimmers und sprach mit trügerisch ruhiger Stimme.

Sie schaute ihn mit schmalen Augen an. „Was macht das denn für einen Unterschied, wenn ihr mir sowieso kein Wort glaubt?“

„Probier’s aus.“ All die Bedeutungen dieses kleinen Satzes surrten zwischen ihnen hin und her. Für einen Augenblick waren seine Augen groß und heiß. Dann wurde sein Blick wieder eisig wie die Arktis im Januar. Er drehte sich um und goss ihnen Kaffee ein, zu angewidert, um länger als nötig mit ihr zu sprechen. Er stellte ihr einen dampfenden Becher hin, dann ging er wieder auf seinen Platz zurück.

Parker nahm sich nun ihren privaten Laptop vor und ging damit zur Anrichte, um zu arbeiten, ganz sicher, damit sie nicht ihren Becher umschmeißen und mit dem Kaffee die Schaltplatte verschmoren konnte. Etwas, was sie definitiv tun würde, hätte sie etwas zu verbergen.

„Warum hat Jenny Britton ihren eigenen Tod vorgetäuscht?", fragte Lucas. „Oder hat die gesamte kriminelle Familie den Tsunami als riesige Gelegenheit gesehen?"

Beim Wort „Tsunami" wurde ihr Mund trocken und sie warf einen Blick aus dem Fenster. Ihre Angst war etwas, was sie durch intensive Hypnosetherapie zu kontrollieren gelernt hatte, und dadurch, dass sie sich nie in der Nähe des Meeres aufhielt. Es war ihr unangenehm, dass sie am Strand die Fassung verloren hatte, aber sie war auch von vermeintlich Unbekannten entführt worden, also sollte sie vielleicht nicht so hart mit sich sein.

Lucas setzte sich auf den Stuhl, den Parker frei gemacht hatte, saß nah genug bei ihr, dass sie den männlichen Geruch seiner Haut wahrnehmen konnte. „Wir haben nicht viel Zeit, Ashley", sagte er ungeduldig.

Diese Erinnerung riss sie aus ihrer Regungslosigkeit. Sie war vielleicht nicht mehr Teil des Kampfes, aber sie war Teil des Problems. Und sie wollte noch mehr als Lucas, dass diese Tiere endlich gefasst wurden.

„Als ich sechzehn Jahre alt war, sind meine Eltern bei einem Flugzeugabsturz vor der Küste von Malibu umgekommen." Sein Ausdruck verriet, dass er sehr wohl bemerkte, dass sie ihn angelogen hatte, als sie ihm erzählt hatte, ihre Eltern wären bei einem Autounfall umgekommen. Autounfälle waren schwerer zurückzuverfolgen, aber die emotionalen Folgen waren dieselben gewesen. Sie griff nach dem Becher, um ihre Finger zu wärmen. „Wir waren am Boden zerstört."

„Wir?", fragte Lucas.

„Mein Bruder Andrew und ich. Er war ein Jahr älter als ich." Sie war sich ziemlich sicher, dass er derjenige war, der die Computersysteme der Devils betrieb. „Als ob es nicht schon schlimm genug gewesen wäre, unsere Eltern zu verlieren, wurde uns durch den Anwalt unserer Familie zwei Wochen später mitgeteilt, dass wir zu einem Onkel nach Macau geschickt werden würden, von dem wir nie zuvor gehört hatten. Ich bin ausgerastet." Sie starrte in ihren Kaffee. Sie hatte noch immer das Bedürfnis, das junge Mädchen zu beschützen, das sie einmal gewesen war, und wollte nicht, dass ihr Verhalten verurteilt wurde. Jenny Britton war der beste Teil von Ashley Chen. „Ich habe mich beschwert und rebelliert. Ich bin sogar abgehauen, aber die Polizei hat mich gefunden und zurückgebracht. Im Oktober haben sie uns dann in den Flieger gesetzt. Es wäre Andrews letztes Jahr auf der Highschool gewesen."

Der Kaffee war stark und bitter, also löffelte sie sich etwas Zucker hinein. Es half ihr, etwas mit ihren Händen zu tun zu haben. „Mein Onkel und sein Sohn haben sich Mühe gegeben, uns willkommen zu heißen. Zuerst dachte ich, es würde okay werden. Sobald ich achtzehn war, würde ich mein Erbe ausgezahlt bekommen und nach Amerika zurückkommen können. Ich war zu blöd, um zu erkennen, dass mein Onkel uns in der ersten Zeit nur versöhnlich stimmen wollte. Er hatte einen Privatlehrer engagiert, der allen möglichen chinesischen Kultur-Mist in den Unterricht mit einfließen ließ – dass Frauen sittsam und weiblich sein sollten. Gesehen, nicht gehört werden sollten. Hausfrauen. Dass sie lernen sollten, einem Mann im Haus und im Schlafzimmer Freude zu bereiten." Sie hätte am liebsten gewürgt. „So bin ich nicht erzogen worden. Meine Mutter hatte eine hervorragende Bildung genossen und war meinem Vater in jeder Hinsicht ebenbürtig. Ich muss nicht erwähnen, dass ich weiter rebelliert habe, und sehr schnell sehr andere Saiten aufgezogen wurden.

Yu Chang ist mit uns in den Weihnachtsferien nach Thailand geflogen, und ich habe angefangen, mich heimlich wegzuschleichen." Sie schaute auf und traf Lucas' Blick. „Es war ihm nie in den Sinn gekommen, dass ich dumm genug sein würde, mich ihm zu widersetzen."

Lucas' Lächeln war schmal. Er konnte es sich scheinbar nur zu gut vorstellen.

„Ich habe einen jungen Mann kennengelernt, einen Deutschen. Ich habe ihm ein falsches Alter gesagt. Ja", sagte sie, als sie seinen Gesichtsausdruck sah, „das mache ich schon eine ganze Weile. Am Weihnachtsabend habe ich mich rausgeschlichen und habe zum ersten Mal mit Martel geschlafen, an einem einsamen Strand."

Die Erinnerung daran, wie sie ihre Jungfräulichkeit verloren hatte, war befleckt von Blutvergießen und Gewalt. Noch jetzt stiegen ihr jedes Mal die Tränen in die Augen, wenn sie daran dachte. Wenn sie ihm nur nie begegnet wäre. „Als ich am nächsten Tag in den Garten der Villa kam, sah ich, wie mein Onkel und mein Cousin Martel verprügelten. Mein Cousin war mir in der Nacht gefolgt und hatte gesehen, wie wir Sex hatten."

Zorn und Entsetzen schossen bei dieser Erinnerung durch sie hindurch, und ihre Hände zitterten so sehr, dass sie vorsichtig den Becher abstellte, um den Kaffee nicht zu verschütten. „Yu Chang hat Martel vor meinen Augen abgeschlachtet."

Lucas' Gesicht verfinsterte sich.

Der Mord an Martel war nie aufgeklärt worden. Sie war die einzige Zeugin, die nicht in die Organisation ihres Onkels verwickelt war, und sie hatte für mehr als ein Jahrzehnt vorgegeben, tot zu sein. Ihm war nie Gerechtigkeit widerfahren. Er war nie gerächt worden.

„Dann kam die Welle." Die Knöchel ihrer Finger wurden weiß, und sie zwang sich, sich zu entspannen.

„Deshalb bist du am Strand ausgerastet?" Begreifen flackerte in Lucas' Augen auf.

Sie schaute aus dem Fenster und unterdrückte ein Schaudern. „Wenn du gesehen hättest, was ich gesehen habe, würdest du verstehen, dass es absoluter Wahnsinn ist, am Strand zu wohnen."

Sein Mundwinkel zuckte. „Manche Menschen würden Millionen an Dollar zahlen, um am Strand zu wohnen."

„Alles Idioten."

„Ich werde es meiner Mutter ausrichten", sagte er sarkastisch.

Seine Worte versetzten ihr einen seltsamen Stich in ihrer Herzgegend. Trauer darüber, dass sie diese Frau nie kennenlernen würde, war lächerlich. Sie und Lucas hatten Sex gehabt, mehr nicht. Sie wäre nie eingeladen worden, seine Eltern kennenzulernen, hätte niemals ihren Segen für eine Beziehung bekommen. Sie wäre vielleicht für eine Weile eine Bettbekanntschaft gewesen, aber ganz sicher war sie keine potentielle Ehefrau.

Dann schüttelte sie über sich selbst den Kopf. Dieses tief verwurzelte Bedürfnis nach elterlicher Anerkennung wurde nicht weniger, ganz egal wie alt sie war. Sie wusste nicht, ob es daran lag, dass sie eine asiatisch-amerikanische Frau war, oder weil sie eine verunsicherte Waise war. Was auch immer der Grund dafür war, es war furchtbar.

„Was ist passiert, nachdem die Welle kam?"

Ihr Herz begann wie wild zu hämmern, als sie an das albtraumhafte Nachspiel dachte, wie sie vom Wasser weggerissen und wie eine Puppe hin- und hergeworfen wurde. Die Natur war ihren Opfern gegenüber grausam und gleichgültig gewesen. Hatte keine Gnade gezeigt.

Ihr Therapeut hatte ihr geholfen, ihre Angst zu rationalisieren. Hypnosetherapie hatte ihr dabei geholfen, sie zu kontrollieren. Keine der beiden Methoden war hundertprozentig sicher.

„Ich dachte, ich wäre tot. Ich meine, ich habe tatsächlich schon das Licht am Ende des Tunnels gesehen und meine Eltern nach mir rufen gehört. Ich verlor das Bewusstsein. Als ich wieder aufwachte, hing ich in einem Baum und habe mich nur gefragt, warum der Himmel so verdammt wehtut." Zunächst war sie überglücklich gewesen, überlebt zu haben, dann bekam sie Todesangst.

Sie wusste, dass sie ihrem Onkel, sofern er noch lebte – und Ungeziefer verging nicht – nur entkommen konnte, wenn sie verschwand und darauf hoffte, dass er glauben würde, sie wäre umgekommen. Es war eine beängstigende Aussicht für ein sechzehnjähriges Mädchen, tausende Meilen von zu Hause entfernt.

„Ich wusste, dass das meine einzige Chance war, zu entkommen. Ich habe die Gegend nicht wiedererkannt, aber ich habe irgendwie herausgefunden, wo Süden ist, und bin in diese Richtung losgelaufen." Ihr Puls dröhnte in ihren Ohren. „Leute auf Mopeds und in Jeeps sind an mir vorbeigerauscht, aber es gab immer wieder Stellen, die man nicht passieren konnte und wo alle zu Fuß weiterlaufen mussten. Die meisten Leute sind einfach benommen vor sich hingelaufen. Dann hat irgendjemand gerufen, dass eine zweite Welle kommt, und wir sind alle panisch in höher gelegenes Gelände gestolpert." Sie ballte die Hände zu Fäusten, damit sie zu zittern aufhörten.

„Als die Sonne an diesem ersten Tag langsam unterging, bin ich ins Gebüsch gelaufen, um mich zu erleichtern, und habe ein totes Mädchen entdeckt, das ungefähr meine Größe und Statur hatte." Sie hatte all ihren Mut zusammennehmen müssen, um mit einer frischen Leiche das T-Shirt zu tauschen. Dann hatte sie die Diamantohrringe, die ihr Onkel ihr am Tag zuvor geschenkt hatte, in die Ohrlöcher des Mädchens gesteckt und ihr die Schuhe von den Füßen gezogen. Was sie als Nächstes getan hatte, war die einzige Sache in ihrem Leben, für die sie sich wirklich schämte. Das Mädchen war tot gewesen, und es hatte ihr nichts mehr ausgemacht. Es war Schändung gewesen.

Ashley hatte sichergestellt, dass diese junge Frau niemals visuell identifiziert werden konnte.

Die beiden Männer musterten sie aufmerksam. Vielleicht hatten sie begriffen, was für abscheuliche, unaussprechliche Dinge sie getan hatte, um ihrem Onkel zu entkommen. Vielleicht war es ihnen egal.

„Am nächsten Tag bin ich weitergelaufen. Ich habe mit niemandem gesprochen, weil ich nicht wollte, dass sie meinen amerikanischen Akzent bemerken. Man könnte sagen, ich habe so getan, als ob ich traumatisiert wäre, aber es war kein Akt." Sie verzog das Gesicht. Es war seltsam, an was für Dinge sie sich erinnerte. Der Anblick von Frauen, die barfüßige Kinder am Straßenrand trösteten. Touristen, die den Einwohnern halfen. Einwohner, die Fremden halfen, obwohl sie selbst mit der absoluten Zerstörung ihres Zuhauses und ihrer Lebensgrundlage konfrontiert waren.

„Nach einem Tag war ich vor Hunger und Durst im Delirium und konnte nicht mehr weiterlaufen, aber als es dunkel wurde, kam ein Hilfstransport an uns vorbei und hat mich mitgenommen. Als ich aufwachte, war ich in einem überfüllten Krankenhaus in Phuket. Ich habe mir von einem amerikanischen Touristen ein Handy ausgeliehen und meine Großtante väterlicherseits angerufen. Sie war eine pensionierte Diplomatin."

Sie sah die Neugier in den Augen der beiden Männer aufblitzen. Ihre Tante hatte augenblicklich verstanden, wie wichtig es war, sie aus dem Land und zurück nach Amerika zu bringen, bevor Yu Chang herausfand, dass sie überlebt hatte. Ihre Tante wollte auch Andrew dort herausholen, aber Ashley hatte nicht gewusst, ob er überlebt hatte oder nicht. Sie wusste es noch immer nicht mit Sicherheit.

„Meine Tante hatte einen Freund, der für das Rote Kreuz gearbeitet hat." Ashley wusste nicht, wie sie es geschafft hatte, aber zwei entsetzliche Tage später fand sich Jenny Britton in einem Frachtflugzeug Richtung Australien wieder. „Ich bin nach Canberra gekommen, und dort hatte meine Tante um die Hilfe eines weiteren Freundes gebeten, der mich über diplomatische Kanäle heimlich in die Vereinigten Staaten zurückgebracht hat." Es gab keine Dokumentation ihrer Reise nach und von Australien.

„Wie hieß sie?", fragte Lucas.

„Meine Tante? Meredith Beauchamp – Merry. Sie ist vor ein paar Jahren gestorben." Sie blickte ihn unverwandt an. „Sie ist die Patentante, von der ich dir erzählt habe."

Er musste wissen, dass nicht alles gelogen war, was sie ihm erzählt hatte. Er wich ihrem Blick aus.

„Wie haben Sie die falsche Identität erstellt?", fragte Parker.

Sie hatte versucht, so zu tun, als ob er nicht im Zimmer wäre und sie verurteilte.

„Der Lebensgefährte meiner Tante war früher bei der CIA gewesen. Frank Pratsky. Er ist letztes Jahr gestorben." Dieser Verlust hatte sie zweifach schwer getroffen.

Parkers Gesichtsausdruck verriet ein Wiedererkennen.

„Er hat seine Kontakte zur Agency genutzt." Und ihre falsche Identität war so gut gewesen, dass sie jeden hinters Licht geführt hatte, sogar die Kontrollinstanzen des FBI.

Die einzigen Leute, die sie jemals in Frage gestellt hatten, waren Alex Parker und Lucas Randall.

„Du hast dein Alter geändert." Lucas klang anschuldigend.

„Ich bin längst volljährig, wenn es das ist, worüber du dir Sorgen machst", blaffte sie. Sie versuchte, ihren Ärger zu zügeln. „Ich habe mich vier Jahre älter gemacht, um diejenigen auf eine falsche Fährte zu locken, die online nach mir suchen könnten."

„Also haben Sie Ihren Abschluss an der Cornell-Universität mit neunzehn gemacht?" Parker tippte immer noch auf ihrem Laptop herum.

„Habe ein bisschen in der Tech-Branche gearbeitet und bin zum FBI gegangen, sobald ich konnte."

„Nur, dass du tatsächlich erst zweiundzwanzig warst", rügte Lucas sie. Als ob das ihre größte Sünde wäre. „Und jetzt bist du siebenundzwanzig?"

„Jenny Britton wäre nächste Woche siebenundzwanzig geworden." Am Valentinstag. „Ashley Chen ist dreißig."

„Und wer kommt als Nächstes? Steht die nächste Identität schon in den Startlöchern?" Wut glomm tief in Lucas' Augen.

Sie starrte ihn an, fassungslos. Das war alles, was er zu sagen hatte, nachdem sie ihm von ihrem haarscharfen Entkommen vor dem Tod und ihrer Odyssee um die halbe Welt erzählt hatte?

„Hm…“ Sie legte einen Finger auf ihre Unterlippe. „Vielleicht ein Luxus-Call Girl, das sich um die Bedürfnisse weißer Kerle mittleren Alters kümmert? Bin mir ziemlich sicher, dass ich ein Vermögen machen würde.“

Er starrte sie zornig an.

Was zur Hölle kümmerte es ihn denn? Er hatte ihr erzählt, dass er Lügner hasste, aber nicht jeder hatte so viel Glück mit seiner Verwandtschaft wie er. Und er hatte sich heute bei Sloan auch ein paar Knüller geleistet. Vermutlich war selbst das ihre Schuld. Sie verdarb seine Seele.

„Wie haben Sie den Lügendetektor ausgetrickst?“, fragte Parker.

Ashley starrte auf den Küchentisch. Er war aus unpoliertem Holz. Sie fuhr mit ihren Fingern die Maserungen entlang. „Ich hatte nach dem Tsunami oft Albträume und habe jahrelang Therapien gemacht. Einschließlich jeder Menge Hypnosetherapie. Ich habe angefangen, diese Methode für so ziemlich jeden Aspekt in meinem Leben zu nutzen, der mich stresst. Prüfungen, am Strand zu sein, Cocktail Partys.“

„Vielleicht sollte ich das mal ausprobieren, wenn ich das nächste Mal Mallorys Eltern besuche“, bemerkte Parker.

Ashley blinzelte ihn erschrocken an. Er hatte ihr gegenüber noch nie einen Witz gemacht. Nie. Nicht ein einziges Mal. Er schien das auch zu bemerken und wandte eilig den Blick ab.

„Als ich entschieden hatte, dass ich zum FBI wollte, hat Frank einen alten Polygrafen besorgt, und wir haben zusammen trainiert, bis ich die Maschine neun von zehn Mal besiegen konnte.“

„Er hat das gutgeheißen, was du gemacht hast?“

Ihr missfiel der Tonfall in Lucas’ Stimme, der einen der

wenigen Menschen verurteilte, der sie bedingungslos unterstützt hatte. Es gab nicht viele Menschen, denen Ashley mit ihrem Leben vertraute, aber Frank war einer davon gewesen.

„Er hat gedacht, ich wäre irre, mich beim FBI zu bewerben, Punkt. Er hat es für einen Haufen verklemmter Besserwisser gehalten, die alle einen Stock im Arsch haben – seine Worte, nicht meine.“

„Er hatte nicht ganz Unrecht“, murmelte Parker.

„Er wollte, dass ich zur CIA gehe, aber ich wusste, dass sie mich nach Asien, nach China schicken würden, wenn ich das täte, und dort wäre die Gefahr größer gewesen, jemandem zu begegnen, der mich erkennt.“

„Also bist du stattdessen zum FBI gegangen und hast letzten Endes gegen deine Liebsten ermittelt“, bemerkte Lucas verächtlich.

Ihre Augen wurden schmal. „Das sind nicht meine Liebsten.“

„Du kannst mir viel erzählen“, schnappte er.

„Es sind Monster und ich hasse sie.“

„Warum hast du das nicht schon längst den Behörden anvertraut?“ Lucas stemmte die Hände in die Hüften und sie musste sich zwingen, den Blick abzuwenden. Sie wollte nicht, dass niedere körperliche Anziehung den Weg in ihre Gedanken fand. „Sie hätten dich beschützen können.“

„Im Ernst?“ War er wirklich so naiv? „Ich wusste nicht einmal, ob sie den Tsunami überlebt hatten. Die Behörden hätten mich in ein Verhörzimmer gesperrt und mich bis auf den letzten Tropfen an Informationen ausgequetscht. Dann hätten sie mich rausgeschmissen. Sie hätten mich nie wieder in die Nähe von Computern oder den Strafverfolgungsbehörden gelassen.“

„Du bist die Nichte eines der mächtigsten Gangsterbosse in Asien. Meinst du nicht, dass du wertvolle Informationen weitergeben könntest?"

Es entging ihr nicht, dass er nicht bestritt, dass sie nie einen Job beim FBI hätte bekommen dürfen.

„Ich soll also für eine Handvoll Informationen, die vermutlich längst überholt sind, mein Leben opfern? Glaubst du nicht, Yu Chang würde herausfinden, dass jemand dem FBI Informationen zukommen lässt? Glaubst du, er würde nicht Jagd auf mich machen? Hast du nicht gesehen, was mit Susan Thomas passiert ist?"

„Denkst du nicht, dass das FBI dich beschützen kann?"

Sie verschränkte die Arme vor der Brust. „Nein, tue ich nicht."

„Hast du je vom Zeugenschutzprogramm gehört?"

„Hör zu, ich liebe das FBI und glaube ans FBI. Aber damals hatte Yu Chang seine Leute überall. Er hat Informationen gesammelt, um Leute erpressen zu können, und hatte genug Geld, um zu bestechen, wen er wollte. Ich hätte es nie im Leben riskiert, dass er Wind davon bekommt, dass ich noch lebe. Ich wollte einfach Verbrechen bekämpfen und meinem Land auf sinnvolle Art und Weise dienen."

„Und trotzdem haben deine Lügen und dein Misstrauen in diese Organisation, die du angeblich liebst, sie zum Gespött gemacht. Das ist dir schon klar, oder?" Es war die Enttäuschung in Lucas Stimme, die sie traf.

Sie schluckte schwer. „Ich habe sie nie zum Gespött gemacht. Ich habe dem FBI mein Leben gewidmet – kein Mann, keine Kinder, keine Freunde, nichts, außer meinem Job."

Und wie hatten sie es ihr gedankt?

Indem sie sie eine Verräterin schimpften.

Sie sah, wie Lucas und Alex einen Blick wechselten, der ihr versicherte, dass sie ihr nicht glaubten. Enttäuschung stieg in ihr hoch und sie stand auf. „Na schön. Wie auch immer. Ich bin von allem, was ich kannte, davongerannt, als ich sechzehn Jahre alt war. Ich wurde von einer furchteinflößenden Welle davon gespült und ich war froh, dass ich sterben würde. Versteht ihr eigentlich, in welcher Angst ich gelebt habe? Mein Onkel wollte mich in sein verficktes Bett holen." Diese Bemerkung riss die beiden Männer aus ihrem Zynismus. „Habt ihr irgendeine Vorstellung davon, wie es sich anfühlt, den Blick eines Mannes auf deinem Körper zu spüren, auf deinen Brüsten, zwischen deinen Beinen, und zu wissen, dass es nur eine Frage der Zeit ist, bis dieser Perverse dich vergewaltigt? Und dass niemand zu deiner Rettung eilen wird, ganz egal wie laut du schreist?"

Lucas zuckte zusammen.

„Sechzehn Jahre." Sie starrte ihn an. „Und ich wäre lieber gestorben, als mich all den Dingen auszusetzen, die er mit mir machen wollte. Also ja", spuckte sie aus, „über meine Identität zu lügen, um dadurch seinen Angriff zu verhindern, hat sich nicht falsch angefühlt. Es hat sich notwendig angefühlt."

Sie atmete heftig ein und aus, versuchte, sich zu beruhigen. „Und jetzt wird er keine Ruhe mehr geben, wo er weiß, dass ich noch lebe. Er wird nach mir suchen, aber wenn er mich gefunden hat, wird er mich nicht umbringen. Er wird mich einsperren und mich so benutzten, wie er es vor all den Jahren schon tun wollte. Er wird einen Weg finden, mich dazu zu bringen, ihn um den Verstand zu vögeln und ihm den Schwanz zu lutschen, vermutlich, indem er jemanden bedroht, den ich liebe. Also werde ich so tun, als ob ich ihn liebe, denn aus irgendeinem irren Grund – und ich meine irre – war er besessen von meiner Mutter, und jetzt ist er besessen von mir." Tränen traten in ihre Augen und sie konnte überhaupt nichts mehr sehen. Gottverdammt. Sie hatte sich geschworen, wegen dieser Sache keine Tränen zu vergießen. „Er wird nicht aufhören, bis einer von uns beiden tot ist. Du bist bei mir nicht sicher."

„Deshalb lässt du niemanden an dich ran." Lucas sanfte Worte stießen ihr ein Messer ins Herz.

„Ich bin lieber allein", bestand sie.

„Was, wenn er herausfindet, dass wir schon miteinander geschlafen haben?" Lucas musste es wissen.

Eine Vision von Martel blitzte in ihrer Erinnerung auf. Das grauenhafte Geräusch von Metall, das durch Fleisch schnitt. Ströme von purpurrotem Blut, das sich lebhaft vom weißen, glatten Stein abhob. Sie wandte den Blick ab, damit Lucas die Verzweiflung in ihrem Gesicht nicht sehen konnte.

„Hoffen wir, dass wir es nie herausfinden müssen."

NEUNZEHNTES KAPITEL

„FÜNFZEHN. ZWEI FÜR ein Paar." Beccas Augen leuchteten auf und sie zog mit ihrer Spielfigur auf dem Cribbage-Brett weiter. Sloan schaute auf ihr Blatt und wusste, dass sie haushoch verlieren würde, aber wenn es Becca zum Lachen brachte, war es das wert.

Agent Curtis war zum Mittagessen gegangen und würde anschließend mit ihrem Boss sprechen, um die Einzelheiten des Personenschutzes und der Unterbringung in einem sicheren Haus für eine Person, die offiziell für tot erklärt worden war, zu finalisieren. Noch heute Abend, wenn möglich. Sloan wollte Becca aus diesem Krankenhaus herausbringen, bevor die Presse Wind davon bekam, dass sie eine lebende Zeugin hatten. Sie versuchte noch einmal, Randall anzurufen, aber der Agent ging wieder nicht ran.

Das FBI konnte die Information über Becca nutzen, um im Krankenhaus eine Falle zu stellen, aber es war ein Risiko. Was auch immer sie tun würden, Becca durfte bis dahin nicht mehr hier sein.

„Du kommst wahrscheinlich bald raus hier." Sloan sprach das Thema an und legte eine Sieben ab. „Zweiundzwanzig."

Becca legte eine Neun ab, aber ihr Lächeln war erloschen. „Einunddreißig."

„Du bist ziemlich gut", bemerkte Sloan, während sie ihre

Spielfigur vorwärtsbewegte. Sloan könnte von Glück reden, wenn sie nicht vollkommen abgezockt werden würde.

„Ich hab' immer mit meiner Mom gespielt."

Dieses leise Geständnis war ein perfekter Einstieg in ein anderes Thema, das Sloan besprechen musste. „Agent Randall sucht gerade nach deiner Mom."

Die Panik, die in Beccas Augen aufblitzte, zeigte, dass das Mädchen nicht begeistert von der Vorstellung war, ihre Mutter wiederzusehen.

„Wir schicken dich nicht zu ihr zurück, Süße. Deine Mom hat ein schweres Verbrechen gegen dich begangen."

„Ich will nicht, dass sie ins Gefängnis gehen muss."

Sloan drückte Beccas Hand. „Das ist nicht deine Entscheidung. Sie muss sich den Konsequenzen für ihre Taten stellen. Und wir müssen deinen kleinen Bruder finden. Um sicherzugehen, dass er ordentlich versorgt wird."

Große blaue Augen blickten sie fragend an. „Glauben Sie, ich kann wieder mit ihm zusammenwohnen?"

„Möglicherweise, aber ich kann es nicht mit Sicherheit sagen." Sloan wollte nicht, dass Becca sich falsche Hoffnungen machte.

Die Tür ging auf und zwei Ärzte, die Sloan nicht kannte, betraten das Zimmer. Aber Becca kannte sie. Die Spielkarten auf dem Tisch flogen durch die Luft, als das Mädchen sich vom Bett warf und zum Fenster rannte.

Sloan wollte nach ihrer Waffe greifen, aber sie war zu langsam. Fuck. Der größere der beiden Männer presste eine 9 mm-Pistole gegen ihre Schläfe.

„Ich glaube, Sie haben nach uns gesucht, FBI-Agent Sloan. Wir haben uns entschieden, es Ihnen einfacher zu machen." Sein Englisch war sehr gut, er hatte so gut wie keinen Akzent.

Der andere Typ ging zu Becca, die zitternd vor dem Fenster stand. Er hielt ihr eine Plastiktüte hin. „Zieh das an." Sein Englisch war deutlich schwerfälliger.

Becca rührte sich nicht und der Mann schlug ihr auf den Kopf. „Los."

„Lassen Sie sie in Ruhe", fauchte Sloan.

Die Pistole drückte fester gegen ihre Schläfe, während ihr Arm unnachgiebig auf ihren Rücken gepresst wurde. Selbst wenn sie es schaffen sollte, den Kerl zu entwaffnen, wäre der andere Mann Becca zu nah, als dass sie verhindern konnte, dass er dem Mädchen wehtat.

Die Augen des Kindes waren groß wie Untertassen, als sie die Plastiktüte öffnete und panisch ein paar Anziehsachen herauszog.

Sloan hatte einen kritischen Fehler gemacht. Zu Beginn der Ermittlungen hatten sie und Randall entschieden, dass zu viele Sicherheitsvorkehrungen nur zusätzliche Aufmerksamkeit auf Beccas Anwesenheit in diesem Krankenhaus ziehen würden und sie einem höheren Risiko ausgesetzt sein würde. Sie hatten sich für weniger Sicherheit und weniger Aufmerksamkeit entschieden, aber irgendwie hatten die Verbrecher es dennoch herausbekommen. Waren sie ihr gefolgt? Diese Vorstellung war unerträglich.

Oder hatte Trainer dem Team schon von Becca erzählt, ohne vorher die Sicherheitsmaßnahmen zu erhöhen?

Was machte es für einen Unterschied?

Ihr Herz schlug wie wild, während ihr Verstand zu entscheiden versuchte, was zur Hölle sie tun sollte. Es bestand kein Zweifel, dass sie die Dreizehnjährige umbringen würden, wenn Sloan sich wehren würde – der Teenager war die

Hauptzeugin im Fall gegen die Männer. Die viel größere Frage war, warum Becca und sie nicht schon längst tot waren?

Der Kerl zog ihr die Glock aus dem Holster. Der Verlust bereitete ihr körperliches Unbehagen.

„Machen Sie keine Dummheiten. Ich will nur ein paar Informationen."

„Haben Sie das der Frau im Hotel auch erzählt?"

Er lachte tatsächlich. „Ein bedauerlicher Irrtum."

Bei dieser Kaltschnäuzigkeit musste Sloan blinzeln. Seine Gefühllosigkeit legte nahe, dass sie es mit einem Psychopathen zu tun hatte, aber auch Psychopathen hatten ihre Charakterschwächen. Insbesondere ihre unfassbare Selbstverliebtheit. „Wenn Sie Becca in Ruhe lassen, helfe ich Ihnen, das Land zu verlassen, ohne dass es jemand mitbekommt."

Er schüttelte den Kopf. „Tun Sie einfach, was ich sage, und ihr wird nichts passieren."

Ihr Mund wurde trocken. Was für eine Wahl hatte sie denn, verdammt noch mal? „Schön. Was wollen Sie?"

„Wir werden jetzt das Krankenhaus verlassen, zügig und leise. Mein Freund Cho hier wird der kleinen Rosie eine Kugel verpassen, wenn Sie Ärger machen."

„Ihr Name ist Becca", zischte Sloan.

Er beugte sie zu ihr. „Ihr Name ist, was immer zur Hölle ich sage. Sie wird durch eine Kugel im Kopf krepieren, wenn Sie uns verraten. Verstanden?" Er krallte sich ihre Haare und drehte ihr Gesicht so, dass sie ihn ansehen musste.

Das Böse war ihr schon früher begegnet und sie erkannte es nun wieder. Sie nickte, wünschte, sie könnte einen Befreiungsversuch riskieren. Wenn es nur um sie selbst ginge, hätte sie bis zum bitteren Ende gekämpft, aber die Vorstellung, dass die Männer Becca wieder wehtun würden…

Aber irgendwann würden sie ihr wehtun.

Gott, sie fühlte sich so nutzlos. All das Training, und dennoch war sie völlig überrumpelt worden.

Wo würden sie hingebracht werden? Warum erschossen die Typen sie nicht einfach hier? Hatten sie Angst, Aufmerksamkeit zu erregen und den Sicherheitsdienst zu alarmieren? Das war ihnen völlig egal gewesen, als sie Ray Tan auf offener Straße erschossen hatten.

Der Mann drängte sie zur Tür und ließ ihren Arm los, steckte seine Hand in die Tasche, den Finger auf dem Abzug der Pistole. Cho hatte Beccas Hand so fest in seinem Griff, dass es wehtun musste.

„Kein Theater, oder sie beide sterben, zusammen mit allen anderen, denen wir auf dem Weg zum Ausgang begegnen. Wir gehen zu Ihrem Auto und fahren davon, ohne dass jemandem was passiert."

Sie nickte ruckartig. Es würde nicht lange dauern, bis die Kollegen des Sprengstoffkommandos bemerken würden, dass sie verschwunden waren, und ihre Spur verfolgen würden. Wenn sie dafür sorgen könnte, dass sie beide bis dahin überlebten, hatten sie den Hauch einer Chance.

―――――――

LUCAS SAH ZU, wie Ashley sich wieder auf das Bett legte und ihre Arme über dem Kopf ausstreckte. Auch wenn sie gehorsam und kooperativ war, war die Vorstellung, sie wäre deshalb unterwürfig und schwach, lachhaft.

Wenn es stimmte, was sie über ihren Onkel erzählt hatte, dann war dieser Typ ein Monster, und sie hatte unglaublichen

Mut bewiesen, vor ihm zu fliehen. Aber es konnte auch eine Lüge sein. Komplex und fesselnd, aber dennoch eine Lüge. Sie hatte schon zugegeben, sehr gut darin zu sein.

„Warum hast du mit mir geschlafen?", fragte er, bevor er sich stoppen konnte.

„Ich habe nicht mit dir geschlafen. Wir haben gefickt." Ihr eiskalter Ausdruck sollte ihn warnen, aber er musste erstaunt feststellen, dass er sie besser kannte. Sie hatte ihre weiche Seite verraten, als sie jeden von Agata Maroulis Schritten zurückverfolgt hatte, und als sie ihre Jacke auf die klaffende Schusswunde in Ray Tans Brust gepresst hatte, obwohl er ihr Leben zerstören konnte. Warum würde sie das tun, wenn sie tatsächlich für ihren Onkel arbeitete?

Alex' Theorie, dass sie für die Chinesen arbeitete, ergab nicht viel mehr Sinn, da sie mit niemandem dort in Verbindung stand.

„Rede nie wieder davon, damit mein Onkel es nicht herausfindet." Ihre Stimme klang wie ein Eiszapfen.

Lucas verzog den Mund in ein schiefes Grinsen, auch wenn er es eigentlich besser wissen sollte. „Warum? Angst um mich?"

Ihre Nasenlöcher weiteten sich.

Er befestigte einen der metallenen Ringe um ihr Handgelenk. Dann beugte er sich über sie, um ihr auch die andere Handschelle anzulegen, aber er hielt inne, ließ seinen Mund über ihrem schweben. Er ließ die Handschelle einrasten, aber nicht so eng wie zuvor. Dann fuhr er mit seinen Lippen sacht über ihren Mund.

„Bitte. Tu das nicht." Ihr raues Flüstern an seinen Lippen brachte ihn in die Realität ihrer Situation zurück.

Er wich zurück, erschrak, als er Tränen in ihren Augen

schimmern sah. Er stand eilig auf und fuhr sich mit den Fingern durch die Haare. „Jesses. Tut mir leid. Das hätte ich nicht tun sollen. Gott."

Ihre Haare lagen wie schwarze Seide auf dem Kissen. „Du kannst meine Warnungen darüber, was mein Onkel dir antun wird, wenn er herausfindet, dass wir miteinander geschlafen haben, nicht einfach abtun. Ich weiß, dass du mir nicht glaubst, aber ich habe gesehen, wie ein junger Mann dafür gestorben ist. Er ist auf grausamste Weise direkt vor meinen Augen ermordet worden." Ihre Worte waren schwer vor Emotionen, aber die Tränen fielen nicht. „Ich mache keine Witze, wenn ich sage, dass du dich so weit wie möglich von mir entfernen musst und deinen Mund darüber halten sollst, dass wir…"

„Darüber, dass wir vom ersten Moment an voneinander angezogen waren? Dass mit dir zusammenzuarbeiten die Hölle war, weil ich nicht aufhören konnte, daran zu denken, wie gut du schmeckst, ganz egal wie wichtig der Fall war?"

„Es war nur Sex", insistierte sie.

„Es war nicht nur Sex, Ash. Wenn es nur Sex gewesen wäre, wäre ich nicht so fasziniert von deiner Schönheit oder gefesselt von deiner verfluchten Intelligenz."

„Das ist nur irgendein Asiatinnen-Fetisch…"

„Ich habe keinen Asiatinnen-Fetisch!" Er brüllte fast, was nicht besonders souverän war, wenn die Frau, mit der er sich stritt, ohnehin schon ausgesprochen verletzlich war. Plötzlich erschien es ihm ausgesprochen unwahrscheinlich, dass sie sich irgendetwas hatte zu Schulden kommen lassen, außer heimlich eine andere Identität anzunehmen.

Gott.

Er hatte einen riesigen Fehler gemacht. Er hätte sie einfach verhaften sollen, aber dann hätte er nie wieder im Privaten mit ihr gesprochen. Und er musste ihre Erklärung aus ihrem eigenen Mund hören. Das Problem war, dass ihre Geschichte furchtbar plausibel klang. Alex würde so viele Details wie möglich verifizieren, damit sie wussten, wie sie weiter vorgehen sollten. Lucas' Handy vibrierte, und er schaute auf das Display. Es war eine Nachricht von Sloan, die ihm mitteilte, dass sie als Leiterin der Sondereinheit abgesetzt worden war, und er ab jetzt dem leitenden Special Agent Greg Trainer Bericht erstatten musste.

Lucas fuhr sich mit der Hand durch die Haare. Noch mehr gute Neuigkeiten. Trainer hatte in seinem Büro in San Antonio gearbeitet. Ein regelkonformer Arsch, der es im FBI weit bringen würde.

Er antwortete Sloan nicht. Alles, was er sagen konnte, würde den Berg aus Lügen, den er ihr schon erzählt hatte, nur noch größer machen. Er trat ans Fenster und schaute nach draußen. Der bedeckte Himmel und der eisige Wind passten zu seinem Gemütszustand.

Nach ein paar Augenblicken sprach er weiter. „Ich habe keine Angst vor deinem Onkel, Ash. Ich werde diesen Hurensohn zur Strecke bringen und sein Imperium zerstören, ein Bordell und eine Spielhölle nach der anderen.“

„Du solltest aber Angst vor ihm haben. Er ist ein Monster.“

Lucas setzte sich neben Ashley auf das Bett und strich ihr sanft eine Haarsträhne aus der Stirn. „Er ist ein Tyrann.“

„Ein Tyrann mit einer Privatarmee“, widersprach sie.

„Ich habe keine Angst vor Tyrannen, egal wie viele Schergen sie haben. Mein Job ist es, Leute wie ihn zu schnappen und wegzusperren, damit sie niemandem mehr wehtun können. Das ist es, was wir verklemmten, besserwisserischen FBI-Agenten tun." Er lachte leise, auch wenn er nicht mal ansatzweise amüsiert war. „Ehrlich gesagt bist du das Einzige, wovor ich Angst habe – dass du lügen könntest und ich wieder blöd genug bin, darauf reinzufallen. Oder schlimmer noch – dass ich eine unschuldige Frau terrorisiere und verletze. Ich bin mir nicht sicher, ob ich mir selbst verzeihen könnte, wenn das der Fall wäre."

„Ich bin mir auch nicht sicher, ob ich dir verzeihen kann." Sie drehte sich von ihm fort.

Alex trat in die Tür und klopfte laut an. „Wir haben ein Problem."

Er führte Lucas nach draußen und sie gingen zum Strand hinunter. Als sie am Wasser angekommen waren, sprach Alex endlich. „Ich habe einen alten Kontakt aus CIA-Zeiten angerufen."

Alex gab nicht oft zu, für die CIA gearbeitet zu haben, und Lucas war überrascht, dass er es jetzt getan hatte.

„Er kannte Frank Pratsky und ich habe ihn nach Pratskys Familie und Privatleben gefragt. Ashleys Geschichte scheint in dieser Hinsicht zu stimmen. Soweit er wusste, war Ashley Chen Pratksys Nichte, über seine langjährige Lebensgefährtin, Merry Beauchamp."

„Was ist mit Ashleys Laptops und ihrem Handy? Irgendwelche Hinweise auf eine Kommunikation zwischen ihr und den Dragon Devils?"

Alex rieb sich mit der Hand über den Nacken. „Na ja, ihr Laptop ist nicht blitzsauber, sie ist verdammt gut darin, ihre Spuren zu verwischen. Ich kann Hinweise darauf erkennen, dass sie selber ein paar Pentests durchgeführt hat."

Lucas blinzelte irritiert. War das Alex' Art zu sagen, dass

Ashley eine Hackerin war?

„Aber alles, was ich entdecken konnte, hängt mit Fällen zusammen, an denen sie gearbeitet hat – viele davon hat sie zu lösen geholfen, oder es sind ältere Fälle, in denen sie noch ermittelt. Es gibt einen Ordner über die Dragon Devils."

Lucas spürte, wie Anspannung in ihm aufstieg.

„Aber sie hat seit mehreren Jahren nichts mehr hinzugefügt." Alex lief auf und ab. „Ihr Handy ist sauber und ich habe keine Prepaidhandys in ihrem Besitz gefunden. Finanziell ist sie gut aufgestellt. Ihren Uniabschluss hat sie in Rekordgeschwindigkeit und mit wehenden Fahnen bestanden und hatte ein volles Stipendium. Sie hat einen teuren Geschmack, was Klamotten angeht, aber sie hatte immer einen guten Job und hat nie über ihren Verhältnissen gelebt. Ihre Tante ebenso wie Pratsky haben ihr alles vermacht, also hat sie ein gesundes Rentenkonto."

„Also braucht sie das Geld nicht."

Alex schaute zu den vorbeiziehenden Wolken hinauf. „Ich bezweifle nicht, dass sie einen Notfallplan hat, um wieder ihre Identität zu wechseln und ihrem Onkel zu entkommen, vermutlich auch dem FBI. Aber wenn ich in ihrer Position wäre, würde ich es genauso machen." Er hielt inne. „Lucas, ich denke, sie erzählt die Wahrheit."

Es war eine Sache, wenn Lucas ihr glaubte, aber Alex war von Anfang an misstrauisch gewesen. Wenn selbst er seine Zweifel hatte… „Du sagst mir also gerade, dass wir eine Frau entführt und festgehalten haben, die sowieso schon die Hölle hinter sich hat?" Seine Zähne fühlten sich an, als ob sie aneinandergeschweißt wären.

„Mehr oder weniger." Alex sah auch nicht gerade besonders glücklich darüber aus. „Besser, wir finden es heraus, als Sloan…"

„Sloan ist gerade ersetzt worden", sagte Lucas. „Der Leiter der Sondereinheit ist jetzt ein Typ namens Greg Trainer."

„Was wissen wir über ihn?"

„Überambitionierter Arschkriecher. Ein Paragrafenreiter. Erzielt Ergebnisse, ist aber ein nerviges Arschloch."

„Großartig." Alex grinste. „Ich habe gerade mit Mal gesprochen. Ihr geht's gut." Man hätte nicht ahnen können, dass dieser Kerl noch kurz zuvor vor Sorge fast umgekommen wäre. Sie starrten den Strand entlang auf eine Frau, die mit ihrem Hund unterwegs war. „Ich habe zwei meiner Mitarbeiter ab dem Flughafen auf sie angesetzt, aber wenn sie das rausbekommt, bringt sie mich um. Sie beschwert sich schon immer über den Sicherheitstrupp, den Frazer auf sie angesetzt hat." Er warf Lucas einen Blick zu. „Ich habe auch einen Mann zum Krankenhaus geschickt, um auf das kleine Mädchen aufzupassen."

Emotionen wallten in Lucas auf. Er nickte. Sloan hatte ihm ausgerichtet, dass er nach Boston zurückkommen und ihr helfen musste, auf Becca aufzupassen, bis sie in ein Safe House gebracht werden konnte. Wenn Trainer dem Team eine große Ankündigung machen würde – als ob Becca irgendein verfluchtes Ausstellungsstück wäre – dann musste er sich sputen.

„Was willst du mit Ashley machen?", fragte Alex.

„Sie gehen lassen." Und beten, dass sie sich so weit wie möglich von den Dragon Devils entfernte.

„Und was ist mit der Tatsache, dass du dich in sie verliebt hast?"

Der Kloß in Lucas' Hals wurde immer größer, aber er verleugnete es nicht. Vielleicht hatte er es nicht direkt im allerersten Moment gewusst, aber seine Gefühle für sie waren langsam gewachsen und waren nur immer stärker geworden, je mehr Zeit er in ihrer Gegenwart verbracht hatte – und das trotz der Lügen, die sie erzählt hatte.

„Ich muss wissen, dass sie in Sicherheit ist." Davonzurennen war die beste Chance, die sie hatte, um am Leben zu bleiben, auch wenn die Vorstellung, sie nie wiederzusehen, sich wie ein Schlag in die Magengrube anfühlte.

„Die einzige andere Person, die von der toten Nichte weiß, ist der Detective aus Hongkong?"

„Und die Dragon Devils selbst."

Sie gingen langsam den Strand hinauf.

„Irgendeine Chance, dass sie diese Information für sich behalten?"

„Klar." Lucas spürte, wie sein Herz pechschwarz wurde. „Solange sie alle tot sind."

Das einzige Geräusch, das ihnen über den Strand folgte, war das Kreischen der Möwen.

SLOAN HATTE UNGEHINDERTE Sicht auf die Eingangstür.

Sie war an einen der neuen Esszimmerstühle gefesselt, die Brian ihnen zu Weihnachten gekauft hatte. Das teure, wurmige Ahornholz passte perfekt zu dem Live-Edge-Esstisch, den sie sich ebenfalls gegönnt hatten. Aber ganz egal, wie hübsch die Einrichtung war, sie hatte es trotzdem nie geschafft, pünktlich zu Hause zu sein, um gemeinsam zu essen.

Jeder zu lange Arbeitstag, jeder hitzige Streit, jede gestelzte

Unterhaltung schrie in ihrem Kopf. Warum hatte sie ihn so vernachlässigt? Warum hatte sie seine Bedürfnisse immer ihren eigenen hintenangestellt?

Bitte, Gott, lass ihn in Sicherheit sein. Es war Dienstag, und für gewöhnlich ging er am Dienstagabend immer ins Fitnessstudio, aber das wussten diese Typen nicht. Wusste er schon, dass sie vermisst wurde? Falls ja, bestand die Chance, dass er im Büro bleiben würde, um in der Nähe des Bürgermeisters und des FBI zu sein, damit er als einer der Ersten erfuhr, falls und wenn sie gefunden wurde. Er schlief ohnehin oft im Büro.

Bitte komm nicht nach Hause.

Cho glotze Becca mit einem hungrigen Ausdruck in seinem hässlichen Gesicht an. Sie hatten sie geknebelt, weil sie irgendwann zu schreien begonnen und nicht mehr aufgehört hatte. Sloan hatte versucht, dem Mädchen gegenüber Stärke zu zeigen, aber das war aus einer schwachen Position heraus nicht einfach. Zu denken, dass es das war, was Becca jahrelang erlitten hatte – diese körperliche und psychologische Misshandlung. Das FBI hatte darin versagt, sie zu beschützen. Sie hatten die Gefahr falsch eingeschätzt.

Der andere Typ, Mr. Psychopath, räkelte sich auf einem Ottomanen, der ihren Eltern gehört hatte, und trank Brians teuren Single Malt. Er hatte einen Verband um seinen Oberarm gewickelt – die Wunde von Ashley Chens Kugel, als er Ray Tan auf der Straße erschossen hatte? Vielleicht. Sie wusste es nicht.

Er sah gut aus und vage vertraut, aber sie konnte ihn nicht einordnen. Zu schade, dass er das Böse in Person war.

Zunächst hatten die Männer sie gezwungen, in ein Warenlager in Südboston zu fahren, wo sie in ein anderes

Auto umgestiegen und zu ihrem Haus in den Vororten gefahren waren.

Sie zittere. Es ergab alles Sinn. Niemand würde im Haus der ehemaligen Einsatzleiterin nach ihnen suchen. Andererseits bestand die Möglichkeit, dass Polizei und FBI sie einholten, je länger sie hier im Haus blieben. Sie kannte ein paar ziemlich begabte Verhandlungsspezialisten, die es schaffen könnten, sie lebend hier herauszuholen. Und sollte das schiefgehen, hatten sie immer noch einige der besten Scharfschützen der Welt. Sie würde sich nur zu gerne eine Kugel einhandeln, wenn das bedeutete, dass diese beiden Dreckskerle starben, und Becca lebte.

„Worauf warten Sie?", fragte sie.

Mr. Psycho grinste sie hämisch an. „Ich will wissen, wo Ashley Chen ist."

Ihr Kopf zuckte in die Höhe. Was zur Hölle? Und dann begriff sie, warum er ihr so bekannt vorkam. Er sah aus wie Chen.

War das ein Zufall? Oder waren sie verwandt?

Sein Handy klingelte, bevor sie ihn fragen konnte. Sie lauschte angestrengt und versuchte, Hinweise über das Gespräch zu erhaschen. Er beschwichtigte die Person am anderen Ende, erzählte, dass alles ohne Probleme über die Bühne gegangen war, und dass es nichts zu befürchten gab. Einmal setzte er sich gerade auf und grinste.

Er besprach die Details für ihre Abreise, wurde ihr plötzlich klar. Sie hatte die furchtbare Vorahnung, dass sie nicht lange genug leben würde, ums ihnen auf Wiedersehen zu sagen.

Warum erschossen sie sie nicht einfach? Warum war sie gefesselt worden? Warum verschanzten sie sich in ihrem verfluchten Haus?

Ich werde es wieder gut machen, Brian. Bleib einfach nur ganz weit weg.

Sie dachte schon, ihre Gebete wäre erhört worden, als sie seinen Schlüssel in der Haustür hörte.

„Brian. Lauf!" Mr. Psycho hieb ihr mit dem Kolben ihrer eigenen Glock gegen die Schläfe.

Cho griff sich ihren Mann, zerrte ihn ins Haus und schlug hinter ihm die Tür zu.

„Er weiß nichts! Lassen Sie ihn in Ruhe!", rief sie.

Mr. Psycho grinste und schüttelte den Kopf. Beccas Augen wurden groß.

Brian blickte sich aufgeregt um. „Was zur Hölle machen Sie hier?"

Cho stieß ihn auf einen Stuhl, das Gesicht Sloan zugewandt. Dann band er ihm mit Panzertape die Hände hinter dem Rücken zusammen.

„Es tut mir so leid, Liebling." Tränen traten in ihre Augen. Sie hatte niemals die Gefahr mit zu sich nach Hause bringen wollen.

Brians Augen schnellten zwischen den Leuten im Raum hin und her, dann landete sein Blick auf Becca, als ob er nicht glauben konnte, was hier passierte. „Was wollen Sie? Warum sind Sie in meinem verdammten Haus?" Er wollte sich befreien, aber Cho drückte ihn zurück in den Stuhl.

„Ich will wissen, wo ich eine gewisse FBI-Agentin finde", sagte Mr. Psycho butterweich.

Warum war Chen so wichtig?

Brian glotzte ihn an. „Glauben Sie, Sie können das aus meiner Frau herausfoltern? Sie wird Ihnen verdammt noch mal nichts verraten."

Das Grinsen, das der Psycho Brian zuwarf, ließ es Sloan kalt den Rücken hinunterlaufen.

Nein.

Cho klatschte einen Streifen Panzertape über Brians Mund.

„Sie haben recht. Ich glaube, sie ist zu mutig und zu stoisch, um sich selbst zu retten. Aber Sie? Ich zähle drauf, dass Sie ihre Schwachstelle sind." Der Typ zog ein Messer hervor und prüfte mit seinem Daumen die Spitze der Klinge. „Ist ein bisschen stumpf, fürchte ich."

Eine Träne befreite sich und lief über Sloans Wange. Beccas Augen waren noch immer weit vor Entsetzen, aber Sloan konnte sie nicht davor bewahren, was sie nun mit ansehen musste.

ZWANZIGSTES KAPITEL

ASHLEY DUSCHTE, WÄHREND sie darauf wartete, dass die beiden Männer zurückkamen. Lucas hatte die eine Handschelle so locker zugemacht, dass sie ihr Handgelenk aus dem Metallring hatte ziehen können und mit der freien Hand im Nullkommanichts die andere Handschelle gelöst hatte. War das ein Test gewesen? Neue Agenten lernten im Training, wie man sich aus Handschellen befreite, aber es war wahrscheinlicher, dass er einfach unterschätzt hatte, wie schmal ihre Handgelenke waren.

Ihr Gepäck hatten sie in Virginia aus ihrem Auto geholt und mitgebracht, sie hatte also frische Sachen zum Anziehen und ihr Schminkzeug. Das Make-up konnte bei ihrem blauen Auge nicht viel ausrichten, aber es tat Wunder für ihr Selbstbewusstsein.

Sie widerstand der Versuchung, die Alex' Parkers Laptop auf sie ausübte, auch wenn er direkt dort auf dem Küchentisch stand, und sie vermutlich nie wieder eine solche Chance bekommen würde. Sie bezweifelte, dass sie sein Passwort in der Zeit knacken würde, die ihr zur Verfügung stand. Ihre eigenen Rechner rührte sie ebenfalls nicht an, weil sie etwas zu beweisen hatte.

Sie versuchte nicht, zu fliehen. Sie war keine von den Bösen.

Als die Männer schließlich mit ihrer Besprechung am Strand fertig waren, war sie wieder ganz der gefasste Profi, hatte einen dunkelblauen Hosenanzug angezogen und beide Hände sichtbar auf dem Küchentisch liegen.

Lucas hielt abrupt inne, als er durch die Tür kam und sie sah. Alex warf ihr über Lucas' Schulter hinweg ein schmales Lächeln zu. Sie beobachtete ihn dabei, wie er seine Waffe zurück ins Holster steckte.

Himmel, der Typ war furchteinflößend schnell.

„Ich schätze, du hast uns die Mühe erspart", sagte Lucas kryptisch.

„Mühe?"

„Dich laufen zu lassen." Er schaute auf seine Uhr. „Wo sollen wir dich absetzen?"

„Wie bitte?" Sie verstand nicht.

„Wir glauben Ihnen." Alex meldete sich zu Wort. „Wir sind Ihnen eine Entschuldigung schuldig. Ich bin Ihnen …bin dir definitiv eine Entschuldigung schuldig. Es tut mir leid, dass mein Argwohn dich in Gefahr gebracht hat, aber du kannst nicht behaupten, dass er unbegründet war."

Ashley verzog das Gesicht.

„Wir müssen so schnell wie möglich hier weg. Ich habe eine dringende Besprechung, zu der ich muss …" Lucas musterte sie, als ob sie ihn aufhalten würde.

Ihre Augen wurden groß. Sie ließen sie tatsächlich laufen? Sie glaubten, was sie ihnen erzählt hatte. Oder taten zumindest so. „Ich habe mir das mit dem Davonrennen anders überlegt."

„Das kannst du dir nicht anders überlegen." Lucas ging ins Schlafzimmer, in dem sie festgehalten worden war, und Ashley hörte, wie er mit den Handschellen herumfuhrwerkte und die Laken auf dem Bett glattstrich. Dreißig Sekunden später kam er zurück in die Küche und deutete mit dem Finger auf sie. „Wenn du bleibst, stirbst du. So einfach ist das."

Sie schüttelte den Kopf. „Ich bin die beste Chance, die das FBI hat, um diese Leute zu schnappen."

„Was?" Er lachte zynisch auf. „Nach all den Jahren willst du dich endlich für diese Sache opfern?"

Sie zuckte zurück, als ob sie gestochen worden wäre.

„Ash, du hast selbst gesagt, dass du eine einzige Chance hast, das zu überleben, und diese Chance bieten wir dir gerade. Ruf Frazer an, quittiere aus persönlichen Gründen und mit sofortiger Wirkung den Dienst beim FBI, und dann verschwinde. Du kannst deine Dienstmarke und deine Waffe einschicken. Alex und ich haben dich nie gesehen. Das hier", er winkte mit dem Finger zwischen ihnen dreien hin und her, „ist nie passiert. Damit tauchst du nicht auf dem Radar des FBI auf, und du bekommst ein bisschen Vorsprung vor den Leuten, die dich jagen."

Etwas in seiner Stimme verriet ihn, und Ashley erinnerte sich daran, was Mallory über sein Pokerface gesagt hatte. Sie stand auf und legte ihm sanft die Hand auf den Arm. „Er wird nie aufhören, nach mir zu suchen, Lucas. Ich will nicht bis an mein Lebensende auf der Flucht sein und immer Angst haben müssen. So will ich nicht leben."

„Aber nur so kannst du leben."

„Benutzt mich als Ködern."

„Nein." Er konnte ihr nicht in die Augen schauen.

„Sag es ihm, Parker. Sag ihm, dass mich als Köder zu benutzen, der beste Weg ist, diese Bestien zu schnappen."

Anstatt zu antworten, starrte Alex sie nur lange schweigend an. Dann steckte er ihre Laptops in die jeweiligen Taschen, griff sich ihr Gepäck und verließ das Haus.

Sein Schweigen verblüffte sie. Sie hatte geglaubt, er wäre der Erste, der sie als Bauernopfer benutzen würde.

Sie verschränkte die Arme vor der Brust. „Du kannst mich nicht davon abhalten, zu Sloan zu gehen."

„Sloan leitet diesen Fall nicht mehr. Ein Typ namens Greg Trainer ist jetzt verantwortlich. Einer der pedantischen Agenten, vor denen dich dein Patenonkel gewarnt hat. Du erzählst ihm, wer du wirklich bist, und er steckt dich ins Gefängnis und nutzt dich als Beweis dafür, dass er und sein Team gegen die Dragon Devils und ihre Partner hart durchgreifen. Du wirst als Informantin diffamiert werden. Die Devils werden ganz genau wissen, wer du bist und wie sie an dich herankommen können."

Er drängte sie gegen die Küchenanrichte. „Du musst verschwinden, bevor ich es mir nochmal überlege, dich gehen zu lassen." Seine Worte sollten eine Warnung sein, aber sie klangen wie ein Wunsch.

„Glaubst du wirklich, dass ich auf der Seite des FBI stehe?", fragte sie. „Oder ist das wieder irgendein Spiel, das du mit mir spielst, um zu sehen, was ich als Nächstes tue?"

Er zog sie an den Ellenbogen an sich und küsste sie heftig, als ob es ihr letzter Kuss wäre. Sie erwiderte den Kuss, wollte den Augenblick so lange wie möglich auskosten, aber sie wusste, dass er nur allzu schnell vorbei sein würde.

Endlich löste er sich von ihren Lippen und legte seinen Kopf an ihre Stirn. „Es tut mir leid, dass ich dich entführt habe. Und es tut mir leid, dass ich dich nur beschützen kann, indem ich dich gehen lasse."

Ashley schloss die Augen und krallte ihre Finger in sein Hemd. Sie nickte, dann stemmte sie die Hände gegen seine Brust und schob ihn fort. Sie huschte an ihm vorbei und ging zum Van. Er hatte es falsch verstanden. Der einzige Weg, ihn zu beschützen, war es, fortzugehen.

DIE LUFT WAR so von Blutgeruch übersättigt, dass Sloan versuchte, durch den Mund zu atmen. Der Ausdruck von Qual in Brians Gesicht brach ihr das Herz. Sie hatten ihm ein Ohr abgeschnitten, und sein Blut rann ihm über den Hals und tränkte sein Hemd. Sie wand sich hin und her und riss an ihren Fesseln, aber sie konnte sich nicht befreien.

Beccas Reaktion war beinah surreal. Es war nicht Entsetzen oder Ekel – es sah seltsamerweise wie Genugtuung aus.

Mr. Psychos Handy klingelte, und er antwortete mit einem leichten Stirnrunzeln. Er war kaum ins Schwitzen gekommen. Er legte auf, dann fuhr er mit dem Messer Brians Bauch hinunter, immer tiefer, bis die Klinge über seinem Penis schwebte. „Vielleicht sollten wir die Sache ein bisschen beschleunigen." Er öffnete den Knopf an Brians Hose und zog den Reißverschluss hinunter, als ob er eine Überraschung präsentierte. Brian verkrampfte sich, seine Augen traten ihm fast aus dem Kopf. „Ein Ehemann mag seiner Frau vielleicht verzeihen, wenn sie sein Auto zu Schrott fährt, aber er wird es ihr nie verzeihen, wenn er seinen Schwanz verliert. Nicht, dass gerade viel von einem Schwanz zu sehen wäre." Der Blick des Psychos fiel auf Becca. „Bring sie her."

Cho löste Beccas Fesseln und riss ihr das Panzertape vom Mund, dass sie aufschrie. Dann zerrte er sie herüber und zwang sie, sich vor Brians Füßen hinzuknien.

Der Psycho hob mit der Messerspitze ihr Kinn. „Fass ihn

an. Du weißt, wie."

Oh Gott, nein. Nein.

Das konnte Sloan nicht mit ansehen. „Ich weiß nicht, wo Chen ist!"

„Strengen Sie sich ein bisschen mehr an. Ich will nur mit ihr reden. Ich muss gar nicht wissen, wo sie ist."

„Ich habe ihre Nummer nicht." Sloans Stimme brach wie Eis auf einem Teich. Der Psycho hielt das Messer näher an Brians Genitalien und sie sagte leise, „Aber ich habe die Nummer von jemandem, der mit ihr unterwegs ist."

Der Psycho brachte ihr das Handy. „Wer ist es?"

Sloan räusperte sich. „Randall. Lucas Randall."

Das Ekel grinste sie an und klatschte ihr einen Streifen Klebeband über den Mund.

Er nahm ihr das Handy ab und setzte sich im Schneidersitz auf ihren schönen Esszimmertisch.

„War doch gar nicht so schwer, oder?" Seine Augen erhaschten Sloans angsterfüllten Blick, und er lächelte.

Oh Gott. Er war ein Monster. Sie hätte es ihm nicht erzählen dürfen, aber sie würde Becca nie im Leben noch mehr Missbrauch ertragen lassen. Sie sackte geschlagen in sich zusammen, und ihre Augen füllten sich mit Tränen, während er den Anruf tätigte.

LUCAS WAR SICH ziemlich sicher, dass jeder in diesem Fahrzeug wusste, dass sein Herz gerade brach, aber niemand erwähnte es. Alex hatte angeboten zu fahren, aber Lucas weigerte sich, ihm das Lenkrad zu überlassen, also saß der Kerl jetzt hinten im Van und schlief. Lucas brauchte etwas, auf das er sich konzentrieren konnte, oder er würde sich die Sache anders überlegen und einen Plan entwerfen, bei dem Ashley so lange wie überhaupt nur möglich an seiner Seite blieb.

Aber selbst, wenn sie Ashley als Köder benutzten – und er weigerte sich, diese Möglichkeit ohne die volle Unterstützung des FBI überhaupt in Betracht zu ziehen – gab es keine Garantie, dass sie den Onkel schnappen würden, wenn der sich vermutlich an irgendeinem exotischen Ort weit abseits der US-amerikanischen Jurisdiktion verkrochen hatte. Und sie wussten immer noch nicht, wie ausgebaut das Netzwerk der Devils in den USA war. Lucas' Aufgabe war es, das herauszufinden – sobald er sich von Ashley und Alex verabschiedet und sichergestellt hatte, dass Becca in einem Safe House untergebracht war. Er hatte Sloans und Fuentes' Anrufe in den letzten zwei Stunden ignoriert, und wenn er so weitermachte, könnte er sich glücklich schätzen, wenn er noch einen Job hatte, zu dem er zurückkehren konnte.

Der internationale Flughafen von Boston tauchte vor ihnen auf, und wenige Minuten später hielt Lucas vor dem Eingang zu den Abflughallen an.

Das letzte Mal, als er sich so elendig gefühlt hatte, hatte er einen Keller voller toter Menschen entdeckt.

Er konzentrierte sich darauf, sich von dieser Frau zu verabschieden, die er erst seit ein paar Tagen kannte, und die er dennoch schon jetzt mehr mochte als jeden anderen Menschen, dem er je begegnet war.

Sie saß schweigend neben ihm. Ihr Gesicht war angespannt, ihre Fingerknöchel fast durchsichtig unter ihrer blassen Haut. „Mir tut das alles sehr leid."

„Alles?"

Sie lächelte traurig. „Nicht alles."

„Mir tut das hier leid." Er hob seinen Finger zu ihrem blauen Auge, berührte es aber nicht. Wenn er sie berührte, könnte er sie nicht mehr gehen lassen. Und Ashley Chen durfte nicht bleiben.

Ihre Hand lag auf dem Türgriff, und sie wollte die Tür schon öffnen, während er sich zwang, das Lenkrad mit eiserner Kraft zu umklammern.

Ashley zögerte. „Ich weiß, es macht keinen Unterschied, aber über die wesentlichen Dinge habe ich dich nicht angelogen. Ich wollte nur, dass du das weißt."

Sein Handy unterbrach sie. Es war Sloan. Er musste den Anruf annehmen. „Gib mir dreißig Sekunden, okay?"

Wenn es jemals einen schlechten Zeitpunkt gegeben hatte, um einen Anruf anzunehmen, dann war es dieser hier. Sie nickte. Vielleicht wollte sie sich ebenso wenig verabschieden, wie er. Oder vielleicht machte er sich auch nur etwas vor.

„Randall", sagte er.

„Ich muss mit Ashley Chen sprechen." Lucas erkannte die männliche Stimme nicht.

„Wer ist das? Wo ist SSA Sloan?"

„Sloan kann gerade nicht ans Telefon kommen. Ich will augenblicklich mit Ashley Chen sprechen."

Lucas hätte dem Typen am liebsten gesagt, dass er ihn am Arsch lecken könne, aber er steckte schon in genug Schwierigkeiten. Er schaltete den Lautsprecher ein und hielt Ashley das Handy hin.

„Ja?", sagte sie unsicher.

„Ashley Chen?"

Ashleys Augen wurden groß und die Farbe wich aus ihrem Gesicht. „Ja." Ihre Stimme war fester.

„Kann irgendjemand diese Unterhaltung mithören?"

„Nein", log sie und schaute zu Lucas, dann zu Alex.

Der Mann lachte. „Verdammt lang her, Cousinchen. Wie ist das Leben als Geist?"

„Besser, als es mit euch war."

Lucas warf einen Blick in den hinteren Teil des Vans und sah, dass Alex in rasantem Tempo in sein Handy sprach. Scheiße, wenn die Typen Sloans Handy hatten, wo war dann die SSA?

„Was willst du? Wo ist Sloan?"

„Keine Worte der Begrüßung? Hast du mich nicht vermisst?"

„Wo ist SSA Sloan?", fragte sie noch einmal nachdrücklich.

Alex beugte sich vor und zeigte ihnen eine Textnachricht auf seinem Handy. Sloan und Becca waren beide aus dem Krankenhaus entführt worden.

„Sie ist gerade ein bisschen beschäftigt", erwiderte der Mann.

Ashley sah verwirrt aus. Kein Wunder, sie wusste nicht, wer Becca war. Aber sie wusste, was sie zu tun hatte.

„Hast du Becca?", fragte sie.

„Dem Mädchen geht's gut. Hat Spaß."

Sein Tonfall ließ etwas in Lucas zusammenfahren.

„Ich muss wissen, dass sie nicht tot ist", bestand Ashley.

Ein Lebensbeweis war wichtig bei Entführungen. Es war der Grund dafür, weshalb die Leute am Leben gelassen wurden.

„Und ich muss wissen, dass du dich von deinen FBI-Kumpels verabschiedest und für ein Familientreffen nach Hause kommst. Ich schicke dir in ein paar Stunden die Details, und du machst dich besser auf den Weg, ansonsten entgeht dir der ganze Spaß. Aber nicht dem Mädchen."

Ein Foto erschien auf dem Display und Lucas hätte sich am liebsten übergeben. Sie hatten Becca. Nach allem, was er getan hatte, um sie zu beschützen…

Er hatte sich so auf seinen Verdacht Ashley gegenüber konzentriert, dass er den Spielball aus den Augen gelassen hatte. Die Schuldgefühle zermalmten ihn fast, aber er musste seinen Job machen.

Er unterdrückte seinen Zorn und stellte das Handy auf stumm. „Sag ihm, dass du da sein wirst, aber wenn Becca und Sloan irgendetwas zustoßen sollte, wirst du dich in Luft auflösen, und niemand wird dich je finden."

Sie nickte und gab die Nachricht durch. Der Mann am anderen Ende der Leitung lachte. „Sloan entschuldigt sich. Sie wird es vermutlich nicht zum Treffen schaffen, aber das Mädchen wird da sein. Wir lassen sie frei, wenn du allein kommst. Wenn nicht…" Er legte auf.

„Konntest du es zurückverfolgen?", fragte Lucas Alex.

„Ja. Sloans Privatadresse. Die Polizei ist auf dem Weg."

SLOAN ROBBTE ÜBER den Dielenboden, Blut floss aus der Wunde, in der das Messer in ihrer rechten Seite steckte. Jeder Zentimeter war eine Tortur, die Klinge des Messers schnitt immer wieder in ihr Fleisch, sobald sie sich bewegte oder einatmete. Das Blut rann in wilden Rinnsalen an ihrem Körper hinunter und hinterließ eine hässliche Spur auf dem glänzenden Parkett.

Sie erkannte das Muster von anderen Tatorten wieder. Sie hatte nur nie erwartet, es selbst zu durchleben.

Der Psychopath hatte sie abgestochen und dann Brian den Kolben ihrer Glock so heftig über den Schädel gezogen, dass er ohnmächtig geworden war. Dann hatte sich dieser Hurensohn Beccas Hand geschnappt und war in aller Seelenruhe aus dem Haus spaziert, als ob nichts passiert wäre.

Er hatte mit Chen gesprochen. Hatte sie „Cousinchen" genannt. Sloan wusste nicht, was los war, aber es hatte nicht gerade nach einem glücklichen Wiederhören geklungen. Es hatte geklungen, als ob die Agentin nach einem Lebensbeweis gefragt hätte, was bedeutete, dass sie noch immer daran arbeitete, Becca zu retten. Hoffentlich würde die Kavallerie den Anruf zurückverfolgen können und jeden Augenblick hier eintreffen, um sie und ihren Mann zu retten.

Brian rührte sich nicht.

Als sie schließlich bei ihm ankam, rollte sie ihn auf den Rücken. Sein halbnackter Zustand erinnerte sie daran, was ihm angetan worden war, und sie zog ihm die Boxershorts hoch, um ihm ein bisschen Würde zurückzugeben. Sie wusste es besser, als einen Tatort zu kontaminieren, aber noch waren sie nicht tot.

„Brian, wach auf." Sein Puls schlug regelmäßig unter ihren zitternden Fingern. Ihr wurde vom Blutverlust zunehmend schwindelig und sie wollte auf keinen Fall ohnmächtig werden. Noch nicht. Nicht, wenn sie sterben mussten. Sein Atem war nur ein schwacher Hauch, der über ihren Handrücken strich.

„Brian." Sie klopfte ihm sacht auf die Wangen und er bewegte sich.

Er rollte auf seine Seite und übergab sich. Kein gutes Zeichen bei einer Kopfverletzung.

„Bist du in Ordnung?", fragte sie.

„Ja, ich glaube schon." Er rollte zurück auf den Rücken

und fluchte.

„Sie sind weg."

Er stöhnte und hielt sich den Kopf. „Haben sie Rosie mitgenommen?"

„Rosie?" Sie runzelte verwirrt die Stirn. „Du kanntest das Mädchen?" Jetzt war es an ihr, sich übergeben zu wollen.

„Nein! Nein." Er war empört. „Einer von ihnen muss sie so genannt haben. Ich würde niemals in ein Bordell gehen."

Sie hielt sich ihre Seite und lachte böse auf. Die Kopfverletzung hatte seinen Verstand beeinträchtigt. „Woher weißt du dann, dass sie aus dem Bordell ist?"

Jetzt musste sie wirklich lachen, als sich die Puzzleteile endlich zusammenfügten. All die späten Nächte, ihr leidenschaftsloses Sexleben, die Übernachtungen im Büro, es ergab alles schrecklichen Sinn. Ihr Kopf dröhnte, als ihr Lachen zu einem Schluchzen wurde und das Blut unaufhörlich aus der Wunde an ihrer Seite strömte.

Sie stieß sich von ihm fort, die Schmerzen der Wunde verblassten im Gegensatz zu dem Ekel, den sie in seiner Anwesenheit empfand. „Ich glaube es nicht. Du bist die undichte Stelle. Du. Alles, was wir dem Bürgermeister mitgeteilt haben. Hier und da Informationen, die du aus mir heraus geleiert hast, indem du so getan hast, als ob du dich für meine Arbeit interessierst. Fuck." Sie hatte sich solche Sorgen um ihn gemacht, hatte solche Schuldgefühle gehabt, weil sie diese Verbrecher in ihr Haus gebracht hatte, und dabei war er es gewesen!

Sie war so blöd gewesen. So gottverdammt blöd. Sie hielt sich ihre Seite, als eine Welle der Qual durch sie hindurchströmte.

Er kroch auf allen vieren auf sie zu. „Carly, ich liebe dich.

Bitte sag nichts. Ich werde ruiniert sein. Du wirst ruiniert sein. Niemand will eine FBI-Agentin einstellen, deren Mann…“

Sie starrte in wutentbrannt an. „Kinder fickt? Du hast recht. Aber du bist ein Pädophiler. Du hast es verdient, ruiniert zu werden.“

„Carly“, flehte er.

Aber er musste die Wahrheit erkannt haben, die sich in die schmerzvoll verzogene Grimasse ihres Gesichts gebrannt hatte. Sie würde es nie und nimmer vertuschen.

„Du scheinheilige Schlampe. Glaubst du denn, ich hätte es mir irgendwo anders holen müssen, wenn du gut gewesen wärst?“

Sie schluckte, wünschte sich, ihre Sicht würde nicht so sehr verschwimmen. Sie glaubte, Sirenen zu hören. „Ich habe jeden Tag mit Leuten wie dir zu tun, Brian. Du kannst mich beleidigen und sicher, das tut weh, aber ich weiß, wie Perverse wie du ihre abartigen Vorlieben rechtfertigen. Feiglinge, wie ihr es seid, suchen die Schuld immer bei anderen.“

„Schlampe.“ Finger legten sich um ihren Hals.

„Was machst du da?“ Sie begann, davonzukriechen, fand aber auf dem blutverschmierten Boden keinen Halt. Sie tastete nach ihrer Waffe, musste aber feststellen, dass sie sie nicht mehr bei sich trug. Sie bekam keine Luft mehr.

Nein.

Ihre Sicht wurde immer trüber, ihre Lungen schrien nach Sauerstoff. Hatte sie diesen Albtraum überlebt, um von ihrem eigenen Ehemann umgebracht zu werden? Und als sie in seine mitleidlosen Augen starrte, wusste sie, dass er einen Weg finden würde, die Sache zu verdrehen. Dass er sich vermutlich als verdammten Held aufspielen würde, der versucht hatte, sie vor den Gangstern zu beschützen.

Niemals.

Ihre Faust krallte sich um den Griff des Messers und sie schauderte, als sie es aus ihrem brennenden Fleisch zog. Er bemerkte es nicht. Er war zu sehr damit beschäftigt, seinen Griff um ihren Hals zu schließen, während er das Leben aus ihr herausquetschte.

Sie versenkte das Messer so tief sie konnte in der Gegend seiner Nieren. Seine Augen wurden groß, dann noch größer, während sie die Klinge in seinem Körper bohrte.

Er war tot, noch bevor er zu Boden sank.

EINUNDZWANZIGSTES KAPITEL

L UCAS LEGTE DEN Gang ein. Ashley knallte ihre Tür zu, während er aufs Gas trat und davonraste.

„Lucas", rief Alex ihm zu.

„Was?"

„Wir können nicht zu Sloans Haus fahren…"

„Warum nicht?"

„Weil du und Chen wieder in die Ermittlungen verwickelt werden, wenn ihr dort seid. Wir würden nicht nach Becca suchen können."

Scheiße. „Aber vielleicht erwischt die Polizei sie, bevor sie entkommen können." Die Bastarde konnten nicht mehr als ein paar Minuten Vorsprung vor der Polizei haben.

Alex schüttelte den Kopf. „Sie würden sich nie in die Karten schauen lassen, ohne einen vernünftigen Fluchtplan zu haben. Die sind verschwunden, Kumpel."

Die Fassungslosigkeit erwischte ihn kalt. Eine plärrende Hupe holte ihn in den Moment zurück und er riss das Lenkrad herum, um einen Unfall zu vermeiden.

„Wer ist Becca?", fragte Ashley verwirrt.

Alex antwortete für ihn. Lucas war nicht in der Lage, irgendetwas anderes zu tun, als sich darauf zu konzentrieren, nicht mit einem anderen Auto zusammenzustoßen, während sein Herz in seiner Brust explodieren wollte.

„Ein dreizehnjähriges Mädchen, das die Explosion in der Chinatown überlebt hat. Lucas und Sloan haben ihr Überleben geheim gehalten, um sie zu schützen."

„Also hatte Mallory recht. Du hast etwas verheimlicht", sagte sie leise.

„Sie ist nicht die Einzige, die es herausgefunden hat." Alex schaute auf sein Handy. „Einer meiner Sicherheitsleute hat mir eine Nachricht aus dem Krankenhaus geschickt. Die Überwachungskameras zeigen, wie sie alle vier aus dem Krankenhaus gehen. Sloan, Becca, und zwei Asiaten."

„Vermutlich haben sie dem Kind eine Waffe an den Kopf gehalten", presste Lucas hervor. Sloan würde Beccas Leben nicht riskieren. „Was ist mit der Agentin der Sprengstoffeinheit? Ist sie okay?"

Alex wartete einen Augenblick, nachdem er die Nachricht rausgeschickt hatte. „Reilly sagt, er hat mit der Agentin gesprochen. Sie hatte gerade Pause gemacht. Sloan war mit dem Mädchen allein, als die beiden Männer als Ärzte verkleidet ins Zimmer marschiert sind und es kurze Zeit später wieder verlassen haben."

„Warum haben die sie nicht direkt an Ort und Stelle umgebracht, so wie alle anderen auch? Warum haben sie sie mitgenommen?" Lucas biss die Zähne zusammen. Der Druck in seinem Kopf drohte, seinen Schädel zum Bersten zu bringen. Warum hatten sie vermutet, dass noch jemand die Explosion überlebt hatte? Hatten sie einen Informanten im FBI? Wenn nicht Ashley, wer dann?

„Vielleicht, um etwas zu beweisen? Dass sie jeden erwischen können, dass niemand sicher ist?", schlug Ashley vor. „Oder um die Geiseln zu benutzen, um das Land zu verlassen?"

„Dafür könnten sie jede x-beliebige Geisel nehmen." Alex verwarf den Gedanken. „Sie haben Sloan mitgenommen, um an dich ranzukommen. Das Mädchen haben sie mitgenommen, um Sloan kontrollieren zu können und gleichzeitig eine Zeugin zu beseitigen."

„Wenn sie Becca etwas antun…" Aber das hatten sie schon längst getan. Das Foto war in sein Gedächtnis gebrannt. Nachdem er ihr versichert hatte, sie wäre in Sicherheit. Er schlug mit der Faust auf das Lenkrad und beendete den Satz nicht. „Irgendwelche Neuigkeiten über Sloan?"

Alex wählte eine Nummer und Lucas hielt abrupt an. Er war im Kreis gefahren und wusste nicht mehr, wo er hinfahren sollte.

„Sie lebt und wird gerade in die Notaufnahme gebracht. Sie hat viel Blut verloren, und sie glauben nicht, dass sie es schaffen wird. Ihr Mann wurde am Tatort tot aufgefunden. Keine Spur der Täter. Keine Spur von Becca.

Alex hatte also recht gehabt. Die Typen waren längst über alle Berge. „Ich hab' Scheiße gebaut."

„Wir alle. Aber wir haben jetzt keine Zeit für Selbstmitleid. Wir brauchen einen Plan", sagte Alex. „Fahren wir zum Jet und überlegen wir uns, wie wir am besten vorgehen."

„Die beste Vorgehensweise ist es, zu tun, was sie verlangen, und mich gegen Becca einzutauschen", sagte Ashley.

„Das ist Selbstmord", widersprach Alex.

„Hast du einen besseren Plan?", fragte sie.

Alex schüttelte den Kopf. „Aber, wenn wir als Erste dort ankommen, wo auch immer wir uns treffen, und das Aufeinandertreffen vorbereiten?" Er zuckte mit den Schultern. „Dann hätten wir vielleicht eine Chance, sie zu überraschen und das

Mädchen zu befreien.“

Lucas starrte Alex im Rückspiegel an. „Und wenn es Mallory wäre?“

Alex’ Kiefer verkrampfte sich. „Ich würde sie keine hundert Meilen an diese Bastarde heranlassen.“

„Du scheinst zu vergessen, dass ich offiziell immer noch FBI-Agentin bin, und diese ganze Geschichte meine Schuld ist“, meldete sich Ashley zu Wort. „Ich habe ein Mitspracherecht, was wir machen, und ich will das Mädchen retten und die Täter schnappen. Die Gefahr ist mir durchaus bewusst.“

Lucas war aufgerüttelt. Offiziell hatte sich nichts geändert. Niemand wusste über Ashleys falsche Biografie Bescheid, bis auf die Devils selbst. Ob sie etwas verrieten oder nicht, hing davon ab, was Ashley tat. Rational betrachtet war ihr einzig mögliches Vorgehen, dass Ashley so tat, als ob sie den Forderungen nachkam.

Lucas’ Kopf war müde vom Stress und vom Schlafmangel der letzten Tage. Er brauchte Zeit, um das Netz aus Gedanken zu entwirren, die durch seinen Schädel rauschten.

Ein Sicherheitsmitarbeiter kam auf den Van zu, um sie zu vertreiben. Lucas’ Finger krallten sich um das Lenkrad.

„Ashley und ich schaffen es vielleicht, sie über ihre Handys zu orten“, schlug Parker vor. „Wir können im Flugzeug arbeiten und den Standort ihres Hauptquartiers möglicherweise eingrenzen, noch bevor wir überhaupt landen.“

Ashley drehte sich zu ihm herum, offensichtlich überrascht. „Du würdest mit mir zusammenarbeiten?“

„Um ein Kind und eine Bundesagentin zu retten? Dafür würde ich sogar mit Satan höchstpersönlich zusammenarbeiten.“

Ashley lachte, und es klang ehrlich und echt.

Lucas glaubte ihr. Er hatte keine Zweifel mehr. Keine albernen Unsicherheiten mehr.

Was für ein Leben sie gelebt haben musste. Immer auf der Flucht zu sein. Immer auf der Hut zu sein. Und sie war so gut darin gewesen, dass die Dragon Devils bis vor zwei Tagen nicht gewusst hatten, dass sie lebte. Sie hatten schon zwei Leute umgebracht und eine weitere Person entführt, um an Ashley heranzukommen. Wie viel Menschen würden noch zu Schaden kommen, bevor Ashley sie konfrontierte?

Der Sicherheitsmitarbeiter klopfte an das Beifahrerfenster, aber Lucas hatte seine Entscheidung getroffen. Er trat aufs Gaspedal und raste davon.

ASHLEY TRANK KAFFEE, als ob die Zombieapokalypse vor der Tür stand, und Koffein das einzige Heilmittel war. Die letzten vierundzwanzig Stunden waren eine einzige Achterbahnfahrt gewesen. Menschen waren ihretwegen gestorben, und nun hatte ihre Familie einen Teenager entführt, um Ashley zur Rückkehr zu zwingen. Sie wollte gar nicht darüber nachdenken, was Becca durchmachen musste. Sie war FBI-Agentin für Cyberkriminalität. Sie hatte Videos gesehen und genug Zeugenberichte gelesen, um die hässliche Realität zu kennen. Sie war außerdem eine Frau, und jede Frau lebte mit der sehr realen Angst vor einem sexuellen Übergriff.

„Wir sollten Frazer Bescheid sagen.“ Lucas schlürfte seinen Kaffee und beobachtete Ashley vorsichtig, als ob sie jeden Moment die Fassung verlieren könnte.

„Nein." Ashley hasste den flehenden Tonfall in ihrer Stimme.

„Er kann uns die Befugnis erteilen, die uns im Augenblick fehlt. War Legitimität nicht einer der Gründe, weshalb du zum FBI gegangen bist?"

Sie fuhr sich mit der Hand über das Gesicht. „Ich bin mir nicht sicher, dass ich dieses bestimmte Ziel jetzt noch verfolgen kann."

„Er hat recht", sagte Alex leise. „Frazer könnte helfen, vor allem, wenn wir im Ausland sind."

Sie warf ihm einen Blick zu. Alex Parker war in ihrem Beisein immer wachsam und vorsichtig gewesen. Diese neue, freundlichere Version verunsicherte sie mehr, als es der misstrauische Alex getan hatte. „Wenn ich auffliege, bevor wir diese Kerle schnappen, bin ich nicht mehr befugt, Verhaftungen durchzuführen. Sobald er die Wahrheit herausfindet, schmeißt er mich in hohem Bogen aus der Fallanalyse raus…"

„Warum wolltest du überhaupt so dringend zur Fallanalyse?", fragte Alex.

Sie schaute ihn an, versuchte zu erkennen, ob er die Frage ernst meinte oder nicht. „Ich wollte das Team für Cyberkriminalität unterstützen. Wir wissen beide, dass die besten Leute nicht fürs FBI arbeiten – ich meine, schau dir diese Idioten an, die versuchen, Mae Kwons Handy zu knacken."

Seine Brauen zuckten. „Sie haben aufgegeben und es gestern an meine Jungs geschickt. Wir haben es geknackt und ein paar Daten herunterziehen können, aber längst nicht so viel, wie wir gehofft hatten. Sie hat es regelmäßig jede Woche geputzt."

„Also haben wir die Freier aus einer Woche?", fragte Ashley.

Er schüttelte den Kopf. „Nein. Wir haben die neuen Kunden aus drei Tagen."

Sie fluchte.

Lucas saß still da und schaute sie an. Sie konnte nicht erkennen, was in ihm vorging, aber sie registrierte jede einzelne seiner Bewegungen.

„Überprüft ihr die gelöschten Daten?", fragte sie.

„Natürlich. Es gibt ein paar kleinere Spuren, aber wer auch immer ihre Tech-Arbeit macht…"

„Mein Bruder", unterbrach Ashley ihn. „Ich glaube, es ist mein Bruder." Sie trank ihren Kaffee aus, stand auf, und lief unruhig hin und her. „Meine Karriere bei der Fallanalyse ist vorbei."

„Es gibt noch andere Wege, um für die Guten zu kämpfen", sagte Alex leise. „Und für gewöhnlich zahlen die auch besser."

Ashley lächelte übertrieben, als ob all ihre Träume nicht gerade zerstört worden wären. „Ich schätze, dann mache ich einfach das. Vorausgesetzt, ich schaffe es über die nächsten Tage, ohne verhaftet oder umgebracht zu werden."

Lucas zuckte zusammen.

„Wenn du mich fragst", sagte Alex, „schätze ich, es ist eine fifty-fifty Chance, ob Frazer dich feuert oder nicht."

Für sie war das eine sehr eindeutige Sache.

„Aber falls er dich feuert, solltest du mich anrufen." Alex schob seine Visitenkarte über den Tisch. „Meine Firma kann Leute mit deinen Fähigkeiten immer gebrauchen."

„Im Ernst?"

Er nickte, aber sie war sich nicht sicher, ob sie ihm

glaubte. Sie starrte auf die Visitenkarte, fragte sich, ob womöglich ein Ortungschip eingebaut war. „Danke."

Sie steckte die Karte ein und wandte sich an Lucas. „Gut. Erzähl Frazer alles. Vergewissere dich, dass er weiß, wie wichtig es ist, dass alle zusätzliche Sicherheitsvorkehrungen treffen. Wir wissen nicht mit Sicherheit, ob sie das Land verlassen haben. Ich könnte es nicht ertragen, wenn noch irgendjemandem wegen mir etwas zustößt."

Lucas nickte.

Sein Handy, das auf dem Tisch lag, vibrierte. Er beugte sich vor. Ein Bild einer alten Kathedrale erschien auf dem Bildschirm. Die Nachricht darunter lautete, „Ashley Chen. Komm allein oder das Mädchen stirbt."

„Wo ist das?" Lucas drehte das Handy zu Ashley.

„Macau", antworteten sie und Parker unisono. Sie schaute ihn überrascht an, bevor sie fortfuhr. „Yu Chang hat da ein Haus. Dort haben Andrew und ich anfangs gelebt, als wir aus den Staaten zu ihm gekommen sind."

„Schreib zurück und verlange einen Lebensbeweis." Lucas sprach mit ruhiger Stimme, die über seine Anspannung hinwegtäuschte.

Ashley schrieb zurück, und einen Moment später erschien ein neues Foto – ein blondes Mädchen, gefesselt und geknebelt, die in einem Frachtflugzeug zu sitzen schien. Ashley lehnte sich zurück und wünschte sich wie verrückt, sie wäre nie nach Boston gekommen, und ihre Verwandten wären nicht ein Haufen skrupelloser Gangster.

Lucas starrte auf den Bildschirm. „Wir brauchen einen anderen Ort, an dem die Dragon Devils nicht alle Macht haben", sagte er. „Irgendwo, wohin sie eine Weile unterwegs sind. Ein Ort, an dem wir ihnen Paroli bieten können."

„Keinen Heimvorteil", stimmte Alex zu.

„Hongkong?", schlug Ashley vor. „Wir könnten Nelson Shaw und die Hongkonger Polizei involvieren."

Lucas schüttelte den Kopf. „Nein. Wenn Nelson Shaw dich sieht, fliegt dein Geheimnis auf."

Ashley blickte überrascht auf. Sie hatte angenommen, ihr Geheimnis wäre schon längst aufgeflogen. Sie schluckte den Kloß in ihrem Hals hinunter.

„Fällt dir noch ein anderer Ort ein?", drängte Lucas.

Sie kannte einen Ort. Er war sehr passend für eine Familienzusammenkunft. Sie suchte auf Google schnell nach einem Bild, dann schickte sie es zurück. War das ihr Bruder am anderen Ende der Leitung? Half er ihrem Onkel und ihrem Cousin dabei, sie zu jagen?

„Wo ist das?", fragte Lucas und betrachtete das Bild.

„Thailand." Ashley zwang sich, sich zu entspannen. „Der Strand, an dem wir waren, als die Welle kam. Es wird sie genauso nervös machen, wie mich."

Sie schrieb eine kurze Nachricht. „Wenn ich ankomme, lasst ihr das Mädchen gehen. Krümmt ihr auch nur ein Haar, und ihr werdet mich nie wiedersehen. Gib mir dein Wort, Andrew."

Sie hielt die Luft an, wartete auf die Antwort.

„Du hast mein Wort, Jen-Jen."

Ihr Herz hörte für eine Sekunde auf zu schlagen, als sie ihren alten Spitznamen las. Es war wirklich Andrew. Ihr Bruder half dabei, Menschen zu verschleppen und als Sexsklaven zu verkaufen.

Alex nahm das Handy und entfernte die SIM-Karte. Damit stellte er sicher, dass die Entführer nicht noch einmal anrufen und im letzten Augenblick einen anderen Treffpunkt ausmachen konnten. Wenn sie sie haben wollten – und sie wusste, dass sie das taten – würde es unter ihren Bedingungen und an diesem Ort passieren. Es war kein großer Vorteil, aber es war besser als nichts.

„Ich muss mit dem Piloten sprechen." Alex stand auf. „Es ist ein weiter Weg bis nach Thailand. Vielleicht sollten wir besser einen kommerziellen Flug nehmen. Es wäre einfacher, sich unter die Touristen zu mischen, aber schwieriger, unsere nächsten Schritte zu planen."

„Du solltest nach Hause zu Mallory. Das hier ist nicht dein Kampf", bemerkte Ashley.

Alex warf ihr einen Blick zu, bei dem sich die Haare in ihrem Nacken aufrichteten. „Es ist zu meinem Kampf geworden, als sie eine Frau gefoltert und ermordet haben, von der sie dachten, sie wäre meine Verlobte. Mallory hat für jetzt allen Schutz, den sie braucht. Ich werde dafür sorgen, dass sie diesen Fehler nicht noch einmal machen." Er entschuldigte sich.

Ashley und Lucas waren plötzlich allein, und das war ihr sehr bewusst. Sie schloss die Augen und spürte, wie sie vor Müdigkeit schwankte. Sie war völlig erschöpft. Während ihrer Entführung hatte sie zu viel Angst gehabt, als dass sie mehr als dösen hätte können, und in der Nacht zuvor war sie zu beschäftigt damit gewesen, sich mit Lucas im Bett zu vergnügen, um zu schlafen.

„Du musst dich hinlegen." Er nahm ihren Arm und zog sie sanft zum Schlafbereich am hinteren Ende der Kabine. Sie ließ zu, dass er sie führte, wollte ihn so nah wie möglich bei sich spüren, bis sie ihn für immer von sich stoßen musste. Er verdunkelte die Fenster in dem kleinen Raum und deckte das Bett auf. Ashley saß auf der Matratze und zog ihre Stiefel aus, legte ihren Kopf auf das Kissen und fragte sich, was als Nächstes passieren würde. Ihr Onkel hatte überall Freunde. Wie würde sie damit klarkommen, ihm wieder ausgeliefert zu sein? Sie wusste nicht, ob sie es schaffen würde.

Lucas beugte sich zu ihr und gab ihr einen Kuss auf die Wange.

Sie griff nach seinem Ärmel. „Bleib. Nur ein bisschen."

Ihr gefiel nicht, wie anhänglich ihre Stimme klang, aber sie hielt ihn fest, bis er nachgab, seine Schuhe abstreifte und sich neben sie legte. Er schlang seine Arme um sie und zog sie an sich.

„Schlaf jetzt, Ash."

Sie glaubte zu spüren, wie seine Lippen sacht über ihre Haare streiften, aber sie war sich nicht sicher.

Emotionen drohten, in ihr aufzusteigen, das wachsende Gefühl der Liebe zu diesem Mann erstickte ihre Angst, obwohl sie wusste, dass sie ihn nicht mehr länger als ein paar kurze Stunden an ihrer Seite haben würde.

Aber zum ersten Mal in ihrem erwachsenen Leben schlief sie neben einem Mann ein, der alles von ihr wusste, was es zu wissen gab – und der sie dennoch zärtlich in seinen Armen hielt.

Die Last der Lügen, die sie all die Jahre gelebt hatte, glitt von ihren Schultern. Ihr war nicht klar gewesen, was für eine Last es gewesen war, bis sie sich gelichtet hatte.

Sie schmiegte sich in seine Arme und ließ sich vom Schlaf umfangen.

Trotz allem klammerte sie sich noch immer an die Seite von Gesetz und Ordnung. Es war eine überwältigende Erkenntnis, zu wissen, dass sie nicht alles allein schaffen musste. Aber es war ihre Schuld, dass ihre Kollegen in diese

Sache mit hineingezogen worden waren. Sie hatte einen Plan, wie sie Becca aus den Fängen der Entführer befreien konnte. Sie war sich nur nicht sicher, ob sie selbst es überleben würde.

ANDREW SAß FASSUNGSLOS im abgedunkelten Büro. Er hatte gerade von seiner Schwester gehört – einer Schwester, die er bis vor kurzem für tot gehalten hatte. Theoretisch wusste er, dass sie noch lebte und vorgab, die FBI-Agentin Ashley Chen zu sein. Aber ihre Nachricht zu lesen, die direkt an ihn gerichtet war, hatte das Abstrakte plötzlich sehr greifbar gemacht. Alles in ihm war erstarrt.

„Krümmt ihr auch nur ein Haar, und ihr werdet mich nie wiedersehen. Gib mir dein Wort, Andrew.“

Jetzt wusste sie ohne irgendeinen Zweifel, dass er in die Geschäfte seines Onkels involviert war. Sie wusste, dass er versuchte, sie aufzuspüren und sie nach Hause zu bringen. Und wenn Yu Chang ihr gegenüberstand, würde er sie demütigen und verletzen, weil sie ihn hintergangen hatte und davongelaufen war.

Andrew hatte sie auf die grauenhafteste Art und Weise verraten.

Er schob seinen Laptop zur Seite. Was er getan hatte, hatte er getan, um zu überleben. Sie war entkommen. Er hatte hier bei ihrem Onkel festgesessen und war gezwungen gewesen, der Organisation beizutreten, oder er wäre zerstört worden. Er hatte keine Wahl gehabt.

Er zog ein zweites Handy aus der Tasche und rief Brandon an, der endlich mit dem Privatjet eines libyschen Waffenhändlers, mit dem sie hin und wieder Geschäfte machten, außer Landes gebracht worden war. Andrew hatte ungern mit Männern wie dem Libyer zu tun. Der Typ handelte mit dem Tod auf eine Art und Weise, die ihren Menschenhandel geradezu warm und familiär erscheinen ließen. Jetzt standen sie in seiner Schuld.

„Hat es funktioniert?", fragte Brandon.

Dank Rabbit, der sie so schnell es ging angerufen hatte, hatten sie herausbekommen, dass eines der Mädchen aus dem Bordell die Explosion überlebt hatte. Cho hatte Sloan ohnehin schon beschattet, und als die Einsatzleiterin sich ins Krankenhaus aufgemacht hatte, direkt, nachdem sie gefeuert worden war, wusste Andrew, dass das Mädchen sich vermutlich dort befand. Der Plan, die beiden zu entführen, war Andrews Idee gewesen. Sloan würde wissen, wie sie Special Agent Chen erreichen konnte, und das Kind als Geisel zu nehmen, wäre Grund genug für seine Gutmensch-Schwester, aus ihrem Versteck zu kommen.

Rabbit hatte für das Chaos, das er angerichtet hatte, bezahlt. Andrew hatte in den Nachrichten gehört, dass Brian Templeton umgekommen war.

„Sie kommt", sagte Andrew. „Aber sie sagt, wenn du dem Mädchen wehtust, verschwindet sie."

Sein Cousin fluchte.

„Ich habe ihr mein Wort gegeben, Brandon."

„Was hat das denn schon zu bedeuten? Sie wird es nie erfahren."

„Ich habe ihr mein Wort gegeben, Brandon. Und sie wird es erfahren. Willst du es Yu Chang erklären müssen, wenn sie wieder davonläuft?"

„Schlampe." Brandon schnaufte frustriert. „Sobald sie einen Fuß nach Macau hineinsetzt, gehört sie uns."

„Sie kommt nicht nach Macau." Das war es, was er seinem Onkel nicht erzählen wollte.

„Was?", knurrte Brandon.

„Sie hat gesagt, dass wir sie in der Villa in Thailand treffen sollen."

„Thailand?" Furcht erklang in Brandons Stimme, Furcht, die keiner von ihnen je zugab. Es war ein Albtraum, den sie alle teilten, ein unausgesprochenes Entsetzen. Sie hatte eine clevere Entscheidung getroffen. „Hast du das dem alten Mann schon mitgeteilt?"

„Nein." Andrew wünschte, er könnte diese Aufgabe seinem Cousin überlassen.

„Da wird er niemals mitmachen."

„Sie hat aufgelegt und die SIM-Karte deaktiviert. Ich kann sie nicht erreichen. Wenn er so lange warten will, bis wir jemanden nach Thailand geschickt haben, um sie abzuholen…"

„Das wird er auch nicht machen", sagte Brandon.

Der alte Mann war zu stolz, um eine Herausforderung nicht anzunehmen, vor allem nicht von einer Frau. Er würde da sein.

„Sprich mit ihm", drängte ihn Andrew. Brandon konnte gut mit seinem Vater umgehen. „Das könnte eine Falle des FBI sein. Es wäre um einiges schlauer, uns neu aufzustellen und es aus der Distanz zu beobachten. Zu versuchen, sie abzugreifen, wenn sie allein ist."

„Ich spreche mit ihm, aber er wird es sich nicht anders überlegen. Wir sehen uns in ein paar Stunden."

Andrew legte auf und tat wieder einmal sein Bestes, die Tatsache zu ignorieren, dass Yu Chang Sex mit seiner Schwester haben wollte. Die Vorstellung war abscheulich.

Vielleicht hatte der alte Mann ihr vor all den Jahren nur Angst machen wollen, hatte versucht, sie auf die einzige Art und Weise gehorsam zu machen, die ihm eingefallen war.

Nur, dass Andrew gesehen hatte, wie der Kerl sie während der wenigen Monate immerzu angestarrt hatte. Hatte gesehen, wie Yu Chang sie gegen die Wand gepresst hatte, nachdem er den deutschen Mann umgebracht hatte. Mit Hitze und Lust.

Lily war noch immer in seinem Schlafzimmer. Er schluckte den Knoten aus Anspannung hinunter. Er war zu beschäftigt gewesen, um zu ihr zu gehen. Zu beschämt.

Er hätte seinem Onkel klarmachen sollen, dass sie ihm wichtig war, dass sie nicht irgendeine Nutte war, die man sich teilen konnte. In vielerlei Hinsicht war es Andrews Schuld, was passiert war, und er würde dafür sorgen, dass es nicht wieder vorkam. Nicht, dass es je wieder ein Problem sein würde. Der alte Mann war so besessen von Jenny, dass er Lily vermutlich schon längst vergessen hatte.

Das würde sich allerdings ändern, wenn Andrew es nicht schaffen sollte, seine Schwester zurück in den Schoß der Familie zu bringen.

Er rieb sich mit der Hand über das Gesicht. Er musste Reisepläne machen. Aber zum ersten Mal, seit er bei Yu Chang lebte, wusste er, dass er so nicht mehr leben wollte. Aber was war die Alternative? Davonzulaufen und sich zu verstecken, so wie Jenny es getan hatte? Das hatte ja wunderbar funktioniert.

Er setzte sich wieder an seinen Computer und versuchte, sich daran zu erinnern, wen sie in Thailand kannten, und wen sie bestechen konnten.

ZWEIUNDZWANZIGSTES KAPITEL

LUCAS WUSSTE, DASS es ein Fehler war, sich zu Ashley ins Bett zu legen, aber er konnte sich ihrem Bitten ebenso wenig verwehren, wie er zu atmen aufhören konnte. Er hatte Mist gebaut. Das Mindeste, was er tun konnte, war, sie im Arm zu halten.

Er hatte nicht damit gerechnet, einzuschlafen.

Er hatte vor allem nicht damit gerechnet, von der besagten Frau mit einem sanften Kuss auf seine Wange aufgeweckt zu werden, der sich anfühlte, als ob sie sich still von ihm verabschiedete. Lucas streckte den Arm aus, nahm ihr Gesicht in seine Hände und beugte sich zu ihr, umfing ihre Lippen mit seinem Mund.

Sie seufzte, aber für einen Augenblick glaubte er, sie würde zurückweichen. Er vertiefte den Kuss, schmeckt ihr wahres Ich zum allerersten Mal. Es gab keine Lügen mehr zwischen ihnen. Keine Barrieren mehr. Er begann, die Knöpfe ihrer Bluse zu öffnen.

„Das können wir nicht machen", sagte sie, drängte sich aber enger an seinen gewaltigen Ständer.

„Machen wir aber." Er hatte ihre Bluse geöffnet und ihren BH hinuntergezogen, sank für einen Mundvoll ihrer kirschroten Nippel hinab und brachte sie erneut zum Stöhnen.

„Was ist mit Parker?", hauchte sie.

„Parker hat seine eigene Frau." Er lutschte an ihren Nippeln und ihre Fersen gruben sich in die Matratze, bogen ihre Brüste seinem Mund entgegen. Er zog den Kopf zurück und schaute sein feucht glänzendes Machwerk bewundernd an – sie war so wunderschön. Dann machte er sich wieder auf die Suche nach mehr.

Hastig zog er sie aus und sie zerrte an seinen Sachen, bis sie beide nackt waren, ihre Glieder ineinander verschlungen, ihre Münder forschend, ihre Finger tastend. Er legte seine Handfläche über ihr Herz und spürte das wilde Schlagen ihrer Lebenskraft, die ihn daran erinnerte, wie stark sie war, wie stark sie gewesen war. Ein feiner Schauder durchfuhr sie und warf das Beben seines Körpers zurück. Die Zeit schien langsamer zu werden für ihren sinnlichen Tanz.

„Du machst mich fertig, Ash." Er strich ihr die Haare aus der Stirn und starrte in ihre hübschen Augen. Er drückte einen sanften Kuss auf den Bluterguss an ihrer Braue, wünschte sich, er könnte die Verletzung rückgängig machen. „Willst du lieber wieder Jenny genannt werden?", fragte er.

Ihre Pupillen wurden groß, und sie schüttelte den Kopf. „Jenny ist an dem Tag am Strand umgekommen."

Lucas knabberte an ihrer Unterlippe. „Ich glaube, es steckt noch viel von Jenny Britton tief in dir verborgen, dort, wo sie nicht mehr verletzt werden kann."

Ihre Augen wurden traurig, also konzentrierte er sich wieder darauf, dafür zu sorgen, dieser Frau so viel Freude zu verschaffen, dass sie sich weder an die schlimmen Zeiten erinnern, noch an ihre unsichere Zukunft denken konnte. Als er damit fertig war, blickten ihre Augen in die Ferne, und ihre Haut war feucht. Das letzte Mal waren es Feuer und Leidenschaft gewesen. Jetzt war es … er war noch nicht bereit, der

Sache einen Namen zu geben. Noch nicht. Vielleicht nie.

In seinem Portemonnaie fand er ein Kondom, dann legte er sich auf sie und genoss, wie sie ihre Beine spreizte und ihn willkommen hieß. Er glitt in sie hinein, und für einen Augenblick hielten sie beide voller Staunen die Luft an.

Lucas begann, sich zu bewegen, hielt ihre Hände über ihrem Kopf fest und schaute ihr tief in die Augen. Er stieß langsam und tief, dann härter, schneller, bis sie sich auf die Lippen biss und ihre langen, starken Beine fest um seine Hüften schlang.

Sie schloss die Augen und legte den Kopf in den Nacken, ihre Anspannung zeigte sich in den Sehnen in ihrem Hals. Er wollte mit seiner Zunge darüberfahren und das Salz auf ihrer Haut schmecken, aber sie war zu kurz davor, zu kommen, und das wollte er ihr nicht verwehren, nicht, wenn ihr schon so viel verwehrt worden war. Sie schrie auf, obwohl sie versuchte, sich zurückzuhalten, und es war ihm egal, ob Alex es hörte, oder die Crew, oder das ganze verdammte Land. Er stieß härter, zögerte ihren Orgasmus hinaus, der um ihn herum wummerte und pulsierte, bis er schließlich selbst die Schwelle übertrat und sein eigener Höhepunkt durch ihn hindurchschoss.

Es war das erste Mal, dass er in einem Flugzeug Liebe gemacht hatte. Und dem Lärmen der Gefühle in seinem Kopf nach zu urteilen, war es auch das erste Mal, dass er überhaupt Liebe gemacht hatte.

Ashley lag still da und beobachtete ihn. Er wandte den Blick ab, denn das Letzte, was sie jetzt gebrauchen konnten, war es, sich hinreißen zu lassen. Es gab zu viel anderes, um das sie sich im Moment kümmern mussten. Es stand zu viel auf dem Spiel, als dass sie sich ablenken lassen durften.

Er zog sich aus ihr heraus und entsorgte das Kondom,

dann beugte er sich hinunter und küsste ihre Schläfe. Sie zuckte zusammen, als er das blaue Auge berührte.

„Tut mir wirklich leid", sagte er und kletterte ins Bett zurück.

Sie berührte seinen Kiefer. „Es war ein Unfall. Ich bin diejenige, die dem Van eine Kopfnuss verpasst hat."

„Und mir." Er rieb sich die Nase. „Wo hast du das denn gelernt?"

„Von einem meiner Ausbilder auf der Academy. Er hat mir gesagt, ich würde das Training nie bestehen. Eines Tages hatte er mich gegen eine Wand gedrängt, während alle anderen Rekruten zuschauten. Er fing an zu lachen, sagte, ich würde wie ein Mädchen kämpfen, und dass er sich sicher sei, die Verbrecher würden mich sicher extra schonen. Ich war so wütend. Mein Kopf war das Einzige, was ich bewegen konnte. Also habe ich ihn benutzt. Er hatte es nicht erwartet und hat für sein blödes Gehabe eine gebrochene Nase kassiert. Ich dachte, er wäre ein totaler Arsch, bis er bei meinem Abschluss auf mich zu kam und mir persönlich gratuliert hat. Hat mir gesagt, ich hätte sehr gute Arbeit geleistet, und dass er stolz auf mich wäre." Ihrem Ausdruck nach zu urteilen hatte ihr das viel bedeutet.

„Willst du damit sagen, dass er unter seiner bulligen Angeberei tatsächlich ein netter Kerl war?"

Sie lachte und fuhr mit ihrem Finger über seine Unterlippe. „Ich vermute, für dich war dieser Teil der Ausbildung ein Spaziergang."

„Das Training für die Verteidigungstaktiken habe ich geliebt. Vor allem, wenn ich gegen die Ausbilder antreten konnte." Sie hatten es niemandem leicht gemacht, und er wusste, was der Kerl Ashley hatte beibringen wollen – sie soziale Konventionen vergessen und so viel Gewalt wie nötig anwenden zu lassen, um den Job zu erledigen und zu überleben. „Es waren die ganzen Bundesgesetze, die wir auswendig lernen mussten, die mich fertiggemacht haben."

Sie lachte, ein Funkeln leuchtete in ihren Augen auf, dann erlosch es wieder, als sie die Stirn runzelte. „Ich habe mich so sehr gewehrt, weil ich dachte, du würdest für meinen Onkel arbeiten."

Scheiße. „Es tut mir wirklich leid."

„Ich weiß." Sie fuhr mit ihrem Daumen über seine Lippen, und diese Berührung war wie Feuer, das sein Blut entfachte, sein Verlangen erneut empor beschwor.

Sie schob ihn auf seinen Rücken und betrachtete seine wachsende Erektion. „Sieht so aus, als ob du dich sehr bald revanchieren könntest, vor allem, wenn du noch ein Kondom hast."

Sein Kopf schnellte zurück, weil sie sich ihn geschnappt hatte und ihn mit ihren schlanken Fingern rieb, seine Lust anfeuerte. Sie mussten arbeiten. Sie mussten sich ausruhen. Sie mussten einen Plan entwerfen. Aber sie hatten noch endlose Stunden vor sich, bis sie an ihrem Ziel ankamen, und das hier war womöglich das letzte Mal, dass sie so zusammen sein konnten.

Ihre Zunge fuhr seinen Körper hinunter und plötzlich glaubte er, er würde Ashley Chen nicht überleben können. Aber sollte ihr etwas zustoßen, würde er auch nicht überleben wollen.

ASHLEY DUSCHTE, ZOG sich an und schlüpfte aus der Kabine.

Alex Parker saß in einem weichen, weißen Ledersessel am Tisch und arbeitete. Sie versuchte, die Röte in ihren Wangen zu mildern. Sich der Lügen zu entledigen, hatte scheinbar auch einen Teil ihres Panzers heruntergerissen.

„Irgendwas Neues von Sloan?", fragte sie.

Er schüttelte den Kopf. „Ist immer noch im OP."

Sie schaut aus dem Fenster. Sie flogen noch immer über Land.

„Du tust ihm besser nicht weh", sagte Alex plötzlich.

Ashley hielt inne. „Du scheinst ein unwahrscheinlicher Beschützer zu sein."

Er blickte zu ihr auf, als sie sich in den Sessel ihm gegenüber fallen ließ. „Bin ich das?"

„Ja, bist du."

„Ich habe ihn noch nie so verschossen gesehen."

„Verschossen?" Das altmodische Wort deprimierte und berauschte sie gleichermaßen. Sie würde sich einem der mächtigsten Gangsterbosse Asiens, wenn nicht sogar der ganzen Welt, stellen. Das einzige, was seine Vergeltung aufhalten konnte, war der Tod. Es war nicht der passende Zeitpunkt, um über einen Mann in ihrem Leben nachzudenken.

„Seit wann kennt ihr zwei euch überhaupt?" Sie war neugierig in Bezug auf Lucas Randall.

„Wir haben zusammen gedient."

„Oh. Ich dachte immer, ihr hättet euch über Mallory kennengelernt."

„Genau andersherum. Lucas hat uns bekanntgemacht." Der Blick in seinen Augen verriet ihr genau, was das für ihn bedeutete.

Es machte einen ganz demütig, zu sehen, wie sehr der Kerl

ihre Kollegin liebte. So etwas wollte sie auch haben. Wollte es mit dem Mann, der nebenan schlief. Die Chancen dafür waren verschwindend gering.

„Es tut mir leid, dass ich euch alle mit in dieses Chaos gezogen habe." Sie knibbelte an der Haut ihrer Fingernägel herum. „In Anbetracht all der Leute, die zu Schaden gekommen sind, wäre es wohl besser gewesen, ich wäre nie zum FBI gegangen."

Sie schaute ihn an und war überrascht über die Empathie, die sie in seinen Augen entdeckte.

„Dann würden sie einfach jemand anderem wehtun." Seine Lippen verzogen sich in ein ironisches Grinsen. „Ich kann den Wunsch, das Böse zu bekämpfen, gut verstehen, ebenso wie ich verstehe, dass Gerechtigkeit nicht immer Hand in Hand damit einhergeht, die Regeln zu befolgen." Seine silbernen Augen schauten ihr direkt in die Seele. „Aber nicht jeder denkt so wie wir. Die meisten Leute spielen nach den Regeln."

Diese Erinnerung ließ sie den Blick abwenden. „Was hat Frazer gesagt?"

Alex grinste. „Es war um einiges blumiger, als ich erwartet hatte, aber es hätte schlimmer sein können. Er hat uns nicht das Militär auf den Hals gehetzt."

Mist. Sie verschränkte die Arme vor der Brust und machte sich auf das Schlimmste gefasst. „Wird er es für sich behalten, oder werde ich verhaftet werden, sobald ich wieder zu Hause bin?"

„Ich glaube, das hat er noch nicht entschieden."

Sie verarbeitete die Bemerkung. „Woran arbeitest du?"

„Suche nach irgendwelchen Aktivitäten, über die ich die Devils orten kann."

„Kommen wir mit unseren Waffen durch den Zoll?", fragte sie.

„Ich bezweifle es. Frazer spricht mit Leuten, um uns ein wenig Unterstützung vor Ort zu besorgen. Und ich versuche, mir Alternativen zu überlegen." Er lehnte sich zurück. „Greg Trainer verlangt, dass Lucas' Kopf rollt. Er hat verlauten lassen, dass Lucas' Pflichtversäumnis der Grund dafür sei, weshalb Sloan und das Mädchen entführt wurden."

Zorn und Schuld rangen in ihr. Ihre Handlungen hatte eine verdammt schlechte Auswirkung auf Lucas' Karriere. „Wie kann ich das wieder einrenken?"

Er zog eine Grimasse. "Wird schwierig werden, ohne reinen Tisch zu machen."

„Dann mache ich eben reinen Tisch."

„Frazer sagt, dass er sich fürs Erste darum kümmern wird."

Nichts durfte Lucas' Karriere gefährden. Das würde sie nicht zulassen.

„Wir haben die Quelle des Lecks im Hotel gefunden – jemand hat sich in der Nacht davor in das System gehackt."

Ashley verzog das Gesicht. Ihr Bruder. „Wie haben sie Becca gefunden?"

„Sie sind Sloan vom Büro aus gefolgt."

„Sie hat es nicht bemerkt?"

„Sie hatten einen Ortungssender an ihrem Auto angebracht."

Verdammt. „Wie haben sie überhaupt gewusst, dass Sloan sie zu dem Mädchen führen würde?", wunderte sich Ashley.

„Gute Frage." Alex runzelte die Stirn und schaute sie an. „Willst du mir helfen, ein paar Handydaten zu durchforsten und zu schauen, ob wir herausfinden können, ob ein

Maulwurf ihnen Informationen verschafft hat?

Sie schaute auf ihre Uhr. Immer noch zehn Stunden bis Bangkok. „Auf geht's."

DREIUNDZWANZIGSTES KAPITEL

A NDREW STAND ÜBER der zusammengekauerten Gestalt des jungen blonden Mädchens. Einer von Brandons Handlangern, Cho, kam herüber, um das Mädchen zu treten, aber Andrew hob die Hand.

„Rühr sie nicht an", befahl er knapp auf Kantonesisch. Cho schaute fragend zu Brandon, bevor er sich fügte und zur Seite trat.

„Ich habe versprochen, dass sie unversehrt bleibt." Er warf seinem Cousin einen Blick zu.

Brandon zuckte mit den Schultern.

Andrew räusperte sich. „Wie alt ist sie?"

„Dreizehn. Sie hat ein paar Jahre für uns gearbeitet. Sie sagt, sie hat ihnen nichts erzählt, und ich glaube ihr." Sein Lächeln verriet Andrew, dass er nicht einfach nur gefragt hatte. Folter war eine von Brandons Spezialitäten. „Aber wir sind nicht mehr in den Staaten, also ist es auch egal, ob sie etwas wissen."

Es bestand die Möglichkeit, dass das FBI mittlerweile ihre Identitäten kannte. Sein Onkel hatte ihre Anonymität geopfert, um Jenny zurückzubekommen. Sie würden sich nun so tief vergraben müssen, dass sie kaum noch das Tageslicht zu Gesicht bekommen würden. Die einzigen Vorteile, die sie hatten, waren ihre Unmengen an Geld, ihre gnadenlos loyalen

Angestellten, und dass sie überall in Südostasien unter verschiedenen Decknamen Grundstücke besaßen.

Lily kam ins Zimmer und stellte ein Tablett mit Essen auf den Couchtisch. Er sah, wie die Augen seines Cousins zu ihr hinüberschweiften, und er begriff. Brandon hatte gewusst, dass er etwas für die junge Frau empfand. Hatte Brandon seinem Vater erzählt, dass Andrew sie in sein Bett geholt hatte?

Er hatte nicht gewollt, dass Lilly sie auf dieser Reise begleitete. Er hatte sie nach Hause schicken wollen. Aber sein Onkel hatte darauf bestanden.

„Wo haben wir das Mädchen her?" Er sprach Kantonesisch und die Worte kratzten in seinem Hals. Mit der grausamen menschlichen Realität ihrer kriminellen Machenschaften konfrontiert zu werden, war etwas anderes, als Fotos von lächelnden, reizvollen jungen Mädchen ins Internet hochzuladen und Geld auf sichere Konten zu verschieben. Plötzlich schlug sein Herz wie wild, und seine Haut brannte. Wenn seine Eltern noch lebten, würden sie sich unfassbar für ihn schämen.

„Wir haben das Gör nicht gestohlen, wenn es das ist, worüber du dir Gedanken machst." Brandon sprach mit einem Mund voller Apfel. „Ihre Mutter hat sie uns gegeben, um ihre Spielschulden zu begleichen."

Andrew versuchte, nicht zu bemerken, wie Lily das Zimmer verließ, aber er tat es dennoch. Er konnte ihre Anwesenheit spüren wie einen Geist in seinem Kopf. Oder vielleicht war es auch sein Gewissen.

Er schaute durch das Bullauge. Sie befanden sich auf einem großen Schiff mitten in der Andamanischen See. Jenny saß während sie sich hier unterhielten in einem Flugzeug auf dem Weg hierher.

Die Tür ging auf und sein Onkel erschien. Andrew und Brandon verneigten sich tief. Der alte Mann humpelte auf seinem Gehstock ins Zimmer, riss seinen Sohn an seine Brust und schloss die Augen. Andrew hatte ihn noch nie so dankbar gesehen.

Yu Chang blickte zu Andrew. „Das hast du gut gemacht, Neffe." Dann trat er einen Schritt von Brandon zurück und zog ein Messer hervor. Andrew stand wie versteinert da, als Yu Chang seine Finger in die Haare des panischen Mädchens krallte und ihren Kopf nach hinten riss, ihren Hals freilegte. Andrew sah, wie sich die Finger des alten Mannes um den Messergriff zusammenzogen.

„Aufhören!", schrie Andrew.

Der alte Mann fuhr herum, als ob er sich erschrocken hätte.

„Jenny hat gesagt, dass sie für immer verschwindet, wenn wir das Mädchen nicht unversehrt frei lassen. Ich habe ihr mein Wort gegeben, dass dem Mädchen nichts zustößt, Onkel." Er verneigte sich tief, wusste, dass der Mann das Messer ebenso gut gegen ihn wenden konnte.

Yu Chang hielt inne und atmete schwer ein und aus. Dann beruhigte sich sein Ausdruck.

Andrew hoffte, dass es sicher war, weiterzureden. „Jenny will, dass wir das Mädchen laufen lassen, sobald sie an der Villa angekommen ist."

Der Blick seines Onkels fiel auf die Küste am Horizont. Hier waren sie alle beinahe umgekommen. Yu Changs Diener war ertrunken und Yu Chang schwer verletzt worden.

Ich wünschte, ich wäre gestorben…

Andrew verbannte den Gedanken und wandte den Blick ab. Er hatte nie geglaubt, dass er jemals die einzige Familie verraten wollte, die er noch hatte.

Und was war mit Jenny?

Sie hatte ihn in diesem Leben zurückgelassen. Was zur Hölle hatte sie denn erwartet?

„Ich werde dein Versprechen ehren, Andrew." Yu Changs Lippen krümmten sich, aber das Lächeln kam nicht in seinen Augen an. „Aber, wenn sie entkommt oder Jenny nicht auftaucht, werde ich die Strafe dafür von deiner hübschen kleinen Hure eintreiben."

Andrew erstarrte. Das war also der Grund, weshalb sie Lily mitgebracht hatten. Sein Onkel vertraute ihm nicht – nicht, wenn er sich zwischen seiner Schwester und Yu Chang entscheiden musste. Andrew hätte am liebsten geschrien, dass Lily keine Hure war und dass er sie verdammt noch mal in Ruhe lassen sollte, aber wenn er das täte, wären sie beide tot. Stattdessen tat er, was er immer tat. Er verneigte sich. „Ja, Onkel."

„DAS KANN NICHTS Gutes heißen." Lucas starrte aus dem Fenster auf einen Konvoi von Armeefahrzeugen, die ihren Privatjet auf dem kleinen Flugplatz am Stadtrand von Phuket umzingelten. „Freunde von dir?"

Alex schüttelte den Kopf. „Nein. Gebt mir eure Waffen."

Lucas und Ashley hielten ihm ihre vom Staat ausgehändigten Dienstwaffen hin und sahen zu, wie Alex sie zusammen mit seiner eigenen Waffe, einer SIG 1911, in den Safe legte. Auch seinen und Ashleys persönliche Laptops verstaute er im Safe.

„Die Kombination geht im Uhrzeigersinn Sieben, Drei,

Zwei, gegen den Uhrzeigersinn Sechs, Vier, im Uhrzeigersinn Eins. Machen wir es ihnen nicht zu leicht, einen Grund zu finden, uns zu verhaften.“

„Was kann ich tun?“, fragte Ashley.

Sie hatte sich ihre taktische Ausrüstung angezogen und sah sexy und fähig aus. Er verstand nicht, wie sie das schaffte, wenn man bedachte, dass ihr Leben und ihre Karriere auf dem Spiel standen. „Zieh deine schusssichere Weste an. Stell sicher, dass deine Dienstmarke sichtbar ist.“ Seine Marke hatte er an seinem Gürtel befestigt, das goldenen Abzeichen glänzte in der heißen thailändischen Sonne.

Lucas rief Frazer an, sprach aber weiter, während er darauf wartete, dass der andere Mann den Anruf entgegennahm.

„Nimm deinen Dienstlaptop und setzt dein strengstes FBI-Gesicht auf. Jeder Beamte, der möglicherweise von der Gang gekauft ist, wird es sich hoffentlich zweimal überlegen, bevor er uns in unserer offiziellen Kapazität angreift.“

„Haben wir die? Offizielle Kapazitäten?“, fragte sie.

Aber er antwortete nicht. Frazer war in der Leitung. Der Kerl hatte so ziemlich jeden, den er kannte, um Gefallen gebeten, und er kannte viele Leute. Lucas wiederholte, was Frazer sagte. „Er sagt, die FBI-Direktion hat die Mission autorisiert, kurz bevor wir in thailändischen Luftraum eingedrungen sind, aber sie warten noch darauf, dass die thailändische Regierung unseren Aufenthalt durchwinkt.“

Die thailändische Armee schob Stufen vor die Tür des Flugzeuges. Dreißig Sekunden später hämmerten sie an die Tür und verlangten Einlass.

„Ich muss sie reinlassen, bevor sie noch die Tür eintreten und unsere Rückzugsstrategie zunichtemachen.“ Alex schaute sie skeptisch an. „Bleibt ruhig. Sagt nichts, außer, dass wir in offiziellem Auftrag hier sind und einem glaubhaften Hinweis zu der Entführung einer US-Bürgerin nachgehen. Es kann eine Weile dauern, bis die Genehmigung alle Ränge durchlaufen hat. Erwähnt nichts sonst. Entweder lassen sie uns sofort wieder gehen, oder wir warten darauf, dass jemand von der Botschaft auftaucht. Wir kommen hierher zurück und organisieren uns neu, sobald sie uns gehen lassen."

Er öffnete die Tür, bevor sie etwas erwidern konnten, und die Männer in den grünen Armeeuniformen stürmten das Flugzeug, zielten mit ihren Waffen auf sie und die Crew und schrien sie an, sie sollten sich auf den Boden legen, dann legten sie ihnen Handschellen an.

„Wir sind im Auftrag der US-amerikanischen Regierung hier…" begann Lucas.

„Schnauze!" Der grimmig dreinschauende Irre, der ihn anschrie, war nicht zum Scherzen aufgelegt.

Fuck. Es gefiel Lucas nicht, wie sich diese Sache entwickelte.

Sie wurden auf die Füße gerissen und die Stufen hinuntergestoßen, die subtropische Hitze ließ sein T-Shirt augenblicklich an seinem Körper kleben wie ein nasser Lappen. Ashley hatte bisher kein Wort gesagt, aber sie musste sich Sorgen machen, dass ihr Onkel diese Nummer in die Wege geleitet hatte.

Die Männer drängten ihn und die beiden anderen auf einen Bus zu. Es sah nicht gut aus. Plötzlich riss einer der Soldaten Ashley aus der Gruppe und zerrte sie eilig zu einem anderen Fahrzeug. Wut und Angst überschlugen sich, und Lucas rammte seine Schulter in eine der Wachen, befreite sich und stürzte zwischen den Soldaten und die Frau, in die er sich ja dummerweise hatte verlieben müssen. Diese Erkenntnis zu haben, während man in einen Gewehrlauf starrte, war vielleicht nicht der ideale Zeitpunkt, aber Timing war noch nie seine Stärke gewesen. Er öffnete den Mund, um Ashley ganz genau zu sagen, was sie ihm bedeutete, als der Kolben eines Gewehrs in seine Schläfe einschlug, und die Welt um ihn herum in Dunkelheit versank.

***

„RÜHRT IHN NICHT an!", schrie Ashley. Aber der Soldat schlug weiter auf Lucas ein. „Sie bringen ihn noch um, Sie Idiot!" Sie kämpfte, um zu ihm zu kommen, aber ein zweiter Mann kam dazu und half dem ersten, und sie schleppten sie davon, stießen sie in einen Jeep. Alex schrie die Person an, die das Sagen zu haben schien, und bemerkte nicht, dass sie gerade entführt wurde. Ihr wäre es lieber, er würde sich darauf konzentrieren, Lucas zu retten. Der Fahrer trat das Gaspedal durch. Der zweite Soldat saß auf dem Beifahrersitz und hielt seine Pistole auf sie gerichtet. Ashley drehte sich um und schaute aus dem Rückfenster. Lucas lag regungslos auf dem Rollfeld. Alex wehrte sich gegen die Entführer.

Bitte sei okay.

Während sie noch zusah, rollte sich Lucas endlich auf die Seite. Zwei Soldaten zogen ihn auf die Füße, und er stand schwankend da und starrte ihr hinterher.

Ashley würde sich selber aus dieser misslichen Lage befreien müssen. „Ich bin Agentin des FBI der Vereinigten Staaten. Ich verlange, dass Sie mich sofort darüber aufklären, was diese Ungeheuerlichkeit zu bedeuten hat."

„Wir haben unsere Befehle. Seien Sie still, und Ihnen wird nichts passieren."

Sie hatte es langsam satt, immerzu entführt zu werden, aber wenigstens hatten diese Typen ihr die Hände vor ihrem Bauch mit Handschellen gefesselt.

„Ich verlange, dass Sie mich augenblicklich zu meinen Kollegen zurückbringen."

„Ihre Kollegen sind in Gewahrsam, während wir das Flugzeug nach dem Opfer einer Entführung durchsuchen. Es gab einen anonymen Hinweis."

Na sowas.

„Warum werden wir getrennt? Ich bestehe darauf, bei meinen Kollegen zu bleiben." Das sagte sie nur, um einen Grund zu haben, auf ihrem Sitz weiter nach vorn zu rutschen.

Der Mann auf dem Beifahrersitz gestikulierte wie wild mit seiner Pistole. Sie griff blitzschnell nach der Waffe, drehte sie so geschickt in ihrem Griff, dass er nur verblüfft dasaß.

„Halten Sie an", befahl sie dem Fahrer und rutschte weit genug zurück, damit der Beifahrertyp seine Waffe nicht wieder in die Finger bekommen konnte. Der Fahrer begann, hektisch nach seiner Waffe zu grapschen. „Finger weg von der Waffe, oder ich verabreiche Ihnen beiden eine Kugel. Halten. Sie. An. Jetzt."

Als er tat, was sie ihm befohlen hatte, sagte sie, „Werfen Sie mir die Schlüssel für die Handschellen in den Schoß." Sie schaute ihm in die Augen und wusste, dass er etwas Dummes vorhatte. „Wenn Sie irgendwas versuchen sollten, stirbt Ihr Freund hier. Hände aufs Armaturenbrett. Sie", schrie sie den Beifahrer an, „Schlüssel. Jetzt."

Er schien zu begreifen, dass sie es ernst meinte, und der Schlüssel landete zwischen ihren Beinen. Sie nahm ihn in die freie Hand und hielt ihn fest umklammert, ließ die beiden Männer vor sich für keine Sekunde aus den Augen. Ohne

Zweifel hatte ihr Onkel irgendjemandem eine hübsche Summe gezahlt, um sie von ihren Kollegen zu trennen.

„Raus."

Der Beifahrer stieg aus dem Auto und stand ratlos mitten auf der Straße herum. Sie verriegelte seine Tür und hielt dem Fahrer die Pistole an die Schläfe. „Holen Sie ganz langsam Ihre Pistole aus dem Holster, und legen Sie sie in den Fußraum des Beifahrersitzes. Lassen Sie die Schlüssel im Zündschloss, und steigen Sie aus." Er verstand offensichtlich Englisch und tat vorsichtig, was sie ihm sagte. Sobald er ausgestiegen war, verriegelte sie seine Tür. Sie rutschte auf den Fahrersitz und fuhr gerade so weit davon, dass sie in sicherer Entfernung anhalten und die Handschellen öffnen und abmachen konnte. Die beiden Männer hielten ihre Handys in der Hand und forderten scheinbar Unterstützung an. Von ihrem Onkel oder von der Armee?

Sie hatten getan, wovon Ashley mit Sicherheit ausgegangen war – sie allein und ohne Unterstützung dastehen zu lassen.

Sie erkannte diesen Teil der Küste wieder. Die üppige, tropische Vegetation. Die rauen Kalksteinfelsen. Sie spielte mit dem Gedanken, sich zurück ins Flugzeug zu schleichen, aber die Wahrscheinlichkeit, dass es gut bewacht sein würde, war riesig, und die Chance, Lucas und Alex anzutreffen, äußerst gering. Sie hatte keine Ahnung, wo sie hingebracht worden waren, und sie würde nur in Gewahrsam genommen werden, wenn sie die beiden suchen sollte.

So war es besser. Lucas verletzt zu sehen, hatte ihr ganz klar vor Augen geführt, was sie wirklich für diesen Mann empfand. Die Vorstellung, er könnte wie Martel vor ihren Augen umgebracht werden, war nicht zu ertragen. Das würde sie nicht überleben. Niemals. Eher würde sie im Gefängnis verrotten oder sich den perversen Gelüsten ihres Onkels aussetzen, als dabei zusehen zu müssen, wie Lucas etwas angetan wurde.

Sie erreichte ein kleines Dorf, das voller Touristenshops, kleinen Hotels und Tauchzentren war. Die Gegend hatte sich seit dem Tsunami erholt und war wieder aufgebaut worden, alles sah nobler aus, teurer. Blau-weiße Tsunami-Warnschilder wiesen eine Evakuierungsroute aus. Ein neu installiertes öffentliches Alarmsystem glänzte in der untergehenden Sonne – ein Frühwarnsystem, das Einheimischen und Touristen den Hauch einer Chance verschaffen sollte, würde das Unvorstellbare je wieder geschehen. Links von ihr konnte sie das Meer glitzern sehen, und ihre Hände zitterten bei der Erinnerung an die Wand aus Wasser, die sie verschluckt hatte. An einem Tauchladen hielt sie an, schwitzend und schwer atmend vor Hitze und Angst. Es machte keinen Unterschied, wie viel Zeit vergangen war, sie würde dem Ozean nie wieder vertrauen. Aber das Meer war heute nicht ihr Feind. Sie zog ihre Schutzjacke aus und zog das durchgeschwitzte T-Shirt von ihrer Haut. Ein Bus voller Fahrgäste wartete ein paar Meter entfernt vor einem kleinen Lebensmittelgeschäft. Sie steckte sich eine der Pistolen hinten in ihre Hose, die andere in ihren Stiefel.

Eilig stieg sie aus und gab dem Busfahrer zu verstehen, dass sie nur schnell etwas zu trinken kaufen wollte und dann mitfahren würde. Glücklicherweise waren der Busfahrer und der Ladeninhaber froh über ihre US-Dollars.

Sie kaufte auch noch einen Sonnenhut, den sie sich tief über in die Stirn zog. Dann sank sie in ihren Sitz und rumpelte geduldig in Richtung ihres Familientreffens davon.

LUCAS FÜHLTE SICH, als ob er von einem Mack-Laster über-
fahren worden wäre. Alex gestikulierte und brüllte ihre
Angreifer an, aber alles, woran Lucas denken konnte, war
Ashley, die auf der Rückbank dieses gottverdammten Jeeps
saß.

Er spuckte das Blut aus seinem Mund auf die Stiefel des
Soldaten, der ihm den Schädel mit einem verfickten
Gewehrkolben eingeschlagen hatte. In seinem Gesichtsausdruck musste die Lust nach Rache offen zu lesen sein, denn
der kleine Mistkerl wich noch einen Schritt zurück.

Eine Limousine kam angerollt, und Lucas blinzelte, als
Detective Nelson Shaw der Hongkonger Polizeibehörde
zusammen mit einem anderen Mann aus dem Wagen sprang.
Die beiden eilten zu dem Soldaten, der scheinbar verantwortlich war. Das Wort „FBI" wurde immerzu wiederholt, mit
zunehmender Vehemenz.

Lucas' Kopf dröhnte wie verrückt, als Alex zu ihm trat.

„Kennst du ihn?", fragte Alex.

Nelson Shaw selbst rettete Lucas davor, antworten zu
müssen.

„Agent Randall." Sein Mund war eine schmale, grimmige
Linie. „Ich entschuldige mich für diesen Vorfall."

„Ich hatte gehört, dass die Thailänder ein freundliches
Volk seien. Scheinbar nicht." Lucas brachte die Worte kaum
heraus.

„Es ist meine Schuld. Ich habe sie gebeten, Sie für ein paar
Minuten aufzuhalten, bis wir hier sind. Ich habe nicht darum
gebeten, Sie zu verprügeln."

Der Mann, der mit Nelson zusammen angekommen war,

kam herüber und schnauzte den nächstbesten Soldaten an, ihre Handschellen aufzuschließen, bevor er sich vorstellte. „Ich bin Detective Benny Shinwari, Königliche Polizei von Thailand, Verbrechensbekämpfung." Er hielt ihnen seine Hand hin, und Lucas schüttelte sie widerwillig. „Die Soldaten sagen, Sie hätten sich der Verhaftung widersetzt. Entschuldigen Sie. Sie dachten, Sie wären die Entführer, und dass Agent Chen tatsächlich das Opfer ist." In seinem Gürtelholster steckte eine SIG Sauer P320.

„Wo ist Agent Chen?", fragte Lucas und wünschte sich, er würde endlich aufhören, alles doppelt zu sehen.

Die Soldaten stiegen zurück in ihre Fahrzeuge. Der aufmüpfige Major kam zu ihnen herüber und blaffte dem Detective etwas auf Thai entgegen.

Der Bangkoker Detective wurde blass. „Es gab ein Missverständnis. Er sagt, er habe Befehle erhalten, Agent Chen zu einem anderen Aufenthaltsort zu bringen."

„Sagen Sie ihm, dass er besser ganz schnell herausfindet, wo diese Befehle herkamen, weil das mit Sicherheit jemand ist, der mit den Dragon Devils unter einer Decke steckt", sagte Nelson schnell. „Und sagen Sie Ihren Soldaten, dass sie sie so schnell wie möglich zurückbringen sollen."

Detective Shinwari ging davon, um die Nachricht zu übermitteln. Lucas sah, wie einer der Soldaten ihm ein Handy reichte. Die Augen des Mannes wurden groß, dann begann er, seinen Männern Anweisungen zuzurufen, die losrannten, während die Fahrer die Motoren starteten. Die Fahrzeuge rumpelten davon.

„Was ist gerade passiert?", fragte Lucas.

„Steigen Sie ein", sagte Detective Shinwari drängend. „Ich erkläre es Ihnen auf der Fahrt."

Aber Alex rannte stattdessen zum Flugzeug zurück, die Stufen hinauf, und Lucas sah, wie er eilig mit der Crew sprach, die ratlos herumstand und nicht wusste, was vor sich ging. Alex eilte ins Flugzeug und Lucas wusste genau, was er tat. Zwei Minuten später kam er mit einer schwarzen Tasche, zwei schusssicheren Westen und ihren Waffen wieder zum Vorschein.

Keiner der Polizisten machte eine Bemerkung über die SIG, die Alex Lucas in die Hand drückte. Lucas kontrollierte das Magazin und den Lauf, während der Detective den Armeefahrzeugen hinterher raste. Ein paar Meilen später hatten sie den Konvoi eingeholt, der am Straßenrand angehalten hatte. Sie hatten die zwei Soldaten aufgegabelt, die mit Ashley davongefahren waren. Keine Spur von ihr oder dem Jeep.

Der Detective sprang aus dem Wagen und Lucas rollte das Fenster hinunter, wünschte, er würde die Sprache verstehen.

Shinwari kam zurück und stieg wieder ein. „Scheint, als ob Agent Chen den beiden die Waffen abgenommen hat und mit dem Jeep entkommen ist. Sie wissen nicht, wohin sie gefahren ist."

Lucas warf Alex einen Blick zu. Sie wussten es. Er rollte das Fenster hoch.

„Warum sind Sie hier, Nelson?", fragte Lucas. Das letzte Mal, dass sie miteinander gesprochen hatten, hatte der Kerl erwähnt, er würde noch mehrere Tage in Boston bleiben.

„Mein Boss hat mich zurück nach Hongkong beordert." Er klang nicht besonders glücklich darüber. „Dann ging die Nachricht über den Angriff auf die SSA ein, zusammen mit der Entführung Ihrer einzigen Zeugin, und ich wusste, dass die Kacke absolut am Dampfen ist. Ich habe einen

Tipp bekommen, dass Yu Chang dabei beobachtet wurde, wie er vor der Küste von Thailand ein Boot bestiegen hat. Ich bin sofort hergeflogen. Ich habe versucht, Ihr Büro zu erreichen, um einen Einsatz zu koordinieren, wurde aber zu einem gewissen SAC Lincoln Frazer weitergeleitet. Er klang nicht gerade begeistert."

Lucas verzog das Gesicht.

„Er hat mir erzählt, dass einige seiner Agenten auf dem Weg nach Thailand wären, und dass ich so schnell wie möglich meinen Hintern zum Flughafen von Phuket bewegen sollte, wenn ich bei der Verhaftung dabei sein und Sie unterstützen wollte." Nelsons Blick fiel auf Detective Shinwari. „Benny und ich haben schon früher oft zusammengearbeitet. Wir wussten, dass wir nicht rechtzeitig zu Ihrer Ankunft da sein würden, also haben wir das Militär gebeten, Sie so lange aufzuhalten."

Lucas starrte ihn zornig an.

Benny unterbrach. „Wir haben gesagt, es geht um eine Entführung. Wir haben nicht gesagt, dass Sie die Entführer sind." Seine Hände krallten sich um das Lenkrad. „Bleiben wir hier und helfen dabei, Agent Chen zu suchen, oder fahren wir zu dem Austausch, den Frazer erwähnt hat?"

Tausende von Gedanken rasten Lucas durch den Kopf, und keiner davon war gut. „Der Austausch findet in Khao Lak statt. Fahren Sie."

„Haben Sie Bargeld dabei?" Benny beäugte im Rückspiegel interessiert die schwarze Tasche.

„Sie wollen kein Geld."

„Immunität? Sie müssen wissen, dass das bei den thailändischen Behörden legal nicht standhalten wird", bemerkte Benny.

„Sie wollen keine Immunität.“

„Also was wollen sie?“ Benny verlor die Geduld.

Lucas schaute aus dem Fenster. „Ashley. Sie wollen Agent Chen.“

„Warum zur Hölle würden sie…“

„Ihr echter Name ist Jenny Britton. Die tote Nichte? Das ist Agent Chen.“

Nelsons Mund stand offen. „Heilige Scheiße. Und Yu Chang hat das herausgefunden? Will er sie für ihren Verrat bestrafen?“ Sein Ausdruck verwandelte sich in Zorn, und Lucas konnte seine Gedanken lesen. „Oder flüchtet sie zurück in den sicheren Schoß ihrer Familie? Ist sie der Grund, weshalb wir diese Bastarde all die Jahre nicht erwischen konnten?“

„Nein“, presste Lucas hervor.

„Sind Sie sicher, dass Sie sich nicht von einem hübschen Gesicht haben täuschen lassen?“, fragte Nelson.

Der Detective hatte keine Ahnung, wie nah er in diesem Augenblick einem bleibenden körperlichen Schaden kam.

Lucas starrte ihn unerbittlich an. „Sie hat erzählt, dass ihr Onkel eine ungesunde sexuelle Obsession mit ihrer Mutter und dann mit ihr hatte. Sie hat mir erzählt, dass er, kurz bevor die Welle kam, ihren Freund umgebracht hat, einen gewissen Martel Gunter?“ Die Augen des thailändischen Detectives wurden groß. „Sie hat die Naturkatastrophe genutzt, um zu verschwinden und Yu Chang zu entkommen. Das hat funktioniert, bis jemand sie erkannt hat, und die Dragon Devils erfahren haben, dass sie noch lebt.“

„Ich erinnere mich an Martel Gunter. Sein Vater war ein hochrangiger deutscher Diplomat und war nie glücklich darüber, dass die Todesursache als natürlich erklärt worden war.“

„Er lag richtig damit, es in Frage zu stellen.“ Lucas blinzelte gegen seine verschwommene Sicht an und versuchte so zu tun, als ob sie von dem Schlag gegen seinen Kopf herrührte, nicht von dem Hieb, den sein Herz abbekommen hatte. Noch nie im Leben hatte ihm etwas so wehgetan.

„Wo bleibt die Verstärkung?“, fragte Alex und kontrollierte seine Waffe. Sie hatten das Städtchen hinter sich gelassen und fuhren durch Kautschuk- und Palmölplantagen.

Die beiden Detectives tauschten einen Blick aus. „Das sind wir.“

„Ernsthaft?“ Alex schüttelte den Kopf.

Benny zuckte mit den Schultern. „Der Kommandant in Phuket hat den Ruf, bestechlich zu sein. Wenn das stimmt, dann hat Yu Chang ihn vermutlich längst gekauft. Wir könnten das Militär dazu rufen …“

„Nein“, unterbrach Alex. „Wir haben ja gesehen, wie das Militär vorgeht.“

„Was glauben Sie, wie viele Männer Yu Chang bei sich hat?“, fragte Lucas.

Nelson zog eine Grimasse. „Ein Mann mit einer Welt voller Feinde, der so paranoid ist … Ich würde ihm zutrauen, dass er mit mindestens zwanzig bewaffneten Bodyguards unterwegs ist. Wo genau findet das Treffen statt? Vielleicht kann ich irgendeine Art von Unterstützung organisieren.“

„Die Villa, in der sie gewohnt haben, als der Tsunami kam.“

Benny nickte wissend. „Es wird dunkel sein, bis wir dort ankommen.“

Nelson schaute auf seine Uhr. „Dann fahren Sie schneller. Ich werde mir die Gelegenheit, Yu Chang zu schnappen, nicht entgehen lassen.“

„Lassen Sie mich fahren“, verlangte Alex.

Der Detective lachte. „Sie kennen die Straßen hier nicht …“

Alex drückte ihm seine Waffe gegen die Schläfe. „Das war keine Bitte.“

Am Straßenrand tauschten sie die Plätze, während sich der thailändische Detective lauthals über Alex’ Manieren beschwerte. Nelson setzte sich auf die Rückbank, damit Benny auf dem Beifahrersitz sitzen und Alex den Weg weisen konnte. Lucas’ Gedanken schweiften ab, und er starrte auf das glitzernde Wasser, die versprengten, paradiesischen Inseln. Es war unmöglich, sich die Zerstörung vorzustellen, die die Welle in dieser Region angerichtet hatte. Dass Ashley dieses Desaster überlebt hatte, war ein Wunder.

Wie ging es ihr? Sie hatte panische Angst vor dem Meer, machte aber dennoch Jagd auf Yu Chang.

Sie war wirklich eine unglaubliche Frau: intelligent, mutig, entschlossen. Das FBI konnte sich glücklich schätzen, sie zu haben.

Sein Mund wurde trocken. Er schätzte sich glücklich, sie zu haben, die wahre Ashley, nicht die distanzierte Person, die sie der Welt präsentierte. Niemand sonst konnte das sehen. Niemand sonst kannte sie so gut, wie er sie kannte.

All die verpassten Chancen schrien in seinen Gedanken auf ihn ein, dass er einen weiteren, riesengroßen Fehler gemacht hatte. Er hatte ihr nicht gesagt, dass er sie liebte. Und nun würde er vielleicht nie wieder die Gelegenheit dazu bekommen.

VIERUNDZWANZIGSTES KAPITEL

A SHLEY STIEG AUS dem Bus, dann lief sie durch eine Palmölplantage und einen wilden, wuchernden, tropischen Wald bis zu der Landzunge, auf der einmal die Villa gestanden hatte. Mittlerweile war es eine verfallene Ruine, eins der wenigen Gebäude, die nicht abgerissen oder wiederaufgebaut worden waren. Saphirblaues Wasser erstreckte sich bis zum Horizont, ruhig und tödlich.

Mit jedem Schritt kämpfte sie gegen den Impuls an, davonzurennen. Ihre Angst war nicht etwa abstrakt. Sie war so hart und greifbar wie Titanium und hatte sich in ihr eingenistet wie ein lebendes, atmendes Monster. Und dieses Monster versuchte nun, zu entkommen.

Das, und die Erinnerung an Lucas, wie er von dem Gewehr des Soldaten zu Boden geprügelt wurde, ließen sie dankbar dafür sein, seit Stunden nichts gegessen zu haben.

Wie konnte er ihr jemals für ihre Lügen und ihre Dummheit verzeihen? Sie war schuld daran, dass Menschen verletzt worden waren, dass Menschen umgebracht worden waren. Selbst, wenn sie durch irgendein Wunder diese Sache überleben sollte, beliefen sich die Chancen, mit ihm zusammen zu sein, auf null. Niemand, der noch halbwegs bei Verstand war, konnte jemanden wie sie lieben. Jemand, deren Verwandtschaft unzähligen unschuldigen Menschen unendliches Leid zugefügt hatte, um sich selbst zu bereichern.

Ihre Familie widerte sie an. Sie widerte sich selbst an.

Aber all das war ohnehin nicht wichtig. Sie und Lucas waren sich während einer wahnsinnig nervenaufreibenden Zeit nähergekommen. Die Anziehung zwischen ihnen war zwar echt genug, aber der Rest würde vermutlich kaum länger als für ein paar Verabredungen tragen. Sie hatten keine gemeinsamen Interessen – zur Hölle, sie wusste nicht einmal, was für Interessen er außerhalb seines Schlafzimmers und seiner Arbeit überhaupt hatte.

Warum also schmerzte die Vorstellung, ihn nie wiederzusehen, fast so sehr wie die drohende Gefahr des Todes?

Sie hatte keine Ahnung und konnte es sich im Augenblick auch nicht leisten, sich über diese Gefühle Gedanken zu machen. Sie wollte Klarheit. Sie wollte Rache, und, Gott stehe ihr bei, sie wollte Erlösung.

Das Einzige, was zählte, war es, diesen Teenager irgendwie zu retten und ihren Albtraum ein für alle Mal zu beenden. Danach konnte sie sich um alles andere kümmern – um ihren Job, um die Tatsache, dass sie womöglich ins Gefängnis musste, um Lucas. Aber zuerst musste sie das kriminelle Imperium ihrer Familie zerstören.

Das Biest in ihrem Inneren begann, in seinem Käfig aufgewühlt auf und ab zu tigern, als der Geruch des Meers stärker wurde. Sie konzentrierte sich auf die Techniken der Hypnosetherapie, die sie sich in den letzten Jahren angeeignet hatte. Da sie einen Fuß vor den anderen setzte, schien es zu funktionieren.

Ihre schwarze Kampfhose und das langärmelige T-Shirt waren nicht gerade das übliche Touristenoutfit und brachten ihr ein paar verwunderte Blicke ein. Wenigstens schirmte ihr Sonnenhut ihre Augen vor den stechenden Sonnenstrahlen ab.

Fischerboote dümpelten auf dem Wasser. Ein großes Boot ankerte weiter draußen auf dem Meer. Genauso war es an dem Tag gewesen, als die Welle gekommen war, und viele der Boote waren weit ins Landesinnere gespült worden. Ashley wehrte sich gegen den eiskalten Terror, der sie, ebenso wie die Welle damals, zu verschlucken drohte.

Khao Lak war ein Paradies. Nur eine Autostunde nördlich von Phuket gelegen, war es ein wahres Touristenmekka. An jenem Schicksalstag war das Beben hundertsechzig Kilometer vor der Küste Sumatras mit seiner Stärke von neun Komma drei das zweitstärkste je dokumentierte Erdbeben gewesen. Die betroffene Verwerfungslinie war eintausendzweihundert Kilometer lang gewesen und hatte auf dem Ozeanboden eine Narbe hinterlassen, die noch heute zu erkennen war.

Inseln und Strömungen vor der thailändischen Küste hatten das verdrängte Wasser so zusammengeführt, dass die Welle mehr als zehn Meter hoch gewesen war, als sie schließlich auf den Strand von Khao Lak aufgetroffen war. Beinah viertausend Menschen waren an diesem Tag allein in dieser Region umgekommen.

Emotionen wallten in ihr auf, als sie ihre Schritte zum Strand hin zwang. Das Trauma war noch immer gegenwärtig, es hatte sich in ihre Erinnerung geätzt und war noch immer so lebhaft wie an dem Tag, als es passiert war. Der Geruch des Salzwassers, das Geräusch der Brandung, das Gefühl des Sands zwischen ihren Zehen waren alle mit dem Gefühl der Todesangst verbunden.

Alle Therapie der Welt war unnütz, wenn man sich seiner Angst nicht stellen konnte.

Sie zwang sich, durch die Überreste der Eingangstür in die Villa zu treten, dann durch die eingefallene Ruine, die immer mehr von der Natur zurückgewonnen wurde. Ihre Beine zitterten, als sie auf die Terrasse trat, auf der der arme Martel umgebracht worden war. Und das nur, weil er von einem Mädchen verführt worden war, das sich als toxisch herausgestellt hatte.

Sie konnte das Schiff nun besser erkennen. Eine riesige Yacht mit eigenem Helikopterlandeplatz. Das musste ihr Onkel sein. Sie lächelte grimmig.

Ein Zittern legte sich über ihren Körper, also begann sie, am Rand des Strandes Treibholz einzusammeln, um ein Feuer zu machen. Der Geruch von Paraffinlampen waberte durch die Luft, und Erinnerungen daran, wie sie eng an Martel geschmiegt in einer Hängematte lag, und er träge ihren Arm streichelte, stiegen in ihr auf.

Sie schüttelte die Erinnerungen an die Vergangenheit ab. Martel würde Gerechtigkeit widerfahren. Dafür würde sie sorgen.

Von ein paar Bauarbeitern, die eine Ladung Holzbohlen zu einer Hotelbaustelle nebenan geliefert hatten, erbettelte sie sich eine Schachtel Streichhölzer. Zum Glück waren die Männer bald verschwunden, und alles war ruhig. Weniger Menschen, die in ein Kreuzfeuer geraten konnten

Sie versteckte sich nicht. Ihr war in den letzten Stunden klargeworden, dass sie niemals frei leben konnte, wenn sie sich nicht ihrer Vergangenheit stellte. Sie stand breitbeinig da, die Arme hinter ihrem Körper verschränkt, mit erhobenem Kinn. Sie forderte den Teufel heraus und wusste, dass er der Verlockung nicht widerstehen konnte.

„Komm und hol mich, Arschloch.“

„WAS ZUR HÖLLE macht sie da?"

Lucas verstand nicht, was Ashley tat, außer vor einem lodernden Feuer am Strand zu sitzen und darauf zu warten, dass die Dragon Devils sie holten. Wenn das ihr „Plan" war, dann war er verdammter Mist.

Dank Alex Parkers Fahrstil waren sie vier noch vor Ashley an der Villa angekommen, hatten sich aber zurückgezogen und auf die Dämmerung gewartet, bevor sie sich auf ihre Positionen rund um das Anwesen begeben hatten.

Als ob ihnen das irgendetwas bringen würde. Sie würden Gewehre, Nachtsichtgeräte und ein Sonderkommando brauchen, um diese Bastarde zur Strecke zu bringen. Aber alles, was sie hatten, waren Schusswaffen mit begrenzter Reichweite, zwei Push-to-Talk-Funkgeräte, zwei Ferngläser und jede Menge Motivation.

Lucas befand sich von den vieren am nächsten am Meer, nördlich der kleinen Bucht, verhüllt von der Dunkelheit und einer kleinen Ansammlung von Palmen. Alex und Nelson hatten sich in den Ruinen der Villa verschanzt und sein neuer Kumpel Benny befand sich im zweiten Stock eines Hotels, das direkt südlich der Villa erbaut wurde. Diese Position war nicht besonders effektiv, um bei einem Kampf schnell zu Hilfe eilen zu können, aber sie bot einen guten Aussichtspunkt, um zu erkennen, was vor sich ging. Vorausgesetzt, sie konnten dem Kerl vertrauen.

Benny hatte erzählt, dass sein Boss in Bangkok ein paar Anrufe tätigen würde, um ihnen Verstärkung zu besorgen. Aber nach dem Militäreinsatz, den Lucas kürzlich hatte miterleben dürfen, konnte er nur hoffen, dass die Verstärkung wusste, auf wessen Seite sie kämpfte.

„Sind Sie sicher, dass sie nicht zur dunklen Seite übergetreten ist?", fragte Nelson über Funk.

„Ich bin mir sicher", antwortete Lucas.

Aber war er das?

Die Frau hatte Lügendetektoren überlistet. Woher wollte er wissen, ob sie die Wahrheit sagte? Sollte er Beccas Leben wirklich auf Ashleys Aufrichtigkeit verwetten, wenn seine Gefühle diese ohnehin schon schwierige Situation in einen absoluten moralischen Morast verwandelten?

Allerdings bestand auch die Frage, warum die Typen Becca entführt hatten, wenn Ashley für ihre Familie arbeitete. Warum hatten sie das Mädchen dann nicht einfach im Krankenhaus oder in Sloans Haus umgebracht?

Plötzlich wurde ihm bewusst, dass Ashley wie vom Erdboden verschluckt gewesen war, als Becca und Sloan entführt worden waren.

Vielleicht hatten die Dragon Devils mitbekommen, dass irgendjemand Ashley gegen ihren Willen festgehalten hatte, und hatten einen Plan entworfen, um sie zurückzubekommen. Und nun war Ashley, waren sie alle, nicht mehr in den Staaten, sondern in Thailand, und somit vor den US-Behörden sicher, und sie saß in aller Seelenruhe am Strand, nur wenige hundert Meter von der Söldnerarmee ihres Onkels entfernt.

Dass er diese Frau liebte, obwohl er sich nicht sicher war, ob er ihr hundertprozentig vertraute, ließ ihn nicht nur seine eigene Zurechnungsfähigkeit ernsthaft in Frage stellen, sondern auch seine Eignung als Agent. Aber er hatte den Vereinigten Staaten von Amerika einen Treueeid geschworen. Was seine Gefühle betraf, mochte er vielleicht hin- und hergerissen sein, aber nicht, was seine Loyalität anging. Und in diesem Augenblick wurde ihm klar, dass er ihr tatsächlich vertraute. Zu hundert Prozent. Weil sie denselben Eid geschworen hatte und ihn aufrichtig lebte. Man konnte zehn Jahre Engagement nicht vorspielen – nicht, wenn die eigenen Verwandten milliardenschwere Anführer der größten kriminellen Organisation in Asien, wenn nicht sogar weltweit, waren.

Es war einfach, selbstgerecht zu sein, wenn man niemals einem moralischen Dilemma auf Leben oder Tod gegenübergestanden hatte. Das wurde ihm nun mit aller Macht bewusst. Wie konnte sie ihm jemals für das verzeihen, was er getan hatte? Sich als moralisch überlegen aufzuspielen, ihre Werte und Beweggründe in Frage zu stellen, wenn er es gewesen war, der sie auf den Straßen von Virginia entführt, sie gegen ihren Willen festgehalten und die ganze Zeit über ihre Ehre und ihre Integrität angezweifelt hatte.

Zur Hölle, er würde es ihr nicht vorwerfen können, wenn sie nie wieder mit ihm sprach, aber das würde ihn nicht davon abhalten, alles dafür zu tun, damit sie lebend aus dieser Situation herauskamen.

Er glaubte ihr. Er würde nicht zulassen, dass ihr etwas zustieß. Nicht heute Abend. Nicht morgen. Nicht im nächsten Jahr.

Während der nächsten Stunde regte sich nichts, bis auf ein paar Touristen, die etwa eine halbe Meile entfernt im Meer schwammen. Der Geruch von Grillfleisch brachte seinen Magen zum Knurren. Immerhin hatten sie in einer der kleinen, belebten Städte auf dem Weg hierher etwas Wasser und Proviant eingekauft.

Lucas begann sich schon zu fragen, ob sie sich in den Besitzern des Boots geirrt hatten. Vielleicht war es irgendein

Filmstar oder jemand aus der Königsfamilie, der auf der Suche nach Entspannung war. Aber dann erschienen plötzlich zwei Beiboote neben dem Schiff, die auf den Stand zusteuerten.

Showtime.

„Was haben wir da?", murmelte er Alex und Benny zu, die die Ferngläser hatten.

„Zehn Männer, sieben von ihnen mit Sturmgewehren. Ich kann Yu Chang und seinen Sohn erkennen. Außerdem den Neffen, Andrew Britton." Benny klang hocherfreut. Im Prinzip war das tatsächlich die gesamte Führungsriege der Dragon Devils. „Ich hätte Ihnen vertrauen sollen, Nelson, wir hätten das ganze Gelände umzingeln sollen. Mein Boss wird einen Herzinfarkt bekommen, wenn er das hört. Die Verstärkung ist unterwegs."

Aber wer weiß, ob sie rechtzeitig eintreffen würde?

Diese Drecksäcke zu schnappen, wäre ein riesiger Coup für die thailändischen Behörden, und Lucas war sich sicher, dass die Amerikaner Himmel und Erde in Bewegung setzen würden, damit diese Verbrecher wieder an die Vereinigten Staaten ausgeliefert würden, um sie dort vor Gericht zu bringen. Aber solange sie sicher hinter Schloss und Riegel saßen, sollte es ihm egal sein, wo sie einsaßen.

„Irgendeine Spur von der Geisel?", fragte Lucas. Gott, er konnte nur hoffen, dass Becca noch lebte. Er würde sich nie verzeihen können, wenn er sein Versprechen ihr gegenüber nicht würde halten können.

„Negativ."

„Ich kann eine gefesselte Person auf dem Boden des zweiten Boots erkennen", korrigierte Alex. Wie zum Teufel er das in der Dunkelheit erkennen konnte, war Lucas ein Rätsel, aber er stellte es nicht in Frage.

Als die Boote auf den Strand zurasten, stand Ashley auf. Im Feuerschein konnte er erkennen, wie sie eine Pistole hervorzog, die sie einem der Soldaten abgenommen haben musste. Sie kontrollierte Lauf und Magazin, dann hielt sie die Waffe locker an ihrer Seite.

„Was glaubt sie denn, was sie damit gegen die ganzen AKs ausrichten kann?", fragte Nelson angespannt.

Lucas konnte nichts erwidern. Sein Mund fühlte sich an, als ob er eine Handvoll Sand verschluckt hätte. Sein Herz wummerte wie ein einfacher Verbrennungsmotor, der einen Achtzylinder anzufeuern versuchte. Noch nie im Leben hatte er sich so hilflos gefühlt. Hatte nie zuvor zusehen müssen, wie jemand, den er liebte, sich für ein Kind eintauschen musste, das Besseres verdient hatte.

Die Boote erreichten die Brandung, und er wollte schon näher schleichen, als ein Lufthauch und ein Geräusch hinter ihm ihn wissen ließen, dass er Gesellschaft hatte.

Ach, Scheiße.

FÜNFUNDZWANZIGSTES KAPITEL

DER VOLLMOND SCHIEN über das Andamanische Meer, während Ashley dabei zusah, wie der Mann, vor dem sie sich mehr als ein Jahrzehnt versteckt hatte, mühsam aus einem kleinen Boot in das knöchelhohe Wasser kletterte.

Angst ließ das Weiß seiner Augen hervorstehen, als er unsicher auf dem Sand stand. Sie war froh, dass sie diesen Ort für ihr letztes Aufeinandertreffen ausgewählt hatte.

Seine Furcht verwandelte sich in Hunger, als seine Augen sie neben dem Feuer erblickten, das wie ihre Stimmung knisterte und spuckte. Ein Schauder lief ihr den Rücken hinunter, als sie den Hunger als das erkannte, was er war – eine kranke Obsession. Nicht nur das Verlangen, sich ihren Körper zu nehmen, sondern auch die Begierde, sie an sich zu binden, ihre Seele zu besitzen. Kein Wunder, dass ihre Mutter ihn aus ihrem Leben verbannt und ihn nie erwähnt hatte. Hatte er sie missbraucht? War das der Grund, weshalb sie in die Staaten geflohen und nie wieder nach Hause zurückgekehrt war?

Ashley war froh darüber, dass ihre Mutter entkommen und mit ihrem Vater glücklich gewesen war, auch wenn ihr gemeinsames Leben brutal und viel zu früh beendet worden war.

Ihr Blick wanderte von ihrem Onkel zu ihrem Cousin, der

sie mit seinem gewohnt sorglosen Grinsen begrüßte. Kranker Freak. Dann betrat ihr Bruder den Strand.

Sein Gesicht war von einer Kapuze in Schatten gehüllt, aber er beobachtete sie aufmerksam, und die Silhouette seines Kiefers verriet ihn – auch nach all den Jahren wusste sie, dass er noch so ruhig und gefasst wirken mochte, innerlich war er vollkommen aufgewühlt.

Gut.

Ihr Onkel kam näher, und das Feuer tanzte in seinen Augen wie ein zum Leben erweckter Dämon.

Sie hob die Pistole und augenblicklich stellten sich zwei seiner Männer schützend vor ihn und zielten mit ihren Gewehren auf ihren Kopf – als ob eine Kugel ihr Angst machen würde. Sie musste fast lachen.

Ashley hob ihre Waffe höher und presste die Mündung der Pistole an ihre Schläfe. „Einen Schritt näher, und ich drücke ab."

Ihr Onkel schob seine Bodyguards zur Seite, rief ihnen etwas auf Kantonesisch zu. Die Männer gingen widerwillig zur Seite. Yu Chang trat zögernd einen Schritt vor, dann einen zweiten, bis nur noch fünf Meter zwischen ihnen lagen.

„Nicht weiter." Ihre Knie zitterten. Ihre Finger zogen sich um den Abzug zusammen. „Noch einen Schritt, Chang", warnte sie, „und du verlierst mich für immer."

Seine Augen wurden schmal. Brandon wollte rechts von ihr an ihr vorbeigehen. „Bleibt da, wo ich dich sehen kann, Brandon." Sie traute ihrem Cousin keinen Schritt über den Weg. „Wo ist Becca?"

„Holt das Mädchen", blaffte Andrew.

Und in diesem Augenblick musste Ashley sich der Wahrheit stellen, dass er einer von ihnen war. Der Bruder, den sie so geliebt hatte, war genauso bösartig und verkommen wie der Rest ihrer Familie.

Ein junges Mädchen stolperte von den Booten herüber, ihre Hände waren hinter ihrem schmalen Körper gefesselt. Im Licht des Feuers sah Ashley, wie verdreckt sie war. Blut klebte an ihrem Kinn, lief unter dem breiten Streifen Klebeband hervor, das ihren Mund bedeckte. Sie hatte riesige, angsterfüllte Augen und zerzauste Haare, aber sie bewegte sich flink, ohne offensichtliche Anzeichen einer Verletzung. Becca hatte gelernt, wie man in einer feindseligen Welt überlebte. Tu, was auch immer du tun musst.

Ashleys Onkel griff sich das Mädchen, warf sie auf die Knie, holte ein Messer hervor und hielt es ihr an den Hals.

Der eiserne Griff in Ashleys Magengegend wurden enger. Hatte er vor, die Ereignisse von Martels Ermordung zu wiederholen, nur um zu beweisen, dass er die Kontrolle hatte? Gott, wie sehr sie diesen Mann hasste. Die vergangenen Jahre hatten ihren Ekel nicht abschwächen können.

„Erschieß dich, und ich werde sie umbringen – und ich werde mir Zeit lassen." Yu Changs Tonfall war heiter. Er dachte, jetzt hätte er sie in der Hand. Dachte, er könnte ihr Verhalten voraussehen.

Er hatte keine verdammte Ahnung.

„Lass das Mädchen in Frieden, und du bekommst, was du wirklich haben willst. Mich. Ansonsten werden sie und ich heute Nacht hier sterben." Sie schenkte Becca ein kleines, entschuldigendes Lächeln. Dann wandte sie ihren Blick wieder ihrem Onkel zu. „Und da das FBI dir auf den Fersen ist, wird dein Tod nicht lange auf sich warten lassen."

Ihr Finger begann, den Abzug zu drücken. Ihr Herz hämmerte gegen ihre Rippen. Dann sollte es eben so sein. Sie wollte nicht sterben, aber sie würde auch nicht einknicken. Einzuknicken würde ihr nichts bringen, außer dem Wissen, dass sie in genau der Sache versagt hatte, derentwegen sie hergekommen war. Um Becca zu retten.

War Lucas in der Nähe?

Diese Vorstellung machte ihr einerseits höllisch Angst, andererseits wollte sie beweisen, dass sie seiner würdig war, des FBI würdig war, an das sie beide glaubten. Sie wünschte, sie hätte ihm gesagt, dass sie ihn liebte. Für eine Frau, die jahrelang zu viel Angst davor gehabt hatte, überhaupt nur auf ein zweites Date zu gehen, war das ein unglaubliches Eingeständnis.

Yu Changs schmale Augen musterten sie, versuchten zu erkennen, ob sie bluffte. Sie bluffte nicht. Sie hätte am liebsten die Augen geschlossen, als sie den Leerlauf des Abzugs bis zum Anschlag durchgezogen hatte, aber sie wagte es nicht. Noch einen Bruchteil eines Millimeters, und sie war tot.

„Genug! Ich lasse sie gehen", sagte Yu Chang scharf. „Aber woher will ich wissen, dass du dein Wort hältst und dich nicht umbringst, sobald ich sie freigelassen habe?"

Sie hielt seinem Blick stand und ihre Heftigkeit überzeugte ihn. „Ich schwöre bei meiner Ehre." Eher würde sie ihn umbringen.

Er wandte sich an einen seiner Männer. „Lasst sie gehen."

Becca wurde auf die Füße gezerrt, ihre Fesseln durchgeschnitten. Brandon stieß sie vorwärts und sie taumelte auf das Feuer zu. Ashley wartete nur auf eins seiner sadistischen Spielchen und ließ die Pistole keine Sekunde von ihrer Schläfe herabsinken. Sie beugte sich zu dem Kind, zerrte sie kurz an sich und flüsterte in ihr Ohr, „Los. Hau ab. Lauf. Versteck dich. Lucas wird dich finden."

Becca drückte ihren Arm und diese kleine Geste des Beistands ließ Ashley die Tränen in die Augen steigen. „Schnell", sagte sie.

Becca stolperte davon, aber Ashley sah ihr nicht hinterher. Wenigstens hatte Becca jetzt den Hauch einer Chance. Hoffentlich war Lucas auf dem Weg, oder Frazer hatte seine Kontakte genutzt, um Hilfe zu schicken.

Sie musste dem Mädchen Zeit verschaffen, damit es entkommen konnte. Sie wandte sich ihrem Bruder zu, während ihre Waffe nicht von der Position an ihrem Kopf wich. „Du siehst gut aus, Andrew." Das war eine Lüge. Er sah furchtbar aus. Blass und eingefallen. „Hast du eine Frau? Eine Freundin? Ich frage mich, was sie davon hält, dass du mit Menschen handelst."

Sein Mund wurde schmal.

„Als ich zum FBI gegangen bin, habe ich ein bisschen recherchiert. Ich habe nach deiner Freundin aus der Highschool gesucht, Monica – du erinnerst dich an Monica, oder?"

„Ich erinnere mich daran, dass sie mich betrogen hat." Seine schneidenden Worte verrieten, dass er noch immer deswegen beleidigt war.

Mistkerl.

Yu Chang und Brandon tauschten einen Blick aus. Ashley war sich sicher, dass sie den Grund dafür kannte.

„Monica hat Anzeige erstattet, weil sie unter Drogen gesetzt und Opfer einer Gruppenvergewaltigung geworden war, nicht lange, nachdem wir Kalifornien verlassen hatten. Die Täter wurden nie gefasst." Ashley richtete sich auf und dachte an das Grauen, dass so viele Frauen durch ihren Onkel und ihren Cousin erlitten hatten. „Aber ich habe noch etwas anderes herausgefunden." Auf dem Flug nach Thailand. „Es gab Treffer in der Datenbank. Zwei der DNA-Proben aus dem Haus in Cambridge stimmen mit dem Sperma in Monicas Vergewaltigungs-Set überein."

Sie warf ihrem Cousin ein spöttisches Lächeln zu. „Keine Frage, wer das orchestriert und Andrew die Fotos hat zukommen lassen. Gute Arbeit, Brandon. Aber Frauen wehzutun und andere Menschen zu manipulieren, ist ja auch einfach das, was du am besten kannst, nicht wahr?"

„Du lügst." Andrews Hände ballten sich zu Fäusten.

„Dann wirst du erst recht nicht glauben, was ich über den Flugzeugabsturz unserer Eltern herausgefunden habe." Diesmal schaute sie ihrem Onkel in die Augen, aber er blinzelte und wich ihrem Blick aus. „Du wirst nicht glauben wollen, dass es überhaupt kein Unfall war. Eine Bombe hat den Motor zerstört. Yu Chang hat seine eigene Schwester umgebracht, eine Frau, die er zu lieben behauptet hat – kein Wunder, dass diese Schuld seinen Verstand verdorben hat." Ihr Onkel presste die Lippen zusammen. „Ich habe das Zentrum für Sprengstoffanalyse gebeten, nach Ähnlichkeiten mit der Explosion in Boston zu suchen." Das war eine Lüge, aber definitiv etwas, was sie Frazer nahelegen würde, sollte sie ihn jemals wiedersehen.

Andrew schüttelte den Kopf und trat einen Schritt auf Brandon und ihren Onkel zu. „Das ist eine Lüge."

„Blödsinn. Du weißt, dass es wahr ist. Du hast es seit Jahren gewusst, aber du warst immer zu schwach, um sie zu konfrontieren."

Andrew wandte sich Yu Chang zu. „Ist das wahr?", verlangte er heftig zu wissen.

„Wage es nicht, die Stimme gegen mich zu erheben..."

„Ist das wahr?", brüllte Andrew.

Sein Onkel schien von Andrews Vehemenz überrumpelt zu sein. Brandon schaute nervös zwischen Ashleys Bruder und seinem Vater hin und her.

Yu Chang schluckte. „Es war ein Unfall."

„Du meinst, du wolltest eigentlich nur unseren Vater umbringen", bemerkte Ashley bitter.

„Halt die Schnauze, du Schlampe", fauchte Brandon.

Andrew sah am Boden zerstört aus. Dafür, dass er so intelligent war, war er manchmal unfassbar schwer von Begriff. Oder vielleicht hatte auch er nur getan, was er tun musste, um zu überleben.

Ein Schatten bewegte sich rechts in ihrem Augenwinkel. Ein Mann kam mit auf den Kopf gelegten Händen auf sie zugelaufen. Augenblicklich erkannte sie die große, breitschultrige Silhouette. Klauen krallten sich in ihr Herz.

Lucas.

Nein.

Wie aus dem Nichts schoss etwas mit aller Wucht auf sie zu und schleuderte sie zu Boden. Die Waffe glitt ihr aus der Hand und landete außerhalb ihrer Reichweite, direkt vor den Füßen ihres Bruders.

Das Grinsen auf Yu Changs Gesicht war selbstherrlich und aalglatt.

Ein Stiefel landete in ihrem Bauch und trieb ihr die Galle in den Mund. Bevor sie nach Luft schnappen konnte, trat Brandon wieder zu.

„Hör auf!", schrie Andrew.

Sie schaute durch Tränen und Schmerzen zu ihm auf und konnte nur lachen. „Was hast du denn geglaubt, was passiert?"

Ihr Mund wurde trocken als sie erkannte, dass sie ihr

Glück versucht und verloren hatte. Lieber würde sie sterben, als zuzulassen, dass Lucas etwas zustieß, aber weil sie sich entschlossen hatte, die Sache allein durchzuziehen, würde sie dabei zusehen müssen, wie auch er starb.

Brandon trat ihr in den Rücken und sie schrie vor Schmerzen auf. „Das ist für die Lügen, die sie dir gerade erzählt hat und dafür, dass sie eine FBI-Schlampe ist." Wieder trat er sie und ihr Blick verschwamm. Vielleicht würde er sie zu Tode prügeln und sie würde nicht dabei zusehen müssen, wie sie Lucas wehtaten, oder ertragen müssen, was auch immer ihr Onkel mit ihr vorhatte.

„Lass sie in Ruhe", befahl Yu Chang.

Brandon hielt inne und trat zur Seite, starrte sie wütend an wie ein bockiges Kind.

Ashley rollte im Sand hin und her, ihr Körper zuckte vor Schmerzen. Aber sie zog die körperlichen Schmerzen allem vor, was ihr an emotionalem Trauma noch bevorstand.

Als Lucas näher auf das Feuer zukam, konnte sie im Schein der Flammen sein geliebtes Gesicht erkennen. Die scharfen Kanten seiner Wangenknochen, das trotzige Kinn, diese wunderschönen Augen. Getrocknetes Blut bedeckte die Seite seines Kopfes, wo der Soldat ihn vorhin mit dem Gewehrkolben geschlagen hatte.

Himmel.

Aber sein Ausdruck war vollkommen leer und sie konnte ihn nicht lesen. Sie wünschte, sie könnte ihm sagen, dass sie ihn liebte, aber das würde Yu Chang nur noch mehr anstacheln. Chang war ohnehin schon ein Monster.

Sie kniete sich mühsam hin. Ihre Rippen waren vermutlich gebrochen und es tat weh, zu atmen. Aber die Reue schmerzte mehr.

„Es tut mir so leid, dass ich Sie in diese Sache mit reingezogen habe, Agent Randall", sagte sie atemlos.

Er grinste sie an und zwinkerte ihr kurz zu. „Das ist mein Job, Agent Chen."

***

LUCAS WOLLTE DIE bewaffneten Wachen am liebsten zu Boden schlagen und Brandon Chang den Kopf abreißen. Er musste jede Unze Selbstdisziplin aufbringen, die er sich im Krieg angeeignet hatte, um nicht augenblicklich zu Ashleys Rettung zu eilen. Sie hatten nur eine einzige Chance, hier lebend wieder herauszukommen, und es sah verdammt schlecht aus.

Einer von Changs Bodyguards hatte ihn überrascht, aber Alex hatte den Mistkerl erwischt und sich für die Überraschung revanchiert. Sie hatten noch drei weitere von Changs Schlägern erwischt und ihnen die Kleidung und Waffen abgenommen.

Alex stieß Lucas vorwärts, so das er zwischen ihm und Changs Schergen stand. Benny und Nelson kamen aus der anderen Richtung den Strand entlanggelaufen. Sie versprühten Selbstbewusstsein und schlenderten in der Dunkelheit direkt auf die Gruppe zu, als ob sie dazugehörten. Es war ein Wagnis, aber was für eine Wahl hatten sie denn?

Er würde nie im Leben zulassen, dass die Devils Ashley in die Finger bekamen. Absolut keine Chance.

Sobald Benny und Nelson bis auf zehn Meter an das Feuer herangekommen waren, ließ sich Lucas auf die Knie fallen und zog die Waffe hervor, die er hinter seinem Kopf versteckt gehalten hatte. Jemand feuerte auf sie, noch bevor er die Worte „FBI" ausgespuckt hatte.

Er blieb unten, rollte sich zur Seite und benutzte einen von Yu Changs Männern als Schutzschild, während er die Wachen eliminierte, die dem alten Mann am nächsten standen. Alex schoss auf die weiter weg stehenden Wachen mit den Sturmgewehren, ließ sie mit unfehlbarer Präzision zu Boden fallen.

Es dauerte nicht lange, bis die Devils begannen, sich zurückzuziehen.

Brandon versuchte, seinen Vater zum Boot zu zerren, aber der alte Mann weigerte sich, Ashley zurücklassen. Der Bastard krallte sich ihr Handgelenk, während sie zusammengekrümmt im Sand lag und die Kugeln über sie hinweg flogen.

Eine der Kugeln pfiff an Lucas' Wange vorbei, und er schluckte einen Mundvoll Sand, als er sich in eine neue Position warf. Er erwischte den Mann, der auf ihn geschossen hatte – dieses Arschloch Cho aus dem Bordell – und die restlichen Wachen stoben auseinander und rannten davon.

Ashleys Bruder hatte sich zu Boden geworfen, als die Schießerei begonnen hatte, und schien nun plötzlich aus seiner Benommenheit aufzutauchen. Er stolperte auf die Füße und griff sich die Waffe, die Ashley an ihre Schläfe gehalten hatte.

Ihr dabei zusehen zu müssen, hatte Lucas fast einen Herzinfarkt eingebracht. Andrew hob die Waffe, und Lucas wollte ihm schon eine Kugel verpassen, als der Kerl die Pistole auf die Brust seines Cousins richtete.

„Du hast deinem Vater von Lily erzählt, oder? Du hast ihm erzählt, dass sie mir etwas bedeutet, und deshalb hat er sie vergewaltigt."

Andrew drückte ab, und Brandon Changs Augen blitzten überrascht auf, als er zu Boden stürzte. Er ließ die Hand seines

Vaters los.

Ashley trat kräftig genug gegen die Hand des alten Mannes, um seinen Griff um ihr Handgelenk zu lösen, und rutschte eilig durch den Sand auf Lucas zu.

Brandon begann zu lachen, das Geräusch hallte durch die plötzliche Stille und kroch wie etwas Verstörendes durch Lucas' Adern. Der Kerl war wahnsinnig.

„Jetzt willst du auf einmal beweisen, dass du Eier hast?"

„Du hast Monica vergewaltigt, damit du mir diese Fotos schicken kannst, und ich Schluss mit ihr mache."

Brandon warf ihm ein schmutziges Grinsen zu. „Sie hat andere Typen getroffen, Andy. Ich habe dir nur den Beweis geliefert. Sie hat zu viel getrunken, hat uns alle gefickt und dann behauptet, es wäre Vergewaltigung gewesen."

„Ich glaube dir nicht!", schrie Andrew ihn noch einmal an, und diesmal färbte Brandons Blut sein Hemd purpurrot. Lucas war sich ziemlich sicher, dass Brandon Chang tot war. Der Kerl hatte eine Kugel direkt ins Herz abbekommen.

Yu Chang stand der Mund offen, als er sich umschaute, und er erschien plötzlich wie ein zerbrechlicher, alter Mann und nicht wie ein teuflisches, kriminelles Genie. Seine Männer waren geflohen. Sein Sohn war tot. Sein Blick fiel erst auf seinen Neffen, dann auf seine Nichte. Seine Augen verharrten auf Ashley.

Chang sank auf die Knie. „Ich liebe dich, Jun", flehte er. „Alles, was ich je getan habe, habe ich aus Liebe zu dir getan. Lass mich nicht wieder allein. Bitte verlass mich nicht."

„Ich bin nicht Jun, du krankes Arschloch. Du hast Jun umgebracht." Ashleys Stimme bebte. „Und du kannst nicht einfach mit deiner Schwester oder deiner Nichte Sex haben, nur, weil du das so willst."

Lucas schob Ashley hinter sich, verweigerte dem alten Mann das Vergnügen, sie anzuschauen.

Andrews Blick flog zu seiner Schwester. „Gott, Jenny. Es tut mir so leid. Ich hätte dich beschützen sollen."

Er wandte sich wieder zu Yu Chang und feuerte dem Mann eine Kugel in die Brust. „Das ist für Lily, du Bastard." Er drückte erneut ab. „Für meine Eltern, für Jenny, für mich!"

Benny und Nelson sprinteten auf ihn zu, aber Andrew hatte die Waffe schon an seinen eigenen Kopf gehoben und sich in diesem kleinen Paradies das Gehirn weggeblasen.

„Gott im Himmel." Lucas zog Ashley an sich und vergrub ihren Kopf in seiner Brust. Ihre gesamte Familie war gerade ausgelöscht worden, und sie sollte nicht noch mehr mit ansehen müssen, als sie ohnehin schon gesehen hatte.

Benny lief zu Andrew, um sicherzustellen, dass er tot war, während Nelson den Puls des alten Mannes kontrollierte.

Wundersamerweise war Yu Chang noch am Leben. Nelson spuckte ihm ins Gesicht. „Das ist für Detective David Shaw, Hongkonger Polizei, Arschloch. Sie sind verhaftet."

Niemand widersprach, als Nelson dem sterbenden Mann Handschellen anlegte. Er hatte noch länger auf diesen Moment hingearbeitet, als Ashley auf der Flucht gewesen war. Erneut wanderten Yu Changs Augen suchend von Nelson zu seiner Nichte. Lucas verweigerte ihm die Befriedigung. Er schirmte Ashley mit seinem Körper ab, wünschte, der Bastard würde endlich krepieren.

„Ich bin da, Baby." Er schlang seine Arme fest um sie. Er würde sie nie wieder loslassen.

―――――――――――

ASHLEYS HÄNDE ZITTERTEN, aber sie krallte sich an Lucas fest. Sie konnte nicht glauben, dass sie den Schusswechsel unbeschadet überstanden hatten und dass Yu Chang, Brandon und ihr Bruder tot waren.

„Die Soldaten haben dich gehen lassen?", fragte sie.

„Sagen wir einfach, es gab ein kleines Missverständnis darüber, weshalb wir festgehalten wurden." Sein gequälter Gesichtsausdruck verriet ihr, dass mehr dahintersteckte. „Es tut mir leid, Ash."

„Was?" Sie legte verwirrt den Kopf in den Nacken und schaute ihn an.

„Dass ich dir nicht vertraut habe, dass ich dich entführt habe, dass ich auch nur für eine Sekunde vermutet habe, du würdest mit diesen Psychopathen unter einer Decke stecken."

„Lucas, du hast nichts falsch gemacht. Du hast dich wie ein guter Agent verhalten. Das werde ich dir niemals vorhalten." Sie hob die Hand und berührte die Seite seines Kopfes. „Das ist das, was ich immer sein wollte." Sie atmete tief ein. „Mir tut es auch leid, alles. Dass ich gelogen habe, dass ich verschwunden bin und versucht habe, die Sache allein durchzuziehen. Ich wollte nur dafür sorgen, dass Becca freigelassen wird und habe nicht geglaubt, dass du und Alex rechtzeitig freikommen würdet. Gott sei Dank haben sie euch laufen lassen." Sie befreite sich aus seiner Umarmung. Sie brauchte ein wenig Abstand zu ihm, ab sofort. „Was passiert jetzt? Werde ich verhaftet, oder kann ich mich selbst anzeigen?"

Lucas stemmte die Hände in die Hüften und neigte den Kopf zur Seite. „Niemand hier wird dich verhaften. Du hast gerade dein Leben riskiert…"

„Gut. Mir ist es lieber, wenn ich mich in den Staaten

stellen kann." Ashley warf einen Blick auf den thailändischen Detective, der herumlief und sicherstellte, dass alle Gangster entweder tot oder entwaffnet waren. Sie ging davon aus, dass Verstärkung und Rettungsdienste auf dem Weg waren, aber glücklicherweise war niemand von ihnen verletzt worden. Sie wären mittlerweile längst verblutet – so, wie ihr Onkel.

Die Brise, die vom Meer herüberwehte, fühlte sich plötzlich sehr kalt an, und das Feuer ging langsam aus. Sie schlang die Arme um ihren Oberkörper und wünschte, ihre Zähne würden aufhören zu klappern.

„Nicht, dass ich den thailändischen Behörden nicht traue, ich wäre nur lieber in einem Gefängnis, in dem ich die Prozesse verstehe..."

Sein Kiefer verkrampfte sich. „Du wirst nicht ins Gefängnis gehen."

Ashley hob die Augenbrauen. „Das kannst du nicht wissen."

„Willst du wetten? Einer meiner Schwager ist ein erstklassiger Verteidigungsanwalt in D.C. Er wird das schon hinbiegen."

„Ich werde deine Familie nicht in meinen Mist mit reinziehen."

Lucas runzelte die Stirn. „Warum nicht?"

„Sie werden mich sowieso schon hassen, Lucas." Ihre Stimmer wehte bis zu den beiden anderen Männern hinüber, die kurz in ihre Richtung schauten und sie dann wieder geflissentlich ignorierten.

„Sie werden dich nicht hassen."

Ashley stieß den Atem aus. „Ich werde in ganz Amerika eine Ausgestoßene sein, wenn diese Sache rauskommt. Meine Familie hat furchtbare Dinge getan, und deine Familie ist praktisch amerikanischer Hochadel.“

„Solche unbegründeten Vorstellungen sind mir scheißegal.“

„Aber mir nicht.“ Ihre Augen wurden schmal. „Ich werde nicht zulassen, dass dein Name in den Dreck gezogen wird…“

„In den Dreck gezogen?“ Er klang wütend.

„Hör zu, meine Verwandten waren Abschaum, Lucas. Und ich bin keinen Deut besser. Ich habe gelogen, um ins FBI aufgenommen zu werden und habe nun womöglich Unmengen an Fällen kompromittiert, in die ich involviert war.“ Ihr Magen drehte sich um, als sie an die möglichen Konsequenzen ihres Verhaltens dachte.

Lucas breitete völlig fassungslos die Arme aus. „Du hast mit nur sechzehn Jahren deinen eigenen Tod vorgetäuscht, um einem bösartigen Despoten zu entfliehen. Dann hast du den Polygrafen besiegt, um zum FBI zu gehen und dabei zu helfen, eine der größten kriminellen Organisationen weltweit zu Fall zu bringen. Wenn das rauskommt, wirst du eine verdammte Heldin sein!“

Sie wandte sich ab, aber er drehte sie herum, damit sie ihn anschauen musste. „Weißt du eigentlich, wie es war, zusehen zu müssen, wie du dir die Waffe an den Kopf gehalten hast, und zu wissen, dass du abdrücken würdest? Dabei zuzusehen, wie die Frau, die ich liebe, ihr Leben riskiert, aber nichts tun zu können, außer zu beten, dass diese verdammte Waffe nicht losgeht und dass dieser Perverse, der sie entführen und vergewaltigen will, endlich nachgibt?“ Der Schmerz in seinen Augen zerstörte sie beinah. Sie hatte ihm nie wehtun wollen. „Es hat sich angefühlt, als ob mir jemand das Herz herausgerissen hätte, und ich nicht mehr atmen könnte.“ Seine Stimme brach.

„Wie kannst du jemanden wie mich lieben?"

Er trat einen Schritt auf sie zu. „Wie kann ich das nicht, Ashley?"

Ihre Sicht verschwamm und sie schluckte schwer. „Ich bin widerlich."

In seinen Augen blitzte wilde Entschlossenheit auf. „Du bist fantastisch. Du bist mutig, engagiert, intelligent, hartnäckig, stolz und großartig im Bett." Er grinste sie an. Dann wurde er wieder ernst. „Du hast getan, was du tun musstest, um zu überleben."

Wie Becca. Wie Andrew.

„Und dann hast du mit doppelter Kraft zurückgeschlagen." Seine Augen bohrten sich in ihre. „Wie könnte ich dich nicht lieben?"

Vielleicht hatte er recht. Um das eigene Überleben zu kämpfen, war kein Verbrechen – was man danach tat, war ausschlaggebend. Und sie hatte für Gerechtigkeit und gegen das Böse gekämpft. Vielleicht war das auch etwas wert.

„Ich verstehe dich nicht." Ihre Emotionen schnürten ihr den Hals zu, sie schluchzte. „Aber ich liebe dich, Lucas." Endlich flossen die Tränen aus ihren Augen und tropften von ihrem Kinn. „Ich habe nie zugelassen, dass mich jemand liebt. Ich habe nie begriffen, dass das keine Entscheidung ist."

Lucas zog sie an seine Brust, und sie vergrub das Gesicht in seinem T-Shirt, atmete den vertrauten männlichen Geruch ein, seine beruhigende Wärme.

„Es ist eine Entscheidung, die ich immer und immer wieder treffen würde."

Ashley wusste nicht, womit sie das Glück verdient hatte, diesen Mann zu finden. Sie wusste nicht, ob sie sich jemals vollkommen verzeihen konnte, aber vielleicht sollte sie es zumindest versuchen. Sie hatte noch nie eine Herausforderung ausgeschlagen, auch wenn das nun womöglich die größte von allen sein würde.

———

SIE LIEBTE IHN. Das zu wissen, ließ Lucas daran glauben, dass sie diesen Schlamassel durchstehen konnten. „Ich liebe dich auch, Baby." Er hielt sie fester, küsste ihre Haare. „Und es wird nichts passieren. Es ist vorbei."

Ashley wischte sich die Tränen weg. „Hör auf, das zu sagen. Das kannst du nicht mit Sicherheit wissen."

Er lächelte ihr in ihr besorgtes Gesicht. „Du aber auch nicht."

Ihr Mund wurde schmal. „Naja, ich bin mir ziemlich sicher, dass die Wahrheit herauskommen wird."

Lucas schaute von Benny zu Nelson. „Vielleicht. Vielleicht aber auch nicht." Auf dem Weg hierher hatten sie im Auto über die Möglichkeit gesprochen, Ashleys Identität für sich zu behalten. Wenn er auch Sloan und Frazer davon überzeugen konnte, würden sie diese Sache womöglich unter Verschluss halten können.

Ashleys Blick fiel auf den Körper ihres Bruders. „Ist er definitiv tot?"

Er nickte.

Ihr Ausdruck wurde nachdenklich. „Ich habe ihn im Stich gelassen."

„Er war ein erwachsener Mann. Er hat seine eigenen Entscheidungen getroffen."

Sie nickte, aber die Traurigkeit verharrte in ihren Augen.

Es würde lange dauern, bis sie sich hiervon erholt hatte, aber er würde sie nicht wieder enttäuschen. Er hatte sie zurückgewonnen. Und er würde ihr beweisen, wie sehr er sie liebte, jeden einzelnen Tag.

Plötzlich wurde der ganze Strandabschnitt von den Scheinwerfern eines Schlachtschiffes in gleißendes Licht getaucht. Einer der Scheinwerfer fiel direkt auf Yu Changs Boot und ließ Männer erkennen, die aufgeregt auf dem Deck hin- und herrannten.

„Das nenne ich mal ein Boot." Alex erschien neben ihnen und grinste.

„Typisch Navy", erwiderte Lucas und verzog die Lippen in ein schiefes Lächeln. „Kommen immer zu spät zur Party. Irgendeine Ahnung, wer das ist?" Er sah noch immer doppelt. Das sollte er vermutlich untersuchen lassen.

„Das sind wir."

Lucas nickte zufrieden. Frazers Vorstellung von Verstärkung. „Lass uns Becca finden und sicherstellen, dass es ihr gut geht", sagte Lucas. Sie nickten Nelson und Benny zu und gingen den Strand hinauf.

„Gehen Sie nicht zu weit weg", sagte Benny.

Sie fanden das Mädchen auf der Straße, wo sie das Auto eines Touristen angehalten hatte. Als sie ihn sah, warf sich Becca in Lucas' Arme, und er drückte sie fest.

„Meinen Sie, dass Sie uns in Ihrem Jeep bis zum Flughafen von Phuket mitnehmen könnten?", fragte Alex den Touristen, nachdem Lucas seine Dienstmarke vorgezeigt hatte. „Ich garantiere Ihnen eine ordentliche Belohnung und den ewigen Dank der US-Regierung."

„Können Sie auch beim Finanzamt ein gutes Wort für mich einlegen?", scherzte der Kerl.

„Zaubern kann ich leider nicht, fürchte ich."

Es war nicht viel Platz im Wagen, also musste Ashley den gesamten Weg über auf Lucas' Schoß sitzen. Ihm gefiel es. Er mochte es, sie im Arm zu halten. Die warme Nachtluft streifte sie, während sie an riesigen Wäldern und unendlichen Plantagen vorbeifuhren. Die Städte waren betriebsam, voller Touristen und Reisenden, und es erschien fast surreal, dass das Leben hier ganz normal weiterging, obwohl nur wenige Meilen entfernt Menschen gestorben waren.

Becca saß neben ihm, und ihre Finger schoben sich vorsichtig in seine Hand. Noch mehr Schuldgefühle wuschen durch ihn hindurch. „Es tut mir leid, dass ich mein Versprechen nicht halten konnte, Becs."

Ihr Lächeln war süß und unschuldig. „Sie haben mich ja gefunden. Ich wusste, dass Sie das schaffen. Und jetzt sind sie alle tot, und ich bin in Sicherheit." Ihre Augen waren riesig. „Ich will auch FBI-Agentin werden. Ich will eine Dienstmarke haben und eine Pistole, und die Leute müssen machen, was ich sage."

Er lächelte. Schön wär's. „Ich glaube, du wärst eine fantastische Bundesagentin, aber wie wäre es, wenn du erst mal noch eine Weile ein Kind bleibst?" Er drückte ihre Hand. „Ich schulde dir noch einen Ausflug ins Einkaufszentrum."

Sie lächelte, dann fragte sie, „Hat Agent Sloan überlebt?" Ihre Worte waren kaum hörbar.

Er nickte. „Sie liegt auf der Intensivstation, aber die Ärzte denken, dass sie es schaffen wird."

Eine Sorgenfalte erschien zwischen ihren Augenbrauen. „Wissen Sie noch, wie ich Ihnen von dem Mann erzählt habe, der wollte, dass ich ihn ‚Daddy' nenne?"

Ashley ganzer Körper versteifte sich in seinen Armen.

Lucas nickte. Als ob er das je vergessen könnte.

„Er war da."

Jetzt war er an der Reihe, die Stirn zu runzeln. „Wie meinst du?"

„In Sloans Haus."

Die Erkenntnis war erschütternd. „Ihr Mann? Brian Templeton?"

Becca biss sich auf ihre Unterlippe. „Ich weiß nicht, wie er heißt. Ich will nur nicht, dass er mir wieder weh tut."

Sie wusste es nicht. Himmel.

„Er ist tot. Sloan hat ihn umgebracht." Und jetzt wusste er auch, wieso. Das war eine verdammte Schande. Er hätte den Hurensohn liebend gern selbst bestraft.

Brian Templeton war also der Grund dafür, weshalb die Devils ihnen immer einen Schritt voraus gewesen waren. Ein Rätsel war damit gelöst.

„Was ist mit den anderen? Was, wenn die mich finden?", flüsterte Becca.

Ashley hob den Kopf. „Siehst du Mr. Parker dort auf dem Beifahrersitz, Becca?"

Becca nickte.

„Er und ich werden zusammenarbeiten und jeden letzten dieser Männer identifizieren, und dann kannst du uns dabei helfen, sie ins Gefängnis zu bringen. Bist du dabei?"

„Versprochen?"

Alex drehte sich zu ihnen um und er und Ashley antworteten unisono, „Versprochen."

Die Gefühle schienen Lucas fast zu ersticken. Er wandte sein Gesicht dem Fenster zu, er wollte sich vor dem Mädchen keine Blöße geben, aber Ashley verstand. Sie legte ihre Wange an seine. „Danke, dass du mich gerettet hast, Lucas", flüsterte sie. Sie drückten seinen Arm.

„Bin mir ziemlich sicher, dass du dich selbst gerettet hast“, sagte er mit rauer Stimme.

Er konnte spüren, wie sie lächelte. „Du hast mir den Mut gegeben, mich meiner Vergangenheit zu stellen. Ohne dich würde ich immer noch davonrennen.“

Und er wäre allein. Eine schreckliche Vorstellung.

„Du musst nicht länger davonrennen. Du kannst jetzt mit mir zusammen eine Zukunft aufbauen.“ Er küsste sie, zärtlich und keusch, weil Becca neben ihnen saß, aber er musste Ashley zeigen, dass sich seine Gefühle für sie nicht geändert hatten. Sie waren nur noch stärker geworden, bis die Vorstellung, nicht mit ihr zusammen zu sein, sich anfühlte wie eine Säge, die sich durch sein Herz riss.

In Wahrheit wusste er nicht, was passieren würde. Er konnte nur auf das Beste hoffen und für Ashley und Becca da sein, und für Sloan.

Das war alles, was er tun konnte.

EPILOG

ASHLEY STRICH DIE Falten in ihrem liebsten Calvin Klein-Kleid glatt, während sie im Gerichtssaal in Boston saß und darauf wartete, dass der Richter das Urteil verkündete. In der letzten Woche war sie jeden Tag hier gewesen und hatte zugehört, wie die junge Zeugin herzzerreißende Aussagen darüber gemacht hatte, wie der Angeklagte sie immer wieder im Bordell aufgesucht hatte, um Sex mit ihr zu haben.

Special Agent Carly Sloan saß zusammen mit dem leitenden Special Agent des Bostoner Büros ganz hinten im Saal. Sie hatte die Familienbeziehung zwischen Ashley und Brandon nie preisgegeben. Ashley wusste nicht, ob sie es einfach nicht gewusst hatte, oder ob sie deshalb nichts sagte, weil alle Täter tot und Becca gerettet war. Sloans Gesicht war eingefallen, und sie hatte dunkle Ringe unter den Augen. Sie hatte sich mehrere Monate lang von der Stichwunde erholen müssen, sah aber noch immer nicht so aus, als ob sie wieder einsatzfähig war. Die arme Frau hatte die volle Verantwortung für die Taten ihres Mannes übernommen, obwohl es nicht ihre Schuld gewesen war. Sie hatte versucht, den Dienst zu quittieren. Der Direktor hatte es nicht zugelassen.

Da die meisten der Verbrecher in der Schießerei in Thailand umgekommen waren, war das Ausmaß von Ashleys

Verwicklung mit den Dragon Devils nicht ans Licht gekommen. Nelson und Benny hatten einen Großteil des Lobes dafür eingeheimst, die berüchtigte Verbrecherfamilie zu Fall gebracht und Becca gerettet zu haben, wohingegen die Beteiligung des FBI auf ein Minimum heruntergespielt worden war. Das war allen recht gewesen, und Sloan und Frazer hatten darauf bestanden, dass Ashley und Lucas nur ihre Befehle befolgt hatten.

Greg Trainer war die Anerkennung dafür zugefallen, weitere Etablissements der Devils aufzuspüren und stillzulegen, und das FBI war massiv gegen den Sexhandel vorgegangen – auch wenn das Problem nach wie vor riesig war.

In dem ausgebombten Bordell war die DNA von vierunddreißig Frauen und vier Männern gefunden worden, Mae Kwon nicht eingerechnet. Das Labor hatte zudem DNA von benutzten Kondomen in den Müllcontainern ziehen können. Diese Ergebnisse wurden als gegenständliche Beweise vorgelegt, ebenso die Handydaten und finanziellen Informationen, die Ashley und Alex Parker in mühevoller Kleinstarbeit zusammengesammelt hatten, um so viele Freier wie möglich zu verurteilen.

Bisher hatte Becca über Fotografien sechs Männer identifiziert.

Der heutige Angeklagte war ein anämisch aussehender Buchhalter, der selbst zwei Töchter in Beccas Alter hatte. Seine Frau saß am anderen Ende des Gerichtssaals, ihr Gesicht qualvoll versteinert, während das Urteil verlesen wurde.

Der Angeklagte wurde der Kindesvergewaltigung für schuldig erklärt.

Ashley stieß einen erleichterten Seufzer aus, auch wenn

die Frau des Mannes in sich zusammensackte. Ashley ignorierte den Anflug von Sympathie, den sie für die Frau empfand. Seine Familie war nicht verantwortlich für seine Taten, aber sie würden das Stigma der Scham für den Rest ihres Lebens mit sich herumtragen. Es war ein Phänomen, das sie nur zu gut kannte, und sie kämpfte immer noch damit, über ihre eigene, heimliche Scham hinwegzukommen.

Der Angeklagte schaute seine Frau entgeistert an, aber sie wandte sich mit einem angewiderten Blick von ihm ab. Etwa nach der Hälfte des Prozesses hatte der er zugegeben, Sex mit Becca gehabt zu haben, wollte aber angeblich nicht bemerkt haben wollen, dass sie noch minderjährig war, und hatte behauptet, sie hätte ihn verführt – in einem Bordell, in dem sie als Sexsklavin gefangen gehalten worden war.

Ashley und Alex hatten genug Beweise ausgraben können, um zu beweisen, dass der Kerl regelmäßig im Internet nach minderjährigen Mädchen gesucht hatte. Sie hoffte, das würde sich gegen ihn auswirken, wenn der Richter morgen das Strafmaß verkündete. Theoretisch konnte man für die Vergewaltigung eines Kindes lebenslange Haft erhalten, aber sie bezweifelte, dass der Richter so streng sein würde. Aber vielleicht hatten sie Glück. Vor allem in einer Stadt, die noch immer um ihre Toten trauerte.

Ashley wartete darauf, dass sich der Saal leerte, bevor sie aufstand und den Flur in die andere Richtung als die restlichen Anwesenden hinunterging. Sie klopfte an eine schwere Holztür und schlüpfte ins Zimmer. Lucas und Becca spielten Cribbage.

Lucas' Blick war durchdringend. Becca sah besorgt aus.

„Schuldig", sagte Ashley.

Lucas grinste. Beccas Augen leuchteten auf.

Es war der erste von vielen Prozessen, aber Ashley hoffte, dass dieses Urteil die anderen Angeklagten davon überzeugen würde, einen Vergleich einzugehen.

Theo Giovanni, der Anwalt, der im Austausch für die Übermittlung des Passworts, das Lucas Zutritt zum Bordell verschaffen hatte, einen Deal eingegangen war, war wegen Fahrens mit überhöhter Geschwindigkeit angehalten worden, und die Polizei hatte Crack-Kokain im Wert von über tausend Dollar in seinem Handschuhfach gefunden. Er hatte seine hochtrabende Karriere und seine Frau verloren. Ashley tat das kein bisschen leid.

In seinem dunkelgrauen Anzug und der roten Krawatte sah Lucas heute besonders attraktiv aus. Sie glaubte jeden Tag, ihn nicht noch mehr lieben oder noch mehr wollen zu können, als noch am Tag zuvor, aber das tat sie. Er war zum ASAC befördert worden und leitete nun sein eigenes Team in Charlotte. Ashley hatte die Fallanalyseeinheit verlassen.

„Bereit?", fragte sie.

Die beiden nickten, aber sie wusste, dass Lucas log. In den letzten Monaten mit ihm hatte sie gelernt, ihn genau zu durchschauen.

„Auf geht's", sagte er.

Es war nur ein kurzer Gang zur Kammer eines anderen Richters. Ashley machte sich auf alles gefasst, bevor sie den Raum betraten.

Der Anwalt, den Lucas engagiert hatte, stand vor dem Richterstuhl. Aber als die beiden Männer sich umdrehten und sie anschauten, hatten sie beide denselben unglücklichen Gesichtsausdruck.

„Wo ist sie?" Lucas blickte sich suchend um.

Keiner der Männer antwortete.

„Sie kommt nicht, oder?", fragte Becca leise.

Lucas murmelte eine unverständliche Obszönität.

Es hatte einen ganzen Monat gedauert, bis sie Beccas Mutter aufgespürt hatten. Wie sich herausgestellt hatte, saß die Frau schon eine Haftstrafe für einen bewaffneten Raubüberfall ab, weil sie versucht hatte, an Geld zu kommen, um ihre neuesten Spielschulden zu tilgen. Weitere Anklagen warteten.

Aber Lucas hatte eine Großmutter ausfindig machen können, die auch Beccas Bruder Jackson aufgenommen hatte.

Lucas und die Großmutter hatten sich mehrmals getroffen, und Ashley hatte geglaubt, dass Lucas die Frau davon hatte überzeugen können, auch Becca bei sich aufzunehmen. Offensichtlich hatte sie es sich im letzten Augenblick anders überlegt.

Ashley betrachtete Lucas' niedergeschmetterten Gesichtsausdruck. Er hatte sich immer noch nicht dafür verziehen, was Becca durchgemacht hatte. Und nachdem er so viel Zeit mit dem Mädchen verbracht hatte, liebte er sie wie eine eigene Tochter. Sie beide liebten sie.

„Sie kommt mit zu uns", verkündete Ashley entschieden.

Becca schnappte nach Luft.

Lucas' Augen wurden groß. Er starrte sie eindringlich an, als ob er zu erkennen versuchte, ob sie es ernst meinte. Sie meinte es ernst. Todernst.

„Sie arbeiten beide in Vollzeit." Der Richter schaute sie unter seinen zusammengezogenen, beeindruckenden Augenbrauen hervor an.

„Ebenso wie hunderttausende, wenn nicht sogar Millionen anderer Eltern in Amerika."

„Aber wir haben uns bereits darauf verständigt, dass

Beccas Situation außergewöhnlich ist.“

Sie würde Therapie brauchen und zusätzlichen Privatunterricht, um den Schulstoff aufzuholen. Lucas ballte unruhig die Hände zu Fäusten. „Eine Pflegefamilie ist für ein Kind in ihrer Situation nicht geeignet“, sagte er.

„Bitte, lassen Sie mich bei ihnen wohnen.“ Die Worte sprudelten in einem innigen Flehen aus Becca hervor.

Lucas drückte ihre Schulter.

Auf Lucas Bitten hin war Becca in einem Safe House in North Carolina untergebracht worden, und sie hatten so viel Zeit wie möglich miteinander verbracht. Aber die Zeit war um. Das Justizministerium hatte ein Zeugenschutzprogramm für sie vorgeschlagen, aber Becca war erst dreizehn. Das Programm war nicht für Kinder ausgelegt.

„Ich bin finanziell in der Lage, umfassend für Becca zu sorgen. Wir wohnen in einem Haus mit genug Schlafzimmern und Platz, um Becca ein gutes Zuhause bieten zu können.“

„Sie und Agent Chen sind nicht verheiratet“, wandte der Richter ein.

„Ich kriege sie schon noch dazu, Herr Richter. Es ist nur eine Frage der Zeit.“

Ashley musste lachen. Sie verstand nicht, wie ihre Liebe immer noch weiter wachsen konnte, aber das tat sie.

„Haben wir uns gerade verlobt?“, fragte er mit einem neckischen Grinsen, und sie wusste nicht, ob sie ihn schlagen oder küssen wollte.

Sie neigte den Kopf. Gerade genug, um ihm „Ja“ zu antworten.

„Wir haben beide eine Schulung in Missbrauchspsychologie durchlaufen und wissen, was Becca zugestoßen ist. Wir können ihr dabei helfen, damit umzugehen, und wir haben Kontakt zu Kinderpsychologen, sollten Probleme aufkommen", informierte Ashley den Richter.

„Sie würden sie adoptieren?"

„Ja", antwortete Lucas.

Ashley nickte, aber sie war sich ein wenig unsicher, wie ihre falsche Identität sich auswirken würde, sollte die Wahrheit jemals ans Licht kommen. Frazer hatte ihr die Ohren lang gezogen und ihr die Hölle heiß gemachte, als sie nach Quantico zurückgekommen war. Dann hatte er sie gebeten, ihm beizubringen, wie man den Lügendetektor besiegt. Der Kerl war mehr als furchteinflößend gewesen, aber er hatte ihr erlaubt, das Training zu beenden, und danach hatte sie sich nach Charlotte versetzen lassen, um bei Lucas zu sein und in der Abteilung für Cyberkriminalität arbeiten zu können, wie sie es immer gewollt hatte.

Becca wippte aufgeregt auf den Zehenspitzen hin und her.

„Wie wäre das für dich, in einer Familie aufzuwachsen, in der die Eltern eine unterschiedliche Herkunft haben, Becca?", fragte der Richter.

Lucas schnaubte vor Wut, aber Ashley schüttelte den Kopf. Ihm schien es nie aufzufallen, dass sie nicht perlweiß war, aber das war etwas, womit sie sich jeden Tag auseinandersetzen musste. Und es konnte womöglich schwer für dieses Kind werden, das von anderen asiatischen Männern so viel hatte erleiden müssen. Von Ashleys Verwandten, zu allem Übel.

Verdammt. Vielleicht war es eine dumme Idee. Nur – wer würde Becca besser durch diese Sache hindurch helfen können? Sie war es Becca und Lucas schuldig, zu versuchen, für die Schuld ihrer Familie zu büßen, auch wenn die beiden es nicht so sehen mochten.

„Ich liebe Ashley." Becca biss sich auf die Lippen. „Ich will nur niemandem zur Last fallen."

Lucas sah so betroffen aus, wie Ashley sich fühlte.

Sie vergoss selten Tränen. Aber heilige Scheiße, jetzt flossen sie doch. Sie wischte sich über die Augen, wusste, dass ihr Make-up hinüber war. „Du wirst uns nie zur Last fallen, Süße. Du wirst ein Teil unserer Familie sein." Eine Familie, von der sie niemals geglaubt hätte, sie zu haben. Sie zog das Mädchen an sich und spürte, wie sich Lucas' Arme um sie beide legten, sie beschützten und stärkten.

Der Richter schnaubte verwundert lachend auf. „Na schön. Ich werde Ihnen das vorläufige Sorgerecht für das Mädchen übertragen, Special Agent Randall. Wir sehen uns in sechs Monaten wieder, um den offiziellen Adoptionsprozess zu beginnen, wenn das dann noch das ist, was Sie alle wollen."

Sie dankten ihm, verabschiedeten sich von dem Anwalt und fanden sich schließlich im Flur wieder, wo sie sich verwundert anschauten.

Lucas' Mund verzog sich in ein Lächeln. „Hast du gerade gesagt, dass du mich heiratest?"

Ashley wedelte verschmitzt mit ihrer ringlosen linken Hand. „Ich habe gesagt, vielleicht."

Lucas und Becca grinsten sich an. Er beugte sich zu dem Teenager hin und flüsterte übertrieben, „Sieht so aus, als ob wir besser schnell einen Juwelier finden, bevor sie es sich anders überlegt."

„Das wird nicht billig werden", flüsterte Becca laut zurück. „Sie hat einen teuren Geschmack."

Ashley lehnte sich herüber und drückte Lucas einen Kuss auf die Lippen. Er hob sie hoch und wirbelte sie herum. Dann hob er auch Becca in seine Arme und drehte sie beide im

Kreis, bis sie lachten, und ihnen ganz schwindelig war.

„Ich glaube, das ist der glücklichste Tag meines Lebens", sagte er, als er sie wieder zu Boden ließ.

In Ashleys Kopf drehte sich alles, aber sie griff nach seinem Arm. „Und es wird einfach immer besser."

Lucas küsste Ashley eilig, dann nahm er sie beide bei den Händen. „Dann kann ich gar nicht auf morgen warten."

„Krieg ich einen Hund?", fragte Becca und biss sich mit einem Funkeln in den Augen auf die Unterlippe.

„Du musst dich aber um ihn kümmern", sagte Lucas streng.

Becca nickte wie verrückt.

Und Ashley wusste, dass Lucas ein großartiger Vater sein würde.

„Wir können beim Tierheim vorbeifahren und schauen, wer sonst noch ein neues Zuhause braucht."

Becca sah aus, als würde sie tatsächlich vor Freude platzen.

Ashley spürte, wie ein Ansturm von Emotionen in ihr aufstieg. Lucas drückte ihre Hand, konnte ihre Gedanken lesen.

„Lass uns deine Sachen holen und nach Hause fahren, Becs. Ich für meinen Teil kann es gar nicht erwarten, loszulegen."

Ashley lief neben den beiden her und wusste ohne den geringsten Zweifel, dass sie die glücklichste Frau der Welt war.

Ich hoffe, Sie haben Ashleys und Lucas' Geschichte genossen. Lesen Sie unbedingt auch das nächste Buch der Kalte Gerechtigkeit Serie, Kalte Bosheit.

Steve McKenzie, auch Mac genannt, leitender Special Agent des FBI in Stellvertretung, will sich durch die Leitung einer Sonderermittlungseinheit im Fall einer Mordserie im Herzen von Washington D.C. beweisen. Seine Arbeit als verdeckter Ermittler in einer regierungsfeindlichen Organisation vor zwanzig Jahren steht mit diesem Fall in Verbindung – ebenso wie das niedliche, unschuldige Mädchen, mit dem er damals Freundschaft geschlossen hatte. Dieses Mädchen ist mittlerweile zu einer wunderschönen Frau herangewachsen und hat etwas zu verbergen.

Tess Fallon hat ihr Leben lang versucht, sich vom Fanatismus ihrer Familie zu distanzieren, aber jemand droht, ihre Anonymität auffliegen zu lassen, indem er den Todestag ihres Vaters zum Anlass nimmt, grausame Verbrechen zu verüben. Tess macht sich große Sorgen, dass ihr jüngerer Bruder in diese Sache involviert ist. Also macht sie sich auf, die Wahrheit herauszufinden, und begegnet plötzlich dem Mann wieder, den sie schon früher bewundert hat – einen Mann, den sie längst für tot gehalten hat. Als die Verbrechen eskalieren, wird es offensichtlich, dass der Mörder eine Agenda verfolgt, und Tess und Mac bleibt nicht mehr viel Zeit, um ihn aufzuhalten.

Wird der Täter einen jahrzehntealten Traum der Revolution wahr machen und die Bundesregierung angreifen? Und wird die Tatsache, dass Tess und Mac sich Hals über Kopf ineinander verliebt haben, dem kaltblütigen Killer die Gelegenheit geben, sie beide zu zerstören?

Kaufen Sie Kalte Bosheit!

NÜTZLICHE ABKÜRZUNGEN FÜR TONIS BÜCHER

AG: Attorney General – Generalstaatsanwalt

ASAC: Assistant Special-Agent-in-Charge – Rang beim FBI, eine Stufe über dem Supervisory Special Agent (SSA)

ATF: Alcohol, Tobacco, and Firearms – US-Behörde für Alkohol, Tabak, Schusswaffen und Sprengstoffe

BAU: Behavioral Analysis Unit – Abteilung für Verhaltensanalyse

BOLO: Be on the Lookout – Fahndung

BUCAR: Bureau Car – FBI-Auto

CIRG: Critical Incident Response Group – Zentrale Krisen-Interventions-Abteilung des FBI

CMU: Crisis Management Unit – Unterstützt die CIRG

CN: Crisis Negotiator – Krisenverhandler

CNU: Crisis Negotiation Unit – Krisenverhandlungsabteilung

CODIS: Combined DNA Index System – Nationale DNA-Datenbank der USA

CP: Command Post – Befehlsstelle

DEA: Drug Enforcement Administration – US-Drogenbehörde

DOB: Date of Birth – Geburtsdatum

DOJ: Department of Justice – Justizministerium

EMT: Emergency Medical Technician – Rettungssanitäter

ERT: Evidence Response Team – FBI-Spurensicherungsteam

FOA: First-Office Assignment – Erster Büroeinsatz bei Strafverfolgungsbehörden

FBI: Federal Bureau of Investigation – Zentrale Sicherheitsbehörde der USA

FO: Field Office – Außenstelle des FBI

IC: Incident Commander – Einsatzleiter

HRT: Hostage Rescue Team – Geiselrettungsgruppe, FBI-Spezialeinheit

HT: Hostage-Taker – Geiselnehmer

LAPD: Los Angeles Police Department – Polizei der Stadt Los Angeles

LEO: Law Enforcement Officer – Strafverfolgungsbeamter

ME: Medical Examiner – Gerichtsmediziner

MO: Modus Operandi

NAT: New Agent Trainee – Neuer Agent in Ausbildung

NCAVC: National Center for Analysis of Violent Crime – Nationales Zentrum für die Analyse von Gewaltverbrechen

NCIC: National Crime Information Center – zentrale Datenbank der USA zur Sammlung von Informationen in Zusammenhang mit der Kriminalitätsbekämpfung

NYFO: New York Field Office – FBI-Außenstelle New York

OC: Organized Crime – Organisiertes Verbrechen

OCU: Organized Crime Unit – Abteilung zur Bekämpfung von organisiertem Verbrechen

OPR: Office of Professional Responsibility – Büro zur Untersuchung von Fehlverhalten von beim Justizministerium beschäftigten Juristen

POTUS: President of the United States – Präsident der USA

RA: Resident Agency – Kleine Außenstelle des FBI

SA: Special Agent – FBI-Agent

SAC: Special Agent-in-Charge – Leiter eines FBI-Büros oder Region

SAS: Special Air Squadron (British Special Forces unit) – Spezialeinheit der britischen Armee

SIOC: Strategic Information & Operations – Weltweite Kommando- und Kommunikationsabteilung des FBI

SSA: Supervisory Special Agent – FBI-Teamleiter

SWAT: Special Weapons and Tactics – Besonders ausgebildete taktische Spezialeinheit

TC: Tactical Commander – Befehlshaber einer taktischen Spezialeinheit

TOD: Time of Death – Todeszeitpunkt

UNSUB: Unknown Subject – Unbekanntes Subjekt (im Sinne von unbekannter Täter)

ViCAP: Violent Criminal Apprehension Program – Programm zur Aufdeckung von Gewaltverbrechen

WFO: Washington Field Office – FBI-Außenstelle Washington

DANKSAGUNGEN

Manche Bücher sind schwerer zu schreiben als andere. Dieses Buch war eine besondere Herausforderung, vor allem aufgrund einer Reihe von Turbulenzen in meinem Privatleben im Jahr 2016, einschließlich einer großen Renovierung und eines dreimonatigen Aufenthalts in Japan, wohin mein Mann versetzt worden war. Aber es gab auch Konstanten – meine wundervolle Kritik-Partnerin Kathy Altman, meine Lektorinnen Alicia Dean und Joan Turner von JRT Editing.

Ein großer Dank geht an Sunny Lee-Goodman, Rachel Grant und Carolyn Crane für all die aufschlussreichen Unterhaltungen über Diversität im heutigen Amerika. Ein besonderer Dank geht an Angela Bell vom FBI, die alle meine Fragen darüber beantwortet hat, was Agenten dürfen und nicht dürfen, sowie für die Tour durch das FBI-Hauptquartier in Washington D.C. Alle Fehler in diesem Buch sind mir geschuldet, ebenso wie der ewig gnädigen künstlerischen Freiheit.

Und insbesondere möchte ich meinem Mann und meinen Kindern danken, dafür, dass sie sie selbst sind. Wir bestehen wirklich großartige Abenteuer auf der Reise durch dieses Leben!

Vielen Dank an Martin Wick für die Übersetzung ins Deutsche und an Stef Mills für den Einsatz ihrer Korrektoratsfähigkeiten. Danke auch an Antje Seebohm für das ausgezeichnete Beta-Lesen. Meine absolute Wertschätzung geht an Jill Glass, meine Assistentin, die mir dabei hilft, meinen Kopf über Wasser zu halten.

ÜBER DIE AUTORIN

Toni Anderson ist eine Autorin, deren Bücher sich auf den Bestsellerlisten der New York Times und USA Today finden, eine RITA®-Finalistin, ein Wissenschaftsnerd, eine professionelle Touristin, Hundeliebhaberin, Gärtnerin und Mutter. Sie stammt aus einer kleinen Stadt in England, studierte dann Marinebiologie an der University of Liverpool (B.Sc.) und der University of St. Andrews (Ph.D.) in der Absicht, nie weit vom Ozean entfernt zu sein. Nun, dieses Vorhaben schlug fehl und sie wohnt nun in der kanadischen Prärie mit ihrem Ehemann, einem Biologieprofessor, zwei Kindern, einem aus dem Tierheim stammenden Hund und einem entspannten Leopardengecko. Ihre größten Leistungen sind es, die Tokioter U-Bahn gemeistert, Ben Lomond erklommen, am Great Barrier Reef geschnorchelt und vierzehn Winter in Winnipeg überlebt zu haben. Sie liebt es, zu Recherchezwecken zu reisen und hatte das Glück, 2016 das Strategic Information and Operations Center im FBI-Hauptquartier in Washington D.C. besuchen zu können. Zudem gelang es ihr, bei einem Verfolgungstraining an der Writer's Police Academy in Wisconsin ein anderes Auto von der Straße zu drängen. Vorsicht, Welt!

Tragen Sie sich für Toni Andersons englischen Newsletter ein:
www.toniandersonauthor.com/newsletter-signup

Liken Sie Toni Anderson auf Facebook:
facebook.com/toniannanderson

Sehen Sie sich Toni Andersons aktuelle Titelliste an:
www.toniandersonauthor.com/books-2

Folgen Sie Toni Anderson auf Instagram:
instagram.com/toni_anderson_author

www.ingramcontent.com/pod-product-compliance
Lightning Source LLC
Chambersburg PA
CBHW050602170726
48283CB00001B/68